문학의 혁명,
혁명의 문학

문학의 혁명, 혁명의 문학

초판 1쇄 발행 2021년 11월 15일
초판 2쇄 발행 2022년 10월 06일
지은이 배하은 **펴낸이** 박성모
펴낸곳 소명출판 **출판등록** 제1998-000017호
주소 서울시 서초구 사임당로14길 15 서광빌딩 2층
전화 02-585-7840 **팩스** 02-585-7848 **전자우편** somyungbooks@daum.net **홈페이지** www.somyong.co.kr

값 27,000원 ⓒ 배하은, 2021
ISBN 979-11-5905-656-7 93810

이 저서는 2017년 정부(교육부)의 재원으로 한국연구재단의 지원을 받아 수행된 연구임(NRF-2017S1A6A4A01020689)

LITERARY REVOLUTION AND
REVOLUTIONARY LITERATURE

문학의 혁명,

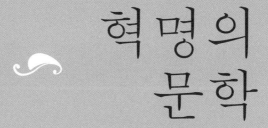

혁명의 문학

배하은 지음

머리말

　문학을 연구하는 것에 무슨 의미가 있겠는가 하는 오랜 물음을 해결하기
위해 박사 학위 논문의 주제로 선택한 것이 1980년대 문학의 수행성이었
습니다. 실질적이고 가시적인 쓸모가 체감되지 않는 문학을 연구한다는 것
은 학문적 호기심과 흥미만으로는 지속하기 힘든 곤란을 항상 견디며 연구
자 스스로 자기 납득 또는 자기 증명을 거듭해야 하는 일이기도 합니다. 문
학은 무엇을 할 수 있는가 하는 질문에 답할 수 있다면, 문학 연구의 의미에
대해서 비교적 쉽게 증명할 수 있으리라고 생각했습니다. 그리고 '문학은
무엇인가'가 아닌, '문학은 무엇을 하는가'라는 문제 틀로써 접근하기에 가
장 적절한 연구 대상이 바로 1980년대 문학이었습니다. 실로 문학이 문학
으로써 문학 이상의 것까지 시도하고 수행한 시대의 문학이기 때문입니다.
판자촌의 도시하층민과 탄광촌의 광산 노동자들과 같이 산업화 가운데 소
외된 이들의 얼굴을 마주 보게 한 르포, 노동자들의 투쟁과 연대의 실천 그
자체인 노동자 수기, 그리고 1980년 5월에서부터 시작되어 1987년 6월에
이르기까지 민주주의의 역사를 다시 쓰게 한 '기나긴 혁명' 속 1980년대
시와 소설이 그것을 말해 줍니다.

　박사 논문을 쓸 무렵 1980년대 문학은 아직 학술 연구 영역 안에 본격
적으로 편입되지 않았던 터라 여러 어려움에 부딪쳤습니다. 선행 연구의
부재는 핵심 자료를 선별하여 수집·정리하는 비교적 기초적인 작업에서
부터 논의의 축과 방향성 설정 같이 연구의 성패가 달린 핵심적인 차원의
문제까지 거의 모든 단계에서 불확실성에 부딪치게 했습니다. 그러는 가
운데 석사·박사 과정 시절 공부하며 읽었던 선학들의 학술·연구서를 일

종의 지도 삼아 학문의 길을 헤매지 않고 편하게 걸어올 수 있었던 사실을 새삼스럽게 깨달았습니다. 아직 여물지 않은 연구자로서 낸 이 첫 결과물을 위대한 선학들의 업적에 비견하려는 것은 결코 아닙니다. 다만 이후 1980년대 문학을 연구하는 동료 연구자들의 불편이 조금이나마 덜어질 수 있었으면 하는 마음에서 박사 논문을 보완하여 연구서의 형태로 출간하게 되었음을, 선학들에 대한 감사의 마음과 함께 밝혀 두고자 합니다.

이 책은 손유경 선생님의 가르침과 격려가 아니었으면 나올 수 없었습니다. 선생님께서는 묵묵히 진흙 위에 글을 쓰는 것이 우리의 공부임을 가르쳐 주셨습니다. 박사 논문 집필에서부터 책으로 출간하기까지 물심양면으로 이끌어 주신 선생님의 믿음과 사랑에 깊이 감사드립니다. 마지막 제자로 거두어 주신 조남현 선생님께서는 대학원에 막 발을 들여놓은 풋내기에게 학문하는 자세와 마음가짐을 가르쳐 주셨습니다. 선생님께 감사한 마음을 달리 표현할 길이 없습니다. 또 연구서 출간의 소중한 기회를 허락해 주시고 단행본 작업 과정 중에 따뜻한 조언을 아끼지 않으신 소명출판의 박성모 대표님께도 감사의 말씀을 올립니다. 논문 작업에 온전히 집중할 수 있었던 것은 한국연구재단의 지원 덕분입니다. 여러 곳에서 받은 도움은 앞으로 더욱 성실한 연구로 보답하는 수밖에 없을 것입니다. 그리고 무엇보다도 늘 변함없이 믿고 곁을 지켜 주는 가족들과 나의 가장 처음과 나중 되신 그분께 모든 감사와 사랑의 마음을 전합니다.

배하은

차례

서론

1980년대 문학,
어떻게 볼 것인가?

1. 민족·민중문학론과 리얼리즘론의 너머

민족·민중문학론과 그 질곡

1980년대 문학은 문학이 그 자체로 사회를 변화시킬 수 있는 가능성을 모색하고 실현해 간 장이었다. 여기에는 차별과 불평등, 착취와 억압, 폭력과 불의가 심각한 수준에 이르렀던 당대 한국 사회의 상황이 작용했고, 문학은 그러한 사회를 바꾸어 나가는 역할을 적극적으로 담당하려 했다. 문학의 주요한 목표와 과제가 사회 변혁으로 설정됨에 따라 문학장의 주류적인 흐름은 자연스럽게 사회 변혁의 주체와 이념을 문학의 측면에서 사유하고 수립·발전시키는 방향으로 모아졌다. 1980년대 문학장을 지배하고 비평 담론을 주도했던 민족·민중문학론의 다양한 명칭 — '민족문학', '민중문학', '민중적 민족문학', '민주주의 민족문학', '노동해방문학', '민족해방문학' — 이 여실히 입증해 주듯, 대체로 그 중심에는 민족과 민중, 노동자라는 주체와 이를 표방하는 이념이 자리했다.

가령 1970년대부터 백낙청 등 이른바 '창작과비평' 계열 논자들에 의해 발전되어 온 민족문학론에서는 민족 구성원의 대다수를 차지하는 동시에 역사 발전의 주체인 민중이 그 역사적 사명을 맡을 수 있도록 문학이 그들을 각성된 인식과 실천으로 이끌어 가는 능동성을 발휘해야 함을 주장했다.[1] 이때 민족문학의 주체는 민중뿐만이 아니라 민중지향적 지식인을 포괄하는 것으로 규정되었다. 한편 이러한 민족문학 개념의 소시민적 성격을 비판하며 등장한 '민중적 민족문학'은 지식인 주도의 민족문학을 지양하는 대신 "노동하는 생산대중의 세계관을 받아들여 그 전망 아래 세계 인식의 질서를 재편성"하고, 그 세계관에 민족문학운동의 전망을 접맥시켜 운동적 실천을 담보해 낼 것을 주장했다.[2] '민주주의 민족문학'과 '노동해방문학'은 노동자의 계급성과 정치적 당파성에 입각해 문학이 "어떻게 노동자계급이 타계급을 묶어 세워 민중을 승리로 이끄는가"의 문제의식을 드러낼 때 사회 현실의 모순을 해결하고 현실을 변혁하는 과제를 성취할 수 있다는 입장을 내세운 문학론이었다.[3] 이와 같이 민족·민중문학론의 1980년대 문학에 대한 인식과 평가는 공통적으로 민중과 노동자라는 특정한 주체와 그것을 떠받치는 이념으로 환원되는 양상을 보였다. 동시에 민중과 노동자라는 역사 발전의 주체를 '올바르게' 재현하고, 역사의식과 민중의식과 같은 '올바른' 이념을 갖춘 문학이 사회를 변화시킬 수 있다는 논리를 견지했다.

그러나 민족·민중문학론의 주체환원적·이념환원적 시각에는 다음의 몇 가지 문제가 뒤따랐다. 먼저는 보편적인 민중과 노동자 주체의 상像을 설정하고 거기에 내재하는(또는 내재한다고 간주되는) 특정한 정체성과 가치를 절대화하는 오류를 낳았다. 동시에 민중과 노동자 계급이라는 집단적 주체를 통일적인 것으로 오인했다. 1990년대에 민족문학 진영 내부의 반성과 재검토 작업을 통해서도 지적된 바 있듯 확실히 당대의 민족문학론은 "계급 내부에도 자동적으로 환원 불가능한 이익의 분리와 차별이 존재한다는 사실"을 간과하며 "전형의 이름 아래 평균성에 매몰된 측면이 있었다".[4] 결과적으로 1980년대 민족·민중문학론에서 민중과 노동자라는 범주 내부에 존재하는 개인들의 무수한 차이와 다양성, 그리고 모순들은 무시되었다. 가령 1980년대 민족·민중문학 주체 논쟁의 중요한 이론적 계기를 마련했던 박현채가 창비의 한 좌담에서 발언했듯 1980년대 민족·민중문학론자들은 포괄적인 민중 구성 중에서도 노동자와 같은 "기본적인 직접적 생산자 범주"로 좁혀 보다 선명하고 매끈한 민중 주체의 개념을 만들어 내는 일에 집중한 측면이 있다.[5] 그리고 그렇게 상정된 민중과 노동자 계급은 지배 권력에 저항하는 특유의 정치적, 사회·문화적, 언어적 정체성을 지녔으며 그것에 기초한 단일한 연대를 통해 이를 실천할 수 있는 주체로 절대화·특권화되었다.

그러나 주지하다시피 주체에 관한 이론들이 발전하면서 주체의 보편성과 완결성은 의문에 부쳐진 지 오래다. 보편적이고 자기완결적인(또는 그렇다고 간주되는) 주체는 그 주체의 범주 내부에 존재하는 인종적, 민족적, 지여저, 성저, 계급적 차이와 다양한 양상들을 배제하는 담론에 의해 구성된다.[6] 가령 단적으로 민족문학론은 여성의 범주를 배제하거나 여성 문제를 '전체' 민족운동으로 통합시키는 방식으로 민족, 민중과 노동자 계급이라는 주체를 형성했다.[7] 분명 민족·민중문학론은 그 이전까지는 비가시화된 형태로 존재했던 민중과 노동자를 정치적 주체로 적극 호명·재현함으로써 정치·사회 변혁 운동을 이론적으로 뒷받침하는 데 기여한 측면이 있다. 그러나 이를 통해 규범화된 이념과 제한적으로 정의된 주체 안에 포함되지 않는 여러 '주체들'이 재현에서 배제되면서 규범적인 주체의 범주가 갖는 효력과 합법성은 의문에 부쳐지게 되었다. 이른바 '민족문학 주체 논쟁'이 지식인 비평가들에 의해 주도된 도식주의나 교조주의라는 비판으로부터 자유롭지 못했던 것은 이와 무관하지 않다.

민족문학 주체 논쟁은 1987년『문학예술운동』창간호의 특집「전환기의 민족문학」에 실린 임헌영, 채광석, 유해정, 김명인, 김진경, 정홍섭, 신승엽의 글을 통해 촉발되었다. 그중에서도 가장 큰 파급력을 가졌던 것은 김명인의「지식인문학의 위기와 새로운 민족문학의 구상」이다. 이후 여기에 대한 반박과 재반박이 조정환, 성민엽, 정과리, 백낙청 등의 논자들에 의해 이루어지는 과정을 거쳐 논쟁이 확대되었다.[8] 민족·민중문학운동의 가장 합당한, 핵심적인 주체는 누구이며, 이에 따라 그러한 운동은 어떠한 방식으로 전개되어 나가야 하느냐를 두고 벌인 이 논쟁은 민족·민중문학론 안에서 작동하는 동일성의 논리를 여실히 드러냈다. 이에 대해 가령 정과리는 민족문학론의 인식 구조가 기본적으로 자신의 진정성을 입증하기 위해 다른 주체와 이념, 이론 등 즉 민중적 입장에 충실하지 않은 '비진정한 것들'은 배제하거나, 진정한 민족문학론 속으로 포섭하도록 이루어져 있다고 지적했다. 또한 논쟁의 당사자들도 인정했듯 해당 논쟁은 실제 작품 창작과는 무관하게 논자들과 그들이 속한 진영의 이론에 대한 "지식인 비평가집단 내부의 주관적 쟁론"에 그쳤다.[9] 결국 민족·민중문학론에서 정의하는 민중과 노동자 주체는 실제 현실 속 주체들의 다양한 존재 방식과 삶의 양태를 포괄하지 못했고, 이러한 까닭에 실제 현실과 작품 양자로부터 유리된 현학적인 논의로 전락하고 말았다. 그것은 오히려 보편성과 동일성의 논리를 따라 배제와 포섭의 기제로 작동하기도 했다.[10]

이러한 문제점들은 1990년대에 이르러 민족·민중문학론에 대한 비판이 본격화되면서 지적되기 시작했다. 그러나 민족·민중문학 진영 내부의 비판적·반성적 검토는 변화된 1990년대 정치·사회 현실 속에서 공격받는 민족문학의 정당성을 옹호하고 자기갱신 내지는 자기귀결적 논의의 일환으로 전개된 탓에 문제가 된 주체·이념환원적 시각에서 벗어나지 못했다.[11] 반대로 1990년대 비평은 민족·민중문학론의 환원론·목적론을 맹렬하게 비판하지만, 역시 논의의 초점은 1980년대 문학에 대한 재인식보다는, 이념성에 대항해 역으로 문학성과 예술성으로 무장한 1990년대 문학을 변호하는 쪽에 맞춰졌다. 이에 따라 1990년대 비평의 영역에서 이루어진 민족·민중문학론에 대한 비판과 반성은 1980년대 문학에 대한 재인식과 재평가로 나아가지 못한 채 일종의 헤게모니 싸움을 거듭하는 식으로 흘러간 측면이 있다.[12]

최근 1980년대 문학이 연구의 영역에서 본격적으로 다뤄지면서 이러한 한계는 점차 극복되어 가는 추세다. 근래의 연구는 1980년대 문학의 중요한 키워드인 노동자, 노동자 글쓰기, 노동문학에 집중되는 경향을 보이고 있다. 그러나 계급적 주체로서의 노동자나 계급 이념에 대해 논의하기보다는 문학사·문화사·운동사를 재검토 및 복원하는 큰 틀에서 젠더, 서발턴, 글쓰기, 담론, 문화 연구 등 다양한 갈래로 뻗어나가고 있다. 민족·민중문학론에 내재한 오류와 모순을 극복하는 차원에서 1980년대 문학을 탈·재영토화하는 작업은 현재 1980년대 문학 연구가 당면한 과제들 중 가장 중요한 축에 속한다고 할 수 있다.[13]

리얼리즘론과 반분(半分)된 1980년대 문학

민족·민중문학론과 함께 1980년대 문학의 인식과 평가에 가장 강한 구속력을 행사해 온 것은 리얼리즘론이다. 주지하다시피 리얼리즘 문학(론)은 민족·민중문학의 가장 핵심적인 성과였으며, 현실을 객관적으로 반영·형상화하는 문학적 세계관이자 창작 방법론의 지위를 차지했다.[14] 둘은 서로 긴밀하게 연관되어 있으며, 하나가 다른 하나를 지탱하는 상호의존적인 관계를 맺고 있었다. 1980년대 후반에 이르면 노동자 계급 당파성이 강조되면서 리얼리즘이 창작 방법론을 넘어서 "역사발전의 합법칙성을 목표로" 하는 "예술적 실천방법"으로 정의되며, 변증법적·역사적 유물론에 조응하는 이념의 측면이 강조되는 변화도 나타났다.[15] 1980년대 리얼리즘론의 맥락에서 문학이 리얼리즘을 창작·실천 방법으로 표방한다고 할 때, 이는 기본적으로 진보적인 세계관에 입각해 1980년대적인 현실을 재현하는 것을 의미했다. 다시 말해 문학은 민중의 삶, 또는 사회 현실 속 노동자들의 정치적 투쟁과 그것의 이념적·이론적 토대인 역사적 유물론에 대한 문학적 재현물로 취급되었다. 물론 재현 이전 단계에는 언제나 "민중의 생활현실"에 대한 철저한 의식화와 "인간해방의 역사를 전진시키는" 이념/정신이 전제되어야 하며, 그것들을 문학적으로 재현하는 '전형' 또한 요청된다.[16] 따라서 1980년대 리얼리즘론은 문학이 역사 발전 주체로서의 민중과 노동자 주체와 그 주체를 떠받치는 이념을 얼마나 총체적·전형적으로 재현하느냐에 문학의 성패가 달려 있다고 보았다.

이와 같은 리얼리즘론을 따라 1980년대 문학을 설명할 때 역시 다음의 몇 가지 문제가 빚어진다. 전형과 총체성이라는 개념어에서 단적으로 드러나듯 당대 리얼리즘론은 특정한 재현 방식 — 가령, 노동자 계급의 '전형'과 당대 노동 현실을 '총체적'으로 재현하는 것 — 을 규범화했다. 이 시기 비평에서 흔히 발견되는 '올바른' 재현 또는 형상화라는 표현은 이를 고스란히 입증해 준다. 이에 따라 그러한 리얼리즘적 재현의 규범을 따르지 않는, 혹은 기준에 미달하는 다수의 작품들은 '문학주의'로 터부시되며 논의에서 배제됐다. 새로운 차원의 리얼리즘 미학 이론에 입각하는 것이 아닌 한, 당대에 '문학주의'로 규정된 이른바 '비리얼리즘적인' 작품들은 리얼리즘론의 틀 안에서 적절히 설명되기 어렵다. 그리고 이는 1980년대 문학의 절반을 포기하는 것과도 같다.

아울러 이는 '문학주의' 반대편에 자리했던 1980년대 문학의 주요 장르인 르포르포르타주와 수기에 대해서도 마찬가지다. 통념과 달리 르포·수기와 관련해 민족·민중문학론자들은 민중과 노동자가 창작 주체가 되었다는 사실을 강조했을 뿐, 그것 자체를 문학(사)적으로 의미화하고 평가하는 데는 소극적이었다는 점을 명확히 할 필요가 있다. 가령 리얼리즘적인 관점에서 노동자 수기를 분석·평가함으로써 문학적 형상화가 부족하다는 점을 비판하거나, 객관적 총체성에 미달하며 개인 체험의 주관적인 기록이라는 한계를 갖는다고 평가절하했던 비평의 사례가 대표적이다.[17] 반대로 오히려 리얼리즘 문학의 당대성, 전형성, 총체성 따위의 기준을 노동자 수기에 일률적으로 적용하며, 1980년대에 발표된 노동자 수기 가운데 가장 크게 주목받았던 석정남의 『공장의 불빛』를 가리켜 "노동자계급의 집단적 전망을 전형화함으로써 사회적 전형성을 얻고 있다"거나 "개별적이고 주관적인 직접적 체험의 단순한 재생산에 그치지 않고 사회적 총체적 인식을 가능케 하는 탁월한 문학적 양식"이라고 평가하는 등 역으로 노동자 수기를 리얼리즘 문학의 범주 안으로 편입시키려는 욕망을 드러내기도 한다.[18]

르포에 관한 당대의 분석과 평가를 지배한 것 역시 리얼리즘의 총체성 기율과 민족·민중문학론의 민중 의식·민중성의 규범이었다. 이는 르포의 분석 및 평가 기준을 "우리 사회의 문제점을 가장 전형적이고 집약적으로 보여주는 것"이나 "파행적 산업구조의 문제를 총체적으로 파악"하는 것으로 고정시켜 1980년대 문학장에서 실로 다양한 형식적 특성과 주제의식을 바탕으로 산출되었던 르포 양식을 리얼리즘론 안으로 가두는 결과를 낳았다.[19] 또한 "본질적 현장을 민중의식으로 포착하는 것이야말로 참다운 르뽀작가의 소임"이라는 평가에서도 단적으로 드러나듯, 그것이 갖는 가치와 의미는 쉽게 민족·민중문학의 논리로 수렴·협애화되곤 했다.[20]

그러나 르포·수기가 갖는 그 고유한 성격과 혁신적인 측면은 리얼리즘으로 판독될 수 없다. 이 시기에 창작된 르포·수기는 전통적인 문학 개념과 장르 구분법에 도전하는 양식과 미학을 보유하고 있는 반면, 리얼리즘은 근대 문학의 영역 안에서, 그리고 특별히 소설 장르 이론의 일환으로 발전해 왔기 때문이다. 그러므로 르포와 수기는 그것이 불러일으킨 장르 확산 문제를 염두에 둘 때 리얼리즘의 틀로는 적절히 설명되기 어렵다. 아울러 기존의 담론 질서 안에서는 대표성이나 상징성을 띠지 못했던 다양한 하위주체들의 목소리와 사건 현장에 관한 이야기들이 르포와 수기라는 양식을 통해 담론장에 작동하는 상징 권력과 위계질서를 해체하는 실천적 글쓰기로 자리매김했다는 점에서, 이 두 양식은 리얼리즘의 핵심인 재현 미학보다는 수행성에 바탕을 두고 있다고 보아야 한다. 그러나 리얼리즘론에 편향된 당대 비평은 르포와 수기를 분석할 다른 이론적 틀을 발견하지 못했고, 따라서 '민중·노동자가 주체가 되는 문학' 이상의 분석과 평가로 나아가지 못한 측면이 있다. 이는 결과적으로 민중과 노동자 주체의 특권화에서 출발해 다시 그것으로 되돌아가는 순환 논리의 오류를 보여 준다.

기실 장르상으로는 소설에 치우치고, 미학적으로는 리얼리즘만을 고수했던 당대 리얼리즘론은 1980년대 문학 양식과 미학의 다양하고 혁신적인 면모를 충분히 설명하지 못했다.[21] 수기와 르포, 그리고 리얼리즘의 테두리를 벗어난 소설 작품들이 문학장을 재편하고 문학사를 다시 써 가는 역동성을 포착하지 못했고, 오히려 1980년대 후반에 이르면 교조화된 사회주의 리얼리즘이 그러한 움직임을 억압하기도 했다. 이러한 점들을 고려해보건대 리얼리즘은 1980년대 문학의 일부분인 리얼리즘 소설과 비평 담론 바깥에 자리한 것들을 논의하는 데는 그다지 유용하지 않다. 또한 1980년대 후반 사회주의 리얼리즘으로 기울어진 이후의 리얼리즘론은 뒤이어 벌어진 현실 사회주의 체제의 몰락과 함께 실제 사회 현실뿐만 아니라 문학 창작의 현실과도 유리된 측면이 있다. 요컨대 리얼리즘의 시각과 틀로는 1980년대 문학에 대한 논의가 매우 제한적인 범위와 수준에서 이루어질 수밖에 없는 문제가 초래된다.

지금까지 검토한 바를 종합해 볼 때 그간 1980년대 문학에 대한 인식과 평가를 지배해 온 민족·민중문학론과 리얼리즘론을 해체하면서, 동시에 사회 변혁의 가능성을 모색하고 실현했던 1980년대 문학의 성취를 문학사적인 차원에서 분석·평가할 수 있는 새로운 관점이 요청된다는 결론을 내릴 수 있다. 운동과 실천이라는 말이 당시만큼 널리, 빈번하게 사용된 전례가 없다는 사실은 1980년대 문학의 핵심적인 문제의식이 문학의 수행성과 연관된 '문학은 무엇을 하는가/할 수 있는가'를 사유하고 탐구하는 일에 긴박돼 있음을 말해 준다. 그러나 정작 당대에, 그리고 그 이후로도 한동안 주로 문제 삼았던 것은 문학이 '표방하는/표방해야 할' 주체와 이념이었음은 주지의 사실이다. 여기에는 어떤 정치·사회적인 실천 행위의 근원을 주체로 보는 주체중심적인 사고방식과 역사상 가장 위대한 정치 기획을 마르크스주의에서 발견해 온 유구한 전통이 개재돼 있다.

이 책에서는 그러한 정형화된 시각에서 벗어나 1980년대 문학이 실제로 무엇을 수행했는지를 살펴보는 작업이 이루어질 때, 그 활기와 역동성, 사회 변혁에 기여한 강력한 힘을 포착하고 의미화할 수 있다고 본다. 수행성의 관점을 도입해 1980년대 문학의 지형도를 양식과 미학을 두 축으로 삼아 새롭게 그려 나가려는 것은 이러한 문제의식에서 기인한다. 민족·민중문학(론)과 리얼리즘 문학(론)이 마치 1980년대 문학의 전부이며 그것이 이룩한 최고의 성과인 것처럼 인식되어 온 시각은 재고될 필요가 있다.

근래에 사회과학 연구 영역은 물론이거니와 정치·사회의 공론장에서도 1980년대의 유산—가령 대표적으로 정치 체제로서 이른바 87년체제—에 대한 반성 및 재검토, 그리고 혁신에 관한 모색까지 활발히 이루어지고 있다. 이러한 흐름 속에서 문학 연구 역시 1980년대에 관한 당대의 인식과 논의 수준을 넘어서는 재검토와 재해석, 그리고 현재적인 맥락에서의 재전유 작업을 포괄적으로 수행해야 할 필요성이 제기된다. 이 책의 작업은 정확히 그러한 목적하에서 그간 1980년대 문학 논의에서 소외되었던, 혹은 정당한 해석과 평가의 자리를 부여받지 못했던 1980년대 문학의 여러 측면들을 규명하는 방향으로 진행된다.

2. 1980년대 문학의 지형도 다시 그리기

1980년대 문학의 역설 – 괄호 안의 문학

『실천문학』은 1980년 3월에 발간된 창간호 표지에서 "민중의 최전선에서 새 시대의 문학운동을 실천하는 부정기간행물不定期刊行物"을 내세웠다. 1980년대 당시 문단에서는 일반적으로 『실천문학』의 창간이 새로운 시대의 문학을 선도하는 상징적인 의의와 임무를 지니고 있다고 인식·평가되었다. 특히 1980년대 문학을 무크지와 동인지의 시대로 정의하는 시각에서 볼 때, 『실천문학』은 1970년대를 상징하는 『창작과비평』·『문학과지성』의 폐간 이후 1980년대 문학을 대표하는 매체였다.[22] 여기서 이들이 내세운 "문학운동"과 "실천"이라는 이 두 단어는 1980년대 문학의 실로 가장 핵심적인 키워드였다. 가령 김도연은 1980년대 문학이 올바른 현실 변혁을 위한 모습을 모색하는 과정에서 창출된 개념으로 "실천문학·삶의 문학·일상성·대중성·현장성·기동성·게릴라정신·운동·집단성·공동체"를 언급하며, 이를 "'운동성'에 입각한 '실천문학', '일상성'에 기반을 둔 '생활문학'의 두 가지 범주"로 간추린 바 있다.[23]

그러나 운동성이나 실천과 같은 1980년대 문학의 특성들이 당대에는 특정한 주체에 의한 정치 참여와 투쟁으로 수렴되면서 논의의 초점이 그것을 뒷받침하는 정치적인 이념에 맞추어졌음은 주지의 사실이다. 이는 운동과 실천의 개념이 1970년대의 유신체제라는 예외적인 정치·사회적인 상황, 그리고 여기에 대응하는 지식학술장·문학장의 대항 담론에 둘러싸여 그것들과 교호하며 형성된 1970년대 참여론적 전통의 연속선상에 놓여 있는 탓이 크다. 1980년대 문학을 1970년대 문학의 계승 및 발전으로 본 대표적인 논자 백낙청은 "70년대를 돌아보며 80년대를 전망하는 글"에서 실천의 문제에 대해 다음과 같이 논한다.

> 필자로서 먼저 강조하고 싶은 점은, 작품 쓰는 것이 최고의 실천일 수 있음을 원칙적으로 인정한다고 하더라도, 민족문학의 담당자들이 작품 이전의 행동적 참여를 결코 회피해서는 안 되리라는 것이다. 이것은 도덕적 당위이기에 앞서, 창조적인 문인으로 살아남기 위한 일종의 자구책이다. (…중략…) 그러나 70년대 초 몇몇 문인들의 비교적 의로운 고난에 이어 70년대 중반부터 어느 정도 조직된 움직임으로 전개되어 온 문단의 자유실천운동은 문학인의 문학적인 자구책으로도 값진 것이었으며 80년대에도 더욱 알차게 진행되어야 하리라고 믿는다. 자유실천운동으로서의 폭을 넓히며 민족문화운동으로서의 자기인식을

심화시킴으로써 참가 문인 개개인의 자기혁신과 문단 전체의 풍토 쇄신에서 결실하는 시·소설·희곡·평론들에서, 이론과 실천을 통일시키는 새로운 사상을 낳을 수도 있을 것이다.

알기 쉽게 〈이론과 실천의 통일〉이라고 철학계에서 상투화되다시피 한 표현을 썼지만, 이것은 문학인에게서 이론과 작품과 행동이 하나로 되는 문제만이 아니라 그야말로 민중이 주인노릇 하는 시대에 어떻게 살 것인가의 본질적인 문제이다. (…중략…) 이론과 실천의 통일이라는 제목 아래 꼽을 수 있는 문제들은 얼마든지 더 있지만, 이를 단순히 이론적인 문제로 접근한다면 그야말로 남의 우스개가 될 것이다. 어디까지나 생활하는 민중이 실지로 도달한 이론에서 요구되는 실천을 감당하고 현실적인 실천이 요구하는 이론을 발전시키는 가운데 양자의 보다 긴밀한 통일을 추구해야 한다.[24]

그에 따르면 "문단의 자유실천운동"은 "70년대 초 몇몇 문인들의 비교적 의로운 고난에 이어 70년대 중반부터 어느 정도 조직된 움직임으로 전개되어 온" 것이며, 이는 "80년대에도 더욱 알차게 진행되어야" 할 1970년대 문학의 유산과도 같은 것이었다. 그 가장 전형적인 사례는, 예컨대 1978년 12월 21일 동대문 천주교회에서 열린 김지하 구출위원회 주최 '김지하 문학의 밤'에서 낭송되었고, 이후 1985년 자유실천문인협의회 기관지에 실렸던 조태일의 「당신들은 감옥에서 우리들은 밖에서」에서 확인할 수 있다.[25] "많고 많은 일 중에서 글 쓰는 일을 천직으로 삼아 / 글을 쓰기 위해 민주나 자유의 문제를 생각하면서 / 통일도 생각하면서 / 우리들은 양심을 속일 수 없다"로 시작하는 이 시는, 진실과 양심을 노래하고 글로써 감옥에 갇힌 김지하, 양성우, 장기표, 송기숙, 문익환, 이영희의 이름을 나열하며 그들의 뜻과 정신을 되새긴다. 문인들의 작품 창작을 통한 독재 정권의 비판과 정치적 참여가 '문학의 실천'이라는 것이 당시의 기본적인 인식이었다. 이처럼 자유실천운동으로 대표되는 '문학의 실천'을 백낙청은 크게 세 층위로 나누어 다음과 같이 설명하고 있다. 첫 번째는 작가의 작품 창작을 통한 실천, 두 번째는 앞서 언급한 1970년대 중반부터 전개된, 문인들의 "조직된 움직임"으로서 자유실천문인협의회가 보여 준 "행동적 참여", 세 번째는 그것을 계속 이어 나가는 한편으로 1980년대 문학이 새롭게 도전해야 할 "이론과 실천이 통일"이다.

그런데 여기서 중요하게 지적해 두어야 할 점은 백낙청이 작가나 그들의 결사체, 그리고 이론적 개입에 대해서는 언급했으나, 문학작품 그 자체의 실천성에 대해서는 논의하지 않고 넘어갔다는 사실이다. 이는 문학의 운동성과 실천성을 강조했던 당대 비평의 인식과 논의에서 정작 문학의 자리는 공백으로 남겨져 있었음을 시사한다. 기실 문학을 통한 사회 변혁 운동과 실천을 가장 적극적으로 주장했던 민족·민중문학론에 역설적으로 문학이 그것을 수행할 수 없다는 인식이 깔려 있었음은 다음과 같은 대목에서 비교적 쉽게 확인된다.

예를 하나 들어보자. 노동자가 한 사람이 있다고 하자. 그는 아직 미자각 노동자이다. 이 두 논자의 논법을 빌면, 민족문학론은 이들에게 계속해서 "당신은 역사의 주체다"라고 반복해서 '말'을 한다. 그리고 그 명제를 그대로 신념화하고 상징화한다. 그러나 그렇게 한다고 해서 이 노동자가 스스로 주체임을 자각하는가? 그렇지 않으리라는 것은 자명하다. 그는 그 스스로의 일상적 생활과 노동과정을 통해 주체로서의 가능성은 보유하게 되지만 '말'은 백날이 지나도 그 가능성을 현실화시키지 못한다. 그가 주체로 서기 위해서는 그 어떤 객관적 조건과 엄혹한 현실이 사슬처럼 그의 주체로서의 가능성을 속박하고 있는지를 점검하지 않으면 안된다. 그리고 그것을 일상 속에서 하나하나 끊어버리는 실천을 하지 않으면 안된다. 이것이 민족문학론이 바탕에 두고 있는 '운동'의 본 모습이다.[26]

이 민중문학론자의 주장에 따르면 말은 가능성을 현실화시키는 데는 무력하므로 직접적인 실천과 운동이 필요하다. 이때 "말", 그리고 말이 구성하는 "명제"를 "상징화한" 것이 문학(작품)을 가리킨다는 점은 비교적 명백하다. 요컨대 문학(작품)은 현실을 바꿀 수 없지만, "민족문학론이 바탕에 두고 있는 '운동'"은 할 수 있다는 주장이다. 문학과 운동은 1980년대에 보편화되었던 '문학운동'이라는 말 속에 나란히 놓여 있었지만, 그리고 서로 긴밀하게 결합되어 있는 개념처럼 보였지만, 실상은 위의 인용문에서도 드러나듯 일종의 상호배타적인 관계로 이해된 측면이 있다. 민족·민중문학론자들은 (무)의식적으로 사회 변혁이 민중이나 노동자와 같이 사회를 구성하는 특정한 주체 및 계급 이념과 같은 정치적인 이념에 의거한 문학'운동'을 통해 이루어지는 것이며, '문학'은 상대적으로 부차적인 문제라고 인식하고 있었다. 이로써 역설적이게도 사회 변혁을 수행한다고 자임한 1980년대 문학에서 오히려 문학을 괄호 치고 비평 담론과 운동론에 의해 표방된 이념이 그것을 압도하는 듯한 형국이 연출됐다. 그리고 이러한 점은 결과적으로 1980년대 문학을, 1990년대 비평에 의해 제기되었던 가장 일반적인 비판처럼, 이념성의 문학으로 협소하게 이해하는 문학사적인 통념을 형성시키는 데 기여했다.

문학의 수행성은 그러한 통념을 해체하고 1980년대 문학을 탈·재영토화하기 위해 1980년대 문학이 보여 준 양식과 미학상의 역동적인 변화 및 혁신, 실험으로부터 포착하고 분석해야 할 중요한 특성이다. 일반적으로 어떤 시대의 문학이 성취한 변혁을 문학사적인 차원에서 분석·평가하는 일은 문학작품의 창작생산과 수용유통, 소비 과정에서 이루어진 형식과 미학, 사유, 주제의식상의 변화를 이루는 구체적인 요소와 양상, 그 효과에 관한 질적인 규명과 양적인 측정을 바탕으로 삼아, 다시 그것의 정치·사회·문화적인 영향 관계와 의미를 파악하는 실로 종합적인 작업이다. 그리고 그러한 작업에서 가장 기본적인 분석 단위가 되는 것은 양식과 미학이다. 따라서 이 둘을 논의의 축으로 설정해 르포, 수기, 소설이라는 서사 양식을 중심으로 각 양식에서 이루어진 미학상의 변화를 추적해 나가는 것이 용이하다. 그러나 논의의 틀을 이와 같이 설계한 보다 근본적인 이유는 1980년대 문학장에 나타난 역동적인 변화가 바로 그러한 세 양식과 각각의 미학 간의 상호관계 가운데 가장 현저히 드러난다는 사실에 있다.

르포와 수기는 이 시기 문학장에서 광범위하게 생산·유통·소비되면서 1980년대 문학의 주요 양식으로 떠올랐다. 1970년대 후반부터 "문학활동"의 일환으로 쏟아져 나오기 시작한 노동자들의 체험 수기는 "'문학적 감동력'과 함께 '베스트셀러적 파급효과'를" 발휘했다. 이와 동시에 도시 하층민의 삶을 주요 소재로 삼은 황석영의 『어둠의 자식들』, 이동철의 『꼬방동네 사람들』, 김홍신의 『인간시장』 등 이른바 '르포소설'은 1980년대의 베스트셀러 문화를 대표하는 출판물로 자리 잡았다.[27] 이러한 점은 르포와 수기가 1980년대에 이르러 문학장 내에서 매우 중요하고 강력한 영향력을 지닌 양식으로 부상했음을, 그 영향력과 파급력의 차원에 관한 한 시와 소설과 같은 전통적인 문학 장르를 압도하는 수준에 이르렀음을 말해 준다. 그리고 그러한 변화 과정에서 이 두 양식은 문학을 단순히 현실의 재현물 또는 언어적인 예술작품으로 정의하는 정태적인 방식에서 탈피해 글쓰기가 그 자체로 문자텍스트를 초과해 실천적 행위가 될 수 있는 수행성의 미학을 선보였다. 가령 1980년대 노동자 수기는, 이후 3장에서 상세하게 분석하겠지만, 글쓰기가 그 글쓰기의 주체인 노동자의 사회적 실존을 정치적 주체로 (재)구성하는 일을 수행했다.

이러한 변화는 르포·수기 양식의 작품 및 글쓰기들이 광범위하게 창작, 유통, 수용되기 시작한 문학장의 변화에서 비롯된 동시에, 다시 그러한 문학장의 구조를 재편하는 상호적인 관계를 이루고 있다. 보다 구체적으로 여기서 말하는 문학장의 변화란 창작·생산 주체와 유통 방식, 수용자인 대중의 감수성이 급격하게 변화된 양상을 가리킨다. 다시 한번 더 노동자 수기의 사례를 통해 부연하면, 노동자들이 쓴 체험 수기의 등장은 지식인·명망가 작가에 국한되어 있던 문학 창작 주체의 테두리를 확장시켰으며, 등단 제도나 문예지에 작품을 발표하는 방식을 통하지 않는 유통 과정을 거쳐 노동자를 포함한 다양한 계층의 독자들에게 수용되면서, 기성의 문학 규범과는 다른 차원의 의미주제와 문학적 감동을 느끼게 하는 새로운 감수성을 형성시켰다. 아울러 이와 같은 문학상의 구조적인 지각 변동은 자연스럽게 기성 문학 장르의 변형과 굴절을 초래하기 마련이다. 이 책의 4장에서는 그러한 변화의 흐름을 1980년대 중반·후반부에 소설이 르포 및 수기와 절합되면서 리얼리즘으로 일관하던 1980년대 소설 미학의 변화와 갱신이 이루어지는 양상에서 발견한다.

요컨대 1980년대 문학장의 역동적인 측면들—역학관계의 변형과 전복, 재정립의 양상과 여기에 작용한 다양한 차원 및 층위의 상수와 변수들

— 은 문학의 수행성, 특별히 1980년대 문학에서 식별되고 구체화된 수행성과 긴밀하게 상호 연관되어 있다. 따라서 지금부터는 관련 이론을 검토하면서 문학장의 체계와 문학의 수행성 간의 관계에 대해 논의하고, 특별히 이 책에서 1980년대 문학의 특성으로 규명하고자 하는 수행성의 의미와 용법을 정의한다.

문학에서의 수행성 개념

언어학에서 화행 이론의 일환으로 발전해 온 수행성 이론은 발화 그 자체가 어떤 행위를 수행하는 수행적 발화 또는 수행적 문장수행문의 개념을 수립했다.[28] 이는 언어 행위를 단순히 인간의 사고를 표현하는 언어적 형식·수단의 사용이나 언어 기호의 자율적인 작용으로 이해하는 차원에서 벗어나, 언어 행위는 곧 하나의 '행동', '수행conduct'이라는 인식의 이론적 토대를 마련했다. 그리하여 일반적으로 언어의 수행성이란 언어가 지닌 생산적, 창조적, 주술적 힘의 속성으로 인해 발화된 것 혹은 발화 대상을 존재하게 하고 발화 내용이 행동으로 실현되는 것을 가리키는 개념으로 이해된다. 그런데 이러한 언어 행위가 갖는 수행성은 기본적으로 발화자와 수신자인 행위자들 그리고 그 언어 행위의 산물 사이의 복합적인 상호 관계와 이를 둘러싼 발화 상황 및 맥락의 중층적인 간섭을 전제로 사유·성립되는 개념이다.

피에르 부르디외Pierre Bourdieu가 제시한 언어의 장champ, 그리고 그것을 매개로 재생산되는 문학장의 모델은 수행성 이론과 접점을 이루고 있다. 부르디외가 언어 행위를 상징 권력과 상징 자본의 생산·재생산 메커니즘의 측면에서 분석하기 위해 수립한 언어 시장 모델은 기본적으로 발신자들과 수신자들, 그리고 그들이 속한 집단 사이에서 이루어지는 언어적 실천에 의해 구성된 역학관계에 기초한다.[29] 문학장은 이와 같은 언어의 장 내부에 자리하는 하나의 하위 장으로서, 일상적 언어 행위와 구분되는, 글로 쓰인 공식화된 담론의 생산과 교환, 재생산이 이루어지는 공간의 구조 및 역학관계의 체계다.[30] 부르디외에 따르면 문학장에서 "말과 사유의 결, 장르, 올바른 기법 또는 스타일, 더 일반적으로 말해 '좋은 용법'의 사례로 인용되고 '권위를 갖게' 될 담론들, 이 모든 생산수단들의 생산은 그것을 수행하는 사람에게 언어에 대한 권력을 부여"한다.[31] 다시 말해 문학의 언어에 의해 발휘되는 수행적 효력에는 일정 부분 행위자들이 문학장 안에서 승인·인가된 문학적 형식과 미학, 사유의 규범을 따라 문학작품을 생산할 때 작동하는 상징 권력의 메커니즘이 작용한다는 것이다. 그런데 담론 생산 조건의 일부는 언제나 수용 조건에 의해 구성된다는 점을 고려할 때, 언어/담론의 수행성에 작용하는 중요한 하나의 요소로서 "수용가능성에 대한 감각"을 또한 간과할 수 없다.[32] 문학의 영역에서 그것은 바로 독자들이 문학작품을 수용하는 감각인 문학적 감수성에 해당된다.

이를 바탕으로 내릴 수 있는 결론은 다음과 같다. 문자화된 것글쓰기, écriture이 그 자체로 문학 행위로서 그것을 존재하게 하고 실현시킬 수 있다는 의미에서의 문학의 수행성은 행위자들과 그들의 행위능력 ― 구체적으로 말한다면 창작자의 작문 능력과 수용자의 문해력 ― 뿐만 아니라, 사유나 장르, 기법, 스타일 등을 아우르는 문학적 생산 양식, 그리고 수용 조건인 문학적미학적 감수성이 복합적으로 기능하는 문학장의 역학관계와 긴밀한 상호작용을 벌이는 가운데 실현된다. 이 책에서 양식과 미학을 문학의 수행성을 규명하고 측정하는 작업의 틀과 대상 영역으로 설정하는 것은 이러한 이유에서다.

일찍이 김도연이 그의 '장르확산론'에서 기민하게 포착한 대로 1980년대 문학 양식과 미학의 변화는 창작과 비평, 문학운동의 영역에서 이루어진 민족·민중문학운동의 활성화와 상호구성적인 관계를 맺고 있다. 그는 1980년대 민중문학운동이 그 대중적 기반을 확장하는 과정에서 민중^{대중}의 생활 체험과 일상적인 정서를 표현하고 반영하는 양식과 미학이 형성·발전되었음을 짚어 낸다.[33] 장르별로 서로 다른 특유의 미학적 정서 대신 일상적인 정서를 표현하고, 여러 장르가 복합적으로 결합된 형태를 띠는 방식이 문학장의 지배적인 창작/생산 양식과 미학으로 자리 잡기 시작한 것이다. 픽션과 논픽션을 가로지르는 실로 탈경계적인 글쓰기 양식, 특별히 1980년대에 통용되었던 용어를 빌려 말하자면 '르포문학' 또는 '르포소설'이라는 새로운 양식이 문학장에 광범위하게 확산되고, 1970년대 후반부터 문학장에 유입되기 시작한 노동자들의 체험 수기가 비단 문학의 창작·생산 주체의 범주뿐만 아니라 수용자층을 확대하면서 기존과는 다른 문학적 감수성이 형성되기 시작했다. 일상적이고 체험적인 정서의 표현과 전통적인 문학 장르의 규범을 해체하는 양식의 글쓰기가 활발히 생산된 데는 그것들을 문학적인 것으로 수용하는 감각과 인식의 변화 및 확대라는 조건이 작용했다. 이 책에서는 그러한 양상을 가장 현저하게 드러내는 르포, 수기, 소설의 서사 양식과 미학에 대한 분석을 통해 1980년대 문학의 수행성을 규명한다.

한편 부르디외의 이론은 대체로 언어의 상징 권력이 생산·재생산되는 장^{champ}의 사회·경제적인 맥락에 초점을 맞추고 있어 그가 말하는 수행성은 사회적인 규범 및 관습과 시장의 논리에 순응할 때 그 언어적 산물과 행위자에게 부여되는 권위 또는 상징 권력에 의한 효력으로 귀결되는 측면이 있다. 이는 부르디외가 언어의 자율성과 초월성을 간과, 혹은 지나치게 축소한 데서 빚어지는 문제라고 볼 수 있다. 주디스 버틀러Judith Butler는 부르디외의 한계를 지적하며 자크 데리다Jacques Derrida가 오스틴J. L. Austin에 대한 재독해를 통해 새롭게 정초한 수행성의 이론을 참조함으로써, 수행적 언어 행위가 사회적인 맥락 안에서 이루어지지만 동시에 그 맥락과 단절되며 스스로를 넘어서는 국면과 그 효과를 고찰한다. 버틀러에 따르면 부르디외는 "사회 변혁의 가능성을 지배하는 반복 가능성의 논리를 파악하지 못한다".[34]

기실 언어 행위가 그것을 둘러싼 장에서 통용되는 의례와 관습에 맞게 적절하게 적용될 때만 수행적 힘이 발휘되는 것은 아니다. 기존 의례와 관습에 정확히 일치하는 방식으로 이루어지는 언어 행위의 반복적인 수행이 불가능한 것은 물론이거니와, 버틀러의 지적대로 "틀리거나 잘못된 적용을 재반복reiterations으로 이해함으로써" 오히려 "사회 제도의 형태가 어떻게 변화와 수정을 겪는지", 아울러 "미래의 형태라는 가능성을 부수어 열면서 어떻게 현존하고 있는 형태의 적법성에 도전하는 효과를 가질 수 있는지를 알게 된다".[35] 데리다는 이와 같은 반복(불)가능성에서 비롯되는 언어의 수행적 힘을 "차이적 힘", "힘의 차이로서의 차이", "차이로서의 힘 또는 차이의 힘으로서의 힘"으로 정의한다.[36] 언어 행위는 그 자체에 내재하는 동일성과 차이의 구조로 인해, 장 내부에 작동하는 역학관계에 따라 규정된 방식을 반복하는 한편으로 그것을 변형시키고 그것으로부터 단절·이탈하게 된다. 데리다에게 언어의 수행적 힘은 바로 이 차이에서 빚어지는 변형과 전복, 해체의 가능성이며, 그것은 "가장 강대한 힘과 가장 연약함이 기묘하

게도 서로 교환되는 역설적인 상황들"에서 발휘되는 것이다.[37]

1980년대 문학의 수행성은 바로 이 지점에서 발견된다. 1980년대 르포·수기와 소설 양식의 글쓰기가 그 창작생산과 수용 과정에서 그것들을 둘러싼 정치·사회·문화적인 상황과 맥락을 변형, 전복, 해체시켰다고 할 때, 부르디외적인 의미에서 그것을 가능하게 하는 조건인 1980년대 문학장의 역학관계가 작동한 측면을 결코 부정할 수 없지만, 보다 중요한 것은 문학이 그 스스로를 초과하고 둘러싸인 맥락으로부터 단절하는 탈맥락화와 탈구축을 가능하게 하는 수행적 힘이 실현된 결과라는 사실이다. 1980년대 문학장에서 지배적인 상징 권력을 행사했던 것은 주지하다시피 민족·민중문학 담론이다. 그것은 신군부 독재정권에 맞서는 대항 담론으로서 가장 강력한 권위와 도덕적 정당성을 지니고 있었다. 르포·수기와 같은 '비문학적'이라고 간주되는 글쓰기 양식과 미학이 '문학적'인 것으로 지각·인식될 수 있었던 변화는, 그리하여 노동자가 중요한 정치적 주체로 호명되며 지배 이데올로기에 의해 은폐된 차별과 불평등, 착취와 억압, 폭력과 불의의 사회 현실이 가시화됨으로써 수행된 문학의 사회 변혁은 분명히 민족·민중문학론의 승인과 인가 아래에서 이루어졌다. 그러나 그렇게 승인되고 인가된 만큼만 문학의 수행성이 실현될 수 있다고 간주하는 것은 실상 문학의 수행적 힘을 부정하는 것과 다르지 않다. 그것은 문학이 변혁을 '수행'한 것이 아니라, 주어진 민족·민중문학의 이념과 논리를 재현 — 대변representation — 한 것에 불과하기 때문이다. 언어에는, 그리고 문학에는 분명 어떤 것을 재현하는 기능이 존재하지만, 동시에 언어 행위는, 그리고 문학 행위는 그것이 행하는 것 그 자체이기도 하다.

따라서 이 책에서 1980년대 문학이 어떤 사회 변혁을 수행하는 방식으로 수행성을 발휘한다고 말할 때 그것은 다음을 의미한다. 문학이 주어진 사회변혁적 운동 이론의 적용과 그 이념에 대한 표방 및 재현을 넘어서, (사회)세계를 특정한 방식으로 분할·분류·조직, 그리고 재현함으로써 그와 같은 방식으로 세계를 구성하는 의미 작용과 그 실천의 체계를 변형시키고 초월하며 재구성할 수 있는, 문학 자체에 내장된 변혁의 가능성이 바로 문학의 수행성이다.

그런 점에서 1980년대 문학의 지형도를 다시 그리는 일은 분명 1980년대 문학과 관련해서 결코 누락할 수 없는 민족·민중문학론의 맥락을 고려하고 살펴야 하지만, 그와 동시에 1980년대 문학의 수행성은 단순히 민족·민중문학론의 대항 이데올로기의 실천에 국한되지 않고, 그 담론을 전유하고 그것으로부터 탈맥락화함으로써 여는 탈구축의 가능성으로부터 규명될 수 있는 것이다. 가령 르포는 1980년대 전반기의 소설 침체 현상과 함께 드러난 소설의 한계를 극복하며 기존의 문학(성) 개념을 재구성하는 양식으로 부상했다. 그러한 르포를 문학 양식으로 정착시키기 위해 민족·민중문학론은 민중의식을 바탕으로 민중이 처한 사회 현실의 모순을 보여주는 가장 구체적이고 본질적인 현장을 포착해 그 모순의 구조에 대한 객관적·총체적 인식을 가능하게 하는 신문문학의 한 양식이라는 위치를 부여했다.[38] 그러나 실제 르포 양식의 글쓰기는, 이후 2장에서 보다 구체적으로 분석·논증하게 될 내용을 요약적으로 제시하자면, 체험에 육박하는 감각과 은폐된 사실들을 전달하는 미학에 기초해, 객관적·총체적 인식보다는 감성적인 판단에 정향된 양상을 드러냈다. 이러한 불일치와 단절은 르포를 리얼리즘적 소설 양식과 미학으로 수렴시키는 민족·민중문학 비평 담론을 초과하며 1980년대 문학이 르포 양식의 글쓰기를 통해 소설이 부딪쳤던 한계를 넘어 사회 현실에 개입할 수 있는 새로운 틈—새로운 가능성의 사유와 실천을 위한 통로—을 재구성한다.

르포, 수기, 소설 양식의 절합

이 책에서 1980년대 중반 이후 소설이 겪는 미학적인 변화를 르포·수기 양식과의 '절합articulation' 양상 속에서 설명하려는 것 역시 동일한 문제의식에서 비롯되었다.[39] 1980년대 문학에서 르포, 수기, 소설이라는 상이한 범주 및 층위에 속한 서사 양식들이 각각에 규정·할당된 범위와 정해진 규범을 해체하며 서로 마주치는 양상은, 문학을 주어진 담론의 실천(지배 체제의 담론과 헤게모니적인 대항 담론을 막론하고)으로 이해하는 일방향적이고 단순한 차원에서 벗어나, 자율적으로 스스로를 갱신하며 재구축하는 동시에 사회적인 힘들과 교차하며 그것들을 변형시키는 문학 행위로 재사유할 수 있게 하는 드문 사례다. 이에 대한 본격적인 논의에 앞서 여기서는 앞으로 이 책에서 사용하는 절합 개념의 용법을 간략하게 규정한 뒤, 르포·수기와 소설이 이루는 양식상의 절합을 1980년대 문학의 수행성을 분석하는 틀로 설계한 이유와 이점, 의의에 대해 설명한다.

절합은 본래 사회 구성 체제, 혹은 이데올로기적 요소들이 담론 안에 존재하는 방식과 구조를 마르크스주의의 환원론을 물리치는 가운데 설명하기 위한 정치적·전략적 개념으로 고안되었지만, 문화 연구 분야에서 하나의 일반화된 이론으로 발전하면서부터는 문화 연구의 분석 대상이 되는 사회·문화적인 현상의 정체성들, 실천들, 효과들을 맥락화contextualize하는 방법론적 틀로 자리 잡았다.[40] 스튜어트 홀Stuart Hall에 따르면 절합은 기본적으로 "어떤 조건 아래 두 개의 다른 요소를 서로 통일시킬 수 있는 연결 형태"로 "항상 필연적이거나, 결정된, 절대적인, 필수적인 것이 아닌 연결"을 가리킨다.⁴¹ 필연적이거나 이미 결정된, 혹은 외부적인 힘에 의해 이루어지는 연결이 아니라는 점에서 서로 절합된 요소들은 탈절합과 재절합이 가능하며, 그것은 자발적이고 구체적인 실천들에 의해 이루어진다. 따라서 절합 이론에 근거할 때 사회·문화적인 실천들을 주체의 계급 또는 계층, 지위로 환원하지 않고, 또한 그것들을 규정한다고 여겨지는 담론들에 고정·환원시키지도 않으면서 그 실천들이 어떤 구체적인 국면에서 이루어지고, 무엇을 성취하는지, 절합과 재절합의 과정 가운데 변형시키는 것은 무엇인지를 추적하는 것이 가능하다.

이러한 측면을 고려하여 이 책에서는 ① 1980년대 문학이 1980년대 한국 사회라는 맥락 속에서 사회세계에 대한 문학적·문화적 실천으로 고찰될 수 있다는 점에서, ② 개별 양식의 글쓰기들 또한 그 하위의 문학적·문화적 실천으로 간주될 수 있으며 1980년대 문학이라는 통일된 전체 안에서 서로 구분되는 각 양식들이 다양성과 차이를 유지하면서 작동하는 양상으로 분석될 수 있다는 점에서, ③ 나아가 당대의 지배적인 비평 담론(대표적으로 민족·민중문학론) 혹은 그에 의해 배타적으로 주장되는 (계급적) 주체(예컨대 민중과 노동자)와 이념으로 '환원'시키지 않는 방식으로, 특별히 각 실천들이 이루어지는 구체적인 '국면'들을 복원할 수 있다는 점에서, 절합 이론을 중요한 방법론으로 삼는다.

그러나 이 책의 4장에서 제시하는 르포·수기와 소설 사이의 양식적 절합이 결코 자의적으로, 혹은 역사성을 무시한 채 상대주의적인 차이를 특권화함으로써 각 양식들을 연결시킨 결과물은 아니라는 점을 분명하게 밝혀둔다. 절합을 정식화하는 과정에서 스튜어트 홀이 절합은 '역사적 조건하에서historically' 이루어진다고 거듭 강조했던 사실을 상기할 필요가 있다. 마찬가지로 이 책에서 제시하고 있는 1980년대 서사 양식들 간의 절합 역시 다음과 같은 특정한 역사적 조건을 전제로 설계한 것이다. 가령 소설은 5·18이라는 역사적인 사건에 직면한 가운데 『죽음을 넘어 시대의 어둠을 넘어』풀빛, 1985라는 기념비적인 르포와 절합을 이루게 되고, 노동자 수기와 1980년대 후반 노동소설의 절합은 1980년대에 활성화된, 특별히 1987년 노동자대투쟁으로 인해 정점에 도달했던 노동운동의 역사적 맥락을 바탕으로 삼고 있다. 또한 주체를 전형적으로 재현하는 경향에서 벗어나 개별 주체들의 목소리를 들리게 하려는 재현(불)가능성에 도전하는 소설 형식과 미학의 출현은 1980년대에 광범위하게 생산·수용되었던 수기와의 절합 관계를 바탕에 두고 이해할 수 있는 현상으로 볼 수 있다. 이때 중요한 것은 1980년대의 시대정신이라고도 말할 수 있는 민주주의에 대한 사람들의 이해 형태가 만들어지고 제도로서의 민주주의대의 민주주의를 성취해 나가는(혹은 민주주의의 완전한 성취는 좌절되는) 1980년대 중·후반의 구체적인 역사적 조건이 거기에 개재되어 있다는 사실이다.

아울러 '자의적arbitrary'이 아닌 '자율적autonomous'인 연결 구조라는 점에서 절합은 모든 경우에 동일한 형태와 수준으로 일괄 적용되지 않으며, 각 절합들 사이에 일정 정도의 편차가 두루 존재함을 염두에 두어야 한다. 따라서 어떤 절합은 더욱 강력하고 지속적이며 현저하게 나타난다면(예컨대 이 책에서는 노동자 수기와 노동소설 간의 절합), 어떤 것은 내포적이고 일시적인 모양새(노동자의 전형의 '리얼리즘적' 재현에 저항하는 소설과 수기 양식 사이의 절합적인 관계)를 띤다.[42]

이와 같이 양식 간의 절합을 토대로 1980년대 문학의 지형도를 새롭게 그림으로써 얻을 수 있는 이점 중 하나는 이분법적인 시각의 해체다. 문학사의 흐름을 이분화하려는— 대표적으로 리얼리즘과 모더니즘의 이항 대립으로 보는— 경향은 아주 오랫동안 보편화되어 왔다. 특히 이러한 경향이 1980년대에, 그리고 1980년대 문학에 관한 논의에서 정점에 달했음은 주지의 사실이다. 물론 이후 이를 극복하려는 시도 또한 다양하게 이루어져 왔으며, 가령 비평의 영역에서 제기되었던 리얼리즘과 모더니즘의 회통론 같은 논의를 그 대표적인 사례로 거론할 수 있을 것이다.[43] 그러나 여기서는 그와 같이 리얼리즘과 모더니즘 양자 간의 교차나 통합을 주장하는 논법을 사용하지 않는다. 리얼리즘과 모더니즘의 두 경향으로 다양한 작품 및 글쓰기를 구분·범주화하는 방식 자체가 문학적 이데올로기의 산물이며, 따라서 그러한 구분 자체를 떠나 개별 작품과 글쓰기, 혹은 작가, 양식이나 장르 등 여러 단위의 차원에서 각각이 만나고 분기하거나 충돌하는 양상들을 탐색하는 방식이 보다 근본적이고 생산적으로 이분법을 극복하는 길이라고 본다.

물론 이 책에서 리얼리즘이나 모더니즘의 구분과 범주를 떠나 1980년대 문학을 다시 읽는다고 말할 때, 1980년대 문학에서 리얼리즘과 모더니즘적인 속성을 지닌 작품들, 문학 비평 담론과 전통이 존재하지 않았다고 주장하려는 것은 아니다. 혹은 그러한 것들이 무용하므로 폐기하겠다는 것을 의미하는 것 또한 아니다. 리얼리즘은 분명 1980년대의 중요한, 그리고 지배적인 문학적 경향이자 문학(비평) 담론이었다. 이인성, 최수철 등으로 대표되는 소설가들의 작품을 모더니즘으로 범주화·의미화하는 비평 담론들이 존재했다는 사실 또한 간과할 수 없다. 다만 본 연구의 목표인 1980년대 문학의 수행성을 분석하는 관점에서는 그와 같은 리얼리즘과 모더니즘의 이분법이 일종의 장애물이 되기 때문에, 특별히 이 책에서 중점적으로 다루는 르포와 수기는 리얼리즘과 모더니즘 중 어느 것으로도 충분히 설명될 수 없는 양식이므로 이분법적 시각의 해체를 강조하는 것이다.

다른 한편으로 양식 간의 절합은 1980년대 중·후반 소설 미학의 변화에 대한 설득력 있는 분석을 제시할 수 있다는 점에서도 유용한 방법론적 틀이다. 비평에 의해 소설침체기로 일컬어지곤 했던 1980년대 전반기가 지나간 후 소설 창작의 영역에서는, 리얼리즘이 여전히 세계관과 창작 방법론으로서 특권적인 지위를 누리고 있었던 비평의 전반적인 분위기와 달리, 리얼리즘으로는 포획되지 않는 흐름들이 형성되기 시작했다. 이러한 변화에 작용한 여러 복합적인 요인들 가운데 이 책에서는 특별히 르포·수기와 소설 양식 간의 절합 지점, 그것을 둘러싼 문학적 사유와 문제의식, 정치·사회·문화적인 맥락을 분석함으로써 소설 미학의 변화를 1980년대 문학 특유의 장르적인 개방성과 관련지어 설명하고자 한다. 어떤 대상을 문학화하는 새로운 방식의 등장은 기본적으로 문학이 그 대상을 감각적으로 식별하고 표상할 수 있는 새로운 능력과 틀의 전제하에서 이루어진다고 말할 수 있다. 이때 그 능력을 미학에 대응시킨다면, 틀은, 그것의 보다 규정적인 형태로서, 문학 양식에 해당된다. 이러한 점을 고려하건대 새로운 문학적 경향은 양식과 미학의 교차 지점에서 고찰될 수 있다. 상대적으로 덜 정형화·규범화되어 있으며, 운동적인 목표와 성격을 띠고 있었던 1980년대의 르포·수기 양식이 소설과 마주친 지점에서 발생한 소설 미학의 변화는 기실 1980년대 중·후반에 두드러지게 나타난 소설 창작의 활성화, 그리고 새로운 경향의 등장과 관련해서 설명될 수 있는 중요한 요인이다.

미학을 단순히 "수동적인 인상이나 임의적인 효과"가 아니라 "감각적인 파악과 판정의 성취"라는 '활동(성)'의 차원에서 규정하는 이론적 사유에 따르면, 미학의 차원에서 주체와 주체성은 감각적인 것을 연습하고 사용하는 '반복적인 수행'을 통해, 즉 미학적 "활동" 속에서 실천적으로 구성된다.[44] 다시 말해 미학에서 어떤 행위의 주체와 주체성은 행위와 행위능력을 통해 규정된다는 것이다. 이러한 점은 미학을 문학의 수행성과 연관 지어 사유할 수 있는 실마리를 제공한다. 문학이 언어적 수행일 뿐만 아니라 미학적인 활동인 한, 문학의 수행성을 분석할 때 이와 같은 '미학적 힘'의 측면을 간과할 수 없다. 그러므로 1980년대 문학의 수행성과 관련된 가설의 중요한 일부는 미학의 변화혁신가 1980년대 문학이 수행한 사회 변혁과 밀접하게 연관되어 있으며, 문학운동의 이론과 이념만큼이나 중요한 역할을 했다는 점이다. 좀 더 일반론적인 차원으로 확장시킨다면 미학의 변화혁신는 문학을 매개로 주체가 세계를 감성적으로 수용하는 방식, 나아가 세계와 관계 맺는 방식을 근본적으로 바꾸는 일이라고 말할 수도 있겠다.

문학적 민주주의, 문학의 민주주의

지금까지의 논의를 종합할 때 이 책에서 규명하려는 문학의 수행성이란 기본적으로 문학적미학적 글쓰기 행위로서의 문학이 수행한 것과 그로 인해 초래된 결과를 의미한다고 정리할 수 있겠다.[45] 물론 문학의 수행성은 문학 행위에 수반되는 결과 내지는 효과와 관련해서 그것이 반드시 실제적인, 혹은 분명하게 가시적인 지표로 나타나야만 증명될 수 있는 것은 아니다. 퀜틴 스키너Quentin Skinner가 지적했듯 수행적인 언어 행위에 "할당할 수 있는 유일한 가치는 그것이 바로 행동이 초래한 사태라는 사실뿐이다".[46] 예컨대 르포 글쓰기가 진실의 전달을 수행함으로써 문학적 진실성을 재구성한다고 할 때, 독자에게 그 진실이 성공적으로 전달되었는지의 결과 여부, 즉 그 성공적인 수행을 어떤 명시적인 수치로 입증할 수 없다고 해서 그것의 수행성이 부정되는 것은 아니다. 르포 글쓰기가 진실의 전달이라는 행위를 초래한 것 그 자체만으로도 르포의 수행성에 대해 논의할 수 있다. 한편으로는 데리다가 말한 것처럼 문학에 의해 수행되는 법과 역사, 제도의 해체가 가시적으로 어떤 결과를 만들어 내지 않는다는 의심을 불러일으키지만, 그러한 생각을 불러일으킨 것 자체가 이미 해체를 작동시키는/수행하는 것이기도 하다.[47]

 '1980년대 문학이 무엇을, 어떻게 수행함으로써 그 수행의 결과에 해당되는 사회 변혁을 초래했는가'의 물음에 대한 해답을 찾아가는 작업이 될 이 책은 궁극적으로 1980년대 문학이 문학적 민주주의를 모색하고 실현해 나간 실험적인 장이었음을 증명하는 것에 목표를 둔다. 바꿔 말한다면 자신의 몫과 권리를 주장할 수 없는 사람들에게 사회세계에 참여할 수 있는 언어 및 행동 양식으로서의 말과 글쓰기를 가능하게 하는 문학적 수행이 바로 1980년대 문학이 모색하고 실현시켰던 문학적 민주주의라는 것이다. 그리하여 이 책의 결론은 사회 변혁을 사유하고 실천하려 한 1980년대 문학의 의미와 가치, 성취를 그것이 연 문학적 민주주의의 지평에서 찾아야 한다는 주장으로 이어질 것이다. 이는 1980년대 문학에 대한 (재)인식 및 (재)평가의 바탕이 되며, '얻은 것은 이데올로기요, 잃은 것은 문학'이라는 식의 오명으로부터 1980년대 문학을 해방시키는 준거가 될 것이다.

1980년대 문학 지형도의 범례 - '1980년대'와 '문학'의 범주 설정

마지막으로는 이 책의 연구 범위에 대해 간략하게 정리한다. 먼저 1980년대 문학을 연구 대상으로 삼는 작업에서는 '1980년대'와 '문학'이 지시하는 것이 무엇이며 그 범위를 어떻게 한정할 것인지가 중요한 문제로 떠오른다. 문학사 기술에서 대체로 10년 단위의 시대 구분이 보편화되어 있지만 실제로 각 연대 사이에 명확한 기점이나 경계가 존재하는 것은 아니다. 다만 1980년대를 구획하는 문제에 관해서라면 일반적으로 1980년의 5·18이 이른바 1980년대적인 특성이라고 규정되어 온 민족·민중 해방을 위한 "운동으로서의 문학"에 대한 인식, 그리고 문학의 개념과 범주에 대한 재인식 등을 촉발시킨 역사적인 계기라는 주장이 무리 없이 받아들여져 왔다.[48] 아울러 1980년 초에 이루어진 『창작과비평』, 『문학과지성』의 폐간과 나란히 이루어진 『실천문학』의 창간 역시 1980년대 문학의 지평을 연 중요한 사건으로 거론되어 왔다.[49] 이 책에서도 기본적으로 이러한 구분법을 따라 1980년대 문학의 기점을 1980년으로 잡는다. 단, 르포와 수기가 광범위하게 출판되기 시작한 변화와 관련해서는 10·26사태와 같이 1979년도에 벌어진 정치·사회적인 상황 변화와 1970년대 후반 대규모로 일어난 노동운동이 주요한 요인이 되었다는 점에서 그 범위를 좀 더 탄력적으로 설정한다.

시기 구분과 관련해서는 사실상 시작보다 1980년대의 종결 시점을 언제로 볼 것인가의 문제가 좀 더 논쟁적일 것이다. 10년 단위의 기계적인 구분을 떠나 1980년대적인 특성 자체에 초점을 맞춘다면 1980년대는 사실상 1987년경에서 마무리된다는 주장이 있는 한편, 다른 한편에서는 1992년을 기점으로 한 시대 변화가 더 크다는 관점도 제시된다.[50] 1980년대 내내 지속되었던 사회 변혁 운동이 1990년대 초반까지 이어졌으며, 그것과 보조를 맞춰 문학운동 역시 비슷한 궤도를 그리고 있었다는 점을 염두에 둘 때, 1980년대 문학의 범위를 1992년까지로 넓혀 보는 일은 가능하다.[51] 다만 1987년을 기점으로 전반기와 후반기 사이에는 분명 어느 정도의 단절과 변화가 확인된다. 특히 1980년대 후반에 이르면 정치 상황의 급격한 변동 및 사회·문화적인 측면에서의 다양한 변화가 일어나면서 문학에서도 역시 1990년대적인 것으로 규정되는 특성들이 혼재되어 나타나는 현상이 발견된다. 이 책에서는 그러한 단절과 변화를 염두에 두면서 논의를 진행한다.

한편 1980년대 문학을 연구 대상으로 삼을 때 특히 문학의 개념과 범주에 대한 별도의 논의가 필요하다. 이는 기존에 통용되어 왔던 문학의 개념 정의 및 분류법이 포괄하지 못하는 작품들이 이 시기에 이르러 대거 등장했으며, 이를 계기로 문학을 재정의하려는 비평 담론 또한 함께 형성되었기 때문이다. 대표적으로 르포와 수기, 일기, 편지글 등이 여기에 해당된다. 이 책에서는 이러한 다양한 형태의 글쓰기들을, 그중에서도 가장 광범위하게 창작·수용되었고 문학장에서 강한 영향력을 행사했던 르포와 노동자 수기를 연구의 대상으로 삼는다. 그러나 문학 개념의 외연과 내포를 따져가며 르포와 수기가 문학임을 증명하거나 이들 역시 문학이라고 주장하는 논의를 진행하지는 않는다. 이 연구의 목적은 르포와 수기가 기존의 문학 개념에 비추어 문학에 포함되는지 아닌지를 판별하는 것도 아니거니와, 그러한 방식의 논의는 문학 개념을 선험적이고 본질적인 것으로 간주함으로써 자연화하는 오류를 범할 수 있다. 이 책에서 주목하는 바는 르포·수기가 문학장 내부에 유입된 이후 본격적으로 창작·수용되면서 그것들이 기존의 문학 개념을 변경하거나 문학의 범주를 확장시키려는 움직임 – 운동으로서 1980년대 문학장에 커다란 지각 변동을 일으켰다는 사실이 다. 그러한 변화는 1980년대 문학의 특성, 특별히 이 책에서 규명하고자 하는 최종적인 목표인 문학의 수행성과 관련해서 살펴봐야 할 핵심적인 지점이다.

아울러 문학은 어떤 고정된 실체나 분명한 테두리를 갖는 개념이 아니 며, 그것이 속한 시대와 사회에 따라, 그리고 그것을 창작하고 수용하는 방 식과 양상, 그에 대한 인식 변화에 따라 무한히 변모해 간다. 1980년대의 르포와 수기는 이와 같은 사실을 예증하는 존재였다. 뿐만 아니라 1980년 대 문학을 그 이전 시기, 그리고 그 이후 시기와 구분할 수 있게 하는 가장 특징적인 면모가 바로 그와 같은 새로운 종류의 문학적 글쓰기의 등장과 그것이 문학장 안팎에 미친 영향력에 있다는 점을 고려할 때, 르포와 수기 가 기존의 문학 개념에 부합하는지를 확인하는 작업은 큰 의미를 갖지 못 한다. 중요한 것은 역으로 그것들이 1980년대 문학에 창조한 새로운 문학 적 감수성과 문학장의 구조를 재편한 구체적인 양상을 분석하는 일이다.

한편 르포와 수기에 대한 연구는 리얼리즘과 모더니즘, 혹은 문학의 이 념성과 자율성 사이의 이항대립적 구조로 일관해 온 문학사의 저변에 완전 히 다른 제3의 흐름이 존재하고 있음을 확인시켜 준다는 의의를 갖는다는 점도 지적해 둘 필요가 있다. 르포와 수기로 대변되는 하나의 흐름은 문학 사의 저류를 형성하며 잠잠히 흐르다 해방기, 1980년대, 그리고 다시 최근 2000년대와 같이 문학사의 특정한 국면에서 수면 위로 모습을 드러내는 양상을 보여 왔다.[52] 1980년대를 르포 문학의 전성시대라고 부르는 데는 이견이 없는 듯하다. 다만 그 배경에는 1970년대부터 전문적인 작가는 물론이거니와 다양한 계층의 비전문적인 작가들에 의해 르포와 수기가 생산되었고, 대중적으로 소비되었던 전사前史가 자리하고 있다.[53] 한편 2000년대에 들어서 신자유주의 경제 체제의 모순이 드러나며 사회 각 부면에서차별, 빈곤, 양극화의 문제가 심화되기 시작한 변화와 맞물려 르포 창작이다시 활발해지기 시작했다.[54] 아울러 가장 최근에 주목할 만한 현상은 세월호 참사와 관련해 이루어진 르포 창작이다.

이상의 논의를 바탕으로 전개할 본론의 전반적인 구조는 다음과 같다. 이 책은 기본적으로 양식별로 논의를 세분화하는 구조를 취한다. 각각 2장은 르포, 3장은 노동자 수기, 4장은 1980년대 중·후반의 소설을 다룬다. 이는 본 연구의 전제이자 본론에서 본격적으로 규명해 나갈 다음과 같은 논점 때문이다. 첫째, 각 양식의 문법에 따라 구현되는 수행성이 대별되며, 둘째, 1980년대 문학 양식들, 특별히 서사 양식들이 일종의 절합을 이루고 있다는 점이다.

아울러 이 책은 통시적인 구성을 취하고 있다. 1장에서는 1980년대 초 문학장이 재편되는 전반적인 양상을 살펴본 뒤, 2장에서는 1980년대의 시작점에 위치한 황석영의 『어둠의 자식들』1980을 포함해 전반기 문학장에서 지배적인 영향력을 행사한 르포를 분석한다. 3장의 논의는 1980년대를 세 마디로 나눌 때 그 중간에 해당되는 1984년에 발표된 노동자 수기, 특별히 여성 노동자들이 쓴 장편 수기를 중점적으로 살펴본다. 4장에서는 이른바 소설침체기로 불린 전반기를 지나 1980년대 작가들이 본격적으로 활동하기 시작하는 1980년대 중·후반의 소설을 다룬다. 시기적으로 정교하게 분절되지는 않지만 크게 볼 때 이와 같은 통시적인 흐름에 따라 장과 절을 배치하고 있음을 밝혀둔다.

1장

1980년대 초
문학장의 재편 양상

1. 포스트개발독재시대 픽션과 논픽션의 전위轉位

유신시대의 종결과 르포에 뛰어든 소설가들

1980년을 전후로 일군의 소설가들에게서 공통적으로 발견되는 변화, 즉 소설가들이 르포 창작에 본격적으로 뛰어들었던 징후적인 현상이 나타났다. 물론 소설가들의 르포 창작은 1980년대만의 특징적인 현상은 아니다. 그러한 움직임은 가깝게는 1970년대로 거슬러 올라가 확인해 볼 수 있다. 가장 잘 알려진 사례로는 박태순과 신상웅이 광주대단지사건에 관해 쓴 르포를 거론할 수 있다.[1] 황석영의 경우 탄광과 공단, 지방의 장돌림에 관한 르포 네 편「구로공단의 노동실태」(1973), 「벽지의 하늘」(1973), 「잃어버린 순이」(1974), 「장돌림」(1976)을 1970년대에 썼다. 1980년대 소설가들의 르포 창작이 1970년대의 양상과 구분되는 지점은 이들의 르포가 소설 창작에 곁들여지는 부수적인 작업으로서가 아닌, 문학장의 중심에 놓였다는 사실에 있다. 기실 이후 2장에서 상세히 살펴보게 될 황석영, 박태순, 조세희의 르포집은 출판 당시 상당히 많이 팔렸을 뿐만 아니라, 대중 독자들에게 주목할 만한 반응을 이끌어 낼 만큼 양식적·미학적으로, 또한 주제의식 차원에서 높은 완성도와 중요성을 드러낸다.

이러한 현상 이면에는 소설가들이 소설이 지닌 한계를 인식하기 시작한 보다 근본적인 변화가 자리하고 있었다. 이른바 포스트개발독재시대에 돌입한 1980년대의 정치·경제·사회적인 변화가 작용했으며, 그중에서도 특히 1979년부터 이어진 노동운동과 1980년의 5·18은 그 변화의 가장 중요한 요인이었다. YH사건으로 대표되는 1970년대 말 노동운동의 격화와 1980년대의 가장 충격적인 사건이었던 5·18은 1980년대 문학장에

극적인 변화를 일으켰다. 특별히 '소설의 시대'로 불릴 만큼 픽션－소설이 우위를 점했던 1970년대의 상황과는 대조적으로, 바야흐로 논픽션－르포·수기가 범람하는 상황이 1980년대 초 문학장 가운데 펼쳐졌다. 여기에는 변화된 1980년대적인 상황에 문학이 어떻게 대응해야 할 것인가 하는 작가들의 문제의식이 자리하고 있었으며, 이는 다음과 같은 두 가지 변화와 맞물려 나타났다. 첫째는 논픽션에 대한 독자들의 뚜렷한 선호 현상에서 드러나는 감성 구조의 변화이고, 둘째는 이와 더불어 문학은 곧 픽션이라는 인식이 점차 와해되어 가며 나타난 문학적 진실성에 대한 관념의 변화다. 여기서는 문학 외부의 것으로 간주되었던 르포·수기와 같은 논픽션적 글쓰기가 그와 같이 여러 층위의 복합적인 요소들이 작용한 결과 1980년대 문학장에서 지배적인 서사 양식의 위치를 차지하게 되었음을 살펴볼 것이다.

1970년대를 대표하는 소설가들이자, 특별히 도시하층민 또는 이른바 민중의 삶을 소설화하는 작업에 주력했던 황석영, 박태순, 조세희는 1980년대에 나란히 르포집을 선보인다. 이들은 각각 차례대로 『어둠의 자식들』현암사, 1980, 『국토와 민중國土와 民衆』한길사, 1983, 『침묵의 뿌리』열화당, 1985을 출간한다. 이들 르포물은 논자에 따라 르포, 체험 수기, 또는 르포와 체험 수기, 소설이 혼재된 양식을 취하고 있는 것으로 다양하게 규정된다. 확실히 기행르포로 분류할 수 있는 박태순의 『국토와 민중』을 제외하고 황석영과 조세희의 작품은 공히 픽션과 논픽션적인 특성을 동시에 지니고 있다. 물론 『어둠의 자식들』과 『침묵의 뿌리』에서도 논픽션적인 속성이 보다 우세하다는 점은 분명하다. 여기서 중요한 것은 이 작품들이 속한 하위 장르를 규정하는 문제가 아니라, 이 세 소설가가 소설 장르에서 벗어나 르포, 혹은 픽션적 특성이 가미된 논픽션적 글쓰기를 본격적으로 전개해 나간 현상에 대한 분석이다.

이들이 보인 이 일종의 방향 전환으로부터 소설가들이 소설 창작에서 부딪쳤던 모종의 한계를 해결하고자 한 의도, 내지는 1980년대의 정치·사회적인 변화에 능동적으로 대처하려 한 의지를 읽어 내는 것은 그다지 어렵지 않은 일이다. 가령 황석영은 『어둠의 자식들』의 '작자의 말'에서 생생한 육성을 통해 다음과 같이 밝히고 있다.

> 나는 이 기록을 정리하면서 몇 번이나 눈물을 흘렸고, 글을 쓰기도 부끄러워서 못하겠다고 여러번 내던지기까지 했었다. 이름 없는 사람들의 삶의 기록이 이러할진대 과연 소설가란 무엇하자는 작자들인가 자신에게 되물어보고는 하였다. 사방에서 그런 이들이 입을 모아서, 「문예 많이 해처먹어라!」라고 질타하는 소리가 들리는 듯하다.
>
> 나는 이 글을 쓰면서 새로운 문학적 자세를 가다듬는 좋은 계기가 될 것이라고 믿는다.[2]

황석영은 『어둠의 자식들』 작업의 토대가 된 이동철의 구술 기록을 정리하는 과정에서 소설 창작에 대해 회의를 느꼈음을 사뭇 격앙된 어조로 고백한다. 그의 회의는 "이름 없는 사람들의 삶의 기록", 그러니까 그가 1970년대 소설 창작을 통해 드러내고자 노력했던 도시하층민 내지는 민중의 삶에 대한 그들 스스로의 기록과 황석영 자신이 쓴 소설 사이에 극복되지 않는 어떤 격차가 존재한다는 사실을 깨닫는 데서 비롯되었다. 그 결과 그는 스스로에게 소설가의 존재 이유와 방식에 대해 되묻기도 하고, 문예로서의 소설 창작에 염증을 느끼면서 소설 쓰는 행위 자체를 재사유하는 차원에 이르렀던 것으로 보인다. 그는 『어둠의 자식들』의 작업에 "새로운 문학적 자세를 가다듬는 좋은 계기"라는 의미를 부여했다. 요컨대 황석영에게 『어둠의 자식들』은 그가 1970년대 소설 창작을 통해 이룩한 성과, 즉 비평에 의해 "민중현실에 관련하여 획기적인 작품"이며 민중의식의 성장이라는 "징후에 대한 관찰의 기록"으로 평가받았던 「객지」의 리얼리즘적 성과를 다시 검토하며, 거기에 내재한 한계에 대해 인식하게 만들었던 것이다.[3]

이와 더불어 작가들에게 중요한 문제로 다가온 것은 문학을 통해 이른바 유신시대와 개발독재시대라는 용어로 집약되는 박정희 독재 체제를 청산하고 새로운 시대에 대응하는 것이었다. 이는 박태순이 『국토와 민중』의 「책머리에」에서 밝힌 다음과 같은 집필 의도를 통해 확인할 수 있다.

> 내가 찾아다니던 때의 한반도는 길었던 유신시대를 청산한 지 얼마 안 되던 무렵이 된다. 유신시대가 계속되었더라면 이 글의 내용은 이와는 다른 것이 되었을 것이다. 그것은 이 땅의 사람들만이 아니라 이 땅이 또한 유신시대를 견디어 왔던 깃임을 살펴볼 수 있었기 때문이다. 따라서 이 글들은 우리의 국토가 어떻게 유신시대로부터 풀려나야 하고 또는 해방되어가고 있는 것인가를 살펴보았던 기록이라고도 할 수 있다.[4]

박태순은 자신의 기행르포를 가리켜 "어떻게 유신시대로부터 풀려나야 하고 또는 해방되어 가고 있는 것인가를 살펴보았던 기록"이라고 정의한다. 그는 같은 지면에서 유신시대가 "'건설'이니 '개발'이니 하는 이름 밑에서" 국토와 민중의 역사가 뿌리 뽑혔던 시대라고 말하며, 자신의 기록이 그러한 건설과 개발 논리에 의해 억압되었던 민중의 삶, 그리고 그 삶의 터전인 국토에 대한 왜곡된 인식을 바로잡기 위한 기획임을 암시한다. 이러한 점은 그가 개발독재시대 이후의 현실에 대한 문학의 대응 방식을 모색하고 있었음을, 그 모색의 결과물 중 하나가 『국토와 민중』이었음을 짐작하게 한다.

'포스트개발독재시대'를 맞이한 문학

기실 '개발독재시대 이후'라는 포스트적인 시대 인식은 1980년대 문학에 중대한 변화를 초래했다. 문학은 1980년대에 이르러 이른바 '포스트개발독재시대'로 규정할 수 있을 만한 일련의 정치·경제·사회적인 변동에 민감하게 반응하면서 자연스럽게 자기 갱신으로 나아갔기 때문이다. 이와 관련한 본격적인 논의를 진행하기에 앞서 먼저 1980년대의 포스트개발독재시대적인 측면과 그것을 형성시킨, 1980년을 전후로 일어난 정치·사회·경제적인 변동을 살펴보는 작업을 일단락해 둘 필요가 있다. 먼저 여기서 언급하고 있는 포스트개발독재시대는 1980년대 문학장의 재편 양상을 논증하기 위해 이 책에서 별도로 사용하는 용어임을 밝혀둔다.

포스트개발독재시대는 기본적으로 개발독재시대 이후를 가리키는 용어지만, '포스트post-'라는 접두어의 특성상 개발독재의 종결이 이루어진 동시에 심화된 시기라는 이중적인 함의를 갖는다. 그러므로 그것은 일차적으로 1970년대의 개발독재가 종결된 이후의 시기를 가리키며, 나아가 개발독재가 변형·심화된 형태로 지속되는 1980년대 정치·경제·사회적인 상황을 내포하는 용어로 설명될 수 있다. '포스트'는 축자적으로 특정한 시기 이후에 오는 시기를 가리킬 때 쓰인다. 따라서 일반적으로 해당 시기의 종결과 함께 시작된 새로운 시기를 의미하지만, 그와 동시에 변형·심화된 국면이 이어지는 시기를 지시하기도 한다. 이와 관련해서 대표적인 예로 포스트콜로니얼리즘postcolonialism에서의 '포스트'가 함축하고 있는 이중적인 의미를 거론할 수 있을 것이다.

먼저 종결은 물론 10·26사태의 결과로 박정희 정권의 독재 체제가 막을 내리고 이른바 새로운 시대를 맞이하게 되었음을 의미한다. 실상 박정희 정권의 개발독재는 10·26사태 이전부터 그 종말을 예고하는 여러 징후적인 사건들에 직면했는데, 그중 대표적인 것이 바로 1970년대 후반 격화된 노동자들의 투쟁이었다. 기실 1970년대 노동운동의 클라이막스였던 YH무역 여성 노동자들의 투쟁은 개발독재시대에 마침표를 찍은 10·26 사태와 모종의 인과관계를 이루고 있었다. 개발독재체제가 이룩한 '권위주의 산업화'는 이른바 '산업전사'로 동원되었던 저학력, 저임금, 생산직 여성 노동자들을 경제적으로 착취하고 이데올로기적으로 억압하는 가운데 이루어졌다.[5] 1970년부터 1980년 사이에 일어난 노동자의 권리 침해 및 제도와 규제를 동원한 탄압의 사례는 일일이 열거하기 힘들 정도로 많다. 대표적으로 법과 제도적인 측면에서 유신헌법 제정·공포 이후 노동법 ― 노동기본권에 관한 조항, 노동조합법, 노동쟁의조정법, 노동위원회법, 근로기준법 ― 개정을 통해 노동조합 결성 및 노동운동을 규제·탄압했던 일을 거론할 수 있겠다.[6] 이들 노동자들에게 가해진 물리적인 폭력과 제도적인 차원의 차별 및 탄압이 점점 극심해지자 마침내 임계점을 넘어선 노동자들의 불만은 더 이상 통제할 수 없는 수준에 이르렀다.

1979년 말부터 1980년 초 신군부 정권이 '노동계 정화조치'를 취하기 전까지의 기간 동안 노동조합 투쟁, 임금 투쟁 등의 형태로 일어난 대규모 노동운동은 모두 그간 누적되어 온 개발독재의 모순과 부작용이 폭발한 결과였다. 주지하다시피 1979년 YH무역에서 일어난 노사분규는 신민당사에서의 농성 사태로 확대돼 사회 전반에 노동자들이 처한 현실과 노동 문제의 심각성을 알린 계기가 되었다. 이후 10·26사태로 인해 정치·사회적인 상황이 급변하고 노동 환경 개선에 대한 기대감이 고조되면서 여러 기업에서 노사분규 및 노동자 투쟁이 연쇄적으로 일어났다. 그리고 1980년 4월 21일부터 24일까지 강원도 사북에서 일어났던 탄광 노동자들의 투쟁, 흔히 '사북사태'라고 알려진 사건에서 정점을 찍으며, 마치 1970년 전태일 열사의 분신이 한국 사회에 가한 것과 같은 거대한 충격이 다시 몰려왔다. 그러므로 어떤 의미에서 개발독재체제의 유지와 존속을 위해 묵인되었던, 또는 적극적으로 이루어졌던 노동자 착취와 탄압은 역으로 스스로의 몰락, 즉 개발독재시대의 종결을 초래한 셈이다.

1980년 초입, 그러니까 5·18을 겪기 전 비평가들은 개발독재시대의 핵심적인 모순으로 드러난 노동 현실과 관련해 1970년대 문학, 특별히 리얼리즘 문학이 "단순한 사회고발을 훨씬 넘어서서 사회구조적인 모순에 대한 심각한 통찰을 보여주"었다는 자못 긍정적이고 낙관적인 평가를 내리고 있었다.[7] 개발독재시대에 마침표를 찍은 YH사건을 비롯한 일련의 노동운동은 1970년대 문학, 특별히 리얼리즘 문학이 노동 현실을 본격적으로 다루기 시작하면서 그 구조적인 모순을 탐색해 들어간 성과를 입증해 주는 것으로 간주되었다. 10·26사태 이후, 5·18이 아직 일어나기 전인 1980년 초에 발표된 다음의 두 비평문이 그러한 경향을 여실히 보여준다.

70년대의 우리 문학이 걸어온 길을 되돌아보면서 새로운 시대의 문학적 가능성을 전망해 보려는 일에는 여러 가지의 접근방법이 있을 것이다. 그러한 접근방법의 하나로서 우리는 특히 근년에 이르러 한국사회의 가장 핵심적인 문제의 하나로 등장한 노동현실에 관련하여 이루어진 문학적 노력에 주목하는 방법도 가능하리라고 생각한다. 지금까지 나온 이 방면의 문학적 노력이 그다지 많은 것이라고는 할 수 없으나 문제의 중요성에 비추어 볼 때, 그러한 노력은 70년대 우리 문학이 거둔 전체적 업적의 중요한 일부를 차지하는 것으로 보인다. 그리고 산업화의 진전에 따라, 또 사회진화의 불가피한 내적 논리에 따라, 노동현실과 여기에 관련된 문학적 노력은 앞으로 보다 본격적인 차원으로 발전할 가능성이 크다는 것은 예상하기 어렵지 않다.[8]

여기(산업화에 의한 빈곤과 사회 모순이 구조적인 차원에서 발생한 것이라는 깨달음 – 인용자)서 빚어진 긴장이 가령 광주 단지 사건, 전태일 분신 자살 사건, 울산의 조선소 공원 사건, 동일 방직 사건, YH사건 등 일련의 사태로 증폭되면서 그것의 집단화, 규모화, 조직화, 확대화로 발전되고 있거니와 근로자에 대한 문학적 관심도 이와 엄격히 대응하고 있다.

즉 뜨내기 빈곤 계층에 대한 발견은 朴泰淳의 「외촌동」 연작과 李文求의 『長恨夢』에서 70년대의 첫 표현을 얻었으며 그것은 黃晳暎의 『客地』 趙海一의 『아메리카』 趙善作의 『영자의 全盛時代』에서의 구조적 모순으로 확대된다. (…중략…) 산업화와 더불어 시작된 이 같은 소외 계층의 진화 과정은 趙世熙의 일련의 연작 『난장이가 쏘아올린 작은 공』에서 뛰어나게 묘사되는데, 잡역꾼으로서의 아버지와 그의 자살, 공장 근로자로서의 아들과 그의 노조 운동과 살인이란 양상의 급격한 변모는 우리 경제 사회의 급격한 변모 그것과 다름아니다. 우리의 사회적 긴장, 그리고 문학적 긴장은 趙世熙의 주인공이 자살하거나, 살인을 하고 사형을 당한다는 극적인 파탄을 회피할 수 없다는 데서 빚어지는 것으로, 그것은 가령 20년대 崔曙海의 放火小說과 같은 빈곤 문학과 시대가 다른 조직적 경제 사회의 병적 증상을 반영하고 있다.

환언하면 그것은 자본주의의 타락한 양상에 대한 비판을 내포하고 있다. (…중략…) 이렇게 볼 때 근로자 문학은 현실의 사회 경제적 부조리와 그것의 불평에 대한 고발일 뿐 아니라 더 나아가 물신화物神化되고 있는 자본주의의 구조에 대한 비판적 예술 장르가 된다.[9]

5·18 이전에 문인들은 대체로 개발독재시대의 '종결'이라는 포스트적인 시각에서 1980년대 문학과 사회를 전망하고 있었다. 1970년대 문단의 두 진영을 형성한 창작과비평, 그리고 문학과지성의 대표적인 두 비평가의 글에서는 마침내 막을 내린 유신시대 이후 한국 문학과 사회가 나아가야 할 방향성과 그 과제에 대한 기대가 엿보인다. 가령 김종철은 「산업화와 문학−70년대 문학을 보는 한 관점」에서 개발독재시대가 막을 내린 이후 맞이하게 될 1980년대의 노동 현실, 그리고 이에 대처하는 문학적 노력이 "산업화의 진전"에 따라 "본격적인 차원으로 발전"할 것으로 예상한다. 그리고 여기에는 개발독재시대의 핵심적인 사회 문제로 떠오른 노동 현실에 대처하기 위해 발휘된 "문학적 노력"이 "70년대 우리 문학이 거둔 전체적 업적의 중요한 일부를 차지"한다는 판단이 개입돼 있었다.

유사한 맥락에서 김병익 역시 1970년대를 대표하는 작가 박태순, 이문구, 황석영, 조세희 등을 차례로 언급하며, 1970년대 문학이 도시 빈곤 계층, 하층민, 소외 계층의 삶과 공장 노동자들에 의해 일어나는 노동운동의 양상을 포착함으로써 형성시킨 문학적 긴장이 "자본주의의 타락한 양상에 대한 비판을 내포하고 있"었던 것이라고 주장한다. 그가 볼 때, 이와 같이 자본주의 비판을 성취한 1970년대 소설은 "현실의 사회 경제적 부조리와 그것의 불평에 대한 고발일뿐 아니라 더 나아가 물신화되고 있는 자본주의의 구조에 대한 비판적 예술 장르가 된다". '문지' 특유의 '문학사회학적'인 시각에 기대고 있는 그에게는 "현재로서 조세희趙世熙의 주제와 기법의 복합적인 방법이 최상의 효과를 얻고 있"다는 판단을 내리는 것은 자연스러운 일이다. 따라서 그가 전망하는 1980년대 문학은 이와 같이 조세희식 소설의 연장선상에서 자본주의 비판을 성취할 것이었다. 다만 그는 노동 현실의 문제가 심화되어 감에 따라 사회적 긴장이 급격히 고조되는 만큼 문학 역시 그에 상응하는 문학적 긴장을 놓치지 않도록 문학 창작과 비평의 방법론이 필요하다고 강조한다. 자본주의 사회에 대한 비판과 함께 '문학적 긴장'을 획득하기 위한 문학적 '방법'이 개발되지 않으면 "문학성을 잃고 그 자체의 진정한 목표도 잃게 될 것"이기 때문이다.[10]

그러나 상황은 이들이 예견한 대로 흘러가지 않았다. 주지하다시피 5·18 이후 신군부 정권의 독재 체제가 다시 수립되면서 '서울의 봄'은 저물었다. 5·18은 실로 포스트개발독재시대의 개막을 알리는 신호탄과도 같았다. YH사건과 10·26사태 이후 연쇄적으로 일어난 노동운동은, 앞서 김종철과 김병익의 반응을 통해서도 확인할 수 있었듯이, 개발독재시대의 종말에 대한 예감을 불러일으켰다. 그러나 곧바로 이어진 5·18로 인해 정치 개혁과 사회 변혁을 향한 시민사회의 열망은 좌절되었고, 가히 폭발적이었던 노동운동 역시 5·18 이후 수립된 신군부 정권의 물리력을 동원한 탄압과 제도적인 규제로 인해 한동안 침체기를 맞게 된다. 이 시기 신

군부 정권은 주로 노조 해산, 어용 노조화, 회사 폐업 등의 방식으로 1980
년대 초 노동운동을 탄압했다. 또한 5·17 이후 시행된 노동계 정화 조치
를 통해 노동조합에 대한 정화 조치와 노동운동가에 대한 수사와 순화 교
육 등이 이루어지면서 많은 노동조합이 해산 또는 무력화되었다.[11]

신군부 독재정권의 등장은 실로 많은 면에서 마치 유신시대로의 회귀처
럼 보였다. 신군부 정권은 '근대적 산업민주국가의 완성'이라는 목표하에
학생운동과 노동운동 및 민주화운동을 물리적으로 탄압할 뿐만 아니라,
각종 노동 관련법을 개정해 민주노조의 설립을 억압하며 노동 환경을 더
욱 악화시켰다. 권위주의적인 지배와 사회 통제를 바탕으로 한 일련의 산
업화·경제성장 정책들이 계속 추진되는 가운데 개발독재시대의 유물들
이 계승되었다. 바야흐로 개발독재가 변형·심화된 '지속'으로서의 포스
트개발독재시대가 시작된 것이다.

5·18과 진실을 향한 열망의 시대정신

그렇다면 흡사 문학의 동의어나 마찬가지로 여겨졌던 픽션의 범주를 벗
어나야 할 만큼, 문학이 강력하고 시급하게 대응해야 했던 포스트개발독
재시대적인 상황이란 무엇이었을까. 이 물음에 답하기 위해서는 1980년
대의 포스트개발독재시대적인 상황을 규정한 사건이기도 한 5·18에 의
해 초래된 일련의 사회 변화를 살펴보는 일이 선행되어야 한다. 5·18을
기점으로 1980년대가 그 이전과는 본질적으로 다른 시대가 되었다고 말
할 때, 그리고 이러한 진술을 다시 1980년대 문학에 같은 방식으로 적용
할 때, 이는 다음의 두 가지 측면과 긴밀하게 연관된다. 첫째는 5·18을 처
리하고 이후의 정세에 효과적으로 대응하기 위한 신군부 정권의 국가 폭

력과 사회 통제 방식이고, 둘째는 이로 인해 그 어느 때보다도 강렬해진 진실을 향한 열망이 시대정신으로 자리 잡게 된 사회 전반의 분위기다. 임철우의 다음과 같은 술회는 이를 단적으로 보여 준다.

> 수백 명의 죽음과 수천 수만 명의 고통과 절규가 유언비어와 거짓이라는 이름으로 이웃들로부터 간단히 외면당하고, 그럴 듯한 논리와 거짓 정보에 의해 너무도 쉽사리 합리화 되어졌다. 진실을 알리려는 소수의 목소리는 철저히 차단 유린당하고, 폭력과 허위의 압도적인 위력 앞에 다수는 침묵한 채 등을 돌렸다. 지식도 양심도 도덕도 폭력의 아늑한 무대 뒤에서 길들여져 가던 시절 — 그것이 팔십년대 초와 중반까지의 이땅의 적나라한 현실이었다.[12]

임철우의 수사적인 표현대로 "진실을 알리려는 소수의 목소리[가] 철저히 차단 유린당하"는 일은 "팔십년대 초와 중반까지의 이땅의 적나라한 현실이었다". 주지하다시피 이는 신군부 세력이 정권 수립과 유지를 위해 광주에서 자행한 학살을 철저하게 은폐하거나 '유언비어와 거짓'으로 왜곡했기 때문이었다. 5·18은 비단 신군부 정권의 정당성과 도덕성을 위협하는 존재였을 뿐만 아니라, 진보적이고 체제비판적인 지식인들과 재야 운동 세력에게는 그 자체로 독재정권에 대한 저항의 상징이자 신화였다. 이를 잘 알고 있었던 신군부는 제5공화국의 시작과 함께 5·18의 진상을 은폐·왜곡하기 위해 언론·출판계에 대한 통제·탄압 정책을 대대적으로 수립·시행했다. 1980년 전두환의 대통령 취임 직후 언론통폐합 정책을 필두로 언론인 해직, 언론기본법 제정과 발효, 아울러 출판사·정기간행물 등록 취소와 적극적인 검열을 위한 납본제도의 실시 등의 일련의 조치가 빠르게 이루어졌다. 특히 1980년 11월 보안사령부는 이른바 '언론계 정화'를 위해 각 언론사에 언론인 해직을 요구했으며, 이 과정에서 총 933명에 달하는 언론인이 해고당했다.[13] 이는 유신체제하에서 이루어졌던 1975년 자유언론 실천선언 운동 당시 강제 해직되었던 언론인의 수가 150여 명이었던 것을 고려해 볼 때, 가히 "언론학살 조치" 수준이었다고 말할 수 있다.[14]

중요한 것은 이 일련의 조치들이 취해진 배경에 5·18이 자리하고 있다는 사실이다. 신군부가 이른바 '언론계 대량 숙정 사업'에 착수한 것은 5·18 무력 진압과 시민 학살을 은폐·왜곡·축소하려는 계엄사령부에 대항해 신문 제작을 거부했던 일부 양심적인 기자들에 대해 대규모 해직과 구속 등의 처벌 조치를 단행한 이후였다. 당시 중앙일보를 필두로 동양방송과 동아일보, 경향신문, 조선일보, 한국일보의 기자들은 5.18에 대한 계엄 당국의 왜곡 보도 지시에 대해 제작 거부 및 태업, 검열로 삭제된 부분을 공백으로 남긴 채 인쇄하는 등의 방식으로 대응했다. 이에 따라 계엄 당국은 경향신문의 서동구 조사국장, 이경일 외신부장, 홍수원, 박우정, 표완수, 박성득 기자와 "광주소요사태는 폭도들이 아니고 시민의거다"라고 말했던 문화방송의 노성대 보도부국장과 오효진 기자를 계엄법 위반 혐의로 구속했다. 당시 광주에서 현장을 취재했던 동아일보의 심송무, 동아방송의 박종렬 기자는 유언비어 유포 혐의로 구속되었다.[15]

이와 같은 신군부의 정책에는 분명 유신체제의 산물을 대물림한 측면이 있다. 그러나 앞서 설명한 것처럼 유신체제를 훨씬 능가하는 수준으로 통제와 탄압이 강화되었으며, 그 핵심 요인이 5·18이었다는 점을 짚어두는 일은 중요해 보인다. 신군부 정권이 5·18의 진실을 은폐하기 위해 들인 노력은 그 진실이 초래할 결과와 그 힘이 실로 가공할 만한 것임을 반증한다. 같은 이유에서 반대로 진실을 억압하는 권력에 대항해 그 진실을 드러내고자 하는 시대적인 열망과 사명감 역시 강력했다. 5·18에 대한 기념비적인 르포로 간주되어 온 『죽음을 넘어 시대의 어둠을 넘어』는 바로 그러한 진실을 향한 시대의 열망과 사명감 속에서 탄생한 것이었다.

『죽음을 넘어 시대의 어둠을 넘어』에 개재되어 있는 문제의식은 1980년대 문학이 픽션에서 논픽션으로의 자리 옮김을 시도한 이유를 짐작할 수 있게 하는 실마리가 된다. 이와 관련해서 황석영이 『죽음을 넘어 시대의 어둠을 넘어』의 작업에 뛰어든 계기에 대해 언급하고 있는 다음과 같은 대목은 상세히 살펴볼 필요가 있다.

> 광주 민중민주항쟁이 있은 지 벌써 다섯 해가 지났다. 항쟁의 역사적 정당성이나 개념규정은 제쳐놓고라도 사건의 '진상'조차 밝혀지지 않은 채로 무심한 반십 년의 세월이 흘러가 버린 것이다.
>
> 우리는 항쟁이 끝나고 나서 여섯 달 지난 뒤부터 재난의 폐허 속에서 눈물을 씻으며 살림도구를 찾아 챙기는 심정으로 각종 자료와 체험담, 목격자들의 증언들을 그러모으기 시작했다. 그러나 여러 가지 제약 때문에 '진상조사'는 계속될 수가 없었고, 직업이 곧 글 쓰는 자였던 필자는 감히 용기가 없어서 부끄러움에 시달려 왔다. '광주'를 말하지 않고는 다시는 글을 쓸 수가 없을 것 같았다. 내가 보관해 왔던 자료들은 보따리에 싸여서 장롱 깊숙이 처박혀 있었다. 세월이 지나면서 필자는 이것이 문학이나 소설적 차원의 일감이 아니라, 사실적인 사건 자체가 한시라도 빨리 여러 이웃들에게 알려지는 것이 중요하다고 생각하게 되었다.[16]

황석영의 진술에 드러나 있는 문제의식은 다음의 두 가지로 압축된다. 첫째는 5·18과 관련된 진실의 문제는 "문학이나 소설적 차원의 일감이 아니라", 즉 픽션보다는 "사실적인 사건 자체"를 알리는 방식을 통해 취급되어야 한다는 판단이고, 둘째는 "한시라도 빨리 여러 이웃들에게 알려지는 것이 중요하다"는 대목으로부터 유추할 수 있듯, 그 사실이 더 빠르게 확산될 수 있는 기동력과 파급력 또한 필요하다는 인식이다. 요컨대 5·18로부터 비롯된 1980년대적인 상황에 대응하기 위해서는 사실 전달과 기동성·확산성의 구현을 기능히게 히는 형식괴 미학이 요청된다는 것이었다.

이러한 요건을 더 잘 충족시킬 수 있는 것은 아무래도 픽션보다는 논픽션 쪽이었다. 좀 더 정확히 말해, 그러한 인식이 이 시기 작가들과 비평가들을 비롯해 문학장에 널리 퍼져 있었다. 이를 단적으로 확인할 수 있게 하는 대목이 황석영의 다음과 같은 회고에서 발견된다.

> 팔십년대 전반기의 얼어붙은 것 같던 반동의 시기에 소설이 당대의 상황을 즉각적으로 받아내지 못한 점은 미처 당대를 소화할 수 없었던 작가들의 역량의 한계에도 원인이 있겠지만, 어느 사실이 소설로서 재구성되는 데는 일정한 거리와 시제의 차이가 불가피하다는 점도 있었겠지요. 그럼에도 불구하고 나로서는 당시에 소설쓰기가 위축되었다고는 생각할 수 없군요. (…중략…) 당시 사정으로는 여러 사회운동권의 기관지나 팜플렛에 나온 파쇼정권의 폭로기사며 르뽀가 당대를 감당하고 있었던 게 아니었나 생각해봅니다. 이를테면 민언협의 『말』이라든가 활동가들의 현장수기 등입니다. 이들 르뽀, 수기, 선언문, 폭로기사는 급박하게 돌아가는 현실 속에서 매우 유용한 과도적 문학의 역할을 해냈습니다. 내 경우에도 칠십년대부터 작품을 쓰는 한편으로 현장 문화운동에 참가하

고 있었으므로 그런 종류의 글이며 현장 집체창작물들을 수없이 쓴 셈입니다만, 84년 겨울에 광주 '진사협'의 위촉으로 기록한 광주항쟁보고서는 당시의 상황을 대중적으로 격앙시키는 촉매가 되었다고 생각합니다. 이러한 글들은 일종의 유인물처럼 빠른 시일 안에 널리 전파시켜야 하기 때문에 다른 무엇보다도 강렬한 사건, 문제점의 즉각적 해석, 전형적인 틀 따위가 필요했던 것입니다.[17]

황석영이 볼 때 소설은 기본적으로 픽션이라는 점에서 사실을 즉각적으로 전달하는 데 불리한 양식이다. 소설은 사실을 재료로 삼아 재구성하는 양식인 데다, 이를 위해 일정한 시점視點상의 "거리"와 "시제의 차이"가 필요하기 때문이다. 그러므로 1980년대의 예외적인 상황 속에서는 소설보다 "르뽀, 수기, 선언문, 폭로기사" 등 독재 체제에 의해 국가 폭력과 사회 통제, 경제적 착취가 심화되어 가는 사실을 즉각적으로 전달할 수 있는 논픽션 글쓰기 양식이 "매우 유용한 과도적 문학의 역할을 해"낼 수 있다고 간주되었고, 또 실제로 그러했던 것이다. 특히 황석영이 언급한 시제의 차이, 곧 시간적인 거리는, 1980년대 문학이 체제에 직접적으로, 또 즉각적으로 대응하는 방식의 문학운동을 지향해 나갔다는 점을 고려해 볼 때, 운동의 신속성과 기동성을 확보하기 위해 해결해야 할 중요한 과제였다. 논픽션적 글쓰기 가운데서도 호소문, 진정서, 선언문, 성명서 등을 포괄하는 이른바 "전단문학"은 그러한 차원의 가장 극단적인 사례에 속했다.[18]

문학의 시차視差 극복 문제 – 경제적 양극화로 인한 '사회적 거리' 좁히기

한편 '시차時差'의 문제뿐만 아니라 '시차視差', 즉 대상과 대상을 바라보는 시선의 주체 사이의 거리 또는 공간적인 격차에 관한 문제 역시 픽션과 논픽션의 위상이 뒤바뀌는 데 중요하게 작용했다. 이와 관련해서는 1980년대의 포스트개발독재가 박정희식 개발독재를 능가하는, 그것의 심화된 형국을 이루고 있었음에 대해서 지적하는 일이 필요하다. 일견 연속적으로 보이는 두 시대 사이에 차이를 만들어 낸 핵심 요소는 1980년대 한국 사회에 내재해 있던 신자유주의적인 시장경제의 맹아였다.[19] 표면적으로 1980년대는 권위적인 독재 체제가 산업화와 경제 개발을 주도해 나가는 시기처럼 보였지만, 실상 그 저변에서는 이미 자본과 시장의 경제 논리가 사회 전반을 잠식해 가는 흐름이 형성되며 경제적 양극화가 심화되고 있었다. 신군부 정권 스스로도 민간 기업이 자율적으로 주도하는 경제 정책을 표방하고 나섰다.[20] 이러한 맥락에서 "박정희 정권의 파국과 신군부체제의 등장"을 "권위주의적 개발독재의 종언"과 "정치권력으로부터 시장이 자립하고 정치논리에 대해 자본논리가 우세해지기 시작"한 시대 변화의 징후로 보는 시각은 일견 타당하다.[21] 확실히 1980년대 한국 사회는, 산업화와 경제 개발이 국가독재정권의 보조와 호위를 받는 자본에 의해 주도되어 대중의 지극히 미시적인 일상으로까지 무한경쟁과 성장을 추구하는 신자유주의적 시장경제 이데올로기가 잠식해 들어가고 있었다는 점에서, 개발독재의 진화가 이루어지는 과정을 경험하게 되었다.

이러한 가운데 앞서 언급한 김종철과 김병익의 낙관적인 시각, 즉 1970년대에 문학이 수행해 온 방식대로 문학이 계속해서 산업화에 대해 적극적으로 대응하고 비판할 수 있으리라는 전망은 철회될 수밖에 없었다. 김종철과 김병익이 나란히 상찬했던 『난장이가 쏘아올린 작은 공』의 저자를 르포로 인도한 것은 바로 그러한 상황 변화에 대한 기민한 판단이었다. 조세희가 『침묵의 뿌리』를 창작하게 된 연유를 밝힌 다음과 같은 대목은 이를 분명하게 확인시켜 준다.

　　70년대가 끝나고 새로운 10년이 시작되던, 5년 전 바로 그 첫해를 지금 사람들은 무엇으로 기억할까? 나는 그 해를 시간 지나도 그대로 생생한 몇 가지 일로 기억하는데, 그중의 하나가 인구 몇만의 읍론에서 일어난 일이라고 말하면 지금 몇 사람이 고개를 끄덕일까? 그때 나는 부산에 가 살고 있었다. 집에서 오륙 분 정도만 걸으면 나는 언제나 바닷가에 나갈 수 있었다. 그래서 그해의 여름 해수욕장이 울상짓는 모습을 나는 보았다. 탈의장에 손님이 없었고, 여관은 텅텅 비었다. 그해엔 섬 하나를 제외한 전국에 1년 내내 비상계엄령이 내려져 있었다.
　　몇 개의 큰 사건을 겪으며, 모두 움츠러들었는가?
　　나는 생각했었다.
　　모두 충격받고 타격받았는가?
　　그럴 리가 없었다. 어느날 나는 눈 깜짝할 사이에 알아버렸다. 두 개의 관광호텔은 만원이었다. 선이 너무 분명하게 그어져 소름이 돋을 정도였다. 두 개의 관광호텔과 작은 여관 중간쯤에 드는, 그래서 완충지대가 되어야 할 곳의 오래된 호텔 하나는 있으나마나한 존재였다. 내가 보기에 많은 시민이 어려움을 겪을 때도 별다른 어려움을 겪지 않으며 훌쩍 집을 떠나 큰 관광호텔을 메울 수 있었던 선택받은 층과, 짜증나는 여름이 되어도 집을 지키며 그들이 이용할 여관이나 민박업소 그리고 갖가지 색칠을 해 놓은 탈의장 따위의 부대시설을 비워 놓을 수밖에 없었던 이땅 다수의 시민들 사이에서 두 세계의 감정 충돌을 막아줄 부드러운 스폰지 같은 존재는 그때에도 없었다.[22]

　　여기서 조세희가 언급하고 있는 "인구 몇만 읍에서 일어난 일"이란 1980

년 초에 일어났던 사북 탄광 노동자들의 투쟁을 가리킨다. 조세희는 1970년대가 끝나고 새롭게 펼쳐진 1980년대가 어떠하리라는 것을 예고한 상징적인 사건으로 이 사건을 꼽는다. 그가 이 사건 이후 사람들의 반응으로부터 뼈아프게 깨달은 것은 한국 사회에 서로 다른, 양 극점에 위치한 두 세계가 존재하며 그 둘 사이의 단절은 무엇으로도 메울 수 없고 뛰어넘을 수 없는 것만 같은 심연이라는 사실이었다. 사건 이후 4년 3개월이라는 짧지 않은 시간이 흐른 뒤에도 조세희가 직접 사북읍으로 발걸음을 옮기게 만들었을 만큼, 사북 탄광 노동자들의 투쟁은 그에게 실로 큰 충격으로 다가왔다. 당시 언론 보도를 통제하고 사건 자체를 은폐·왜곡하려 했던 정권의 대처 방식을 염두에 둘 때, 사북에서 일어난 일은 비단 조세희뿐만 아니라 1980년대 벽두의 한국 사회 전체를 뒤흔들 만한 파급력을 지니고 있었다. 그런 까닭에 조세희는 이 사건으로 인해 "모두 충격받고 타격받았"으리라고 짐작했던 것이다.

그러나 그의 눈 앞에 펼쳐진 것은 두 개의 관광호텔이 "선택받은 층"에 속하는 사람들로 만원을 이루고 있는 낯선 풍경이었다. 어떤 이들에게는 소외와 착취를 당하는 계층의 생존을 위한 처절한 몸부림이 자신들과 전혀 무관한 일처럼 느껴질 수 있음을 깨닫는 순간이었다. 사회·경제적인 격차가 점점 더 크게 벌어지기 시작하고 그것이 좀처럼 메워지지 않는 양상은 한국 사회가 포스트개발독재시대에 접어들었음을 입증해 주는 증거였다. 그리고 조세희에게 르포는 공간적인 거리·격차를 무화하는, 그리고 때문에 그 특유의 보다 참여적인 양식적 특성을 통해 사회적인 격차를 극복할 수 있는 대안처럼 여겨졌다. 뉴저널리즘 이론가들이 주장해 온 것처럼 어떤 사건 혹은 타인의 체험에 깊게 잠겨드는 방식의 르포는 작가로 하여금 그가 쓰고 있는 사건 혹은 체험에 연루되고 참여할 수밖에 없도록 만드는 글쓰기 양식이다.[23] 조세희에게 문학이 현실에 개입하고 대응한다는 것은 작가, 그리고 그 작가의 글쓰기를 매개로 독자가 동시대적인 사건에 연루되고 참여하며 책임진다는 것을 의미했다. 1970년대를 대표하는 소설가가 돌연 르포를 쓰기 시작한 것은 그러한 일에 더 적합한 양식이 르포라는 판단에서 비롯되었다.

기실 산업화가 진행될수록 벌어지는 사회·경제적인 격차에 관해서는 작가도 예외일 수 없었다. 산업화에 의해 계층 간 격차가 벌어진다는 것은 작가와 1970년대 작가들의 주요 탐구 대상이었던 도시하층민 혹은 소외 계층 사이의 거리 또한 멀어짐을 의미하는 것이었기 때문이다. 이에 따라 예컨대, "작가들과 사회의 변두리에 몰려있는 사람들 간의 사회적 거리가 멀어지기 시작하"면서 그 "사회적 거리"로 인해 "작가의 경험 자체의 협소화 내지는 관념화"가 초래된다는 인식이 형성되었다.[24] 이때 작가와 작품의 관념화는 문학이 마땅히 다가가야 할 모순적인 사회 현실을 '있는 그대로' 포착할 수 없게 만드는 요인으로 간주되었다. 그러므로 필요한 것은 그러한 문학의 관념화, 혹은 문학과 문학이 다가가야 할 진실 사이에 끼어든 관념적인 거리를 극복할 수 있는 방도였다.

문학적 진실(성)의 개념 변화

1980년대 문학은 한편으로 진실이 자리하는 장소, 곧 '현장'으로 직접 들어감으로써 물리적인 거리를 좁히는 방식으로 관념화를 극복하고자 했다. 다른 한편으로는 문학이 바로 그곳 '현장'에 속한 사람들의 목소리를 직접 들려줌으로써 진실을 전달할 수 있다고 믿었다. 전자의 경우가 르포

였고 후자는 수기에 해당되었다. 요컨대 '관념성'을 극복한 '현장성'의 문학이 시대가 요청하는 진실을 발견하고 전달할 수 있다는 인식과 함께, 그러한 '현장성'을 구현할 수 있는 르포·수기 등의 논픽션적 글쓰기 양식이 픽션인 소설을 압도하는 1980년대 특유의 문학적 경향이 형성되기 시작한 것이다.

> 르뽀나 수기는 사실을 바탕으로 현장성을 갖고 있다는 특성으로 독자들과의 공감대를 어렵지 않게 획득한다. 현장성의 글들이 많이 양산되고 읽히는 현상은 80년대 문학운동이 요구하는 방향과도 어느 정도 맞아 떨어지는 느낌이 든다. 흔히 우리 시대를 '유언비어의 시대'로 일컫고 있거니와 떠도는 말이 많다 함은 그만큼 사실전달의 통로가 정상적이지 않음을 의미한다. 사실전달의 통로가 좁을수록 풍문의 진상을 알고 싶은 욕구 또한 더욱 강하게 나타나기 마련이다. 그런 사회분위기가 문학에 반영될 때 전통적인 장르 형식보다는 직접 전달효과가 큰 사실성 장르의 그것이 훨씬 호소력을 갖는다. 그것들이 소언론으로서의 기능을 감당하기 때문이다.[25]

김도연은 르포와 수기와 같은 이른바 "현장성의 글들이 많이 양산되고 읽히는 현상"을 다음과 같이 분석한다. 첫째는 '유언비어의 시대'라는 표현이 말해 주듯 진실의 가장 기본적인 요건인 사실 자체가 전달되는 통로가 정상적이지 않은 현실을 반영하는 것이고, 둘째는 "사실전달의 통로가 좁을수록 풍문의 진상을 알고 싶은 욕구", 다시 말해 진실에 대한 열망이 더욱 강력해지는 사회 분위기가 영향을 미쳤다는 것이다. 앞서 살펴보았듯 5·18로 인해 언론에 대한 통제와 탄압을 강화한 신군부 정권은 심각한 사회 문제와 관련된 사실 대부분을 은폐했다. "현장現場의 목소리"를 표방한 『르뽀시대』가 "숨겨진 진실과 감춰진 현장을 찾는 우리 시대의 보고문학"이 될 것을 자청했던 것은 이러한 이유에서였다. 이제 문학이 추구해야 할, 문학을 통해 실현되어야 할 삶의 진실은 허구적 상상력에 기초해 수립되는 어떤 '문학성'으로부터 비롯되는 것이 아니라, "왜곡된 사실, 숨겨진 진실을 곧고 바르게 펴주는 일련의 작업"을 통해, "감춰진 현장現場을 쫓아 생동하는 사건의 내막을 알려줌으로써" 구현되는 것으로 간주되기 시작했다.[26] 진실에 대한 시대적인 열망은 문학적 진실(성)에 대한 관념 자체를 변화시켜 나갔던 것이다.

진실이 시대의 화두이자 일종의 시대정신이 된 현상은 비단 작가나 비평가들뿐만 아니라 독자에게서도 동일하게 나타났다.

> 르뽀가 유행한다. 작년부터 부쩍 불어나기 시작하더니 이제 하나의 붐을 이루고 있다. 이른바 여성지나 종합 교양지치고 거의 매호마다 르뽀를 한두 편 이상 싣지 않는 것은 보기 힘들 정도이며 텔레비전도 뒤질세라 이 판에 끼어들고 있다. 르뽀 단행본 또한 그 어느 때보다도 더 많이 쏟아져 나오는 형세다. 바야흐로 이같은 르뽀 붐에 대한 르뽀가 필요한 시경에 이른 느낌마서 든다.
>
> 우리 사회가 픽션보다 더 절절하고 흥미로울 사연들을 숱하게 안고 있다는 점에서 볼 때 르뽀 선풍은 일견 당연한 일로 보일 수 있다.[27]

채광석이 포착하고 있는 르포의 유행과 붐 현상은 픽션과 논픽션의 위치 바꿈이 단순히 창작 주체인 작가에게만 국한되는 변화가 아님을 말해 준다. 독자들의 논픽션에 대한 수요는 1980년대 초 문학장에서 르포가 지배적인 서사 양식으로 부상하게 되는 중요한 원인 중 하나였다. "스타일은 지각의 틀 내지는 평가의 틀을 갖춘 행위자들과의 관계 속에서만 존재한다"고 말했던 부르디외를 염두에 둘 때, 이 시기 문학장 내 픽션과 논픽션의 전위 현상은 수용자인 독자들의 논픽션적 글쓰기 스타일에 대한 집합적인 경험과 감각, 즉 논픽션을 읽고 감상하며 즐기는 감수성이 구성됨으로써, 나아가 픽션적 감수성을 압도함으로써 일어나게 된 것이라고 말할 수 있다.[28]

이와 같이 작가들의 양식 선택에 독자들의 논픽션적 감수성이 중요한 요인으로 작용했으리라는 점은 간과할 수 없다. 르포와 같은 논픽션적 글쓰기 양식의 중요성을 거듭 강조했던 김도연의 언급에서도 확인할 수 있듯, "르뽀나 수기는 사실을 바탕으로 현장성을 갖고 있다는 특성으로 독자들과의 공감대를 어렵지 않게 획득"할 수 있다고 간주되었다. 기실 논픽션은 일반적으로 독자에게 "실제로 일어난 진짜 이야기"라는 점을 내세워 "픽션이 갖지 못하는 특별한 매력"으로 다가온다.[29] 이로 인해 논픽션은 대중성과 흥행성을 확보하는데, 실제로 황석영의 『어둠의 자식들』이 출간 이후 베스트셀러 1위를 차지했으며, 그 인기에 힘입어 이듬해 영화로도 제작돼 역시 흥행에 성공했다는 점은 이를 입증해 준다. 『매일경제』 1980년 9월 4일자 기사에서 확인할 수 있듯 『어둠의 자식들』은 김성동의 『만다라』와 박완서의 『살아있는 날의 시작』을 제치고 '소설' 부문 베스트셀러 1위에 오를 만큼, 당시 대중적인 지지를 받았던 유수의 소설가들의 소설 작품보다 더 많은 인기를 얻었다.[30] 이러한 점은 논픽션 양식인 르포가 픽션인 소설에 비해 대중성 확보의 측면에서 유리하다는 점을 주지시켜 주는 사례이기도 하다. 물론 비단 더 많은 독자에게 읽힐 수 있다는 규모의 측면뿐만 아니라 독자에게 미치는 영향의 강도 역시 중요한 요인이다.

가령 1982년 6월 3일자 『동아일보』 기사에 따르면, 『어둠의 자식들』은 1,218명을 대상으로 조사한 "지난 해 읽었던 가장 감명 깊은 책" 3위, 720명의 여대생을 대상으로 실시한 '여대생의 독서 생활 실태 조사'에서 역시 가장 감명 깊게 읽은 책 3위를 차지했다.[31] 더 많은 독자들에게 더 강력한 영향력을 행사할 수 있다는 점에서 논픽션적 글쓰기 양식은 1980년대적인 상황에 직면한 작가들에게 문학의 혁신을 위한 매력적인 선택지 중 하나로 다가왔다. 반복하건대 이 시기는 문학이 포스트개발독재시대의 사회 현실에 더욱 적극적으로, 광범위하게 개입하길 요청받고 있던 때였다.

한편 논픽션적 감수성의 보편화 현상은 1980년대의 독자적인 산물이라기보다는 1970년대 말부터 이어진 논픽션 서사물의 대중화에 힘입어 형성되어 온 것임을 지적해 두는 일이 필요할 것 같다. 『어둠의 자식들』의 사례와 같이 1980년대에 논픽션이 대중적으로 소비된 현상 이면에는 1970년대에 수기 · 르포 등 논픽션이 대중매체를 통해 문화 산업 · 시장 내에서 활발히 생산 · 유통 · 소비되면서 대중 독자의 문화적 · 교양적 욕구를 충족시키는 "대중 서사물"로 자리 잡게 된 변화가 자리하고 있었다.[32]

이와 같이 변화된 1980년대 문학장의 맥락 속에서 '문학적 진실성veracity'이라는 개념은 새롭게 구성될 수 있었다. 이후 2장에서 문학적 신실성이 르포 양식의 글쓰기에 의해 수행적으로 구성되는 구체적인 양상들을 보다 상세하게 살펴보게 될 것이므로 여기서는 그 내포적 의미에 대해 간략하게 설명해 두는 정도로 논의를 마무리하려 한다. 1980년대의 맥락에서 변화된 문학적 진실성은, '문학은 곧 픽션허구'이라는 배타적인 정의 방식 혹은 관념에서 탈피함으로써 '사실fact'에 기초한 비허구적nonfictional인 (문학적) 글쓰기에 의해 구현되는 '진실truth'을 내포하는 속성으로 재구성되었다. 물론 사실 문학과 논픽션 혹은 비허구적인 글쓰기는 상호배타적인 범주가 아니었으며, 근대문학의 수립·전개 과정에서 문학(소설)과 저널리즘이 분화되는 가운데 만들어진 산물이기도 하다.[33] 분명 논픽션에는 픽션에 없는 "실제 세계에 대한 지시대상"이라는 구성 항목이 존재한다.[34] 그렇다고 해서 논픽션이 오직 사실만을 담고 있는 것은 아니지만, 적어도 (픽션과 달리) 실제 세계의 구속력에서 자유로울 수는 없으며, 그것이 서술하는 내용과 주제, 그리고 글쓰기의 목적 등이 실제 세계로 정향된다. 그리하여 궁극적으로 작가뿐만 아니라 독자 역시 논픽션문로부터 기대하는 것은 실제 사실에 기반해 진실을 전달하는 일이다. 즉 르포와 수기와 같은 논픽션 양식에서는 실제 현실 속에서 벌어지는 사건들의 진실을 전달하고 교환한다는 양식상의 규약이 작가와 독자 간에 맺어져 있으며, 그 글쓰기와 독서 행위 가운데 효력을 나타내는 것이다.[35] 황석영을 비롯한 작가들이 르포와 같은 논픽션 글쓰기에서 발견한 가능성은 바로 작가와 작품, 독자 사이에서 이루어지는 이 진실(성)의 교환이었다.

덧붙여 여기서 말하는 진실성veracity은 아리스토텔레스가 말한 시적 진실poetic truth이나, 이후 1990년대 문학 비평에서 만든 문학적 진정성authenticity과는 구분되는 개념임을 분명하게 밝혀 두는 일이 필요할 것 같다. 아리스토텔레스 이래 문학은 시적 진실의 보편성을 구현한다는 점에서 현상적이고 개별적인 사실을 기술하는 역사보다 진리에 더 근접해 있다고 간주되었다.[36] 리얼리즘 문학의 우월성을 주장하는 논자들은 근본적으로 이 점에 기대고 있었다. 즉 리얼리즘 문학이 현상적으로 드러나지 않는, 현실에 대한 보편적이고 총체적인 진실을 포착한다는 것이었다. 대체로 민족·민중문학론은 그 진실을 사회구조에 내재하는 근본적인·핵심적인 모순—가령 분단 모순으로 요약되는 민족 모순이나 노동 현실로 대표되는 계급 모순—에서 발견했고, 그것을 명시적으로 드러내고 비판적으로 고찰하는 작품에 한해 이른바 리얼리즘의 총체성을 확보했다는 평가를 허락했다. 한편 문학적 진정성 역시 마찬가지로 아리스토텔레스가 말한 시적 진실에서 그다지 멀지 않은 개념이다. 그것의 뿌리는 좀처럼 외부 현실로 드러나지 않는, 자아의 내면에 존재하는 정신과 영혼이 참되고 진실한 것sincerity/authenticity이라는 낭만주의적 관념으로 거슬러 올라갈 수 있다.[37] 1980년대 문학의 이념성과 대타적인 관계 속에서 탄생한 1990년대 비평은 그러한 문학적 진정성을 문학이 내면의 진실을 포착하고 드러낼 때 실현되는 것으로 개념화했다. 이처럼 전통적인 문예 이론에 기반한 총체적 진실과 진정성의 개념에서는 사회구조이든 자아의 내면이든 거기에 내재한 진실을 핍진하게 재현하는 작가의 역량과 재능에 초점이 맞추어진다.

그러나 그와 달리 1980년대 문학의 이른바 문학적 진실성은 작가와 독자, 작품, 그리고 그것을 둘러싼 현실적인 상황과 맥락 사이의 교환 관계 속에서 수행적으로 구성됨으로써 입체적이고 콜라주적인 양상을 띤다. 일차적으로 실제 세계를 명시적인 지시체로 삼고 있다는 점에서 논픽션의 글쓰기와 독서 행위에는 텍스트를 둘러싼 컨텍스트, 그리고 컨텍스트를 구성하는 다른 텍스트들과의 상호작용이 훨씬 더 활발하게 일어난다. 다시 말해 실제 사건 및 그와 관련된 사실관계를 취급한다는 점에서 해당 논픽션 글쓰기의 서사가 진실임을 지지해 줄 수 있는 곁텍스트paratext들의 역할이 매우 큰 영향력을 발휘하는 것이다.[38] 가령 2장 2절에서 논의하게 될 박태순의 기행르포는 민중문학 텍스트들과 그가 탐방한 전국 각지의 풍속 및 이야기들을 수집해 놓은 하나의 아카이브와도 같은데, 이 다양한 텍스트들이 맞세워지거나 겹쳐지는 특유의 구조로 인해 민중들의 삶이 매우 입체적으로 부조浮彫되며, 동시에 각각의 텍스트들 틈 사이로 담론화되지 않았던 민중들의 목소리들이 들려지고 읽혀진다. 이러한 점은 작가와 서술자의 목소리가 지배적인 소설에 비해 르포가 훨씬 더 참여적인 성격을 띠는, 즉 훨씬 더 다양한 목소리들이 서사 구성과 주제의 구현 과정에 참여하는 특성을 나타내는 서사 양식임을 말해 주는 사례다.

논의를 종합해 볼 때, 픽션과 논픽션의 흐릿해진 경계 위에서, 그리고 들의 뒤비꿴 위치 관계의 역학이 작용하는 기운데 1980년대 문학은 르포·수기와 같은 논픽션적 글쓰기를 통해 실제 현실에서 일어나고 있으나 쉽게 은폐되는 사실들을 드러내는 일에 대한 문학의 헌신, 그 사실을 전달·수용·확산하는 가운데 진실을 구현하는 문학의 힘으로서의 문학적 진실성을 추구했다고 말할 수 있다. 이를테면 조세희가 『침묵의 뿌리』에서 "나는 사십억 가운데서 일억의 어린이와 이억의 어른들이 날마다 과식을 한다는 사실을 알아냈다"와 같은 매우 평범한 문장을 통해 새삼스러운 '사실'을 말할 때, 그는 그의 문장이 독자들에게 그와 같은 사실들에 기초하고 있는 '진실'을 전달하고, 독자들이 그 '진실'을 수용할 수 있는 힘을 갖고 있다고 믿었다.[39] 이는 수기에도 동일하게 해당된다. 당대에 비평 언어는 노동자들의 체험 수기가 갖는 의의에 대해 말할 때 일관되게 "그녀들의 목소리[가] 밑바닥 삶의 생생한 증언으로 적지 않은 감동과 충격을 주"는 점을 지적하곤 했다.[40] 실로 1980년대 문학의 진실성은 어떤 보편적이고 총체적인 진리의 현전이 아닌, 사실에 바탕을 둔 진실이 작가와 독자 사이에서 교환되는 수행적인 프로세스를 통해 구현되는 것으로 간주되었다. 그리고 무엇보다 중요하게 지적해 두어야 할 것은, 이러한 새로운 차원의 문학적 진실성은 주어진 것 혹은 규범화된 것이 아닌, 포스트개발독재시대에 진입한 1980년대 한국 사회의 여러 구체적인 국면들 속에서 르포에 뛰어들었던 작가들과 노동 현장에 관한 체험 수기를 쓴 노동자들의 반복적인 글쓰기 행위 가운데서 새롭게 구성된 것이었다는 사실이다.

2. 소집단 문화운동과 문학적인 것의 매체화

'무크운동'과 무크지 발행의 확대

1980년대 초 문학장의 변동을 특징짓는 현상 중 가장 역동적이었던 것은 단연 '무크운동'일 것이다. 여기서 '무크mook'란 용어는 잘 알려진 대로 매거진magazine과 북book을 합성한 조어다. 축자적으로는 잡지와 단행본의 중간적인 성격을 띠는 간행물을 의미하고, 일반적으로 부정기 간행물을 가리킬 때 통용되는 용어다.[41] 그 구성 형식은 잡지와 비슷하지만 정기적으로 발행되지 않는다는 점에서는 단행본적인 성격을 띤다. 기능적인 차원에서의 무크지는 일반적으로 ① 특집호 성격을 갖는, 잡지 성격의 도서, ② 도서의 성격이 강한 잡지, ③ 특성 분야의 정보지적 성격을 지닌 것, ④ 동인지적 무크, ⑤ 매거북megabook 또는 bookmagazine과 같은 유형으로 분류된다.[42] 이러한 무크지의 발행은 당대에 '무크의 시대'라는 표현이 널리 쓰일 만큼 흡사 유행처럼 급격히 확산되었다. 이러한 현상의 가장 직접적인 원인은 신군부 정권의 언론·출판계를 통제·탄압하는 정책이었다. 1980년 7월 31일 문화공보부는 체제비판적이고 진보적인 성향을 드러냈던 잡지들을 포함해 정기간행물 172종에 대해 등록을 취소했다.[43] 잘 알려진 대로 바로 이때 『창작과비평』과 『문학과지성』이 폐간 조치를 당했고, 양대 계간지가 사라진 자리에는 '창비'와 '문지'로 양분·수렴되지 않는, 실로 다양한 문학 이념과 사상, 태도를 앞세운 무크지들이 등장하기 시작했다.

초기에 무크지 발행은 주로 문학 동인들, 특히 1970년대 후반에서 1980년대 초 사이에 새롭게 등장한 시 동인들에 의해 주도되었다. 그 이후에는, 채광석이 파악한 '무크의 3단계론'장르별→문학 종합 무크→문화 종합 무크의 발전 과정대로, 전문 무크 문학의 경계를 넘어 다양한 문화·예술 장르에 걸쳐 있는 여러 소집단들에 의해 문화운동이 일환으로 화산되어 나갔다.[44] 백낙청이 「1983년의 무크운동」에서 무크운동을 "민중지향적 문화운동의 확산"과 "지방문화운동의 논리"로 파악하고 있다는 점만 놓고 봐도 그렇다. 그는 "80년대의 무크운동을 둘러볼 때 가장 눈에 띄고 또 흐뭇하게 느껴지는 것은 민중지향적 지식인운동·문화운동이 엄청나게 확산되었다는 사실"이라고 말한다.[45] 백낙청의 진술대로 이 시기 무크운동 중 상당수는 특별히 민중문화·문학운동의 일환으로 이루어졌다. 이는 많은 소집단 문화운동이 1970년대부터 이어져 온 민중운동과 접점을 이루고 있거나 그로부터 분기되어 나온 사정에서 기인한다. 이재현 역시 김정환의 표현을 빌려 "80년대 초반의 많은 정기간행물의 등록 취소와 출판물에 대한 규제조치라는 외부적 상황에 대한 '70년대의 그 격동기를 거친 우리의 의식과 행동이 힘들게 추출해 낸 어떤 적극적인 대처방안 즉 능동적 문화전략개념'김정환의 일부분"으로 무크운동을 정의했다.[46] 가령 무크지의 효시로 거론되는 『실천문학』의 경우에도 유신정권에 대응하기 위한 자유실천문인협의회 운동의 장기 전략으로서 탄생한 것이었다.

"전술적인 절망, 전략적인 희망." 현 단계의 상황은 복잡하고 다난하게 돌아가고 있으니 이에 대한 직극직인 대응과 함께 체계적인 운동 방략을 세워야 한다는 것이지요. 단기적 전술과 장기적 전략을 함께 갖추자는 것인데 단기 전술은 해오던 대로 성명서 발표하고 잡혀가는 일이었고 장기 전략은 '무크지를 만들자'라는 것이었죠. 그때가 1979년 9월 24일 월요일 오후였는데 그 당시 공평동에 있었던 창비 사무실에 나하고 김병걸 선생과 이시영 등이 찾아갔어요. "한국에서는 최초로 시도되는 무크지인데, 게릴라적 성격을 가진 매체를 출범시키려 한다"고 했더니 백 선생이 젊은 출판사들을 알아보라 하였지요. 당시에는 창비가 계간지 하나만으로도 온갖 압력을 다 받고 있을 때니까요.[47]

　이러한 점들은 무크운동이 출판 매체를 발행하는 방식으로 이루어지는 일종의 소집단 문화운동이었음을 말해 준다.

'매체로서의 문학'에 대한 감각과 인식

　무크지를 통한 출판문화 운동의 활성화는 매체 환경의 변화와 함께 이른바 '매체로서의 문학'에 대한 수용 감각과 인식이 성장하는 중요한 변화를 초래했다. 무크지의 발행은 기본적으로 다양한 집단에 의해 각기 다른 목소리를 내는 매체의 양과 종류가 비약적으로 증가하는 현상으로 나타났다. 1980년대에 발행되었던 무크지의 대략적인 현황을 정리한 다음 표를 참조하라.[48]

	무크지명	장르	출판사
1	실천문학	문학	전예원(창간호), 실천문학사
2	우리 세대의 문학 (우리 시대의 문학)	문학	문학과지성사
3	한국문학의 현단계	문학	창작과비평사
4	민의	문학	일월서각
5	시인	문학	시인사
6	언어의 세계	문학	청하
7	지평	문학	부산문예사
8	민족과 문학	문학	민족과문학사
9	문학의 시대	문학	풀빛
10	르뽀시대	문학(르포)	실천문학사
11	르뽀문학	문학(르포)	전예원
12	살아있는 아동문학	문학 (아동문학)	인간사
13	여성문학	문학	전예원
14	여성	문학·여성운동	창작과비평사, 창작사
15	또 하나의 문화	문화·여성운동	평민사
16	공동체 문화	문화	공동체
17	시각과 언어	미술	열화당
18	현실과 전망	인문사회과학	풀빛
19	역사와 기독교	인문사회과학	민중(기독교사회문제연구원)
20	실천불교	종교	시인사
21	한국민족주의론	역사	창작과비평사
22	민중	사회과학	청사
23	한국사회연구	사회과학	한길사
24	역사와 사회	사회과학	한울
25	제3세계 연구	사회과학	한길사
26	제3세계	사회과학	두레
27	현장	노동	돌베개
28	노동	노동	지양
29	우리들	노동	한울

	무크지명	장르	출판사
30	반시('반시' 동인지)	문학	반시동인, 문학세계사, 육문사, 열쇠, 한겨레출판사, 시와반시사, 광동서관 등
31	시운동('시운동' 동인지)	문학	한국문학사, 청하, 책나무 등
32	시와 경제('시와 경제' 동인지)	문학	제문사
33	시힘('시힘' 동인지)	문학	청하, 황토, 한겨레출판사, 열음사 등
34	삶의 문학(숭전대 문학동인지 『창과 벽』의 후신)	문학	인간사랑, 동녘 등
35	들 건너 사람들 ('남민시' 동인지)	문학	동문선
36	목요시('목요시' 동인지)	문학	세종, 현대문화사, 백제출판사, 믿음 등
37	오월시('오월시' 동인지)	문학	대호출판국, 청사, 시인사, 한마당 등
38	표현('표현' 동인지)	문학	표현문학동인회
39	자유시('자유시' 동인지)	문학	청하
40	원탁시('원탁시' 동인지)	문학	교문사
41	분단시대('분단시대' 동인지)	문학	학인사
42	열린시('열린시' 동인지)	문학	新韓출판사, 청하, 地坪 등
43	오늘의 문학	문학	문학과비평사
44	여성운동과 문학	문학	실천문학사
45	포항문학	문학	시인사
46	현대시	문학	문학세계사
47	현실시각	문학	청하
48	현대시사상	문학	고려원
49	일과 놀이('일과 놀이' 동인지)	문화 기획	일과놀이
50	일꾼의 땅	문화	분도출판사
51	토박이	문화	동보서적
52	마산문화	문화	맷돌, 청운 등
53	전망	문화	
54	민족현실과 지역운동	문화	광주편집부
55	시대정신	미술	'시대정신' 동인지

이와 같이 다종다양한 무크지가 등장한 현상은 주로 '창비'와 '문지'가 상징하는 엘리트주의 문학의 해체로 해석된다.[49] 그리고 그러한 엘리트주의의 해체는 다시 ① 장르, 계층, 지역, 젠더에 따라 설정된 문학의 위계 및 경계 해체, ② 근대 (부르주아) 문학의 전통 속에서 형성된 문학 개념, 제도, 규범, 이념의 변화 및 해체, ③ 전문 문인·지식인 중심에서 벗어나 더 많은 창작 주체와 수용자를 포괄함으로써 나타난 문학장의 영역 확대라는 변화로 세분화해 볼 수 있다.

그런데 이러한 변화 양상은 '매체로서의 문학'에 대한 수용 감각과 인식의 성장·확대라는 보다 근본적인 차원의 변화와 맞물려 나타난 것이었음을 염두에 두어야 한다. 기실 무크지의 발행은 창작 주체와 수용 주체 양자가 모두 출판 매체의 생산·유통·소비 과정에 훨씬 더 직접적으로 관여, 폭넓게 참여하는 생태계를 만들어 냈다. 가령 대학 학보사 기자들이 쓴 르포를 모아 간행한 『르뽀문학』의 경우, 기성의 문학장 질서하에서라면 문단 외부 수용자의 위치에 머물렀을 각 대학 학보사 기자들이 '르포문학'의 글쓰기와 무크지 『르뽀문학』이라는 매체를 생산하는 주체로 스스로를 재정위한 현상으로 이해할 수 있을 것이다. 동시에 기성 작가들 역시 이전에는 문예지나 계간지의 원고 청탁을 받아 작품을 지면에 발표하는 비교적 수동적인 입장에 놓여 있었다면, 자신이 속한 문화/문학 소집단의 무크지를 기획·출판하는 역할을 수행하기 시작하면서부터는 매체를 보다 능동적이고 직접적인 차원에서 체험하게 되었다. 이와 관련해서는 대표적인 사례로 『실천문학』의 박태순을 떠올릴 수 있을 것이다.

잘 알려진 대로 박태순은 이시영과 함께 『실천문학』을 당시로서는 최초로 시도된 무크지라는 형태로 창간하는 과정에서 핵심적인 역할을 했다.

그의 술회에 따르면 출판사 섭외와 계약 단계부터 기획, 필진 구성, 원고 청탁, 출판, 유통 과정에 이르기까지 『실천문학』 발간의 실무를 거의 도맡아 했고, 이 과정에서 그는 매체로서 『실천문학』이 갖는 위력, 그리고 그것이 사회·문화운동의 측면에서 발휘하는 실제적인 효력을 깨닫고 경험했다. 그는 창간호의 '사회과학자가 본 한국문학' 특집부터 '팔레스티나 민족시집'과 '문학의 실체, 문학의 실천'이라는 제목의 좌담 등 일련의 특집을 기획하면서 당시 한국 문단에서는 생소한 "실천의 문학"이라는 새로운 시각과 담론을 논의의 장에 확산시켰다는 생각을 갖게 되었다고 밝힌다.[50] 특히 그가 접했던 『실천문학』에 대한 대중의 반응은 문학 종합 무크지라는 매체를 통해 이루어지는 문학적 커뮤니케이션의 일면을 엿보게 했다.

> 당시 내가 마포에 살았는데 '연금'이 아니라 '경금' 상태를 당하여 아파트 경비실에 서울시경 본청과 마포서 정보과 형사와 파출소 순경이 매번 지키다가 따라다니곤 하면서 엉뚱한 보고도 해주는 거예요. 서울 청춘의 거리에 '『실천문학』 꿰차고 다니기'의 신종 패션 바람이 불고 있더라는 둥, '『실천문학』이라는 제목으로 이미 승부를 보았다' 하는 둥의 뒷풀이 품평들이지요. "『실천문학』이라니…… 문학이 뭘 실천하지는 건지 구체적인 것은 알 수 없을지라도 옛 군부와 신군부 모두 청산 대상의 실천 과제라는 실감을 갖게 하니, 제목에서부터 뭔가 모르지만 굉장히 와 닿습니다" 하는 품평……[51]

비교적 단순한 차원이지만 『실천문학』이 새로운 패션처럼 여겨졌던 유행 현상에서부터, 박태순을 비롯해 『실천문학』을 기획했던 이들이 전달하고자 했던 '실천의 문학, 문학의 실천'이라는 메시지를 이해한 독자들의 반응까지, 이러한 점들은 문학이 갖는 매체적인 속성과 대중 독자들과의 커뮤니케이션이 이루어지는 측면을 단적으로 확인하게 해 주는 사례였다.

이처럼 매체와의 직접적인 접촉은 작가와 비평가들에게 문학이 지닌 매체성, 혹은 문학이 매체로서 갖는 가능성을 체감하고 인식하는 계기가 되었다. 이는 '문학적인 것의 매체화'라고 명명할 수 있을 만한 일련의 인식과 실천, 비평 담론을 형성시켰다. 먼저 작품이 문학성을 구현하는 내적 구성 요건—즉 문학을 '문학적'인 것으로 지각·인식할 수 있도록 하는 내적 요건— 혹은 문학적 규범, 평가 기준으로 통용되었던 문학 작품의 양식, 스타일, 주제, 형식과 같은 요소들이 이제는 문학적인 커뮤니케이션을 가능하게 하는 감성 코드, 체계, 구조로 간주되기 시작했다는 점을 거론할 수 있다. 이러한 변화는 문화운동, 특별히 당시 활발히 전개되고 있었던 민중문화·문학운동의 영역에서 두드러지게 나타났다. '장르의 매체화'에 관한 김정환의 다음과 같은 발언은 이를 단적으로 보여 준다.

확산의지에 있어서의 장르의 파기 혹은 완성은 장르의 매체화이다. 그것은 민중운동에 기여하는 데 있어 각 장르가 가진 반 민중적 단점을 제거시키며(단점으로만 우선 말하자면, 문학은 아직도 서구적 매판미학에 젖어 그 매판적 베스트셀러적 유통구조에 휘말려 있고, 탈춤·마당극은 〈어우러지는 흥〉의 민중적 미학이 있는 반면, 그 유통구조로서의 장르 자체가 아직도 봉건적 마을 단위에서 벗어나지 못하고 있으며, 판소리는 그 유장한 민중적 상상력에도 불구하고 양반·기방문화로 전락했을 당시의 그 〈사이비 고급문화적 속성〉 혹은 〈전문예술지상주의〉에서 벗어나지 못하고 있으며, 노래는 그 강렬한 확산효과에도 불구하고 〈논리의 정서화 작업〉 혹은 〈정서의 논리화 작업〉에는 못미쳐, 생경한 가사와 애상적인 감정이 서로 불편한 관계로 맺어져 있는 경우가 태반이다. 다시 말해서, 〈모여서 하는 노래〉와 흩어져서 하는 노래는 있으되 좋은 사람 모이게 하고, 보기 싫은 사람 흩어지게 하는 진정한 의미에서의 〈운동의 노래〉가 그리 많지 않다), 장점을 추출해내고 (이루 열거할 수 없을 정도로 많지만, 문학의 활자매체로서의 기동성, 마당극의 원초적 〈일과 놀이〉의 민중미학, 판소리의 그 〈대하적 포용력〉, 노래의 그 최종매체적 확산성, 다시 말해서, 또 막말로, 종이도 극장도 모일 장소도 없어지는 최악의 상황에도 살아남아 〈입에서 입으로〉 전파될 수 있다는 그 민요적 민중성을 일단 들 수 있겠다), 그와 동시에, 거기에 다시, 〈지금 이곳에서〉라는 운동·일상의 기준으로 방향성을 부여, 그것이 다양한 갈등으로 서로 어울리며 장르 자체가 유통구조화 되도록 하는 일이며, 온갖 반민중적 매스컴 매체에 적극 대응하는 민중의 매체, 그리고 그와 동시에 운동의 〈홍보수단〉이 되게 하는 일이다. 그것은 물리적 유통과정의 확보가 현상정권의 무시 혹은 마련 없이는 거의 불가능하다는 소극적인 이유에서 그러하기도 하지만, 이른바 좋은 연극이, 이른바 좋은 노래가, 이른바 일과 놀이의 바람직한 관계설정작업이 없어서, 이른바 예술창작에 있어서의 공동창작이 안돼서, 궁극적으로 이른바 좋은 민중적 예술이 안돼서, 우리나라 민주대한 민족통일이 안되고 있는 것은 아니라는 좀더 명제적인 이유에서 그러하기도 하다.[52]

　김정환의 이러한 발언을 고려해 보건대, 장르 내지는 양식을 문학의 종별 하위 범주나 문학작품의 형태적 특성 또는 그 자체로 내적인 완결성을 갖기 위해 따라야 하는 형식적 규범으로 인식·정의하는 방식으로부터 탈피해, 매체성의 측면에서 파악하는 시각이 민중문화·문학운동의 영역에서 강조되고 있었던 것 같다. 여기에는 기성의 주류적인 문화·예술이 "매판적 유통구조", 그러니까 자본주의적 유통 구조로 인해 '민중성'을 잃고 "서구적 매판미학"에 지배돼 왜곡되었다고 보는 민중문화론자 특유의 문제의식이 작용하고 있었다. 그러므로 기존의 전통적인 서구 문예 장르의 규범에서 벗어나 각 장르가 가진 반민중적 단점을 제거하는 대신 민중운동에 기여할 수 있는 장점을 부여해 "장르 자체가 유통 구조화되도록" 장르의 개념적 인식과 실천 구조 자체의 근본적인 혁신이 필요하다는 것이다. 즉 김정환은 기성 주류 문화·예술의 왜곡된 유통구조와 "반민중적" 미디어를 대체하기 위해 문학, 마당극, 탈춤, 노래 등과 같은 예술 장르가 민중성을 담아 전달·확산시킬 수 있는 유통 매체가 되어야 함을 주장했다. 1980년대의 민중문화·문학운동이 장르의 매체화, 문학적인 것의 매체화라는 현상과 밀접하게 연관되어 있었음을 짐작하게 하는 대목이다.

문학적 커뮤니케이션의 발달－다양한 주체들의 글쓰기

그런데 시야를 좀 더 넓혀 본다면 이와 같은 일련의 현상들은 문학적·미학적 커뮤니케이션과의 상호작용이 발전해 온 사회·문화사적인 흐름 속에 배치해 볼 수 있다. 기실 1980년대 문학은『창작과비평』과『문학과지성』이라는 양대 문학 계간지 에콜을 중심으로 이루어진 지식인 문학·문화, 그리고 신문연재소설과 영화를 구심점으로 삼은 대중문화 양자가 모두 비약적으로 성장했던 1970년대를 지층에 두고 형성된 것임을 상기할 필요가 있다. '창비'와 '문지'는 비록 지식인 중심적인 성격을 띠고 있었지만 문학작품을 "작가와 독자가 참여하는 소통의 장"으로 이해하는 비평 방법론을 모색해 나가면서 문학이 공적 담론으로서의 역할을 수행해나가는 토대를 마련했다.[53] 한편 일간지나 잡지에 연재된 소설 작품이 대중적인 인기를 누리고 이후 영화화돼 흥행에 성공하는 등의 양상으로 나타났던 대중문화의 성장은 문학적·미학적 커뮤니케이션과 상호작용의 영역이 지식인 집단의 테두리를 넘어서 대중으로까지 확장되어 가는 과정이었다.[54] 즉 문화의 생산과 소비를 통해 그 생산과 소비의 주체들이 공론장에 참여하는 양상이 1970년대부터 나타나기 시작했다고 볼 수 있다. 이때 문학적·미학적 커뮤니케이션과 상호작용이란 개인이 사회적으로 주어진 문화·예술 양식을 수용하고 다시 그 양식을 적용해 개개인의 정체성과 메시지 또는 특정한 사고를 미학적으로 구성함으로써 사회·문화적인 의사소통에 참여하는 행위를 말한다.[55] 요컨대 문학이 단순히 문학성과 예술성의 추구·성취라는 차원으로 국한되지 않고, 공론장에 참여해 문학적·미학적인 형태의 커뮤니케이션을 수행하는 행위로 인식되고 실천되기 시작한 것이다.

그러한 커뮤니케이션이 가장 폭발적으로, 그리고 무엇보다도 전례 없는 방식으로 이루어진 사건이 바로 1970년대 후반부터 확산되기 시작한 양식화되지 않은 글쓰기들의 출현이었다. 이 시기 이른바 민중운동이라고 불렸던 그룹스터디, 야학, 농촌활동, 그리고 크리스찬아카데미나 산업선교회 같은 진보적인 종교 단체가 주도했던 농민·노동자 교육 및 운동 영역에서 노동자나 농민들의 글쓰기가 프린트물 문집 형태로 쏟아져 나오기 시작했다. 그 가운데 지식인 활동가나 비평가의 눈에 띄는 경우 단행본의 형태로 출간되거나 공식적인 지면에 실렸다. 널리 알려진 유동우나 석정남, 장남수의 장편 수기나 『실천문학』 4호1983.12 '삶과 노동과 문학' 특집의 '노동자문학의 현황'에 실린 노동자들의 산문이 대표적인 예다. 이와 같은 노동자의 글쓰기는 노동자가 처해 있는 차별과 불평등의 현실에 대해 스스로 목소리를 내는 자기표현이며, 그러한 글쓰기가 사람들에게 감동을 주고 공감을 얻어 내는 것으로 여겨졌다. 그리하여 문학장 안에 본격적으로 유입되면서부터는 '민중문학', '노동자문학'으로 호명되며 문학에 대한 관념 및 문학(성)의 개념을 변화시키는 데까지 영향을 끼쳤다.

박인배 그렇습니다. 민중 문학이라는 게 제가 보기에는 말하기가 좋아서 민중 문학이라는 거지, 지금 접근하는 건 시나 소설, 혹은 기타 기존 양식으로 나오는 것만 민중 문학이라고 하는 데요, 그런 양식화된 문학 형태가 아닌 자기의 삶의 일기라든지 혹은 경험담이라든지 그런 진술 형식의 생활담 같은 것들도 어떤 문학 작품 못지 않게 감동적이거든요. 이런 것도 문학에 포함해야 할 것이라고 생각됩니다.

김봉준 기존의 문학이 갖고 있는 장르 개념에 입각해서 앞으로의 민중 문학의 방향을 잡는다든가 하는 것은 그 시각이 잘못된 것이 아닌가 하는 생각이 듭니다. 민중 문학이라고 할 때에는 민중이 자기 스스로 자기 표현을 하고 그것이 자기 삶에 쓰여지면서 자기 삶의 무기가 될 수 있을 적에야 과연 민중의 문학이라고 얘기할 수 있겠는데 현재 주장하는 민중 문학이라는 것은 그런 것과는 관계 없이 물과 기름처럼 겉도는 가운데, 어떤 기득권자의 외침이라고까지 들려지기도 합니다. (…중략…)

문무병 우리가 지향하는 것이 민중 문학이라고 할 적에 글을 모르는 사람에게도 문학적인 전달 혹은 공동의 느낌으로 공감할 수 있는 틀을 마련해야 할 것이라고 일단 생각이 듭니다. 그런 방법으로는 우선 시의 경우에는 농촌이나 어촌에서 부르는 민요들이 있습니다. 민요의 장단에 익숙한 리듬으로 시를 쓰고 그걸 노래불렀을 때는 충분히 문학의 폭이 넓혀질 수 있을 거라는 생각이 듭니다.

소설의 경우에도 아까 얘기한 일종의 구비 문학성, 그러니까 어느 사람이 자기 일생의 체험을 이야기할 때 어떤 부분은 보태고 빼고 하는데 그 자체가 이미 미학인 것입니다. 자기 인생의 경험이 진실하게 육성으로 드러나는 내용을 갖고 있는 셈이기 때문에 기록만 하면 훌륭한 문학이 될 수 있을 것이라 판단됩니다.[56]

위의 대화는 소집단 문화운동의 좌표와 전망을 확인하는 좌담의 한 대목인데, 여기에 참석한 이들은 일관되게 민중 혹은 대중의 자기표현, 삶의 표현, 정서의 표출, 이를 바탕으로 한 문학적인 상호작용과 공동체적인 향유의 실현을 강조한다. 이들은 공통적으로 민중들의 일기나 경험담과 같은 글쓰기가 "어떤 문학 작품 못지않게 감동적"이라는 점에서 "문학에 포함해야 할 것"이라는 입장을 견지한다. 여기에는 문학이 자신의 이야기, 정서, 삶을 표출하고 전달하고, 다시 그것을 향유하고 공감하는 과정에서 이루어지는 공동체적인 상호작용이라는 문학관이 개재되어 있다. "자기 스스로 자기 표현을 하고 그것이 자기 삶에 쓰여지면서 자기 삶의 무기"가 되는 것이 곧 "민중의 문학"이라는 김봉준의 표현에서도 단적으로 드러나듯, 이들에게 문학은 문학적인 것으로서 정치·사회·문화의 장에 참여해 자신들의 몫과 권리를 주장하는 문학적 커뮤니케이션 행위라는 인식이 강하게 자리 잡고 있었다.

이러한 관점 아래서는 문학적인 것 혹은 미학적인 것의 가치가 전달력과 수용력에 있다. 따라서 "문학적인 전달 혹은 공동의 느낌으로 공감할 수 있는 틀"이 갖추어진다면, 어떤 사람의 체험에 대한 이야기·글쓰기로부터도 미학적인 것을 식별·판별할 수 있다는 논리가 전개된다. 근래에 여러 논자들에 의해 흔히 1980년대 노동자 수기가 초래한 결과로 거론되고 있는 '엘리트주의적' 혹은 근대 (부르주아) 문학 특유의 문학(성)의 개념의 해체·확장·재구성에 관한 논의와 관련해서, 보다 근본적으로 이와 같이 문학의 매체성과 문학적 커뮤니케이션에 대한 인식의 수립 및 활성화가 그러한 변화를 가능하게 한 배경임을 지적하는 일이 필요하다.

아울러 이후 1980년대 후반에 이르면 기존의 문학 개념 해체와 확장에 대한 논의가 민중문학론자들보다 훨씬 더 보수적인 입장을 견지한 비평가들 사이에서도 이루어졌음을 확인할 수 있다. 예컨대 김현은 한 토론회에서 1980년대 문학장에 나타난 특유의 '문학적' 현상들을 설명하기 위해서는 19세기에 형성된 근대문학의 개념으로부터 탈피해야 한다는 입장을 내비친다.

지금 우리는 무의식적으로 19C에 형성된 서구적인 미학적 범주를 문학이라는 용어로 부르고 있는데요. 예를 들어서 형태적인 완결미가 있어야 된다든지, 감정을 울려야 된다든지 하는 그런 여러 가지 미학적인 장치들을 동원한 그런 문자범주를 문학이라고 이해를 하는데 그렇게 그 기존의 범주에 매달리니까 어떤 작품을 보고 이건 문학이다, 아니다 하는 식으로 자꾸 구분하고 싶어지거든요. 문학이라는 개념을 조금더 넓혀 그 속에서 모든 문자 행위를 포괄하고, 적어도 이건 시는 아니다, 이건 소설은 아니다 하고 얘기하면 되는 게 아닐까요, 그렇게 되면 우리가 '프로파간더'라는 것을 문학이라고 받아들여야 되느냐, 안받아들여야 되느냐, 구호라는 것도 우리가 이것을 문학적인 것으로 받아들여야 되느냐 안받아들여야 되느냐. 이런 것을 생산적인 것으로 토론할 수가 있게 되는데, 문학이란 개념을 19C식으로 계속 받아들이면 구호가 문학이 아닌 것은 확실한 것이거든요. 그런데 그 문학의 개념을 넓히면, 구호를 놓고서 이건 시다라든지, 프로파간더를 놓고서 이건 소설이다 이렇게 얘기할 필요가 없어지지요. 실지로 운동으로서의 문학을 표방하는 사람 쪽에서도 좋은 작품을 만들어야 한다는 콤플렉스에서 벗어나는 아주 빠른 길일 겁니다. 문학의 범주를 아주 넓히고 나는 이걸 선전으로 썼다, 나는 이걸 구호로 썼다 하고서 대신 구호가 왜 문학이 아니냐 그걸 설명해 보아라 라는 식으로 얘기하는 쪽이 훨씬 생산적이 아니겠어요?[57]

김현은 당시 민중문학론자들에 의해 이른바 '전단문학'이라고 불렸던 구호나 전단 등도 문학으로 규정할 수 있는 확장된 문학 개념의 필요성을 제기한다. 문학을 근대문학의 장르 체계인 시, 소설, 희곡으로 한정하는 탓에 그것으로 분류되지 않는 문자 행위 내지는 글쓰기의 문학 여부에 대한 소모적인 시비가 계속된다는 것이다. 따라서 김현은 문학을 "모든 문자 행위를 포괄"하는 것으로 확장시킬 것을 제안한다. 일종의 '글쓰기로서의 문학' 개념을 시사하는 이러한 시각은 확실히 1980년대 문학장 전반으로 확산되고 보편화된 측면이 있다.

연행문화운동의 활성화와 수행적 문학에 대한 모색

한편 이와 더불어 연행적인 문화운동이 미친 영향에 대한 고려도 필요하다. 1970년대에 대학가에서 일어난 탈춤부흥운동과 창작극운동, 마당극·

마당굿운동을 중심으로 시작된 문화운동은, 가령 탈춤 공연장이 순식간에 시위의 장으로 변모하거나 '김상진 열사 장례식 시위'의 경우와 같이 문화·예술적인 형식으로 정치 투쟁에 나서는 경험들이 축적되면서, 사회 변혁의 기능을 수행할 수 있는 문화·예술적인 매체를 개발하는 문제에 집중하게 되었다.[58] 기본적으로 "문화운동은 논리보다 매체를 통해 인간의 정서에 접근하는 운동이며, 특히 일반대중에게 쉽게 접근하여 하나가 될 수 있는 분위기를 조성할 수 있는 측면이 있으며 이러한 분위기가 일정한 프로그램에 의해 진진되어 가면서 궁극적 운동성을 획득하게 된다"는 대전제 아래, 대중을 대상으로 한 매체 개발과 보급에 강조점을 두었다.[59] 특히 창작자·연행자와 수용자·관객 사이의 구분을 없애려는 마당극·마당굿운동의 문제의식은 문화·예술 활동에 대한 인식과 실천이 창작과 감상의 차원으로부터 벗어나 행위와 향유놀이로 옮겨가는 변화와 접점을 이루고 있었다.

1980년대 초반 문학장의 가장 핵심적인 화두로 떠오른 '장르 확산'의 문제는 이와 같이 문화운동의 대상이자 주체인 대중 혹은 민중과 매체의 관계에 대한 논의 가운데 탄생한 것이었다. 앞서 언급한 연행문화운동에서의 행위와 향유의 강조는 자연스럽게 '장르 파기를 통한 매체통합'의 문제로 이어졌다.[60] 수행성이 두드러지는 연행예술 장르와 대조적으로 활자매체의 속성을 강하게 드러내는 문학의 한계를 극복하고자 했던 문화운동론자들은 시와 노래의 결합, 시·노래·놀이의 결합 등과 같은 문학과 연행 매체와의 만남을 시도했던 것이다. 이 과정에서 문학(문화)·예술 작품의 메시지나 이념, 정서 등을 가장 효과적으로, 광범위하게 전달하고 수용하는 '행위'가 활발히 이루어지기 위해서는 어떤 문학적·예술적 형식과 코드를 갖추어야 하는가 하는 고민의 결과물로 장르 파기, 장르 혼종, 장르 확산의 현상이 나타났다. 해당 작품이 왜, 어째서, 얼마나 문학적·예술적이냐보다는, 문학적인 것 혹은 미학적인 것이 어떻게 문학적 커뮤니케이션의 매체로서 기능할 수 있느냐가 중요한 문제로 떠오른 것이다.

참고로 이후 1980년대 후반기에 이르면 문학의 매체화가 심화되어 "예술의 무기화"에 대한 주장으로까지 이어진다. 김정환은 "팜플렛·카세트·유인물 등 '보이는 매체'의 개발에 병행되는 '보이지 않는 매체'의 개발을 촉진시킬 것이고 궁극적으로는 예술의 무기화에 이르는 길을 마련할 것이다"라고 예견했다.[61] 실제로 1980년대 문화운동은 탈춤, 마당극운동, 무크운동, 미술운동으로부터 각종 수기의 창작과 노래운동, 선언문·호소문 쓰기운동, 벽시운동으로까지 범위를 확장해 나가면서 훨씬 더 정치적인 성향을 나타내는 방향으로 전개되어 간다. 이러한 변화에는 기동성을 갖춘 매체에 대한 요청이 작용했다. 이 일련의 흐름이 1980년대 말에 이르러 극단화되었을 때 등장한 것이 곧 노동해방문학에서 주장했던 "현실변혁의 무기로서의 문학이라는 명제"를 내세우는 이른바 '무기론'이었다.[62]

결론적으로 이와 같이 1980년대 소집단 문화운동과 함께 나타난 문학적인 것의 매체화 현상은 1980년대 문학이 갖는 수행성과 긴밀하게 연관된다고 말할 수 있다. 실로 1980년대 문학의 구심점은 형식, 스타일, 주제 등의 문학작품 내적인 구성 요건들의 예술적인 속성 그 자체보다는, 그것들을 바탕으로 미학적인 언어 행위로서 문학이 수행하는 문학적·미학적 커뮤니케이션과 상호작용, 그리고 그 정치·사회·문화적인 효과를 아우르는 수행성에 놓이게 되었다. 급진적인 입장을 견지했던 민중문학론자들의 경우 이를 작품의 문학성과 예술성을 평가하는 기준을 전복시키는 토대로 삼았다. 가령 채광석은 "문학적·예술적 장치의 완성도를 따져서 예술성을 평가하는 게 아니라" 문학 향유의 주체들이 참여하는 "'판'을 통해 얼마나 역동적인 기능을 하는가, 주체와 객체가 상호작용을 하며 통일되는 과정을 통해 발생하는 예술적 감동이 여하히 주어진 판의 시공간적 한계를 넘어서서 현실적인 힘으로 전화되는가 하는 측면"이 평가 "기준이 되어야" 한다고 주장했다.[63]

이러한 주장들이 문학장의 지배적인 담론을 형성하면서 노동자들의 수기나 일기, 편지, 혹은 농민들의 집단창작시 등 기존에는 이른바 '비문학적'인 것으로 취급되던 글쓰기를 문학으로 규정하고 그것의 문학성을 평가·규명하는 비평 작업 또한 전개되었다. 이후 3장에서 살펴볼 노동자 수기가 발휘하는 수행적 힘과 그것의 정치성은 이와 같이 재편된 1980년대 문학장의 맥락 속에서 도출되고 표면화될 수 있었다. 그리고 이는 문학이 제대로 효력을 발휘하기 위해서는 이른바 '참된 문학 활동'이 문학의 틀 바깥에서, "언뜻 싸구려처럼 보이는 형식들, 즉 전단지, 팸플릿, 신문 기사와 플래카드 등을 만들어내야 한다"고 일찍이 발터 벤야민이 주장했던 바로 그 역설을 떠올리게 하는 풍경이었다.[64]

3. 소설침체론의 함의 – 리얼리즘 문학 체제의 균열

1980년대 소설의 '영향의 불안'

바야흐로 1980년대 초반 문단에는 소설침체론이 광범위하게 확산되었다. 이른바 '소설의 위기'까지 운위되며 여러 논자들에 의해 "소설의 시대는 가고 있는가?" 하는 물음이 제기되고 있는 형편이었다.[65] 이때의 위기란 일차적으로는 발표되는 소설 편수의 감소, 그러니까 양적인 침체를 가리켰다. 문화예술진흥원의 집계에 따르면 1980년에 발표된 소설의 총 편수는 511편에 달했고, 한 편 이상 소설 작품을 발표한 작가의 수는 233명이었다.[66] 1980년도 문예연감의 소설편을 집필한 윤후명에 따르면 이는 그동안 꾸준히 증가해오던 추세에서 벗어나 240명의 소설가가 활동했던 1978년 이전의 상태로 후퇴함을 보여 주는 수치였다.[67]

그러나 소설침체론에서 보다 근본적으로 문제 삼고 있는 것은 일정한 수준이나 주목할 만한 혁신을 성취한 작품들이 부재한 상황이었다. 가령 1984년에 발간된 『14인 창작소설집14人 創作小說集』창작과비평사, 1984 서문을 참조하건대 소설은 장르적으로 시와 평론에, 시대적으로는 바로 직전 시대인 1970년대에 비해 무기력하다는 평가를 받고 있었다.

> 80년대에 들어와 소설이 침체되고 있다는 얘기는 이미 들린 지 오래다. 가령 시와 평론에서 많은 신인들이 새로 나타나 동인지 또는 무크 같은 다양한 지면들을 발판으로 왕성한 작품활동을 펴면서 강한 자기주장을 전개하는 데에 비하면 소설 쪽은 과연 한산한 느낌을 주는 것이 사실이다. 더구나 「객지客地」 같은 뜨거운 작품에 의해 70년대 소설사가 세차게 개막되고 이후 당대 현실의 핵심적인 문제들을 깊이있게 그려낸 역작들이 줄을 이어 발표되었던 지난 연대를 기억하는 독자에게는 80년대 소설계의 움직임이 극히 무기력해 보이는 것은 너무나 당연한 노릇일 것이다. 그러나 물론 이것은 소설가 개인들의 무슨 직무태만에서 연유한 현상일 리 없으며, 사회적으로나 문학사적으로 그럴 만한 어떤 객관적 사정을 반영하는 현상일 것으로 짐작된다.[68]

이 소설집의 편집자들은 소설침체론이 부상하게 된 배경을 다음과 같이 두 가지 측면에서 진단한다. 먼저 시와 평론에서 신인들이 나타나 동인지와 무크 활동을 활발하게 펼쳐 나가고 있는 데 반해 소설은 그렇지 못하다는 점. 그리고 황석영의 「객지」와 같이 "당대 현실의 핵심적인 문제들을 깊이 있게 그려낸 역작"이 나타나지 않고 있다는 점이 그것이다. 실제로 당시 시단詩壇에서는 『반시』, 『5월시』, 『시와 경제』, 『시운동』, 『목요시』 등의 동인지가 폭넓은 스펙트럼에 걸쳐 질적·양적인 성과 모두를 보여 주고 있었다. 그에 반해 소설 분야는 「객지」에 맞먹는, 현실에 대한 진지한 문제의식과 문학적 수준을 갖춘 작품을 선보이지 못하고 있다는 것이 당대 논자들의 일관된 평가였다.

그러나 당시에 소설이 실제로 침체를 겪었던 것인지, 그렇지 않으면 비평가들의 속단 또는 과장된 주장이었는지는 좀 더 자세히 들여다볼 필요가 있다. 이동하는 소설침체론이 일종의 "80년대 문학의 자의식 과잉"에서 비롯된 강박이었다고 말한다.[69] 그에 따르면 1980년대 중반에 이르러서야 비로소 소설이 회복세를 얻기 시작했다는 주장은 대체로 김원우, 윤후명, 이인성, 임철우, 최수철, 현길언 등의 활동을 근거로 삼아 왔다. 그러나 이동하는 이들이 이미 1980년대 초부터 중요한 작품들을 발표하고 있었으며, 그것들이 1980년대 중반 이후에 발표된 작품들과 비교할 때 결코 뒤떨어지지 않는다고 지적한다. 그렇다면 소설침체론은 어째서 등장한 것인가 하는 의문이 제기될 수밖에 없다. 이동하의 분석에 따르면 그것은 1970년대 문학에 대한 지나친 의식의 산물이다. 당시 비평가들은 "70년대와 구별되는 80년대적 특징을 찾아내야 한다는 내적 요구에 끊임없이 시달리면서도 최소한 80년대 초기의 몇 년 동안은 70년대에 정립된 가치 판단의 척도를 가지고 문학, 특히 소설을 재단하는 버릇에서 벗어나지 못하였으며, 그 결과가 '80년대 소설 침체론'으로 나타났다"는 것이었다.[70] 요컨대 1980년대 문학은 1970년대 문학에 대한 일종의 '영향의 불안'에 시달리고 있었던 셈이다.

그렇다면 1980년대 문학, 특별히 소설은 1970년대 문학에 의해 수립된 어떤 가치 판단의 기준을 충족시키는 동시에 그것을 넘어서도록 요청받았던 것일까. 소설침체론의 등장 원인은 바로 이 질문에 긴박되어 있었다. 1980년대 전반기를 회고하는 자리에서 황석영은 소설침체론이 5·18을 비롯해 당시에 벌어진 긴급하고 충격적인 사건들에 대해 소설이 제대로 대응할 수 없었던 데서 비롯되었다고 말한다.

> 팔십년대 전반기의 얼어붙은 것 같던 반동의 시기에 소설이 당대의 상황을 즉각적으로 받아내지 못한 점은 미처 당대를 소화할 수 없었던 작가들의 역량의 한계에도 원인이 있겠지만, 어느 사실이 소설로서 재구성되는 데는 일정한 거리와 시제의 차이가 불가피하다는 점도 있었겠지요. 그럼에도 불구하고 나로서는 당시에 소설쓰기가 위축되었다고는 생각할 수 없군요. (…중략…) 르뽀, 수기, 선언문, 폭로/기사는 급박하게 돌아가는 현실 속에서 매우 유용한 과도적 문학의 역할을 해냈습니다. 내 경우에도 칠십년대부터 작품을 쓰는 한편으로 현장 문화운동에 참가하고 있었으므로 그런 종류의 글이며 현장 집체창작물들을 수없이 쓴 셈입니다만, 84년 겨울에 광주 '전사협'의 위촉으로 기록한 광주항쟁보고서는 당시의 상황을 대중적으로 격앙시키는 촉매가 되었다고 생각합니다.[71]

황석영 역시 소설 창작 자체가 위축되었던 것은 아니라고 말한다. 다만 그는 소설이 어떤 사건을 소설로 재구성하는 데는 일정한 시간적 거리가 필요한 장르라고 주장하며, 그러한 까닭에 1980년대 전반기에는 5·18과 같이 중대한 사건들을 소설 대신 르포, 수기, 선언문 등이 더 적극적으로 취급할 수밖에 없었다고 판단한다. 어떤 측면에서 이것은 황석영 자기 자신에 대한 진술이기도 했다. 1970년대 리얼리즘 소설의 가장 위대한 성취로 꼽혔던 『객지』의 작가 황석영 그 자신 역시 5·18에 대해서는 소설보다 논픽션인 『죽음을 넘어 시대의 어둠을 넘어』로써 반응했기 때문이다.[72]

이러한 점들을 고려해 보건대 소설침체론은 소설 작품 창작이 위축된 현상을 지적하는 것 이상의 함의를 품고 있었으며, 소설이 1980년대 벽두에 벌어진 일련의 충격적인 사건들에 적극적으로 개입해 들어가지 못하는 상황 속에서 제기된 것이었음을 알 수 있다. 기실 당대 소설침체론이 던진 "소설의 시대는 가고 있는가? 그리고 시의 시대는 오고 있는가?"의 물음은 '5월 광주'를 적극적으로 노래하고 있는 시와 그렇지 못한 소설 사이의 극명한 대조가 만들어 낸 산물이었다.[73] 앞서 창비 신작소설집 편집자들이 지적했던, 소설이 당대의 핵심적인 문제를 깊이 있게 그려내지 못하고 있다는 점 역시 이를 염두에 둔 것이었다. 그리고 여기에는 물론 1970년대 문학이 그 기준으로 자리하고 있었다. 1970년대를 위대한 리얼리즘 문학, 그리고 소설의 시대로 기억하고 있는 비평가들에게 1980년대 소설은 지나치게 무력해 보였다. 혁신은커녕 소설이 5·18과 같은 미증유의 사건을 재현하는 일조차 감당하지 못하고 있다는 사실은 1970년대 문학이 수립해 온 참여와 실천의 전통을 져버리는 것이었기 때문이다. 아울러 대체로 리얼리즘이 1970년대 문학에서부터 이어져 온 핵심적 전통으로 간주되곤 했다는 점을 상기해 볼 때, 1980년대 소설이 마땅히 이어받아야 할 책무란 결국 1980년 5월 광주에서 벌어진 사건을 리얼리즘적으로 재현함으로써 역사와 사회 현실에 개입하는 것을 의미했다.

5·18의 리얼리즘적 재현이라는 과제 또는 문제

주지하다시피 5·18은 1980년대라는 시대와 그 시대의 문학을 그 이전 시대와 근본적으로 다른 무엇이 되도록 만든 기원적인 사건이었다. "50년이나 100년이 지난 문학사에서 1980년대 문학사는 〈님을 위한 행진곡〉이란 노래 가사와 『죽음을 넘어 시대의 어둠을 넘어』란 수기가 시와 소설사의 첫머리를 장식할 것이라고 단언"할 수 있을 정도로 1980년대 문학에 대한 5·18의 규정력은 실로 대단한 것이었다.[74] 그러므로 "80년대 소설의 침체현상"을 "광주항쟁을 괄호치고 비통한 신음만 뿜어냈던" 소설의 "망명상태"로 보는 시각이 문단을 지배했던 것은 일견 당연했다.[75] 그러나 문단의 간절한 열망은 쉽게 충족되지 않았다. 1980년대 전반기에 소설이 5·18을, 당대 문단을 지배하고 있던 민족·민중문학론자들의 요구대로, 곧 '리얼리즘적으로 재현'하는 일은 거의 불가능에 가까웠다. 그리고 이 불가능은 리얼리즘 문학 체제하에서 정의하는 문학과 현실 간의 관계로부터 파생되는 문제였다.

통상적으로 문학에서 재현에 관한 논의는 미메시스론에 의해 전개되어 왔다. 아리스토텔레스의 『시학』에서 기원하는 미메시스 개념은 대상의 "예술적인 재현과 표상의 생산"을 의미한다.[76] 이때 아리스토텔레스가 말하는 포이에티케poiêtikê에서의 미메시스는 처음과 중간과 종말을 가진 완결되고 "전체적인 행동의 모방"을 가리킨다.[77] 즉 아리스토텔레스적인 의미에서 문학의 재현은 대상의 본질과 전모를 파악해 대상이 되는 사건 또는 인물의 행동이 전개되는 과정 전체를 필연성을 갖춘 플롯으로 재구성하는 것이다. 한편 미메시스론을 리얼리즘론으로 확립한 루카치는 리얼리즘은 현실을 객관적으로 반영해야 한다는 조건을 충족시킬 수 있는 "지각의 정확한 형식이며, 사회구조의 어떤 형식의 기능"이라고 말한다.[78] 아울러 재현의 결과로 수립된 미학적 형상물은 객관적 현실의 반영물이고, 동시에 그것의 가치는 그 형상물이 현실을 올바르게 파악하고 재생산하는지에 달려 있다.[79] 그러므로 이와 같이 리얼리즘적 재현의 개념을 따라 문학과 현실의 관계를 사유하게 되면 그것은 언제나 문학에 앞서 먼저 현실세계이라는 원본이 있고, 문학은 그것을 유사하게 모방하거나 객관적으로 반영하는 식이 된다. 동시에 문학이 재현할 사회현실에 대한 완결된 형태의 인식 구조가 미리 전제되어야 한다. 요컨대 '리얼리즘 문학 체제'하에서, 문학과 세계현실는 전자가 후자에 종속되고, 후자가 전자에 선행하는 관계로 수립된다. 이 역은 결코 가능하지 않다.[80]

1980년대 초 소설이 5·18을 리얼리즘적으로 재현할 수 없었다는 사실은 5·18이 그 사건 자체의 실제 여부와는 별개로 사회세계 내에서 재현될 수 있는 현실―또는 민족·민중문학론자들이 요구했던 '민중항쟁'이라는 혁명적인 사건으로 재현될 수 있는 실재―의 지위를 부여받지 못했음을 의미한다. 잘 알려진 대로 사건 초기부터 계엄 당국은 사건에 대한 언론 보도를 완벽히 통제했고, 이에 따라 1980년 5월 광주에서 공수부대의 시민 학살과 이에 대한 민중의 항거는 '일어난 적 없는 일'이 되었다. 다만 그때 그곳의 현실은 김대중 추종자들과 사회 불만세력 및 용공 간첩 등을 아우르는 이른바 '폭도'들에 의해 일어난 '폭력 사태'로 존재할 수 있을 뿐이었다.[81] 요컨대 계엄군에 의한 '학살' 내지는 광주 시민들에 의한

'민중항쟁'으로 재현될 수 있는 5·18의 실재는 부재했던 것과 다름없다.

그러나 이를 신군부의 물리적인 언론 통제·검열에 의한 사건 은폐 차원으로 국한시켜 보는 것은 단순한 접근 방식이다. 5·18의 재현불능에 관한 문제는 그보다 훨씬 복잡하고 근본적인 어려움에 직면한다.[82] 아우슈비츠 수용소의 존재 자체를 부인했던 "홀로코스트 부인Holocaust denial/negation-ism" 문제를 두고 장 프랑수아 리오타르Jean-François Lyotard가 적절히 지적했듯, "실재라는 것은 주어진 것이 아니라, 실재와 관련된 확인 절차의 실행을 요구하게 되는 기회"다.[83] 이러한 논리에 따르면 1980년 5월 광주에서 일어났던 사건의 실재는 그것이 실제로 일어났다는 사실 자체로는 획득되지 않는다. 그것이 실재임을 입증할/될 때 비로소 그것은 실재로서 구성될 수 있는 것이다.

주지하다시피 5·18에 대한 공적 논의와 진상 파악이 이루어지기 시작한 것은 1985년 총선에서의 야당의 승리, 서울 미문화원 점거사태, 그리고 1987년 6월항쟁과 1988년 신군부 정권 인사들에 대한 청문회라는 오랜 투쟁과 사회 변화를 겪고 난 이후였다.[84] 그 이전까지 5·18에 어떤 실재를 부여할 것인가를 결정하는 절차와 권위는 모두 신군부 정권이 독점하고 있었다. 이러한 사실과 함께 민족·민중문학 진영에서 5·18을 소설화한 작품 중 가장 획기적인 성과로 평가했던 홍희담의 「깃발」『창작과비평』 1988.봄이 등장한 때가 1988년이라는 점은 결코 시기적으로 우연히 일치한 것이라고 보기 어렵다. 이는 「깃발」이 성취한 것으로 간주되는 민중, 특별히 노동자 계급의 혁명으로서의 5·18에 대한 리얼리즘적 재현이 ① 신군부 정권이 5·18의 실재에 대한 결정권을 모두 잃게 되고, ② 반대로 대항 담론이 5·18의 실재를 입증·결정할 수 있는 권위를 획득하며, 역사의 이름으로 메타언어의 위치에서 5·18을 취급할 수 있게 된 1987년 이후에 이르러서야 가능해졌음을 말해 주는 까닭이다.

요컨대 5·18은, 마치 홀로코스트가 그러했듯, 그 실재가 흔들리는, 혹은 끊임없이 위협받는(다시 말해 자명하게 주어지는 것이 아니므로 입증해야/되어야 하는) 문제였다. 따라서 실재에 종속되어 있는 재현의 메커니즘은 정상적으로 작동되기 어려웠다. 특별히 5·18의 불안정한 실재의 문제가 필연적으로 촉발시키는 다음과 같은 보다 근본적인 물음들은 문학적 재현에 관한 일종의 낙관주의로서의 리얼리즘 문학 체제하에서는 결코 답할 수 없는 문제들이었다. 재현되어야 할 실재의 윤곽이 분명하지 않은 대상을 어떻게 그것의 실재와 정확하게 일치하는 방식으로, 리얼리즘론의 용어를 빌리자면 '객관적'이고 '총체적'으로, 재현할 수 있는가. 혹은 그에 대한 재현물로서의 문학작품이 그 실재를 충실히, 정확하고, 완전하게—그 실재의 어떤 부분 하나 유실하거나 초과함 없이—재현전한 것이라고 말할 수 있는가.

시인 김준태는 1980년 5월 당시 『월간중앙』 기자의 의뢰를 받고 항쟁의 현장을 기록한 일기의 말미에 "끝으로 밝힙니다만, 이 글은 필자가 보고 느꼈던 「광주사태」의 아주 일부에 지나지 않았거나, 혹은 잘못 표현된 부분도 있을 줄 생각합니다"라고 덧붙이고 있다.[85] 당시 사건 현장의 직접적인 목격과 체험에 대한 증언조차 5·18의 전모를 완전하게, 왜곡하지 않고 '다시 드러내는 일재현/재현전'이 어렵다는 인식이 자리 잡고 있을 만큼 5·18의 실재는 문제적인 것이었다. 그러한 5·18이 비로소 리얼리즘적 재현의 영향력하에 놓일 수 있게 된 것은, 위에서 「깃발」의 사례를 통해 이미 언급했듯, 사회 변혁 운동론에 의해 5·18의 실재가 민중항쟁으로 구성·승인·확정된 이후였다. 달리 말하면 리얼리즘 문학 체제하에서 5·18의 증언-재현 문제는 동일성의 논리로밖에는 돌파될 수 없었던 것이다. 메타언어에 의해 주어진 민중항쟁이라는 실재와 일치하는 한에서만 5·18을 증언-재현할 수 있었다. 그러나 그러한 동일성은 민중이라는 주체와 민중항쟁의 역사로 환원되지 않는 차이들을 절삭하거나 그러한 주체와 역사를 특권화하는 과정을 거친 결과물이며, 이 경우 그러한 동일성의 논리에 의해 이루어진 재현이 5·18의 진실을 충실히 증언한다고 말할 수 있는지는 의문에 부쳐진다.

리얼리즘 문학 체제의 한계와 소설 미학 갱신의 실마리

논의를 종합해 볼 때 1980년대 초 5·18과 같이 그 실재를 주장하고 입증할 수 없으며 그것이 끊임없이 흔들리고 요동하는 문제 앞에서 리얼리즘적 재현은 일종의 한계를 드러내기 시작한 것이라고 말할 수 있다. 그런 점에서 1980년대 초 소설의 침체는 문자 그대로 소설 창작의 양적·질적 침체를 의미하는 것이 아니라, 리얼리즘 문학 체제하에서 특권적으로 주장되었던 리얼리즘적 재현의 한계가 징후적으로 드러난 현상이었다. 그 한계란 곧 재현할 실재의 문제가 선결되지 않으면 자립할 수 없는 리얼리즘 문학 체제의 현실종속성, 그리고 그 실재를 구성하는 무수히 많은 차이들을 가리킨다. 1987년에 발간된 '5월광주항쟁 소설집' 『일어서는 땅』의 편집자들이 고백한 대로, "5월이라는 명제는 그동안 수없이 거론되어 왔"지만 "아무도 5월의 전면적인 모습을, 총체적인 진실을 말할 수 없었다".[86] 실로 소설이 5·18을 증언하고 그 사건의 진실'들'에 대해 말하기 위해서는 리얼리즘의 '총체성'과 '객관성'에 대한 강박에서 벗어나 재현적 사유를 넘어서는 어떤 미학적 갱신이 필요했다. 그러므로 문학사적으로 볼 때 5·18은 1980년대 소설 미학의 갱신을 요청한 사건이었다고도 말할 수 있다.

그러나 당대 비평은 소설침체(론) 이면의 보다 근본적인 문제인 리얼리즘적 재현의 한계에 대해서는 사유하지 못한 채 그것을 성취하지 못하는 소설을 나무라는 것으로 귀결되고 말았다. 백낙청은 "80년대 한국 사회의 경우 다름 아닌 사실 확인의 차원에서조차 가장 예민한 쟁점이 되어 있는 것은 이른바 광주사태의 진상 문제"라며 "바로 그렇기 때문에 시인에 의한 열띤 고발 또는 기념이 날말들이 많이 씌어졌으나 소설로 다뤄진 예는 5년이 넘은 이제까지 무척이나 드물다"고 문제의 원인을 일견 정확히 지적한다.[87] 그러나 그의 이러한 진단이 리얼리즘적 재현의 한계에 대한 인식 혹은 재현에 대한 새로운 사유로 이어지지는 않는다. 그는 오히려 5·18을 다룬 임철우의 소설 속 "비사실주의적 요소"와 알레고리의 작위적인 측면을 비판하며, 다만 "진지한 현실을 반영해야" 한다는 특유의 당위론적인 리얼리즘론을 되풀이한다.

> 그러나 광주의 진실을 제대로 포착하고 작품화했느냐고 묻는다면 필자는 「직선과 독가스」나 대동소이한 수준, 곧 아직도 성공한 작품이라고 보기는 어려운 수준이라 말할 수밖에 없다. 이는 「사산하는 여름」(또는 「직선과 독가스」)의 비사실주의적 요소 자체를 탓하는 말은 아니다. 리얼리즘(내지 현실주의)가 우의적 요소를 처음부터 배격한다거나 사실성과 우의성의 일정한 비율을 고집하는 것은 아니다. 그러나 알레고리는 알레고리 나름의 논리가 있어야 하고 진지한 현실인식을 반영해야 되는데 「사산하는 여름」의 경우는 그게 아니다. (…중략…) 그러나 도대체가 1980년 5월 광주의 역사를 '상처'와 '병리'의 차원에서

만 보는 것부터가 정말로 문제다. 이는 광주의 진상을 다시 조사하는 게 그 상처를 아물리는 데 도움이 되느냐 안 되느냐라는 여야간 공방의 차원이라면 모를까, 민중·민족문학에서는 극히 피상적인 민중인식이요 역사의식이다. 광주사태의 정확한 경위와 진상이 어떠했건, 무릇 다수 민중이 일거에 집단 행동으로 나선 역사적 사건에서는 민중의 희생과 상처가 큰 것에 못지않게 자신들도 몰랐던 엄청난 힘이 평범한 시민들 중에 폭발적으로 솟아남을 경험하는 법이다. 이러한 폭발적인 에너지는 당국이 '무장폭동'으로 규정하는 전투의 과정에 드러나기도 하고 '치안부재'로 규정된 시간에 뜻밖의 일상생활을 해내는 의연함으로 나타나기도 한다. 광주사태의 경우 그 폭발성에 한해서만은 여야간에 딴말이 없는 실정인데 「사산하는 여름」에서는 폭발성의 의미에 관한 통찰과 신념이 없을뿐더러 폭발성 자체가 '후유증'의 제시 속에 은폐되어버릴 위험이 있는 것이다.[88]

백낙청은 임철우의 「사산하는 여름」이 민중의 항쟁으로서 5·18이 갖는 폭발성을 다루지 않았기 때문에 "광주의 진실을 제대로 포착하고 작품화"하는 데 "성공한 작품이라고 보기는 어려운 수준"이라고 평가한다. 그가 말하는 "광주의 진실"이란 신군부 정권과 싸운 민중의 "폭발적인 에너지"다. 그러나 그의 논리에 따르면 임철우의 소설은 "1980년 5월 광주의 역사를 '상처'와 '병리'의 차원에서만" 다루고 있으며, 그것은 민족·민중문학의 측면에서 봤을 때 "극히 피상적인 민중인식이요 역사의식이다". 요컨대 백낙청은 소설이 "광주의 진실"을 민중의식과 역사의식에 바탕을 두고 재현할 때 강력한 힘을 갖게 되고, 그것의 상처와 고통, 병리, 후유증을 제시하는 것은 그 강력한 힘에 대한 "통찰과 신념이 없을뿐더러" 그것 자체를 "은폐"시킬 위험을 갖는다고 보고 있다.

그러나 이른바 문학이 그 고유의, 흔히 말하는 문학적 진실을 창조할 수 있으며, 그것이, 아리스토텔레스가 말했던 것처럼 역사보다 고차원적인 의미를 갖는 진실이라면, 역사가 사실 확인으로서의 증언을 실패한 바로 그 지점에서 문학적인 방식으로 증언하는 진실은 시작된다. 실재를 입증하고 결정할 수 있는 권위적인 메타언어로서의 역사가 부재할 때 그 공백을 메우는 것은 이른바 문학이 될 수 있다. 그리고 그러한 문학의 증언은 그것이 그 사건의 실제 사실이나 그 사건에 부여된 실재와 얼마나 일치하는지, 현실정합적인지, '저전'하고 '타당'한지, 백낙청식으로 말하자면 '진지한 현실 인식을 반영'했는지와 같은 역사적인 사실성을 입증하는 기준과 무관하게 성립한다.

이런 측면에서 볼 때 소설이 5·18의 상처와 병리적인 측면을 "비사실주의적"으로 소설화한다는 것은 오히려 그 사건에 대해 증언하는 (현실로의) 환원불가능한 언어를 창안한다는 점에서 객관적인 현실의 반영인 리얼리즘적 재현의 한계를 돌파한다고 말할 수 있다. 어떤 증언이 사실성, 타당성, 실증성을 갖춘 특권적인 지위를 부여받는 까닭은 다른 것과 분명하게 구분되는 그것의 고유한 차별성distinctiveness 때문이다.[89] 데리다식으로 말하면 증언이 갖는 권위는 그것의 "역설적인 대체불가능성paradoxical irreplaceability"에서 기인한다.[90]

한편 앞서 논의한 논픽션적 글쓰기의 확산이 소설침체론의 비평 담론이 형성되는 데 미친 영향 역시 함께 고려되어야 한다. 조남현은 "충격적인 폭로기사·르포·수기 기타 논픽션의 등장이 소설 독자층을 잠식했다고도 볼 수 있겠으며, 비전문가들에 의한 글들도 문학에 포함시켜야 한다는 일부의 주장과 생각도 소설침체론의 형성에 한 요인이 된 듯"하다고 진단한

바 있다.[91] 이러한 지적처럼 그간 소설이 누려왔던 지배적인 서사 양식의 위상이 흔들리기 시작한 데는 소설의 지분을 잠식한 르포와 수기의 존재가 크게 작용했다. 이는 리얼리즘 문학 체제의 균열을 더욱 가시적으로 보여 주는 사례이기도 했다. 당대에 리얼리즘이 가장 지배적이고 특권적인 소설 미학으로 군림하고 있었다는 점을 고려할 때, 르포·수기와 같은 '비소설또는 논픽션' 서사 양식의 확산과 대중화는 곧 소설을 근간으로 삼고 있는 리얼리즘 문학 체제의 지배력이 통하지 않는 흐름들이 수면 위로 떠오르기 시작했음을 의미하는 까닭이다.

결론적으로 리얼리즘 문학 체제의 균열은 5·18에 의해 언어와 실재, 그리고 그것을 둘러싼 문학과 재현의 관계에 내재해 있던 문제가 드러나면서 혹은 문제적인 것으로 만듦으로써problematize, 다른 한편으로는 르포와 수기라는 비소설 서사 양식의 영향력이 확대되면서, 그것의 구심점으로 자리하고 있었던 소설 장르가 침체를 겪는(혹은 그렇다는 판단하에서 소설 침체론이 확산되는) 징후적인 현상으로 나타났다고 말할 수 있다. 일반적으로 리얼리즘 문학 체제의 균열이 1990년대 포스트모더니즘 담론과 함께 표면화·가속화된다는 점에서 온전히 1990년대적인 현상 혹은 1990년대 문학의 산물인 것처럼 취급되어 온 것과 달리, 이미 1980년대 문학에서, 특히 포스트모더니즘이라는 외부적인 힘에 의해서가 아닌, 리얼리즘적 재현 그 자체가 한계를 드러내는 내부적인 원인에 의해 시작된 것이었다. 그리고 바로 그 내부 균열의 틈새에서 이루어지고 있었던 소설 미학의 변화 내지는 갱신을 포착하는 일이 이후 4장의 주요한 작업이 될 것이다.[92]

2장

르포의 탈경계적
양식 실험

문학적 진실성의 재구성

1. '민중자서전' 양식과 도시하층민의 리얼리티

1980년대 르포의 개념과 특성

1980년대의 시대정신이자 가장 강렬한 사회적 열망이었던 진실의 문제에 문학이 개입해 들어간 노력과 시도는 르포 양식과 미학의 층위에서 가장 명확하게 추적·포착된다. 르포르타주의 약칭인 르포는 기본적으로 새로운 소식을 보도하는 행위이자 어떤 사건에 대한 관찰과 기록을 의도하는 글쓰기를 가리킨다.[1] 그러나 이 책에서 다루는 1980년대 르포는 문학장 안에서 생산·유통·소비되었으며, 특히 황석영, 박태순, 조세희가 쓴 르포의 경우 소설가들에 의해 창작된 글쓰기 양식이라는 점에서 흔히 '문학적 르포literary reportage', '문학적 저널리즘literary journalism', '르포문학reportage literature', 혹은 '보고문학報告文學'이라는 조금씩 다른 함의를 가진 용어로 지칭되는, 문학(소설)과 르포, 혹은 픽션과 논픽션 사이에서 유동하는 형식과 성격의 글쓰기로 좁혀진다. 이른바 뉴저널리즘 분야에서는 문학적 르포, 문학적 저널리즘, 르포문학, 보고문학을 엄밀하게 구분하고 각각의 영역을 구획하는 작업을 시도한다. 그러나 이 책에서 다루는 1980년대 르포는 각각의 세분화된 특징들 전부를 얼마쯤씩 나타내고 있다는 점에서 언급한 네 종류의 글쓰기를 포괄하는 것으로 보는 편이 적절하다. 따라서 이 책에서 별도의 언급이 없는 한 르포는 문학적 르포, 문학적 저널리즘, 르포문학, 보고문학의 특성을 두루 지닌 글쓰기를 가리킨다.

이러한 종류의 글쓰기는 이자벨 힐튼Isabel Hilton의 표현대로 "탄력적elastic"인 형태를 띠고 있어 장르 형식을 명확히 규정하기 어렵다.[2] 오히려 픽션과 논픽션 사이를 넘나들고, 소설과 르포, 때로는 체험 수기의 형식

및 속성이 뒤섞여 있는 모호함 자체가 1980년대 르포 양식을 규정짓는 특성이라고 할 수 있다. 그리하여 이 장에서 살펴보게 될 황석영의 『어둠의 자식들』에서부터 르포 전문 무크지 『르뽀문학』에 이르기까지 실로 다채로운 스펙트럼을 선보인다. 다만 형태와 스타일상의 다양성과 유동성에도 불구하고, '실제real' 사건과 인물을 소재로 삼는 것은 르포 양식을 규정짓는 가장 기본적인 조건으로 고정되어 있다. 이러한 측면에서 볼 때, 상당한 분량의 소설 텍스트가 삽입되어 있음에도 불구하고 조세희의 『침묵의 뿌리』를 르포로 분류할 수 있는 것은 사북항쟁이라는 실제 사건과 그 사건에 관련되어 있던 사북 탄광 노동자들과 주민들에 관한 이야기를 담고 있는 까닭에서다.

문학적인 르포의 특징을 현장감 넘치는 "생생한 묘사"와 그것을 포착하고 틀 지을 수 있는 "소설가의 눈", 그리고 "우리가 알고 있는 세계의 모습을 구성하는 사람들과 사건들에 관한 숨겨진 진실을 드러내는 목격자의 증언"으로 규정하는 정의를 고려할 때, 르포의 중요한 구성 요건은 포착과 전달이며, 진실 규명이라는 목적성을 뚜렷하게 띨 때는 사건의 진실에 대한 목격과 증언의 층위를 갖는다고 말할 수 있다.[3] 이후 분석하게 될 황석영의 『어둠의 자식들』은 그러한 정의에 가장 잘 부합하는 르포 작품인데, 그런 점에서 이 작품을 당대에 '르포소설'의 범주 아래 두었던 비평가들의 분류법은 일견 정확한 것이었다.[4] 이철용이라는 실제 인물의 구술을 바탕으로 소설가 황석영의 눈과 생생한 묘사에 매개되어 『어둠의 자식들』이 포착하고 전달하는 것은 '꼬방동네'에서 살아가는 도시하층민들의 숨겨진 진실에 관한 목격과 증언이었다.

한편 르포가 사건의 진실을 목격하고 증언한다는 것에는 사건 현장에 직접 들어가 사태를 파악하는 일이 전제되어 있다. 잘 알려진 대로 르포르 타주라는 단어가 본래 프랑스어로 '탐방 기사', '현장 보도'라는 의미를 갖는다는 점을 상기할 필요가 있다. 아울러 "문학자가 몸소 보고자로서 기록자로서 그 사태 가운데 들어가서 스스로 체험자가 되며, 목격자가 되지 않으면 안 된다"는 점은 르포를 '보고문학'으로 정립하려 한 흐름 속에서 늘 강조되곤 했던 르포의 기본 속성이다.[5] 사건 현장 내부로 직접 들어가 그 바깥에서는 볼 수 없고 들을 수 없는 현장의 진실을 체험한 작가들에게 사건은 그 이전과 완전히 다른 창작 방식—양식과 미학—을 동원해 기록하고 전달해야 할 것이 되었다.

'민중자서전' 양식으로의 1980년대적인 전환

바야흐로 1980년대는 앞서 언급한 특성을 지닌 르포 양식이 문학장에서 지배적인 영향력을 행사한 시기였다. 그리고 바로 그러한 시대적인 흐름의 첫머리를 장식한 것은 1980년에 출간된 황석영의 『어둠의 자식들』이었다. 집필 시기는 1979년이었고, 단행본으로 출판된 분량의 일부가 『월간중앙』에 '특별 집중연재'되었다. 연재 당시부터 이미 "이색적 주제와 소재, 문체로 선풍적인 화제와 충격파를 일으켰다"고 알려져 있는 이 르포는, 주지하다시피 실제 인물 이동철본명 이철용이 기지촌에서 나고 자란 후 빈민촌과 소년원, 빈민수용소와 창녀촌, 교도소를 거쳐 거리의 부랑아들을 모아 '은성학원'이라는 일종의 공동체를 만들기까지의 이야기를 담고 있다.[6]

실상 도시하층민에 대한 황석영의 관심은 1970년대 초부터 꾸준히 이어져 왔다. 가령 그는 1970년대 초반부터 그의 대표작인 「객지客地」1971를 비롯해 「이웃 사람」1973, 「돼지꿈」1973과 같은 소설이나 여성 노동자들이 겪는 열악한 노동 환경과 빈곤한 생활을 취재한 「구로공단의 노동실태」 1973, 「잃어버린 순이」 1974 등의 일련의 르포를 발표했다. 『어둠의 자식들』은 분명 소재와 대상의 측면에서 볼 때 황석영의 문학세계를 관통하는 이러한 경향의 연장선상에 놓여 있는 것처럼 보인다.

그러나 이 작품이 황석영 문학의 1980년대적인 전환 내지는 새로움의 징표로 해석될 수 있는 것은 양식의 전환, 그리고 작가의 시선과 서술 방식의 미묘한 차이가 빚어 내는 미학상의 변화 때문이다. 이러한 점은 1970년대에 발표된 그의 르포와 소설 「객지」를 염두에 두면서 『어둠의 자식들』을 그것들에 견주어 읽을 때 명백하게 드러난다. 황석영이 1970년대에 발표한 네 편의 르포는 모두 르포의 정석을 따르고 있다.[7] 이들 르포의 서술은 철저하게 관찰하는 위치에서 현상 이면의 구조적인 문제나 은폐된 사실관계를 취재하고, 여기에 논평을 덧붙이는 방식을 견지하고 있다. 한편 「객지」 역시 리얼리즘 소설의 전형이라는 상찬을 받은 작품답게 노동과 투쟁의 현장을 이른바 총체적인 시선으로 조망하고 있을 뿐만 아니라 소설의 형식과 서술상 빈틈없는 통일성을 갖추고 있다. 이와 대조적으로 『어둠의 자식들』은 작가의 시선이 작품 속 인물들의 시선과 뒤섞여 있는 데다, 양식적으로는 르포·수기와 소설의 특성이 서로 혼재되어 있는 양상을 보이고 있다.[8] 황석영은 『어둠의 자식들』의 양식과 서술 형식이 혼종적인 성격을 드러내는 것과 관련된 사정을 다음과 같이 창작 의도와 배경 차원에서 밝히고 있다.

또한 『어둠의 자식들』의 경우에도 나중에 잡지사와 출판사의 상업적 요구로 '소설'로 변모되어 나갔지만, 그것은 녹음기로 구술 정리하였던 '민중자서전'

작업의 일환으로 시작되었던 것입니다. 애초부터 문학적 작업의 일감으로가 아니라, 그러한 계층에서 읽기 위한 뚜렷한 목적을 가지고 젊은이들과 함께 공동작업을 했던 것이었지요. 그 뒤로 상업주의는 소위 '현장' 문학이라 하여 이 일감이 본래 가지고 있던 뜻을 먹어버리기는 했지만 『옛날 옛날 한 옛날』, 『인간시장』 같은 행태가 벌어지게 된 것이죠. 이와 같은 '민중자서전' 양식은 일감으로서 앞으로도 개발이 되어야 하고, 소설이 그 일감들과 자연스럽게 만나게 되어야 한다고 생각해요. 그러므로 앞에서도 지적했듯이 이것은 양식상의 문제라기보다는 문회적 방침의 문제이기요. 일의 종류에 따라서 다양해질 것은 뻔한 이치입니다.[9]

황석영의 진술은 다음과 같이 정리해 볼 수 있겠다. 첫째, 『어둠의 자식들』은 애초에 "문학적 작업"이 아닌, 민중을 대상 독자로 한 '민중자서전'으로 기획되었으나 잡지사와 출판사의 상업적 요구로 인해 소설이라는 이름하에 출판되었다. 둘째, 이후 이러한 양식이 '민중자서전'으로서의 기획 의도는 삭제된 채 상업적으로 이용되었다. 셋째, 그럼에도 불구하고 황석영은 여전히 '민중자서전' 양식을 활발히 개발하며 소설과 합류되는 지점을 발견해야 한다는 생각을 갖고 있었다. "문학적 작업의 일감"이 아니라는 언급을 통해서도 짐작할 수 있듯이 황석영은 이 작품을 분명히 기존에 자신이 써오던 소설과는 다른 종류의 글로 취급하고 있었다. 김정환 역시 이 작품을 그가 이른바 '르포소설'이라고 부르고 있는 이동철의 『꼬방동네 사람들』, 김홍신의 『인간시장』과 함께 묶어서 다루면서 기존에, 더 정확히 말한다면 1970년대에 황석영이 써왔던 리얼리즘 소설과는 전혀 다른 차원의 작업으로 파악하고 있었음을 확인할 수 있다.[10]

그러나 이것은 황석영이 허구적인 상상력으로서의 문학이라는 개념을 앞세워『어둠의 자식들』을 비문학으로 규정했다는 사실을 뜻하는 것이 아니다. 그보다는 이 창작이 단순히 정태적인 의미의 문학'작품'으로 국한될 수 없는 '공동작업'을 기반으로 이루어진 것이며, 그가 기존에 해오던 문학적 작업과는 다른 차원에 들어섰음을 의식하고 있었다고 이해하는 편이 바람직할 것이다. 기실 그는『어둠의 자식들』이 출판·영화 산업에서 상업적으로 제작·유통되었던 사실과는 별개로, 그가 시도한 '민중자서전' 양식과 소설의 결합이 앞으로도 계속 이루어져야 한다고 생각하고 있다. 게다가 이 작품에서 시도한 그의 양식적 실험은 "양식상의 문제"를 넘어서 "문화적 방침", 즉 문화운동적인 목표를 분명하게 띠고 있는 기획이었다. 그러니까 요컨대 그에게『어둠의 자식들』은 독자인 민중에게로 깊숙하게 파고드는 동시에, '민중자서전' 양식이라는 새로운 시도를 통해 그들의 목소리를 '전달'하는, 일종의 문학의 혁신이자 운동의 의미를 지니고 있었던 것이다.

문학의 폐쇄성 극복을 위한 양식적 실험

한편 황석영 역시 지적하고 있듯, 비슷한 시기 그의『어둠의 자식들』의 성공을 뒤좇아 김홍신의『인간시장』등의 상업적 대중소설들이 소위 '현장' 문학을 표방하며 쏟아져 나왔다. 1981년부터『주간한국』에「스물두살의 자서전」이라는 제목으로 연재되다가 단행본으로 출간된『인간시장』은 다루고 있는 소재상의 유사성이나 대중적인 인기를 얻었다는 공통점으로 인해 종종『어둠의 자식들』과 나란히 놓이곤 했던 작품이다.[11] 두 작품 모두 공통적으로 소매치기, 인신매매, 사기 행각 등 불법과 범죄가 만연한 도시 뒷골목과 그곳에서 살아가는 하층민들의 삶을 다루고 있는데, 이 점이

상업적 성공을 가능하게 한 주요한 원인 중 하나였음은 부인할 수 없는 사실이다. 출간 당시 비평은 대체로『어둠의 자식들』과『인간시장』,『꼬방동네 사람들』의 인기 원인을 작품에서 리얼하게 그려지고 있는 빈민촌과 창녀촌이라는 세계가 독자들에게 일종의 대리 체험의 쾌락을 주는 데 있다고 분석하곤 했다.[12] 때문에『어둠의 자식들』은 그것의 성공을 뒤좇아 나타난 『인간시장』,『꼬방동네 사람들』과 함께 비평가들의 날선 비판으로부터 자유로울 수 없었다. 가령 김정환에게『어둠의 자식들』은 황석영이라는 리얼리즘 작가가 산출한 "치열한 70년대 이시이 소산"이긴 하지만, "동시에, 그것으로부터의 어떤 분명한 '일보후퇴'"이자, 심하게 표현한다면 "'의식의 방향감각'을 갖추지 못한 소재주의"에 불과한 작품이기도 했다.[13]

그런데 앞선 진술에도 나타나 있는 것처럼 황석영은『어둠의 자식들』이 『인간시장』과는 전혀 다른 목적의, 다른 결을 지닌 작품이라고 말하며 명확히 선을 긋고 있었다. 잡지와 출판사의 요청에 의해 그가 애초에 기획했던 것과 조금 달라지긴 했지만, 어쨌든 그는『어둠의 자식들』이 분명히 대중 독자들(혹은 그의 표현을 그대로 따르자면 민중)에게 읽히기 위한 목적에서 창안한 '민중자서전' 양식의 실험이었다고 말한다. 그렇다면『어둠의 자식들』이 대중 독자의 호응을 이끌어 낸 것은 단순히 상업적 소재주의에 부응한 결과라기보다는, 오히려 그가 의도한 바를 달성한 것이라고 봐야 할 것이다. 기실 그에게 중요한 문제는 일단 '읽혀야 된다'는 것이었다. 황석영은 그가 1970년대 내내 정통 리얼리즘 소설로써 전달하려 했던 이른바 '민중적 현실'이 문학 영역의 경계를 넘지 못하고 있다고 생각했다. 그리고 그 통로를 막고 있는 것은 문학의 어떤 '폐쇄성'이었다.

다만 변모 가능한 것은 우리 자신들의 역사에 대한 대응방식인 것입니다. 물론 방침은 변해야죠. 이를테면 문학에 국한해서 말하자면, 문예지 중심의 또는 문단 중심의 폐쇄적인 의미에서의 '문학주의'는 지양되어야 합니다. 이는 즉, 고교 문예반이나 대학 문예서클이 가지고 있던 문예취향이 확대된 문단의 비좁은 창구로서 작품을 내보이고, 평가하고, 자부해서는 안된다는 뜻입니다. 모든 '익명의' 민중표현과 전달방법의 길이 다 막혀 있는데, 지금과 같은 등단 방식은 이제까지의 문예적 폐단의 자기증식과정에 지나지 않는다고 봐요. 예를 들어 70년대 이후의 단행본 출판사의 양적 확대와 출판물의 다양함에 우리는 놀라게 됩니다. 출판이라는 창구도 역시 문제는 있으되, 훨씬 넓고 보편적인 영역을 확보하고 있기 때문입니다. 그러나 책이 안된다면 팜플렛도 있을 수가 있습니다. 다시 말해서, 필요하다면 문학적 영역을 넘어서 이제까지의 문예지 취향의 구성·표현 방법을 바꿀 수 있다는 거죠. 매체개발에 대한 논의며 문화유통구조에 대한 검토가 일어나고 있음에도 바로 이러한 폐쇄성을 열고 나가기 위해서라고 생각됩니다만, 이 '열린 문학' 속에는 반드시 실천적 작업의 결과들이 담겨져야 할 것입니다. 장르도 한 가지만 고집될 것이 아니라 서로 넘나들어야 합니다. 저는 시가 노래와 붙고 시가 판화와 붙는, 이른바 장르 확산을 지지합니다.[14]

그가 "문예지 중심의 또는 문단 중심의 폐쇄적인 의미에서의 '문학주의'"를 지양해야 한다고 주장하는 이유는 거기에 독자에 대한 고민이 생략되어 있기 때문이다. 그는 민중의, 그리고 민중을 향한 표현과 전달 방법, 그리고 소통의 통로가 부재한 상황에 대한 반성 없이 문단 내에서만 작품 창작과 평가가 이루어지는 것은 "문예적 폐단의 자기증식과정"에 불과하다고 비판한다. 독자의 자리를 배정하지 않은 채, 문단 내 문인 및 비평가들끼리 자평·자부하는 문학을 결코 바람직하다고 볼 수 없다는 것이다. 1970년대 이후 출판사와 출판물의 양적·질적 성장에 대해 그가 긍정적인 시선을 보내는 이유도 같은 맥락에서 이해할 수 있다. 그에게 "출판이라는 창구"는 독자들에게 다가갈 수 있는 "훨씬 넓고 보편적인 영역을 확보"해 주는 까닭에 "문단의 비좁은 창구"보다 훨씬 더 '열린 문학'에 가까워질 수 있는 길이었다. 나아가 그는 이제 문학이 "'폐쇄성'을 열고 나가기 위해서" 양식의 변화 및 장르 확산을 고민하는 것 역시 중요한 문제라고 주장한다. 요컨대 진실로 문학이 추구해 온 '민중저 현실'을 전차고자 한다면, 단순히 민중을 얼마나 더 잘 재현했느냐, 얼마나 "치열한 70년대의 의식"을 담고 있느냐를 따지는 리얼리즘론의 문단 중심 프레임에서 벗어나, 어떤 양식을 통해 독자에게 더 잘 전달할 수 있는가를 모색하는 방향으로 나아가야 한다는 것이다.

이러한 점을 염두에 둘 때 황석영에게 『어둠의 자식들』이 거둔 성공은 문학의 폐쇄성을 벗기 위한 일환으로 시도된 그의 양식 실험이 일견 성공적이었음을 의미하는 것이기도 했다. 앞서 인용한 대목에서 황석영은 『어둠의 자식들』이 이른바 이동철이라는 민중 개인의 목소리를 녹음기로 구술 정리한 '민중자서전' 작업이며, "그러한 계층에서 읽히기 위한 뚜렷한 목적을 가지고 젊은이들과 함께 공동작업을 했던 것"이라고 진술한 바 있다. 그러므로 당시 대중이 보낸 호응은 민중의 목소리가 '민중자서전' 양식을 통해 대중 독자에게 '전달'되었음을, 따라서 황석영이 기획한 양식 실험이 일정 정도 성공했음을 입증해 준 셈이다.

『어둠의 자식들』의 르포적인 특성은 그 성공에 중요한 역할을 했다. 이 작품에서는 뒷골목의 지하 경제가 돌아가는 형편과 구조가 실감나게 그려진다. 이른바 '탕치기'로 불리는 유괴 및 인신매매의 현장, 훔친 장물을 거래하는 과정, 평화시장에서 야바위 노름으로 사람들을 속이는 기술을 설명할 때면, 작품은 어느새 도시하층민의 생태에 대한 한 편의 현장보고서가 된다. 아울러 주인공이자 이 작품의 이야기를 구술한 실제 인물 이동철의 목소리는 그 리얼함을 보증하는 또 하나의 중요한 요소다. 특히 이동철을 비롯해 '꼬방동네' 사람들과 교도소 재소자와 같은 하층민들이 사용하는 생소한 어휘와 표현, 주로 비속어를 인물들 간의 대화와 서술에 여과없이 사용하고 있는 문체적 특성에서는 문학 언어가 갖는 재현의 한계를 극단적으로 밀어붙여 실제 감각에 육박하는 리얼리티를 구현하려는 작가의 의도가 드러난다.[15] 이러한 점은 평단에서 『어둠의 자식들』을 대중의 흥미에 영합하는 작품으로 폄훼하는 근거가 되었던 데 반해, 작가 황석영에게는 이른바 민족·민중문학진영에 속한 모두가 그렇게 전달하고자 애쓰는(그러나 그 효과는 실로 의문스러운) '민중적 현실'의 리얼리티를 체현하는 일종의 미학이었다. 한때 문단에서 『객지』로 명성이 드높았던 이 작가에게 이제 '어떻게'의 문제는 더 이상 리얼리즘 세계관과 창작 방법론으로 수렴되지 않는다. 1980년대 대중 독자들에게 『어둠의 자식들』로 알려지게 된 그는 이제 문학이 진실을 더 효과적으로, 실감의 영역에 근접해 전달하는 문제에 천착해 들어가기 시작한 까닭이다.

『어둠의 자식들』 속 도시하층민의 체제전복적 불온성

그렇다면 이제 『어둠의 자식들』에서 세심하게 규명해야 할 것은 대중 독자에게 전달된 것이 무엇이냐는 문제다. 여기에 답하기 위해서는 『어둠의 자식들』이 김홍신의 『인간시장』과 대비되는 지점을 살펴보는 일로 되돌아가야 한다. 그것과 관련해서 먼저 김정환의 다음과 같은 분석을 참조해 볼 수 있다.

> 김홍신의 『인간시장』에 대해서는 별로 길게 말할 필요성을 느끼지 않는다. 그것은 잘못된 사회구조를 개혁시키려는 의지를 전혀 상실한, 그것을 회복시키려는 노력을 의도적으로 말살시키는 어떤 비정상인의 유아적 '상상놀음'에 불과하다. 김홍신의 『인간시장』에 대해서는 '피카레스크 소설'이니 '발로 쓴 소설'이니 하는 별 이상스러운 평가가 여러 차례 있었던 것으로 안다. 그러나, 필자가 보기에는 그것은 작중의 '깡패적 해결방법'의 영웅을 통해 자기 마스터베이션을 누리는 데 그치는 '미성년적' 투정에 불과하다. 필자는 『인간시장』을 읽고 어렸을 때 봤던 만화영화 '황금박쥐'를 생각했고, 대학교 때 배운 연극용어 '디어스 엑스 매키네이deus ex machina를 생각했다. 그러나 '황금박쥐'는 텔레비 대중문화에 오염된 애들에게서나 볼 수 있는 '기원심리'의 상징이 아닐 것인가? 그리고 '디어스 엑스······' 어쩌고 하는 것은 근세 이전, 인류의 생각이 신으로부터 해방되기 전의 '기도심리'(신을 향한)의 한 표본이 아닐 것인가? 이런 글이 왜 요즈음의 절박하고 바쁜 세상에 나와 베스트셀러가 되어야 하는지 필자는 그 연유를 도대체 모르겠다.[16]

대중문학(문화)에 적대적이었던 민중문학론자의 논평이지만, 이로부터 분명하게 짚어 볼 수 있는 점은 『인간시장』에서 범죄와 탈선에 물든 도시 하층민의 삶이 주인공 장총찬의 영웅주의적인 면모를 드러내기 위한 스펙터클로 소비되고 있다는 사실이다. 김홍신의 소설은 실로 『어둠의 자식들』에서 시도된 양식의 '현장성'을 완전히 다른 목적으로, 즉 도시하층민이라는 타자의 삶을 대중적인 호기심과 관음증적 욕망을 충족시키는 데 사용한 작품이었다. 물론 상업적인 대중문화 영역에서 이것은 그다지 새로운 현상은 아니었다. 그러한 경향은 이미 1970년대 중반 무렵부터, 가령 성매매 여성의 삶을 소재로 다룬 문화 상품들이 '호스티스 영화'라는 장르 명칭을 만들어 낼 만큼 주류적인 흐름으로 자리 잡고 있었다. 최인호의 『별들의 고향』1974이나 조선작의 『영자의 전성시대』1975, 『미스 양의 모험』1977 등은 문학이 바로 그 상업적 대중문화 산업과 시장의 중심에 자리하고 있음을 보여 주는 대표적인 사례였다. 그리고 '호스티스 영화'라는 장르 명칭이 암시하듯 여기에는 일정 부분 퇴폐적이고 타락한 세계와 그 속에서 살아가는 사람들의 삶을 들여다보고 싶어 하는 대중의 욕망과 그 욕망을 이용하는 대중문화 산업의 상업주의가 개입돼 있었다.

황석영이 『인간시장』과 선을 긋고 그것을 비판했던 것은 단순히 그러한 대중문화의 상업주의적인 퇴폐성·저속성 때문은 아니었다. 황석영이 말한 "『인간시장』 같은 행태"가 문제시되는/되어야 하는 근본적인 이유는 대중문화에서 도시하층민을 스펙터클화하는 방식과 함께 긴밀하게 맞물려 작동하는 체제의 규율 시스템 때문이었다. 대중은 대체로 동정 또는 혐오의 대상으로 재현되는 도시하층민의 이미지를 소비하는 가운데 체세의 이데올로기를 자연스럽게 내면화하게 될 것이기 때문이다.

이 점은 『어둠의 자식들』에서도 자못 명시적으로 지적되고 있다. 이 작품에 등장하는 경찰·교사 같은 인물들—주지하다시피 이들은 규율권력을 실행하는 장치이자 수단이기도 하다—의 언설은 도시하층민으로부터 동정과 혐오의 감정을 느끼는 메커니즘과 체제 이데올로기를 내면화하는 메커니즘이 서로 접속됨을 보여 주고 있다. 가령 교사들은 기지촌에 사는

'불구'에 '가난뱅이'인 동철이 반 학생들과 말썽을 일으키자 "이런 아이들은 분리시켜야 한다"고 입을 모아 말한다.9면 동철의 표현대로 그는 그들에게 "마치 기지촌에서 옮아온 한 점의 병균과도 같"은 혐오의 대상이었다.9면 이후 불량 청소년으로 자라난 동철은, 그들의 말마따나 정말로 사회로부터 '분리'되어 거지 수용소에 갇힌다. 풀려나는 동철과 동철의 보호자 영천 아줌마에게 수용소 소장이 남긴 말은 당시 체제 이데올로기가 얼마나 효과적으로 내면화의 기제를 작동시킬 수 있는지, 동시에 얼마나 쉽게 재생산될 수 있는지를 체감할 수 있게 하는 대목이다.

> "내가 이번 한번은 특별히 생각해서 내보내 주지만 다음에 다시 잡혀오면 죽을 때까지 못 나갑니다. 남들은 국가 재건에 종사해서 고생들 하구 있는데, 빈들빈들 놀면서 편안하게 얻어먹는 행위는 국가에서 용납할 수 없어요. 조금만 부지런하게 일하면 잘살 수 있는데 게을러서 그래요. 앞으로 주의시켜서 기생충처럼 살지 못하게 하쇼. 신병 인수서와 각서를 쓰고 데리구 가요."(51면)

'병균'과 '기생충' 같은 도시하층민의 삶으로부터 연민이나 혐오감을 느낄 때 대중이 내면화하는 이데올로기란 이런 것이다. 곧 국가 경제의 성장과 발전, 사회 질서의 안정을 방해하는 혐오스러운 사회불안 요소들은 사회로부터 분리·수용·교화시켜야 한다는 것. 한편 그들의 빈곤하고 불행한 삶은 연민을 불러일으키기도 하지만 그 감정은 대상으로부터 곧바로 철회·회수될 것이다. 어디까지나 그들은 주체인 '우리'와 분리된 대상으로 간주될 뿐만 아니라, 국가 경제가 성장일로를 달리고 있는 지금 이 시대에 부지런하게 일하지 않으면 자칫 그들처럼 도태되리라는 공포가 연민의 감정을 곧 집어삼키는 까닭이다. 물론 이 과정의 역도 성립한다. 그러한 경제 개발 이데올로기에 호명되고 그것을 충실히 내면화한 주체들이 동철과 같은 이들에 대해 느끼는 연민과 혐오의 감정은 지면과 스크린 위로 흘러가는 도시하층민의 이미지를 향해 역투사되는 것이기도 하다.

그러므로, 이와 대조적으로, 『어둠의 자식들』에서 주요 등장인물인 도시하층민 — 고아, 창녀, 불량배 등 — 이 단순히 연민과 혐오의 대상으로 재현되지 않는다는 사실은, 상술한 것처럼 체제 이데올로기가 도시하층민의 스펙터클화에 연동되어 대중의 의식과 무의식을 잠식해 간다는 점을 작가 황석영이 충분히 문제적인 것으로 인식하고 있었음을 암시한다. 기실 『어둠의 자식들』에 등장하는 인물들이 구성하는 감각, 그들이 감각되는 방식은 현저한 차이를 드러낸다. 그리고 그 차이를 만들어 내는 요인은 바로 도시하층민의 불쌍하고 혐오스러운 모습 속에 얼마쯤씩 뒤섞여 있는 불온성이다. 가령 4장 「시든 꽃」에서는 기능공이 되고 싶은 꿈을 품고 방직공장에 취직했다 불량배들의 인신매매 작전에 걸려 '티상성매매 여성'으로 전락한 화숙의 안타까운 내력이 밝혀진다. '시든 꽃'이라는 표현 그대로 그늘진 창녀촌에서 시들어 버린 화숙의 삶을 펼쳐 놓는 서사는 독자의 멜로드라마적인 감수성을 자극하며 농정심을 불러일으키기에 충분하다. 그러나 동시에 그녀는 6장 「후리가리」에서 경찰서에 진정서를 제출해 그들의 생업을 방해하는 교회에 찾아가 자못 과격한 행동으로 신도들의 위선을 꾸짖는 예측불가능한 행동을 벌이는 인물로 그려진다. 이 장면에서 화숙이 남발하는 비속어와 사회비판적인 어조는 여과 없이 지면으로 옮겨지고, 화숙은 연민의 감정을 불러일으키는 불행한 하층민 여성, 또는 사회 질서와 도덕을 무너뜨리는 문란한 성매매 여성이라는 프레임에서 빠져나와 어느새 불온한 행위의 주체로 재편된다. 화숙의 이 에피소드는 이후 영화에도 그대로 삽입되었다.

이와 같이 『어둠의 자식들』에서는 종종, 작가 황석영의 의도적인 연출로 짐작되는, 창녀나 불량배, 교도소에 수감된 범죄자들의 체제비판적인 언설이 제시된다. 이는 도시하층민을 단순한 연민의 대상이나 혹은 범법자로 대상화하는 시선을 중지시키며, 그들 안에 잠재해 있는 불온성을 환기시킨다. 가령 3장 「탕치기」에서는 생계를 위해 공사장에서 노동자들을 대상으로 성매매를 하던 과부가 경찰시에 연행되자, 자신의 성을 파는 행위를 관리·제한할 그 어떤 권한도 국가에 있지 않음을 항의한 사연이 소개된다. 9장 「개털들」에서는 히로뽕 밀매로 교도소에 들어온 순식이 "일본놈들한테 싱싱한 젊은 푼(여자)들 몸뚱아리 파는 건 괜찮구 히로뽕 파는 건 법에 걸린단 말야"고 말하며 이른바 '기생관광'이라고 불리는 국가 주도의 성매매 범죄를 꼬집는다.310면 자신들의 비도덕적 행위와 범죄를 국가와 자본의 그것과 비/대칭적인 구도 안에 배치하는 이러한 언설들은, 비단 경찰과 교사, 공무원 등의 등장인물들을 통해 제시하고 있는 체제의 이데올로기적인 담론을 겨눌 뿐만 아니라, 도시하층민에게 체제를 위협·전복하는 힘과 계기들이 내재해 있음을 보여 준다.

그러나 다른 무엇보다도 이러한 종류의 불온성을 가장 리얼하게 구현하는 것은 역시 이 작품의 실제 모델이자 주인공, 그리고 서술자인 이동철의 목소리와 그의 체험이다. 그는 자신이 같은 처지의 고아나 창녀를 이용하고 폭행하는 불량배, 기둥서방이자 범죄자임을 고백한다. 동시에 자신의 그 폭력성과 교활함이 어떻게 수용소와 교도소 등지에서 국가의 규율권력을 조롱하거나 기만했는지를 증언한다. 그의 이 비도덕적·비윤리적이며 범법자적인 면모와 체제위협적인 불온성이 만나 결합하는 지점은 강원도 어느 철도 공사판의 노동자들을 동원하는 시퀀스에 잘 드러나 있다.

"이형, 부사장이 뭐라구 그럽니까, 우리 노임을 해결한답디까?"

나는 순간적으로 나를 한쪽으로 확 밀어붙였다. 그가 묻지만 않았다면 나는 그렇게 빨리 마음을 결정하지는 않았을 것이다. 그렇다. 내 청춘은 그때에 급히 돌아서기 시작했다. 나는 그의 물음, 그의 피곤에 찌든 얼굴과, 그의 충혈된 눈으로 하여 내 생애를 결정했다. 하긴, 나는 속으로 온전하지 못한 자라는 자격지심이 많으니까 누가 나를 좀 부추겨만 주면 우쭐대는 성미가 있기도 했다. 그들을 속이고 그들을 이용해서 회사로부터 화해금이나 슈킹치려고 계획을 세웠던 논다리 전략참모 이동철은, 노동자들의 열기에 휩쓸려 버려서 자기가 무슨 정의의 서부 같은 생각에 빠졌던 것이다. 그러나 사람은 그렇게 출발하여 다시 새로 뜬 눈으로 세상을 보아 가면서 변해 가는 법이다. 나는 우리 논다리 패거리를 버리고 인부들 편에 가담했다. 나는 주먹을 불끈 쥐고 그들에게 외쳤다.

"여러분, 회사는 우리를 좆으로 뭉개려고 하구 있읍니다. 아까 부사장이 와서 우리에게 백만 원을 주겠으니 무마해 달라고 하며 매수하려고 했읍니다. 지금 한쪽에서는 무일푼으로 밥을 못 먹고 있는 판인데 이건 완전히 엿먹이는 수작입니다."

나는 순식간에 그렇게 떠벌이고 말았다. 후회해 봤자 이제는 모래에 쏟아진 좁쌀과 같은 말을 어찌 주워 담겠는가. 이제부터 개발에 땀날 판국이었다. (…중략…) 그러나 이미 인부들은 격노하고 있었다.

"부사장 오라구 그래. 여기서 아주 물어뜯어 버릴 테니까."

"개새끼 뱃속을 까봐야지. 뭘 처먹구 사는데 그런 말이 아가리루 나오는지."

"오라구 그래. 와서 사과 안하면 서울역으루 갈거야."

이제는 아무도 막지 못할 분위기였다. 창문이 부서지고 사무실 집기가 날아갔다.(269면)

마찬가지로 여기에서도 동철에게 체제에 대항하는 민중의 형상을 부여하고자 하는 황석영의, 그리고 아마도 이 '민중자서전' 작업에 참여했을 사람들과 그리고 이 체험의 소유자인 이철용^{이동철의 모델인 실제 인물}의 의도가 동철의 내면에 대한 서술 속에서 발견된다. 그러니 그러한 다분히 의식적인 서술과는 별개로, 동철의 사기꾼적인 기질이 우연히 "노동자들의 열기에 휩쓸려" 그리고 그의 "정의의 서부 같은 생각"과 만나 의도하지 않았던 노동 쟁의가 벌어진 상황이 펼쳐지고 있다는 점에 주목해야 한다. 그러니까 작품 속 동철이 보여 주는 도시하층민의 이중적인 불온성은 단순한 범법 행위를 넘어서 언제든, 우연하고 예측불가능한 상황 속에서 만들어지는 계기를 만날 때, 국가와 자본이라는 지배 체제의 질서, 그리고 그 체제를 떠받치며 유지와 존속에 기여하는 모범적인 국민 또는 중산층 이데올로기를 과녁으로 삼아 겨누어질 수도 있으리라는 점을 주지시키고 있는 것이다. "민주 국가인 우리나라에서는 자기만 부지런히 벌고 능력을 발휘하면 누구든지 잘 살 수 있다"는 검사의 훈계를 두고 "노예로 마음을 잡으라는 거다"라고 반박하며 그 이데올로기적 속성을 간파하는 등의 언사는 그 가능성을 자못 직접적으로 내비치는 대목이다.^{334~335면}

'유전무죄 무전유죄', 1980년대의 망탈리테

『어둠의 자식들』이 구현하는 불온성은 텍스트의 경계를 넘어서서 실제

문화 생산과 유통, 소비가 이루어지는 영역에서도 증명되었다. 1980년대 학생운동사회 내에서는 문화운동의 일환으로『어둠의 자식들』을 마당극으로 각색해 공연하곤 했다.[17] 문공부는 이 작품의 불온성이 실로 체제에 위협적이라고 판단해 영화〈어둠의 자식들〉의 속편 제작을 막았다고 알려져 있다. 본래 3부작으로 기획되었던 영화는 제1부에 해당되는 「어둠의 자식들-카수 영애」가 대성공을 거두면서 곧장 2부 제작에 들어갔는데, 제작 허가를 위해 감독인 이장호가 제출한 시나리오를 문공부에서 반려했고,『어둠의 자식들』의 제목과 원작자 이름, 원작 내용 모두 사용할 수 없도록 금지했다.[18]

이 지점에서 다시 황석영의 '민중자서전' 양식이라는 실험적인 기획과 『어둠의 자식들』의 수행적 효과에 대해 상기할 필요가 있어 보인다. 이동철의 구술을 바탕으로 재구성한 '민중자서전'이자 소설 양식의 특성이 더해진 이 르포는 픽션과 논픽션 경계 위에 서 있다. 허구적인, 그리고 비허구적인_{사실적인} 리얼리티 사이에서 발생하는, 혹은 이 두 리얼리티가 결합된 '리얼'한 감각은 문학 텍스트의 경계를 넘어, 확실히 황석영이 지적했던 문학의 폐쇄성을 극복하는 데 주효했다. 이 점은 단순히『어둠의 자식들』의 대중적인 인기와 그 파급력으로만 국한시켜 설명할 것이 아니라, 1980년대 전반의 시대적인 망탈리테 차원으로 확장시켜 볼 때 더욱 분명해진다. 1980년 초입『어둠의 자식들』에서 나타난 도시하층민의 불온성이 1980년대 현실 속으로, 그리하여 다시 대중의 집단적 무의식 속으로 스며들어 재구성되었으리라고 추측할 수 있게 하는 근거를 1988년 '유전무죄 무전유죄'를 외쳤던 어느 범죄자와 그에게 열광했던 대중의 모습에서 발견할 수 있다. 이른바 '지강헌 일당 탈주 사건' 또는 '지강헌 인질극 사건'은

1980년대를 대표하는 사건으로 꼽혔고, 지강헌이 남긴 '유전무죄 무전유죄'라는 말은 널리 회자되었다.[19] 어린 동철을 '병균'과 '기생충'처럼 경멸했던 사람들과 비지스의 '홀리데이'로 장식된 지강헌의 마지막 순간을 마치 비장한 전설인양 이야기하곤 했던 사람들 사이의 이 격차, 또는 그 사이에 개입된 변화. 그 시작점에 도시하층민의 불온성에 대한 감각을 자극하는『어둠의 자식들』의 리얼리티가 자리하고 있으리라는 가설은 제법 개연성 있는 추측이다. 이를 증명하는 것은 이 지면의 주제와 범위를 넘어서는 까닭에 추속 연구의 몫으로 남겨 두겠지만, 여기서는『어둠의 자식들』이 대중 독자의 감성을 새롭게 분할·구성함으로써 포스트개발독재시대에 문학이 적극적으로 대응해 간 지점을 뚜렷하게 표시한 사례로 제시하고자 한다.

한편 황석영은 앞서 인용했던 황지우와의 좌담에서 밝힌 대로『어둠의 자식들』이후 이 '민중자서전' 양식의 작업을 운동적인 차원에서 지속해 나간다. 그 가운데 200여 명 이상의 익명의 시민들의 5·18 체험담과 목격담을 수집·정리·재구성한『죽음을 넘어 시대의 어둠을 넘어』의 작업은 가장 큰 파급력을 자랑했다. 무엇보다 이 기념비적인 르포-논픽션 기록물은 소설침체론에서 지적했던 5·18에 대한 소설-픽션의 적극적인 대응과 개입, 실천이 본격적으로 이루어질 수 있는 토대를 마련했다. 4장에서 보다 상세하게 논증하겠지만, 소설은『죽음을 넘어 시대의 어둠을 넘어』이후에 비로소 5·18에 대한 소설화의 방향성을 찾았다고 말할 수 있다.

2. 기행르포, 풍속과 이야기의 아카이빙

개발독재시대를 지나온 국토라는 아카이브

박태순이 『국토와 민중』을 월간 잡지 『마당』에 연재하기 시작한 때는 바야흐로 개발독재시대를 막 빠져나온 1981년이었다.[20] 그는 정확히 10년 전인 1971년에 이미 동일한 주제의 기행르포를 작업한 적이 있었다. 1971년 11월부터 1972년 12월까지 1년 동안 그는 「한국탐험」이라는 제목의 르포를 쓰기 위해 전국 이곳저곳을 돌아다녔다. 이후 이 르포는 1973년에 『세대世代』지에 연재되었고 단행본 『작가기행』민음사, 1975으로도 출간되었다. 박태순은 바로 이 1970년 초입의 국토 기행 당시 그가 보고 겪은 국토, 그리고 개발독재시대를 거친 후 1981년에 다시 찾은 그곳 사이의 현격한 차이, 그 사이에 이루어진 '개변改變'에 사뭇 놀란 반응을 보인다. 그리고 그것을 초래한 것은 주지하다시피 개발독재에 의해 진행된 산업화 · 근대화였다.

사실 1970년대의 진보적이고 비판적인 지식인 · 작가라면 누구나 개발독재에 의한 산업화 · 근대화의 폐해에 대해 문제의식을 가지고 있었던 만큼 그것 자체로는 특별히 주목할 대상은 아니다. 그러나 유독 박태순의 문제의식에서 눈에 띄는 특징적인 지점이 있는데, 그것은 그가 국토라는 공간을 역사라는 시간 축과 결부시켜 보는 관점에서 개발독재의 문제를 재해석하고 있는 점이다. 그는 국토 공간을 가로축으로 삼고 역사라는 시간을 세로축으로 삼는 거대한 아카이브가 산업화 · 근대화 과정에서 개발독재체제의 이데올로기적 담론에 의해 파괴되고 다시 왜곡된 방식으로 구축되어 가고 있는 것으로 인식했다. 그 특유의 인식 틀은 그가 본격적인 기행 서사에 돌입하기 전 예비적인 논의를 펼치고 있는 「國土를 어떻게 인식할 것인가―우리의 삶이 춤추는 현장으로」에 비교적 상세히 드러나 있다.

어떤 사람에게 있어 한반도는 불행한 땅덩어리이며 미국으로 이민이나 떠나버리고 싶은 곳이 될 것이다. 그러나 대부분의 사람들에게 있어 한반도는 자기가 어떻게 선택할 수 없는 '국토'가 된다. 국토는 그냥 땅이 아니다. 자기 삶을 얹어 놓고 있는 인생의 터가 된다. '국토'는 국가의 땅이라는 의미가 아니다. 국민의 땅, 민토民土라는 이미이다. 민중이 그 속에서 삶을 영위하는 땅이 곧 국토이다. (…중략…) 한반도를 우리의 '국토'로 인식하는 작업은 중요하다. 국토는 인문지리의 사실에 의해 인식되는 것만이 아니고 우리 자신의 삶에 의해 적극적으로 인식되어야 한다.(14~15면)

누구나 시인하듯 70년대의 한반도는 유례가 드문 문화 변동의 시기였다. 무엇에 지탱하여 이러한 문화 변동은 일어났는가. 이제 와서 우리는 '문화의 변동보다는 문화의 지속과 변동에의 저항'이라는 관점에서 우리 자신을 되돌아보지 않으면 안되겠다. 그러지 않으면 경제 발전, 산업화, 근대화를 왜 하는지 알 수 없게 되기 때문이다. 또한 우리 자신의 뿌리, 역사, 민족학은 오늘의 우리에게 아무것도 의미하는 것이 없게 되기 때문이다. 오늘의 우리 문화를 그 변동되고 있는 것에 치중하여 파악하는 것이 아니라 변동되지 아니하고 지속되고 있는 것을 중심으로 살펴볼 필요가 있다 함은 결코 복고적이거나 보수적인 입장 때문에서가 아니다. 무엇을 위한 문화 변동이며 어찌해서 왜 일어나는 문화 변동인가를 확인하지 아니할 때 그 변동은 우려할 만한 사태를 낳을 수도 있으며 되돌이킬 수 없는 실수를 저지를 수도 있다. 바로 이러한 것들을 판단하기 위한 우리

나름의 모형 내지 이론적 틀이 준비되어야 한다.(24~25면)

박태순은 국토가 결코 국가의 땅을 의미하지 않는다고 말한다. 즉 그에게 국토는 국가의 지배와 통치가 이루어지는 영토가 아닌, 민중이 삶을 영위하는 공간이다. 따라서 국토에 대한 인식은 단순히 자연환경으로 이해하거나 인문지리적인 지식과 사실을 습득하는 차원에서 끝날 수 없다. 그로부터 한 단계 더 나아가 국토는, 그의 표현에 따르면, "우리 자신의 삶에 의해 적극적으로 인식되어야" 한다. 그는 그러한 인식의 틀로서 국토와 함께 문화 변동의 역사를 제시하고 있다. 특별히 그는 오세철의 『문화와 심리이론』박영사, 1979에서 빌려온 "'문화의 지속과 변동에의 저항'이라는 관점"을 바탕으로 지금 현실에 대한 재인식과 성찰을 강조한다. 왜냐하면 문화 변동을 자연스러운 것으로 받아들이는 것이 아니라, 그러한 변화의 흐름 속에서 지속되고 있으면서도 그 흐름에 저항하는 어떤 다른 문화에 대한 재인식과 성찰이 선행될 때, 지난 10년여간의 개발독재시대에 맹렬히 진행되었던, 그리고 당면한 포스트개발독재시대에도 계속될 경제 발전과 산업화·근대화 프로젝트의 목적이 무엇인지 그 물음에 대한 근본적인 해답을 발견할 수 있을 것이기 때문이다.

『국토와 민중』의 작업을 염두에 두건대, 이때 박태순이 말하는 그 지속과 저항의 문화란 명백하게도 민중의 삶과 역사를 가리킨다. 그가 방문하는 국토의 곳곳은 대체로 근대화·산업화의 거센 흐름 속에서도 전통사회의 해체가 도시만큼 심각하게 진행되지는 않았던 향토 공간이다. 그는 전통사회의 문화와 공동체 의식을 비교적 잘 보존하고 있는 향토 공간을 탐색함으로써 역사의 시간과 국토의 공간을 종횡으로 엮은, 다시 말해 민중의 시공간에 관한 아카이브 구축을 자신의 기행르포 작업의 목표로 삼는 다. 박태순의 표현대로 그의 "국토 기행은 공간에의 기행이지만 아울러 시 간에의 기행이기도 한 것"이다.110면 이때 그가 기행르포를 통해 재구축하 게 될 아카이브는 개발독재시대를 지나오면서 중요한 부분들을 유실하거 나 왜곡된 형태로 만들어진, 이른바 개발독재의 아카이브를 해체한 후 다 시 그의 방식을 따라─ 곧 국토 곳곳에 자리한 삶의 현장을 다시 발로 누 비는 가운데, 또한 사료와 문학작품 등에 기록된 민중의 삶을 재해석함으 로써─ 민중이 풍속과 이야기를 아카이빙한 결과물이 될 것이었다.21

국토는 자연으로서는 '금수강산'이었고 인문지리로서는 '민중의 역사'였다. 그런데 관광을 하는 자들은 '민중의 역사'를 내동댕이친 채 '금수강산'을 부박한 눈요기로만 삼으려 하고, 이른바 '건설'이니 '개발'이니 하는 이름 밑에서는 금 수강산뿐 아니라 민중의 역사마저도 뿌리 뽑아버리려는 것처럼 보이는 일들도 목격하게 되었다. 아울러 땅의 투기에서뿐만이 아니라 누구나 알고 있어야 하고 모두에게 공개되어야 할 국토에 대한 정보와 지식, 자료와 기록들마저도 독점되 고 있는 현상을 빚고 있음도 목도하게 되니, 그 바깥에 놓여진 문학인에게는 좀 처럼 닿여지지가 않았다. 땅에 대한 독과점 투기가 고쳐져야 된다는 사리뿐 아 니라 국토에 대한 정보와 자료의 민주주의를 절실히 느끼게 되었던 것도 국토 편력에서 얻게 된 한 터득이었다. (…중략…) 따라서 이 글들은 우리의 국토가 어떻게 유신시대로부터 풀려나야 하고 또는 해방되어가고 있는 것인가를 살펴 보았던 기록이라고도 할 수 있다. (…중략…) 우리는 책의 지식 속에서 우리의 근대 정신사精神史를 살펴보고 우리의 민족 문제를 학자의 이론 속에서 틀을 잡아 논의하고 있는데, 그보다 앞서서 해야 할 일은 바로 이 국토 속에서, 이 국토를

통하여 근대 정신사와 민족문제를 살펴보고 확인하는 작업이다.(4~5면)

위에서 인용한 「책머리에」에서도 박태순이 지적하고 있듯 개발독재시대를 거치면서 이미 국가 주도의 아카이빙 작업은 어느 정도 진척되어 나름의 틀과 구성, 내용을 갖춘 상태였다. 박태순에 따르면, 개발독재는 '금수강산'과 '민중의 역사'로서의 국토를 관광이나 건설, 개발의 명목하에 파괴하는 일들을 벌였다. 이 과정 가운데 구축된 아카이브는 "땅의 투기에서뿐만이 아니라 누구나 알고 있어야 하고 모두에게 공개되어야 할 국토에 대한 정보와 지식, 자료와 기록들"을 "독점"하며, 개발독재의 궁극적인 목표인 산업화와 근대화의 완수, 경제 개발과 성장을 위한 용도에 한해서만 사용되었다. 그러니 그 구성과 내용은 결국 개발독재의 이데올로기를 고스란히 따른 것일 수밖에 없었다. 따라서 박태순에게는 먼저 이 개발독재하에서 구축된 아카이브를 해체한 후ー그의 표현을 따르자면, "국토가 어떻게 유신시대로부터 풀려나야 하고 또는 해방되어 가고 있는 것인가를 살펴"본 후ー"국토를 통하여 근대 정신사와 민족문제를 살펴보고 확인하는 작업"으로서의 (재)아카이빙 작업을 수행하는 순서를 따라 국토와 민중에 관한 새로운 아카이브가 구축되어야 하는 것이 자연스러웠다.

박태순은 그 해체 대상 중 대표적인 것으로 다양한 종류의 지도를 거론한다. 그는 관광 지도, 개발 지도, 고적 지도를 차례로 언급하며 그 특성과 주요 내용, 한계, 그리고 잘못된 아카이빙 방식과 형태로 인해 초래되는 문제점들을 밝히고 있다. 가령 관광 지도는 경제 성장으로 인해 일어난 1980년대의 레저 붐을 타고 양산되기 시작했는데, 주로 운송 수단이나 여성지, 텔레비전, 신문 등 관광 산업과 대중문화, 저널리즘 측에서 제작하는 것이 대다수였다. 그가 볼 때 그러한 관광 지도는 산, 바다, 강, 벌판, 유적지 등 국토를 구성하는 곳곳의 공간과 장소가 지니고 있는 고유한 형태와 의미, 아름다움, 가치 등을 무시한 채 그저 관광 산업을 발전시키고 그로부터 경제적인 이윤을 얻기 위해 찍어 내는 무가지 같은 것이었다. 게다가 거기에는 "자기 이웃들을 신기한 구경의 대상으로 여기는", 즉 아직 '근대화'되지 않은 지방의 토속적인 풍광을 타자화하는 일종의 오리엔탈리즘적인 시선을 내재하고 있는 동시에, 그것을 부추길 수 있는 위험이 도사리고 있었다.27면

두 번째로 언급한 개발 지도에 관해서는 민주공화당에서 발간한 『1986 선진한국先進韓國』민주공화당 정책위원회, 1978의 구체적인 사례를 통해 개발독재의 이데올로기가 유포되는 양상을 지적한다. '선진 한국'이라는 제목에서 충분히 유추 가능하듯 이 개발 지도는 효율적인 국토 관리와 지방 도시의 개발, 수송망과 통신망의 확충, 공업 단지 조성과 간척 사업, 고속도로 공사 등 인구와 물자, 정보, 자본 순환의 최대 효율을 이끌어 내기 위한 방식으로 계측·분할·조직된 국토 공간을 보여 준다. 박태순은 개발독재 정부 주도하에 제작된 개발 지도의 경우 "특정한 사실", 즉 개발 논리만이 강조되고 있다는 점을 비판한다. 국토가 지닌 삶의 터전으로서의 측면과 본래적 특성을 축소하는 대신 국토를 "자원이 없고 교통이 불편하고 전근대적인 어떤 불완전한 상태"에 놓여 있는 것으로 왜곡해서 다루고 있다는 것이 그 비판의 요체다.28면 이러한 논리하에서 새마을운동과 같이 낙후된 국토를 근대화하기 위해 추진되는 정부 주도의 사업은, 파행적인 추진 과정과 그로 인해 빚어지는 여러 부작용에도 불구하고, 의심 없이 그 정당성을 인정받게 되는 것이었다.

박태순이 지적한 대로 개발독재하에서 생산된 국토 관련 텍스트들—가령 지도, 책자, 연감, 백서 등—은, 그리고 그것들의 집합체인 아카이브는 개발독재의 이데올로기하에서 형성되는 동시에, 다시 그것을 강화·재생산하는 상호관계를 맺고 있다. "무조건적으로 잘 사는 사례 내지 실적을 미사여구로 치장하기에 급급한 답사, 르포, 기행문들"로 구성된 아카이브는 "체제를 물리적으로 떠받드는 단순 논리를 양산하여 농촌 지방을 바라보는 시선을 가난 퇴치라는 명분에만 고정을 시켜서, '우리도 잘살 수 있다'거나 '잘살아 보세'라는 주장 내지는 신념을 확인하거나 유도하"는 것이다.92면 기실 아카이브는 단순히 텍스트들의 전체 집합이나 누적이 아니라, 특정한 정치·사회·문화적인 조건하에서 생산된 텍스트들 사이에서 형성 및 작동되는 규칙성에 따라 선별된 지식과 정보에 관한 텍스트들로 이루어진 담론적 구성체다. 다시 푸코 식으로 말한다면, 그것은 무엇을 말하고 무엇을 기록할 것인지—뒤집어 말하면 무엇을 들리게 하고 무엇을 읽히도록 할 것인지, 무엇을 들리지 않게 하고 무엇을 비가시화할 것인지—를 결정하는 법칙이며, 무수히 많은 지식과 정보, 사건들에 대한 언설들을 관리·통제하는 체계다.[22]

만일 아카이브를 단지 이와 같이 지식과 권력의 역학 관계 안에서 생산·수립되는 대상물, 또는 권력과 이데올로기의 담론 체계 또는 그것들을 형성·작동시키고 결정하는 법칙으로 국한시켜 본다면, 박태순의 르포에서 포착되는 아카이빙의 수행적인 성격은 설명될 수 없을 것이다. 그러나 박태순의 국토와 아카이브에 대한 인식에서는 조금 예외적인 지점이 확인된다. 박태순은 한 발 더 나아가 국토와 아카이브를 해석학적 '힘'이 교차하는 '운동', 그리하여 텍스트들 사이에 어떤 이데올로기적 투쟁이 벌어지는 장으로 보고, 그의 기행르포를 통해 그것을 실제로 수행하고자 했다. 그가 고적 지도를 비판적으로 고찰하는 대목에는 그러한 점이 잘 드러나 있다. 박태순에 따르면 고적 지도는 앞선 관광 지도나 개발 지도와는 달리 "과거에 쌓여 온 자취를 추적하여 그것을 보호하려는 운동의 일환으로 그려지고 있다"는 점에서 긍정적인 측면을 지닌다.28면 그러나 동시에 그는 바로 그 점 때문에, 즉 고적 지도가 국토의 지나간 자취를 추적해 보호하려는 데 머문다는 점으로 인해 한계를 갖는다고 말한다. 그와 같은 정태적인 지도는 국토를 일종의 박물관과 같이 취급한다는 점에서 과거의 흔적과 자취들의 '문서보관소archive' 역할 이상을 담당할 수 없는 까닭이다. 박태순이 생각하는 국토는— 물론 역사적인 유적을 담고 있긴 하지만— 역사가 과거 시제로 한정되지 않는 것과 마찬가지로, 국토 역시 "살아 꿈틀거리는 생명체와 같다".

포스트개발독재시대 이야기꾼의 과제 – 민중의 역동적인 삶을 아카이빙하기

박태순은 이와 같은 특유의 인식과 사유를, 그가 앞서 제시했던 '국토는 곧 민중의 삶'이라는 명제에 연관시켜 확장해 나간다. 그는 국토를 사람의 어떤 행위의 대상, 가령 개발독재의 논리대로라면 개발 행위의 대상이라고 보는 일반적인 인식과 달리, 사람의 몸짓에 따라 함께 움직이는 몸짓과 춤이라고 말한다.

나는 국토가 살아 꿈틀거리는 생명체와 같다고 썼다. 최제우가 "하늘이 곧 사람이며 사람이 곧 하늘이다"라고 말하였을 때, 그것은 국토에도 해당이 되지 않을 수 없다. 땅이 곧 사람이며 사람이 곧 땅이라고 말할 수 있을 것 같다. 사람이

땅과 더불어 살기 때문에 사람의 몸짓과 땅의 몸짓은 더불어 함께 움직인다. 봄에 쟁기질을 하여 땅은 움직이며 변화하여 사계절을 달려간다. 상전桑田은 벽해碧海가 되고 벽해는 상전이 되어 십 년에 강산이 변한다. 마을이 공장 지대로 되고 산이 평지가 된다. 땅은 춤을 춘다. 산들이 일어나 춤을 추고 국토가 춤을 추고 있다.

레비-스트로스는 '정지된 무용'이라는 말을 쓰기도 했다. (…중략…) 금수강산, 산고 다구 수려의 고구려, 아침이 밝게 빛나는 땅으로서의 조선은 그러니까 그 '정지된 무용'이 대단히 아름다운 그런 춤이라고 할 수가 있겠다. 우리의 국토가 대단히 아름다운 춤을 추고 있다면 우리는 이 국토의 춤이 더욱 아름답도록 우리의 노력을 바쳐야 할 것이 아닌가 한다. 그러기 위해서는 우리의 춤이 또한 아름다와야 한다. 정지된 무용— 그것은 산과 강에 대해서만 해당되는 것이 아니다. 사람들은 끊임없이 바장이며 살아가지만 그것을 거시적으로 정지시켜 민중들의 삶을 무용이라고 연상하여 과연 우리의 춤이 어떠한 것인가 따져보자.(28~29면)

박태순에게 국토는 인간에 의한 개발 행위의 대상이나 정물靜物이 아닌 "생명체"이며, 따라서 국토의 변화는 사람의 몸짓과 함께 움직이는 '춤'이다. 이를 두고 그는 레비스트로스의 표현을 빌려 "정지된 무용"이라고 표현한다. 『국토와 민중』은 곳곳에서 가령 "구불구불거리는 좁은 길의 음악에서 나는 국토가 학처럼 너울거리며 추는 춤으로 넋을 잃었을지언정 전래의 가난, 눈물과 한숨 따위의 부정적인 느낌에서 벗어나려고 했고 벗어나 있었다"와 같은 문장을 통해 춤사위와 같은 국토의 형상이 그것을 마주한 박태순의 감수성에 일으키는 파문을 그려놓고 있다.389면 그러므로 국토에 관한 기록으로서의 다양한 텍스트들과 그것의 담론 체계로서의 아카이브는 과거의 흔적들과 그것들을 담고 있는 단순한 문서보관소라기보다는, "정지된 무용"에 대한 일종의 코리오그래피choreography이자 무보법舞譜法으로 나타나는 해석학적 운동의 장인 셈이다. 아카이브에 대한 그의 이러한 독특한 시각은 그가 아카이빙을 지식과 정보, 그리고 그것들의 언표 가능성을 결정하는 권력 사이의 상호구성적인 관계에 개입하는 적극적인 실천 행위로 사유하고 직접 실행에 옮기도록 만들었다. 때문에 그에게 『국토와 민중』은 기행르포 양식의 글쓰기를 통해 관광 지도, 개발 지도, 고적 지도들로 이루어진 개발독재의 이데올로기적 담론의 구성체/체계를 해체하고 국토와 민중을 재구성하는, 포스트개발독재시대의 가장 긴요한 문학적 실천이 되었던 것이다.

박태순의 관점에서 볼 때 포스트개발독재시대 시공간의 가장 큰 문제점은 "정지된 무용"으로 나타나는 국토와 민중의 다양성과 역동성을 소거시켰다는 점이었다. 개발독재에 의해 추진된 산업화·도시화 과정에서 "지역적 특징들은 사라진 지 오래이며 생활의 모습은 주택이 콘크리트로 지어지듯 시멘트의 숲을 이루"었다.[20면] 마찬가지로 시간의 흐름 역시 경제개발과 성장이 약속하는 미래를 향해 나아가는 직선적인 흐름으로만 존재하는 가운데, 식민 지배나 6·25전쟁과 같은 질곡과 수난, 과오와 실패로 얼룩진 역사를 돌아다보는 반성과 성찰의 시간은 부재할 수밖에 없었다. 개발독재의 아카이브는 바로 이와 같은 단일화·균질화된 공간과 시간을 축으로 삼아 구성된 것이었다. 이에 따라 박태순은 "전라도 바닷가의 민요와 경기도 소리는 같지 않"고 "시골 마을은 겉보기에 초라하지만 민요·전설·신화·통과의례·세시 풍속에 의하여 우람하게 넓은 터전"을 갖고 있음을 말해 주는 다양한 풍속과 이야기로 구성된 아카이브를 다시 수립하는 일이 절실하다고 판단했다.[21면] 그것이 이루어질 때에야 비로소 1980년대 한국 사회는, 그가 말한 것처럼 유신시대로부터 풀려나고 해방되는 경험을 온전히 누릴 수 있게 되리라고 생각했던 것이다.

이를 위해 『국토와 민중』에서는 민중의 풍속과 이야기를 직접 수집하는 일을 핵심 작업으로 수행한다. 박태순이 언급하고 있는 발터 벤야민의 '이야기꾼'에 관한 사유는 그의 작업에서 풍속과 이야기가 갖는 의미와 중요성을 시사한다. 박태순이 벤야민의 이야기꾼에 주목하게 된 것은 거기에 담긴 민중적 요소와 근대화/근대성에 대한 비판적인 시각 때문인 것으로 보인다. 「이야기꾼−니콜라이 레스코프의 작품에 대한 고찰Der Erzähler : Betrachtungen zum Werk Nikolai Lesskows」에서 벤야민은 러시아 민중의 입에서 입으로 전래되어 온 신화, 전설, 민담 등을 소재로 한 이야기를 선보인 니콜라이 레스코프Nikolai Lesskows로부터 이야기꾼의 원형을 발견한다. 벤야민에 따르면, 고리키에 의해 가장 민중적이라고 평가받았던 레스코프의 이야기들은 "위대한 이야기꾼[이] 언제나 민중 속에 뿌리를 내리고 있고, 그중에서도 수공업적 층위들에 뿌리를 내리고 있"음을 보여 준다.[23] 여기서 말하는 이야기의 수공업적인 측면이란, 마치 도공의 손자국이 그가 만든 그릇에 남아 있듯 이야기를 말하는 사람과 듣는 사람─그리하여 그는 다시 그가 들은 이야기를 전달함으로써 말하는 사람이 된다─의 흔적이 고스란히 그 이야기에 남게 됨을 의미한다. 이는 "이야기[가] 보고하는 사람의 삶 속에 일단 사물을 침잠시키고 나중에 다시 그 사물을 그 사람에게서 건져 올"리는 속성을 지닌 까닭이다.[24]

그러나 벤야민에 따르면 도시화와 근대화로 인해 이야기를 듣고 말하는 공동체와 그것의 바탕이 되는 권태의 감성— 사람들의 권태가 이야기를 요청하는 법이므로— 은 파괴되었다. 동시에 그는 "돈이 모든 삶의 이해 관계의 중심에 놓"이게 되면서 의사소통에 대한 욕구가 차단되고, 이에 따라 "삶의 모든 영역에서 전달 가능성이 가공할 정도로 줄어들었다"고 판단한다.25 박태순은 벤야민을 인용하며 그와 정확히 동일한 입장을 내비친다. "민중들 사이에서 민중들에 의하여 수평적으로 전개되던" 이야기의 전통이 사라지고 대신 "수직적으로 내려져 오는 관급성官給性의 지시자나 공보 전달자, 또는 각종 매체를 통한 복제 문화複製文化의 제고지기 등장"한 근대사회의 사람들은 실제 현실의 '체험'을 전달받는 대신, 책자를 통해 가령 "애국심"이나 "숭고한 사명감"과 같은 국가 이데올로기나 공동체적 삶의 파괴에도 아랑곳하지 않는 경제 개발의 이데올로기를 내면화하게 되었다는 것이다.19~20면

박태순은 그의 기행르포 작업을 통해 바로 이와 같이 근대화 과정 중에서 손실된 이야기꾼의 정신을 부활·전유하는 일을 염두에 두었다. 그는 국토 곳곳에서 마주친 민중의 풍속과 이야기를 수집함으로써 거기에 남겨진 삶의 흔적— 벤야민 식으로 말한다면 이야기라는 옹기그릇에 찍힌 이야기꾼의 손자국 무늬— 을 기록하고 복원하고자 했다. 그가 갖가지 문헌과 현지 주민들로부터 수집해 소개하고 있는 마을 내력, 설화, 민요, 세시 풍속, 그리고 오늘날 그곳에서 살아가는 사람들의 일상적인 이야기는 대체로 ① 지배 권력에 의해 은폐된 민중들의 착취당하고 억압받는 삶, ② 그것에 굴하지 않는, 또는 그것과 싸우는 민중들의 저항정신과 굳센 의지로 압축된다. 가령 그는 「다도해多島海의 사회사社會史— 변방에 우짖는 민중과 유랑지문화流浪地文化」 편에서 해남 대흥사의 박영희 스님으로부터 접한

장보고의 이야기를 소개하며 『삼국사기』와 같이 지배 권력에 의한 역사 기록이 '민중의 영웅'에 관한 신화와 민중 수난사를 왜곡하는 사실에 대해 지적한다. 시인 신경림과 함께 방문한 남한강 근처 송계 마을 민박집에서 듣게 된 이야기를 두고는 "임꺽정과 같은 의적들, 동학농민군, 항일 의병장, 독립군들이 새로운 세상을 꿈꾸었을 삶터"로서의 그 고장의 내력을 더듬는다.221면

기실 박태순은 민중의 풍속과 이야기를 아카이빙하는 일이 비단 이야기꾼의 정신을 복원시킬 뿐만 아니라, 개발독재의 이데올로기를 해체하기 위한 하나의 중요한 전술이 된다고 보았다. 그 연유는 1970년대 후반부터 1980년대에 이르는 시기의 진보적인 지식인, 문학인, 학자들이 발전시킨 민중론의 맥락에서, 그리고 좁게는 그 영향력하에 놓여 있었던 민중문학론자 박태순의 인식, 사유, 신념의 측면에서 설명될 수 있다. 잘 알려져 있다시피 1970년대 중반부터 강만길, 정창렬, 이만열 등의 진보적인 역사학자들은 민족모순 해결, 민족해방의 가능성을 민중에서 찾으려는 노력을 기울였다.[26] 그리고 이러한 학문적 움직임은 1980년대에 본격화된 역사학계의 민중사학과 사회과학 분야의 민중사회학에 접속되었다. 백낙청, 염무웅, 신경림, 김지하 등을 위시한 문학인들 역시 민중본이 형성·발전되어 가는 지식·학술장의 전반적인 흐름 속에서 민족문학론과 민중문학론을 전개해 나갔고, 박태순도 그와 맥을 같이하고 있었음은 주지의 사실이다. 지식·학술·문학장을 아울러 전개되었던 이 일련의 민중론은 유신체제에 대한 대항담론을 형성하며 반공 및 개발, 성장 이데올로기와 근대화 담론, 국가주의를 비판했다. 그리하여 민중담론은 1970년대 개발독재와 유신체제에 저항하는 핵심으로 자리하게 되었다.[27]

『국토와 민중』의 어느 대목에서 박태순이 "민주주의 시대에 살고 있는 우리가 민중 문학을 하는 것은 너무도 당연한 일이며 따라서 민중은 무엇을 하고 있느냐 하고 물어야 함에도 민중이란 무엇이냐 식의 공론만 되풀이하고 있는 문학계의 실정"을 비판했던 것은 이러한 맥락에서 이해될 수 있다.206면 박태순과 같은 민중문학론자에게 민중을 지배 체제에 저항하는 역사 발전의 주체로 인식하는 일은 당위적인 것이었고, 문학이 개발독재를 극복함과 동시에 그 개발독재의 지속과 심화로 등장한 포스트개발독재 체제에 저항하는 과제는 지연히 그러한 민중의 삶을 탐색·기록하고, 민중의식·민중성을 추구하는 일이 될 수밖에 없었다. 『국토와 민중』은 실로 그러한 과제를 짊어진 민중문학론자가 수행한 아카이빙 작업의 결과물이었다.

기행르포 텍스트의 수행성과 민족·민중문학(론)의 탈구축

지금까지의 논의는 박태순이 『국토와 민중』을 통해 시도하려 했던 아카이빙 작업의 일차적인 목표를 확인하는 과정이었다. 그런데 보다 중요한 사실은 실상 그의 작업이 산출한 결과물이 그가 의도하지 않았던 또 다른 아카이브의 해체를 수반하고 있었다는 점이다. 그것은 바로 민족·민중문학이라는, 개발독재의 반대편에 자리하는 또 하나의 이데올로기적인 아카이브를 해체하고, 혹은 그것의 아카이브를 일부 수정하며 재구성하는 양상으로 나타났다. 그러니까 『국토와 민중』에서 이루어진 아카이빙 작업은 작가 박태순의 의도를 넘어서는 텍스트 자체의 수행성이 발휘된 결과였다. 기실 박태순의 발걸음이 닿는 국토 곳곳의 '현장'에서, 그리고 『국토와 민중』의 텍스트 틈새에서는 1970년대 이래 민족·민중문학(론)이 민중을 특정한 방식으로 재현함으로써 구성해 온 민중의 표상—가령 손유경의 표현대로 "불결한 육체, 풍성한 사투리, 다듬어지지 않은 제스처, 코를 찌르는 악취"와 같은 감각들에 현전하는 민중—을 거스르거나, 그것과 충돌하고 긴장 관계를 형성하는 민중 개개인의 삶과 목소리가 스미어 나온다.[28] 1970년대에 주로 백낙청, 신경림 등을 위시한 창비 진영의 민족문학론자들은 문학이 민중의 삶의 현장에서 민중의 '건강한' 육체를 재현할 때 진정한 민중, 플라톤식으로 말하면 민중의 이데아에 다가갈 수 있다고 믿었다. 가령 문학작품이 판자촌이나 시골 벽촌을 배경으로 삼아 민중 '특유의' 언어와 행동, 여러 습속들에 현전하는 민중의 '본질'을 드러낼 때 비로소 문학이 민중성^{또는 민중의식}을 구현한다는 것이었다. 그러나 실제 현장에 들어간 박태순의 르포는 그러한 문학론이 관념의 산물이라는 사실과 함께, 구체적인 현실 속에서는 그러한 추상적인 관념과 불일치하는 민중 개개인을 발견하게 된다. 그리하여 『국토와 민중』은 애초에 박태순이 해체 대상으로 삼고 있었던 개발독재의 아카이브뿐만 아니라, 의도하지 않았던, 혹은 미처 예상하지 못했던 민족·민중문학의 민중에 관한 아카이브까지도 해체하기에 이른다.

사실 이 기행르포집은 그 자체로 1970년대 민족·민중문학의 아카이브라고 할 만큼 민중에 관한, 민중의 삶과 역사를 다룬 다양한 문학작품들을 풍부하게 제시하고 있다. 단적인 예로 이문구의 고향인 보령군 대천읍 관촌마을 방문기 「잃어버린 고향을 찾아서―이문구李文求의 관촌冠村부락에서」 편은 『관촌수필』과 배경이 된 관촌마을을 나란히 두고 살피는 방식으로 구성돼 있다. 1970년대를 대표하는 민중시인 신경림의 고향 남한강 새재 일원을 둘러본 「시인詩人의 문학세계文學世界와 국토國土―신경림申庚林의 남한강南漢江과 새재」편도 마찬가지다. 박태순은 곳곳에서 신경림의 시편을 인용하며 이 민중시인의 문학세계와 실제 향토 공간을 교차시켜 나가는 서술 구조를 취하고 있다. 이 밖에도 김지하, 이시영, 고은, 문병란, 양성우, 이성부, 최하림, 이성부, 김준태, 정규화, 장효문, 이동순, 한하운, 송기숙, 송영, 천승세, 손춘익 등 다양한 시인과 소설가 그리고 그들의 작품이 이 기행르포집에서 인용·소개되고 있다.

그러나 정작 박태순이 직접 밟는 민중의 삶터로서의 국토, 그리고 그곳에서 직접 마주하게 된 민중들의 삶은 그러한 그의 아카이브 속 텍스트들과 곧잘 어긋난다. 「두메산골의 낭만민浪漫民들─강원도 오지의 오염과 파괴」에서 박태순이 호소하는 당혹감은 이를 가장 잘 보여 주는 사례다. 그는 "한반도에서 가장 궁벽진 곳, 외부로부터의 교통 수단이 미치지 아니하여 한반도적 삶의 원형이 아직 간직되어 있는 곳, 초가집이 아닌 귀틀집 너와집을 짓고 산비알에 다랭이밭을 일구어 화전민으로 살아가는 사람들을 찾아보리라"는 목표를 갖고 강원도를 찾는다.67면(강조는 인용자) 여기에는 그의 다음과 같은 본질주의적인 욕망이 자리하고 있었다. 즉 "우리의 현실적 상황에서 오늘의 정치·경제적 풍토에 오염을 당하지 아니한 채 전통적인 본래대로의 모습을 간직하고 있을 것으로 여겨지는 그런 곳"을 발견하고 싶은 욕망이다.67면 그러나 애초에 그런 기원과 오염되지 않은 순수한 민중의 삶을 찾아 나서는 기행은 불가능하다. 그것은 비단 본질주의의 오류 때문만이 아니라 포스트개발독재시대의 한국 사회라는 물리적인 시공간의 조건에서 기인하는 것이기도 했다. 이미 산업화·근대화의 흐름이 강원도의 원시림 깊숙한 곳까지 침투한 상황 속에서 '오염되지 않은' 두메산골을 찾으려는 시도는, 지리산 청학동 탐방에서 그가 이미 한 차례 실패를 맛본 유토피아 찾기와 마찬가지로 허무맹랑한 것이었다.

> 아무리 원래 의도했던 것과는 배반되는 것이 기행이라 하더라도 이번처럼 처절하게 배반당하는 경우란 있을 수가 없는 것이, 두메산골을 찾았으나 두메산골은 없었고 원시림을 찾았으나 나무들이 잘려져 나가는 처참한 광경만 신물이 날 지경으로 보았고 그리고 원주민들을 찾았지만 그런 토박이들은 없었던 것이다. (…중략…) 토박이를 찾아서 서울을 떠날 적부터 이런 결과를 예상했던 것은 아니었다. 도리어 그 반대였다. (…중략…)
>
> "그곳의 원주민, 그러니까 토박이들은 어때요?"
>
> 내가 물었다. 나는 원주민, 토박이라는 말을 좋아한다. 물론 이 단어에는 오늘 한국인 태반이 일종의 실향민, 뜨내기들이라고 믿는 나에게 있어서는 근대화의 서구 문명에 거의 완전히 '함락당한' 우리들과는 다른 굳세고 힘찬 '조선 토종'을 통틀어 포함시키고 있다. (…중략…)
>
> "그런 토박이들은 없을 거에요. 남북 상쟁 때 위 아래로 비질을 해 가지고 사람들을 쓸어버렸다고 하니까요."(69~71면)

민중문학론자 박태순의 민중에 대한 환상이 여과 없이 드러나는 대복이다. 그에게는 "근대화의 서구 문명에 거의 완전히 '함락당한' 우리들과는 다른 굳세고 힘찬 '조선 토종'"에 대한 지극히 오리엔탈리즘적인 욕망, 민중을 신비한 존재로 타자화하는 시선이 내재하고 있다. 앞서 그가 관광 지도를 비판하면서 경계했던 오리엔탈리즘적인 시선과 욕망은 한편으로 민중문학론자 그들 자신이 버리지 못하고 있는 것이기도 했다. 그러나 박태순의 그러한 욕망은 결코 충족되지 않으며, 오히려 그는 "처절하게 배반당하는" 경험을 맛본다. 강원도 두메산골 토박이를 단 한 명도 마주치지 못한 대신 그가 그곳에서 직접 '대면'한 민중이란 "근대화의 서구 문명에 거의 완전히 '함락당한' 우리들과" 전혀 다를 바 없는 '오염'되고 '훼손'된, 그리고 그 변화를 견인하는 힘과 교섭하는 한편 그것에 저항하기도 하는 착종적인 존재'들'이었다. 이들과 '대면'하는 과정 속에서 박태순의 르포는 민중에 관한 본질주의로부터 자연스럽게 해방될 뿐 아니라, 개발독재가 강원도 두메산골에 자행한 착취와 파괴를 은폐하고 있는 제반 사정에 관해서도 폭로하게 된다.

실상 나에게 있어서 이것은 놀라운 사실이었다. 강원도 산골 사람들은 전혀 토박이들이 아니었다. 외부에서 밀려 들어온 사람들이었다. 서울 난민촌에서 살다가 봇짐을 싸고 어린애를 타박타박 걷게 하여 들어온 사람, 소작농 날품팔이로 떠도는 사람, 유랑하다가 잠시 주저앉은 사람들이 많았다. 들어오는 사람이 이렇게 되는가 하면 견디지를 못하고 나가는 사람들의 사정은 글자 그대로 '뜨내기' 인생들이었다. (…중략…) 그러나 앞의 진술 중에서 '화전농'을 설명한 부분은 오늘의 실정과는 다르다. '화전농'은 없는 것이다. 오해하지 말라. 화전을 일구어야 살만큼 가난한 사람들이 없다는 뜻은 아니다. 화전농의 형태, 그 존립 방식이 없어져버리게 된 것이다.

그렇게 된 데에는 몇 가지 까닭이 있다. 무엇보다도 당국이 화전농을 자연 보호와 안보상의 이유로 해서 금하고 있다는 점을 들 수가 있다. 1966년 화전 정리법이 제정되어 일단 제동이 걸렸으며 경사 20도 이상의 산지山地에 개간한 논과 밭은 모두 조림을 실시하여 산림으로 환원시킨다는 방침을 세웠다. (…중략…) 이런 실정을 인제군 기린면 방동 2리라는 마을을 통하여 살펴보자. 이 마을은

70년대 초만 하더라도 30호에 70여 명의 인구를 가진 산간 부락이었다. 하지만 당국의 '화전 정리'에 의하여 2만 2천 평에 달하는 농사지을 땅을 잃어버린 사람들이 먹고 살 길이 바이 없어졌기 때문에 현재에 이르러서는 11가구 31명으로 줄어들어버렸다. 이중에서도 자립이 가능한 농가는 2가구밖에는 되지 아니하며 그 나머지 가구는 남의 땅을 부쳐먹으며 산간 부업으로 나서고 있다는 것이니 그 비참한 실정을 엿보아 알 수 있다. 그중에서도 2가구는 의지할 데 없는 노파들뿐이라는 것으로 죽을 날을 기다리고 있을 따름이라고 했다. 이렇게 되어 이 산골 마을은 폐가가 즐비한 곳이 되었다.(80~81면)

먼저 박태순은 강원도의 '민중'이 토속적인 전통을 지켜 나가는 '순수'하고 '건강'한 "조선 토종"이 아니라는 점을 이야기하며 관념과 현장 사이의 격차를 확인한다. 동시에 국립지리원이 발행한 『한국지지韓國地誌』가 영농 양식의 한 종류로서 화전농에 대해 지극히 기계적으로 기술하고 있는 대목의 사실관계를 바로잡는다. 강원도 토박이와 마찬가지로 화전농 또한 존재하지 않는, 지배 체제의 아카이브 속 한낱 환영일 뿐이다. 박태순은 자연 보호와 안보라는 명목으로 개발독재에 의해 제정된 화전정리법이 화전농을 모두 소멸시켰고, 이로 인해 삶과 생계의 터전을 잃어버린 사람들은 소작농이 되거나 산간 부업에 의존해 겨우 살아가는 빈민으로 전락했음을 폭로한다. 개발독재의 아카이브는 이러한 사실을 은폐한 채 화전농을 강원도 영농 양식의 한 특색으로 버젓이 기록혹은 박제해 둔 것이었다.

그렇다면 토박이와 화전농이 사라진 강원도에서 박태순이 대면한 민중 개인들은 누구였는가. 그들은 진부의 고속도로변에서 밥장사를 하는 아낙, 강원도 고랭지 농사와 송이, 표고, 목이버섯 같은 특용작물의 상업성이 부

풀려져 소개된 사정을 비판하는 민박집 주인 남자, 영업용 지프차로 택시 영업을 하는 평창군 진부면 간평리 1리 1반의 홍웅기 씨, 그리고 속초의 트럭 운전수와 30대 초반의 산지 수집상産地 蒐集商, 무전여행 중인 두 청년이었다. 아카이브 속 환영을 벗은 민중이란, 실로 어느 한 가지 표상으로 고정되지 않는, 그들 삶에 작용하는 힘과 변화의 흐름에 대처하며 살아가는 역동적인 개별 존재들이었다. 그리고 그들의 바로 그 변화무쌍한 삶의 양태가 민중을 건강하고 풍요로운 원시성의 소유자로 재현해 온 민족·민중문학의 환상을 해체해 나가는 것이었다.

물론 순수한 '토종'과 '토박이'의 형상을 아카이빙하려는 민중문학론자의 열망은 쉽게 가시지 않는다. 가령 김지하, 송기숙, 양성우의 고향 전라남도 기행에서는 그들의 시편 또는 소설 언어를 곁들이면서 "산업화, 공업화에 '오염되지 않은' 대평야 지대의 영산강 들녘"을 찬미한다.96면 동학농민운동의 무대였던 고부 들판에서는 "진한 토종 꿀의 색깔로 짙어져 가"는 황토빛 하늘을 배경에 두고 "가장 한국적인 농촌의 모습, 가장 한국적인 농민의 상으로 떠올려지는 원화原畵가 없"음을 애석해한다.259면 이러한 그의 열망이 절정에 이르는 때는 「제주도 토박이 문화의 광채─한라산 중허리에서」다. 그는 제주도를 "「살짜기 옵서예」와 같은 코미디 음악극의 무대"나 "신혼 여행지나 사냥터의 개방지"와 같이 오락과 관광의 장소로 소비하는 인상을 비판하며, 다시 "제주도의 원래대로의 모습과 제주의 토박이들은 어디로 갔는가"에 대한 답을 찾기 위해 동분서주한다.342~343면 그러나 주지하다시피 글쓰기는 종종 저자가 욕망하는 의미화의 방향과 텍스트의 의미화 사이에서 어긋나는 장면을 연출하며, 『국토와 민중』 역시 예외는 아니다. 그리고 이는 저자가 어떤 예측불허의 순간을 만나고 기록할 수 있도록 인도하는 기행르포의 특성에서 비롯된다.

> 4·3사건 때, 6·25 때 이 섬은 어땠지요?
> "한라산 나무 모조리 베어 내던 적의 일 말이오?"하고 할머니는 그 역사적인 사건들에 대한 표현을 다르게 하고 있다. 남자들을 많이 끌고 갔지요. 죽기도 많이 죽었소. 제주도에 종속되어 있는 섬인 가파도는 제주도를 섬겨야 하는 데에서 오는 설움 같은 것이 있나 보았다.
> 가파도는 작년에 방파제를 마지막으로 완공시켜 섬의 개발에 새로운 장을 열었다. 가파도에서는 술을 팔지 않는다고 했다. 주민들의 결의로 그렇게 하였다는 것인데, 모슬포 다녀가는 여인들은 독구리 술병을 많이 사가지고 승선해 있었다. 술을 팔지 않는 섬, 그러나 술을 사 들고 그 섬으로 가는 여인네들.(350면)

이 대화의 앞선 장면에서 박태순은 현기영의 「순이 삼촌」을 떠올리며 4·3사건에서 기적적으로 살아남았으나 온전한 인간으로 살 수 없었던 비극적 여인의 상을 떠올린다. 그러나 이후 가파도행 배에서 만난 할머니는 4·3에 대해 사뭇 다른 질감의 언어를 사용한다. 박태순에게 한없는 비극의 이미지를 연상시키는 사건을 두고 할머니는 자못 담담하게 "한라산 나무 모조리 베어 내던 적의 일 말이오?"라고 되묻는다. "그 역사적인 사건들에 대한 표현을 다르게 하"는 할머니의 이야기는 박태순과 「순이 삼촌」의 (민중)문학적 상상력 또는 역사라는 거대서사의 시야를 초월하는 지점에 서 있다. 게다가 거기에서 그는 제주도와 가파도 사이의 종속적인 관계와 그것에서 오는 할머니의 설움 같은, 그가 전혀 예상하지 못했고, 「순이 삼촌」과 같은 작품들도 말해 준 적 없는 어떤 진실을 만난다. 르포가 전달하는 삶의 진실이란 실로 들리지 않고 읽히지 않았던 목소리들을 품고 있는 어떤 예상치 못한 순간들에 포획된다. 박태순이 현장에서 우연히 목격하게 된 어떤 장면들, 가령 가파도 주민들이 개발 공사가 완료된 섬에서 술을 팔지 않기로 결의했으나 모슬포 다녀가는 여인네들은 독구리 술병을 잔뜩 사서 승선하는 모습들로부터 그의 르포는 어떤 진실을 포착하고 전달한다. 섬사람들에게는 개발 공사의 완료로 정비된 섬을 유지하고자 하는 새마을운동 유의 의식적인 행동과, 그럼에도 불구하고 그 결의를 깨고 독구리 술병을 사들고 올 수밖에 없는 생활 문제나 오랜 습속 같은 것이 교차하고 있다. 이처럼 개발독재에 의한 조사·계측과 민족·민중문학의 대상화하는 시선 모두를 넘어서는 개별 민중의 삶의 풍속은, 그 장소와 그 시간이 빚어 내는, 그리하여 관념을 가뿐히 넘어서는, 어떤 순간들과 조우할 때 '들리고 읽힐 수' 있게 된다. 요컨대 두 개의 아카이브를 해체하고 재구성하는 해석학적 투쟁으로서의『국토와 민중』의 아카이빙 작업은 이와 같은 방식으로 이루어지는 것이다.

『국토와 민중』에서 박태순이 수집한 풍속과 이야기들은 개발독재의 아카이브, 민족·민중문학의 아카이브 속 텍스트들과 충돌하고 경합하며, 이과정 가운데 해체와 재구성이 계속 반복적으로 일어난다. 실제로 이 기행 르포가 취하는 서술 구조 또한 그것을 고스란히 반영하고 있다. 이를테면 박태순이『한국지지』와 같이 정부 제작 기록물들에 대해『삼국유사』,『택리지』,『동국여지승람』과 같은 역사적인 기록물에서부터 김지하, 신경림, 이문구, 양성우, 송기숙, 현길언 등의 작품에 이르기까지 이른바 민족·민중문학 아카이브의 주요 텍스트들을 맞세우고 있는 한편, 그 틈 사이로 그가 찾아간 지역 주민들의 목소리와 그들로부터 수집한 풍속과 이야기가 묘하게 빠져나와 교차·충돌하고 있다.

「다도해多島海의 생활사生活史」 부분에서 박태순은 보길도 예송리에서 중리로 넘어가는 고갯마루에서 만난 나물 캐는 할머니들의 소리와 보길도 출신 소설가 백우암의 중편소설 「갯바람」, 그리고 1971년 12월에 조사된 「민속 자료 조사 보고서 제37호」라는 문건을 한 곳에 모아둔다. 박태순은 조사된 문건과 판이하게 달라진 실제 보길도의 풍습 및 어업 방식을 지적하고, 동시에 보고서에는 생략된 어촌 마을 주민들의 "처절한 사연", 거친 바다와 싸우며 어렵게 생계를 이어 가는 민중의 삶을 백우암의 소설 「갯바람」으로부터 옮겨 적는다. 그리고 다음과 같은 할머니들의 소리는 그 두 텍스트들 사이를 유유히 흐르며 틈새로 빠져나간다.

> "녹수청강 흐르는 물에 배추랑 씻는 저 처자야 가지가지 젖혀만 놓고 속에 속놈만 날 주소. 여보 당신이 언제 날 봤다고 속에 속놈만 달라고 하요."
> "대야 대야 담뱃대야 네와 나랑 벗을 삼자."
> "만날 걸어가도 그 걸음. 죽도록 걸어가도 그 걸음, 이렇게 살아도 그 세상. 저렇게 살아도 이 세상."
> "아이구 못살겠네 나는 못살겠네. 아서라 이놈의 세상사 일껏 없네."(167면)

이제 논의를 마무리하며 『국토와 민중』에서 이루어지고 있는 아카이빙의 의미에 대해 정리한다. 앞서 살펴봤듯이 이 기행르포에서는 박태순의 본래 의도대로 개발독재의 아카이브가 해체되고 민중의 삶의 터전으로서의 국토와 역사의 아카이브를 재구축하는 작업이 수행된다. 그러나 동시에 그렇게 구축되어 가는 아카이브는 박태순이 현장에서 수집한 풍속과 이야기의 순간들로 인해 균열을 일으키며 다시 해체된다. 데리다가 지적했듯이 아카이브/아카이빙의 열망 안에는 역설적이게도 아카이브 해체의 충동이 은밀하게 작동하고 있다.[29] 그러므로 결론적으로 이 기행르포가 수행하는 민중의 풍속과 이야기에 관한 아카이빙 작업이란 해체와 재구축이 반복적으로 일어나면서 기존의 아카이브(들)에서는 배제·억압되었던 민중의 목소리와 삶을 '들리고 읽힐 수 있게' 하는 움직임/운동에 가깝다. 바꿔 말하면 『국토와 민중』에서 구축하는 아카이브란 민중의 어떤 보편적인 형상과 그것을 토대로 삼은 민중 주체가 지배하는 담론 체계로서의 민중문학이 아닌, 민중 개개인 각자의 상이한 의식과 정체성, 목소리와 삶을 드러내며 조화롭게 어우러지는 공동체적 구성물이다.

『국토와 민중』에 담긴 공동체 의식의 단면, 혹은 공동체적인 기획의 의도는 에필로그 격으로 쓰인 「국토와 민중―떠돌이가 되어 부르는 노래」에서 단적으로 확인할 수 있다. 첫 번째 탐방의 출발지인 신촌 로터리에서 마주쳤던 장사꾼 아주머니부터 시작해 국토 기행의 곳곳에서 만난 무수히 많은 사람들의 모습과 육성을 수필적인 필치로 소묘하고 있는 이 대목에서 박태순은 "공동체 도시, 공동체 부락의 삶을 그려본다".368면 실로 그가 지향하는 국토와 민중의 아카이브는 서로 다른 편차와 산포도를 드러내는 이 '만인'들을 서로 통하게 할 수 있는 공동체적이며, 개방적이고 대화적인 차원의 것이다. 또한 그런 점에서 그것은 문학의 작업으로 이어지기도 한다. 그가 말하길, "서로 화목하게 하여 문자 그대로 만인이 통하는 국도를 만드는 것이야말로 문학"이다.369~370면 그러므로 어떤 측면에서 볼 때 『국토와 민중』은 국토 곳곳에서 수집한 풍속과 이야기들을 통해 민중문학이라는 아카이브를 공동체적이고 개방적이며 대화적인 것으로 탈구축하는 작업인 동시에, 민중을 그러한 작업에 참여시키고 있는 셈이다.

　앞서 잠시 언급한 벤야민의 이야기에 대한 사유를 다시 참조하건대, 이야기에는 그것을 전달하는 과정에 참여한 모든 사람들 — 말한 사람, 듣는 사람, 듣고 다시 전달함으로써 말하는 사람 — 의 흔적이 남는다. 마찬가지로 『국토와 민중』에 아카이빙된 풍속과 이야기에는, 그것들이 아카이빙되기까지 말하고 듣고 전달한 과정에 참여한 모든 민중의 흔적이 남아 있다고 말할 수 있다. 뒤집어 말하면 『국토와 민중』의 아카이빙 작업에 그 모든 풍속과 이야기의 소유주이자 창작자였던 민중 개개인이 참여했던 것이다.[30] 그리고 박태순의 이러한 이채로운 작업은 재해석 가능성의 순간들을 대면할 수 있게 하는 기행르포 양식에 빚지고 있다고 말할 수 있겠다.

3. 장르해체적 글쓰기의 감응력과 고통의 전사傳寫

어느 소설가의 무력감과 시대의 무감각증

　"그러나, 이 짧은 소설 「풀밭에서」에 무슨 힘이 있겠는가."[31] 조세희는 '제3작품집' 『침묵의 뿌리』에서 그가 최근에 쓴 '시민 가장의 이야기'라고 부연한 「풀밭에서」를 옮겨 적은 후 이렇게 말했다.[32] 『난장이가 쏘아올린 작은 공』으로 1970년대 후반을 눈부시게 장식했던 그는 어느 순간부터 소설에 대해 무력감을 느끼고 있었다. 그의 그런 증상은 1980년대에 돌입하면서부터 시작되었다. 어느 기사에서는 그가 『침묵의 뿌리』를 출간하기 전까지 "80년 이후 사실상 절필 상태"였다고 말했지만, 실상 그가 소설을 쓰지 않은 것은 아니었다.[33] 다만 1975년 「칼날」을 발표하면서 이른바

'난장이 연작'을 시작한 이래 1970년대 후반 예사롭지 않은 소설 작품을 연이어 선보였던 데 비한다면, 1980년대 초 그의 창작 활동은 상대적으로 위축된 듯 보일 수밖에 없었다. 조세희는 1981년 단편소설 「나무 한 그루 서 있거라」, 「모두 네 잎 토끼풀」, 「모독」을 발표했고, 그 이듬해에는 한 편도 선보이지 않았다. 그리고 다시 1983년에 중편소설 「시간 여행」과 단편소설 「어린 왕자」를 발표한 후, 작품집 『시간 여행』문학과지성사, 1983을 출간했다.

조세희는 이 시기를 일컬어 "헛농사를 지었다"고 표현했다.20면 그리고 곧바로 이렇게 덧붙인다. "그래도 나는 행 하나 바꾸지 않는 문장을 예순 장이나 써 내려간 적이 있으며, 어떤 때는 한 문장이 원고지 열다섯 장을 넘어섰는데도 끝이 나지 않았다."20면 이 문장으로 미루어 짐작하건대 조세희는 분명 소설을 계속 쓰고 있었던 것 같다. 그러나 그는 "오랫동안, 찾아오는 말들을 너는 안 될 사정이 있어 안 돼 하며 돌려 보내기만 했"다고 말한다.20면 그러니까 그가 소설을 쓸 수 없었던 것이 아니라, 그를 찾아오는 소설의 언어를 거부해야 하는 어떤 사정이 있었던 셈이다. 그리고 그것은 앞서 언급한 대로 '소설에 무슨 힘이 있겠는가'라는 회의적인 물음으로 표출했던 무력감과 연관된 것이었다.

이런 시기를 지난 후 그가 마침내 1985년에 출간한 『침묵의 뿌리』는 장르뿐만 아니라 매체의 경계까지 넘나드는 일종의 양식 실험이었다. 이를 두고 성민엽은 "이 장편의 수필을, 유기적 전체로서의 성격이 미약하기는 하나, 하나의 장르융합의 틀로 볼 수 있다면, 그것은 근대 이후 굳어져 온 시·소설·희곡의 장르체계에 대한 충격 내지 해체로서 문학적 진보주의의 맥락에서 파악될 수도 있다"고 평가했다.34 여기에 따르면 당대에도 조세희의 실험적인 양식은 "장르융합"과 시·소설·희곡으로 엄격하게 범주화되는 근대문학 장르 체계의 해체로 받아들여졌음을 알 수 있다. 실제로 『침묵의 뿌리』는 산문적인 텍스트들과 소설 텍스트, 사진, 그리고 사진에 대한 주석이 뒤섞인 장르융합/장르해체적인 동시에 매체혼종적인 구성 방식을 취한 작품집이다. 1부에는 조세희가 쓴 산문과 소설, 그리고 그가 사북에서 구해 온 '어린이 글모음집'에서 발췌한 아이들의 단편적인 글, 역시 그가 직접 석정남에게 청탁해서 받은 「실제와 이론」이라는 제목의 글이 뚜렷한 기준이나 일정한 체계를 따르지 않고 산발적으로 배치되어 있다. 2부는 그가 찍은 사북 탄광촌의 사진이 주를 이루는 가운데, 경기도, 전라남도, 부산, 서울 등 전국 각지, 그리고 인도, 프랑스, 이탈리아, 요르단 등 외국 곳곳을 돌아다니며 찍은 사진이 함께 실려 있다. 3부는 그 사진에 대한 해설을 담고 있다. 성민엽이 "유기적 전체로서의 성격이 미약"하다고 평가한 것은 이처럼 다양한 종류의 글과 사진들이 일정한 짜임새 없이 뒤섞여 있는 점 때문일 것이다.

그러나 『침묵의 뿌리』의 이와 같은 양식적 특성이 앞서 언급한 대로 조세희가 느끼고 있었던 소설에 대한 모종의 무력감 내지는 한계에 대응되는 것이라면 이야기가 달라진다. 게다가 그것이 1980년대의 정치·사회적인 상황을 맞닥뜨린 문학이 무엇을, 어떻게 할 수 있는가의 물음에 대한 절박한 모색에서 비롯된 것이라면 더욱 그렇다.

지난 70년대에 나는 어떤이의 말 그대로 '가만히 있을 수가 없어' 책 한 권을 써냈다. 「난장이가 쏘아올린 작은 공」이 그 책이다. 그때 나는 긴급하다는 한 가지 생각밖에 할 수가 없었다. 80년대에 들어와 바로 10년 전 그 생각에 사로잡

허 또 한 권의 책을 묶어낸다.(11면)

일종의 '작가의 말'에 해당되는 지면에서 조세희는 1970년대의 "가만히 있을 수가 없"는 상황에 대한 그의 문학적 대응이 『난장이가 쏘아올린 작은 공』이라는 소설이었다면, 르포 에세이의 성격을 띠는 『침묵의 뿌리』는 그와 동일한 문제의식을 바탕으로, 그러나 다른 형태와 방식의 1980년대적인 대응을 모색한 결과물임을 밝힌다. 달리 말해 이는 1980년대의 상황이 소설적인 것 이상의 대응을 요청하고 있다는 판단이었다. 조세희는 다음과 같이 말한다. "나는 70년대 초반과 중반에 이른바 '난장이' 연작소설을 쓰기 위해 바탕 비슷한 일들을 취재하러 다녔었다. 10년이 지났지만 달라진 것이 없었다."90면

개발독재 시대를 빠져나왔지만 한국 사회는 달라지기는커녕 상황은 악화일로를 거듭하고 있었다. 앞서 언급한, 소설에 대한 조세희의 무력감에는 이러한 상황 판단이 적지 않은 영향을 주었다. 일찍이 1970년대 후반 베스트셀러였던 그의 소설 『난장이가 쏘아 올린 작은 공』은 사회적으로 큰 반향을 일으킨 바 있었다. 그러나 얼마 지나지 않아 1980년대가 시작되던 첫 해에 일어난 사건들은 그에게 그 소설의 무용함에 대한 뼈아픈 깨달음을 주었을 뿐이었다. 그의 소설을 통해 무수히 많은 사람들이 산업화 시대 난장이의 죽음을 목도했지만, 정작 현실 속에서 난장이의 죽음과 마주쳤을 때 그들은 침묵하고 외면했다. 그가 『침묵의 뿌리』 서두에서 언급하고 있는 1980년 초의 여러 사건들, 사북을 비롯해 전국 각지에서 일어난 노동자들의 호소와 쟁의, 그리고 계엄령하에서 은폐된 광주의 학살이 침묵하는 현실을 고스란히 드러냈다. 조세희는 바로 그 "침묵의 뿌리"에

무엇이 자리하고 있는지, 그것으로부터 자라난 침묵은 어떻게 깨뜨릴 수 있는지에 대해 소설을 넘어서는 방식으로 이야기하고자 했던 것이다.

그렇다면 조세희로 하여금 소설의 한계를 체감하게 만들었던 1980년대적인 상황, 다시 말해 포스트개발독재시대의 비상사태는 무엇이었을까. 『침묵의 뿌리』에서 드러내고 있는 것처럼 그것은 일차적으로 사회·경제적 양극화 현상과 이를 초래한 시대적 무감각증이었다. 기실 『침묵의 뿌리』를 구성하는 각 텍스트들 사이의 느슨하고 성긴 조직 밑바탕에는 작가가 포착한 빈자들의 세계와 자본가들의 그것 사이의 격차, 단절, 심연의 풍경들, 혹은 증상들이 자리하고 있다.

> 시멘트 다리 밑으로 고리 지은 줄을 내려 목을 맨 남쪽 도시의 한 노동자는 1년 내내 일을 해도 60만원을 벌 수 없었다. 불치의 병을 앓는 아버지와 어머니, 그리고 자기가 돈 대주지 않으면 당장 학교를 그만두어야 할 두 동생을 남겨놓은 채 그는 죽었다. 1978년에 2백 40억 원의 개인소득을 올렸던 노인은 1985년에 도착해 '문어발시대는 지났다'고 말했다. 그 노인과 젊은 나이에 죽은 남쪽 도시의 한 노동자 사이에는 4만 4, 5천 배의 소득 격차가 있었다.(62~63면)

> 세계는 고르지 못하다. 하늘 높이 올라가 지구를 내려다보지 않고도 우리는 두 개의 상이한 구역으로 나뉘어진 세계의 사정을 알 수 있다. 중남미와 아프리카·아시아의 가난한 나라들이 비슷한 환경에 놓여 있고, 서방 선진공업국 정상회담에 최정상 대표를 보내는 7개국과 그 밖의 소수 지역은 반대의 환경을 이루었다. 한쪽이 빈곤으로 여전히 빈곤한 상태를 계속시킬 때 다른 반대쪽은 풍요한 세계로 떨어져 나갔다.(125면)

예의 문장들과 같이 명시적인 언술이 『침묵의 뿌리』 곳곳에서 지속적으로 등장하는 것은 물론이거니와, 작가가 보고 듣고 겪었던 에피소드들과 다양한 데이터 및 통계 수치들을 바탕으로 빈부격차가 단순한 차이를 넘어서 두 세계 사이의 극복할 수 없는 심연이자 심각한 사회적 모순이 되어 가는 상황을 거듭 경고한다. 그것은 한반도의 남쪽 어느 작은 마을에서 벌어진 비극적인 죽음에서부터 전 지구적인 빈곤과 풍요의 불균형 상태에 이르는 실로 보편적인 현실이었다. 그러나 보다 극적으로 그와 같은 심연과 모순을 보여 주는 것은 1부에 배치된 사북 어린이들의 글과 서정남의 글 「실제와 이론」이, 조세희가 '신중산층 시민 가장의 이야기'라고 부연한 그의 소설 「풀밭에서」와 난장이 연작의 주요한 배경인 은강그룹 자본가들의 삶을 그린 소설 「1979년의 저녁밥」과 극명한 대비를 이루는 구성이다. 사북 어린이들이 이야기하는 기본적인 의식주마저도 충분히 갖춰지지 않은 생활 현실에 비추어 본다면 조세희의 소설 속 중산층 시민과 상류층 자본가의 삶은 흡사 비현실적인 허구와도 같았다.

특별히 「1979년의 저녁밥」에서는 그 두 세계 사이의 경계가 공간적으로 또 사회적으로 형성되는 장면이 기민하게 그려진다.[35] 소설은 한강변 아파트 단지가 조성되면서 "주거지역에 보이지 않는 경계선이 그어"지고, 그 "국경"을 넘은 "행복한 소수"가 "새 주거환경에 잘 어울리는 것들, 즉 냉방기와 붉은 주단, 거기에 어울리는 입식가구, 키 큰 전자 화덕, 신기한 집진소제기 같은 것들을 사들"이며 자신들의 생활양식을 차별화해 나가는 과정을 예리하게 묘사하고 있다.[106면] 이는 잘 알려진 대로 1980년대 사회적인 신분 상승과 경제적인 부의 축적을 이룬 강남 상류층의 상징 압구정동 현대아파트와 한양아파트의 풍경이었다. 1970년대 후반에 개발되어 고급 아파트 단지가 조성된 압구정동은 단순히 하나의 행정구역을 가리키는 명칭이 아닌, 그 안과 밖을 서로 다른 세계로 나누는 기호였다.[36] 거기에는 조세희의 표현대로 "보이지 않는" 분할선이 작동하고 있었다. 그 세계 '안'으로 '들어간다'는 것과 상류층에 '진입한다'는 것은 동격이었고, 이는 달리 말하면 빈곤이라는 불행과 비참으로부터 물리적·상징적으로 멀어짐을 의미했다. 조세희는 그곳에 사는 인물들의 소묘를 통해 "자기가 '열등한 다수' 쪽에서 도망쳐 나온 거리가 얼마 안 된다는 것 때문에 불행해"할 정도로 그 "불행의 사정거리"를 점점 더 넓혀갔던 중산층의 거리두기와 구별 짓기가 사회적·경제적 양극화를 심화시킨 한 원인이었음을 보여 준다.106면

한편 이러한 공간 재편은 단순히 물리적·지리적인 변화에 그치지 않고 그 분할선이 개인과 집단의 감성에 각인되면서 시대 전반의 의식과 무의식으로 자리 잡는다는 점에서 훨씬 더 문제적인 것이었다. 그리고 이는 『침묵의 뿌리』의 보다 근본적인 문제의식이기도 했다. 조세희는 타인의 고통에 대한 무감함이 두 세계 사이의 단절을 초래한 원인이자 그 결과라고 보았다.

趙씨는 "도시에서 제대로 교육받고 안정된 직업을 가진 중산층 이상 사람들, 편하고 행복한 세상에 길들여져 자신에게 좋은 것이면 모두에게 좋다고 생각하는 사람들, 우리 땅 안에 사는 더 많은 다수에 대해 모르고 또 알려고 노력하지도 않는 사람들. 그들에게 작가로서가 아니라 이 땅에 사는 한 시민으로서 그동안 우리가 지어 온 죄에 대해 말하고 싶었다"고 말한다. 그는 이런 사진이 소설보다 더 진하게 우리들의 완고한 마음을 울릴 수도 있다는 가능성을 실험하고 싶어

작품집을 발표하게 됐다고 밝힌다.[37]

이 인터뷰에서 조세희는 "우리가 지어온 죄"란 "중산층 이상의 사람들"이 고통을 겪고 있는 다수의 사람들에 대해 "모르고 또 알려고 노력하지도 않는" 것이라고 말한다. 앞서 3장에서 한 차례 언급한 것처럼 1980년대에 돌입하자마자 벌어졌던 "몇 개의 큰 사건"에 대한 시민들의 반응은 무지와 무감함이었고, 이는 조세희를 큰 충격에 휩싸이게 만들었다. 그는 이와 같이 조금의 죄책감이나 연민조차 느끼지 못하는 시대적인 무감각증의 원인이 "우리 시대의 시민들" 모두가 갖고 있는 경제 성장이라는 "알리바이"에 있다고 생각했다.

> 알리바이라면 우리 시대의 시민들도 모두 갖고 있다. 우리는 지난 40년 동안 해방된 조국의 학교에서 조국의 교사에게 모국어로 타민족의 간섭에서 벗어난 훌륭한 교육을 받고, 조국의 일을 걱정하며, 동란기, 부흥기 그리고 몇 번의 과도기를 거쳐 곧 '선진국 대열에의 진입을 눈앞에 둔 최선두 중진 공업국의 자랑스러운 국민'이 되었다. 참으로 캄캄했던 시기의 GNP 50달러가 그 사이 2천 달러로 성장했다. 우리는 모두 민족과 조국을 위해 열심히 일해 왔다. 특히 희생적으로 일해온 사람들은 나라일을 직접 맡아본 많은 관리, 고위 공직자, 기업가, 각계의 엘리트, 그 가운데서도 정말 중요한 상층부 지도자들이었는데 나라와 국민에 대한 그들의 사랑은 아주 각별한 것이었다. "잘못은 나에게 있다, 내가 잘못했다"는 말을 우리는 그 동안 한 번도 들어볼 수가 없었다. (40면)

여기서 조세희가 말하는 우리 시대의 알리바이란, 쉽게 말해 '잘 살아보

세'라는 구호로 요약될 수 있는 경제 성장이었다. 사람들은 "선진국 대열에의 진입을 눈앞에 둔 최선두 중진 공업국의 자랑스러운 국민"이 되기까지 "우리는 모두 민족과 조국을 위해 열심히 일해 왔다"고 믿었다. 이 기적적인 경제 성장의 시대를 막 빠져나온 1980년 초입의 몇몇 비극적인 사건들은, 혹은 어떤 이들의 불행과 고통은 그 과정 중에 빚어진 약간의 잡음 같은 것이었고, 혹은 만일 그것이 어떤 '죄'라고 하더라도 '우리'에게는 그것보다 훨씬 '중요한' 경제 성장을 이룩했다는 빼어난 알리바이가 있었다. 이것은 전형적인 개발독재의 논리였다. 경제 성장을 위해 어떤 것들은 마땅히 희생될 수 있다는 식의 바로 그 개발독재적인 사고방식은 독재자뿐만 아니라 "우리 시대의 시민들도 모두 갖고 있다"는 것이 조세희의 판단이었다. 잘 살게 된 것은 '죄'가 아니라는 변호의 논리를 그리하여 '우리' 모두가 갖게 되었다는 것이다.

따라서 점점 더 멀어지는 두 세계 사이의 격차, 단절, 심연을 극복하고 시대의 무감각증을 치유하기 위해서 가장 먼저 해결해야 할 문제는 경제 성장의 알리바이를 부수는 일이었다. 문제는 이 알리바이가 너무 완벽하다는 것이었다. 1970년대 문학은 실로 개발독재의 허상을 폭로하기 위한 싸움 그 자체였다. 『난장이가 쏘아올린 작은 공』 역시 그 일부였으며, 그 가운데서도 가장 뛰어난 성과로 평가받았음은 주지의 사실이다. 그러나 동시에 조세희가 소설에 대한 무력감을 느끼게 된 것 역시 이 지점에서였다. 『난장이가 쏘아올린 작은 공』과 같은 소설 작품들은 끊임없이, 전력을 다해 개발독재의 현실, 말 그대로 '진상眞相'을 재현해 왔지만 그렇게 재현된 문학적 진실보다 알리바이는 훨씬 더 강력하고 견고했다. 조세희가 소설에서 르포적인 글쓰기 양식과 사진 매체로 옮겨간 것은 그 때문이었다.

고통의 감응과 독자의 참여 또는 연루

조세희는 1983년에 출간한 소설 『시간여행』의 작업을 거론하며, 경제 성장의 알리바이를 깰 수 있는 실마리를 그가 소설 속 인물들에게 시킨 '고통 여행'에서 발견했다고 말한다. 그는 그 고통 여행으로부터 1970년대의 개발독재체제를 유지시키기 위해 그 이데올로기가 억압하고 파괴한 것의 핵심을 발견한다. 그것은 '눈물'을 통한 각성 능력이었다.

나는 바로 그 「시간 여행」이라는 제목의 소설에 '눈물'이라는 말을 7백 번 이상 써 넣었다. '집단 통곡'에 의해 강물이 범람하는 이야기까지 나는 썼다. 작을 때는 가족 단위, 마을 단위, 클 때는 도시 단위 또는 세대 단위, 더 클 때는 무슨 일이 일어나도 결코 고통받지 않을 전체의 1 내지 2퍼센트를 제외한 대규모의 집단 통곡! 우리 역사 속에서 수없이 마주치게 되는 그것은 도대체 무엇일까? (…중략…) 어떤 어른들이 이 말을 들으면 펄쩍 뛸지 모르겠지만, 이것만은 분명하다. 우리에게 운다는 것처럼 쉽고 자연스러운 일은 또 없었다. 우리는 언제나 제일 쉬운 방법으로 비극에 대처했던 셈이다.

역사 속의 눈물 얼룩을 들여다보아도 13, 14세기 눈물과 19, 20세기 눈물의 다른 점은 발견할 수 없다. 몇 세기라는 시간상의 긴 거리가 있는데도 눈물의 성질과 얼룩 모양은 비슷할 뿐이다. 이땅에서 살다 돌아간 어른들은 눈물로 자신을 표현해 왔다. 그러면서 왜 눈물로 '각성'할 수는 없었을까?

밝은 이야기를 담아내던 텔레비전이 갑자기 무슨 생각을 했었는지, 정말 큰 봇물 터뜨려 만든 '눈물강'에 빠져 허위적거려야 했던 1983년에도 나는 내내 이 의문에서 벗어날 수 없었다.

무엇이 우리의 각성을 방해했던 것일까? 그리고 그 무엇은, 앞으로도 우리의 각성을 방해할 것인가?

　　1983년, 다수가 밤 새워가며 눈물 흘릴 때도 불행의 사정거리 밖에 있었던 소수는 그 눈에서 눈물 한 방울 빼내지 않았다.(123~124면)

　　조세희는 「시간 여행」에서 '눈물'이라는 단어를 2백 번 이상 써넣으며 '우리'에게 비극에 대처하는 가장 쉬운 방법이 함께 우는 것이었다는 사실을 깨달았다고 말한다. 그의 이 깨달음을 다시 한번 확증해 준 것은 1983년 텔레비전이 만들어 낸 소위 '눈물강'이었다. 그가 우의적으로 표현하고 있는 이 '눈물강'이란 KBS의 이산가족찾기 생방송이 만들어 낸 현상을 가리키는 것이었다. 1983년 6월 30일부터 11월 14일까지 138일간 총 453시간 45분 동안 이어진 KBS 1TV의 〈이산가족을 찾습니다〉는 본래 6월 30일 하루 95분 분량으로 방영될 예정이었다. 그러나 신청자들이 급증하고 방송 도중 전화가 폭주하면서 연장에 연장을 거듭해 전 국민이 이 방송을 통해 이산가족 상봉의 비극적인 장면을 직접 보면서 눈물을 흘렸다고 한다. 한 설문조사에 따르면 국민의 88.8%가 이 방송을 보면서 눈물을 흘렸다고 대답했다.[38] 기실 조세희는 그의 작품집 2부에 이산가족찾기 생방송이 진행되고 있었던 1983년 7월에 찍은 사진 세 장을 실었고, 3부 해설에는 그 사진에 등장하는 "도성오 할머니와 장대훈 할아버지를 보고, 김춘자 부인의 사연도 읽어보기 바란다"라는 당부의 메시지를 남겨 두었다.[244면] 그는 그의 소설 「시간 여행」을 통해 눈물의 역사를 돌아보며, 온 국민을 '눈물강'에서 허우적거리게 만든 이산가족찾기로부터 한 가지 의문을 떠올렸다. 이렇게나 많은 눈물을 흘릴 줄 아는 사람들이 "그러면서 왜 눈물로 '각성'할 수는 없을까?" 이어서 조세희는 다음과 같은 물음 또한 덧붙인다. "무엇이 우리의 각성을 방해했던 것일까? 그리고 그 무엇은, 앞으로도 우리의 각성을 방해할 것인가?" 그는 그 방해물이 "불행의 사정거리"라고 말한다. 어떤 소수는 1983년 '눈물강'의 범람 속에서도 "눈물 한 방울 빼내지 않았"는데, 조세희에 따르면, 그들은 "불행의 사정거리"를 유지하고 있던 사람들이라는 것이었다.

「시간 여행」의 작업과 KBS 이산가족찾기 방송으로부터 조세희가 얻은 세 가지 시사점은 ① 타인의 고통에 감응할 수 있는 능력은 역사를 초월해 비극을 극복할 수 있게 하는 보편적인 능력이라는 것, ② 잠시 억눌려 있었던 그 능력이 '텔레비전'이라는 영상 매체를 통해 '눈물강'으로 되살아났다는 것, ③ 그러나 그것을 불가능하게 하는 "불행의 사정거리"라는 장벽이 여전히 존재한다는 점이었다. 이는 고스란히 그의 문학적 작업이 나아가야 할 방향이자 수행해야 할 과제, 그리고 『침묵의 뿌리』에서 선보이는 두 가지 전략으로 재구성된다. 요컨대 조세희는 1970년대에 난장이 연작 소설로 돌파하지 못했던 그 강고한 알리바이에 대응해 문학을 통해 타인의 고통에 감응하며 세계의 비참에 개입하는 일을 수행하고자 했으며, 그 구체적인 전략은 사진이라는 매체와 르포의 양식적 특성을 빌려오며 장르 및 양식의 틀을 해체하는 글쓰기를 선보이는 것이었다.

특별히 사진이라는 매체와 르포 양식의 선택은 타인의 고통과 슬픔에 감응하는 법을 시대에 되찾아 주고자 하는 작가의 문제의식과 매우 밀접하게 연관된 것이었다. 조셉 노스Joseph North의 정의를 빌리자면 "르포는 리얼리티를 응축시킬 뿐 아니라 독자들에게 사실을 느끼게 하는 삼차원적인 보고 활동"이다.[39] 이 정의가 말하고 있는 바 그대로 『침묵의 뿌리』는 실로 작품을 읽고 쓰는 일이 지면의 한계를 넘어 사북의 탄광 노동자들과 주민들이 겪었던/겪고 있는 일들에 대한 삼차원적인 감각과 경험이 될 수 있는 가능성에 도전하는 작업이었다. 기본적으로 이 르포에서 조세희는 시대의 무감함을 상징적으로 보여 준 사건의 현장이었던 사북읍에 직접 찾아가 그곳 주민들의 얼굴을 사진에 담고, 사북 어린이 글모음집이나 황인호의 「사북사태 진상 보고서」와 같은 텍스트를 매개로 그곳 사람들의 목소리를 독자들에게 들려주는 방식을 취한다. 이는 다음과 같은 대목에서 분명하게 확인된다.

222-33 : 1985. 2~3 사북

어느날 나는 해발 1천 미터 가까이 되는 한 마을에 앉아 있었다. 아이들은 널을 뛰고(사진 230) ― 어린이들은 자라 말할 것이다. "나는 우리나라에서 제일 높은 곳에서 널을 뛰었다." ― 어른들은(사진 218)아랫마을로 물을 길러 갔다.

"아저씨, 우리 학교는 참 불쌍해요."

그때 사진 223의 어린이가 말했다. 사진 231이 그 마을 풍경이다. 아이를 업은 아주머니 왼쪽 집 아랫길에서 이름이 이진희인 5학년 어린이는 이렇게 말했다.

"가 보세요. 정말 불쌍한 학교예요."

"나도 가 봤다."

내가 말했다.

그 마을 어린이들은 어느 광업소 사택이었던 작은 건물에서 공부를 하고 있었다. 흰 페인트 칠을 해 그렇게 크고 깨끗해 보일 수 없었던 본교를 해발 1013미터의 고지에 남겨두고 아이들은 내려왔다.

"네가 직접 학교 이야기를 써 봐라."

그날 나는 말했다.

"나는 사북에 사는 사람들이 사북 이야기를 쓰기를 바란다."

다음이 이진희 어린이가 그날 쓴 글이다. 제목은 「불쌍한 우리 학교」이다.

우리는 조그만 탄광 마을에 살고 있어요. 그리고 우리는 학생수가 130명 정도 되는 학교에 다녀요. 우리나라에서 하늘 아래 첫 학교가 우리 학교이어요.(262면)

3부에 실린 이 주서은 2부 222~233쪽에 실린 사진들에 관한 설명이다. 조세희는 그의 문장, 그리고 그곳에서 그가 만난 이진희 어린이와 나눈 대화 안에 사진이 실린 페이지를 삽입해 놓고 있다. 따라서 자연스럽게 독자는 이 대화를 읽으며 조세희가 찍은 사북의 풍경과 어린이들의 얼굴을 나란히 두고 보게 된다. 그리고 곧바로 이어서 이진희 어린이의 육성이 담긴 이야기로 옮겨간다. 일차적으로 작가가 그곳 현장에서 보고 듣고 체험한 것, 그리고 다시 지면에 옮겨진 텍스트와 이미지, 이 둘을 독자가 겹쳐 읽는 과정에서 얻는 감각은 입체적인 느낌을 형성하면서 독자에게 '삼차원적인' 경험을 선사한다. 이와 같은 독특한 구성과 형식의 배경에는 주지하다시피 독자들에게 사북의 진실을 감각하게 하고자 하는 목적이 자리하고 있다. 반복하건대 소설에서 르포로 전환한 조세희의 양식 선택은 그 자체로 타인의 불행에 대한 물리적·심리적 거리를 문학을 통해 극복함으로써 타인의 고통을 독자에게 감응시킬 수 있는 가능성을 발견하고자 하는 문제의식에서 비롯된 것이었다.

한편 KBS 이산가족찾기 방송을 통해 확인한 영상 매체의 위력은 사북으로 향하는 조세희의 손에 사진기를 들렸다. 그는 고통에 무감했던 사람들이 텔레비전으로 송출되는 영상 이미지 앞에서 집단적으로 눈물을 쏟는 현상으로부터 타인의 불행과 고통을 "재소유시키는 기능"을 발견한 것이었다.

> 최근에야 나는 사진이 갖는 기능 가운데서 내가 힘 빌려야 할 한 가지를 발견했는데, 그것은 기본 과제 해결에 그렇게 열등할 수 없는 민족인 우리가 버려두고 돌보지 않는 것, 학대하는 것, 막 두드러버리는 것, 그리고 어쩌다 지난 시절의 불행이 떠올라 몸서리치며 생각도 하기 싫어하는 것들을 다시 우리것으로 받아들이게 하는, 즉 재소유시키는 기능이었다.(136면)

조세희는 사진의 이미지를 통해 타인의 불행과 고통이 재현전될 때 사람들이 애써 외면하고 망각하고자 하는 그것들이 재소유될 수 있는 가능성을 엿본다. 이는 영상 매체의 이미지가 언어적인 표상보다 어떤 감각들을 훨씬 더 강력하게 환기시키는 측면과 관련이 있다. 그러나 동시에 서은주가 지적한 것처럼 사북 탄광 노동자들과 그곳 주민들이 겪는 고통이 사진 이미지를 통해 더욱 생생하게 재현될수록 그들의 고통이 독자에 의해 더욱 거부되고 기피되는 재현의 역설이 발생하는 것은 간과할 수 없는 문제다.[40] 재현에는 언제나 대상화의 문제가 뒤따르며, 이는 재현에 주체와 대상 사이의 거리가 전제되어 있기 때문임은 주지의 사실이다. 때문에 세계가 둘로 분할되고 두 세계 사이의 거리가 멀어져가는 사회 현실에 대한 문제와 관련해서 두 세계와 그 간극에 대한 재현, 그리고 대체로 재현의 결과로 얻어지는 현실에 대한 인식 자체가 그 거리를 좁혀주거나 무화시키지는 않는다는 점을 상기할 필요가 있다. 이와 더불어 사진이 지닌 대중

매체적 속성이기도 한 이미지의 단순성과 소통 구조의 일방향적인 성격은 수용자를 수동적인 소비자로 전락시킨다는 함정 또한 도사리고 있다.[41] 요컨대 조세희가 새롭게 눈을 돌린 사진이라는 매체는 소설적인 언어를 뛰어넘는 가능성과 동시에 그것을 상쇄시킬 만한 문제점들을 안고 있기도 했다.

이 대목에서『침묵의 뿌리』의 두 번째 전략인 양식의 틀과 경계를 해체하는 글쓰기 방식이 주목된다. 사진이 실린 2부의 앞뒤에 배치된 1부와 3부에는 다양한 양식의 텍스트들이 일정한 인과관계나 시간적인 흐름, 서사의 축이나 초점 없이 뒤섞인 채 배치돼 있다. 때문에 어느 대목에서『침묵의 뿌리』는 소설이기도 했다, 전형적인 르포의 성격을 드러내다가, 돌연 작가의 사진 에세이 같은 인상을 주기도 하는 등 일정한 양식적 틀 없이 양식 간의 경계를 자유롭게 넘나든다. 뿐만 아니라 앞서 잠시 언급했듯 사북 어린이들의 글에서부터 석정남에게 청탁해서 받은 글「실제와 이론」, 황인호의「사북 사태 진상 보고서」와「사북사태 공소장」, 그리고 이경만의「광산촌」에 이르기까지 서로 다른 주체의 목소리들과 텍스트들이 흩어져 있기도 하다. 이와 같이 다양한 주체의 말과 언어가 무리 없이 함께 배치될 수 있는 데는 한편으로 양식의 틀과 경계가 무화되는『침묵의 뿌리』의 양식적 특성이 기여한다. 가령 현대소설이 그 서술자의 조건이나 서술 시점 등에서 형식적인 자유로움을 획득한 것은 사실이지만, 여전히 그것은 하나의 조직된 서사와 양식화된 틀, 그리고 작가라는 일원화된 글쓰기 주체로부터 벗어나기 어려운 관성이 존재한다. 반면에 논픽션을 표방하는『침묵의 뿌리』에서는 다양한 주체들의 말과 글쓰기 사이에 텍스트 및 컨텍스트의 관계와 의미망이 형성되면서 구성상의 이질감을 주기보다는, 각각의 텍스트 사이를 넘나드는 가운데 하나의 텍스트에 대한 의미의 해석에 다른 텍스트들이 컨텍스트가 되어 휘감는 양상을 연출한다.

이러한 구성상의 특징은 『침묵의 뿌리』가 근본적으로 독자의 적극적인 해석과 참여를 요청하는 텍스트라는 점을 시사한다. 가령 1부에 실린 사북 어린이들의 글은 2부에 실린 사진들 속 어린이들의 이미지에 접속되었다가 다시 3부의 222-33번 주석에 조세희가 기록해 둔, 그 자신과 사진 223의 어린이가 나누었던 대화로 연결될 수 있다. 물론 가능한 연결 고리는 이 밖에도 많을 것이다. 석정남의 글은 2부의 205번, 206번 사진 속 공장 노동자들의 얼굴을 거쳐 3부의 206번 주석에 실린 청주의 한 공장에서 일하고 있는 젊은 노동자의 「흰 고무신」이라는 글에 대한 참조점이 되기도 한다. 이와 같이 무수히 많은 참조점들을 지닌 텍스트와 이미지들 사이에서 독자들은 스스로 텍스트들 사이의 다양한 해석적 관계망과 맥락을 만들어 내면서 그 텍스트에 실린 주체들의 말과 언어의 결을 읽어 내고 새로운 의미를 해석해 낸다.

한편 3부에 나란히 실린 사북항쟁을 판이하게 다른 시각에서 서술하고 있는 황인호의 「사북 사태 진상 보고서」와 「사북 사태 공소장」, 이 두 텍스트는 묘한 긴장을 형성하면서 2부에 실린 사진들과 함께 독자에게 고스란히 제시된다. 마치 1980년 4월 사북에서 일어난 사건의 진실을 독자가 스스로 파헤치고 조립하며 (재)구성할 수 있도록 하는 것처럼 『침묵의 뿌리』에 담긴 텍스트와 이미지의 조각들은 여기저기 흩어져 있으며, 실제로 독자들의 읽기는 그와 같이 텍스트 간의 관계와 구조를 스스로 (재)구성하는 가운데 수행된다. 그 결과 독자들은 단순히 고통에 대한 재현물로서의 이미지를 수동적으로 소비하는 자리에 머무르지 않고 참여하고 연루됨으로써 그것에 감응해 나갈 수 있는 것이다.

　기본적으로 이러한 방식의 글쓰기가 갖는 감응력의 효과를 염두에 두고 조세희가 『침묵의 뿌리』를 구상하고 써내려 갔음을 짐작하는 일은 어렵지 않다. 그는 3부의 167~169번을 달고 있는 주석에서 다음과 같이 말한다.

> 　사북 어린이들의 글에는 고향 이야기를 쓴 것이 많다. 아버지 어머니는 돈 벌어 곧 고향으로 돌아간다고 말한다. 그러나 돈은 들어왔다가 이내 나가버린다. 고향이 북쪽인 부모의 이야기를 쓴 글도 있다. 지성필 어린이의 「아버지의 고향 노래」를 읽으며 83년 여름 일을 생각했다. 내가 그해에 찍어 뽑은 사진을 보고 어떤 사람은 "이런 건 하도 봐서"라고 말했다. 여러분도 그런가? 내 사진이 좋지는 못하지만 도성오 할머니와 장대훈 할아버지를 보고, 김춘자 부인의 사연도 읽어보기 바란다. 그대가 우리나라의 영구 분단을 지지하는 남의 나라 국민이라면 시선을 1초도 안 주고 넘겨도 아무말 하지 않겠다. (243~244면)

　이 대목에서는 작가가 보다 직접적으로 해석의 참조점을 제시하고 있기는 하지만 근본적으로는 독자에게 직접 해석에 참여할 것을 촉구하고 있다는 점에서 독자와 텍스트·이미지 사이의 거리, 그리하여 그것들이 재구성하고 있는 타인의 불행에 대해 '우리'가 유지하고 있는 사정거리를 획기적으로 좁히고자 하는 의도가 잘 드러나 있다. 조세희가 말하길 어떤 이들은 이산가족을 찾는 이들의 안타까운 모습이 담긴 사진을 두고 "이런 건 하도 봐서"라는 반응을 보이곤 한다. 그는 역으로 독자들에게 "여러분도 그런가?"라고 반문하며, 그의 사진 속 사람들의 사연과 지성필 어린이가 북쪽에 고향을 둔 자신의 부모에 대해 쓴 「아버지의 고향 노래」를 읽기를 권한다.

이는 그가, 독자들이 그들이 목도하는 현실에 대한 진실을 (재)구성하는 과정에 직접 참여하고 연루된다면 그 현실 속 타인의 불행을 결코 외면할 수 없으리라고 믿는 까닭이다.

감수성, 불행의 사정거리를 좁히는 문학의 가능성

이와 같은 조세희의 기획은 도덕주의적인 것으로 오인되기 쉽다. 그러나 실상 조세희 스스로 그의 이 작업이 결코 "없는 도덕"을 만들거나 무너진 그것을 재수립시킬 수 없다는 점을 명시하고 있음에 대해 상기할 필요가 있다. 조세희는 다음과 같이 말한다. "내가 사진기를 처음 들었을 때 어떤 사람은, 우리가 긴급하게 필요로 하는 도덕적인 것들을 끌어내기 위해 사진의 힘을 빌어볼 필요가 있다고 말했다. 표현을 달리했을 뿐이지, 없는 도덕까지 만들어 낼 수 있는 것이 사진이라는 지나친 믿음을 그는 갖고 있었다. 그것에 나는 동의할 수 없었다."136면 그가 염두에 두었던 것은 도덕주의적인 문학이 아닌, 타인의 고통을 "재소유시키는 기능"을 가진 문학이었다. 그러므로 이때 그가 주목한 것은 문학이 지닌, 타인의 고통을 감응시킬 수 있는 감수성, 혹은 그것의 역량을 일깨우는 가능성이었다고 할 수 있다. 중산층과 빈민, 도시와 탄광, 자본가와 노동자 등의 이름으로 수없이 반복·변주되는 주체와 타자의 이분법을 극복하며 두 세계 사이의 단절을 메운다고 할 때, 그것은 두 세계를 서로 분리된 것으로 감각, 지각, 경험하게 하는 시공간의 감성적인 구성을 재편함으로써 가능할 것이다. 왜냐하면 그로 인해 그 세계 속에 존재하고, 또한 세계에 대한 경험과 앎의 주체들의 장소·위치 및 그 주체들 간의 관계를 물리적·상징적으로 변화시킬 수 있는 까닭이다. 바꿔 말하면 세계에 대한 주체의 감각·경험·앎의 조건이 되는 시공간의 구성이 주체들이 세계 내에 점유하는 장소·위치, 주체들 간의 정치·사회·문화적인 관계를 결정하는 중요한 요인이 되기 때문이다. 그러므로 문학이 조세희가 말한 "불행의 사정거리"를 좁히는 일은 단순히 어떤 도덕적인 인식론이나 목적론을 수립하는 것이 아닌, 감수성의 문제였다.

이는 그가 사북을 직접 방문했을 때 그곳에서 직접 체험한 바이기도 했다. 그는 사북 어린이들의 글 앞뒤로 그가 사북에 두 번째로 방문했던 당시의 일을 다음과 같이 쓰고 있다.

> 그 글모음집들을 처음 읽었던 곳은 어느 고마운 광부의 하숙집 가운데방이었다. 내가 어린이들의 글을 읽는 밤에 스스로를 '13도 공화국의 몹시 지친 국민'이라고 소개했던 갑반 광부는 잠을 자고, 서울 사람들은 모두 잘 사느냐고 물어보던 병색 완연한 병반 광부는 을반 광부와 교대하기 위해 1천 3백 미터 지하로 일을 나갔다.
>
> 그날밤 나는 몇 번이나 목이 메었다.
>
> 우리땅 어느곳의 역사가 20년밖에 안 된다는 것은 곧 그곳에서 일어나는 모든 일에 대한 책임을 남에게 전가할 수 없다는 것을 의미했다. (…중략…)
>
> 내가 어린이들의 글을 읽던 그밤에 갑반 일을 나갈 한 광부는 잠을 자며 아픈 소리를 냈다. "원통해서 어떡허나." 그의 잠결 목소리는 내 머리맡쪽 얇은 벽 저쪽에서 들려왔다. "위원통-해애서어-어떠억-허어나아." 그 소리는 그밤 내내 사이를 두었다가 다시 들려오고는 했다.
>
> 나는 밖으로 나갔다. 눈이 내리고 있었다.
>
> 외등 하나 없는 밤거리를 걷다 돌아온 나는 방구석에서 뒹구는 몇 사람의 인쇄

물들을 집어 들여다보았다. 국회의원 선거철이었다. 정당의 당원이라고는 없는 집에 '당원용' 세 글자를 박아넣은 보기 흉한 인쇄물들이 들어와 발에 채었다. 법은 입후보자들이 인쇄물을 찍어 돌리는 일을 금하고 있었다. 나는 헛소리 가득한, 그 흉측한 인쇄물들을 찢어버린 다음 자리에 누웠다.

그러나 잠은 오지 않았다.(41·55면)

조세희는 "13도 공화국의 국민"이라는 표현이 시사하듯 탄광 노동자들을 타자화시키는 현실, 그리고 그것에 대해 스스로도 뼈아프게 인식하고 있는 탄광 노동자들의 자조적인 태도를 바라보며 목이 메는 감정을 느낀다. 그들의 분노와 좌절, 체념은 그에게로 고스란히 전달되어 왔다. 이윽고 그는 밤새 갑반 광부가 내는 "아픈 소리"를 듣고는 밖으로 나가 국회의원 선거 입후보자들의 인쇄물을 찢어 버린다. 그의 이러한 행동은 탄광 노동자들의 정념과 고통에 감응한 결과였다. 조세희는 감응하면 그것들에 대해 책임을 느끼고 행동하게 된다는 사실을 『침묵의 뿌리』 작업을 통해 체험했다.

『침묵의 뿌리』의 근저에 자리하고 있는 것은 바로 이 '감응하게 되면 책임지고 행동할 수 있다'는 사유다. 기실 그는 1부의 도입부에서 자신의 친구가 감옥에 갇혔다는 이야기를 들은 자신의 두 아이가 "책임을 졌다"는 이야기를 꺼낸다. 그의 두 아이는 그의 친구를 위해 "가슴 아파하다 눈물 흘리고", 마침내 "잠옷을 입은 채 높은 감옥의 담을 넘어 차디찬 독방에 갇혀 있는 [그]의 친구를 만나러 가는 꿈을 꾸었다"고 말한다.22면 그러니까 조세희가 볼 때 1980년대적인 상황에 직면한 문학이 수행해야 할 역할은 그의 이야기가 자신의 아이들에게 한 것처럼, 가슴 아파하고 눈물 흘리며, 그리하여 높은 감옥의 담과 같은 경계도 훌쩍 뛰어넘을 수 있도록 만드는 일이다. 환언하면 서울과 사북 사이의 거리, 압구정동과 탄광 사이의 시공간적 격차를 뛰어넘어 개입할 수 있도록 만드는 것이 바로 문학의 감응력이라는 것이다.

주지하다시피 논픽션 르포 양식의『침묵의 뿌리』가 갖는 장르·양식의 틀과 경계에 대한 탄력적이고 해체적인 속성은 그 감응력을 극대화시킬 수 있는 방안 또는 전략이었다. 작가 일방의 대상에 대한 재현을 통해 구성되는 문학적 진실보다는, 작가뿐만 아니라 독자들까지도 스스로 참여함으로써 (재)구성되는 진실 가운데 문학의 수행성이 극대화될 수 있는 까닭이다. 발터 벤야민이 세르게이 트레차코프Sergei Tretiakov의 르포르타주를 두고 언급했듯, 르포의 목적은 목격자의 역할을 수행하는 것이 아니라 능동적으로 개입하고 참여하는 것이다.[42] 이때 개입과 참여는 주체와 대상 사이에 존재하는 거리를 좁히는 일이며, 1980년대에 르포를 '현장성의 문학'이라고 칭할 때 거기에 담긴 함의가 바로 그것이었다. 그와 같이 더 깊숙이 현장으로 들어가고자 했던『침묵의 뿌리』의 마지막은, 사북에서 일어났던 예의 사건을 직접 체험·목격했던 황인호의「사북 사태 진상보고서」와 어느 광업소 노동조합에서 일했던 이경만의 글「광산촌」을 거쳐 이진희 어린이가 쓴 사북 이야기「불쌍한 우리 학교」를 차례로 들려주고 난 후 다음과 같은 물음으로 끝맺는다. "우리는 80년대에 또 어떤 진행을 맞게 될까? 당신은 아는가?"263면『침묵의 뿌리』를 통해 1980년대의 진실을 (재)구성하는 일에 뛰어든 독자들은 이제 그들이 현실 속에서 감당해야 할 몫의 책임과 행동에 대해 사유하고 실천할 것을 요청받게 된 것이다.

4. 르포 전문 무크지의 '문학 확산 운동'

르포문학운동의 전개

르포의 열풍은 1970년대 문단의 중심에 있었던 명망가 작가 황석영, 박태순, 조세희의 양식 실험을 넘어서, 1980년대에 등장한 신인 작가들, 그리고 문단 바깥에서 주로 활동했던 이른바 르포 작가 및 자유 기고가들을 비롯한 비전문 작가들의 르포 전문 무크지 『르뽀시대』실천문학사, 1983·1985와 『르뽀문학』전예원, 1984 창간과 활동으로까지 전개된다.[43] 이들 무크지는 르포 글쓰기와 소집단운동을 결합하여 '르포문학'을 수립하고자 하는 의도를 뚜렷하게 보여 주는 한편, 르포문학운동, 그리고 더 나아가 다음과 같은 민중문학·문화운동의 큰 흐름 안에서 '문학 확산 운동'을 전개해 나간다.

> 새로운 매체의 활용, 형식의 해체와 장르의 확산, 다른 예술운동과의 연대적 활동, 지방문학운동의 활성화, 소집단 문학운동의 정착, 재야문학의 성립, 제3세계 문학운동 실천 사례의 탐구, 전단문학론의 대두 등이 문학운동에 있어서의 민중노선 정립에 따른 문학 개념의 확대 내지 수정작업에 연관된 이론적 실천적 성과인 것이다.[44]

1980년대 문학운동, 정확히는 민중문학운동은 여러 세부 운동들을 실천적 성과로 산출하며 함께 전개되어 나갔다. 여기서 다루는 『르뽀시대』와 『르뽀문학』의 르포문학 소집단운동은 민중문학운동에서 제출된 주요한 운동론이었던 장르확산운동이자 소집단운동의 차원에서 이루어졌다는 점에서 그와 같은 흐름 안에 속해 있다고 볼 수 있다. 따라서 황석영을 비롯한 소설가들의 시도보다 훨씬 더 운동적인 목적을 지향하고 있다. 이들의 운동은 르포를 통해 소설 장르의 한계를 뛰어넘기 위한 장르·양식의 전환 내지는 해체의 차원에서 그치지 않고, 문학의 범위를 확장하고 넘어서려는 의도, 곧 제도권 문학을 넘어 새로운 문학 양식을 수립하려는 분명한 목적의식을 지닌 것이었다.

저널리즘과 문학이 담지 못한 진실의 추구

"최초의 르포 동인지"를 표방하고 나선 『르뽀시대』1권 1983, 2권 1985는 창간호인 제1권의 '선언'에서 르포문학의 본질이 사실을 바로잡고 진실을 규명하는 '문학 언론'의 역할을 수행하는 데 있음을 다음과 같이 밝히고 있다.

> 그런데도 현행 언론은 우리 사회의 이모저모를 알고 싶어하는 국민들의 한결 같은 요망에도 아랑곳하지 않고 〈침묵의 행진〉만을 일삼거나 〈획일적인 목소리〉를 쏟아 놓고 있다. 국민들은 이들 사건의 뒷전에 감추어져 있는 깊은 내막에 대해 속속들이 알고 싶어 한다.
>
> 그런 의미에서 르뽀문학은 바로 이러한 왜곡된 사실, 숨겨진 진실을 곧고 바르게 펴주는 일련의 작업에 속한다고 할 수 있다. 감춰진 현장(現場)을 쫓아 생동하는 사건의 내막을 알려줌으로써 이 땅이 마지막 갈구하는 진정(眞正)한 새시대의 구현을 최종목표로 삼고 있다는 점에서 르뽀문학은 새로운 언론의 기능의 한모퉁이를 담당하려 한다.(『르뽀시대』1, 9~10면)

『르뽀시대』 동인들은 르포문학의 역할과 의의를 저널리즘과의 대타적인 관계에서 발견하고 있다. 이들은 1970년대 후반부터 1980년대 초에 이르는 기간 동안 벌어진 중요한 정치·사회적인 사건 및 문제들이 기성 언론의 침묵으로 인해 은폐되거나 "획일적인 목소리"로 왜곡된 채 전달되고 있음을 지적한다. 이들이 내세우는 르포문학은 바로 그러한 언론을 대체하며 "새로운 언론의 기능의 한모퉁이를 담당"하는 문학이라는 것이다.

여기서 중요한 문제는 기성 언론이 외면하는 진실을 문학이 담당해야 한다고 보는 이 사고방식, 나아가 실상 일반적인 문학 개념에 비추어 볼 때 문학으로 분류되지 않는 논픽션적 글쓰기인 르포를 르포'문학'으로 재정의하면서까지 다른 문학이 아닌 바로 르포문학운동이 그와 같은 진실의 전달을 수행한다는 주장 이면에 자리하고 있는 논리를 밝히는 일이다. 여기에는 기본적으로 아리스토텔레스의 『시학』에서부터 출발하는 문학에 관한 전통적인 가치론적 사고, 즉 문학적 진실poetic truth이 역사가 전달하는 사실보다 세계에 대한 본질에 근접해 있다는 통념의 구조가 차용되어 있다. 이를 바탕으로 저널리즘이 객관적인 현상과 사실관계를 다루는 양식이라는 점에서 그것을 초과하는 차원의 진실에 접근하기 어렵지만, 문학적 진실에 의해서는 그것이 포착될 수 있다는 논리 전개가 가능해진다. 그런데 문제는 이때 시학에 정초한 문학적 진실이란 픽션으로서의 문학이 갖는 개연성, 보편성, 허구성에 정초한 것이다. 환언하면 논픽션인 르포, 그리고 그들의 주장에 따라 르포문학에서는 그와 같은 문학적 진실은 성립되지 않는다.

이와 관련하여 앞선 논의에서 밝혔듯, 1980년대 르포 글쓰기와 르포문학운동이 근거하고 있는 '문학적 진실성veracity'은 조금 다른 맥락과 차원 안에 자리하며, 다른 내포를 지니고 있는 개념이라는 점을 환기할 필요가 있다. 1980년대 문학장 내에서 르포 글쓰기가 추구하는, 그리고 수행적으로 구성해 나간 문학적 진실성이란 현실에서 은폐되는 일들을 드러내고자 하는 진실에 대한 문학의 헌신, 그 진실의 전달을 수행하는 힘과 역량, 그리고 작가와 텍스트, 독자 사이에서 그 진실이 교환될 수 있는 가능성을 의미한다. 요컨대 『르뽀시대』 동인들은 허구적인 상상력의 픽션이 아닌 사실에 근거하는 논픽션─르뽀를 통해 새로운 차원의 문학적 진실성을 수립하는 작업을 시도하고 있었던 것이다. 일견 모순적으로 보이는, 혹은 문학에 대한 이해 부족 내지는 오인에서 비롯된 듯한 이 개념을 구성해 나가는 작업이 이들에게 가능할 수 있었던 이유는 문학의 패러다임 전환이라고 칭할 만한 인식 변화 때문이었다. 이는 『르뽀시대』 2권의 머리말에서 보다 분명하게 드러난다.

> 한편 기록문학·보고문학·실록문학이라는 개념적 틀을 통해 르뽀를 문학 안으로 끌어들임으로써 문학의 범위를 넓히려는 시도가 80년대 들어서 르뽀의 성장과 더불어 진행되었다. 그런데 이러한 시도는 허구라는 개념에 기초한 근대 시민문학의 관습적 관념에 부분적으로 충격을 주면서 적지않은 논의를 불러일으키기는 하였으나, 아직 이론적으로나 실천적으로 볼 때 충분히 성숙한 단계에 이르지는 못하였다.(『르뽀시대』 2, 3면)

인용한 대목에 따르면 1980년대 문학장에서는 르포문학을 비롯해 기록문학, 보고문학, 실록문학으로 운위되는 새로운 "개념적 틀"을 제시하며 "문학의 범위를 넓히려는 시도"가 활발히 일어나고 있었다.[45] 그리고 그것은 "허구라는 개념에 기초한 근대 시민문학의 관습적 관념에 부분적으로 충격을 주면서" 문학의 개념과 본질에 대한 논쟁을 일으키기도 했다. 문학의 패러다임 전환이란 곧 그러한 논쟁적인 시도 가운데 문학을 역사화하는 인식과 실천의 등장이었다.『르뽀시대』동인의 경우와 같이 급진적인 논자들은 허구라는 개념에 기초한 문학이 근대 시민문학에 의해 만들어진 하나의 "관습적 관념"임을 중요하게 지적했다. 따라서 이들이 볼 때 허구성이 문학의 성립에 필요한 근본적인 조건이라거나 문학의 본질 내지는 본성nature은 아니었다. 문학의 허구성이 만들어진 관습적 관념이라면, 픽션에 기초하지 않으면서, 다시 말해 논픽션에 의해 문학적 진실성을 구현하는 일 역시 불가능하지 않다.

『르뽀시대』동인들의 르포문학운동은 이와 같은 문학의 패러다임 전환으로부터 시작되었다. 그리고 주지하다시피 그것의 이론적·실천적 모색은 1980년대 전반기 민중문학운동이라는 더 큰 흐름 속에서 이루어지고 있었다. 가령 이재현은 "서구에서 18세기 말부터 19세기에 걸친 시기에 있어서 정착된 용어로서의 문학은 시, 소설 등의 장르로 세분되는 바의 허구적 창작물의 총칭이 되었다. 그리고 이 과정에서 문학전문집단의 출현이 있었고 이 집단의 전문성은 문학적 소외를 낳았다"고 언급하며, 오늘날 픽션으로서의 문학에 대한 관념이 역사적으로 구성되는 과정 가운데 특정한 예술적 기술과 재능을 가진 전문가 집단의 전유물이 되었다고 지적한다.[46] 그의 이러한 주장은 허구적 예술성에 기초한 문학에서 벗어나는 인식과 실천이 문학을 민중으로부터 소외시킨 근대 부르주아 문학의 전통으로부터 단절하는 것이라는 민중문학운동 진영의 기본적인 인식을 압축적으로 보여 준다.

그러나 이러한 문학에 대한 인식의 전환은 1980년대 민중문학운동에서 느닷없이 출현한 것이라기보다는 1970년대 문학에서부터 발전되어 온 것이었다. 정다비는 1980년대 초에 전개되기 시작한 여러 소집단 운동이 "더 이상 문학은 보편적 이데아로서의 문학성을 발현하는 과정이 아"니며 해당 문학이 속한 집단과 현실의 체험, 역사적·사회적 체험 속에서 구성된다는 인식을 보다 구체화된 운동의 차원으로 발전시켜 나가고 있다고 본다.[47] 그런데 그의 주장에 따르면 이와 같은 변화는 실상 1970년대 두 계간지 『창작과비평』, 『문학과지성』에 그 연원을 두고 있으며, 이를 계승해 표면화하고 구체적인 분화를 이룬 것이다. 이와 같이 문학을 자연화하는 문학주의적인 이데올로기에서 벗어나 역사화하는 시각과 인식의 토대가 만들어지면서 『르뽀시대』 동인들은 문학을 일종의 사회·문화적 관습이자 제도로 상대화했을 뿐만 아니라, 르포 글쓰기의 실천을 통해 문학을 수행적으로, 즉 '문학 행위'를 통해 재구성해 나가는 문학운동을 전개해 나갈 수 있게 했다.

『르뽀시대』의 창간 이듬해인 1984년에 출간된 『르뽀문학』에서도 동일한 인식 변화가 확인된다. 책표지 뒷면에 실린 일종의 선언문에서 이들 동인은 르포를 하나의 "문학 행위"라고 명명한다. "『르뽀문학』의 중심 주제"는 "〈인간과 사회〉"인데, 이때 이들에게 중요한 것은 "각광받는 양지 쪽의 삶 보다는 천대받는 그늘진 삶", 그리고 "사건의 표면보다는 이면"이다. 르포를 "문학 행위"로 간주하는 이면에는 르포문학이 그와 같은 은폐된 현실을 드러내고 어떤 종류의 진실을 독자에게 전달하고 독자와 교환하는 '행위'를 수행하는 문학적 실천이라는 인식, 곧 문학의 수행성에 대한 인식이 자리 잡고 있었다.

한편 문학장 전체 맥락으로 확장시켜 볼 때 이는 이른바 '장르의 매체화'라고 요약되는 당대의 장르론과 연동돼서 나타나는 변화였다. 장르의 매체화는 민중문화운동의 전개 과정 가운데 현장에서 운동의 이념을 전달하기 위한 하나의 매체/매개로 문학·예술 장르를 인식하고, 나아가 그러한 방향으로 장르의 범위와 형식, 구조 등을 재편해 가는 논의와 실천으로 나타난 현상이었다.[48] 김정환은 어느 대담에서 "장르파기는 장르적 성격 자체가 매체화해야 한다는 생각과 깊은 관련이 있다"고 말했는데, 이러한 발언은 장르 파기/확산이라는 당대의 두드러진 현상과 관련 논의의 근저에 장르를 수행성의 측면에서 인식하기 시작한 변화가 자리하고 있음을 짐작하게 한다.[49] 앞선 장에서 잠시 언급했듯이 문학 장르의 규범이나 특성이 문학성을 성취·완성하기 위한 형식적 조건이 아니라, 특정한 장르·양식의 글쓰기 행위를 통해 무엇이 어떻게 독자에게 전달되고 교환될 수 있는지의 문제와 결부된다는 인식이 싹트고 있었던 것이다. 그러므로 르포의 경우 그것의 문학성을 판별하기보다는, 직접 목격한 사실에 근거하고 있다는 점에서 이 글쓰기 양식이 갖는 현장성과 사실성의 특징적인 속성이 종래의 문학 양식에 의해서는 취급되지 못했던 진실을 포착하고 전달할 수 있는 가능성, 즉 문학의 지평을 확장할 수 있는 그것의 잠재적인 힘에 방점이 놓인다. 물론 이는 르포가 문학장 내에서 생산·유통·소비되는 과정 가운데 바로 그 르포 글쓰기의 실천이 기성의 문학 개념의 틀과 경계를 점차 해체·변형·확장시킨다는 전제하에서 성립된다.

이러한 맥락 속에서 이루어진 무크지 『르뽀시대』와 『르뽀문학』은 르포 문학 특유의 문학적 진실성을 수행적으로 (재)구성해 가는 글쓰기 운동이자 출판 운동이었다. 이를 확인하기 위해 먼저 각각에 실린 르포에 대한 구체적인 분석을 통해 글쓰기의 층위를 살펴본 후, 이어서 논의를 매체의 차원으로 확대할 것이다. 『르뽀시대』 제2권에 실린 백진기의 「하늘 없는 땅」은 1985년 3월 2일~5일 사이에 일어난 장성 탄광 파업 농성의 진상과 사건 수습 이후 탄광 노동자들과 그곳 주민들의 삶을 취재한 결과물이다.[50] 이 르포는 다음의 두 가지 의문에 대한 진실을 밝히는 것을 목표로 제시한다. 하나는 파업 농성 수습 직후 제출된 현장 보고서의 표제"장성광업소 광산노동자의 파업투쟁 승리!"처럼 과연 노동자들의 승리로 귀결되었는가 하는 것이었고, 다른 하나는 언론의 보도에 의해 욕망과 소비의 도시로 표상되는 탄광촌의 진면목을 확인하는 일이었다. 장성 탄광을 둘러싼 이와 같은 상반된 이야기들은 일반적인 방식으로는 접하기 어려운 어떤 진실이 그곳 현장에 자리하고 있으리라는 예감을 불러일으켰다.

일반적인 르포의 문법을 따라 백진기의 르포 역시 현장의 육성을 강조한다. 그는 파업 농성을 주도했던 탄광 노동자들과 가족들의 "육성"을 통해 어용 노조의 실상을 파헤치며, "열악한 노동현장에서 살아가는 사람들이 피부로 체득한 절규이기에 진실에 육박"함을 역설한다.『르뽀시대』 2, 38면 이와 함께 야당인 신민당에서 진상조사를 실시하고 재야 운동단체 역시 피해자들을 대신해 법적 절차를 밟는 등 사태가 수습 국면에 들어섰지만, 정작 장성 탄광 노동자들의 요구 조건이었던 어용노조 지부장 사퇴, 부당 노동 행위를 자행한 광업소장의 사퇴, 노조지부장 직선제는 제대로 이행되지 않았다는 점을 지적한다. 한편 그는 "현지 주민들과 대화하는 가운데" 밝혀진 사실로서 "광산노동자들의 입장에는 각기 미묘한 차이점이 있다는 것"을 지적한다.『르뽀시대』 2, 37면 광업소장이 광산촌의 도덕적 해이를 바로잡는 등 노력을 기울였다고 평가하는 직접부 광부의 목소리와 그를 반박하는 또 다른 탄광 노동자의 목소리를 나란히 놓는가 하면, 파업 농성 중 전경들에게 집단구타를 당했던 강호진 씨의 문제가 조금도 해결되지 않았음을 강조한다. 이 일련의 취재 과정을 거치는 가운데 백진기는 "올 3월사태의 성과가 일단 이것으로서 일단락되었다는 것에 심한 공복감을 느꼈다"고 고백한다.『르뽀시대』2, 47면 그의 르뽀가 옮긴 현장의 육성들은 '광산 노동자의 파업 투쟁 승리'라는 낙관적인 결론은 착시거나 맹목이었음을 드러내고 있었다.

　글의 초점은 현장의 육성, 진실에 근접해 있는 현장의 목소리들이 대체로 묵살되는 까닭을 규명하는 쪽으로 옮겨간다. 당시 언론은 탄광촌에 지나친 소비와 향락에 의해 도덕과 윤리가 마비된 도시라는 이미지를 덧씌우고 있었다. 백진기가 만난 어느 청년은 탄광촌 여학생들의 임신경험률이 50%를 넘는다는 자극적인 르뽀 기사를 사실 확인조차 하지 않은 채 내보낸 여성지에 대해 맹렬히 비판한다. 백진기의 르뽀는 이러한 구체적인 사례들을 바탕으로 저널리즘의 영역에서 이루어지는 탄광촌에 대한 부정적인 이미지의 확산이 사회적인 차별과 배제의 메커니즘 일환임을 밝힌다.『르뽀시대』1권 해설에서 채광석이 언급하고 있듯 당시 르뽀는 저널리즘 영역에서도 크게 유행하며 대중적인 인기를 누리고 있었는데, 기실 여성지와 종합교양지에서 매호 르뽀 기사를 싣는 것은 물론이거니와 TV방송에서도 다양한 종류의 탐방 르뽀를 내보내고 있는 실정이었다. 민중문학운동 진영에서는 그와 같이 저널리즘 영역에서 생산·소비되는 르뽀가 당대의 중요한 정치·사회적인 사건들을 하나의 비화, 야담, 실화 등의 흥밋거리로 다루며 오히려 진실을 은폐하고 있음을 비판했다.『르뽀시대』1, 331~332면『르뽀시대』와『르뽀문학』은 이와 같이 기성 언론과의 대타적인 관계 속에서 르뽀문학의 위치와 자리를 마련해 갔다. 기실 언론에 대한 비판적인 시각과 언술은 두 매체에 실린 르뽀 곳곳에서 발견된다.

1984년 1월 31일 민주정의당 중앙집행위원회는 중고등학생들의 '학력 하향 평준화'의 문제점을 개선하기 위해 금지된 보충수업을 부활하도록 추진하겠다고 발표하였다. 그 이후 84년 봄, 우리의 전 언론기관들은 갑자기 약속이나 한 듯 청소년 문제, 주로 비행사례들을 중점적으로 보도하기 시작했다. 각 일간 신문들은 특집기사로 청소년들의 비행과 그 예방책을 늘어놓았다. 텔레비전 역시 마찬가지였다. 오히려 한술 더 떠 시청각적인 호소력(?)을 발휘하여 이들 청소년들의 비행사례를 적나라하게 매도함으로 그 기능을 충실하게 수행했다.(『르뽀시대』 2, 149~150면)

그렇다. '똥구녕이 빨간' 이 사람들이 텔레비전에서 떠들어대는 '폭도'였다. 참으로 어이없는 노릇이었다. 그래서 그들은 KBS로 몰려갔다.

"아 그랬더니 뉴스에 수해보상금이 적게 나와 그러는 것이라고 보도했다는군요. 젠장, 맨날 물구덩이 속에서 살아온 우리가 새삼 수해보상타령을 해서 뭣합니까? 완전히 허위보도예요."(『르뽀시대』 2, 179면)

우선, 신문에서 대학을 논할 때는 배제되고 있는, 그러나 반드시 이야기되어야 할 것이 바로 학생운동의 근본적인 원인이라 할 수 있는 사회의 모순이다.

학생들이 사회 참여를 하게 된 이유는 현 사회가 많은 모순을 포함하고 있고 학생들이 이런 모순의 시정을 원하고 있기 때문이다. 그렇지만 극히 일부분의 기사를 제외하고는 모든 기사들이 이런 이유는 배제시킨 채 '일부 학생이 과격하다'는 데에 초점을 맞추고 있다.(『르뽀문학』, 92~93면)

'유언비어의 시대'라는 표현이 암시하듯 유신시대부터 계속되어 온 언론 탄압 및 통제로 인해 자본과 권력의 영향력에서 자유롭지 못한 저널리즘에 의해서는 진실이 말해질 수 없다는 인식이 보편화되어 있었다. 『르뽀시대』와 『르뽀문학』이 표방하는 르포문학은 사실 보도를 원칙으로 해야 할 언론에 의해 종종 중대한 사안의 진실이 은폐되거나 왜곡되는 현실을 '문학'으로서의 르포를 통해 돌파하고자 했다. 현준만의 「르뽀의 문학적 정착을 위하여」의 다음과 같은 대목은 이를 여실히 보여 준다.

> 이는 달리 보자면 제도언론에 대한 국민의 불만과 비판적인 태도의 반영이기도 하다. 독점적 재벌과 결탁한 상업적 제도언론이 정권 측의 일방적인 대변인으로 전락하여 왜곡적이고 편파적인 보도를 일삼고, 최근의 대우자동차 임금인상투쟁이나 농민들의 '소싸움', 그리고 목동·신정동 지역 주민들의 생존권 요구투쟁 등의 보도에서 볼 수 있듯이 사건의 속사정은 무시하고 현상적·일면적인 보도만을 한다든지, '진실' 이전에 '사실'조차 충실하게 제시하지 않는 등 그 반민중적·반민주적 속성을 여지없이 드러내고 있는 데 반해 르뽀는 사건의 전과정을 그 원인과 결과, 그리고 그들의 내적 연관을 객관적·종합적으로 제시함으로써 민중언론으로서의 한 기능을 담당할 커다란 가능성을 보여주고 있다.
> 이러한 점에서 볼 때 이태 전 이 땅에 '르뽀문학의 씨앗'을 뿌리겠나는 의도에서 출발한 『르뽀시대』가 다음과 같은 선언, 즉 "감춰진 현장을 쫓아 생동하는 사건의 내막을 알려줌으로써……새로운 언론의 기능의 한모퉁이를 담당하려 한다"는 선언과 함께 시작하였던 점은 의미가 깊다.(『르뽀시대』 2, 301~302면)

이 시기 르포는, 현준만의 표현대로 "민중언론으로서의 한 기능", 즉 기성의 언론을 대체할 수 있는 글쓰기 양식으로 부상했다. 언론이 기본적인 사실조차 전달하지 못할 때 르포를 통해 사건의 현장을 매개함으로써 해당 사건의 구체적인 사실관계는 물론이거니와 사건의 인과관계를 구조적인 측면에서 파악할 수 있다고 여겨졌다. 그런데 이 지점에서 이들이 왜 단순히 '르포'가 아닌 르포'문학'을 주장하는 것일까 하는 의문이 뒤따르게 된다. 현준만의 글 제목에서도 나타나듯, 르포를 '문학적'으로 정착시키고자 하는 르포문학운동의 논리 근저에는 사회비판적인 역할을 수행하는 데 있어 전통적으로 문학이 저널리즘에 비해 훨씬 더 자유롭고 우월한 위치를 점하고 있다는 인식이 자리하고 있다. 언론이 침묵할 때 진실을 전달하는 역할은 자연스럽게도 체제로부터 자유로운, 혹은 오히려 체제에 순응하지 않음으로써 그 존재 의미를 부여받는 문학이 감당할 수 있는 것으로 여겨졌다. 이는 앞서 언급한 것처럼 문학은 현상 이면에 자리하는 본질을 드러낸다는 식의 '시학'적 전통의 영향하에 놓여 있는 것이기도 하다.

다른 한편으로 '소설침체론' 내지는 '소설무용론'으로 대표되는, 소설이라는 픽션 장르가 문학적 진실을 포착하는 그 본연의 역할을 제대로 수행하고 있지 못하다는 인식이 편만해 있던 당시 문학장의 상황 또한 작용했다. 『르뽀문학』 동인들이 지적한 "픽션물에 범람해 있는 몰역사성, 몰사회성"은 픽션 장르에 대한 그러한 불신을 단적으로 보여 주는 사례였다. 현준만은 이를 다음과 같이 설명한다.

> 르뽀가 성황을 보게 된 데에는 제도언론에 대한 불만 이외에 기존의 문학에 대한 비판과 반성이란 점이 크게 작용하였다. 특히 현재까지도 끈질기게 논의되고 있는 '소설의 침체'라는 문학적 현상을 대표적으로 지적할 수 있는데, 한시대의 물질적 구체적인 삶의 모습을 특수한 방식으로 반영함으로써 탁월한 현실인

식의 기능을 수행하는 소설이 제 나름의 기능을 다하지 못하고 있는 데에 비해 르뽀는 객관적인 사회현실을 구체적으로 생생하게 반영함으로써 소설의 현실 인식 기능을 어느 정도 대체하고 있는 것이다.

소설의 이러한 현상은 80년 이후의 급변하는 엄청난 현실의 변화 속도나 무게에 작가적 상상력이 스스로를 지탱하지 못하거나 또는 작가에게 현 사회의 진실을 말할 수 있는 용기나 객관적인 현실인식력이 결여되어 있는 등 여러 이유를 찾을 수 있으나 이들은 중요한 요인일 뿐 결정적인 요인이라고는 보기 힘들다. 오히려 그것은 허구적 상상력을 바탕으로 삼는 소설이라는 장르 자체의 속성에서 오는 것이 아닐까 한다.(『르뽀시대』 2, 302면)

현준만은 "허구적 상상력을 바탕으로 삼는 소설이라는 장르 자체의 속성"을 문제 삼는다. 특별히 이와 관련해서 그는 "80년 이후"를 언급하고 있는데, 이는 마치 아도르노가 아우슈비츠 이후 서정시에 대해 물음표를 붙였던 것처럼, 1980년 5월 광주 이후의 상황 속에서 소설이라는 전통적인 문학 장르가 추구하는 문학적/시적 진실성poetic truthfulness이 한계를 드러냈다고 판단하고 있음을 시사한다. 이에 따라 문학을 조건 짓는 문학성을 허구성으로 한정하지 않고 문학 개념을 보다 넓게 잡는 일, 즉 문학을 확산시키는 운동을 전개하는 수순으로 나아갔던 것이다. 이는 구체적으로 서사적 글쓰기 양식의 범주 안에서 픽션―소설에 대응되는, 혹은 대칭을 이루는 논픽션―르포를 문학 안으로 포섭하는 방식으로 나타났다.

"유언비어의 문학화가 아니라, 문학의 유언비어화가 필요하다"는 김정환의 발언은 이러한 맥락에서 나온 것이었다.[51] 즉 유언비어에 담긴 진실을 문학으로 재구성하는 대신, 문학이 그 자체로 유언비어가 담고 있는 진실이 되는 일이 긴요하다는 뜻이다. 이러한 논리에 따르면 '진실을 (얼마나) 문학적으로 형상화했는가'보다 중요한 것은 '문학이 진실의 전달을 (어떻게) 수행할 수 있는가' 하는 문제다. 그리고 르포문학운동은 여기에 대해, 앞서 백진기의 르포를 통해 살펴봤듯이, 현장의 육성을 담는 르포 특유의 문법을 통해 접근했다. 동시에 그 육성을 통해 사건의 진실을 포착하는 것만큼이나 그것 자체를 독자에게 전달하는, 혹은 독자와 그것을 교환하는 문제를 중요하게 다루었다. 취재/보도report의 기본적인 역할과 기능을 넘어서는 문학적인 서술 방식이 동원되었던 것은 이 때문이다. 예컨대 앞서 언급한 백진기의 「하늘 없는 땅」 말미에는 느닷없이 "장성에서 만난 한 사람이 [그에]게 들려준 소설 같은 이야기"가 제시된다.『르뽀시대』 2, 64~65면 어머니가 광부인 아버지와 자식들을 버리고 탄광촌을 떠난 후 어렵게 살아오다 마침내 서울에서 새로운 가정을 꾸려 풍족하게 살아가고 있던 어머니를 만났다는 사연이 서술됨과 동시에 그 사연의 주인공의 내면이 비춰진다. 이와 같이 사용되고 있는 소설적인 서술 방식은 좀처럼 표면화되지 않는 탄광촌 주민 개개인의 삶의 진상에 독자들이 훨씬 더 가깝게 밀착되고 깊게 잠겨들게 하기 위한 전략이다. 백진기는 그들의 살아가는 모습이 그가 우연히 접한 이 한 편의 "소설 같은 이야기 속에서 바로 삶을 총체적으로 구현하는 모습으로 눈 감은 [그의] 머릿속에 펼쳐지고 있었다"고 생각했다.『르뽀시대』 2, 65면

논의를 잠시 정리해 보자면 1980년대 르포문학운동은 문학과 저널리즘 사이의 틈새에 르포문학을 자리매김하려는 시도였다고 말할 수 있다. 그리고 이는 문학과 저널리즘이 부딪친 모순과 한계를 넘어 각각을 갱신할 수 있는 새로운 글쓰기 양식의 가능성을 르포로부터 발견함으로써, 보다

구체적으로 말하자면 르포가 구현하는 새로운 차원의 문학적 진실성ve-racity에 대해 모색하는 과정에서 가능해졌다. 넓게 본다면 이와 같은 르포 문학운동을 통해 산출된 글쓰기는 오늘날 흔히 말하는 문학적 르포르포르타주나 문학적 저널리즘의 범주에 속하며, 문학과 저널리즘, 소설과 르포 사이에서 펼쳐지는 다채로운 스펙트럼을 보여 준다.

주류 문단과 전통적인 문학에 대한 도전

흥미롭게도 그러한 스펙트럼은 『르뽀시대』의 필진 구성에서도 드러난다. 『르뽀시대』에는 기자 혹은 기자 출신 작가들과 문단에서 활동하고 있었던, 특히 『실천문학』에 직·간접적으로 관계하고 있었던 소설가·시인·비평가들이 함께 참여했다. 물론 오효진이나 윤재걸의 경우처럼 정식으로 등단한 작가와 시인이면서도 기자 경력을 지닌 이들도 있었다. 이처럼 『르뽀시대』는 필진 또한 문학과 저널리즘 영역에 걸쳐 있었다. 『르뽀시대』 필진의 구성과 약력은 다음과 같다.

르뽀시대 1권 필진 약력	르뽀시대 2권 필진 약력
• 오효진(吳効眞) : 1943년 출생. 서울 문리대 국문과와 동 대학원 졸업. 1970년 동아일보 신춘문예에 단편소설 「잉어와 꼽추」가 당선돼 문단에 나온 뒤 창작집 『인간사육』을 내놓았으며 1980년까지 문화방송 기자를 지냈다. 시사르뽀집 『톡까놓고 말합시다』와 『통일교』 등이 있다. • 이태호(李泰昊) : 1945년 출생. 서강대학교 사학과 졸업. 1970년 동아일보에 입사해 방송뉴스부 사건기자로 활동하다가 1975년 자유언론 실천선언 사건 때 해고되었다. 저서로는 『70년대 현장』과 『근로자의 벗』이 있다. • 윤재걸(尹在杰) : 1946년 출생. 연세대 정	• 고광헌 : 1955년 전북 정읍 출생. 전 선일여고 교사. 시인. 시집 『신중산층 교실에서』. • 권영기 : 르뽀작가. • 김남일 : 1957년 출생. 소설가. 작품 「배리」 외. • 김사인[52] : 1954년 출생. 시인. 『시와 경제』 동인. 작품 「진달래」 외. • 김옥영 : 1952년 경남 출생. 자유기고가. • 김지형 : 1953년 강원도 출생. 자유기고가. • 백진기 : 1961년 출생. 문학평론가. 1984년 「문학의 공동체를 위하여」로 데뷔. 평론 「물적 기초와 해방의 의지화」 외. • 서중석 : 1948년 충남 논산 출생. 르뽀작가. • 신경림 : 1935년 청주 출생. 시인. 시집 『농

르뽀시대 1권 필진 약력	르뽀시대 2권 필진 약력
외과 졸업. 동아일보사에 입사해 동아방송 및 신동아부 기자생활을 했다. 1975년 문단에 등단한 그는 1979년 첫 번째 시집『후여 후여 목청 갈아』를 펴냈다. 자유기고가로 활동하고 있다. • 황지우(黃芝雨) : 1952년 출생. 서울대 미학과 졸업. 1980년 중앙일보 신춘문예에 시「沿革」이 입선,『문학과지성』에「대답없는 날들을 위하여」를 발표하며 문단에 나왔으며,『詩와 經濟』동인으로 활동하고 있다. • 김우일(金宇一) : 1962년 출생. 연세대 독문과 3학년에 재학중. 연세춘추 기자로 활동. 1982년 연세문학상 소설부문에「무너지는 城」으로 숙대 범대학 문학상에 시「홀트아동복지회」가 당선되었다.	무」,『새재』, 시론집『삶의 진실과 시적 진실』외. • 윤기현 : 1949년 전남 해남 출생. 1976년『기독교 교육』을 통해 동화를 발표하면서 문단 데뷔. 동화집『서울로 가는 허수아비』외. • 윤재걸 : 1946년 출생. 시인. 시집『후여 후여 목청 갈아』외. • 이춘삼 : 르뽀작가. • 이해학 : 1943년 남원 출생. 현재 한국기독교장로회 주민교회 시무. • 현준만 : 1958년 목포 출생. 문학평론가. 평론「노동문학의 현재적 의미」,「시와 정치적 상상력」외. • 황의봉 : 르뽀작가.

　필진 구성과 관련해서는『르뽀시대』와 출판사인 실천문학사 사이의 관계를 좀 더 자세히 들여다볼 필요가 있다.『실천문학』과 실천문학사의 모태 격인 자유실천문인협의회는 1970년대부터 자유언론 실천선언 운동에 적극적으로 참여했으며 동아일보와 조선일보의 자유언론수호투쟁위원회 _{동아투위, 조선투위} 기자들과도 긴밀한 관계를 맺고 있었다.[53] 잘 알려진 대로『실천문학』의 창간호를 발행한 출판사 전예원은 동아일보의 자유언론수호투쟁 당시 해직된 기자 김진홍의 부인 소유였다.『르뽀시대』창간 멤버인 이태호의 경우 1975년 자유언론 실천선언 운동 당시 해직된 기자였으며, 오효진은 1980년 5·18 당시 계엄사령부의 언론 보도 통제에 대한 항의로 제작 거부에 돌입했다 구속당한 MBC 사회부 기자였다. 이러한 내력을 염두에 둘 때『르뽀시대』가 실천문학사에서 발행된 계기나 필진에 언론 자유 운동에 참여한 기자들 혹은 기자 출신 르포 작가들, 그리고『실천문학』에 관계하고 있던 김사인, 신경림, 김남일 등의 시인 및 작가들이 주

로 이름을 올리고 있는 사정이 설명될 수 있다. 특히『르뽀시대』2권 필진에 이름을 올린 기자들은 주로 르포물을 많이 싣는 월간지『신동아』와『월간조선』출신이었다. 서중석과 황의봉은『신동아』기자였고, 권영기와 이춘삼은『월간조선』기자였다. 한편『르뽀문학』역시 전예원에서 발행되었으며 김진홍이 편집을 맡은 것으로 기록돼 있음을 고려할 때 문학, 언론, 출판 운동 사이의 교차점에 자리하고 있었던 이 시기 르포문학운동의 위치를 짐작해 볼 수 있다.

그러나 이와 같이 구성·전개되어 간 르포문학운동의 목표와 방향이 실로 혁신적인 만큼 기성의 문학(성) 개념 또한 완고했다. 이는 르포와 '문학성'에 대한 논의가 이루어지고 있는 다음과 같은 좌담의 한 장면에서도 쉽게 확인할 수 있다.

박현채   그러면 르뽀문학의 장르는 무엇인가요? (…중략…)

박현채   그러니까 문학적인 장르에 들어가기는 들어간다는 말이지요?

백낙청   안 들어갈 거야 없지요. 다만 르뽀 자체로서 높은 문학적 수준에
        도달하기란 여간 힘들고 드문 일이 아닌데 소설보다 더 나은 작
        품이라는 식으로 너무 쉽게 얘기하는 경향이 있다는 거지요. (…
        중략…)

박현채   내가 하고자 하는 얘기는 현장적인 박진감도 있으면서 거기에 문
        학성까지 가미되어 인간의 심금을 울려주는 지극히 감동적인
        것으로 될 때 르뽀문학은 픽션을 가지고 하는 다른 문학형식을
        매개해주는 역할을 하고 더 좀 나은 현실인식에 이르게 하는 그
        런 것이 안 되겠는가 하는 얘깁니다. 그런데 대부분의 르뽀를

보면 이건 문학이 아니라 현장보고서에 불과한 것 같아요.

백낙청　현장보고서가 르뽀지요.

박현채　그러니까 '문학'을 붙였지 않소. '르뽀문학'이라고. 현장보고서
라는 건 사회과학적 입장에서 경제학도가 하는 것도, 법학도·
사회과학도가 하는 것도 있단 말예요. 그런데 거기에 문학이라
고 붙였으니까 현장보고서하고 소위 이 르뽀문학하고 어떤 차
이가 나느냐는 것이지요.

백낙청　지는 현장보고서와 르뽀문학에 무슨 본질적인 차이가 있다고 보
지는 않아요. 현장보고서 중에서 박진감이 높고 감동이 높아서
읽는 사람이 다른 종류의 좋은 문학작품을 읽는 것과 다를 바
없게 느낄 때는 그 르뽀가 곧 '르뽀문학'이라는 이름에 값한다
고 보는데―

박현채　그러니까 르뽀 자체는 기본적으로 문학장르에 안 들어간다는 얘
깁니까? 분명히 해주셔야지요. (웃음)

백낙청　문학의 개념을 확산해서 르뽀도 포함시켜야 한다고 봅니다. 다만
문학 안에도 여러 갈래가 또 있잖습니까. 르뽀도 있고 체험수기
도 있고 소설도 있고 시도 있고. 그런데 이런 여러 갈래가 다 문
학이지만 장르 자체가 갖는 잠재력을 보면 르뽀가 소설 못 따라
간다고 봐요. 왜냐하면 소설은 르뽀를 가지고서도 그대로 소설
을 만들 수 있지만 르뽀는 소설이 하는 다른 일을 할 수 없는 그
런 한계가 있잖습니까.[54]

르포가 문학에 속하는지를 거듭 따져 묻고 있는 박현채의 발언들만으로

도 당시 르포문학이라는 개념이 매우 논쟁적이고 불확정적인 성격을 띠고 있었음을 어렵지 않게 확인할 수 있다. 박현채의 물음에 백낙청은 다음과 같이 대답한다. ① 르포는 현장보고서이지만 그중에서도 특별히 문학을 읽는 것과 다를 바 없는 문학적인 감동을 주는 르포는 르포문학으로 볼 수 있다. ② 문학의 개념을 확장해 르포도 문학에 포함시킬 필요가 있다. ③ 단, 르포는 소설만큼의 문학적 수준문학성을 구현할 수 없다. 백낙청은 당시 민중문학·문화운동의 전개와 더불어 활발히 제기되고 있었던 장르 확산 문제를 염두에 두고 있었던 것 같다. 그 연장선상에서 그는 "문학의 개념을 확산해서 르뽀도 (문학에) 포함시켜야 한다"고 말한다. 그러나 이러한 당위론은 그의 전통적인 문학관과 부딪친다. 백낙청은 르포 중에서도 문학적인 감동을 주는 것에 한해서 르포문학으로 볼 수 있다는 단서를 달긴 하지만 르포를 포함할 수 있는 확장된 문학 개념이 필요하다고 주장한다. 그러나 르포는 픽션 장르인 소설에 비해 충분히 문학적이지 않다는 모순적인 입장을 견지한다.

이처럼 문학장의 주류가 여전히 문학(성) 개념에 관해 전통적인 입장을 고수하고 있는 상황 속에서 르포문학의 자리매김은 매우 도전적인 과제였다. 『르뽀시대』와 『르뽀문학』과 같은 무크지를 출판하는 방식으로 소집단운동을 전개해 나간 것은 그 과제를 풀어나가기 위해 선택된 전략이기도 했다. 르포문학의 수립이란 결국 근대문학에 의해 수립된 문학(성)의 이데올로기를 해체해야 가능한 것인데, 그렇다면 일차적으로 그것을 신봉하는 기성 문단, 또는 문학장 내 주류의 출판 매체, 유통 구조, 작가 배출과 비평을 통한 재생산 시스템으로부터 벗어나야함은 자명했다. "일관된 문학적 이념과 형태를 지향하며 생성시키는 사람들의 모임의 활동"인 소집단운동은 그 집단의 문학적 이념과 형태를 "운동자들이 운동의 과정 속에서 스스로 배태하고 튼튼하게 형성"시키며 "기존의 문학에 대한 관념을 극복하면서 새로운 문학의 뜻을 밝히며 세우"려는 시도로서 이루어지고 있었다.[55] 『르뽀시대』와 『르뽀문학』은 이와 같은 소집단운동을 통해 문학에 대한 기존의 관념을 해체하고 르포문학을 수립함으로써 '문학 확산 운동'을 전개해 나갔다.

이에 따라 르포문학은 비단 저널리즘과의 대타적인 관계뿐만 아니라 문단, 그리고 문학장 주류에 대한 대안적인 문학으로 그 스스로를 위치 짓는다. 동인 구성은 이를 가장 단적으로 보여 주는 사례다. 가령 『르뽀시대』의 경우 1권에서는 르포 전문 작가인 이태호를 제외하면 모두 등단 경력을 가진 필진으로 이루어져 있긴 했지만 주류 작가는 아니었으며, 황지우는 『르뽀시대』 창간 시점 당시 『시와 경제』 동인에 속해 있던 신인에 가까웠다. 한편 2권에서는 신경림이나 김사인과 같은 시인, 그리고 김남일 등의 소설가가 이름을 올리고 있는 한편으로 지방의 자유기고가와 잘 알려지지 않은 르포작가 및 시민운동가 등 문단 외부 필진의 다양한 글을 싣고 있다.

『르뽀문학』의 경우는 구성원이 모두 대학 학보사 학생 기자들로 이루어져 있어 기성 문단과의 접점을 거의 찾아볼 수 없을 뿐만 아니라 문학에 관련된 구성원이 전무함에도 불구하고 제호로 '르뽀문학'을 내세우고 있다는 점이 매우 독특하다. 이 점은 구성원들이 "문학인 또는 문학지망생에 국한되는 것이 아니라 문화의 각 부분, 사회의 각 부분을 어느 정도 포괄하는 다양한 구성으로 되면서 민중현실과 민중적 요구를 여러 형태로 표출하는 작업공동체, 그 작업이 민중운동의 각 단계와 국면에서 필요로 하는 언론·문화 기능에 일치하는 운동체로서의 문화소집단이 되어야 할 것"

을 강조했던 민중문학운동의 소집단운동론에 영향을 받은 것으로 보인다.[56] 요컨대 『르뽀문학』은 필진이나 내용이 문학과 직접적인 관련성을 드러내지 않지만, 1980년대 문화운동의 중심지이기도 했던 대학문화운동의 영역 안에서 특별히 언론의 역할을 수행하고 있었던 대학 학보사라는 특수한 위치에서 문학·문화운동의 한 부분을 구성하며 그것에 참여하는 실천 양식이었다.

대다수의 무크지 소집단운동과 마찬가지로 『르뽀시대』와 『르뽀문학』 역시 오래 지속되지 못한다. 『르뽀시대』는 2권, 『르뽀문학』은 1권 이후에 더 발간되지 못했다. 1980년대 르포문학운동은 그 운동에 참여했던 이들이 목표했던 르포문학이라는 하나의 장르를 수립하는 단계로까지 이어지지 못하고 글쓰기 운동과 매체 발간의 차원에서 마무리되었다. 르포문학이 문학 범주 내에 일정한 위치와 영역을 획득하기 위해서는 양식화가 이루어져야 했고, 이를 위해서는 이론적 토대를 마련하는 작업이 선결되어야 했다. 가령 이재현은 르포에 대한 루카치의 이론적 비판을 거론하며 르포에 대한 원론적인 논의를 필수 과제로 제시한다.[57] 요컨대 픽션인 소설 장르와의 대타적인 관계에서 구성되는 르포문학의 여러 미학적 특성과 고유의 문법을 이론화하는 작업이 르포 글쓰기의 축적과 함께 병행되어야 한다는 문제가 제기되었던 것이다. 그러나 르포문학에 관한 이론적 작업은 상위 범주인 사실문학, 보고문학, 현장문학 등에 대한 논의 차원에서 일부 다루어지기는 하지만 본격화되지는 못했다.

그러나 이러한 르포문학운동은 다음장에서 논의하게 될 노동자 수기와 함께 문학(성)의 개념을 해체·변형·재구성하며 1980년대 문학의 중요한 흐름을 형성했으며, 이는 순수와 참여, 내지는 리얼리즘과 모더니즘으로 일관하던 문학사의 '제3의 흐름'이 되었다고 평가할 수 있을 것이다. 당대 어느 비평가가 장르 문제를 두고 지적했던 것처럼 "문학쟝르라는 게 오랜 작품생산을 통한 자연스런 축적과 쓰임에 의해 정착되는 것"이었기 때문에, 르포문학의 성립이란 1980년대 문학장 안에서, 그의 표현대로라면 "지금 여기에서 당장 결판나는 문제가 아니"었을 것이다.[58] 르포는 이후 1980년대 문학장이라는 한정된 시공간을 넘어서 문학사의 저류로 흐르며 정치·사회·문화적인 변곡점에 이르러 표면화되는 양상을 보인다. 세월호 참사 이후 쏟아져 나온 르포들은 가장 최근에 그러한 흐름이 수면 위로 드러난 대표적인 사례다. 1980년대 르포문학운동의 '문학 확산 운동'은 미완으로 남았지만, 그런 까닭에 그 운동은, 어떤 의미에서 지금도 계속 진행되고 있는 현재적인 운동인 셈이다.

3장

노동자 수기의
수행적 정치성

해방과 연대의 문학적 실천

1. 글쓰기의 복권과 '문학적 민주주의'

노동자 글쓰기, '노동문학'의 전사前史 또는 토대

1980년대 문학의 상징적인 존재인 박노해의 이름 앞에는 언제나 '노동자 시인'이라는 수식어가 앞서곤 했다. 이는 1980년대 문학을 문학사의 다른 시대와 뚜렷하게 구분 지어 주는 특징이기도 한, 이른바 노동자의 직접 창작이 문학장 안에 자리매김하게 된 사실을 시사했다. 그러나 여기서 중요하게 짚어둘 점은 이때 노동자의 창작은 노동자가 창작한 시, 소설, 희곡과 같은 전통적인 문학 장르로 한정되지 않는다는 점이다. 일반적으로 당대 비평가들은 노동자 글쓰기로 총칭될 수 있는 수기, 일기, 편지글 등을 모두, 그들의 표현대로 '아래로부터의 문학'의 범주 안에 포함했다.

간혹 이 노동자 글쓰기라는 용어 대신 노동자들의 수기와 일기를 비롯해 다양한 형식의 글을 포함하는 상위 범주로 '생활글'이라는 용어가 사용되기도 한다.[1] '생활글'은 1980년대 민족·민중문학론자들에 의해 창안된 용어로서 노동자들이 노동자의 '생활'에 대해 쓴 글 일반을 포괄한다. 단, 한영인이 밝히고 있듯 여기에는 '생활'을 단순한 일상이 아닌 노동이라는 생산 활동의 측면에서 보는 마르크스주의적인 이념지향성이 개재되어 있다. 이 책에서는 '생활글' 대신 노동자 글쓰기라는 보다 객관적이고 축자적인 의미의 용어를 사용하여 1980년대에 국한하지 않고 문학사적으로 이후 1990년대, 그리고 오늘날에 이르기까지 지속되는 흐름 속에서 논의할 수 있는 개념으로 재정립하고자 한다.

1980년대 중반, 특별히 박노해의 『노동의 새벽』의 출현으로 인해 문학사에서 기념비적인 해로 기억되는 1984년에는 노동자 글쓰기 중에서도 노동자 수기라는 특정한 글쓰기 양식의 대표작들로 거론되는 순점순의 『8시간 노동을 위하여』풀빛, 1984, 석정남의 『공장의 불빛』일월서각, 1984, 장남수의 『빼앗긴 일터』창작과비평사, 1984가 연달아 출간되었다. 이는 1980년대 문학장에서 노동자 수기가 갖는 비중과 중요성을 뚜렷하게 새기는 동시에, 후반기의 노동소설이 부상하는 데 영향을 미쳤다. 일반적으로 유동우, 석정남, 송효순, 장남수 등 노동자들에 의해 창작된 장편 체험수기를 비롯해 다양한 형태의 노동자 글쓰기는 노동시와 더불어, 노동소설이 아직 본격적으로 등장하기 이전인 1980년대 전반기에 "노동문학의 흐름을 먼저 형성"시킨 것으로 평가되었다.[2] 이러한 당대 비평의 시각을 받아들인다면 1980년대 후반 노동소설의 등장과 활성화는 전반기의 노동자 수기와 노동시에 의해 견인된 측면이 있다고 볼 수 있다. 채호석은 문학사적인 관점에서 1980년대 노동문학의 연원을 황석영의 『객지』, 조세희의 『난장이가 쏘아올린 작은 공』과 함께 1970년대 중반 이후부터 나오기 시작한 노동자 글쓰기에서 찾기도 한다.[3]

당대 노동문학의 개념 정의는 1980년대 중반부터 다음과 같은 일련의 논의들을 통해 시도된다. 가령 임헌영은 「노동문학의 새 방향」자유실천문인협의회 편, 『노동의 문학 문학의 새벽』, 이삭, 1985에서 노동자 문학과 관련해서는 "노동자 문학은 육체노동자만이 아닌 정신노동자까지, 공장 노동자만이 아닌 부랑·일고용자·빈민층 내지 중소 상인·봉급생활자까지도 다 과감히 노동자에 포함시켜 우리 시대의 문제를 함께 고민하는 자세를 갖도록 하는 역할을 지녀야 할 것"이라고 말한다. 한편 공장 노동자의 활동 내지 조합주의적 운동 차원에서 창작된 문학작품이 압도하는 현상을 두고는 "이런 계열의 소설이나 실록은 한정된 독자층과 공감대의 한계성을 도외시 할 수 없다는 점이 지적된다"며 "노동자의 충만한 정서화와 무한한 감동을 수반한 역사적 주역으로서의 노동문학은 과감히 이런 속류론적 시각을 벗어나 미학적 완결성에로 도전해야 한다는 사실을 부인할 수 없다"고 주장한다. 임헌영은 운동적인 차원에서 창작된 작품을 노동자 문학으로 보되, 이때 노동자는 다양한 계층을 포괄해야 한다고 주장하며, 노동문학은 노동자 문학보다 미학적인 완성도가 높은 작품들을 가리키는 개념으로 보고 있다. 비슷한 맥락에서 현준만은「노동문학의 현재적 의미」백낙청·염무웅 편,『한국문학의 현단계(韓國文學의 現段階)』, IV, 창작과비평사, 1985에서 대체로 '기층민중' 또는 '기층생산대중'으로서 노동자의 자생적인 글쓰기를 가리켜 노동문학이라고 칭하고 있다. 그러나 동시에 "지식인에 의해 씌어진 노동문학"으로 황석영, 윤흥길, 조세희의 소설을 언급하고 있어 노동문학을 노동자의 글쓰기와 전문작가에 의해 창작된, 노동자의 삶을 다룬 문학작품을 포괄하는 용어로 사용하고 있음을 알 수 있다.

백진기의 경우,「노동문학, 그 실천적 가능성을 향하여」김병걸·채광석 편,『민중, 노동 그리고 문학』, 지양사, 1985에서 노동문학의 개념이 명확히 정의되지는 않지만 "노동자계급이 자본제사회에서 민중부문의 기본 계급임을 확인해 볼 때, 일차적으로 노동문학의 역사적 정당성은 부여받는다"고 주장하며, 농민문학, 도시빈민문학, 그리고 진보적 지식인에 의한 문학과 노동자 주체에 의한 노동문학을 구분하려는 태도를 취한다. 이와 대조적으로 홍정선은「노동문학의 정립을 위하여」『외국문학』1985.가을에서 "집필자의 신원에 너무 집착하는 것은 오히려 작품을 저자 개인의 제품으로 보는 자본주의 사회의 논리를 그대로 받아들이는 꼴이 될 것"이라는 백낙청의 주장을 빌려와 노동문학을 노동자의 글쓰기로 국한시켜 보려는 시각에 대해 "비민주적 경직화"라고 비판한다.

가장 명확하게 노동문학의 개념을 규정하고 있는 논자는 신승엽이다. 그는 「노동문학의 현단계」『문학예술운동 1 - 전환기의 민족문학』, 풀빛, 1987에서 노동문학의 개념 정의에 고려해야 할 사항을 ① 창작 주체, ② 수용 주체, ③ 제재로 정리한다. 이 중에서 그가 노동문학의 조건으로 가장 중요하게 생각하는 것은 제재다. 이에 따라 신승엽은 "노동자의 생활 체험을 바탕으로 노동현실이나 노동문제를 묘사하되 노동자의 입장에 서서 그 극복을 지향하는 문학"을 노동문학으로 정의하며, 창작 주체를 노동자와 전문 작가^{지식인 작가}로 구분할 필요없이 모두 포함하는 것으로 규정한다. 이 책에서는 신승엽의 노동문학 정의를 밑바탕으로 삼되, 노동문학의 하위 범주에 속하는 노동자 글쓰기와 노동소설을 중심으로 노동문학에 관한 논의를 진행한다.

1980년대 문학장에서 대체로 노동소설을 '소설' 장르의 하위 범주로 분류하기보다, 노동시를 비롯해 노동자 수기와 함께 '노동문학'을 구성하는 문학 양식으로 범주화하는 편을 더 자연스러운 것으로 받아들였던 것은 노동문학의 양식과 미학을 논의하는 데 중요한 시사점이 된다. 위에서 살펴본 것처럼 당대 문학장에서는 노동문학의 개념 정의를 위해 다양한 논의가 제출되었다. 논자에 따라 노동문학의 개념 역시 그 내포와 외연이 조금씩 달라졌고, 또 노동자 글쓰기를 '문학' 범주에 포함시키지 않는 경우도 있었으나, 대체로는 노동자 글쓰기와 노동소설의 관계가 노동문학의 개념화·범주화라는 문제 틀 안에서 논의되었다. 이러한 점을 염두에 둘 때 1980년대 문학장에서 '노동'문학이라는 양식적인 범주에 의한 분류법이 시, 소설, 희곡과 같은 전통적인 '문학' 장르 체계보다 훨씬 더 강한 구속력을 행사하는 독특한 현상이 나타났음을 짐작해 볼 수 있다. 이 장에서는 1980년대 노동문학이 문학사에서 그 이전 시기와 근본적으로 다른 차원, 새로운 지평을 열게 된 데 노동자 수기가 미친 영향과 그것의 중요한 요소로서 수행적 정치성의 측면을 고찰한다. 또한 특별히 노동자 수기가 생산, 유통, 소비된 맥락에 주목하며, 그 안에서 노동자 수기가 일으킨 변화로서 글쓰기가 복권되고 기성의 문학 개념과 문학적 규범 및 관습이 흔들리기 시작한 지점들을 살펴본다.

1980년대 '감수성의 혁명' – 노동자 수기가 문학장에 끼친 영향력

노동자 글쓰기에 해당되는 다양한 글쓰기 양식 가운데 특별히 노동자 수기를 중점적으로 분석하는 이유는 그중에서 수기가 가장 광범위하게 창작되었으며 문학장에 가장 큰 영향력을 끼쳤기 때문이다. 노동자 문학에 속할 수 있는 글쓰기 양식에는 수기를 비롯해 일기, 편지글, 쪽글 등이 대표적이었다. 이 밖에도 김도연에 따르면, "민담·재담·속담·수수께끼·노래가사 바꿔 부르기·유언비어·벽시·벽소설에 이르기까지 생활감정을 반영하는 민중 차원의 장르들[이] 무수히 나타"났다. 나아가 김도연은 호소문, 진정서, 선언문, 성명서와 같은 글쓰기 역시 '전단문학'이라는 이름을 붙여 문학 안에 포함시켜 보자는 대단히 급진적인 주장을 제출했다.[4] 이 중에서 노래 가사 바꿔 부르기노가바의 경우 노동자들 사이에서 널리, 다양하게 불리며 노동자들 사이에 일체감을 형성하는 데 중요한 역할을 했던 노동자 문화로 자리 잡았다.[5] 하지만 노동자 글쓰기가 문학장에서 무대화되는 데 가장 큰 영향력을 끼친 것은 역시 노동자 수기였다. 달리 말하면, 노동자 글쓰기 가운데 가장 지배적인 양식이었다고 할 수 있다. 가령 당대 노동자 글쓰기에 상당한 관심을 쏟았던 현준만은 그 가운데 "우리의 기억에 남는 것들만"을 추려 다음과 같이 기록하고 있다.

> 이들 이외에도 그 이후 공식적인 출판 통로를 거쳐 나온 글 가운데 우리의 기억에 남는 것들만을 열거하자면, 야학 출신의 10대 노동자들의 글을 모은 『비바람 속에 피어난 꽃』('80, 청년사), 송효순의 『서울로 가는 길』('82, 형성사), 근로자들의 글모음집인 『우리들 가진 것 비록 적어도』('83, 돌베개), 『삶의 문학』 제6집에서 시도된 농민 공동창작시 「응매듭두 풀구유」('84, 동녘), 동일방직 해고 노동자 석정남의 『공장의 불빛』('84, 일월서각), 순점순의 『8시간 노동을 위하여』('84, 풀빛), 장남수의 『빼앗긴 일터』('84, 창작과비평사), 박영근이 이야기식으로 쓴 『공장 옥상에 올라』('84, 풀빛), 그리고 농민운동가 이주형의 『시골로 가는 길』('85, 풀빛) 등을 들 수 있다.[6]

노동자 수기, 특별히 장편 수기의 형태로 출간된 작품들이 목록의 대다수를 차지하고 있다. 그 가운데서도 석정남의 『공장의 불빛』과 장남수의 『빼앗긴 일터』는 비평가들에 의해 가장 빈번히 호명되고 특별히 중요한 의미를 부여받았던 장편 수기다. 이 사실은 다음의 두 가지 측면으로 해석될 수 있다. 첫째는 석정남과 장남수의 수기와 같이 1980년대 전반기에 장편 형식으로 발표된 노동자 수기가 당대에 가장 널리 읽혔을 뿐만 아니라 문학장 안팎에 중요한 영향력을 끼쳤다는 점이다. 둘째는 당시 민족·민중문학 진영의 지식인 비평가들이 문학장의 헤게모니를 장악하고 있었다는 점에서 노동자 수기의 창작과 수용은 일정 정도 민족·민중문학의 이데올로기하에 놓여 있었으리라는 사실이다.

이와 같은 두 가지 측면은 이 책에서 1980년대 전반기에 출간된 여성 노동자들의 장편 수기를 주요 분석 대상으로 삼는 이유이자, 동시에 두 번째로 거론한 노동자 수기의 이데올로기화와 관련해서는, 해체해 보고자 하는 점이기도 하다.[7] 먼저 가장 널리 읽혔다는 점은 그러한 노동자 수기가 어떤 공통된 감수성을 새롭게 형성시켰으리라고 가정해 볼 수 있게 한다. 여기서 문학이 감성의 분할에 개입하는 것을 문학의 정치라는 차원에서 고찰한 랑시에르의 사유를 참조해 볼 때, 노동자 수기에 의한 새로운 감수성의 형성은 당대 문학에 새로운 감성의 분할선을 그려 넣었다는 점에서 어떤 정치성을 내포한 사건으로 규정될 수 있다. 쉽게 말해, 노동자 수기로부터 기성의 문학작품과 다른 차원의 '문학적 감동'을 느낀다고 말할 때, 노동자 수기의 읽기-쓰기 체험은 새로운 감성·감수성의 분할로서의 문학의 정치를 수행하고 있는 것이다.

양식과 미학이 감성, 그리고 그것의 심미화된 차원인 감수성에 의해 문학을 지각·인식·이해·감상하게 하는 일정한 틀과 그 체험 방식이라면, 1980년대 노동자 수기가 일으킨 양식과 미학의 질서 및 구조의 변화는 확실히 문학적 감수성의 혁명이라고 일컬을 수 있을 것이다. 일찍이 김도연은 노동자 수기가 기성의 문학장에 틈입해 기존에 통용되던 문학적 감수성에 충격을 주고 그 구조를 재편시킨 변화를 다음과 같이 아마추어리즘, 운동성, 일상성이라는 개념으로 포착한 바 있다.

위에 열거한 몇 가지 현상들을 70년대와 비교해 보건대 70년대 문학이 자각된 전문 문인집단에 의한 문단차원의 건강한 반란으로 설명된다면 80년대의 그것은 담당주체의 상당부분이 비전문 문인들로 이행되면서 문학개념 자체를 새롭게 수행해야 할 필요성을 느끼게 한다. 한마디로 '아마추어리즘의 광범위한 실험기'를 맞고 있다. 아마추어리즘은 이미 70년대 후반부터 의식근로자들의 수기가 등장하면서 부분적으로 예고되었지만 80년대 문학의 특수상황이 촉매가 되어 더욱 두드러지고 있다. 당분간 우리 문학은 아마추어리즘의 역량이 여러 분야에서 수용되고 실험될 것임을 예감하게 한다.

이런 사정에서 문학에 대한 기왕의 상식을 놓고 적지 않은 논란이 초래될 것 같다. 기왕의 상식을 존중하려는 입장에서 그것은 문학의 위기로 진단될 수도 있고 반면 기존질서에 회의를 느끼면서 변모를 기대하는 경우 문학의 대중화·민주화를 향한 고무적인 조짐으로 받아들여질 것이다. 위기든 발전이든 우리 문학은 모종의 변혁을 맞이하고 있다.[8]

김도연은 여기서 1970년대 후반 상당한 반향을 불러일으켰던 석정남의 일기 「인간답게 살고 싶다」『월간 대화(月刊 對話)』 1976.11와 「불타는 눈물」『월간 대화』 1976.12, 그리고 이듬해 같은 지면에 연재된 후 단행본으로 출간되었던 유동우의 『어느 돌멩이의 외침』『월간 대화』 1977.1~3에서부터 시작된 아마추어리즘을 1980년대 문학의 대중화·민주화라는 변화 현상으로 파악하고 있다.[9] 그에 따르면 이는 "문학에 대한 기왕의 상식을 놓고 적지 않은 논란"을 초래할 수 있을 만큼 중대한, 다시 말해 문학에 대한 개념 정의와 인식 자체를 바꾸어 놓을 수도 있는 혁명적인 변화였다.

물론 당대에 노동자 수기와 르포를 문학으로 인정할 것인가에 관한 논쟁은 합의된 결론에 이르지 못했다. 이 문제에 대한 비평의 입장과 태도는 크게 셋으로 계열화할 수 있다. 첫 번째 계열은 "수기와 문학은 엄연히 다른 범주의 것이라는 관점"을 내세웠다. 이 계열의 논자들은 문학은 상상력에 기반한 픽션이라는 근대문학의 엄격한 정의에 따라 "수기는 체험자가 자기 체험을 직접적으로 기록하는 것"이므로 "수기는 문학이 아니다"라는 입장을 고수했다.[10] 두 번째 계열의 논자들은 수기를 문학의 범주에 포함시킬 수는 있지만 소설과 같은 전통적인 문학 장르와 비교해 '문학적'인 우열을 나눈다. 가령 백낙청은 문학 안에 여러 갈래가 있고, 르포와 체험수기도 소설과 시와 같이 문학의 갈래라고 말한다.[11] 그러나 유동우의 『어느 돌멩이의 외침』을 예로 들면서 노동자 수기가 "소설독자의 안목으로" 읽었을 때 구체적인 형상화가 미진하다는 점을 확인할 수 있다고 지적한다.[12]

마지막으로 노동자 수기를 비롯한 논픽션 글쓰기 양식을 문학으로 보는 동시에, 그러한 양식으로의 확산이 문학의 개념과 그 하위 범주를 재조정해 가는 중요한 변화라고 주장하는 입장이 있다. 김도연은 이 계열의 대표적인 논자이자 1980년대 전반기 문학장에서 장르 확산에 관한 논쟁을 촉발시킨 장본인이다. 그의 「장르 확산을 위하여」는 르포 · 수기와 같이 문학장에 새롭게 등장한 글쓰기 양식(김도연의 표현으로는 장르)이 문학 장르의 변형, 확산, 개방, 만남을 일으키고 있으며, 이에 따라 문학의 개념 및 범주가 변화하고 있다고 주장한다. 그 일련의 논의는 민족 · 민중문학론에서 지식인과 민중과의 관계를 어떻게 설정할 것인가의 문제에도 접속되어 있었으며, 창작 주체와 관련된 전문성 논쟁으로도 연계되었다.[13]

김도연의 주장에 따르면, 르포 양식이 일으킨 변화와 관련해서 확인했던 것과 마찬가지로, 노동자의 수기 역시 문학과 문학성의 개념에 균열을 낸 문학적 감수성의 변화, 즉 새로운 문학적 감수성의 형성을 초래했다.

'일상성'은 민중문학의 가능성이 조금씩 확인되는 현 시점에서 얻어내야 할 가장 중심적인 개념으로 보여진다. 문학이 보편적인 운동성을 확보하기 위해서도 건강한 민중정서의 획득은 필연적인 과제이다. 일상성 문제는 문학에서보다 최근 들어 더욱 다양하게 확산되고 있는 문화운동 일반의 핵심적 개념으로 사용되고 있다. 한때 의식화된 민중을 대상으로 한 운동성 확보에서 그것을 보다 대중적 기반으로 넓혀 나가려는 노력에서 일상성 문제가 자연스럽게 제기되고 있다. 실상 민중들은 문화를 머리로 이해하기에 앞서 생활체험으로 받아들인다. 그런 연유로 그들 문화와의 만남은 기본적으로 '생활문화'의 성격에서 모색되어야 한다. 일상 속의 희로애락, 굳이 장르에 구애됨이 없이 그들의 일상정서를 반영하는 표현방식은 그대로 생활문화이다. (…중략…) 생활문학이란 굳이 일정한 장르의 속성에 국한되지 않더라도 일상정서를 반영하는 모든 표현방식을 그 범주에 포함시킬 수 있다. 차라리 생활문학의 본령은 장르마다의 독자적인 구조 속에서보다 장르 사이를 자유로이 넘나드는 가운데 많은 자원을 보유하고 있다고 볼 것이다. (…중략…) 일상성 속에 운동성을 확보하는 것은 아마추어리즘의 광범위한 실험기를 맞은 우리 문학의 중심명제다.[14]

1980년대 노동자 수기가 일으킨 문학적 감수성의 혁명이란, 김도연의 표현을 빌리자면 "생활문학"이라는 범주를 형성하면서 문학의 일상성과 운동성을 확보한 것이다. 바야흐로 노동자 수기의 등장으로 인해 노동자들의 일상적인 체험과 거기서 느낀 지극히 일상적인 정서를 장르 규범과 관습에 구애됨 없이, 장르의 경계를 넘나들며 표현하는 방식의 글쓰기가 문학적인 것으로 지각되었으며, 나아가 문학으로 인식되기 시작했다. 비평 언어의 구체적인 표현을 빌려 부연하자면, 독자들은 노동자들이 "자신들의 삶, 그 직접적인 체험을 아무 가식없이 생생하게 드러내는 것"에서 "무한한 감동과 충격을 받게" 되었다는 것이다.[15] 넓게 본다면 이는 문학

작품에 형상화된 혹은 추상된 사상이나 이념, 심미적 측면보다 체험적이고 즉물적인 것을 더 중요시하는 이 시기의 문학적·비평적 경향과도 연관되어 있는 것이었다.

실로 "유동우, 석정남, 송효순 등의 공장노동자 체험세대에 의해 씌어진 수기나 일기들[은] 기존의 소설 양식이 보여주지 못한 문학적 감동을 탁월한 차원에서 제시해 주었던 것"으로 평가되었다.[16] 노동자 수기에 대한 이와 같은 가치 평가 이면에 자리하고 있는 민족·민중문학론자의 이데올로기적인 (무)의식에 대한 판단은 일단 유보해 두더라도, 이를 통해 당대에 노동자 수기가 일종의 '문학적 감동'을 일으키는 것으로 간주되기 시작했다는 사실은 확인 가능하다. 달리 말해 이는 '문학적'인 것으로 지각·인식되지 않았던 것들이 문학적인 것으로 지각·인식 가능하게 재편되는 변화를 의미하는 것이기도 했다. 일찍이 1960년대 김승옥의 소설이 기존의 문학이 포착하지 못했던 감각적 체험을 언어로써 구현해 냈다는 점에서 "감수성의 혁명"으로 불리었음을 상기해 볼 때, 동일한 맥락에서 바로 이 변화의 양상, 즉 노동자 수기가 포착한 체험과 정서의 새로움 역시 1980년대 문학에 일어난 감수성의 혁명이라 명명할 수 있을 만한 것이었다.

노동자 수기의 생산·유통·소비

이 혁명을 인식·규정하는 틀과 방식은 분명 비평에 의해 구성된 측면이 있다. 김도연의 글에서 확인할 수 있듯이 비평이 노동자들의 글쓰기에 주목하고, 그것이 불러일으키는 이채로운 감수성을 비평적 언어로 세공하고 나서야 비로소 1980년대 문학장 안에 노동자 수기의 영역이 마련되었다. 그러나 보다 중요한 것은 그 이전부터 이 감수성의 혁명이 작가와 독자 사이에서 노동자 수기의 읽기-쓰기의 행위와 체험을 통해 진행되고 있었다는 사실이다. 비평의 층위와 작가와 독자가 실제로 수행하고 체험하는 것의 층위는 구분될 필요가 있다. 이와 관련해서 장남수의 다음과 같은 고백은 주목을 요한다.

> 패시픽에 입사한 지 일년이 다 되어가던 무렵 원풍모방에 다니던 언니가 내 앞으로 『월간 대화』를 정기구독 신청해주었다. 석정남의 『불타는 눈물』, 유동우의 『어느 돌멩이의 외침』 등을 읽으며 정말 가슴이 불타올랐다. 그것은 정말 내게 새로운 눈뜸, 새로운 사회의식에의 계기였다. 마치 내 각막에 붙어 있던 어떤 막이 벗겨지고 보다 깨끗한 세계, 보다 치열한 세계를 내 눈으로 보게 되는 것과도 같은 충격과 경이의 체험이었다. 동일방직의 여공들, 생존의 문제를 해결하려는 몸부림으로 노동조합을 지켜나가려는 노동자들, 그것을 방해하는 회사측 사람들의 비인간적인 처사, 그에 항의하여 모질게 싸우는 장면들, 그것이 날 밤새도록 생각하게 만들었다. 유동우씨의 글도 역시 비슷한 얘기들인데, 진실하게 살려는 의지와 투쟁이 내 가슴을 뛰게 만들었다. 또한 평화시장에서 "노동자의 인권을 회복하라"고 외치며 분신자살했다는 고 전태일씨의 얘기도 내게는 새로운 인식과 깨우침을 주었다. 나는 내가 바로 석정남이며 유동우이며 전태일이란 깃을 느꼈다. 나도 이런 사람들처럼 진지하게 살고 싶다는 생각을 하며 몇 번이나 그 책을 읽었는지 모른다.[17]

장남수는 석정남의 일기와 유동우의 수기를 읽었던 당시의 체험을 기록하고 있다. 그때 그녀는 가슴이 불타오르는 것 같은 느낌, "새로운 눈뜸", 보다 깨끗하고 치열한 세계를 직접 보게 되는 것 같은 충격과 경이를 체험했다고 진술한다. 이러한 진술은 석정남이나 유동우와 같은 노동자들의 글쓰기가 비평에 의해 호명되기에 앞서 독자들의 읽기 체험의 차원에서 감동적인 것으로 지각되는 감수성의 혁명이라는 사건으로 출현했음을 짐작하게 한다. 여기서 지적해 두어야 할 점은 이때의 읽기-쓰기는 작품의 창작과 감상이라는 전통적인 문학작품 창작 및 수용 방식과는 다른 차원에서 이루어지는 행위·체험이라는 사실이다. 작품을 독창적으로 만들어 낸다창작거나, 이해하고 즐긴다감상는 행위가 메타적인 차원에 정향되어 있고 제도로서의 문학하에서 형성된 문학 규범에 따라 이루어지는 체험인데 반해, 노동자 수기의 읽기-쓰기에는 그와 같은 메타의 감각과 규범의 개입 과정이 소거되어 있다. 일반적으로 문학작품의 창작과 감상이 삶의 문학화심미화를 추구한다면, 그와 반대로 노동자 수기의 읽기-쓰기는 체험을 바탕으로 이루어지는 문학의 생활화를 지향하는 까닭이다.

이와 같은 차이는 노동자 수기 특유의 생산·유통·소비 과정으로 인해 빚어진 측면이 있다. 대항담론으로서의 노동자 수기는 대체로 야학이나 노동자들의 소모임, 노동교실 등지에서 노동자들이 일상적으로 쓴 글들을 모아 문집으로 내거나 노동조합 회보와 소식지에 싣는 방식으로 생산·유통·소비되었다. 문학장 내부로 유입되기 이전인 1970년대의 노동자 수기는 생산·유통·소비 과정이 이루어지는 장에 따라 다음의 세 가지 차원으로 분류할 수 있다. 첫째는 잡지 『신동아』 논픽션 공모란에 실린 논픽션 수기와 같이 저널리즘과 대중문화의 영역에서 생산·유통·소비된 경우다. 둘째는 이른바 모범근로자 수기와 같이 체제 이데올로기의 담론적 실천(가령 『산업과 노동』, 『노동』, 『노동공론』 등 정부에서 발행하는 잡지에 실리거나, 새마을운동 사업의 일환으로 공모한 모범근로자 수기)으로 이루어진 경우다. 셋째는 재야의 진보적인 지식인 및 노동운동가들을 중심으로 구성된 대항공론장에서 대항담론으로 자리매김한 경우로, 『월간 대화』에 실렸던 석정남과 유동우의 수기가 대표적인 사례다.[18] 이 중 1980년대 문학장 안으로 진입할 수 있었던 노동자 수기는 첫 번째와 세 번째 경우였다. 황석영의 『어둠의 자식들』을 뒤좇아 나온 이동철의 『꼬방동네 사람들』류의 수기가 1970년대 대중 서사물로서의 수기 뒤를 이으며 대중문화 영역에서 보다 광범위하게 생산·유통·소비되었다면, 1980년대 전반기에 출간된 송효순, 순점순, 석정남, 장남수 등 여성 노동자들의 장편 수기는 민족·민중문학에 의해 체제에 대한 대항담론으로 호명되었다. 이 장에서 논의하는 노동자 수기는 이 세 번째 계열에 속하는 것들이다.

이러한 대항담론으로서의 노동자 수기는 1970년대 후반부터 1980년대에 이르는 시기 동안 무수히 많은 노동조합 회보와 소식지, 야학 문집, 노동운동 단체에서 간행한 문집이나 소식지, 그리고 이른바 '민중교회', '노동교회'로 불렸던 교회 주보 등의 지면에 실렸을 뿐만 아니라, 그 지면을 매개로 읽히고 전파되었으며, 때로는 투쟁 방식으로 사용되었다.[19] 노동자들에게 야학과 소모임, 도시산업선교회의 여러 훈련과 교육, 노조 활동은 생활이자 노동운동이었고, 따라서 이곳에서 자신들의 체험과 생각에 대해 읽고 쓰고 나누는 일 역시 지극히 일상적인 생활인 동시에 노조 투쟁에 참여하는 운동 방식의 일환이 되었다. 김도연이 말한 노동자 수기의 일상성과 운동성이란 바로 이와 같은 생산·유통·소비 방식과 그 과정 가운데 빚어지는 속성이었다. 당연한 사실이지만, 그러한 까닭에 문학작품 또는 예술작품의 창조에 대한 의식과는 거리가 먼 노동자들의 이 일상적인 글쓰기가 '노동자문학' 내지는 '문학운동의 실천'으로 호명되어 문학장 안으로 진입했을 때, 1980년대 문학에서 글쓰기의 위상과 문학(성)의 개념이 변화를 겪게 될 수밖에 없었다.

노동자 수기 중에서도 특별히 지식인 운동가들에 의해 선별되어 공식적인 출판의 경로를 거치게 되는 경우에는 대항공론장에서 상당한 반향을 일으켰고, 그리고 마침내 1980년대 문학장 내부로 유입되는 수순을 밟는다. 야학, 소모임, 노동조합, 노동운동 단체에서 제작된 소식지와 문집 등의 "일차적 매체"를 통해 특정 지역과 공동체 안에서 제한적으로 쓰이고 읽혔던 노동자 수기는 이후 "전문 지식인의 매개"를 거쳐 공식 출판의 유통망 안으로 들어오게 된다.[20] 『실천문학』 4호에 '노동자문학의 현황'이라는 제목으로 실린 노동자 수기는 그러한 유통 과정을 실제로 확인할 수 있는 사례에 해당한다. '편집자의 말'에 따르면 이 지면에 실린 노동자 수기는 기독교 민중교육연구소의 허병섭 목사와 실무진들을 통해 수집돼 『실천문학』 편집인들에 의해 편집·게재되었다.[21]

특별히 『어느 돌멩이의 외침』을 쓸 당시 상황에 대한 유동우의 회고는 노동자 수기가 1980년대 문학장에 진입하게 되는 경로를 구체적으로 확인할 수 있게 하는 자료다. 그는 1976년에 참여한 크리스찬아카데미의 중간집단 교육 프로그램에서 당시 간사였던 김세균의 권유로 『어느 돌멩이의 외침』이 될 글을 쓰게 되었고, 해당 글이 『월간 대화』에 실렸다.[22] 이듬해 이 연재분이 묶여 단행본 『어느 돌멩이의 외침』으로 출간되었다. 곧바로 이어진 중앙정보부의 압력과 크리스찬아카데미 사건으로 인해 초판 발행 이후 발행이 전면 중단되었지만, 대학 내에서는 이미 학생들이 복사본을 만들어 팔고 신입생 훈련 교재로 사용하는 방식으로 유통되었다.[23] 유동우의 수기가 1983년에 이르러 민족·민중문학 진영의 대표 시인이자 비평가인 채광석의 발문과 함께 청년사에서 재출간된 데 앞서 이러한 상황이 전개되었다. 즉 사회 변혁 운동 진영과 대학사회 내에서 널리 유통되는 가운데 진보적인 문인들과의 접촉면이 형성되면서, 노동자 수기는 이들 문인들에 의해 민족·민중문학의 중요한 구성물 내지는 '보완물'로 호명되기에 이르는 것이다. 1970년대 문학이 다루고 있는 산업사회와 노동 현실에 대한 종합적인 평가를 내리는 글에서 김종철이 유동우의 『어느 돌멩이의 외침』을 언급하고 있는 다음과 같은 대목은 이를 여실히 입증해 준다.

> 물론 우리는 상상적인 문학작품과 체험수기의 근본적인 차이를 혼동하지는 말아야 한다. 체험수기는 그것이 아무리 객관적이고 보편적인 기록이려고 하여도 문학작품이 갖는 객관성과 보편성에 미흡할 수밖에 없다. 또 문학에 있어서는 체험만이 전부일 수는 없다. (…중략…) 70년대 전기간을 통하여 발표될 수 있었던 체험수기 중에서 가장 중요한 기록은 유동우의 『어느 돌멩이의 외침』일 것 같다. 이것은 분량의 면에서나 다루어진 내용의 면에서나 가장 비중이 큰 수기이기도 하지만, 글의 짜임새나 이야기의 전개과정을 고려하면 하나의 당당한 문학작품으로서 대접받을 만한 것이다. 어떤 점에서, 이 글은 오늘날 우리 사회에서 이루어질 수 있는 가장 높은 형태의 성장소설成長小說의 하나로 생각할 수도 있다. (…중략…) 이 글은 한 개인의 성장의 기록이지만, 동시대의 수많은 젊은 노동자들이 살아온 현실을 전형적으로 보여준다. 그러나 70년대의 문학을 말하는 일과 관련해서, 유동우의 이 수기가 결정적인 중요성을 갖는 것은 그것이 노동운동의 현장에 대한 상세한 보고를 포함하고 있을 뿐만 아니라 그러한 운동의 과정에서 일어나는 인간적 변화에 대해서 깊은 관심을 드러내고 있다는 점에 있다.[24]

이 글에서 김종철은 상상력에 기반한 문학작품과 노동자들의 체험 수기 사이의 근본적인 차이를 혼동해서는 안 된다는 점을 경계하면서도, 동시에 유동우의 수기를 "하나의 당당한 문학작품으로서 대접받을 만한 것"이라고 말한다. 동시에 김종철은 노동자 수기가 현장성과 직접성은 물론이거니와 노동 현실에 관해서 "글의 짜임새나 이야기의 전개과정을 고려한다면 문학작품들이 도달하고 있지 못한 심각한 통찰을 드러내고 있다"는 점에서 중요하게 취급되어야 한다고 주장한다.[25] 한편 임헌영 역시 유사한 매라에서 이 시기, 그러니까 "70년대 말기에 나타난 노동자 계층의 체험에 의한 각종 증언은 이 계열의 소설에 충격을 안겨 주었고, 지식인의 양심이란 것이 얼마나 현장감각과 거리가 먼 허망한 것이었던가를 절감케 해주었다"고 말한다.[26] 요컨대 당시 지식인 비평가들은 소설이 아직 극복하지 못한 관념성이나 소시민성 따위의 한계를 넘어서는 지점들을 노동자 수기로부터 발견했으며, 그러한 측면에서 노동자 수기가 1980년대를 직면한 문학에 어떤 중요한 자극 내지는 갱신의 계기를 제공해 줄 수 있는 새로운 (문학적) 글쓰기 양식으로 호명되었던 것이다. 또한 이때 호명되는 것들은, 김종철이 언급하고 있는 것처럼, 소설에 비견할 만한 "글의 짜임새나 이야기의 전개 과정"을 갖춘 부류일 가능성이 높았다. '풀빛', '일월서각', '창작과비평사'와 같은 1980년대 유수의 인문·사회과학 출판사에서 출판된 순점순, 석정남, 장남수의 수기가 모두 '장편' 수기라는 점이 이를 말해 준다. 이들 장편 수기는 '장편'이라는 형식이 갖는 성격상 소설과 견줄 수 있을 만한 수준의 스토리와 서사 구성, 분량, 문체 등의 요건을 갖추고 있었다. 아울러 노동운동에 참여했던 노동자들의 수기라는 점에서 각성된 또는 대자적 노동자 의식을 담고 있어 주제의식 역시 소설 못지않은 진지함을 갖추고 있다고 여겨졌다.

글쓰기의 복권과 '문학적 민주주의' 현상

이와 같이 노동자 수기가 '문학'으로 호명되며 문학장 내로 진입하는 과정에서 일어난 다음의 두 가지 변화는 이전 시기와는 다른 1980년대 문학 양식과 미학의 체계 및 특성이 형성되는 데 상당한 영향력을 끼쳤다. 그것은 글쓰기의 복권과 '문학적 민주주의' 현상이었는데, 앞서 설명한 노동자 수기에 의한 문학적 감수성의 혁명이란 이 두 가지를 근간으로 삼아 가능해진 것인 동시에 이 둘의 실천 그 자체를 의미하는 것이었다.

첫 번째로 여기서 말하는 글쓰기의 복권이란, 예술로서의 문학文藝과 특정한 글쓰기 기교로서의 문학이 지배적·특권적인 제도로 부상하면서 그 밖의 다양한 문자 행위 및 활동이 가치 절하 혹은 억압되어 온 근대문학의 역사를 먼저 전제할 때 이해될 수 있는 현상이다. 글쓰기는 문자 표기의 행위와 문자 표기 그 자체를 가능하게 하는 모든 것의 총체이자, 표기 일반에서 일어나는 모든 것을 가리키며, 보다 포괄적으로 모든 종류의 표시들이 분배되는 원리를 의미하는 개념이다.[27] 이때 중요한 것은 이 글쓰기의 개념이 문자 표기가 속한 영역 및 지시/의미하는 내용과 무관하게 성립되는 것이며(그러므로 그것이 '문학적'인 것에 속하는지 '비문학적'인 것에 속하는지의 문제는 중요하지 않다), 상이한 문자 표기들 사이에 어떤 위계를 상정하지 않고(따라서 '문학적'인 글쓰기가 '비문학적'인 글쓰기보다 우월하다는 가치 판단이 전제되지 않는다), 다만 차이의 체계만을 갖추고 있을 뿐이라는 점이다.

1980년대에 노동자 수기가 문학장 안으로 수용되면서 문학 개념과 문학의 장르 체계를 새롭게 사유하고 정의하려는 움직임을 불러일으켰다는 점은 근대 '문학'에 의해 한동안 그 의미와 영역이 축소되었던 '글쓰기'가 복권되는 현상으로 이해할 수 있다. 기실 문학장에서 노동자 수기를 둘러싼 논의는 대체로 앞서 언급했던 문학 개념의 변화나 장르 확산, 그리고 문학운동의 실천에 관한 문제 등으로 나타났다. 이재현이 지적했듯 노동 현장 등지에서의 "글쓰기 운동이라는 실천적 성과"는 "80년대의 문학운동에 있어서 최대의 성과"로 거론될 수 있는 것 중의 하나인 "문학개념의 근본적인 검토"를 가능하게 했다.[28] 동시에 "수기로 열린 민중문학의 가능성은 민중의 미의식을 보다 잘 반영할 수 있는 여러 가지 색다른 형태의 장르들이 다양하게 출현하는 양상으로 성숙"되어 가는, 일종의 장르 확산 현상을 일으켰다.[29] 김도연이 제시한 목록—민담, 재담, 속담, 수수께끼, 노래 가사 바꿔 부르기, 유언비어, 벽시, 벽소설—을 고려하건대 새롭게 출현한 글쓰기 양식들은 확실히 근대문학 제도하에서 문학 외부의 것들로 간주되었던 것들이다. 요컨대 노동자 수기는 문예나 이른바 '문학성'으로 운위되는 특정한 기교 또는 사상을 갖춘 '문학' 개념에 포섭되지 않는, 혹은 그러한 개념을 변형시키는 글쓰기로서 1980년대 문학장 안에 자리매김했던 것이다.

그런데 노동자 수기로 표면화된 글쓰기의 복권 현상은 '문학적 민주주의'와 긴밀하게 연관되는 문제였다. '문학적 민주주의'에 대한 이론적 차원의 개념 정의는 랑시에르의 사유를 경유해 다음과 같이 정리할 수 있다. '문학적 민주주의'는 문학적 글쓰기라는 말 또는 언어 행위를 통해 세계와 그 세계를 구성하는 사람과 사물들 간의 관계를 끊임없이 새롭게 정립함으로써—랑시에르식대로 표현하면 "감성의 분할"을 거듭함으로써— 각자 자신의 몫을 확보하는 자유로운 문자 체제다.[30] 이 '문학적 민주주의'

에서 지칭하는 문학은 제도로서의 근대문학을 가리키지 않는다. 그것은 문학적 글쓰기 행위에 더 가까운 개념으로, 언어와 그 대상이 되는 사물·사람을 결합시키는 글쓰기 행위에 의해 "어느 누구나 작가가 되거나 독자가 되는 새로운 글쓰기 체제"를 의미한다.[31] 이와 같은 '문학적 민주주의'는 전통적인 문학의 개념 정의에 따른 허구적 상상력에 의한 예술적인 창조물로서의 '문학'이라는 형식적 기준이나, 1980년대 후반 리얼리즘론자들이 강조했던 변증법적·역사적 유물론의 세계관, 또는 총체적 객관 현실에 대한 인식과 형상화 기율에 따라 '문학성'을 판별하지 않는다. 따라서 '문학적 민주주의'를 실천하는 글쓰기에서는 이른바 전통적인 의미에서의 '문학적' 기교나 특정한 목적론적 역사의식, 객관적 현실 인식 따위를 성취하는 일이 절대적인 가치나 목표가 되지 않는다. 중요한 것은 글쓴이와 독자 각각이 읽기·쓰기 체험과 실천을 통해 확보하는 언어의 몫, 사회세계에서 그들이 차지하는 위치와 장소, 그리고 그것에 바탕을 둔 관계다. 1980년대의 노동자 수기는 이 '문학적 민주주의'를 실천하는 동시에, 실현시킨 대표적인 사례였다. 장남수가 지적했듯 말 잘하고 글 좀 쓰는 여성 노동자들에게 "공순이치곤 똑똑하다는 식"의 시선이 지배적이었던 1980년대 사회에서 이른바 '여공 수기'는 노동자들에게 그들 몫의 언어를 배분하며, 그들의 신체/존재가 몫과 권리, 사회세계 내에 일정한 장소와 위치를 차지할 수 있도록 사회적 실존을 재구성하는 정치를 수행했다.

랑시에르는 정치 행위가 근본적으로 정치적 능력을 입증하기 위해 갈등을 일으키는 것이며, 문학의 정치는 이 갈등에 문학으로서 개입하는 것이라고 정의한다.[32] 이를 염두에 둔다면 단순히 노동자 투쟁에 관한 메시지를 담거나 노동자의 계급적 정체성계급의식과 이념을 재현하는 것이 문학의 정치적 실천과 등치될 수 없다는 사실은 분명하다. 왜냐하면 문학작품의 주제를 통해 정치적인 메시지와 그 메시지의 근간이 되는 이념을 표명하는 것은 정치적인 구호와 당위를 '주장'하는 것일 뿐, 노동자들이 자신들의 몫과 권리를 주장할 수 있는 그들의 말과 언어의 정치적 역량을 '입증'할 수는 없기 때문이다. 바꿔 말하면 1980년대 노동자 수기의 정치성은 민족·민중문학론의 작품 분석 및 평가 항목·기준—가령 노동 현실의 모순이나 계급 혁명을 얼마나 총체적으로 재현·형상화하고 있는지, 올바른 노동 운동을 위한 이념을 얼마나 충실하게 반영·설파하고 있는지, 그리고 노동자 계급의 주체성과 당파성, 전형성을 확보하고 있는지—에 의거해서는 파악될 수 없다. 그것은, 그 반대편 진영의 논자들과 이후 1990년대 비평가들이 제기했던 비판의 논리 그대로 '정치적인 문학'을 수립하기 위한 요건이었지, 결코 '문학의 정치', 또는 '문학적 민주주의'의 실천은 아니었다.

민족·민중문학론의 모순 – 노동자 수기의 동화와 배제, 또는 호명과 억압

1980년대의 노동자 수기를 호명했던 이들이 대체로 이념적인 문학의 시각을 견지한 민족·민중문학 진영의 지식인 비평가들이었다는 사실은 당대에 노동자 수기가 문학장 안에 이데올로기화된 형태로 수용되었음을 짐작할 수 있게 하는 대목이다. 그 이데올로기화의 양상은 ① 민족·민중문학론자들이 이론적으로 규정해 놓은 민중·노동자의 형상/표상과 리얼리즘론·민중문학론·노동해방문학론의 논리로 동화시키는 방식, ② 그 동화의 논리에 포섭되지 않는 경우 이른바 '1970년대적인 미달태'로 규정하는 방식으로 나타났다. 가령 석정남의 『공장의 불빛』에 대해 "전체 노동자계급의 집단적 전망을 전형화함으로써 사회적 전형성을 얻고 있다"고 평가하는 현준만은 석정남의 수기에 나타난 노동자 개인으로서 석정남이 경험한 자신의 자아실현과 의식의 변화까지도 지극히 계급적인 차원으로 환원시킨다.[33] 반면에 백진기는 노동운동론의 관점에서 『공장의 불빛』이 노동조합주의적인 노선을 따르는 1970년대 노동운동의 한계를 노출하고 있음을 지적한다.[34] 1989년의 김명인의 경우 노동자가 창작 주체가 된 글쓰기의 운동성을 노동자들이 선진적인 활동가들로부터 글쓰기 교육·운동을 통해 전수받은 "노동자계급의 과학적 세계관인 변증법적·사적 유물론"의 이해와 표현에서 찾고 있다.[35] 요컨대 당대에 노동자 수기는, 정과리의 표현을 빌리자면 "그들의(민중들의—인용자) 의식·무의식·문화를 민중의 이름하에 독특한 방식으로 재구성한 하나의 이념적 담론"으로서의 민족·민중문학론에 동화된 형태로 비평장 내부에 존재하거나, 이를 충족시키지 않는 경우, 노동'문학'의 수준에 도달하지 못한 수기'류'로 가치 절하되었다.[36]

이와 관련해서 1987년을 기점으로 비평에서 발견되는 어떤 단절, 또는 1984년에 발표된 김도연의 '장르확산론'[1984]과 조정환의 '노동해방문학론'[1989] 사이에서 발견되는 급격한 변화는 주목을 요한다. 1980년대 전반기에 노동자 수기에 대한 민족·민중문학 진영 측 비평의 태도는 민중·노동자가 본격적으로 문학의 주체가 되는 가능성을 보여 주었다는 점에 대한 환호로 나타났다. 이론과 비평에 의해 관념적으로 상상된 민중문학·노동문학이 아닌, 그것의 현실태이자 실천태를 마침내 발견한 것으로 간주했기 때문이다. 실로 노동자 수기는 일찍이 백낙청이 1980년대 민족문학의 실천은 이론과 실천의 조화가 되어야 한다고 주장했던 바로 그 경지에 도달한 것처럼 보였다. 정작 그 주장을 제출한 백낙청에게 수기와 르포 '류'는 '위대한' 리얼리즘 전통에 기반한 민족문학의 성과로 내세우기에 '문학적'으로 미덥지 못한 수준이었지만, 김도연과 채광석 등의 신진 비평가들에게 그것은 놀라운 '발견'이었다. 아래 인용한 김도연의 글에서는 그 발견으로부터 감지된 민중문학의 가능성에 대한 기대감을 확인할 수 있다.

1) 70년대 후반부터 민주노동운동의 성숙과 더불어 자각된 근로자들의 글이 양산되기 시작했다. 주로 체험담 위주의 수기 형태로 나타난 그네들의 목소리는 웬만한 문학작품 이상의 충격적 파급효과를 주면서 노동문학의 길을 활짝 열어 놓았다. 잠시 동안 선뵀던 이 방면의 잡지 『대화』를 통하여 석정남의 「불타는 눈물」, 유동우의 「어느 돌멩이의 외침」을 시작으로 노동문학의 가능성이 열리더니 그후 야학노동자의 글을 모은 『비바람 속에 피어난 꽃』, 송효순의 『서울로 가는 길』, 전태일 평전 『어느 청년노동자의 삶과 죽음』, 나보순 외 지음 『우리들 가진 것 비록 적어도』 등이 잇달아 출간되면서 80년대 들어 노동문학은 민중문학의 가능성을 예고하는 큰 흐름을 형성하고 있다.[37]

2) 노동자주체 문학운동론은 유동우, 석정남, 송효순 등의 수기와 정명자, 최명자 등의 시를 근거로 하여 형성되고 있었다. 물론 노동자가 문학의 주체로 등장한다는 것은 좋은 일이며 역사적으로 볼 때도 의미심장한 것이다. 하지만 노동자가 글을 쓰는 목적이 글 자체를 쓰는 데 두어질 수는 없다. 이것은 노동자적 문화주의에 불과하다. 그렇다면 80년 이후 부단히 전개되는 이 새로운 경향의 본질은 과연 무엇이며 어떠한 전망하에 발전되어야 하는 것일까?

필자는 문학운동에 노동자계급 당파성 개념을 도입함으로써 이 문제를 풀어

보고자 하였다. (…중략…) 여기에는 노동문학의 올바른 주체성은 노동자계급
당파성의 획득을 통해서 그 최고의 수준에 도달할 수 있다는 사상이 표현되어
있다.[38]

그러나 조정환의 노동해방문학론에 이르면 상황은 뒤바뀐다. 2)에서 명
시적으로 드러나듯 이제 김도연과 채광석 등이 주장했던 이른바 '노동자주
체 문학운동론'은 '노동자적 문화주의'에 불과한 것으로 간주된다. 조정환
은 노동자 수기와 그에 대한 1980년대 전반기의 비평 담론이 노동자 계급
의 혁명이라는 '정치'에 도달하지 못했다고 비판한다. 왜냐하면 그와 같이
주체를 강조하는 것에서 그친 "주체주의적 관점으로는 노동자계급 지도사
상을 객관현실 차원에서 객관적으로 실천해 낼 수가 없"기 때문이다.[39] 조
정환에게 중요한 것은 주체에 대한 '환상'이 아니라 '과학적인' 인식을 가
능하게 하는 볼셰비키적 이념이었다. 게다가 그는 주체를 강조하는 문학운
동론이 오히려 "80년대 이후 수기, 시, 소설의 장르에서 줄곧 성장해오는
노동문학창작에 질곡을 가하는 측면을 갖"고 있다고 판단했다.[40]

조정환의 주장은 다음의 두 가지 측면에서, 그가 비판했던 백낙청의 '소
시민적', '지식인적' 민족문학론과 닮아 있다. 먼저는 그가 "노동자계급 지
도사상"의 실천을 강조하고 있다는 점이다. 그는 프롤레타리아 혁명을 이
룩하기 위해 미자각 노동자뿐만 아니라 사회 전반의 대중을 "노동자계급
지도사상"으로 '계몽'하고 무장시켜야 한다고 본다. 그렇기 때문에 그는
"'노동자가 글을 써야 한다. 그리하여 문학운동의 주체가 되어야 한다'는
주장"을 '문화주의'로 비판하는 대신, 문학이 당대의 가장 전위적인 노동
자 계급을 이념적으로 더욱 철저하게 무장시킬 수 있도록 노동자 계급 당

파성을 갖추어야 한다고 주장하는 것이다.[41]

두 번째는 그의 노동문학론이 1980년대 이후에 등장한 수기를 비롯해 시, 소설 등 전통적인 문학 장르의 노동문학에 어떤 우월성을 전제하고 있다는 점이다. 여기서 분명하게 지적해 두어야 할 것은 그가 노동문학적인 가치를 지닌 것으로 인정하고 있는 노동자 수기는 "노동자계급의 당파성"을 갖춘 것으로 한정된다는 사실이다. 앞서 언급했듯이 백진기가 '조합주의적'이라는 이유에서 한계를 지적했던 '여공 수기'는, 이러한 기준에서 따져봤을 때 '진정한' 노동문학의 범주에 포함될 수 없다. 요컨대 혁명을 위한 노동문학의 전범과 그것이 갖추어야 할 이념의 하한선을 설정함으로써 그로부터 특정한 내용과 형식의 노동자 글쓰기를 배제하는 태도는, 조정환 스스로가 날카롭게 비판했던 민족문학론의 '문학주의'적이고 지식인적인 양상과 나란히 놓이는 것이었다.[42]

김도연의 장르확산론과 조정환의 노동해방문학론 사이의 이 낙차는 1980년대 후반에 이르러 이른바 '노동해방'을 주창했던 노동해방문학론의 볼셰비즘적인 측면이 오히려 노동자의 글쓰기 실천에 적대적이었음을 확인하게 한다. 반복하건대 정치적인 이데올로기와 정치는 각기 다른 차원에 속한다. 같은 맥락에서 문학이 표방하는 정치적 이념과 문학의 정치는 결코 같지 않으며, 전자가 후자를 담보하지 않는다. 백낙청의 민족문학론이나 조정환의 노동해방문학론에 대한 분석을 통해 살펴봤듯이, 오히려 때때로 이념은 말과 글쓰기를 통한 '문학적 민주주의'의 실천을 억압한다고 말할 수 있다.

노동자 수기와 노동문학의 문학사적 재인식

이 책에서 1980년대 노동자 수기를 열람하는 두 번째 이유, 즉 문학장 내에 일정 정도 이데올로기화되었던 노동자 수기를 분석 대상으로 삼는 것은 이러한 맥락 속에서 설명되어야 한다. 1980년대 민족·민중문학론자들은 문학의 정치성을 특정한 정치적인 이념, 사상, 세계관을 표방하는 것으로 오인하고 있었다. 노동문학의 무게중심이 1980년대 후반 노동소설과 사회주의 리얼리즘, 노동해방문학론으로 옮겨간 이후에는 더욱 그러했다. 1980년대 노동문학에 대한 논의의 출발점을 노동자 수기에서부터 삼아 노동소설과 절합을 이루고 있다는 관점에서 노동문학을 다시 읽을 때, 그 안에 틈입한 비평의 헤게모니적인 논리에서 벗어나 노동문학이 반영·표방했던 정치적 이념 대신 문학의 정치성 그 자체를 사유할 수 있는 길이 열린다. 왜냐하면 노동자 수기가 실현하는 고유의 정치성은, 이후 보다 상세하게 논의하겠지만, 노동자의 말과 언어가 지닌 정치적 역량을 입증하는 과정에서 그 글쓰기가 사회와 문학장에 일으킨 균열과 지각 변동, 이로 인해 문학은 물론이거니와 사회적인 인식과 담론의 기성 질서 및 구조가 해체되고 재구성되는 변화 가운데 작동하고 있었던 까닭이다. 그러므로 이후에 본격적으로 진행하게 될 작업은 민족·민중문학론이 노동문학을 특정한 이념 (가령 조정환이 내세웠던 '노동자계급 현실주의문학')으로 환원·고정시킴으로써 폐제해 버렸던 '문학적 민주주의'로 대변되는 문학의 수행적 정치성을 다시 읽어 내는 작업이다.

여기에는 문학사적인 측면에서 중요한 또 하나의 과제가 결부되어 있는데 이는 앞서 잠시 언급했듯이 문학사에서 1987년 무렵을 전후로 한 지점에 새겨진 노동문학 내부의 어떤 단절에 대해 규명하는 것이다. 일반적으로 1980년대 노동문학에 관해 다음과 같은 통념이 자리하고 있는 것 같다. 전반기에 활발히 창작된 노동자 수기는 후반기에 본격적으로 등장하는 노동소설의 문학성과 이념성, 전형성, 계급적 당파성 등에 미달한 단계이며, 이후 이러한 조건들을 갖춘 노동소설에 의해 대체·극복·해소되었다는 인식이 그것이다. 이는 가령 1980년대 노동문학이 "노동자들의 자연발생적인 글쓰기를 바탕으로 하여 성장할 수 있었"으며, 그러한 형태의 글쓰기가 "계급문학으로서 독자성을 확보"할 때 "본격적인 노동문학"이 될 수 있었다는 문학사적인 평가에서도 쉽게 확인된다.[43] 이때 노동자 수기는 계급적 인식과 이념을 갖추지 못했기 때문에 엄밀한 의미에서 노동'문학'이 아닌 자연발생적인 글쓰기 단계에 머물러 있는 것으로 간주되고 있다. 노동문학을 이와 같이 단절적 내지는 발전론적 구도로 보는 시각은 당대 비평의 문학주의적, 이념적인 측면과 교조적 리얼리즘론에 의해 형성되었다. 비평의 시선은 그러한 기준에 비추어 볼 때 '진정한' 노동문학이 될 수 있다고 판단되는 노동소설로 옮겨감에 따라 노동자 수기는 제도권 문학장으로 '호명'될 필요가 없어졌고, 그리하여 노동자들의 글쓰기는, 천정환의 표현대로 문학사에서 "주변화"되고 "망각"된 것처럼 보이는 착시가 벌어진 것이다.[44]

이 비평의 낙차와 문학사적 단절이 형성된 정치·사회적인 배경에는 1987년 노동자대투쟁이 자리하고 있었다. 당시 6월항쟁 이후 6·29선언으로 인해 재야 정치 세력이 집권 세력과 대타협을 이루면서 보다 근본적인 정치·사회 변혁운동이 가로막혔다는 인식이 운동권 사회 내부에 형성되었다. 일각에서는 직선제 쟁취는 분명 민주화운동의 성취지만 민주화의 완성은 아니며, 따라서 시민들이 6·29선언에 만족하는 것은 일종의 후퇴일

뿐만 아니라 이후 집권 세력의 계획대로 움직이는 것이라고 파악하기도 했다.[45] 이러한 상황 속에서 7·8월 사이 전국적으로 전개된 노동자대투쟁은 변혁운동의 전위가 노동자 계급일 수밖에 없다는, 따라서 역사발전의 법칙에 따라 노동해방과 계급 혁명으로 나아가야 한다는 목소리가 거세지는 데 영향을 미쳤다.[46] 비평가들 역시 동일한 인식을 공유했다. 조정환은 6월항쟁의 한계를 "민중[이] 파쇼의 양보에 의해 획득한 공간을 민중 자신의 정치적 진출을 위한 공간으로 활용하지 못하고 자유주의적 보수야당의 활동공간으로 위임"했으며, 이것이 바로 "민중운동이 부르주아자유주의 세력의 영향 하에 놓여 있다는 사실의 단적인 표현"이며 6월항쟁에서 "노동자계급의 지도권이 결여됨으로써 생긴 결과"라고 말했다.[47] 김명인도 비슷한 맥락에서 "1987년의 노동자대투쟁과 1988년의 노동법개정투쟁, 그리고 지금의 전노협전국노동조합협의회 결성투쟁 등"을 "최근 수년간 우리 노동자계급이 보여주고 있는 광범하고도 현저한 '계급적 독자성의 양양'과 그 과정에서 이룩해 낸 '노동해방'으로 집약되는 사상적 진전"으로 파악하며, 문학이 전위적인 선진 노동자 계급의 전형을 창출할 것을 주장했다.[48]

상황이 이와 같이 변화해 가는 가운데 자연스럽게 문학(운동)은 노동자 계급의 정치적 투쟁 의식과 운동의 발전에 보조를 맞출 것을 요구받았다. 노동자 계급 당파성을 주창한 노동해방문학론은 이러한 맥락에서 탄생했다. 혁명을 위해서는 혁명의 전위인 노동자 계급의 정치 투쟁을 강화하는 것이 당연했고, 이를 위해서는 노동조합을 넘어선 노동자 계급의 당을 형성하는 일이 필수적이었다. 조정환이 주장하는 노동자 계급 당파성이란 바로 "당 형성의 사상적·조직적 추동력으로서의 당파성"이었으며, 따라서 그에게 문학운동이 "노동자계급의 정치적 당과[의] 조직적으로 결부", "노동자계급의 정치적 당과의 이데올로기적 결부, 수미일관한 노동자계급 의식의 체현"을 추구해야 한다는 논리는 지극히 당연한 것이었다.[49] 앞서 언급한 것처럼 조정환이 노동자 수기를 비롯한 노동자 글쓰기 양식을 "노동자적 문화주의에 불과"한 것으로 규정했던 것은 그것이 노동자 계급의 정치 투쟁, 나아가 근본적인 사회혁명으로 나아갈 수 있는 노동자 당의 건설과 이념을 수립하는 데 적절한 양식과 미학을 제공해 줄 수 없다고 판단한 까닭이다. 조정환이 볼 때 역사발전의 세계관을 구현할 수 있는 것은, 엥겔스와 루카치가 강조했듯, 전형과 전망을 갖춘 소설이다. 그러므로 노동문학은 이제 '자연발생적'이고 '주관성'을 극복하지 못한 노동자 수기에서 벗어나, '전형적 상황'에서 혁명을 성취하는 '전형적 인물'을 창조할 수 있는 소설로 대체 · 극복 · 해소되는 것이 자명했다.

그리하여 노동소설은 1980년대 후반기 노동문학의 중심에 놓였다. 게다가 만일 노동소설이 노동자 작가에 의해 창조된다면 더할 나위 없이 완벽한 노동문학으로 간주되었다. 앞서 인용한 김명인의 글에서도 확인되듯 당시 비평가들은 정화진의 「쇳물처럼」『문학예술운동 1 − 전환기의 민족문학』, 풀빛, 1987 을 노동자에 의한 최초의 '본격적인' 노동소설로 고평했다. 그러나 정화진은 엄밀히 말하면 학출 노동자였다. 그는 노동 현장으로 들어가기 전 서강대학교 영어영문학과에서 수학한 이력을 지녔다. 그가 민족 · 민중문학론자들이 대망해 왔던, 또한 비평가들이 내세운 이념성과 문학성을 모두 충족시키는 '본격적인' 노동소설을 쓸 수 있었던 데에 그의 교육적 · 문화적 배경이 자리하고 있었음을 결코 간과할 수 없다. 여기서 이와 같은 사실을 밝혀 두는 것은 노동자라는 계급적 신분을 기준으로 노동자 출신노출 작가와 학생운동 출신학출 노동자 작가를 구분하기 위함이 아니다. 민족·민중문학론자들이 노동문학을 대했던 방식의 이데올로기적인 실상을 드러내는 하나의 단적인 사례를 제시하려는 것이다.

요컨대 노동자 수기를 비롯해 1980년대에 등장했던 다양한 글쓰기 양식과 미학의 '문학적 민주주의'가 문학장과 문학사 바깥으로 밀려나면서 노동자 수기와 노동소설 사이에 새겨진 단절은, 민족·민중문학론자들이 사용했던 표현을 그대로 따르자면 '지식인적'인 동시에, 이데올로기적인 1980년대 후반기 비평에 의해서 형성된 것이었다고 할 수 있다. 아울러 이 책에서 1980년대 전반기에 출간되었던 여성 노동자들의 장편수기를 주요 분석 대상으로 삼고 있는 만큼 김명인이 정화진의 「쇳물처럼」에 대해 "여성노동자 중심이었던 그 이전의 수기·소설류와 달리 가장家長 남성노동자들의 노동과 생활과 투쟁을 담"고 있다는 점을 (무)의식적으로 강조하고 있는 대목 또한 지적하지 않고 넘어가기 어렵다.[50] 비평의 이와 같은 시각은 배제와 주변화의 메커니즘이 여성과 남성이라는 젠더, 그리고 이른바 '여공 수기'로 불렸던 여성 노동자들의 수기 및 소설'류'와 남성 노동자 작가의 본격적인 소설이라는 본격문학의 장르 구분법, 이 두 개의 분할선 위에서 이중으로 작동했음을 말해 준다. 이러한 사태에 대해서는 스피박을 번역해 다음과 같이 주석을 다는 일만큼 적절한 설명은 없을 것 같다. 문학 "생산을 놓고 벌이는 경합 속에서 서발턴이 역사도 없고 말도 할 수 없다면, 여성으로서 서발턴은 훨씬 더 깊은 그림자 속에 있"다.[51]

이 책에서는 이와 같이 이데올로기적으로 구성된, 1980년대 노동문학 내부의 단절에 대한 비평적·문학사적 선입견을 해체하며, 전반기의 노동자 수기와 후반기의 노동소설을 지속과 변형의 관점에서 고찰한다. 이를 위해 이 장에서는 먼저 노동자 수기의 수행적 정치성을 분석함으로써 노동문학의 정치성이 계급적 정체성이나 이념에 있는 것이 아니라, 말, 언어, 글쓰기 행위 — 그러므로 곧 문학 — 을 통해 노동자의 언어와 신체를 사회 세계 내부에 재배치하고, 그 위치 관계를 변형하는 정치를 수행하는 과정에서 실현된다는 사실을 규명한다. 이와 같은 분석 작업의 밑바탕에는 1980년대 노동문학을 이념적 정치성의 프레임에 가두어 두었던 당대 비평에 의해 만들어진 선입견을 해체함으로써 1980년대를 '이념의 시대'로 기억하는 문학사 및 정치·사회사적 인식론을 재검토할 토대를 마련하고자 하는 문제의식이 자리한다. 이후의 논의에서는 노동자 수기의 글쓰기 실천이 그것을 구속하고 있었던 담론 체계로서의 지배 체제의 담론과 민족·민중문학론을 초과하며, 노동자가 정치·사회적인 권리를 주장할 수 있는 사회적 실존을 (재)구성하는 해방의 과정을 상세히 분석한다. 나아가 노동자 수기에서 공통적으로 확인되는 실패의 스토리텔링과 비통함의 정서에 대한 분석을 토대로 감성적 연대의 문학적 실천 양상 또한 규명한다.

2. 노동자 수기의 '해방의 기입'

'현장'을 둘러싼 투쟁, 노동자 수기

1980년대 노동문학에서 획시기적인 해로 기억되는 1984년에 박노해의 『노동의 새벽』과 함께 잇달아 출간된 순점순의 『8시간 노동을 위하여』, 장남수의 『빼앗긴 일터』, 석정남의 『공장의 불빛』은 여성 노동자들이 직접 쓴 장편 수기다.[52] 이들 수기는 1970년대 후반에서 1980년대 초에 걸친 기간 동안 노동 현장에서 벌어졌던 임금 투쟁, 노동 환경 개선 투쟁, 노동 시간 단축 투쟁, 민주노조 투쟁, 복직 투쟁 등에 참여했던 여성 노동자들의 실제 체험에 관한 이야기를 담고 있다. 가령 '해태제과 여성노동자들의 투쟁기록'이라는 부제를 달고 있는 『8시간 노동을 위하여』는 1975년 7월부터 1980년 3월 2일까지 이어진 해태제과 노동조건 개선 운동·투쟁 과정 가운데 겪은 일들을 거기에 참여했던 여성 노동자들의 진술과 기록, 그리고 호소문, 성명서, 탄원서, 고소장 등을 망라해 재구성하고 있다. 장남수와 석정남이 쓴 수기의 경우 앞선 순점순의 수기보다 훨씬 더 글쓴이의 개인적인 시선과 내면에 초점화되어 있긴 하지만, 기본적으로는 글쓴이가 각각 원풍모방과 동일방직의 민주노조 설립을 위한 투쟁과 해고자 복직 투쟁에 뛰어들어 직접 겪었던 체험담의 내용과 구조를 갖추고 있다.

이들 노동자 수기가 다루고 있는 사건들은 공히 1970년대 후반의 심각한 사회 문제였을 뿐만 아니라 노동운동사에서도 매우 중요하게 취급될 만큼 그 충격과 파급력이 실로 드라마틱했다. 그런 까닭에 이 세 편의 수기에서 중심을 차지하는 것은 필연적으로 그 드라마가 펼쳐졌던 '현장' 이야기가 될 수밖에 없다. 자못 의미심장하게도 이들 수기는 바로 그 현장을 사수하고 전유하는 이야기로 수렴된다. 물론 이는 일차적으로 노동자들의 투쟁이 결국 노동 현장에서 쫓겨나는 해고로 귀결되는 탓이기도 하지만, 보다 근본적으로는 노동자들의 신체를 현장에 배치하는 일, 다시 말해 그들의 신체가 위치하는 장소를 사회세계 내에 (재)배치하는 일이 중대한 정치 문제라는 점을 암시하고 있다. 장소를 갖는 것과 자유(따라서 해방) 사이의 긴밀한 연관관계는 기실 마르크스의 문제의식 근저에도 깔려 있었다는 점을 상기할 필요가 있다.[53]

노동자들에게 현장은 어떤 의미를 지니고 있었는가. 순점순은 처음 해태제과에 입사하던 날 "아이스크림 기계들[이] 한없이 무섭게만 보였"던 현장을 보고 "다니지 않겠노라고 무척 많이 울었다"고 고백한다.[54] 400도가 넘는 인두를 들고 있으면서도 선풍기 바람 한 줄기 쐴 수 없는 곳, 12시간 동안 쉬지 않고 일하면서 때때로 주저앉아 울고 싶은 그곳, 남성 기사들과 중간 관리자들의 폭언·폭력이 난무하는 현장은 그들에게 지옥 같았다. 그럼에도 불구하고 그들의 수기는 줄곧 현장을 지키고 현장으로 돌아가는 일을 각별하게 기록하고 있다. 순점순은 동료 정명숙이 8시간 노동제 투쟁에 참여했다는 이유로 가족들에게 폭행당하는 일을 바로 눈앞에서 바라보면서도 이를 고통스럽게 인내하며 현장으로 향하는 자신을 비롯한 노동자들의 모습에 대해 다음과 같이 서술한다.

탈의실 입구에 지키고 서 있던 당시의 노동조합 부녀부장 홍영자가 다가오며 정명숙의 팔을 붙잡고 "너, 나 좀 보자"라고 하는 것이었다. 정명숙은 반사적으로 팔을 뿌리쳤는데 순간 어디서 나타났는지 정명숙의 외삼촌이 비호같이 달려와 정명숙을 개패듯 두들겨패는 것이었다. (…중략…) 이 광경을 지켜보고 있던 나는 갑자기 소리를 질렀다. "죽어 죽어! 우리도 한 사람이 죽어야 8시간 문제가 해결된다. 죽어라 죽어!" 이 소리를 듣고 있던 사원 한 사람이 해태제과에 지독한 년이 하나 있더라고 했다고 한다.

외부인이 사내에 이유없이 들어올 수도 없거니와 오히려 경비의 안내로 들어와 회사 마당에서 이렇듯 가족을 통하여 저지르는 야만적인 행위란 있을 수도 생각할 수도 없는 일인 것이다. 이러한 상황 속에서도 우리는 출근시간을 생각지 않을 수가 없었다. 8시간을 주장하던 한 사람 한 사람이 모두 경각심을 가지고 있었기 때문에 조금의 약점도 회사에 보이고 싶지 않았고 또 보여서는 절대로 되지 않았기 때문에 정명숙의 몸부림을 뒤로 하고 우리는 터져나오는 오열을 참으며 현장으로 들어갔다.(순점순, 131~132면)

"터져 나오는 오열"을 참으면서까지 현장으로 돌아가 그곳을 지켜야 하는 것은 그들이 주장하는 8시간 노동제에 대한 권리의 근거지가 바로 그곳인 까닭이다. 달리 말하면 현장은 그들의 사회적 실존을 구성하는 장소다. 오직 그곳이 존재함으로 인해, 그들은 "개 패듯 두들겨" 맞아도 항변조차 할 수 없는 '공순이'가 아닌 근로기준법에 명시된 8시간 노동제를 주장할 수 있는 노동자일 수 있다. '공순이'는 사회적으로 비가시적인 존재 — 다시 말해 사회세계 내부로 호명되지 않은, 사회세계 바깥으로 배제된 존재 —이지만, 그런 그들이 그들 자신의 신체를 노동과 투쟁의 현장에 위치시킬 때 그 현장이 갖는 장소성으로 인해 사회세계 내에서 노동자로서 그들이 차지하는 위치를 주장할 수 있게 되는 것이다. 그러므로 노동자의 신체가 현장에 (재)배치된다는 것은 그들의 사회적 위치, 즉 사회세계 안에서 그들이 마땅히 가져야 할 몫과 권리를 주장하는 몸으로 (재)구성됨을 의미한다. 이 점은 어떤 존재가 사회세계 내에서 물리적·상징적 장소성을 획득하는 것과 정치적 행위능력을 확보하고 실천하는 일이 긴밀히 연관되어 있음을 시사한다. 노동자들이 "밥도 굶고 물도 못 마신 채"로도 "기동경찰과 사복형사들에 둘러싸여 철통같이 봉쇄된 공장 안에서 눈물을 삼키며 한탄을 억누르며 묵묵히 일하고 퇴근하여 농성"함으로써 그들의 현장을 지켜 나가려 하는 것은 이러한 까닭에서다.[55]

이는 반대로 사용자와 관리자가 노동자들을 현장 바깥으로 끌어내려 부단히 애쓴다는 사실을 통해서도 확인된다. 순점순의 수기에서는 8시간 노동제를 주장하는 노동자들을 복도로 끌어내 현장으로 들어가 일할 수 없도록 세워두는 사측의 탄압 방식이 상세히 서술되고 있다. 이를 견디지 못한 채 결국 굴복한 몇몇과 달리, 끝까지 저항했던 노동자들은 마침내 사측으로부터 다시 현장으로 돌아가도 좋다는 허락을 얻는다. 그러나 그곳은 "먼저 일하던 자리가 아닌 다른 자리였다".순점순, 170면 노동자들을 그들이 속한 현장으로 되돌아가지 못하게 하는 사측의 전략은, 비단 노동자들뿐만 아니라 그들이 저대 세력 역시 분명하게 인식하고 있을 만큼 현장이 갖는 장소성의 의미가 실로 중대함을 말해 준다. 장남수의 수기 제목인 '빼앗긴 일터'에서도 여실히 드러나듯 자본과 권력은 노동자들로부터 일터, 노동 현장을 탈취함으로써 노동자들이 사회세계 내에서 점유할 수 있는 장소, 즉 그들 존재의 사회적인 위치와 몫, 권리를 박탈하려 한다. 요컨대 현장을 탈취하고 다시 탈환하는 투쟁은 고도로 정치적인 의미를 내포한 싸움이었으며, 현장이 갖는 물리적·상징적 장소성은 정치성과 교집합을 이루고 있는 것이다.

순점순의 수기는 곳곳에서 그와 같이 현장을 지키기 위해 회사를 상대로 투쟁하는 노동자들의 언어를 기록하고 있다. 가령 도급제 폐지를 요구하다 다른 부서로 전출 명령을 받은 17명의 노동자들은 퇴근을 거부하며 사측에 "자기들이 일하던 현장에서 청소라도 하면서 현장을 지키겠다"고 선언한다.순점순, 46면 보다 구체적인 양상은 8시간 노동제 투쟁 중 다른 부서로의 전출을 부당하게 강요당한 데 대해 항변했던 사건과 관련해 순점순이 그녀의 수기에 그대로 옮겨 놓은 고소장을 통해서 확인할 수 있다.

고소장

고소인 주소 : 서울특별시 영등포구 양평동 4가 280번지 12통 1반

성명 : 순점순 김추연 조명심 정명숙

피고소인 주소 : 서울특별시 영등포구 양평동 5가 86번지 해태제과공업주식

회사 겸부

성명 : 유창호 김〇영 구〇욱 나〇석 김〇석 최〇민 김〇주 민〇식 이〇본(9명)

범죄내용

저희는 해태제과에 근무하는 여성근로자들입니다. 저희들은 8월 6일부터 근
로기준법에 따라 8시간 노동을 할 수 있도록 해달라는 요구를 하고 8시간 근무
후에 퇴근을 해왔습니다. 회사는 저희를 강제로 12시간 노동을 하도록 갖은 정
신적·육체적 폭력을 가하더니 지난 8월 25일 19시 10분쯤 저희들이 기계실 현
장에 들어가니 "상기 피고소인들이 너희들과 같이 일을 못하겠다고 하니 포장부
로 가라"고 했습니다. 그러나 저희들은 현장에 들어가서 일하려고 했으나 힘이
부족하여 못 들어가고 문밖 콘크리트 바닥에서 8시간 밤을 새우고 퇴근했습니
다. 8월 27일에도 똑같았습니다. 우리는 8월 27일에 28일부터 제자리에서 일해
도 된다는 이〇본 주임의 약속을 받고 퇴근했습니다. (…중략…) 이〇본 주임
이 "기사들이 너희들과 일을 못 하겠다고 한다"기에 "그렇다면 그들과 대면하여
우리와 같이 일을 못하겠다는 사람이 많으면 포장부로 가겠다"고 했더니 "그것
도 필요없다"는 것이었다. 이는 명백히 근로기준법 제7조 및 27조 1항에 위배된
다고 생각합니다.

이들을 철저히 조사하여 법에 의해 엄벌하여 주십시오.

1979년 8월 28일

　이렇게 고소를 하고 난 후 우리 4명은 자기 자리가 아닌 다른 자리에는 갈 수가 없다며 버텼다. 이때 노동청에서 누군가가 나왔다고 한다. 우리는 노동청에서 나온 사람에게 이렇듯 부당한 처사에 대하여 호소하였다. 결국 며칠을 더 버틴 채 4명은 모두 자신들이 일하던 자리를 찾아 들어갈 수가 있었다.(순점순, 171~172면)

　순점순을 포함한 4명의 여성 노동자들은 위와 같이 고소장이라는 법적인 언어를 통해 그들의 몸을 현장으로 호출한다. 고소 이유는 "자기 자리가 아닌 다른 자리에는 갈 수가 없다"는 것이었다. 결과적으로 그들은 그곳을 되찾게 되었으며, 덕분에 이들은 현장으로 돌아가 다시 8시간 노동제를 쟁취하기 위한 투쟁을 지속한다. 이로써 이들 여성 노동자들은 자신들의 언어를 통해 자신들의 신체를 현장 내에 재배치하는 행위를 효과적으로 수행하는 동시에, 그곳을 8시간 노동제 쟁취를 위한 투쟁의 장소로 전유해 나간다.

노동자 수기의 수행적 힘 – 노동자 주체의 정치 · 사회적 재구성

　노동자들의 투쟁이 이처럼 사회세계 내에 그들의 신체가 위치하는 장소를 (재)배치하고 전유하는 방식을 통해 그들 자신의 몫과 권리를 주장하고 획득해 나가는 것이라면, 노동자 수기는 그것을 가장 효과적으로 수행하는 글쓰기 양식이다. 실로 1980년대 노동자 수기는 문학장 내로 호명되면서 글쓰기라는 문자 언어 행위를 통해 노동자들을 사회세계 내에 장소-

몫―권리를 차지할 수 있는 사회적 실존으로 구성해 나가고 있었다. 이에 대해 보다 상세히 논의하기에 앞서 먼저 1970~80년대에 노동자들과 그들의 언어가 처해 있던 사회적 상황을 살펴보는 일이 필요하다.

당대에 흔히 여공, 또는 더욱 모욕적인 표현인 '공순이'로 불렸던 여성 노동자들의 존재와 언어는 사회적으로 비가시화된 채 존재했다(사실 이는 1980년대로만 국한시킬 수 없으며 오늘날에도 여전히 계속되고 있는 문제다). 이와 관련된 구체적인 사건들은 노동자 수기 곳곳에서 제시된다. 가령 장남수를 비롯한 여성 노동자들이 부활절 예배 도중 "노동삼권 보장하라!", "동일방직 사건 해결하라!", "노동자도 인간이다. 인간대우를 하라!"는 말을 외쳤을 때, 그녀들은 곧장 체포되었고 잠시 중단되었던 목사의 기도는, 마치 그 사이에 아무 일도 일어나지 않았던 것처럼, 태연하게 계속되었다.^{장남수, 71면} 그녀들과 그녀들이 외친 말은 애초부터 그 공간에 존재하지 않았던 것처럼 말끔히 치워졌다.

노동자 수기에 실린 노동자들의 호소문, 고소장, 탄원서, 성명서 역시 대체로 비슷한 운명에 처해 있었다. 전태일 이래 많은 노동자들이 노동청과 법원에 탄원서와 고소장을 제출했지만 제대로 응답받지 못했음은 주지의 사실이다. 비단 여기서 언급하고 있는 동일방직, 원풍모방, 해태제과 노동자들의 투쟁뿐만 아니라 이 시기에 일어난 많은 노동운동의 실상과 관련 사안들이 언론에 보도되지 않았던 것은 굳이 언급할 필요도 없을 만큼 당연한 일로 여겨졌다. 게다가 노동자들의 궐기 투쟁이나 노동 쟁의는 곧잘 '학생데모'에 시민들과 언론의 관심을 빼앗기곤 하는 실정이었다. 정치·사회적 실존을 부여·인정받지 못했던 노동자들의 말과 글은 사회적으로 판독될 수 없는, 실로 보이지 않고 들리지 않는 언어였다.

한나 아렌트에 따르면 사람들은 말과 행위로 인간세계에 참여한다.[56] 말과 행위는 인간이 사물과 같이 대상화되는 존재가 아님을 증명하는, 즉 인간으로서 서로에게 자신을 드러내는현시하는 양식이며, 이때의 인간은 정치·사회적 존재를 의미한다. 아렌트의 존재론은 노동자들의 말과 글쓰기 행위와 그들의 정치·사회적 실존 사이의 관계에 고스란히 적용된다. 노동자들의 언어가 사회세계 내에 일정한 물리적·상징적 장소를 점유함으로써 사회적으로 현시될 때, 그들의 언어는 그들에게 정치·사회적인 행위능력, 즉 그 행위를 실행에 옮길 수 있는 잠재력과 그러한 행위 주체로서의 사회적 실존을 부여하는 것이다. 장남수가 기록하고 있는 그녀의 법정 최후 진술 장면은 이를 여실히 입증해 준다.

재판순서가 거의 끝났다. 최후진술을 하라고 한다. 내가 마지막이었다.

"저는 많지 않은 기간이지만 구치소 생활을 하면서, 우리 노동자들이 얼마나 비참하게 살아왔는가를 재삼 확인했읍니다. 감옥이라고 하면 죄를 지은 사람을 수감해 놓은 곳이므로 무척 살기 힘들고 고통스러운 곳인 줄 알았읍니다. 그러나 저희들에게는 그렇지가 않더군요. 구치소에서는 적어도 먹고 잠자는 생활의 기본문제가 해결되며 무엇을 먹을까 무엇을 입을까 걱정할 필요가 없읍니다.

저는 가장 근로조건이 우수하다고 평이 난 원풍모방 기숙사에 있었읍니다. 그러한 저희 기숙사 식당 부식보다 구치소가 더 낫더군요. 그래서 우리 노동자들은 죄인보다 못하다는 것을, 수감된 사람들이 먹는 음식보다 더 못한 음식을 먹으며 방세 걱정, 연탄 걱정으로 찌들리며 인간 이하의 생활을 해왔다는 것을 뼈저리게 느꼈읍니다.

저는 지금 마음이 편합니다. 고생스런 바깥생활, 창살만 없지 감옥같이 살아온 우리들의 바깥생활보다 육체적으로도 편합니다. 다만 밖에서 걱정할 가족들과 동료들을 생각하면 마음 아플 뿐입니다……"

방청석이 울음바다가 되었다. 숫제 소리내어 흐느끼는 사람도 있었다. 그러나 나는 눈물을 흘리지 않았다. 어떤 비장한 결심 같은 것이 강하게 솟구쳐왔다.

"9월 16일 오전 10시!"

판사가 자리에서 일어났고 우리들도 다시 교도관에 이끌려 밖으로 나왔다.

"남수야!"

더 이상 다른 말이 필요 없는 안타까운 외침들이 와 밀려왔다. 고개를 끄덕이며 밝게 웃었다.

호송차를 타는데 교도관 한 사람이 "장남수가 누구야?"하며 우리를 훑어봤다.

"전데요, 왜요?"

"아가씨야? 아가씨는 징역 더 받아야 돼."

"어머 왜요?"

"방청객을 다 울렸다며? 방청객 울린 죄로 당연히 더 받을걸."

"난 또……"

우리는 까르르 웃었다. 교도관들도 농을 하며 친절히 웃어주었다.(장남수, 117면)

뜻밖에도 장남수는 법정 최후 진술 자리에서 부활절 예배 때와는 정반대의 상황을 체험한다. 6개월 전 부활절 예배가 진행되고 있었던 여의도에서 그녀는 마치 그곳에 애당초 존재하지 않았던 것처럼, 혹은 보이지 않는 비가시적인 존재로 취급당했다면, 이제 그녀에게는 "장남수가 누구야?"라는 호명과 함께 그녀와 그녀의 동료들을 다시 한번 훑어보는 시선이 주어진다. 그녀가 법정에서 발화한 최후진술로써, 즉 언어를 통해 그녀의 정치·사회적 실존이 구성되는 순간이다. 그녀의 언어는 법정이라는, 고도의 상징성을 띠고 있는 사회세계의 한 영역에 배치된 것이다. 사회적 장소성을 획득한 그녀의 호소는 이제 비로소 받아들여지고, 그리하여 그녀는 인간적인 삶을 살 노동자의 권리, 노동자들의 정치·사회적인 몫과 권리를 주장할 수 있게 된다. 물론 여기서 '주장할 수 있게 되었다'고 말할 때, 그것은 장남수의 주장이 사회세계 내에서 '주장'으로서 받아들여짐으로써, 인정됨으로써 그 주장하는 내용이 수행될 수 있는 힘을 갖게 되었음을 의미한다.

언어적 수행의 양상을 몸의 구성이라는 실재적인 차원에서 고찰하고 이론화하는 주디스 버틀러에 따르면, 언어는 몸을 호명함으로써 몸의 사회적 실존을 가능하게 만든다.[57] 이는 언어적인 전달이 존재를 부여해 주고, 존재를 부여하는 형성적인 것들이 다시 그 전달에 의해 부분적으로 상기되거나 재연되기 때문이다. 이와 같이 언어적인 동시에 생산적인 호명을 통해 언어가 몸의 사회적 실존을 구성할 때 언어의 수행성이 작동한다.[58] 그리고 바로 그 구체적인 양상은 노동자 수기와 노동자 사이에서 극명하게 포착된다.

노동자 수기가 버틀러적인 의미에서 몸을 생산하는 수행적 힘을 발휘할 수 있는 것은 수기의 양식적 특징에서 기인하는 측면이 크다. 여기에서는 다음의 두 가지 특징에 주목하는데, 첫째는 수기가 기본적으로 자기서사의 글쓰기 양식이라는 점, 둘째는 그러한 자기서사를 글쓴이가 독자에게 직접 전달하는 화행적인 상황이 전제되어 있다는 점이다.

우선 노동자 수기의 자기서사적인 측면에 대해 논의하기 위해 가장 먼저 거론해야 할 것은 역시 대부분의 장편 수기에서 공통적으로 발견되는 서사 전개의 패턴이다. 수기는 모두 자신들의 가난하고 힘겨웠던 어린 시절 이야기에서부터 노동운동에 뛰어들기까지의 과정에 대해 서술한 후, 그들이 주도했던 투쟁에 초점을 맞추는 패턴을 보인다. 글쓴이 자기 자신에게 덜 초점화되어 있는 순점순의 수기만이 다소 예외적으로 도입부터 곧바로 해태제과에 입사한 무렵부터의 공장 생활에 대한 이야기를 전개해 나간다. 한 개인이 자기 자신의 일생이나 특정한 체험을 서사화하는 과정 가운데 자신의 정체성을 서사적으로 창출·표현함으로써 이른바 '서사적 정체성'이 구성된다는 이론적 고찰을 상기해 보건대, 이들 노동자들의 자기서사를 담고 있는 노동자 수기는 서사체體로서 노동자들의 자기 형상 그 자체이기도 하다.[59] 대체로 경제적 불평등과 사회적 차별을 극복해 나가기 위해 노동운동에 참여하며 스스로 조직하고 실행하기까지 하는 과정에 대한 서사를 담고 있는 노동자 수기는 평등과 자유라는 민주적인 권리를 주장하는 노동자의 정체성을 구성한다.

이는 앞서 잠시 언급했듯 지배 담론에 의해 노동자들이 스스로 노동운동을 주도할 수조차 없는 열등한 존재로 규정되고 있었던 사회적인 맥락 속에서 이해되어야 할 대목이다. 당시 노동자들의 투쟁이 도시산업선교회와 같은 불순한 '용공단체'나 '용공분자'에 선동당한 노동자들의 소요로 언론에 보도되는 것은 매우 흔한 일이었다. 1979년 노사 갈등, 노사 분규, 노조 투쟁이 격화되자 정부에서 '산업체에 대한 외부세력 침투실태 특별 조사반'의 조사를 시행하고, 이에 보조를 맞춰 언론에서는 도시산업선교회의 노동조합과의 연계에 대해 보도하기 시작한다.[60] 예컨대 해태제과 노동자 비스켓부 김복실은 도산의 산업체 침투 실태를 조사하기 위해 나온 조사관이 해태제과의 8시간 노동제 투쟁을 도산의 지시로 몰고 가려는 분위기를 감지하고 반발했던 일을 다음과 같이 기록하고 있다.

잠깐 앉아 있는데 조사하러 왔다는 '채○○'라는 중년신사가 들어왔다. 묻는 말이 도산의 실태조사와 8시간에 대해서였다. 딱딱한 분위기가 감돌았다. 이런 저런 이야기를 했다. 궁극적으로 물어보는 방향이 '도산의 지시'에 의해서 한다는 식이었다. 나는 반발을 했다. 이런 식으로 노동자를 보는 데 대해 문제가 크다며 나도 큰소리를 쳤다. 이렇게 화를 내는 나를 보며 긴장허리고 얼르고 달래는 것이었다. 이야기 시간이 너무 지체되는 것 같아 작업을 들어가야 한다며 빨리 끝낼 것을 요구했다. 8시간의 타협기간을 얼마나 생각하고 있느냐고 했다. 나는 6개월 정도라고 이야기했다. 이런저런 이야기를 많이 한 것 같은데도 생각이 잘 나지를 않는다. 이제는 물어보는 말도 대답도 다 듣기가 싫어지는 것이다. 1979년 9월 5일 김복실.(순점순, 148면)

지배 체제의 담론 전략은 노동자들의 말할 권리와 역량을 부정함으로써 그들이 일정한 권리— 민주노조 설립, 임금인상, 노동조건 개선, 그리고 민주주의—를 주장할 수 있는 사회적 실존으로 구성될 수 없도록 만드는 것이었다. 순점순은 그녀의 수기에서 그러한 전략을 정확히 꿰뚫어 보며 다음과 같이 규탄한다. "여기서 분명히 밝히고 싶은 것이 있다면 산업선교회에 다니는 노동자들은 아무것도 모르는데 인목사가 조종을 한다느니 산업선교회의 꼭두각시가 된다느니 하는 말들을 하는 것은 이 땅의 노동자들, 이 땅의 가난한 후예들을 더없이 바보로 만드는 말이며 그렇게 바보처럼 살아주길 바라는 그런 ○○○○들이 하는 상투적인 용어에 지나지 않

는 말이라는 것이다!"^{순점순, 79면}

이와 같이 노동자들이 자기서사를 통해 창출한 노동자의 형상은 노동자 수기의 글쓰기와 독서 과정을 거치면서 사회적인 실존으로 구성된다. 이는 글쓰기의 주체가 실제 독자에게 직접 자신의 이야기를 전달하는 수기 양식의 코드에 내재한 수행적 속성에서 기인하는 측면이 크다. 일반적인 문학 텍스트에서 전제되는 커뮤니케이션의 구조적 요소로서의 내포 독자와 달리, 수기는 해당 텍스트를 실제로 읽고 쓰는 맥락에 구속되어 있는 글쓰기 주체와 독자를 분명하게 상정한다. 1980년대 노동자 수기의 경우 동료 노동자들을 비롯해 그들이 겪은 체험과 노동현실을 알리고자 하는 대상인 동시대 한국 사회의 구성원들을 실제적인 층위의 독자로 염두에 두고 쓰였다는 사실을 도처에서 드러낸다. 가령 송효순은 자신의 수기가 "너무도 자신이 없고 부끄럽지만 고생하시는 여러분에게 조금이나마 노동의 현실을 아는데 참고가 되었"으면 좋겠다는 글의 취지를 후기에서 밝히고 있다.[61] 석정남은 그녀의 수기 머리말에서 동일방직 사건에 관해 나체 시위라는 선정적인 측면만을 부각시키는 한국노총 직원을 어떻게 설득해야 할지 몰랐다는 일화를 거론하며, 그와 동일한 인식을 지닌 당대 독자들에게 동일방직 노동사들의 노동운동에 대한 새인식을 심고자 하는 목적을 분명히 드러낸다.

"전달, 부름, 호명의 순간에 몸에 다가갈 수 있"으며, 그러한 언어적 전달과 부름, 호명의 행위가 "몸의 특정한 사회적 실존을 처음으로 가능하게 만든다"는 수행성에 관한 버틀러의 이론적 사유를 다시 상기해 볼 때, 노동자 수기에 의해 구성된 노동자들의 정체성이 노동자 수기의 글쓰기와 읽기의 행위를 통해 1980년대 한국 사회의 독자들에게 전달·호명되는 일은 그들의 정치·사회적인 실존을 (재)구성한다고 말할 수 있다.[62] 노동자 수기의 수행성으로 인해 노동자들은 사회세계 내에 일정한 위치와 장소를 차지하는 몸을 입게 되며, 이는 그들이 사회세계 내에서 주장할 수 있는 몫을 지닌 실존을 얻게 됨을 의미한다.

달리 말한다면 1980년대 노동자 수기는 노동자들의 정치·사회적인 실존을 부정하는 지배 담론으로부터 탈맥락화하는 동시에, 담론장 안에 그들의 언어와 신체를 재배치·재맥락화함으로써 사회적 실존을 재구성하는 작업을 수행했던 것이다. 노동자 수기에서는 종종 노동자들의 권리 투쟁이 그 자체로 민주주의의 실천이자 실현이라는 사실에 대한 노동자들의 정확한 인식과 적극적인 주장이 그들의 생생한 언어로 전달된다. 이는 노동자를 사회적으로 무시·차별·착취·박탈을 당하는 존재로 배치시키는 지배 담론으로부터의 단절을 수행한다. 장남수가 수기에 그대로 옮겨 놓은 교선부장 언니의 시를 살펴본다.

교선부장 언니가 조용한 음성으로 시를 낭송한다.

가느다랗게 끊겼다가 이어지며
힘차게 들려오는 크고 작은 소리.
그 소리는 가난과 불행과 힘겨운 노동으로
상처받고, 빼앗기고, 짓밟히며,
굴욕스런 삶을 살아야 했던 우리에게 찾아오는
봄이 오는 소리입니다.

그 소리는

죽을 수 없어 몸부림으로 지탱해온

굶주린 배를 움켜잡고,

오직 한 끼니의 배를 채우겠다던

가난의 굴레가 벗겨지는 소리입니다.

그 소리는

서푼어치도 안 되는 값싼 돈과 권력들이

아부꾼들의 장단에서 놀아나고 살아 활개를 치던

거짓들이 와르르 무너지는 소리입니다.

그 소리는

정의를 찾겠다는 우리들의 가슴 속에서

끓어오르는 분노의 함성입니다.

인간은 모두 평등하다면서

우리의 평등을 누가 뺏어 짓밟았단 말입니까.

교육받을 권리,

보호받을 권리,

정당한 땀의 댓가를 받아야 할 권리,

인간답게 살아야 할 권리, 권리, 권리.

권리는

착취당하지 않는, 배반당하지 않는

정의로운 외침입니다.

권리는

자유와 평등 실현의 요란한 외침소리가 아닌

민주주의가 조용히 자리잡는 소리이어야 합니다.

우리는 지금

벅찬 감격의 그날을 위해

뜨거운 마음과 숭고한 사랑과

따뜻한 애정으로

우리의 대열을 지어 힘찬 전진을 시작했읍니다.

그래서,

살아 숨쉬는 이땅 위에

우리의 작업장에

형광등 불빛의 창백한 내 동료의 얼굴 위에,

그리고,

너와 나의 땀방울 속에,

정의가 살아 숨쉴 수 있는 터전을 만들고

자유와 평등이 실현되는 그날,

환희의 노래를 부를 수 있는 그날,

두 어깨를 맞잡고 한마당 가득,

더덩실 춤출 수 있는 그날을 위해

우리의 힘을 하나로 모아야 합니다.

그 길만이,
우리가 이길 수 있는 길,
단결하라.
투쟁하라.(장남수, 144~146면)

교선부장의 이 시는 비단 실제로 현실 속에서 낭송되었을 뿐만 아니라, 장남수의 수기를 통해서 끊임없이 언어적인 '전달'을 이루어 간다. 이때 그 언어적 전달에 의해 이루어지는 탈·재맥락화 과정의 중심에는 수행적 정치성이 자리하고 있다. 버틀러가 지적했듯 어떤 탈·재맥락화를 작동시키는 언어의 능력이 그 언어의 정치적 가능성을 지속시키고, 그 반란의 잠재력은 바로 담론적인 단절, 즉 탈·재맥락화가 작동시키는 지배 담론과의 단절에 있다.[63] 교선부장의 시는 "가난과 불행과 힘겨운 노동으로 상처받고, 빼앗기고, 짓밟히며, 굴욕스런 삶을 살아야 했던 우리"라는 표상으로부터 노동자들의 언어와 신체를 탈취, 즉 탈맥락화해 다시 그것들을 "민주주의가 조용히 자리 잡는 소리"와 "정의가 살아 숨 쉴 수 있는 터전을 만들고 자유와 평등[을] 실현"시키는 말과 몸으로 재구성한다.

소위 민주주의의 주인이라는 '시민'들조차 민주주의에 대해 말할 수 없는/말하지 않는 군부 독재 시대에 오히려 가장 무식하고 천하다고 여겨지는 노동자들의 목소리가 "민주주의가 조용히 자리 잡는 소리"가 되었다는 것. 이는 비단 인용한 이 시뿐만 아니라 송효순, 순점순, 석정남, 장남수의 수기에 나타나는 가장 핵심적인 주제이기도 하다. 실상 이들 수기가 기록하고 있는 노동자들의 투쟁 활동—소모임 교육과 토론, 연극과 탈춤 공연을 통한 운동, 소식지와 회보 제작, 단식·연대 투쟁—의 체험은 민주주의의 실천과 실현 그 자체다. 여기에는 노동자들을 모범근로자, 산업 역군, 혹은 가난하고 무식한 여공으로 호명하는 당대의 지배 담론과 단절하는탈맥락화 동시에, 자유와 평등의 권리를 스스로 쟁취할 수 있는 해방의 주체로 그들 자신을 정체화하는 탈·재맥락화가 동시에 작동하고 있다.

노동자 수기의 '해방의 기입' – 1980년대 문학사와 노동운동의 '사건'

그런데 한편으로 이와 같은 노동자 수기의 수행성이, 앞서 언급한 것처럼 노동자 수기가 1980년대 비평가들에 의해 문학장 안으로 호명됨으로써 담론장 내에 일정한 위치와 장소를 획득하는 가운데 발생한 측면을 간과하기 어렵다. 푸코를 염두에 둘 때, 노동자 수기의 창작생산과 유통, 소비, 그리고 그에 관한 비평의 재생산이 민족·민중문학(론)이라는 하나의 담론 체계하에서 통어되었다는 사실 또한 고려되어야 한다. 당시 노동자 수기가 쓰이고 읽힌 방식과, 나아가 그에 관한 비평 담론이 형성된 데는 분명 민중과 노동자를 사회 변혁의 주체로 적극 호명하려 했던 민족·민중문학 담론 내부의 어떤 규칙들이 작동했다.[64] 단적인 예로 장남수의 수기에서 뚜렷하게 확인되는, 노동자와 지식인 사이의 대비·대조를 통해 '건강한' 존재로 재현되는 노동자의 모습이라든가, 『공장의 불빛』 이후 석정남이 훨씬 더 '문학적인' 양식인 소설 창작으로 나아간 사실 등은 그것을 시사한다.

그러나 동시에 노동자 수기가 민족·민중문학 담론으로 환원되지 않는 하나의 '사건'으로 문학장에 나타났다는 점 역시 간과되어서는 안 된다.

기존의 문학장 내 노동자에 대한 담론의 장소와 위치 관계를 재배치하며 그 담론 안으로 편입되었던 순간 출현한 새로운 균열과 분할은 분명 노동자의 언어가 스스로의 몫과 권리를 주장할 수 있는 역량을 가지고 있음을 입증하는 '사건'이었다.[65] 그리고 그 사건으로 인해 노동자들의 삶과 언어가 지식인 작가들에 의해 대변represent/'재현'되어야 했던 기존의 문학장 체계와 질서가 와해·전복될 수 있었다. 그러므로 노동자 수기라는 담론적 실천은 민족·민중문학 담론 체계하에서 이루어진 것이지만, 동시에 그것을 변형시키면서 전개된다.

이러한 관점에서 본다면 민족·민중문학 진영의 비평가들과 노동자 수기의 관계는 다음과 같이 역전될 수도 있다. 비평가들이 문학장 안으로 노동자 수기를 호명한 것과 마찬가지로, 노동자 수기는, 가령 채광석, 김명인과 같은 비평가나 1980년대 후반기의 노동소설을 호출한 셈이 된다. "민중 자신에 의한 문학생산은 민중문학론을 앞질러 나갔으며, 문학론이 문학적 성과를 지도해 내기보다는 오히려 그것을 따라잡기에 급급한 상황을 자아내었다"고 지적했던 비평가 신승엽의 자기반성적 진술을 고려해 볼 때 민중문학(론)은 그것에 앞선 노동자들의 글쓰기가 낳은 산물이기도 한 것이다.[66] 아울러 노동사 수기가 한창 부상하던 1980년대 중반 당시 백낙청이 노동자 수기가 담고 있는 이야기들을 다루는 "좀더 '문학적인' 형식에 대한 갈증"을 줄곧 호소했던 사실 또한 상기할 필요가 있다.[67] 이때 그가 말하는 '좀 더 문학적인 형식'은 명백하게도 노동'소설'이다. 그가 어느 좌담회에서 남긴 다음과 같은 발언도 참조할 수 있다. "제 생각에도 우리나라 소설문학이란 게, 80년대에 와서 다시 시단의 활기가 있고 노동자의 수기가 나오고 르뽀가 더욱 활발해지고 운동으로서 문학이 논해지고 다른 분야에도 민중문화운동이 활발해지고 그러면서 비로소 장편문학의 본격적인 개화를 위한 기반이 만들어지고 있는 게 아닌가 싶습니다."[68] 노동자 주체의 창작을 강조했던 신승엽 역시 노동자 글쓰기의 활성화로 인해 노동문학이 민족문학운동의 핵심적 위치에 확실하게 자리 잡게 된 시점에 소설이 보다 적극적으로 노동문학 양식으로 확대되어야 함을 주장했다는 점도 함께 지적해 둘 필요가 있다.[69] 이처럼 노동자 수기의 활성화는 문학장 내에 노동소설 작품의 창작과 그러한 문학 양식의 수립을 적극적으로 요청했으며, 정화진, 방현석, 안재성과 같은 학출 소설가들의 등장 역시 이와 같은 일련의 흐름 속에서 이루어졌다.

그러므로 이 지점에서 필요한 것은 문학사적인 시각의 전환 내지는 구도의 역전이다. 문학장으로 유입된 노동자 수기가 1980년대 문학 특유의 글쓰기 양식으로서 자리 잡는 데서 그쳤거나, 혹은 노동자 '수기'에서 노동 '소설'로의 수렴·발전 도상에 놓여 있는 것이 아니라, 비평은 물론 소설을 비롯한 다른 문학 장르/양식들과 교차하면서 1980년대 문학의 주제, 형식, 미학을 해체·변형·재구축하기에 이르렀다는 사실이다. 이러한 맥락에서 볼 때 노동자 수기는, 이후 4장에서 논의하게 될 노동소설, 그리고 '재현의 정치'에 포섭되지 않는 타자화된 노동자/학출'들'의 존재에 주목하는 소설이 출현한 맥락에도 접속된다.

지금까지 노동자 수기에 의해 사회세계 내에 재배치된 노동자의 언어와 신체가 노동자들을 그들 자신의 정치·사회적인 몫, 권리를 주장할 수 있는 사회적 실존으로 재구성하는 탈-재맥락화의 수행적 힘과 그 작동 방식에 대해 분석했다. 이러한 논의가 텍스트 분석의 차원에 한정되지 않는다는 점을 밝혀 두기 위해 1980년대 문학사에서 노동자 수기가 움직여 간 궤적,

그리고 노동자 수기의 탄생을 둘러싸고 있는 같은 시기 노동운동의 변화 과정이 맞물려 있다는 사실을 지적하는 일이 필요해 보인다. 1980년대 들어서 노동자가 재야민주 세력과 학생운동 세력의 가장 중요한 정치적 동맹 세력이자 강력한 사회 변혁 세력으로 인식되면서 노동운동은 민주화를 위한 정치 투쟁과 긴밀하게 연계되었다.[70] 이른바 '노학연대'가 바로 그것이다. 여기에는 1970년대 후반부터 활성화된 민주노조 투쟁을 통해 노동자들이 자신들의 몫을 요구하고 권리를 쟁취하기 위해 목소리를 높여갔던 변화가 중요하게 작용했다. 이로 인해 비로소 노동자들이 체험했던 일련의 투쟁들이 자유와 평등을 실현하는 해방의 핵심적인 실천이라는 사회적인 인식이 자리 잡을 수 있었다. 노동자 수기는 실로 이러한 변화를 구성하고 그것에 개입하는 실천이었다. 순점순의 표현대로 노동자들은 "[그들]의 산체험들을 털어놓으면서 [그들이] 8시간 노동제에 산 증인들이 되"었다. 순점순. 277면 자신들의 투쟁에 대해 증언하는 노동자들의 언어는 1980년대 전반기에 시도된 여러 정치·사회 변혁 운동이 거듭 좌절되는 가운데서도 그 가능성을 입증하고 있었다. 랑시에르는 다음과 같이 말한다.

> 평등을 말하는 문장은 아무것도 아닌 것이 아니다. 하나의 문장은 우리가 그것에 부여하는 힘을 갖고 있다. 이 힘은 우선 평등이 그 자체를 표방할 수 있는 장소를 만들어내는 것이다. 어디엔가 평등이 있다. 이것은 말해졌고, 씌어졌다. 따라서 이것은 입증될 수 있어야 한다. 하나의 실천은 바로 거기에 바탕을 둘 수 있으며, 이 평등을 입증하는 것을 자신의 과제로 삼을 수 있다.[71]

그의 이러한 사유에 따르면 해방의 문학적 실천이란 해방의 계기이자 결과인 평등이 사회세계 내에 위치하는 장소와 그것을 위치시킬 수 있는 역량을 말과 글쓰기 행위로써 입증하는 일이다.[72] 왜냐하면 해방은 그것을 가능하게 하는 어떤 특정한 토대에 정초해 있는 것이 아니라, 해방이라고 불리는 어떤 상태를 구성하는 주체와 세계, 주체들 사이의 관계, 그리고 주체가 자기 자신과 맺는 관계의 조건을 이루는 '기술적inscriptive' 작용에 의해 가능해지는 까닭이다.[73] 그러므로 노동자 수기의 문학적 실천이란 결국, 그러한 해방, 즉 사회세계 내에서 노동자가 그 자신을 비롯해 다양한 주체들 사이에서 맺는 자유와 평등의 관계를 조건 짓는, 데리다의 용어를 빌려 말한다면, 해방의 기입inscription이 될 것이다.

3. 실패의 스토리텔링과 비통함의 감성적 연대

노동자 수기, 좌절과 실패의 스토리

1980년대 전반기에 주목받았던 여성 노동자들의 장편 수기는 1970년대 후반에서 1980년대 전반기까지 이어진 노동운동의 체험을 서사의 핵심축으로 삼고 있다. 그런데 주지하다시피 이 시기 노동운동은 1980년 신군부 정권에 의해 시행된 이른바 노동계 정화 조치에 의해 진압되었다. 박정희의 죽음으로 인해 일시적으로 찾아온 '서울의 봄'은 그리 오래 가지 않았다. 1980년 4월 사북 동원탄좌를 비롯해 일신제강, 동국제강, 현대그룹 산하의 인천제철, 국제실업 등에서 대규모 노동쟁의가 일어났다. 1979년 한 해 동안 105건으로 집계되었던 노동쟁의는 1980년 407건으로 급증했다.[74] 그러자 신군부 정권은 원풍모방의 방용석 지부장과 같이 민주노조를 이끌고 있었던 노동자 및 노동운동가들을 노조 지도부에서 축출한 뒤 구속시키거나 삼청교육대로 보냈다.[75] 신군부 정권은 사회 안정을 저해하며 정권 수립과 유지에 방해가 될 불씨를 미연에 제거하고자 했고, 기업들은 반노동적인 정책과 분위기에 편승해 민주노조 투쟁에 참여했던 노동자들을 대규모로 해고했다. 민주노조에 가해진 탄압은 1983년까지 지속돼 노조 수는 1980년 5월 6,011개에서 같은 해 말 2,618개로, 조합원 수 역시 120만 명에서 95만 명으로 급감했다. 아울러 민주노조 투쟁에 참여했던 원풍모방, 동일방직, YH무역, 콘트롤데이터 등의 해고 노동자들은 블랙리스트에 올라 재취업을 제한받았다.[76]

이러한 현실 속에서 노동자들이 쓸 수 있는 것은 투쟁의 실패담일 수밖에 없었다. 대체로 조합원들의 해고와 불법 연행, 재취업 금지, 민주노조 간부들의 구속, 민주노조의 해체가 수기의 결말을 장식하며, 이 일련의 일들을 겪는 가운데 노동자들이 느꼈던 슬픔과 억울함에 대한 호소가 이어지는 것이 노동자 수기의 일반적인 패턴이었다.

　　돌아오는 길에 차는 마침 제2한강교에서 고장이 나서 정차하였다. 내가 여기서 뛰어내려 한강물에 빠져 버린다면 우리 친구들이 복직될 수 있을까. 차라리 나의 죽음으로 결백을 밝힐까. 억지로 참아야 하는 마음은 터질 것만 같았다. (…중략…) 요즈음 ○○화학은 강제작업이 늘고 휴가를 없앴다고 한다. 그래서 너무 힘들어서 생활고를 해결하지 못한채 사표를 내는 사람이 늘었다고 한다. 그러나 가장 슬픈 소식은 노동조합이 간판을 내렸다는 것이다. 조합원들은 노동조합이 있었던 시절을 그리워 하고 있다고 한다. (송효순, 207면)

80년 12월 31일 0시. 한해를 보내며 많은 분노와 울분들이 솟구친다.

해고자! 해고자들의 원통함…… 오열을 터뜨리며 눈물을 삼키고 더욱더 굳은 주먹을 불끈 쥐어야 했다.

원풍모방에서 14명, 대일화학에서 10명, 롯데제과에서 5명, 우리 회사에서도 1명, 이 외의 회사에서도 올겨울은 해고자들로 넘치게 되었다. 남들보다 더 열심히 일을 했었다. 인간이 가져야 할 아주 작은 권리, 그것은 기본권이었다. 노동현장에서 당하는 인간의 모독, 노동자도 "얘" "야" "너"가 아니라 똑같은 인간의 존엄성을 부여받은 사람이라는 것, 그것을 부르짖었는데…….

그리고 남의 것을 달라고 하지도 않았고 빼앗긴 내 것을 돌려달라고 했을 뿐인데 왜 우리는 '해고'라는 불명예를 걸었던가. 이 나라에서 붙여준 '수출역군'이라는 명예도 있었다. 그러나 누가 붙여준 명예이든 불명예이든 그것은 이제 한 장의 해고장으로 변해 버렸다. 몇 년씩 열심히 일한 댓가가 이것이었던가? 이제 어디 가서 무엇을 해서 벌어 먹고 살아야 하는가? 어떻게 해서든 살아야 한다. 살아서 우리를 쫓아낸 그들 앞에서 보란 듯이 오뚝이처럼 다시 일어나야 한다.

주여!

무엇을 하며 어찌 살란 말입니까? 저 해고자들을 보십시요. 이 추운 겨울 거리로 내쫓긴 저 가난한 노동자의 울부짖음을 들으소서. 무엇을 잘못하였기에 쫓겨나야 했읍니까? 몇 년씩 철야작업, 휴일작업에 몸바쳐 온 저들의 저 볼멘 소리들을 들어주소서.(순점순, 257~258면)

"이젠 틀렸어. 내려가자."

오랜 고민 끝에 내린 결론은 이 한마디였다. 모두들 말없이 보따리를 챙겨들고 노총회관을 나섰다. 우리가 떠나고 얼마 후면 노총은 다시 옛날과 같은 안정과 평화를 회복하게 될런지도 모른다. 우리의 복직을 위한 법정투쟁은 아직도 계속되고 있다. 그러나 법은 멀고 가까운 건 주먹이다. 멀고먼 법정투쟁도 우리의 기대와는 동떨어진 결과가 나오게 될 것이다. 5·17 계엄확대 조치와 함께 — 터덜터덜 버스정류장을 향하여 걷는 발걸음은 무거웠다. 이런 결과와 만나기 위하여 우리는 그토록 미친 듯이 뛰어다녔던 것일까?[77]

자신들의 전 존재를 걸었던 투쟁이 아무런 성과 없이 마무리되고 실패를 자인해야 했을 때, 그들의 고통은 한강에 투신하고 싶을 정도로 실로 처참한 것이었다. 억누를 수 없는 슬픔은 신을 향한 울부짖음으로 표출되었고, 허망함에 짓눌려 자신들이 지금까지 무엇을 위해 그토록 미친 듯이 뛰어다녔던 것인지 회의적으로 자문할 수밖에 없었다. 1980년대 전반기의 노동자 수기는 전반적으로 이와 같이 노동자들의 거듭된 좌절과 투쟁의 실패에 관한 이야기, 그리고 그러한 일들을 겪는 가운데 느꼈던 비통함의 정서를 담고 있다.

김민기의 노래와 투쟁·연대의 정서적 기제

흥미롭게도 이 비통함을 실어 나르는 문학적인 장치는 노동자들의 심정을 대변해 주는 찬송가 선율, 그리고 '공장의 불빛', '서울로 가는 길'과 같이 1970년대에 발표된 김민기의 노래다. 김민기와 노동운동, 그리고 노동자 수기 사이의 긴밀한 관계는 그의 노래 '공장의 불빛'을 계기로 맺어졌다. 김민기는 1978년 노래극 〈공장의 불빛〉을 서울대 탈춤반 출신들의 모임이었던 '한두레'와의 협업 내지는 공동창작으로 제작했다. 잘 알려진 대로 〈공장의 불빛〉은 1970년대 노동운동의 중요한 사건 중 하나였던 동일 방직사건을 중심으로 당시 대부분의 노동 현장에서 벌어졌던 노동 문제를 다루고 있는 노래극이다. 석정남의 수기 『공장의 불빛』이 같은 제목을 공유하고 있는 것은 여기에서 기인하는 것으로 보인다. 노래극 〈공장의 불빛〉은 애초에 공연물로 기획되었으나 정작 이 노래극이 유명해진 것은 한국교회사회선교협의회의 후원하에 카세트테이프로 제작·보급된 뒤부터였다. 공연은 1979년 2월 제일교회에서 채희완의 안무로 무대에 올려졌다. 카세트테이프로 만들어져 대학가와 재야 노동운동 단체에 뿌려진 이 노래극은 이후 대학가에서 마당극으로 공연되었다.[78]

기실 김민기의 노래, 그리고 노래극 〈공장의 불빛〉과 여성 노동자들의 수기 사이에는 밀접한 상호 영향 관계가 자리한다. 실제로 김민기의 노래는 여성 노동자들의 비통한 정서를 고스란히 담고 있어 그들의 심정을 대변해 주는 노래로 애송되었다. 여성 노동자들의 장편 수기에는 그러한 사정이 그대로 반영되어 있다. 김민기의 노래 가사가 곳곳에서 빈번하게 인용되며 그 노래를 불렀던 당시의 상황과 그때 느꼈던 감정을 환기시킨다. 아울러 이 시기 노동운동이 도시산업선교회와 연관되어 있었던 까닭에 노동자들이 노동조합 대회, 소모임, 산업선교회 자치회, 수련회 등지에서 종종 불렀던 여러 찬송가 역시 주된 레퍼토리로 등장한다.

노동자 수기에 등장하는 김민기의 노래나 찬송가의 가사에는 대체로 가난과 핍박에 시달리는 노동자들의 서러움이 투사되어 있다. 송효순의 수기에서는 수기의 제목이기도 한 김민기의 '서울로 가는 길'을 들으며 자신의 비참하고 불우한 삶을 애통해하는 여성 노동자 명춘의 모습과 처지가 아래와 같이 묘사된다.

저녁시간을 이용하여 카세트에서 나오는 노래소리를 듣다가 누군가가 흐느끼기 시작한다.

우리 부모 병들어
누우신지 삼년에
뒷산의 약초뿌리
모두 캐어 드렸지
나 떠나면 누가 할까
늙으신 부모 모실까
서울로 가는 길이
왜 이리도 멀으냐

명춘이는 이 노래를 듣고 어머니가 몸이 불편하여 움직이기가 힘들다고 항상 걱정하더니만 우는구나, 아주 슬프게도 우는구나. 명춘이는 공장에서 받는 월급이 너무나 적어 생활하기가 힘들다며 전에 배우던 미용기술을 배우겠다고 한 적이 있었다. 자격증을 따려면 건강진단서가 필요하여 보건소에 가서 진찰을 해보니 몸이 좋지 않아 진단서를 떼어줄 수 없다는 소리를 듣고 그때도 저렇게 엉엉 울었었다. 그래서 산업선교회의 소개로 서울대학병원에 가서 치료를 받게 되었다. 혼자 보내기가 안타깝고 정신적으로 괴로운 병이라 나는 명춘이가 병원에 갈 때마다 같이 갔었다. 의사들의 특별한 배려로 일요일에도 진찰을 받고 평일에는 나도 휴가를 내서 함께 가곤 했었다. 명춘이는 "언니야, 나는 옆에 좋은 사람들이 있으니까 견디지 그렇지 않았으면 타락했을지도 몰라"하며 항상 고마워했었다.(송효순, 128~129면)

김민기의 '서울로 가는 길'이 카스트테이프에서 흘러나온다. 명춘이는 고향에 두고 온 아픈 노모와 점점 병들어 가는 자신의 처지를 떠올리게 하는 '서울로 가는 길'의 노래를 듣고 울음을 터뜨린다. 이것은 비단 명춘이나 글쓴이 송효순만 느낄 수 있었던 개인적인 슬픔이 아니라 당시 지방에서 올라온 여성 노동자들 대부분이 공유했던 정서였다. 저학력, 저임금, 생산직 여성 노동자들은 힘겹고 열악한 공장 노동은 물론이거니와, 사회적으로 그리고 일상적으로 이루어지는 차별과 천대로 인해 고통받고 있었고, 극심한 수준의 경제적인 빈곤에도 허덕였다. 게다가 그런 비참한 삶에서 벗어나기 위해 뛰어든 노조 투쟁은 좌절과 패배를 거듭하고 있었다. 그들에게 김민기의 노래는 그들 자신의 이야기이자 목소리 그 자체였으며, 위무의 선율이기도 했다. 가령 석정남은 사측과 노조 반대파의 방해 공작으로 인해 탈퇴한 675명의 조합원들을 다시 가입시키는 고초를 겪는 가운데 그녀와 동료들에게 힘을 주었던 김민기의 '어찌 갈꺼나'의 가사를 적어 내려간다.

> "어찌 갈꺼나 바람 부는데, 어찌 갈꺼나 길은 험한데, 불비 내리는 모래 바람 속 내 집에 어찌 갈꺼나. 오, 바람 불어도 길은 험해도 두려울 것이 하나 없음은 들판에 서서 바라다보니 내 형제 손짓하고 있네." 이것은 어려움 속에서 우리에게 힘이 되어 주고 뜨겁게 결속시켜 즐겨 부르던 노래 가사이다. (석정남, 69~70면)

사측의 계속된 탄압으로 외롭고 막막한 가운데 석정남과 그녀의 동료들에게 힘이 되어 준 것은 그런 그들의 사정을 고스란히 시와 선율로 옮겨 놓은 듯한 김민기의 서정적인 노래다. 함께 불렀던 그 노래 가사를 다시 옮겨적으며, 석정남은 바로 그들이 함께 느끼고 나누어 가졌던 그 정서를 환기시킨다. 슬프고 고통스러운 감정들은 견디기 힘들지만, 그러나 동시에 노동자들 사이에서 자연스럽고 폭넓게 공유되는, 따라서 번역의 과정을 거치거나 부연하지 않아도 지각될 수 있는 정서인 까닭이다. 그리하여 그것은 투쟁에 필연적으로 뒤따르는 두려움과 공포, 배신과 변절의 유혹을 극복하게 하는 계기들 중 하나인 정서적 기제가 된다.

이러한 점은 이른바 '동일방직 나체 시위'로 일컬어졌던 1976년 여름 농성 당시 석정남 자신이 겪었던 내적 변화를 서술하는 대목에서 보다 뚜렷하게 드러난다. 그녀는 "꿋꿋이 버티고 싸워 나갈 용기도 없는 주제에 다시는 그런 일에 아예 가담을 하지 않는 것이 현명한 처사라고 생각해" 노동조합 일에 더는 관여하지 않으려 했다고 고백한다.석정남, 40면 게다가 노조 투쟁에 참여하지 말 것을 종용하는 현장 담임의 협박은 그녀에게 큰 공포감을 심어 주었다. 실패할 경우 해고를 비롯한 여러 가지 심각한 불이익이 뒤따르기 마련인 투쟁에 참여하는 일은 결코 쉽게 내릴 수 있는 결정이 아니었다. 석정남은 차라리 "외면할 수만 있다면 외면하고 싶었다".석정남, 41면 그러나 그런 망설임과 내적 갈등도 잠시, 그녀는 어느새 자신이 그 모든 망설임과 두려움을 극복하고 농성 중인 조합원들을 향해 달려가고 있음을 발견한다.

> 노조로 가는 길목에는 회사 간부들이 딱 가로막고 앉아 있었고 그중에는 우리 담임도 끼어 있었다. 어떻게 해야 하나. 어떻게 해야 하나……. 그러나 내 앞의 모든 동료들이 노조를 향하여 달려가고 있을 때 나 자신도 그 속에 끼어 있음을 깨닫고 깜짝 놀라지 않을 수 없었다. 약속을 어기면 복수하겠다던 담임과 눈이

딱 마주치는 순간 공포감을 느꼈으나 멀리서 들려오는 부르짖음에 나도 모르게 이끌려 갔던 것이다.(석정남, 43면)

담임과 마주친 순간의 공포감을 잊게 만든 것은 "멀리서 들려오는 부르짖음"이었다. 노동자들의 그 부르짖음은 다음과 같은 비통한 울부짖음이기도 했다.

오전 10시쯤 되었을까. 경비실이 수란하여 웬일인가 했더니 많은 어머니들이 몰려와 이틀 사흘씩 들어오지 않은 딸을 내놓으라고 아우성을 치고 있었다. 안에서는 딸들의 농성, 밖에서는 어머니들의 시위가 벌어졌고, 그 위에 동네 사람들이 남녀노소할 것 없이 구경 좀 하자고 몰려나와 한동안 교통이 차단되는 사태까지 벌어졌다. 손뼉치며 노래를 부르고 있던 우리들은 이렇게 외쳐대기 시작했다.

"밖에 계신 어머니 여러분, 우리는 물 한 모금 못 먹고 잠도 못 잔 채 이렇게 울부짖고 있습니다. 어머니 여러분, 회사 정문 앞에다 큰 솥을 갖다 걸고 밥 좀 해서 들여보내 주세요. 배가 고파요." 무엇보다 고통스러운 것은 배고픔이었다. 이제 겨우 첫날째인 나도 배가 고픈데 3일씩이나 굶은 다른 사람들은 얼마나 배가 고플까. 당장은 배가 고프기에 더욱 서러웠고 이런 구호를 외치고 난 후엔 모두들 어깨를 들먹이며 울었다. "여러분들 왜…… 왜 울어요. 울지…… 말…… 아요." 노조간부는 이렇게 웅얼거리며 우리들을 달래고 있었다. 그러나 목이 멘 소리는 울음을 달래기는커녕 더 큰 울음바다를 만들게 했다.(석정남, 48면)

일차적으로 배고픔이 불러오는 생리적인 반응들이 고통스러운 것이라면, 그 배고픔의 감각과 함께 육체에 새겨져 있는 기억들은 노동자들에게 더욱 서럽게 환기된다. 배고픔을 호소하던 그들이 구호를 외치고 난 후 느닷없이 울기 시작한 것은 그 때문이다. 노동자들이 느낀 배고픔의 감각에는 그간 그들이 견딘 가난과 소외, 차별, 무시, 외로움, 고된 노동으로 점철된 삶의 비참함이 압축되어 있다. 실상 극심한 저임금과 장시간 노동, 열악한 환경 속에서 생존마저 위협당하는 그들의 삶은 그 자체로 고통스러운 허기나 다름없었다. 어느 누구 하나 삶의 여하에 대해 언급하지 않았지만, 허기와 눈물은 공히 그들의 감성을 자극했다. 그곳 농성장에 있었던 노동자라면 누구나 그로부터 빚어지는 비통한 정서를 느낄 수 있었다. 그들을 그 자리에 있게 한 것, 농성장으로부터 멀어지던 발걸음을 되돌리고 해고와 불이익의 공포를 극복할 수 있도록 한 것이 바로 그 비통함을 느낄 수 있는 노동자들의 감성의 역량이었다.

이 장면에서 석정남의 수기는 연대의 조건이 곧 감성의 문제에 결부된 것임을 포착하고 있다. 어떤 대상을 특정한 방식으로 지각하는 것, 즉 대상에 대해 감성이 특정한 방식으로 작동하는 것은 결과적으로 주체가 그 특정한 방식을 따라 그 대상에 대해 판단하고 행동하도록 이끈다. 감각의 수용은 그에 대한 반응으로 사고와 행위를 촉발하는데, 석정남의 수기에서는 감성과 사고, 행위 사이에서 작동하는 이 메커니즘이 농성장에서 들려오는 울부짖음을 듣고 거기서 느낀 어떤 비통함으로 인해 노동자들이 투쟁에 참여하는 과정으로 구체화되어 있다. 즉 어떤 의미에서 노동자들의 연대가능성을 결정하는 심급은 서로의 비통함을 느낄 수 있는 감성에 있는 것이다.

연대가능성의 심급, 감성의 역량

그러나 이 연대는 단일한 혹은 통일적인 집합의 형태를 갖지 않는다. 이때 연대가능성의 조건은 감각의 결과물로 산출되는, 특정한 속성의 단일한 감정이나 정념이 아니라 타인이 느끼는 것을 함께 느낄 수 있는 감성의 역량인 까닭이다. 따라서 개별 주체들을 집단이 내세우는 어떤 단일한 정체성으로 동화시키거나, 그 주체들이 그것과 자신을 동일시하는 방식으로 연대를 구성하지 않는다. 타인의 비통함을 수용하는 감성에 기초하고 있다는 점에서 이 연대는 자신과 타인들과의 관계맺음으로 정의되는 연대다. 그렇기 때문에 그 관계망 안에서는 노동자들의 서로 다른 입각점과 셈법, 처지와 사정들이 충돌하고 뒤섞인다. 석정남의 수기는 자신을 질투하는 향자와 말없이 전라도로 떠나 버리려는 순애, 복직투쟁에서 떨어져 나와 고향으로 돌아갔지만 「동지회보」를 받고 회신해 온 동료들까지 포괄하고 둘러싸는 연대에 대해 말하고 있다는 점에서, 연대가 서로의 슬픔과 아픔을 느낄 수 있는 한 각자가 처한 상황과 처지가 다르더라도 함께 행동하고 각자의 의무와 책임을 다할 수 있는 관계맺음에 기초하는 실천임을 주지시킨다.

노동자 수기에서 말하는 이 감성적 연대는 당시 운동론에서 주로 논의되었던 계급적 이념과 정체성에 의한 연대와는 다른 차원에 정초해 있다는 점에서 주목된다. 그리고 이러한 차이는 노동자들이 동일한 계급적 조건하에서 노동자가 사람답게 사는 세상을 만들어야 한다는 같은 이념을 공통으로 소유하고 있다고 하더라도, 그 연대는 엄연히 노동자'들'이라는 복수의 개인들의 집합이라는 사실을 충분히 고려하고 있는지의 여부에서 비롯된다. 『공장의 불빛』에서 석정남은 함께 단식투쟁에 나설 정도로 단단했던 동일방직 민주노조 조합원 124명의 연대가 사측의 해고 조치 앞에서 무력하게 와해된 사태를 두고, 조합원들 각자가 다른 상황에 처해 있으며, 서로 다른 생각을 지니고 있는 까닭에 불가피한 것이었다고 서술한다. 가장 단순하게는 사측의 해고 조치로 인해 갈 곳이 없어져 교회에서 합숙생활을 해야 했던 기숙사생들과 집에서 기거하며 며칠에 한 번씩 교회에 들러 사태의 진전을 확인하고 돌아가는 통근자들 사이에서부터 그 차이가 극명하게 나타났다. 한편 "노조에 대한 깊은 이해가 부족했던 양성공들에게 있어서, 해고 조치는 직장을 잃었다는 단순한 의미로밖에 느껴지지 않았다"면, 그와 반대로 "124명 해고는 순간적으로 취해 보이는 강경조치일 뿐 수일 내로 우리의 요구조건이 관철되어 복직될 것이라고 말하는 주위의 사람들도 많이 있었다".석정남, 135면

석정남의 수기는 이 개별 노동자들 사이에 존재하는 환원불가능하고 이질적인 차이를 매우 기민하게 포착하면서 사태에 대해 노동자들이 보이는 서로 다른 의견과 감정적인 반응을 세세히 기록한다. 투쟁의 과정을 상세하게 기록하고자 하는 체험 수기 자체의 목적과 결부된 것이기도 하겠지만, 대체로 여성 노동자들의 장편 수기에는 글쓴이 자신 이외에도 동료 노동자들의 다양한 말과 글을 담기 위한 각별한 노력이 나타나 있다. 특히 『공장의 불빛』에서 복직투쟁을 위해 남은 해고자의 수가 124명에서 50명으로 줄어들었을 무렵 순애, 송례, 선자, 송자, 영순, 옥섭 등과 소모임에서 나누었던 대화와 토론의 내용을 상세하게 정리해 놓고 있는 대목은 주목을 요한다. 이들이 이루어야 할 연대는 이러한 차이와 다양성이 존재한다는 전제하에서 실현시켜야 하는 것임을 보여 주기라도 하듯, 자신들의 투쟁에 대한 서로 다른 생각과 판단, 노동운동에 대한 판이한 인식 수준에서부터 어느 순간 느꼈던 감정이나 기분, 일시적인 마음의 상태에 이르기까

지 다양한 종류의 이야기가 펼쳐진다. 이론상으로는 "실천을 통한 의식의 고양"을 통해 "노동자들로 하여금 자신의 위치를 사회구조 속에서 철저히 인식시키고, 거기로부터 변혁을 위한 에너지를 이끌어"내는 일이 쉽게 성립할 수 있을지 모르지만, 체험적인 현실 속의 연대와 투쟁은 단순히 의식화로만은 해결될 수 없는 훨씬 더 복잡한 문제들을 안고 있기 마련이다.[79] 개별 노동자들 사이에 존재하는 객관적인 상황의 편차나 주관적인 인식의 격차, 그리고 감정의 진폭과 강도, 지속성과 같은 조건들이 그것이다.

노동자 수기가 보여 주는 연대의 감성적인 양상은 노동자들의 투쟁과 연대가 그와 같이 현실 속의 유동적인 조건들에 종속될 수밖에 없기 때문에 불가능한 것이 아니라, 그럼에도 불구하고 가능한 것임을 시사한다. 장남수의 수기에서 핵심적인 사건으로 다루고 있는 일명 '부활절 사건'은 '동일방직 오물투척 사건'을 알리기 위해 서로 다른 사업장 소속 여성 노동자들이 의기투합해 벌인 일이었다. 석정남의 수기에도 이 사건이 언급되어 있는데, 그 내용은 다음과 같다.

그때 또 하나의 사건이 벌어졌다. 3월 26일 여의도 광장에서 열린 부활절 연합예배중 정명자를 비롯한 6명이 마이크를 탈취하여 "종교 탄압 중지하라", "똥을 먹고 살 수 없다", "동일방직 문제 해결하라"는 등의 구호를 외치며 시위를 벌인 것이다. (…중략…) 명자와 행동을 같이 했던 나머지 5명은 모두 다른 사업장의 노동자들이었다. 원풍모방의 장남수, 방림방직의 김정자, 남영 나이론의 김현숙·진혜자, 삼원섬유의 김지선 등은 모두들 열렬한 크리스찬들이라고 한다. 이들 다섯 명은 얼굴도 모르는 사람들이었다. 그런데 어려운 투쟁에 동참하는 의미에서 어떤 처벌을 받게 된다는 걸 알면서도 그처럼 용감히 뛰어든 것이

다.(석정남, 129면)

석정남은 서로 다른 사업장에 속한, 서로 얼굴도 모르는 여성 노동자들이 받게 될 처벌을 알면서도 동일방직을 위한 투쟁에 동참했다는 사실을 각별하게 기록한다. 무엇이 그들을 연대하게 만든 것일까. 장남수는 그녀가 동일방직사건을 알리기 위한 투쟁에 동참하게 된 사연을 다음과 같이 밝혀 놓았다.

기도, 설교 등 순서가 끝난 후 광고시간에 가끔 얼굴을 본 동일방직의 명자가 단상 앞에 서더니 2월 21일, 대의원대회에서의 똥물사건을 호소하기 시작했다.
"우리는 똥을 먹고 살 수 없습니다. 민주적인 노동조합 대의원 선출을 하는 우리에게 회사 사주를 받은 남자들이 폭행을 하고 노조 기물을 파괴하고 똥물을 뒤집어 씌웠습니다. 어느 틈엔지 주변에는 경찰이 깔려 있었는데, 그들은 살려 달라 울부짖는 우릴 되려 욕했습니다. 아무리 가난하게 살았지만 똥을 먹진 않았습니다……"
사람들은 경악을 금치 못하는 표정들이었고 우리는 입술을 깨물었다.
예배가 끝난 후 우리는 명자를 붙잡고 위로를 했고 같이 손을 잡은 채 밖으로 나왔다. 뭔가 이대로 헤어질 순 없다는 생각들에 모두 얼쩡거리다가 10여 명의 친구들과 식당에 들어갔다. 된장찌개를 시켜 놓고 인천 사람들과 서울 사람들이 서로 소개를 하고 모두들 분하고 안타까와 한탄을 하던 중 "내일 부활절 새벽예배가 여의도에서 열리잖아. 그곳에 가서 호소를 하지"라는 제의에 이구동성으로 "정말이야, 그것 좋은데"라고 박수가 터졌다. (…중략…)
"같이 호소하자"에 두말 없이 합치했지만 모두 착잡한 표정들이었다. 그러나 용기 없는 겁쟁이는 아닌 척하며 감정을 죽이고 명자가 하는 얘기를 들었다.

"일주일간 단식농성을 하는 등 온갖 힘을 다하여 호소도 하고 실력행사도 해

보았지만 사건의 해결은 실마리도 보이지가 않아요."

조금씩 갈등하던 나는 다시 이가 악물어졌다. 그래, 이렇게 고통스럽게 싸우

고 있는데 뭘 더 생각할까. 이런 동료들에게 내가 할 수 있는 일이 있다면 무엇이

라도 하자. 부활절 새벽 연합예배에 가는 거다. 가서 모든 매스컴이 한치도 언급

않는 이 억울함을 알리는 거다. (장남수, 69~70면)

동일방직 정명자의 호소를 듣고 기도회 후 모인 10여 명의 여성 노동자

들은 분함과 안타까움을 느끼며 한탄하던 중 부활절 새벽 연합예배에 참

석해 동일방직사건을 알리기로 결심한다. 망설이고 갈등하던 장남수가 투

쟁에 동참하겠다고 마음먹게 된 것은 정명자가 고통스럽게 싸우고 있음을

느꼈기 때문이다. 금요기도회 광고 시간에 이따금씩 얼굴을 봤을 정도의

사이인 정명자와의 연대는 그녀의 비통함을 느낄 수 있는 감성의 역량에

서부터 시작된 것이었다.

노동자 수기가 기록하고 있는 이와 같은 연대의 양상은 종종 1970년대

노동운동과 그에 관한 기록인 1980년대 전반기 여성 노동자들의 장편 수

기를 두고 공히 제기되었던, 정치적 의식화와 조직화 수준이 낮다는 비판

의 근거이기도 했다. 가령 백진기는 『공장의 불빛』의 한계를 1970년대 노

동운동의 한계에 대응시켜 보면서 "노동조합주의적인 경제투쟁에서 정치

투쟁영역으로 질적 변환을 이루지 못했다는 점"과 "민주노조운동의 구조

적 모순을 해결하기 위해 각 개별노조간의 상호 관계, 즉 연대운동이 결여

되어 있다는 점"을 든다.[80] 대체로 자연발생적이고 비조직적인 개별 노조

의 투쟁과 연대는 확고한 이념적 기반과 조직을 바탕으로 한 정치 투쟁에 비해 그 성과와 의의 모두 낮은 것으로 간주되었다. 이러한 인식은 1970년대에 활성화되었던 민주노조가 1980년 초 신군부 정권에 의해 와해되면서, 그리고 이후 1985년의 구로연대파업, 1987년 노동자대투쟁 등을 거치는 가운데 노동운동의 조직화 단계와 노동자들의 계급의식 및 정치의식 수준이 향상되면서 강화된 측면이 있다.

아울러 1987년 노동자대투쟁을 기점으로 노동자의 계급적 정체성이 형성되는 과정에서 "'열사–전사' 주체위치의 남성적인 강인함", 즉 '남성성'이 특권화되었던 요인 또한 작용했음을 간과할 수 없다.[81] 잘 알려진 대로 이 시기 가장 격렬하고 광범위하게 전개되었던(동시에 그런 까닭에 가장 크게 주목을 받았던) 노동자들의 투쟁은 울산 현대자동차와 같이 중화학공업 남성 노동자들이 대규모로 소속되어 있던 현장에서 벌어졌다. 이처럼 남성 노동자들의 무대화가 급격하게 이루어지면서 노동운동의 영역에서 '여성적인 것'들은 배제되기 시작했다. 노동자의 대표적인 표상이 동일방직사건에서와 같이 경찰에게 끌려가지 않기 위해 서로 부둥켜안는 '여공'에서, 구사대에 맞서 피흘려 가며 싸우는 전투적인 남성 노동자로 바뀐 점은 이를 고스란히 입증해 준다. 그리고 그러한 변화는 앞서 언급한 것처럼 노동문학의 무게중심이 노동자 수기에서 노동소설로 이동한 궤적, 그리고 비평의 초점이 석정남의『공장의 불빛』에서 정화진의「쇳물처럼」으로 옮겨간 자취와 맞물려 있었다.

이러한 정치·사회·문화적인 변화의 흐름 가운데 1980년대 전반기 여성 노동자들의 장편 수기에서 형상화되었던 노동자들의 감성적 연대는 계급적 정체성과 이념, 거기서 비롯되는 전투적인 파토스에 의거한 연대로

대체되었던 것이다. '감성－여성적인 것－비정치적인 요소혹은 정치의 미달태'
와 '과학적 이성·이념－남성적인 것－정치적 실천의 심급'으로 구성된 이
두 인식론적 계열체가 공고하게 자리 잡고 있는 한, 노동자들의 연대에서
감성적인 요소는 혁명을 정초할 토대나 심급으로서는 충분히 강력하지도,
정치적이지도—바꿔 말한다면 '남성적'이지— 않은 것으로 간주될 수밖
에 없었다. 무엇보다도, 이후 다음 장에서 더 상세히 논의하게 되겠지만,
이 시기 체제에 저항하는 운동 세력이 추구했던 '정치'란 어떤 의미에서 헤
게모니적인 것이었기 때문에 민중이니 노동자와 같이 지배 체제의 헤게모
니에 대항할 수 있는 특권적인 주체에게 강력한 상징권력의 힘이 부여되었
다. 이때 힘의 최대치가 발휘되기 위해 필요한 응집력의 원천을 단일하고
통일적인 연대와 그것이 형성하는 통일전선에서 찾았음은 1980년대 후반
전개되던 운동론을 조금만 살펴봐도 확인할 수 있는 사실이다. 그중에서도
대표적으로 1980년대 말에서 1990년대 초 쟁점이 되었던 '(민중)통일전선
론'을 거론할 수 있을 것이다. 민중통일전선의 결성을 강력하게 주장하는
다음의 인용문은 민중 또는 노동자가 주도하는 '단일조직'의 형성과 "일사
불란하고 통일적인 연합적 조직으로의 발전", 거기서 비롯되는 자체적인
"전투력"을 강조한다.

노동자계급 대중투쟁은 정세를 주도할 만큼 성장하였다. 농민대중은 전국적
단일조직의 꿈을 실현하고 농민조합으로까지 나아가려 하고 있다. 과학기술운동,
공해운동 심지어 종교적 부분에서까지 대중투쟁의 눈부신 발전이 이루어지고 있
다. 현시기 민중통일전선은 이렇듯 성장하는 대중적 투쟁능력을 더욱 발전시키고
이 힘을 바탕으로 정세에 영향력을 끼칠 만한 수준이어야 한다. 더 이상 대중단체

간의 협의와 상층인사의 영향력에 의해 좌우되고 민주주의적 중앙집권체의 운영 원리에 입각한 일사불란하고 동일적인 연합적 조직으로의 발전을 이루어 내지 못한다면, 또 자체 전투력을 담보하지 못한다면 민중통일전선 결성문제는 대중으로부터 유리된 탁상공론이다. 명실상부한 지도체이자 투쟁체, 노동자계급과 민중의 대표자로서의 민중통일전선이 지금 절박하게 요구되고 있다.[82]

문학적 연대의 실천, 노동자 수기 읽고 쓰기의 행위

그러나 정말로 개별 주체'들'의 감성적 역량에 기댄 연대란 충분히 강력하거나 정치적이지 않은 것일까. 가변적이고 유동적인 까닭에 역사 발전 법칙에 따라 '필연적'이고 '과학적'인 혁명으로 나아갈 수 없는 것일까. 만일 그렇다면 1980년대 문학장 안팎에서 노동자 수기가 광범위하게 읽히고 쓰였던 현상과 그것이 끼친 영향력, 특별히 비평에 의해 포착되었던, 노동자 수기의 이른바 운동성과 실천성에 대해서는 어떻게 설명해야 할까. 좀 더 구체적으로 말한다면, 노동자 수기의 읽기−쓰기 행위의 연쇄 가운데 초래되는 감성의 자극, 정서의 변화와 분유, 그리고 그로 인해 주체가 겪게 되는 어떤 운동적·연동linkage적인 힘의 정체는 어떻게 규명될 수 있을까. 이 장의 마무리 작업은 이러한 물음에 대한 답을 찾아가는 일이 될 것이다.

장남수는 『빼앗긴 일터』를 마치면서 다음과 같은 말을 남긴다.

더불어 산다는 것은 얼마나 귀한 것인지 모르겠다. 비록 노동조합이란 테두리나 형식은 깨어진다 하더라도 뜨거운 가슴들이 연결되어 살아 있는 한 모든 것은 새로이 꽃필 수 있으리라 나는 굳게 믿는다.

> 이러한 믿음 하나만을 밑천으로 내가 보고 겪은 지난 일들을 정리해보았다.
> 할 애기가 너무 많은 원풍모방 9·27 사건 등이 내 서툰 기록으로, 또 당시 이미
> 쫓거나 현장 밖에서 볼 수밖에 없었던 나의 한계로 축소되고 미흡하게 된 점 조
> 합원들에게 양해를 구하고 싶다.(장남수, 256면)

노동자 수기를 읽고 쓰는 행위의 의미와 그것의 수행에 수반되는 결과
에 대해 추론의 실마리를 던져주고 있는 대목이다. 장남수는 자신이 보고
겪은 지난 일들을 정리한 이 수기가 노동조합이라는 조직은 외해되더리도
"뜨거운 가슴들이 연결되어 살아 있는 한 모든 것은 새로이 꽃필 수 있으
리라"는 믿음을 바탕으로 삼고 있다고 말한다. 그녀의 이러한 진술은 다음
과 같이 이해될 수 있는데, 먼저는 연대라는 것은 노동조합 같은 조직의
테두리와 형식이 부재해도 가능하다는 점. 바꾸어 말하면, 연대가능성은
반드시 조직의 힘으로 결정되지는 않는다는 것이다. 이러한 진술은 장남
수가 원풍모방의 민주노조에 대한 자부심을 공공연히 드러내며 노동조합
의 역할과 가치를 거듭 강조해 왔다는 점을 염두에 둔다면 상당히 의미심
장하게 다가온다.[83] 해고당한 이후 그녀는 노동자들의 연대는 조합의 형
식이나 조직력의 부재 속에서도 가능하다는 것을 직접 경험했다. 두부 가
게에서 일하면서도 원풍모방 9·27사건 당시 현장에 남아 있던 동료들의
투쟁을 힘닿는 대로 도왔던 장남수 자신이 실상 그 증인이기도 했다. 이러
한 과정 가운데 그녀는 자신을 비롯한 동료들이 경험했던 것이 바로, 그녀
가 '뜨거운 가슴들의 연결'이라는 수사적인 표현으로 대신한 감성적인 연
대라는 사실을 깨달았던 것이다.

그런데 그와 같은 연대가 가능하리라는 믿음을 갖고 장남수가 실천에

옮겼던 것은 『빼앗긴 일터』를 쓰는 일이었다. 달리 말한다면 그녀에게는 노조가 와해되고 노동자들이 각처로 흩어지며 블랙리스트로 인해 재취업이 불가능한 상황 속에서도 가능한 연대의 한 가지 실천 방식이 자신이 보고 겪은 일들을 글로 정리하는 일이었던 것이다. 기실 이 시기 문학장 안팎에서 광범위하게 확산된 노동자들의 글쓰기와 그것을 읽는 행위가 연대의 실천이었다는 사실은 당시 노동운동의 현장에서 활발히 유통되고 있었던 소식지 내지는 회보들에 대한 현장 노동자들의 다음과 같은 언급을 통해서도 확인할 수 있다.

> 장영숙 : 다 아시는 것처럼, 「민주노동」은 70년대에 민주 노동운동을 하다가 해고된 사람들과 민주 노동운동을 열망하는 사람들이 모여서 만든 한국노동자복지협의회라는 노동운동 단체에서 만들어내는 정기 간행물이고, 「원풍동지」는 1980년 당국과 경찰, 그리고 회사의 탄압에 의해 당시의 노조가 파괴되자 이때 대량 해고된 원풍모방 노동자들이 뜨거운 동지애를 계속 다져나가기 위해 만드는 것이지요.
>
> 그 사람들은 내가 알기로는 한 달에 한 번씩 정기 모임도 하면서 계속 유대를 돈독히 하고 있어요. 그리고 「원풍동지」를 통해 노동실태에 대한 관찰을 하며 정보를 교환하거나 또는 직접 자기의 생활을 글로 표현하면서 의지를 확인해 나가는 모습을 볼 수 있어요.[84]

장영숙의 말에 비추어 보건대, 현장에서 활발히 유통되었던 노조 및 노동운동 단체들의 소식지와 회보는 비단 노동자들의 목소리를 드러내고 노동 현실을 알리기 위한 운동 전략의 일환이었을 뿐만 아니라, 노동자들이 직접 자신들의 삶과 생각을 글로 표현하고 다시 그것을 읽는 읽기－쓰기의 과정 가운데 "뜨거운 동지애"와 투쟁의 의지를 확인해 나가는 장이었다. 이 시기 각종 노동자들의 글쓰기가 쏟아져 나왔으며, 그러한 활동이 노동운동에서 핵심적인 부분을 이루고 있었던 이유는 이러한 측면에서 설명될 수 있을 것이다.

한편 이를 읽기－쓰기 행위가 이루어지는 메커니즘의 내재적인 차원에서 접근해 본다면, 어떤 텍스트의 읽기는 그 텍스트에 대한 쓰기, 혹은 다시 쓰기를 수반한다는, 그러므로 읽기와 쓰기는 분리된 두 영역에 각각 존재하는 것이 아니라 언제나 연동되어 이루어진다고 보는 인지시학적 논의를 참고할 수 있다.[85] 오틀리의 표현대로 어떤 텍스트를 읽고 해석할 때 독자들은 자기 버전의 텍스트를 쓴다.[86] 노동자 수기의 경우에 그것은 글쓴이의 투쟁과 좌절, 성장과 또 다른 투쟁의 체험담에 대한 독자 자신의 경험담을 쓰는 일이 될 것이다. 이때 독자들은 수기에 기록된 체험을 자신의 생각과 감정, 경험에 비추어 자기 버전으로 재조직하는 가운데 연결점을 만들어 간다.

이와 같은 방식의 읽기－쓰기를 통한 연대의 수행은 그것이 언어 행위라는 점에서 기인한다. 브라이언 마수미Brian Massumi에 따르면 사물에 현전하는 경험의 감각적(느낄 수 있는) 자질들은 언어 활동을 통해서 각 사물의 경계를 넘나들며 '느낌의 관계felt relation'를 형성할 수 있게 한다.[87] 가령 앞서 분석했듯이 1980년대 여성 노동자들의 장편 수기 곳곳에 삽입·인용되어 있는 김민기의 노래와 찬송가가 비통한 정서를 환기시킬 때 그 노래 가사의 텍스트를 매개로 독자와 저자 사이에 만들어지는 '느낌의 관계'가 바로 노동자 수기의 감성적 연대를 가능하게 하는 것이다. 그러므로 노동자 수기에 기록된 글쓴이의 체험을 읽는 가운데 독자가 수행하는 다시쓰기가 저자와 독자 사이에서 경험의 감각적 자질들을 교환시킴으로써 둘을 연결하는 것이라고 말할 수 있다.

그런데 읽기-쓰기는 실상 보편적인 언어 활동이라는 점을 염두에 둔다면 이러한 감성적 연대가 특별히 1980년대 노동자 수기에 의해 수행되는 이유를 짚고 넘어가지 않을 수 없다. 먼저는 노동자 수기가 주체의 체험을 기록하는 글쓰기 양식이라는 점을 거론할 수 있을 것이다. 앞서 언급했던 마수미는 언어 활동의 관계적인 힘, 즉 개체 사이의 연결을 가능하게 하고 강화하는 힘과 관련해 비지각적인nonsensuous 측면을 강조했다.[88] 노동자 수기가 다루는 체험의 즉물성은 이 글쓰기의 언어를 이성과 논리적 사고의 개입으로부터 비교적 자유롭게 한다. 그렇다면 반대로 노동자 수기가 김민기의 노래와 찬송가를 주된 레퍼토리로 삼았던 것은 인과적인 사고와 판단의 제약에서 벗어나 글쓴이-텍스트-독자(들) 사이에 보다 폭넓고 비편재적인 관계망을 형성시키고자 했기 때문이라고도 말할 수 있다. 그 노래들은 그 자체로 동시대를 살아가는 글쓴이와 독자들의 공통된 체험이었고, 노동자 수기의 텍스트가 매개가 되어 바로 그러한 노래의 경험적 자질들이 글쓴이와 독자들 사이를 넘나들 수 있었던 것이다.

한편 다른 한 가지는 그것이 비록 한 개인 저자의 글쓰기임을 표방하고 있지만, 그 글쓰기를 구성하고 있는 것은 매우 집단적인 체험이라는 사실에 있다. 이는 단적으로 앞에서 인용한 대목에서 장남수가 자신의 기록이 동료들과 함께 한 투쟁의 전모를 다 담지 못하고 축소한 점에 대해 유감을 표하고 있는 것으로도 확인된다. 송효순이나 순점순의 수기에 비해 글쓴이 자신의 내면에 훨씬 더 많이 초점화되어 있는 『빼앗긴 일터』의 경우에도 이른바 9·27사건과 관련한 최후 진술이 이루어지는 장면에서는 재판 당시 조합 간부들이 진술한 내용을 그들 목소리의 울림 그대로 옮겨 놓고 있다. 요컨대 원풍모방 소속 노동자들에게 『빼앗긴 일터』는 단순히 장남수 개인의 체험 수기가 아니라 그들 모두의 투쟁기이기도 했던 것이다.

지금까지 논의한 내용들을 염두에 둘 때 1980년대 전반기에 발표된 여성 노동자들의 장편 수기 결말이 실제 그들이 벌인 투쟁의 결과와 동일하게 좌절과 실패로 귀결되는 점을 한계라고 평가할 수 없을 것이다. 1980년대 후반 비평이 클리셰저인 표현대로 '노동자 대중의 승리에 대한 전망'이 부재하다고 해서 혹은 좌절과 실패의 결말에서 비롯된 비통함이 노동자 수기의 지배적인 정서가 된다고 해서 운동성과 실천성이 희석되거나 부족해지는 것은 아니다. 오히려 노동자 수기를 읽고 쓰는 행위를 통해 글쓴이와 독자들 사이에 형성되는 정서적인 움직임과 관계망은 감성적 연대를 수행하는 노동자 수기 특유의 문학적 실천 방식이다. 그리고 이는 1980년대 노동자 수기가 노동운동과 관련해서 제공하는 하나의 시사점이 되기도 한다. 석정남의 소설 「장벽」자유실천문인협의회 편, 『노동의 문학 문학의 새벽』, 이삭, 1985이 노동조합조차 없는 어느 사업장에서 투쟁의 불씨가 처음 이는 순간을 노동자들 사이의 '장벽'이 무너지고 어떤 이가 겪는 고통을 함께 느끼게 되는 바로 그때에 포착하고 있는 것처럼, '기나긴 혁명'을 향해 나아가는 노동운동은 기본적으로 타인의 고통을 느낄 수 있는 감성의 역량에서부터 시작된다. 실로 1980년대 노동자 수기는 그 감성의 역량을 통해 이루어지는 연대의 문학적 실천이자, 그것을 길어 올리는 글쓰기 양식이었다.

4장

서사 양식의 절합과
소설 미학의 변화

1. 5·18의 '문학적' 증언과 추모

5·18, 1980년대 서사 양식의 절합 국면

지금부터는 1980년대 중반 이후 소설 양식에 일어난 변화를 살펴본다. 서론에서 언급했듯 1980년대 초 문학장에 일어난 지각 변동의 양상, 그리고 그로 인해 활성화되었던 르포와 수기 양식과의 관련성하에서 이 시기 소설 양식에 나타난 미학상의 변화를 분석하고 그 의미를 규명하는 것이 이 장에서 진행할 논의의 기본 골격이다. 이러한 논의의 전개는 소설 미학의 변화에 다음의 두 가지 요인이 작용했음을 전제하고 있다. 첫째는 문학장의 변동과 함께 나타난 양식 간의 위계 및 역학 관계의 변화이고, 둘째는 르포와 수기에서 두드러지게 나타나는 수행성이다. 각각 1장과 2, 3장의 논의를 통해 살펴본 1980년대 전반기 문학(장)의 이 두 가지 특성은 1970년대 이래 소설 창작과 비평에 가장 강한 구속력을 행사해 온 리얼리즘이 해체와 변형을 겪는 과정 가운데 작용했다. 이 점을 각각 이 장에서 문학이, 특별히 소설이 부딪혔던 5·18의 증언 문제와 노동소설에 나타나는 리얼리즘의 양가적인 속성의 측면에서 살펴본다.

한편 기본적으로 문학과 비문학, 그리고 그 하위 장르·양식들 간의 경계 및 위계를 엄격하게 구분하는 근대문학의 체계와 달리, 1980년대 문학에서는 그러한 종류의 구분 및 위계가 전복·해체되기 시작하는 특징적인 양상이 발견된다는 점을 앞선 논의에서 거듭 강조했다. 이는 이 장에서 중점적으로 논의하게 될 르포·수기와 소설이라는 이질적인 서사 양식들 간에 이루어지는 절합을 가능하게 한 중요한 요인이다. 그러나 서론에서도 언급한 것처럼 이 책의 논의는 르포·수기에서 소설로의 발전적 도식을 상정하고 있지 않다. '절합'이라는 개념의 의미 그대로 각 서사 양식들이 고립된 채 존재하는 것이 아니라 개별적으로, 동시에 서로 연결되어 1980년대 문학이라는 더 큰 질서와 구조를 만들어 낸다는 것이 이 글에서 견지하는 기본적인 시각이다. 아울러 르포와 수기가 소설과 절합되는 국면 가운데 나타난 1980년대 후반 소설 미학의 변화는 1980년대 후반에서 1990년대 초의 전환기를 거치면서 굴절되어 흔히 '1990년대적인 것'이라고 불리는 문학적·문화적 경향을 형성하는 한 축이 되었음을 논증하는 것이 이 장과 이후 결론의 주요한 목표다.

이러한 점들을 바탕으로 지금부터 진행할 소설에 관한 논의의 초점은 5·18에 대해 소설의 본격적인 대응이 이루어지기 시작한 1980년대 중반 무렵으로 이동한다. 5·18의 역사화와 증언 문제를 본격적으로 제기한 르포 『죽음을 넘어 시대의 어둠을 넘어』의 성과, 그리고 그 이후 5·18의 소설화 경향을 살펴보며, 르포와 소설이라는 서로 다른 범주의 서사 양식 간의 절합 국면에서 나타난 새로운 소설 미학을 문학적 증언의 수행이라는 측면에서 분석한다.

"50년이나 100년이 지난 문학사에서 1980년대 문학사는 〈님을 위한 행진곡〉이란 노래 가사와 『죽음을 넘어 시대의 어둠을 넘어』란 수기가 시와 소설사의 첫머리를 장식할 것"이라는 표현이 말해 주듯 1985년에 출간된 『죽음을 넘어 시대의 어둠을 넘어』는 5·18에 대한 인식론을 정초한 것은 물론이거니와, 특히 이후 5·18을 다룬 소설의 주제와 형식, 미학에 중대한 영향을 끼쳤다.[1] 황석영이 회고한 것처럼 1980년대 초에 벌어진 일련의 충격적인 사건들, 그중에서도 특히 국가폭력에 의한 대규모 학살이었던 5·18에 대해 소설은 즉각적으로 대응하지 못했다.[2] 황석영은 그 이유를 소설화 작업에 요구되는 시간적인 거리감의 미확보에서 찾는다. 그러나 이는 리얼리즘 소설가가 내릴 수 있는 원론적인 차원의 진단에 가깝고, 이후에 나온 임철우나 최윤, 그리고 1990년대 정찬 등의 소설 작품을 염두에 둘 때 5·18의 소설화가 지연된 원인은 그와 같은 미증유의 사건을 소설화할 새로운 형식과 미학을 모색하는 시간이 필요했던 것으로 보는 편이 좀 더 타당할 것이다. 분명 5·18이라는 트라우마적인 사건의 소설화는 기존과는 다른 소설의 형식과 미학을 통해 이루어져야 할 종류의 과제였다. 당시 소설의 창작 방법론과 문학적 세계관으로서 지배적인 위치를 차지하고 있었던 리얼리즘은, 1장에서 논의한 대로, 실재가 불안정한 5·18을 재현하는 문제에 봉착해 그 근본적인 한계를 드러냈다.

소설이 일종의 교착상황을 겪고 있는 가운데, 5·18을 서사화하고 담론을 재구성하는 작업에 활로를 연 것은 르포·논픽션 기록물인 『죽음을 넘어 시대의 어둠을 넘어』였다. 크게 볼 때 이 기념비적인 기록물은 항쟁 지도부의 활동과 200여 명 이상에 달하는 익명의 시민들의 개별적인 체험을 두 축으로 삼아 5·18의 전개 과정을 서술하고 있다. 이러한 구성은 5·18에 민중항쟁의 역사적 정당성을 부여하기 위한 목적성을 띠고 있었다.

민중운동의 역사적 기록은 회상자료와 체험담, 목격담에 의해서 재생되는 특성을 가졌으며, 세월이 지날수록 기억은 퇴색할 수밖에 없을 것이다. 우선 충실하게 시민들의 개별적인 체험들을 모으면, 이는 나중에 민족운동사적 평가를 위한 다른 이들의 연구자료가 될 수 있으리라 생각했다. 그뿐 아니라 그날 광주의 곳곳에서 희생된 사망자들의 유족과 부상자들이, 지금 이 시점에서 역사적 정당성을 입증받아야 한다는 책임감도 필자를 부추겼던 몇 가지 요인 중의 하나다.

기록을 하면서 필자는 여러 정다운 얼굴들을 떠올렸고, 그제야 겨우 망월동 묘지로 찾아갈 염치가 생긴 것 같다. 역사적 평가의 객관성이 확보되지 않은 1985년에 광주 5월항쟁의 개념 규정을 한다는 것은 매우 어려운 일이다. 광주는 지금도 계속되고 있기 때문이다. 그러나 이 기록은 거의 2백여 명 이상의 익명의 시민들에게서 끌어낸 것이며 그들 민중이 이 큰 사건의 원동력이었음은 사실이다. 이런 관점에서 마지막 민중항쟁 지도부를 광주 민중항쟁의 주체로 파악했다. 또한 이런 민중 주체적 시각으로부터 5월항쟁이 광주의 지역성에 머무는 사건이 아니라 민족운동의 심화된 질적 비약의 계기가 되었다는 결론이 나올 수 있었다.[3]

위에서 인용한 「머리말」에서 황석영은 『죽음을 넘어 시대의 어둠을 넘어』의 작업 방식과 그 궁극적인 목적을 밝히고 있다. 이 르포이자 논픽션 기록물은 기본적으로 200여 명이 넘는 시민들로부터 체험담·목격담을 수집하는 작업으로 이루어졌다. 이는 5·18에 참여했던 시민들의 개별적인 체험들을 민중운동의 역사적 기록으로 남김으로써 민족운동사적 평가의 토대를 마련하기 위함이었다. 황석영이 언급한 것처럼 1985년 당시 5·18에 대한 객관적인 역사적 평가와 개념 규정은 아직 이루어지지 않은 상태였기 때문에 『죽음을 넘어 시대의 어둠을 넘어』는 5·18의 역사화를 위한 일종의 밑작업이었던 셈이다. 그러나 실상은 거기서 그치지 않고 그 자체로 5·18에 민중항쟁의 역사적 의미를 부여하는 차원으로까지 나아간다. 황석영은 이 작업을 수행하는 과정에서 5·18의 실제 체험담과 목격담을 200여 명의 익명의 시민들로부터 직접 수집했다는 사실이 5·18을 민중의 주체적인 힘에 의해 이루어진 민중항쟁으로 규정할 수 있는 근거가 된다는 논리를 펴고 있다. 여기에 따르면 마지막까지 도청에 남아 있었던 항쟁 지도부를 민중항쟁의 주체로 보는 관점에서 그들의 활동을 시간순에 따라 항쟁의 서사로 재구성하고 있는 『죽음을 넘어 시대의 어둠을 넘어』는 그 자체로 5·18을 민중항쟁의 역사로서 기록하고 평가하는 작업을 수행하고 있는 것이다.

　『죽음을 넘어 시대의 어둠을 넘어』의 이러한 측면은 이후 5·18을 소설화하려는 시도들에 다음의 두 가지 방향성을 제시한 셈이 되었다. 첫째는 5·18을 민중항쟁으로서 재현하는 길이었고, 둘째는 200여 명의 시민들의 증언을 직접 수집했던 그 작업 방식 그대로, 민중항쟁의 역사의 구체적인 국면들을 구성하지만 역설적이게도 역사로 수렴되지 않는 개별적인 체험들과 목소리들, 기억들을 증언하는 길이었다. 이 책에서 주목하는 것은 후자다. 전자의 길은 5·18을 민중항쟁으로 역사화하는 담론에 의지해 리얼리즘적 재현이 봉착한 실재의 문제를 손쉽게 해결해 버림으로써, 5·18이라는 사건이 소설 장르에 일으킨 충격을 계기로 삼아 새로운 형식과 미학을 발견·발명하는 차원으로 나아갈 수 있는 가능성을 차단해 버렸기 때문이다. 즉 5·18의 실재를 메타 담론에 의해 주어진 민중항쟁의 역사적 정체성으로 대치하는 방식으로 리얼리즘 문학 체제에 일어난 균열을 봉합하며, 소설 미학을 다시 종래의 리얼리즘으로 귀착시키는 결과를 낳았다.

　전자의 계열에서 대표적인 작품으로 꼽을 수 있는 것은 윤정모의 「밤길」『12인 신작소설집 슬픈 해후』, 창작과비평사, 1985, 홍희담의 「깃발」과 같은 작품들이다. 「밤길」의 경우 5·18 당시 도청의 수습위원회에 속해 있었던 주인공 요섭이 동학군에 가담했던 증조할아버지와 식민지 시대에 일본인들에게 저항했던 할아버지로 연결되는 족보를 읊는 상징적인 장면을 통해 5·

18을 민중에 의한 저항의 역사 계보 안에 등록시킨다. 「깃발」은 『죽음을 넘어 시대의 어둠을 넘어』가 기록으로 남겨 놓았던, 시민군들을 위해 밥을 짓고 도청에서 최후까지 싸웠던 여성 노동자들을 항쟁의 주체로 재현함으로써 5·18의 민중항쟁적 성격과 의미를 소설의 내러티브로 재확인한다.[4]

후자의 방향으로 나아간 소설 작품들은 5·18을 '문학적'으로 증언하기 위한 형식과 미학을 탐색한다. 그것은 증언-재현불능 상태에 놓여 있는 까닭에 역사의 이름으로 증언되지 못하는 5·18의 트라우마적인 체험과 기억들, 그것들을 품고 있는 이름들, 목소리들, 얼굴들에 대한 증언을 문학이 수행함으로써, 리얼리즘 문학 체제하에서는 재현되지 못하는, 그리하여 증언할 수 없는/될 수 없는 자들에게 그들이 마땅히 가져야 할 그 증언의 권리를 찾아 주려는 시도다. 그리고 이는 결과적으로 리얼리즘을 넘어서는 소설 형식과 미학의 발견으로 이어진다. 그 탐색의 시도는 증언과 재현이 불가능한 상황에서부터 출발한다. 1984년 무렵 임철우의 소설이 맞닥뜨리고 있었던 문제가 바로 이 증언-재현불능의 상황이었다.

임철우 소설 속 증언불능의 죄의식

'오월작가'로 널리 알려진 임철우가 5·18의 소설화라는 그의 길고 긴 여정을 시작한 때는 바야흐로 1984년으로 거슬러 올라간다. 임철우는 1984년에 발표한 「동행」『14인 창작소설집』, 창작과비평사, 1984, 「봄날」『실천문학』 제5집, 1984.10, 「직선과 독가스」『세계의 문학』, 1984.12에서부터 본격적으로 5·18을 다루기 시작한다. 이 세 편의 소설은 공통적으로 1980년 5월 이후 삶과 존재 방식의 근본적인 변화, 그리고 그 사건으로 인해 트라우마를 겪는 인물들을 세밀하게 살핀다. 그리고 이듬해 발표한 「불임기不姙期」『그리운 남쪽』, 문학과지성사, 1985와 「사산死産하는 여름」 『외국문학』 5집, 1985.7에서는 알레고리 수법을 동원해 5·18의 문제에 점근적으로 접근해 가는 양상을 보여 준다.

1984년에 발표된 세 편의 소설은 모두 5·18 이후의 광주를 배경으로 그 학살에서 살아남은 자들의 죄의식에 관해 이야기하고 있다. 이때 그 죄의식은 크게 두 층위로 나뉘는데, 일차적으로 그것은 죽지 않고 살아남았다는 사실에서 비롯되는 죄의식이다.[5] 「봄날」의 상주가 겪는 트라우마의 밑바탕에는 이 죄의식이 깔려 있다. 성경 창세기에 등장하는 카인과 아벨의 모티프로 형상화되는 상주의 죄의식은 아벨의 죽음을 두고 카인의 죄를 물었던 여호와의 음성이 이제 홀로 살아남아 돌아온 상주 자신을 향해 들려오고 있다는 정신착란의 증상으로 나타난다. 이처럼 상주가 자신의 생존을 죄스럽게 여기는 이유는 자신의 집 대문을 두드리던 명부를 죽도록 내버려 두었다는 사실에 있다. 그리고 이 살아남은 자의 죄의식은 비단 소설 속 인물인 상주뿐만 아니라 작가 임철우 자신의 오랜 죄의식이기도 했다. 임철우는 다음과 같이 고백한다.

> 그러나 그 열흘 동안 나는 끝내 아무 일도 하지 못했다. 공수부대의 잔혹한 살상 현장을 보면서 미칠 듯 분노하고 울고 치를 떨면서도, 정작 그래야 할 순간에는 죽음이 두려워 뛰어들지를 못했던 것이다. 최후의 날 새벽, 온 도시의 하늘과 땅을 찢어발기며 폭포처럼 쏟아지는 총탄소리와 살려달라는 여학생들의 처절한 가두 방송을 들으면서도 다만 방안에 웅크린 채로 통곡하던 기억……. 그 이후 그것은 내 삶 속의 가장 고통스러운 악몽이 되었다. 아무 일도 못했다는 사실, 비겁하게 살아남아 있다는 죄책감과 부끄러움, 자기혐오감에 끝없이 시달렸다.[6]

그러나 이 글에서 보다 중요하게 다루려 하는 것은 두 번째 층위의 죄의식, 즉 죽은 자들의 죽음을 증언하지 못하는 데서 비롯되는 죄의식이다. 이 증언불능에 대한 죄의식이 중요한 것은 바로 5·18에 대한 소설의 재현불능 문제가 이 지점에서 징후적으로 드러나는 까닭이다. 아울러 이 작은 균열에서부터 비로소 리얼리즘 문학 체제의 한계가 가시화되기 시작한다는 점은 이에 대한 특별한 주목을 요청한다.

> ……기억하라. 너는 이제 벙어리 아들을 낳으리라. 아벨을 묻은 피에 젖은 네 두 손의 업보로서, 그 배신의 증거로서, 내 손수 네 아들의 혀를 자르리라. 그리하여, 뭉툭하니 잘려나간 네 아들의 입속을 들여다보며 그날의 네 죄악을 기억하게 하여 주리라. 심중의 진실을 전할 수가 없어서, 심장을 터뜨릴 듯 부릅뜬 눈을 터뜨릴 듯 먹먹하게 다만 바라보며 제 가슴팍만 맨주먹으로 두들기기만 하는 아들의 얼굴을 들여다보면서 네 가증한 배신의 흔적을 확인하게 하리라.[7]

상주의 일기는 죽은 자들과 그들의 죽음에 대한 진실을 증언할 수 없는 고통으로 가득 차 있는데, 그 고통은 혀가 잘린 아들을 낳으리라는 저주에 대한 은유로 대치된다. 잘린 혀의 모티프는 「불임기」에서 다음과 같이 다시 한번 등장한다. "「없다! 없어! 혀가 잘라져 버렸어.」 / 아이의 입안엔 뭉툭하니 뭉쳐진 살덩이의 흔적만 남아 있을 뿐이었다. 아직 까맣게 피멍울이 맺힌 그 끝은 분명히 누군가에 의해 잘려진 듯했다."[8] 무릇 5·18과 같은 대규모의 학살, 그리고 참사에서 살아남은 자들에게는 증언의 의무와 권리가 동시에 부여되기 마련이다. 임철우 본인도 살아남은 이상 스스로에게 "증언할 의무와 진실을 전달할 책임이 있다"는 다음과 같은 믿음으로 5·18에 대한 소설을 썼다고 고백한 바 있다.

> 나는 증언할 의무가 있다고 스스로 믿었어요. 나는 왜 그때 광주에 있었을까
> 살아남은 나에게 무슨 일이 남아 있을까. 나는 왜 하필이면 작가가 되었을까.
> 오월 광주 언저리에서 계속 살아온 내 개인사를 돌이켜보면서 광주 사람만이
> 아는 진실을 전달할 책임이 나한테는 있다고 믿었죠.[9]

또한 5·18은 임철우를 소설가의 길로 이끈 근원적인 체험이었음을 작
가 스스로 다음과 같이 회고한 바 있다.

> 그 해 몇 달 동안의 기억을 더듬어내는 건 고통스러운 일이다. 꽤 오랫동안
> 나는 아무 책도 읽고 싶지 않았고 아무 것도 쓰고 싶지 않았다. 나는 무너진 거대
> 한 담벼락 밑에 깔려 나자빠져 있었고, 반쯤 얼이 빠진 채 허우적거리고만 있었
> 다. 그러다가 늦가을이 되었다. 어째서인지 모르지만, 그때서야 나는 별안간 소
> 설을 써야 한다는 강렬한 욕구랄까 의무 같은 것에 사로잡히게 되었다. 누군가
> 에게 뭔가를 전해주어야만 한다는, 뭔가를 이야기하고 뭔가를 소리치지 않으면
> 견딜 수 없을 것 같다는 그런 절박하고도 간절한 충동이 거의 강박관념으로 나
> 를 몰아대었다.[10]

그러나 소설에서는 상주가 살아남은 자의 "업보"이자 "배신의 증거로
서" 증언할 수 없는 저주를 받았다고 언명한다. 그는 "심중의 진실을 전할
수가 없"고, "다만 바라보"기만 할 수밖에 없다. 이 증언불능에 대한 죄의
식은 살아남았다는 것 이상으로 그를 더욱 고통스럽게 만든다. 상주는 왜

그날 벌어진 숱한 죽음들, 그러니까 그 학살에 대해 증언할 수 없는가. 임 철우의 소설 「봄날」은 이 증언불능의 상황을 언어와 실재가 맺는 관계에 대한 다음과 같은 인식을 통해 드러낸다.

그 동안에도 가상 적기에 피습당한 어느 방직 공장에서는 이천여 명의 종업원 들이 신속히 방공호로 대피하고 있었으며, 한 고등학교 교정으로 투하된 종류 미상의 가상 화학 무기에 대한 제독 작업이 학생들에 의해 실시되고 있었다. 적 기의 내습으로 공장 일부가 파괴되고 사망 칠 명, 부상 이십 오 명의 인명 피해를 냈지만 종업원들의 신속하고 일사불란한 행동으로 복구 작업은 무난히……. 젊 은 어나운서의 매끄러운 음성은 쉴 새 없이 숱한 가상의 언어를 꽃집 안에 가득 히 피워내고 있었다. 그 갖가지 낱말 하나하나는 수백 수천 마리의 벌떼가 되어 꽃내음 그득한 실내를 어지러이 맴돌게도 하고 더러는 유리창에 달라붙어 붕붕 날개짓을 해대고 있는 듯했다. 그 가상의 언어들은 세상 어디에도 결코 존재하 지 않는 전혀 가상의 상황을 구성하고, 또한 그 허구의 상황은 바로 이 순간, 꽃 집 안에 갇혀 있는 우리들의 눈앞에서 놀랍게도 생생하고 확실한 현실로서 재생 되고 있는 것이었다. 그것은 실로 기적 같은 언어의 변신이었다. 때문에 이 순간 살아있는 우리들은 누구나 모두 그 가상의 언어에 포위된 채 다만 허구의 시간 과 허구의 공간 속에 존재하는 허구의 인물에 지나지 않을 따름이었다. 기억하 라. 카인아. 너는 벙어리 아들을 낳으리라. 내 손수 네 아들의 혓바닥을 자르리 라. 기억하라. 기억하라. 나는 문득 텅 빈 거리 어디에선가 저주하는 듯한 상주의 목쉰 외침을 들었다.[11]

지금 '나'와 병주, 순임은 민방공 훈련을 진행하는 라디오 방송을 듣고 있다. 아나운서는 실제로 벌어지고 있지 않은 일들, 가령 가상의 적기에 의한 피습이나 화학 무기에 의한 공격, 이에 따른 인명 피해 등을 마치 지금 벌어지고 있는 실제 상황인양 중계한다. 바로 그 순간 아나운서가 발화하는 언어들은 실제 현실이 아닌 허구를 현실로 구성하고, '나'와 병주, 순임은 그 허구가 오히려 "생생하고 확실한 현실로서 재생되고 있는 것"을 경험한다. 이 장면에서 소설은 언어가 실재를 가리키거나 비추는 것이 아니라, 오히려 실재가 아닌 것을 실재로 구성하는 사태가 벌어지고 있음에 대해 서술하고 있다. 바꿔 말하면 언어가 재현하는 실재란 어떤 사물과 현실에 대해 본디 주어진 본질이 아니라, 오히려 언어에 의해 인가되고 구성된 가상인 것이다. 그리하여 언어를 통해 재현될 수 있는 실재, 증언될 수 있는 사태의 진실의 자리는 공백으로 남겨져 있는 것이다.

이와 같은 사태는 5·18이라는 사건을 둘러싼 특수한 상황으로 인해 극명하게 경험되고 인식되었다. 이는 위에서 인용한 민방공 훈련 장면에 대한 서술이 실상 5·18 당시를 투사하고 있는 것이라는 점을 염두에 둘 때 보다 명백해진다. 1980년 5월 당시 신군부에 완전히 장악 당한 언론이 광주에서 일어나고 있는 일들을 불순세력의 '폭동'으로 왜곡 보도했음은 주지의 사실이다.[12] 기실 계엄령이 내려졌던 당시 광주는 외부와 철저히 차단되었고, 공수부대의 만행을 고발하고 시민들의 투쟁을 독려하는 목소리를 담은 '호소문', '선언문', 그리고 이후 「투사회보」와 「민주시민회보」 등 여러 형태로 제작된 유인물들은 물리적인 경계와 거리의 장벽을 넘지 못했다.[13] 따라서 당시 광주를 제외한 한반도 전역에서는 흡사 「봄날」의 민방공 훈련 장면에서 '나'가 진술하고 있는 것과 같은 "기적 같은 언어의 변신"이 벌어지고 있는 중이었다. "가상의 언어들은 세상 어디에도 결코 존재하지 않는 전혀 가상의 상황을 구성하고" 있었고, "갇혀있는 [그들]의 눈앞에서 놀랍게도 생생하고 확실한 현실로서 재생되고 있는 것이었다".

상주의 일기에 적힌 "너는 벙어리 아들을 낳으리라"는 저주는 정확히 이러한 상황 속에서 벌어지는 5·18의 증언불능 사태를 비유적으로 진술하고 있다. 이 증언불능 사태를 단순히 신군부 정권의 언론 탄압과 폭압적인 통제에 따른 것으로 이해하기보다 언어적·문학적 차원에서 파악할 때, 문제의 핵심은 살아남은 자들이 증언할 실재가 부재하다는 데 있다. 그들의 언어가 가리켜야 할 희생자들의 죽음과 저항으로서의 5·18은 존재하지 않(고 오직 폭도들이 벌인 무장폭동만이 존재하)기 때문에 그들의 증언은 증언으로 받아들여지지 않는다. 그들의 언어는 친구와 이웃, 시민들의 죽음을 입증할 수 있는 권위를 지니지 못했고, 따라서 그것을 실재로 구성시킬 수 없는 까닭이다. 이로써 그들의 증언 자체가 무력화되며, 오히려 그들이 증언할 때 역설적으로 그들 자신과 그들이 증언으로써 대변하고자 했던 희생자들을 배반하게 되는 결과를 낳는다. 따라서 상주의 저주대로 그들은 "벙어리 아들을 낳"거나, 스스로 벙어리를 자처하게 되는 사태에 처하는 것이다.

리오타르가 지적했듯 언어를 가지고 있으며 발화할 수 있는 능력을 가진 존재인 인간들이 말하지 않는 것은 "그들이 말할 경우 최악의 위험을 겪게 되기 때문에, 또는 일반적으로 본다면 그들이 지닌 말하기의 능력에 대한 직간접적인 침해가 일어나기 때문이다".[14] 여기에 따르면 증언불능의 사태는 그들의 말, 곧 증언의 역량에 가해지는 침해로 인해 발생한다. 5·18이 오직 '폭동'으로만 존재하는 상황 속에서 살아남은 자들의 증언 능력은 부정되고—아무도 그들이 증언하는 진실을 믿어 주지 않기 때문에—, 따라서 그들은 자신들의 증언을 지키기 위해 역설적으로 증언하지 않는 편을 선택할 수밖에 없다. 이러한 연유로 택하게 된 침묵은 그들에게 증언해야 한다는 의무를 저버렸다는 죄의식을 갖게 만든다.

그러나 침묵과 그것을 둘러싼 죄의식을 단순히 부정적인 것으로 치부할 수 없는 까닭은 그것이 그들이 경험한 대규모의 폭력과 학살, 그리고 희생자들의 죽음에 대한 부인이나 외면을 의미하지 않기 때문이다. 또한 침묵—그 사건의 참혹함이 언어를 초과하는 무게와 강도를 지녔다는 이유에서 감히 그것을 입에 올릴 수 없다는 이미의 침묵—을 통해 사건을 언어로 형상화할 수 없는 어떤 초월적이고 숭고한 것으로 박제하고 있는 것도 아니다. 그들의 침묵은 오히려 증언불능 사태의 임계를 가리키는 표지이자 그 임계점을 넘어 증언의 새로운 형식에 대한 발견·창조로 나아가는 어떤 과도적인 단계를 암시한다.

그와 같은 맥락에서 상주의 일기를 해석할 때, 벙어리의 저주 뒤에 이어지는 다음과 같은 예언의 목소리는 자못 의미심장하다.

구원을 외치며 새벽거리를 달리던 네 형제 아벨을 위하여, 끝끝내 열리지 않는 너희 집 대문 앞에서 허물어져 버린 그의 통곡을 위해, 빗장을 걸어 잠그고 이불 속에 드러누워 그의 외침을 부인하던 너와, 그리고 더 많은 네 이웃들을 위해 내, 너로 하여금 벙어리자식을 낳게 해 주마. 그리하여 네 스스로 아들에게 말하는 법을 가르치도록 하여 주마. 말이란 세 치 혓바닥으로만 하는 것이 아님을, 그것은 손짓과 발짓과 몸짓으로, 온몸으로 전해야만 하는 것임을, 마침내 너희 스스로 깨닫게 될 때까지, 나는 너희로 하여금 벙어리의 수화를 가르치도록 하여 주마…….[15]

저주는 벙어리 자식을 낳는 형벌로 끝나지 않는다. 형벌에 수반되는 것은 벙어리 아들에게 말하는 법을 새롭게 가르쳐야 한다는 사명이다. 소설은 살아남은 자들이 "말이란 세 치 혓바닥으로만 하는 것이 아님을, 그것은 손짓과 발짓과 몸짓으로, 온몸으로 전해야만 하는 것임을" 깨달으며 "벙어리의 수화"를 스스로 훈련하고 또 가르치게 될 것이라고 예언한다. 결국 살아남은 자들에게 주어진 사명은 5·18을 둘러싼 증언불능의 사태 속에서 증언의 새로운 형식을 찾아내는 것이며, 문학의 맥락으로 접속될 때 그것은 5·18을 "세 치 혓바닥"으로 전달할 수 있는 명징한 메시지 대신, "손짓과 발짓과 몸짓으로, 온몸으로" 증언-재현할 수 있는 새로운 문학적 형식과 미학의 창조를 의미하게 된다.

증언-재현불능 사태, 리얼리즘 문학 체제의 한계

이러한 인식은 같은 해에 발표된 「직선과 독가스」에서 보다 본격화된다. 「직선과 독가스」에서도 예의 증언불능의 사태가 「봄날」의 상주와 마찬가지로 정신분열증에 시달리는 한 만화가의 독백을 통해 표출된다. 그런데 여기서는 5·18에 대한 증언불능과 소설의 재현불능이 결합되어 있는 지점이 보다 분명하게 드러나며, 이 증언-재현불능의 사태를 극복하고자 하는 작가의, 그리고 그와 동시에 소설의 것이기도 한 몸부림 또한 발견된다. 소설 속에서 주인공이자 화자인 '나'는 "그해 오월, 바로 저 광장을 돌아 길다랗게 열을 지어 사라져 버린 숱한 사람들의 행방"이나 "그 많은 사람들은 왜 아무도 돌아오지 않느냐"는 물음, 그리고 1980년 늦봄 평상시와 다를 바 없이 집을 나섰으나 결국 돌아오지 못한 "해남댁 늙은이의 외아들"에 대해서는 "끝내 아무 말도 해 보지 못"한다.[16] 그리고 그것은 소설 역시 마찬가지다. 주인공인 '나'는 이처럼 5·18에 관한 명시적인 사실들은 입 밖으로 발화하지 못하고, 다만 그것을 정체를 알 수 없는 독가스나 어떤 종류의 환영과 같은 불분명한 징후로써 감지할 뿐이다.

그런데 바로 그 순간에 난 보았습니다. 분명히 이 두 눈으로 똑똑히 목격했다니까요. 지금껏 내가 아무리 얘길 해도 만나는 사람마다 모두 거짓말이라고, 헛것을 본 것이라면서 믿어 주지 않았지만, 엠병할, 그건 진짜라구요. 분명히 보았단 말입니다. (…중략…) 하지만 말씀에요. 그게 환영일 뿐이라는 사실이 난 믿어지지가 않아요. 왜냐면 분명히 나는 보았기 때문이죠. 정말이라니까요.

사람들이었어요. 수많은 아이들과 젊은이들, 그리고 더 나이가 들어 보이는 남자와 여자들의 모습이 보이기 시작했습니다. 거기 칠흑 같은 어둠 속, 바로 그 광장 한가운데에서 말입니다. (…중략…) 그 해 늦은 봄 어느 날 바로 그 자리마다에 엉겨붙은 검붉은 얼룩과 숱한 발자국과 고함소리, 그리고 누군가의 식어가는 마지막 숨결들까지도 하나하나 들춰내고 있었습니다. 하나·둘·넷·다섯·열·열 둘…… 어느덧 광장은 수십 수백의 그림자로 채워지기 시작했는데, 그들은 한결같이 입에 빨간 꽃잎을 하나씩 물고 있는 채로였어요. 자목련 꽃이파리만큼이나 크고 넓적하면서도 훨씬 곱고 선연한 붉은색 꽃잎은 그들의 입술과 뺨에도, 목덜미와 가슴과 옆구리와 허벅지에도 붙어 있었습니다. 그 때문에 온통 붉게만 보이는 그들의 얼굴은 이윽고 한덩어리가 된 채 천천히 움직이기 시작했지요. 한 두름의 굴비처럼 길다랗게 꿰어진 그들이 한 줄로 길게 늘어서서 느릿느릿 걸음을 옮길 때마다 절걱대는 차꼬 소리와 땅에 끌리는 쇠사슬 소리가 들려오는 것 같았습니다.[17]

이 소설에서 가장 강렬한 이미지로 이루어져 있는 위의 장면은 '나'가 금남로 근처에서 본 희생자들의 환영을 묘사하는 대목이다. 목격자로서 그가 증언할 수 있는 것은 오직 이와 같은 환영뿐이다. 희생자들은 선연한 붉은색 꽃잎을 물고 있는 그림자의 은유적인 이미지로 표현되며, 그들의 행적이나 행방, 구체적인 사정은 서술되지 않는다. 때문에 이 소설에서 '나'는 목격자, 혹은 증인의 지위를 차지하지 못하고, 다만 그가 본 환영을 스케치북에 그려 목에 걸고는 "「저는 지금 정체를 알 수 없는 독가스와 독극물로 인해 날마다 죽어 가고 있습니다. 제발 저를 살려 주십시오. ─단식 사흘째」"라고 쓰인 표지판을 든 정신분열증 환자로 묘사될 뿐이다.[18]

임철우의 소설 속 인물들이 처한 이 증언불능의 상황은 소설 자체의 재현불능에 대한 일종의 비유이기도 하다. 「직선과 독가스」에서 '나'가 희생자들의 환영을 목격한 이후부터 만화를 그릴 수 없게 된 것은 증언과 재현의 불능이 상호교차하고 있는 상황을 드러낸다. 기실 그는 "텅 빈 백지의 공간에 최초의 한 점을 똑 떨어뜨린다는 사실이 별안간 엄청난 의미"로 다가왔고, "세상의 모든 사물을 추호의 의심도 없이 두 쪽으로 날렵하고도 완전하게 갈라놓는 바로 그 강력하면서도 단호한 선"을 그릴 수 없게 되었다고 호소한다.[19] 여기서 말하는 직선이 세상의 모든 사물과 존재를 정확하게 재현할 수 있다고 믿어져 온 언어에 대한 비유라면, 직선을 그리지 못하게 된 '나'의 불능 상태는 5·18에 대한 언어의, 나아가 소설의 재현불능 문제 위로 포개어진다. '나'가 그날 밤 목격한 희생자들의 행렬이 다만 환영에 불과한, 증언할 수 없는 대상인 것처럼 5·18은 소설이 재현할 수 없는 부재하는 실재이며, 따라서 소설은 부재하는 실재를 포착할 수 있는, 달리 말하면 재현을 대신할 다른 증언의 형식을 모색하는 일을 요청받게 되는 것이다.

앞서 1장의 논의를 통해 언급했듯 재현은 재현의 대상인 실재의 문제가 해결되지 않은 상황에서는 작동하지 않는다. 때문에 재현으로써는 증언되지 않는 5·18의 증언-재현불능 사태는 재현에 기초하고 있는 리얼리즘 문학 체제의 한계를 드러내는 표지다. 1984년을 전후로 한 시기의 임철우 소설은 바로 그와 같이 한계를 드러내기 시작한 리얼리즘 문학 체제의 균열 사이로 출현한 것이었다. 또한 그 한계를 앞에 두고 증언의 새로운 형식을 창조하기 위한 몸부림들은 소설 속에서 예컨대, 정신분열에 시달리는 인물들의 환영이나 환청에 대한 기록「봄날」에서 상주의 일기과 진술「직선과 독가스」에서 '나'의 독백로, 또는 작가로서 임철우가 실험한 알레고리적인 소설의 형태「불임기」와 「사산하는 여름」로 나타난다.[20]

증언-재현불능의 사태를 "쟁론"이라는 개념으로 정립한 리오타르에 따르면, "쟁론을 위한 관용어를 발견하여 쟁론을 증언하는 것은 문학과 철학의 쟁점일 뿐만 아니라, 아마도 정치의 쟁점"이기도 하다.[21] 증언-재현불가능한 어떤 대상과 사건을 증언하는 것, 다시 리오타르식으로 말하면 "쟁론을 증언하는 것"은 "새로운 수신자, 새로운 발신자, 새로운 의미작용, 새로운 지시체를 설립한다는 것을 의미"하며 "이는 문장들의 형성과 연쇄를 위한 새로운 규칙을 요구"한다.[22] 그리고 문학이 이 과제를 수행하는 과정에서 창안할 "새로운 규칙"이란 결국 발신자와 수신자, 의미작용과 지시체를 완전히 새롭게 구성하는 새로운 형식과 미학의 수립일 것이다. 지금부터는 5·18을 증언하기 위한 문학의 형식적·미학적 실험에 관한 보다 구체적이고 세부적인 장면들을 최윤의 「저기 소리없이 한 점 꽃잎이 지고」에서 확인하게 될 것이다.

최윤 소설 속 추모와 기억의 문제

최윤의 등단작인 「저기 소리없이 한 점 꽃잎이 지고」『문학과사회』 1988.여름, 이하 「꽃잎」는 비슷한 시기 5·18의 소설화 작업에 매달렸던 임철우, 그리고 홍희담의 소설과 함께 5·18에 대한 "가장 뛰어난 증언의 문학의 하나"라는 평가를 받았다.[23] 그러나 이때 최윤의 소설은, 1980년대 후반부터 임철우가 「붉은 방」이나 장편소설 『봄날』의 밑바탕이 된 「불의 얼굴」『문학과사회』 1990.봄~1992.봄 연재을 통해 시도하기 시작한 5·18의 총체적인 재현이나, 5·18을 계급적 관점에서 재구성하려는 홍희담의 「깃발」의 작업과는 뚜렷하게 구별되는 '문학적'이고 비의적인 방식, 즉 "고통의 아름다움화"라는 측면에서 주목받았다.[24] 이러한 평가를 뒷받침하는 근거는 대체로 이 소설이 주인공 소녀의 내면을 통해 5·18을 존재론적 비극으로 형상화하고 있다는 점에 있었다. 이에 따라 한동안 이 소설에 대한 비평과 연구는 트라우마에 시달리는 소녀의 의식과 내면에 주목하는 정신분석학적 분석에 할애되었다.[25] 또한 라캉의 '부재' 개념과 관련해 폭력의 대상이자 광기로 묘사되고 있는 주인공 소녀의 타자성을 규명하는 논의도 잇따랐다.[26]

「꽃잎」의 소녀가 부재하는 실재로서의 타자의 면모를 지니고 있음은 분명하다. 그러나 이 소설을 그와 같이 소녀의 타자성에 국한시켜 보게 되면, 이 글에서 논의하는 문학적 추모의 정치성과 같이 문학이 대상의 타자화를 극복하기 위해 벌이는 시도 가운데 발견·창조되는 가능성들은 독해되기 어렵다. 실제로 타자성에 주목한 비평은 소녀가 "사회적 제관계의 결들이 지워진 순수한 혹은 신비한 실체로 현시"되고 있는 이 소설의 한계를 지적하는 데서 멈추고 있다.[27] 혹은 주인공 소녀를 "남성성의 세계로부터 유폐되었던 타자"로 분석하고, 소설에 대해서는 "오월에 대한 여성적 글쓰기의 절정에 있다"는 평가를 내리는, 여성성 및 여성적 글쓰기에 대한 해석에 머문다.[28] 문학 비평과 연구에서 타자 개념에 근거해 타자성에 대해 분석하는 작업이 차지하는 유리한 위치는 주체중심주의의 해체로 요약될 수 있다. 그것이 거둔 성과가 결코 가볍지 않다는 것 또한 주지의 사실이다. 그러나 그러한 작업은, 가령 5·18에 대한 문학적 접근과 관련해서 말하자면, 광주에서 일어난 학살을 체험한 자들과 체험하지 않은 자들 사이에 건널 수 없는 심연을 문학이 어떻게 극복할 수 있는지에 대해서는 답하지 않는다.

보다 긴요하게 요청되는 것은, 특히 5·18과 같은 문제에 관한 한, 문학이 타자(성)를 사유하고 그것과의 관계 맺음을 실천할 수 있는 가능성과 방식을 탐구하는 일일 것이다. 이와 관련해서 이 소설의 주요한 모티프이자 그 자체로 서사의 구조를 이루는 기억, 그리고 추모commemoration의 정치를 살펴본다. 본격적인 논의에 앞서 이 글에서 정의하는 추모는 개별적인 기억과 욕망을 억압하는 공통의 단일한 기억과 그와 같은 종류의 기억을 만들어 내는 행위, 또는 의례화·제도화된 의식이 아님을 밝혀둔다.[29] 여기서 주목하는 것은 문학의 추모, 즉 문학적인/문학에 의한 추모이자 문학작품을 읽고 쓰는 행위를 통해 추모를 수행하는 양상이다. 5·18에 대한 소설의 증언-재현불능 사태를 해소할 수 있는 실마리가 발견되는 것은 이 지점에서다. 최윤의 소설은 증언불가능한 사태에 처한 5·18의 희생자들과 살아남은 자들에게 증언의 능력과 권한을 부여하는 방식의 추모를 수행한다. 이는 동시에 5·18에 관한 증언-재현불가능한 형태의 기억들이 소설 속에서 지각될 수 있는 형태로 재편됨에 따라 증언의 형식을 얻는 작업과 함께 이루어진다.

이 모든 과정은 「꽃잎」의 가장 기본적인 서사 구조이자 모티프인 기억에서부터 출발한다. 주인공이자 주요 서술자 중 한 명인 소녀 '나'는 자신이 목격했던 엄마의 죽음을 기억해 내야 한다는 강한 의지 내지는 강박에 사로잡혀 있다. 그것은 가령, "가장 깊은 수면의 시간에조차 그녀의 기억을 덮쳐 누르는 가위의 무게"가 되어 '나'를 압도한다.[30] 그러나 '나'의 기억은 매번 어느 중요한 대목에 이르면 다음과 같이 갑작스레 "검은 휘장", "검은 장막"이라고 일컬어지는 것에 의해 중단된다. 소설의 뒷부분에 가서 밝혀지지만 "검은 장막"으로 인해 가려진, 중단된 대목의 기억에는 '나'가 총에 맞아 쓰러진 엄마의 손을 뿌리치고 도망쳤던 일이 포함되어 있다. 그러한 까닭에 '나'에게는 기억하는 것 자체가 견딜 수 없는 고통이다. '검은 휘장'은 그 고통으로부터 자아를 지키기 위해 '나'의 무의식이 만들어 낸 일종의 방어기제인 셈이다.

그럼에도 불구하고 '나'는 거듭 엄마가 죽임을 당한 그 순간을 기억해 내기 위해, 그리고 기억을 방해하는 장막을 벗겨 내기 위해 애쓰는데, 이는 임철우의 소설 속 살아남은 자들과 마찬가지로 '나' 역시 학살당한 희생자들 대신 증언해야 할 의무를 지고 있기 때문이다. 기실 소설 속에서 그려지는 '나'의 기나긴 여정은 "오빠한테 가서 모든 얘기를 해주어야" 한다는 일념하에 시작된 것이기도 했다.777면 여기서 '나'의 기억은 그 자체로 오빠에게 증언할 내용을 구성한다는 점에서 증언을 성립시키는 필수 요건이다. 증언은, 어떤 의미에서, 기억이라는 행위를 수행하는 하나의 형식이다.[31] 그러므로 기억에 대한 집착은 사실상 증언을 향한 몸부림이다. 동시에 살아남은 자들의 증언이 죽임당한 자들은 더는 행사할 수 없게 된 말의 권리를 대행하는 행위라는 점을 염두에 둔다면, 또한 그들의 증언이 학살을 은폐·왜곡하는 지배 권력에 맞서는 행위라는 사실을 고려한다면, 그러한 증언을 가능하게 하는 기억의 수행은 중대한 정치성을 갖는다.

그런데 기억이 일반적인 의미의 증언이 되기 위해서는 언어화·문장화의 공정을 거쳐야 한다. 다시 말해 일반적으로 법적 구속력을 갖는 증언은 목격한 것들에 대한 기억을 재현하는 문장들의 연쇄로서 하나의 일관된 서사 형식을 갖추어야 한다. 그러나 '나'의 기억은 중요한 순간에서 끊기거나 어떤 장면들을 누락하고 있으며, 언어화되기 힘든 감각의 잔여물, 가령 '나'의 표현대로라면 "소리·몸짓·얼굴들"의 흔적으로 남아 있다.740면 '나'의 기억은 적절한 증언의 형식은 물론이거니와 문장의 연쇄조차 갖추기 어렵다. 따라서 '나'의 기억은 소설 속 인물들을 향해 단 한 차례도 '발화'되지 않는다. 사람들에게 '나'는 언제나 침묵하고 있거나 기껏해야 "이해할 수 없는 몇 마디 말"을 입 안에서 굴리고, "섬뜩하게 하는 웃음"을 흘리는 모습으로 비춰진다.732면 실제로 소설 속에서 '나'의 1인칭 시점을 빌려 서술되는 목소리는 모두 '나'의 내면과 의식의 흐름에 불과하며, 그것을 전달받는 이는 오직 소설 외부에서 소설 텍스트 전체를 아우를 수 있는 특권을 지닌 독자뿐이다. 원칙적으로 소설 속 현실을 구성하는 인물들과 '나' 사이에는 어떠한 언어적인 소통도 가능하지 않다. 다시 말해 '나'는 그들에게 증언할 수 없다.

이 지점에서 이 소설 텍스트가 기억을 취급하는 방식에 대한 분석이 중요한 이유를 언급할 필요가 있다. 그것은 이 소설이 5·18에 대한 기억을 완결된 서사의 형태로 재조직·재현하는 대신 감각할 수 있는 형태로 환기시킴으로써 리얼리즘적 재현을 넘어서는 증언의 토대를 만들고 있다는 점이다. 확실히 최윤의 소설에 나타나는 증언불능의 사태는 임철우 소설의 그것과는 다르다. 임철우의 소설이 언어가 증언—재현할 수 있는 실재, 또는 사건의 진실로서의 5·18이 부재한 상황 때문에 증언—재현불능의 사태에 직면해 있다는 인식을 드러내고 있다면, 최윤의 소설은 보다 근본적으로 언어 자체에 내재한 불능/무능에 초점을 맞추고 있다. 이 차이는 임철우와 최윤의 소설이 갈라지는 분기점이기도 한데, 예컨대 1990년대 임철우의 소설이 장편소설『봄날』과 같은 5·18에 대한 역사적·총체적 재현의 길을 택하게 된 것은 소설이 부재하는 5·18의 실재를 승인하고 확립해 줄 역사에 근접한 서사가 되어야 한다는 문제의식에서 기인한다. 즉 그에게 5·18에 대한 증언—재현불능의 사태는 소설이 메타언어로서의 역사의 역할을 대신 감당하는 방식을 통해 해결될 수 있는 문제로 파악되었던 것이다. 따라서 5·18의 실재에 대한 사회적 합의가 이루어지기 시작하는 1990년대에 이르면 임철우는 리얼리즘적 재현의 길에 들어선다. 반면에 최윤의「꽃잎」에는 언어가 실재를 완벽하게 구성할 수 없으리라는 불신이 깊이 각인되어 있다. 그것은 다른 어떤 것으로 환원해서 다룰 수 없는—그리하여 언어에 의해 어떤 특정한 형상으로 재현될 수 없는—질료의 포획에 실패할 수밖에 없는 언어의 좌절이다.

언어적 재현 너머의 기억

학살과 같이 극도로 고통스러운 기억의 경우, 그 기억에 대한 증언의 수행은 종종 모리스 블랑쇼Maurice Blanchot의 표현대로 언어의 '위험한 문턱perilous threshold' 앞에서 부딪치는 어떤 한계에 대해 더욱 민감하다.[32] 그 한계란 증언하는 대상의 실재를 오히려 감추거나 사라지게 하는 언어의 부정성에서 비롯되는 것이다. 여기에는 언어가 대상을 매개함으로써 전달하는 것은 대상의 본질인 실재가 아니라 대상에 대한 하나의 관념이라고 보는 언어학적 사유가 개입되어 있다. 5·18은 대부분의 국가 폭력에 의한 대량학살이 그러하듯 사건의 진실을 은폐하고, 훼손·왜곡·축소하려는 힘에 오랫동안 시달려 왔다. 여기에 비례해 사건의 진실에 대한 증언은 더욱 강력하게 요청되었다. 이때 그 증언의 언어가 갖는 적절성의 여부는 자연스레 사건의 진실에 해당되는 본질/실재를 포착할 수 있느냐에 의해 판단된다. 그러나 앞서 언급한 언어의 부정성에 관한 사유에 따르면, 역설적이게도 어떤 대상을 지시·재현하는 언어는 오히려 그 대상의 실재를 재현하는 동시에 파괴하게 될 것이다. 블랑쇼의 표현대로라면 "말은 사라지게 만들고, 대상을 부재하게 하며 소멸시킨다".[33] 또는 데리다식으로 말하면, 사물에 대한 언어의 재현은 그 사물의 현전에 항상 어떤 것을 덧붙이는 까닭에 어떤 사물은 결코 그 자체로 우리에게 현전될 수 없다. 최윤의 소설에서 확인되는 증언 – 재현불능의 사태는 바로 이와 같은 언어에 의한 재현이 초래하는 실재[현전]의 파괴 또는 실재[현전]의 초과에 대한 인식에 토대를 두고 있다.

「꽃잎」에서 5·18의 기억은 언어가 포획하지 못하는 환원불가능한 질료로 묘사되고 있다. 이를테면 그날의 기억은 다음과 같이 강도와 속도로만 수용될 수 있는 감각을 통해 이미지인지 소리인지 분명하게 알 수 없는 희미하고 모호한 형태를 취한다.

> 그러나 작은 소리, 막연한 어떤 얼굴, 냄새, 잠깐의 침묵, 하찮은 무엇이 다시금 그녀를 벌떡 일어서게 하거나 혹은 그녀를 마비시킨 채 풀 수 없는 수수께끼의 속으로 내던진다. 늘 동일한 질문, 왜, 그날, 거기에, 왜 엄마를…… 늘 동일한

강도의 고통이 되살아났을 것이다. 이 고통 속에 어느 순간 얼굴들이 둥둥 떠오르고 사건이 거센 물살로 이해할 수 없을 정도로 빠르게 흐른다. 그 고통의 박동 속에서 그녀는 수많은 잊어버린 얼굴과 사건을 다시 만난다. 소리 지르는 얼굴, 쓰러지는 얼굴, 위협하고 구타하는 얼굴, 피 흘리고 쓰러지는 수많은 얼굴, 발가벗겨진 채 숭어처럼 팔짝거리며 경련하는 얼굴, 헉 하고 소리지를 시간도 없이 사라져버리는 얼굴, 쫓기는 얼굴, 부릅뜬 얼굴, 팔을 내휘두르며 무언가를 외치는 얼굴, 굳어진 얼굴, 영원히 굳어진 보통 얼굴들. 깔린 얼굴, 얼굴 없는 얼굴, 앞으로 나아가는 옆얼굴, 빛나는 아름다운 이마의 얼굴, 꿈과 힘이 합쳐진 얼굴, 그리고 다시 모로 쓰러지는 얼굴, 뒤로 나자빠지는 얼굴, 다시 깔리는 얼굴, 그녀의 이름을 부르다 말고 꺼지는 눈빛의 얼굴…… 그녀는 가끔 오열도 눈물도 없이 맹맹한 눈자위로 어깨를 들먹거리는 습관이 있다고 옥포댁은 말했다. 그녀는 모든 얼굴들을 두서 없이, 선택 없이 그녀의 핏속에 용해해서 녹음해가지고 있을지도 모른다. 그녀의 몸은 감당하기 힘든 많은 얼굴들을 녹음해두느라 피폐해버렸을지도 모른다.(743~744면)

소녀에게 그날의 기억은 오직 "작은 소리, 막연한 어떤 얼굴, 냄새, 잠깐의 침묵, 하찮은 무엇"을 통해서 찾아오는 "동일한 강도의 고통"이다. 그 감각을 언어로 표현하는 것의 어려움을, 소설은 "하찮은 무엇"과 같이 무엇을 지시하는 것인지 결코 알 수 없는 모호한 표현으로 드러낸다. 게다가 그날의 기억은 작고, 막연하고, 잠깐 지속되는 하찮은 무엇으로 서술될 수밖에 없을 만큼, 어떤 특정한 낱말이나 표현으로 지시되는 순간 금세 휘발되어 버릴 수 있을 만큼 언어에 취약하다. 그러한 까닭에 소녀의 의식 속에서 그 사건은, 그러니까 사건에 대한 소녀의 기억은 결코 잘 조직된 플롯이나 일관된 서사의 형태로 재현되지 않는다. 달리 말하면 그 사건에 대한 기억은 의식으로는 완벽하게 포착되지 않는 것이기도 하다. 소설은 소녀가 "고통의 박동 속에서" "얼굴과 사건을 다시 만난다"고 서술하고 있다. 고통의 감각만이 소녀가 그날 보았던 얼굴들을 판별할 수 있게 한다. 게다가 그 얼굴들은 소녀의 핏속에 녹음된, 말로는 설명할 수 없는 불가해한 형태로 소녀의 감각에 새겨져 있다. 요컨대 그날의 사건은 소녀의 의식이 아닌 "고통의 박동 속에서", 그러니까 어떤 미세한 감각의 그물코로만 포획될 수 있는 종류의 것이다.

따라서 이 소설의 과제, 또는 목표는 명백하게도 언어에 의해 일관된 서사로 재현·환원·구축될 수 없는 소녀의 기억을 타인에게 전달가능한 형태의 증언으로 만드는 일, 소설이 그러한 증언이 될 수 있도록 형식과 미학의 변화를 꾀하는 일이 된다. 엄밀하게 말하자면 이것은 결코 완벽하게 달성할 수 없는 목표이기도 하다. 왜냐하면 앞서 언급한 대로 언어가 실재를 초과하거나 유실함 없이 그대로 매개하는 것은 거의 불가능할 뿐만 아니라, 소녀의 기억과 같이 감각적인 체험의 구성물에는 의식·관념을 전달하는 일반적인 언어의 의사소통 메커니즘이 통하지 않기 때문이다. 최윤의 소설은 그 불가능한 목표에 근접해 가기 위한 시도이자, 그 시도의 과정 가운데 본래의 목표를 거스르기도 하는 모순과 충돌하며 나아가는 분투이기도 하다.

그 구체적인 양상은 소녀의 독백에서 여실히 드러난다. 최윤의 소설은 소녀의 내적 독백을 통해 의식의 가장자리에 불안정하게 자리하고 있는 그녀의 기억을 드러낸다. 어떤 의미에서 그것은 의식에 자리하고 있다기보다는 흔들리거나 걸려 있다고 말하는 편이 더 정확한 표현일 만큼, 불분명하고 반쯤 지워진 흔적으로 그려진다. 이런 방식을 택하는 것은 소녀의 기억에 분명한 윤곽을 부여하는 순간 곧 사라지게 될, 그것이 아니게 될 위험을 인식하고 있는 까닭이다. 소설의 제목이 암시하고 있듯 존재 그 자체이기도 한 소녀의 기억은 언제나 '소리 없이 질 한 점의 꽃잎' 같은 것이다. 실로 소녀에게 그날은 "그림으로 그려낼 수도, 말로 엮어낼 수도 없는 그날"로 기억되고 있다.781면 소녀의 독백 부분에서 소설은 서사의 형태와 의미를 분명하게 파악할 수 없는 의식의 흐름 형식을 일관되게 고수하고 있다.

그러나 여기서 중요한 것은 의식의 흐름 형식이 아니라, 소설이 이 형식을 빌림으로써 의도하는 바, 내지는 거두어들이는 효과다. 소설은 소녀의 기억이 언어를 매개로 감각과 의미 사이를 교차하며 환원·재환원/산화되는 찰나를 포착하려 한다. 이 소설의 절정이자 소녀가 마침내 엄마가 죽임을 당했던 그날의 기억에 가장 가까이 다가간 순간의 장면이 이를 확인시켜 준다.

> 마침내 나는 엄마 손목을 양손으로 꼭 쥐고 놓지 않았지. 그리고 엄마는 미친 학처럼 춤추러 갔어. 사람들의 함성의, 냄새의 홍수에 실려 그 물살에 뼈가 녹을 때까지 나도 물살에 섞였지. 점점 더 물살이 높아졌어. 사방에 소리와 높은 벽이 앞으로 앞으로 나를 운반했어. 엄마는 내 손을 으스러지게 움켜잡고 내 가랑이가 찢어질 정도로 앞으로 앞으로 나갔다가는 밀물처럼 밀려오곤 했어. 귓속에 가득, 멀리 하늘에서 내려오는 것처럼 함성이 밀려오고 물살이 내 입 안으로 들어오듯이 나는 숨을 쉴 수가 없었어. (…중략…) 갑자기 아우성이 터졌어. 저 앞에서 무슨 일이 일어나고 있었던 거야. 그리고 그 거대한 물살이 뿔뿔이 흩어지기 시작했어. 그 빛나던 얼굴이 일그러지고 찢겨지고 젖혀지면서 무더기로 바닥

에 나동그라졌어. 그래 그 얼굴들을 똑같이 물들이고 있었던 피, 피, 빨간 피. 갑자기 그 큰 시가지가 비어지는 것처럼 사람들의 물살이 사방으로 흩어졌어. 악을 쓰면서, 신음하면서, 피를 토하면서, 엎어지고, 그 위로 떨어지는 광란의 막대기들, 번쩍이는 금속의 날들. 잔혹한 웃음을 낭자하게 흘리면서 도망가는 학떼를 덮치는 얼굴들. 꺾이는 얼굴, 일그러진 얼굴, 얼굴들. 빛을 모두 잃은, 순식간에 비어버리는 얼굴들.(781~782면)

이 대목에서는 두 개의 읽기가 교차·충돌하며 감각과 의미 사이를 진동한다. 여기서 소설은 금남로를 가득 메운 시위대가 갖는 역사적 의미를 읽어 내는 독해와 사람들의 움직임과 소리를 나타내는 감각과 얼굴의 이미지 연쇄를 읽는 독해 사이를 오가며 의미의 너머와 감각의 이편으로 구획할 수 있는, 문학의 공간을 정초한다. 데리다는 문학에 관해서 순수하게 선험적 읽기만을 수행하는 독해의미지향적, 반대로 순수하게 비선험적 읽기텍스트지향적만을 수행하는 독해는 가능하지 않다고 말한다. 문학 텍스트는 선험적 읽기와 비선험적 읽기 양자에 모두 열려 있으며 그 두 읽기를 겹쳐 놓고 복잡하게 만드는 것이 중요하다.[34] 아울러 그는 문학이 의미와 지시에 대해 일시 정지된 연관이 없을 수는 없지만, 동시에 그 일시 정지된 조건 속에서 스스로를 넘을 수 있다고 말한다. 이는 문학이 의미를 절대적으로 거부할 수 없지만 동시에 그 의미 안에 머물러 있는 것도 아닌 어떤 역설임을 시사한다. 데리다에 따르면 "문학은 이러한 "어려움"의 체험 또는 공간"이다.[35] 이러한 문학의 공간은 5·18에 관해서, 먼저는 소녀의 감각적 구성물로서의 기억을 유실하지 않으면서, 동시에 금남로를 메웠던, 그곳에서 저항하고 학살당했던 시위대에 대한 역사로서의 기억을 초과하지 않는 증언을 수행할 수 있도록 만들어 준다.

증언의 연쇄와 독자의 참여, '복수적 수행성'의 미학

리얼리즘적 재현에 기초하는 일반적이고 관습적인 증언과 달리 이 새로운 형식과 미학의 증언은 낯설고 새로운 시도라는 점에서 필연적으로 일련의 저항에 부딪친다. 즉 "사태의 본질에 정확하게 다가서지 않"는다는 비판과 함께 증언의 적합성과 유효성을 묻는 질문이 뒤따르는 것이다.[36] 의미에 저항하면서 의미를 체현하는 일견 역설적인 방식의 증언이 가능한가, 혹은 실효성을 지니는가와 같은 의문은 이 소설이 해결해야 할 중요한 문제이기도 하다. 최윤의 소설은 그 질문에 대해 지극히 소설적인 방식으로 답한다. 그것은 1인칭 화자 '나' – 소녀와 공존하는 초점화자이자 등장인물인 '장'과 '나' 사이의 관계맺음, 그리고 또 다른 초점화자이자 제3의 인물들인 '우리'가 '나'와 '장'의 이야기를 듣는 장면으로 이루어진 소설의 결말을 통해서다.

어느 강변에서 소녀와 우연히 마주친 뒤부터 한동안 그녀와 함께 지낸 '장'이라는 인물의 변화는 자못 의미심장하다. '장'은 소녀에 대해 "예쁘다거나 추하다거나 느낌조차를 무화시키는 다른 어떤 것이 무어라고 말로는 되어 나오지 않지만 [그] 작은 몸뚱이가 머물러 있는 세상은 남자가 알고 있는 그것과는 전혀 다른 곳이리라는 결정적인 느낌"으로 묘사한다.733면 소녀는 그 자체로 "육체적인 공포"를 불러일으켰고, 그 공포를 떨치지 못한 '장'은 "그녀의 빈곤한 신체를 공격했다".733면 소녀의 불가사의한 침묵과 자해 행위에서 비롯된 공포, 즉 절대적 타자에 대한 공포를 체험한 '장'은 이유조차 알지 못한 채 그녀에게 폭력을 행사한다. 이는 일견 타자라는 미지의 존재가 초래하는 공포와 그러한 타자에게 가해지는 인식론적 폭력에 대한 한 편의 고통스러운 알레고리이기도 하다.

실로 '장'에게 소녀는 그 자체로 어떠한 의미 해석도 허락하지 않는 불가해한 기호처럼 일관한다. 소녀의 내면 독백을 접할 수 있는 독자와 달리, '장'에게 허락되는 것은 그저 "낮고 불분명해서 이해가 되지 않는 일련의 소리"와 그 사이로 섞여 나오는 고함, "억 같기도 했고 악 같기도 했고 으 같기도" 한, 의미를 벌거벗은 원초적인 음성이자 "아주 빨리, 혀를 굴리는 바람에 각 단어들의 모서리가 마멸되어 형체를 분간하기 힘"든 언어 이전의 무엇이다.769면 의미는 그를 비껴 나가고 그는 오직 소녀가 내는 고함 또는 실성한 웃음소리 따위를 듣거나 소녀의 몸에 난 멍과 상처를 바라보는 것으로 그녀의 실존 일부를 어렴풋이 느낄 수 있을 뿐이다. 그럼에도 불구하고 '장'은 그 침묵과 무의미에 가까운 기호로부터 소녀가 겪은 사건을 짐작해 낸다.

언제부터인가 여자애의 상처들이 남자의 몸에 하나하나 구멍을 뚫어내는 것 같았다. 꼭 그녀의 상처가 눈에 거슬려서가 아니라 남자는 그녀를 대하는 매순간이 고통스러웠다. 무엇이 고통스러운지도 모르는 채, 살이 타들어가는 것 같아 남자의 우악스럽고 단련되지 않은 가슴 속에 연소되지 않는 불덩이가 늘상 울렁거렸다. 도시마다 회오리처럼 퍼지는 소문의 물결, 입에서 입으로, 금기처럼 빠르고 세세하게 전달되는 가장 끔찍스럽고 믿기 어려운 그 소문의 한 자락을 귓바퀴에 걸칠 때마다, 남자는 왜 그 소문의 한 중간에서 그녀의 모습이 떠오르는지를 알 수 없었다. 더 정확히 말하자면, 남자가 그 악몽 같은 도시의 이야기를 들은 것은 단지 이 며칠 사이의 일은 아니었다. 그러나 그녀의 아물지도 않은 상처를 통해, 모든 의미가 비어 버린 실성한 웃음을 통해, 흔적이 없이 지워져버린 인격의 모든 부재를 통해서 남지는 점점 더 자세히, 점점 더 강한 증폭과 깊이로 그녀가 겪었을지도 모르는 소문의 도시 전체를 보았다. (…중략…) 그녀가 바로 그 핏빛의 소용돌이의 도시, 그 소용돌이의 한 중간에서 이곳에까지 내던져졌으리라는 것은 남자의 머릿속에는 이미 기정 사실이 되어 있었다. 애써 이 같은 가정을 뒤엎으려 하면 할수록, 몇 달 이래로 주변의 초췌하고 근심어린 얼굴들이 그에게 전해 준 소식들이 어두운 밤을 내리치는 번개 속에 드러나는 경치처럼 수천 배 생생하게 기억에 떠올랐다.(769~770면)

소녀는 자신이 겪은 일들과 그에 관한 기억을 '장'에게 말한 적이 없다. 마찬가지로 소설은 5·18의 학살 현장을 구체적으로 서술한 적이 없다. 그러나 '장'은 어느새 "무엇이 고통스러운지도 모르는 채" 소녀의 고통을 느끼고, 마침내 "그녀가 바로 그 핏빛의 소용돌이의 도시, 그 소용돌이의 한 중간에서 이곳에까지 내던져졌으리라는 것"을 직감한다. 그리하여 단 한 번도 (명시적인 언어로) 증언-재현된 적 없는 5월 광주의 기억은 "어두운 밤을 내리치는 번개 속에 드러나는 경치처럼 수천 배 생생하게 기억에 떠올랐다". 소설은 소녀의 기억을 재현하기보다 차라리 체현하는 편을 택하고 있다. 그리하여 5·18의 기억을 둘러싸고 벌어지는 증언-재현불능의 사태는 감각적인 구성물로서의 기억이 특정한 의미나 관념으로 환원되는 힘에 저항하는 동시에 의미를 체현할 수 있는 역설적인 증언의 방식을 창조하는 것으로 전환·극복된다. 나아가 다음과 같은 장면에서 확인할 수 있듯 소설은 '장'이라는 인물을 또 다른 증언자로 재창조함으로써 그 증언의 지평을 확대시키려 한다.

그녀 뒤를 쫓는 지난 나흘간을 남자는 어떤 방법으로도 위로받을 수 없는 절망 속에서 지냈다. 그걸 어떤 말로 표현해볼 수 있을까. 열에 들뜬 절망, 일상의 삶에 가끔 투정처럼 다가오는 무너지는 느낌들의 비슷비슷한 한계를 턱도 없이 뛰어넘는 절망. 그는 그녀 뒤를 쫓으면서 언뜻 지하 저 깊은 곳, 여자애가 거주하고 있는 광기에 가까운 그 지대를 언뜻 보고야 말았다. 그곳에 이르는 길은 무한할 것이다. 각기 다른 사연으로 묘지에 와 통곡하는 사람들이 이 땅의 사방에서 수만 갈래의 다른 길을 통해서 몰려들 수 있는 것처럼 남자는 이렇다 할 계기도 없이, 그녀에 대해 더 알아낼 것도 없이, 서서히 광인들만이 사는 지하 지대로 미끄러져 내려가는 느낌이었다. 그녀의 행동이 이상해 보이지도 않았고, 그녀가 중얼거리는 말을 듣지 않아도 무조건 받아들일 수 있었다고나 할까.(774~775면)

장에게는 소설의 도입부에서 처음 소녀를 마주쳤을 때의 '장'과 같은 사람이라고 생각하기 힘들 정도의 변화가 일어난다. '장'은 이제 소녀에게서 실존을 초월하는 절대적인 타자가 불러일으키는 공포감 같은 것을 느끼지 않는다. 그 공포감을 이겨 내기 위해 폭력을 가하는 일도 없다. 다만 그녀를 이해할 수 없음에 대한 슬픈 절망을 헤쳐 나가다가 "언뜻", "이렇다 할 계기도 없이" 우연히 "여자애가 거주하고 있는 광기에 가까운 그 지대를" 목격한다. 그리하여 이제 '장'에게는 "그녀의 행동이 이상해 보이지도 않았고", 그는 오히려 "말을 듣지 않아도 무조건 받아들일 수 있"는 경지, 언어로 매개되지 않아도 소녀의 존재를, 그리고 소녀의 존재와 동격이기도 한 그날의 기억을 받아들일 수 있게 된다.

이러한 '장'의 변화는 그를 또 다른 증언자로 만든다. 그는 소녀를 증언함으로써 소녀의 기억을 증언하는 증언의 연쇄를 만들어 내고, 이로 인해 소설 말미에는 그 연쇄를 매듭짓는 추모의 순간이 창조된다. 그는 소녀의 사진을 찍어 신문의 심인尋人 광고란에 싣는다. 이를 매개로 소설의 또 다른 주요한 초점 화자인 '우리'는 '장'을 만나게 된다. '장'의 심인 광고를 발견하기 전까지 '우리'는 "잘못된 과거에 매일 조금씩 물을 주면서 온실 속에 괴물을 키우며 자위하는 김씨의 퇴폐성"에 물들어 점차 무기력 속으로 빠져 들어가던 중이었다.784면 '김'은 소녀에게 과거 자신이 사랑했던 연인의 모습을 투사해 상처를 위무받고자 했다. 그는 소녀에 대한 이해나 증언으로 나아가지 못하고 소녀를 '자기화'하고자 했다는 점에서 '장'이나 '우리'와 동일선상에 놓일 수 없는 인물이다. 기실 '김'으로 인해 '우리'는 소녀를 찾아 친구의 죽음, 그리고 그날 그 도시에서 벌어졌던 무수한 죽음들을 추모하고자 했던 여정을 잠시 중단한다. 방향 감각과 목표를 상실한 결과, 자학과 죄의식이 착종된 혼란에 빠져 괴로워하고 있던 순간, '우리'는 '장'이 낸 심인 광고를 발견하고 중단되었던 그들의 여정을 재개한다.

우리는 신문에 적힌 주소로 찾아갔다. (…중략…) 남자는 강변 공사장에서 일하는 장이라고 자기 소개를 했다. 남자는 조금 말을 더듬었다. 우리가 그를 찾아온 이유를 말하자 이미 남자는 제정신이 아니었다. 그녀는 결국 다시 돌아오지 않은 것이 분명했다. 남자는 처음보다 더 심하게 말을 더듬거리면서 띄엄띄엄 그녀에 대한 얘기를 시작했다. 남자가, 어떻게 해서 그녀가 귀가하는 자기의 뒤를 무작정 쫓아왔는가를 어렵게 설명했을 때, 우리는 그 남자를 보는 순간 우리를 사로잡던 이상한 친근감이 어디서 오고, 왜 그녀가 난데없이 강변을 지나는 수많은 사람 중에서 그 남자의 뒤를 쫓았는지를 이해했다. 남자의 옆얼굴과 큰 체격의 어딘가에는 이미 일년 전에 우리 곁[을] 떠난 친구의 모습이 서려 있었다. 남자의 이야기는 몇 시간에 걸쳐 계속되었다. 우리는 그가 말을 중단하지 않도록 되도록 질문을 삼가면서, 거의 오열 섞인 독백에 가까운 남자의 이야기를 무한히 깊은 심연을 뛰어내리는 기분으로 들었다. (…중략…)

  그리고 며칠 뒤에 있을 친구의 기일에, 친구의 조촐한 제상에 올릴 서한을 작성하기 위해 마주앉았다.

  우리는 오랫동안 침묵했다.

  우리가 한번도 직접 본 적이 없는 그녀의 미소가 우리 주변에 떠돌고 있었고, 머리에 시든 꽃을 꽂고 꽃자주색 치마를 팔랑거리면서 오빠의 있지 않은 무덤 앞에 가볍게 내려앉는 한 소녀의 영상이 아주 잠시 우리의 뇌리에 스쳤다.(787~788면)

'우리'를 만난 '장'은 소녀에 대해 이야기한다. '장'이 소녀로 인해 또 다른 증언자가 되는 순간이다. 동시에 그렇게 '우리'는 단 한 번도 만난 적 없는 소녀를 '장'을 통해 마주하게 된다. 이제 증언의 연쇄는 추모의 순간에 가까워진다. 몇 시간에 걸쳐 계속된 '장'의 증언을 "무한히 깊은 심연을 뛰어내리는 기분으로" 듣고 난 후, '우리'는 친구의 기일에 제상에 올릴 서한을 작성하기 위해 모인다. 그러나 그 자리에서 그들은 "오랫동안 침묵"한다. 그들에게는 친구의 죽음을 기릴 그 어떤 미사여구도 필요하지 않다. 말과 언어의 부재 가운데 "우리가 한 번도 직접 본 적이 없는 그녀의 미소가 우리 주변에 떠돌고 있었고, 머리에 시든 꽃을 꽂고 꽃자주색 치마를 팔랑거리면서 오빠의 있지 않은 무덤 앞에 가볍게 내려앉는 한 소녀의 영상이 아주 잠시 우리의 뇌리에 스쳤다". 그리하여 비로소 그들은 무덤조차 마련되지 않은 채 세상으로부터 잊혔던 친구의 죽음을 정당하게 애도하고 추모할 수 있게 된다. 그리고 나아가 그날의 "악몽"을 잊고 싶은 망각에의 유혹, 미성숙한 자학과 죄의식, "경박한 인도주의"에서 빠져나와 마침내 그날 그곳에서 싸웠던 무수한 사람들의 죽음 또한 마주할 수 있게 된다.

무엇보다 중요한 것은 이와 같은 과정 전체가 바로 이 소설 작품이 수행하는 추모라는 점이다. 소녀의 기억을 증언가능한 형태로 재편함으로써, 그 기억들에 증언의 형식을 부여함으로써, 누가/무엇이, 어떻게, 누구에게 기억되고 증언되어야 하는지(망각되어서는 안 되는지)에 대한 논쟁에 개입한다. 그리고 이 소설이 만들어 낸 증언 형식을 통해 소녀가 간직하고 있었던 그날의 기억, 그리고 역사에 의해 명명되지 않은 무수한 5·18 희생자들의 싸움과 죽음에 증언의 역량과 몫이 부여됨으로써, 이 소설은 기억의 정치를 수행하는 동시에 증언불능 사태를 해결하는 정치를 수행하고 있는 것이다. 이 지점에서 논의의 초점은 다시 소설의 첫 장면으로 되돌아가야 한다. 작가일 수도, 작품일 수도 있는, 소설 텍스트의 경계를 초월해서 들려오는 목소리가 '당신'을 호명한다.

당신이 어쩌다가 도시의 여러 곳에 누워 있는 묘지 옆을 지나갈 때 당신은 꽃자주빛깔의 우단치마를 간신히 걸치고 묘지 근처를 배회하는 한 소녀를 만날지도 모릅니다. (…중략…) 그녀를 무서워하지도 말고, 그녀를 피해 뛰면서 위협의 말을 던지지도 마십시오. 그저 그녀의 얼굴을 잠시 관심 있게 바라보아주시기만 하면 됩니다. 그리고 바쁜 당신에게 약간의 시간 여유가 있다면, 번진 분 자국과 입술의 윤곽을 무참히 벗어난 자줏빛이 범벅이 된 뺨을 그저 가볍게 만져주시면 됩니다. 언성을 높이지도 말고 더더욱, 당신의 옷자락에 감히 때 낀 손가락을 대고자 하는 그녀에게 냉소적인 야유나 욕설을 삼가주십시오. 음지에서 양지를 갈망하다 시들어버린 그 소녀를 섣불리 동정하지도 말고 당신의 무관심, 혹은 실수처럼 일어난 당신의 미소와 손짓에 온순히 멀어져가는 그녀의 뒤에 대고 액땜하듯, 입 안의 농축된 침을 힘껏 모아 그녀가 남긴 발자국 위에 퉤 내뱉지도 마십시오. 당신의 길을 잠시 막아서는 그녀를 구타하고 넘어뜨리고 짓밟고 목을 졸라 흔적도 없이 없애버리고 싶은 무지스런 도피의 욕구가 일어난다 해도 말입니다. 설령 당신이 그렇게 한다 해도 또 다른 수많은 소녀들이 여전히, 언젠가는, 실성한 시선과 충격에 마모된 몸짓으로 젊은 당신의 뒤를 쫓아와 오빠라 부를 것이기 때문입니다.(730~731면)

호명되는 '당신'이 독자들이라는 사실은 비교적 자명하다. 독자들이 본격적으로 소녀에 대한 이야기를 읽어 내려가기에 앞서 이 목소리는 그들이 만나게 될 소녀에 대해 예고한다. 그리고 그들의 읽기 속에서 만나게 될 소녀와의 관계 맺음에 대한 길잡이를 제시한다. 그것은 "위협의 말"이나 "냉소", "야유", "욕설", "동정", "구타"와 같은 타자에 대한 폭력을 삼가는 대신, "잠시 관심있게 바라보아주"거나 "뺨을 그저 가볍게 만져주"어 환대하는 것이다. 그리하여 이 소설은 기억과 추모의 정치를 비단 스스로 수행할 뿐만 아니라 독자들을 그것에 '참여'시킨다. 그들이 읽기를 통해 소녀를 제대로 바라보고 소녀의 뺨을 만져주는 것이 곧 5·18에 대한 기억과 추모의 정치를 수행하는 것임을 주지시킨다.

이와 같이 이 소설이 수행하는, 그리고 작품을 통해 독자들이 수행하게 되는 추모의 정치는 "복수적plural 수행성"이 가능해질 수 있는 더 넓은 지평을 연다.[37] 소설의 2장에서 소녀가 '장'의 뒤를 쫓아와 그날, 그 도시에서 일어난 일을 체험하지도, 목격하지도 못했던 그를 또 한 명의 증언자로 만들었던 것처럼, "또 다른 수많은 소녀들이 여전히, 언젠가는, 실성한 시선과 충격에 마모된 몸짓으로 젊은 당신의 뒤를 쫓아와 오빠라 부를" 때 독자인 '당신(들)' 또한 5·18을 기억하고 증언하게 될 것이기 때문이다.

　최윤의 소설이 임철우의 소설과 대별되는 또 다른 주요한 분기점이 여기 있다. 임철우의 소설에서는 살아남은 자들이 사건에 대한 목격자로서 5·18에 대해 증언할 수 있는 유일한 위치를 차지하고 있으며, 그들이 증언하지 못하는 상황·현실에 대한 강도 높은 (자기)비판과 죄의식이 소설 전반을 지배하고 있다. 이는 임철우의 소설이 이후 장편소설 『봄날』을 통해 5·18을 총체적으로 재현하는 작업으로 수렴된 이유를 짐작할 수 있게 한다. 반면에 최윤의 소설에서 증언의 역량과 몫은 소녀를 비롯해 '장'과 '우리', 그리고 독자인 우리들 모두에게 배분됨으로써 그 증언에 대한 책임과 의무를 복수적으로 수행할 수 있는 토대가 마련된다. 두 작가의 작품에서 발견되는 이 차이는 어떤 측면에서 볼 때 작가가 처한 조건의 차이이기도 할 것이다. 5·18 당시 그곳에 있었던 임철우와 그곳에 있지 않았던 최윤 사이의 거리는 두 작가가 짊어져야 하는 의무에 선명한 차이를 만들어 냈다. 실제로 어느 대담에서 최윤은 「꽃잎」을 두고 "광주를 직접 경험하지 않은 사람으로서, 꼭 쓰지 않으면 안 되었던 작품"이라고 고백했다.[38]

　이제 논의를 마무리하며 앞서 언급했던 「꽃잎」의 '당신'을 호명하는 목소리와 그 서술 시점의 문제로 다시 되돌아 가본다. 이미 여러 비평과 선행 연구 역시 이 문제에 주의를 기울인 바 있다.[39] 그 가운데 이 소설에 대한 '다시 읽기'를 표방한 어느 비평은 소설이 그 목소리를 통해 5·18에 대한 고통과 원죄, 부채 의식을 소설 밖의 독자 일반에게 감염시키고 있다고 해석했다.[40] 그러나 한편으로 지금까지의 논의를 통해 밝힌 것처럼 최윤의 소설이 수행하는 기억과 추모의 정치는 확실히 5·18에 대한 원죄 의식과 부채 의식을 넘어서는 지점에 있다. 5·18에 대한 섣부른 접근과 쉬운 화해가 결코 허용될 수 없다는 점은 분명하지만, 그렇다고 해서 5·18에 대한 정당한 반응이 반드시 죄의식의 문제로 수렴되어야 하는 것도 아니며, 죄의식의 문제에서 그치는 것으로는 충분하지 않다. 죄의식의 윤리와 함께, 말과 언어의 몫을 갖지 못한 자들에게 정당한 몫을 갖게 하는 지평에 대한 문학적 사유를 읽어 내는 것이야말로 5·18을 증언하고자 하는 소설에 대한 정당한 '다시 읽기'가 될 것이다. 최윤이 말한 대로 "소설이 해내야 하고, 또 해낼 수 있는 중요한 것"은 "'말로 할 수 없는 현실에 말을 들려주는 일'" 것임이 분명한 까닭이다.[41]

지금까지 5·18의 충격으로 인해 리얼리즘의 신념에 발생한 균열을 봉합하는 대신, 소설 미학에 대한 혁신으로 나아간 움직임으로서 임철우와 최윤의 소설을 살펴보았다. 당대 비평은 이러한 측면을 제대로 짚어 내지 못한 채 거듭 리얼리즘적 재현을 특권적인 소설 창작 방법으로 주장하는 오류를 범했다. 그러나 문학을 통해 어떤 사건에 개입해 들어간다고 말할 때 중요한 것은 문학이 그 사건을 얼마나 '사실적리얼리즘적'으로 재현할 수 있는지를 가늠하는 문제가 아니라, 그 사건을 증언할 수 있는 말과 언어의 몫을 마련할 수 있는 특유의 역량과 권리다. 임철우와 최윤의 소설은 그런 점에서 재현을 넘어서는 문학의 증언을 고민하고 시도한 1980년대 소설 형식과 미학의 갱신이라고 말할 수 있다.[42]

2. 노동소설의 양가성과 리얼리즘의 향방

1980년대 노동소설의 탄생 배경

박노해라는 존재로 인해 일찌감치 1980년대 문학에서 핵심적인 역할을 수행해 나갔던 노동시의 운명과는 대조적으로 노동소설이 문학장에서 지배적인 서사 양식의 위치를 차지하게 된 것은 1987년부터였다. 당대 비평가들이 1980년대 노동소설의 상징적인 출발점으로 삼았던 정화진의 「쇳물처럼」이 지면에 발표된 것은 이 무렵 — 좀 더 정확히는 노동자대투쟁이 절정에 달했던 1987년 8월 — 이었다. 물론 「쇳물처럼」 이전에도 노동소설로 거론되는 작품들, 가령 석정남의 단편소설 「장벽」과 이택주의 소설집 『늙은 노동자의 노래』에 실린 「타오르는 현장」과 같은 작품들이 있었다. 그러나 「노동문학의 현단계」에서 언급된 노동소설의 대표적인 성과가 석정남의 「장벽」 외에는 모두 1970년대에 발표된 황석영의 「객지」, 윤흥길의 『아홉 켤레의 구두로 남은 사나이』, 조세희의 『난장이가 쏘아올린 작은 공』일 만큼, 또한 '현단계 노동문학의 실제'와 관련해서 노동시와 노동자 글쓰기인 '생활글'에 대한 논의만을 제시하고 있는(노동소설에 대한 논의는 생략하고 있는) 형편이 말해 주듯, 비평가들이 노동소설로 자신 있게 분류할 만한 작품은 1987년 이전에는 출현하지 않았다.[43] 김명인에 따르면 석정남과 이택주의 작품은 노동자에 의해 창작된 노동소설이기는 하지만, 「장벽」의 경우 주관적 체험에 관한 기록으로서의 수기적인 성격을 벗지 못했다는 한계를 지녔다고 평가됐고, 이택주의 소설은 "세태소설적 파편성"이 드러나 본격적인 노동소설로서 대우받지 못했다.[44] 그에 반해 정화진의 「쇳물처럼」은 "해방후 우리 노동자계급이 자기 자신의 손으로 자기

계급의 운명과 역사적 행로를 객관화해 낸 최초의 소설적 산물"이라는 문학사적 평가를 내리기에 적합한 작품이었다.[45]

「쇳물처럼」을 필두로 주목할 만한 노동소설이 쏟아져 나오게 된 데는 여러 정치·사회·문화적인 배경이 복합적으로 작용했다.[46] 보다 구체적으로는 1987년 6월항쟁과 노동자대투쟁으로 인해 이루어진 정치적 민주화, 후기 산업사회로의 변화와 산업구조의 고도화가 낳은 생산력 향상과 경제 발전, 그리고 올림픽 개최와 대중문화 및 미디어의 발달이 낳은 문화적인 다양성과 개방성 증가 등의 요인들을 그 배경으로 거론할 수 있을 것이다. 이에 대한 논의는 별도의 지면이 필요하므로 여기서는 노동소설의 양식과 미학적 특징과 관련 있는 측면들만을 간략하게 살펴본다.

앞서 노동자 수기에 대한 논의에서 잠시 언급한 대로 1987년 노동자대투쟁이 단순히 민주노조 결성이나 임금 투쟁의 조합주의적인 경제 투쟁의 차원에 머무르지 않고 정치 투쟁적인 성격을 드러내자 진보적인 작가와 비평가들—대체로 민족·민중문학 진영에 속한 문인들—은 여기에 고무되었다. 노동자 계급이 보여 준 정치의식의 성장은 실로 '역사적 필연'을 상기시키며 1980년대 후반 한국 사회에서 사회 변혁 운동의 가장 핵심적이고 전위적인 주체는 노동자 계급이라는 인식을 심화시켰다. 문학운동 역시 바로 그 필연적인 역사 발전 법칙을 따르도록 요청받았고, 이에 따라 홍희담의 「깃발」과 같이 노동자를 혁명의 주체로 전면에 내세우는 작품들이 창작되기 시작했다.

이러한 정치·사회적인 변동 상황과 그에 따라 변화된 문학장의 분위기가 맥락 일반을 형성하고 있었다면, 학생운동권 출신^{이하 학출} 작가들의 등장은 노동소설의 등장에 보다 직접적인 원인으로 작용했다. 방현석, 안재성, 정화진과 같이 1980년대 후반에서 1990년대 초반 사이 왕성하게 활동하며 크게 주목받았던 노동소설 작가들은 모두 1980년대 초·중반 노동 현장에 투신해 노동운동가로 활동했던 이력을 지니고 있었다. '최초의 노동 장편소설'이란 타이틀이 붙었던 『파업』의 작가 안재성은 1980년 대학에서 제적당한 뒤 1984년에서 1986년 사이 구로 지역에서 노동운동가로 활동했다고 알려져 있다.[47] 정화진은 대학에서 야학 활동을 하며 노동운동에 뛰어들었고, 1987년 인천에서 선반공으로 일하던 중 「쇳물처럼」을 발표했다.[48] 방현석의 경우 1985년 연말 인천의 한 공장에 들어가 처음 5년은 현장에서 일하고 이후 5년은 노조 간부로 활동했다.[49] 그가 이 시기 노동 현장에서 직접 체험한 일들에 대해 쓴 소설이 그의 등단작 「내딛는 첫발은」 『실천문학』 1988.봄이다. 그는 당시 소설을 쓰게 된 계기를 다음과 같이 회고하고 있다.

> 그러다 공장에서 해고당해 쉬고 있을 때인데 노동자의 이야기를 다룬 글들을 읽게 되었어요. 이게 아닌데… 차라리 내가 쓰면 이것 보다는 잘 쓸 수 있겠다 싶은 생각이 들었습니다. 그래서 내가 보고 겪은 현장 노동자들의 이야기를 자취방에 엎드려서 소설로 쓰기 시작했어요. 원고를 완성해서는, 해고당한 뒤로 생활비가 없는 곤란한 상태여서 무작정 실천문학사에 원고를 들고 갔습니다. 마침 같은 학과 선배였던 소설가 송기원 선생이 실천문학사에 있었어요. 그분 덕분에 얼마간 방값에 해당하는 돈을 받고 원고를 팔 수 있었던 거예요. 어려우니 돈을 먼저 줬으면 좋겠다고 막무가내로 요구했는데, 두 말 않고 들어주시더라구요. 그리고 몇 달 후, 지금 경향신문에 있는 오광수 선배를 통해 연락이 왔는데 소설을 싣기로 했으니까, 그때 받아간 돈을 제하고도 원고료가 남은 게 있으니

마저 받아가라더군요. 저는 그게 실리고 안 실리고의 여부에 전혀 신경을 못 썼습니다. 그런 시절이었어요. 데뷔 내막은 그렇습니다. 80년대 후반이었죠.[50]

방현석은 자신이 보고 겪은 현장 노동자들의 이야기를 소설로 쓰기 시작했다. 노동자의 이야기를 다룬 글들이 자신이 체험했던 노동 현장의 모습을 제대로 반영하고 있지 못하다는 생각에서였다. 그의 이러한 진술은 실제 노동 현장을 체험했던 작가들이 창작의 길로 들어섰던 배경에 자신이 직접 체험한 현장의 이야기를 소설로 쓴다는 문제의식이 깔려 있었음을 짐작하게 한다.

현장성의 획득, 노동자 수기와의 절합

1980년대 후반 노동소설의 등장 배경에 자리하는 이와 같은 두 가지 측면은 노동소설 양식과 그 핵심 미학인 리얼리즘이 현장성과 목적의식성, 체험과 이론(적 인식), 감성과 이념으로 이루어진 대립쌍의 교차, 충돌, 착종의 양상을 띠고 있음을 시사한다. 비평가들은 이 두 가지 측면의 이른바 '변증법적 통일'을 "현단계 문학운동"과 리얼리즘이 나아가야 할 방향으로 간주했다. 가령 김명인의 경우 역사 발전 법칙에 따른 객관적·총체적 현실 인식과 경험적인 생활 현실의 소설적 형상화, 이 둘을 조화롭게 통일시키는 데 리얼리즘 문예 실천의 성패가 달려 있다고 말했다.[51] 여기에 '1980년대 후반 노동소설'이라는 문학사적 흐름이 부여되면 1980년대 노동문학과 노동운동이 지나온 궤적 위의 변곡점들이 작용하면서 다음과 같은 문제로 재구성되었다. 즉 1980년대 전반기의 노동자 수기와 박노해의 노동시를 통해 획득한 현장성 ─혹은 관념성의 극복─, 그리고 1987년 노동자대투쟁의 산물인 노동자 계급 혁명의 이념과 전망, 이 둘 사이의 변증법적 통일이 노동소설 가운데 어떻게 실현될 수 있을 것인가.

이와 관련해서 먼저는 르포와 노동자 수기의 양식적 특성이 노동소설에서 지속·변주되는 방식으로 양식상의 절합이 이루어졌던 점에 관해 논의해야 한다. 이 시기에 주목받았던 노동소설 가운데는 노동자 수기나 증언·구술 등의 1차 텍스트를 토대로 창작된 경우가 적지 않았다. 장성규의 연구에서 상세히 규명된 대로 방현석의 「새벽출정」『창작과비평』1989.봄은 세창물산의 송철순 열사에 관한 회고와 증언을 담고 있는『해방의 불꽃으로 ― 고 송철순 열사 추모집』송철순 민주노동열사 추모위원회 편, 1988.10을 원텍스트로 삼아 세창물산의 파업 투쟁과 송철순 열사의 죽음이라는 실제 사건을 모티프로 고스란히 담고 있는 소설이다.[52] 「새벽출정」이 1980년대 후반에 발표된 노동소설로는 예외적으로 전반기 여성 노동자들의 장편 수기에서 두드러지게 나타나는 비통함의 정서와 여성 노동자들 간의 연대를 세밀하게 그릴 수 있었던 것은 이와 무관하지 않을 것이다.

한편 정고은의 연구에 따르면 정도상의 『천만개의 불꽃으로 타올라라』靑史, 1988는 박영진 열사의 추모집 『동지여 끝까지 투쟁하라』와 상호텍스트적인 관계를 맺고 있다.[53] 정도상의 소설은 추모집에 실린 다양한 증언과 논픽션적인 기록을 바탕으로 박영진 열사의 삶과 투쟁, 죽음을 소설로 재구성함으로써 논픽션의 사실성과 소설의 핍진성을 결합시키고 있다. 김남일의 「파도」김명인 편, 『울어라 조국아』, 풀빛, 1988 역시 실제 노동자들의 구술과 수기를 참조해 쓴 소설이다. 그는 최원진의 구술 「검은 태양아, 나의 죽음을 잊지 마소서!」『거칠지만 맞잡으면 뜨거운 손』, 광주, 1988를 토대로 윤정현의 「동백꽃」『아픔을 먹고 자라는 나무』, 푸른나무, 1988과 이대영의 이야기, 그리고 거제 지역 조선소에서 해고된 노동자들의 증언을 참고해 해당 소설을 창작했다고 밝히고 있다.[54] 거제도 대우조선 사건에 대한 작가의 취재와 여러 노동자들의 증언, 논픽션적 기록물이 결합해 탄생한 이 소설은 김명인에 의해 "김남일 최초의 '노동현장소설'"이라는 평가를 받았다.[55] 기실 이 작가는, 가령 르포 「목동의 인생 철거」『르뽀시대』 2권, 실천문학사, 1985를 쓴 후 이를 바탕으로 「사람의 마을」과 같은 소설을 창작했던 것처럼, 르포와 소설 창작을 연계하는 작업을 수행하며 르포의 현장성을 소설에 도입하는 양식과 미학 실험을 지속하며 발전시켜 왔다.

정화진의 『철강지대』의 경우 여성 노동자 장편 수기의 특징들이 좀 더 분명하게 드러나는데, 여기에는 이 소설이 『빼앗긴 일터』의 저자 장남수와의 공동 구상·창작을 통해 이루어진 산물이라는 점이 작용한 것으로 보인다. 그가 남긴 '작가 후기'에는 그 구상과 창작 과정이 다음과 같이 상세히 기록되어 있다.

> 87년 가을 문턱에 아현동에서 남수 누님을 처음 만났다. 그해 6월의 노도와 같던 민중들의 함성이 전국을 휩쓸고난 바로 뒤였고 노동자들의 대대적인 투쟁의 불길이 바야흐로 거제에서 인천에 이르기까지 전국토를 또 다시 열기로 뒤덮기 시작한 때였다. 그 열기와 북새통 속에서 우린 긴 이야기의 실타래를 풀기 시작했다.
>
> 누님과 난 참 소박한 구상을 했던 것 같다. 선반공인 중철과 방직공인 명진 ──초고가 끝날 때까지만 해도 명진은 방직공이었다── 그리고 이 소설에 등장하는 대부분의 인물들은 아직 세상물정을 까마득히 모르고 있던, 누군가 현장에서 노동자의 권리 운운하며 목소리만 높여도 낯설어하고 두려워하는 과거의 노

동자들이었다. (…중략…)

　작년 봄이었다.『철강지대』를 완성하기 위해『한길문학』에 연제를 시작할 즈음 세상은 참 많이 변해 있었다. 주인공인 중철과 명진은 더이상 소심하고 무지한 노동자가 아니었고 소설 속의 다른 인물들도 그러했다. 작품의 처음부터 끝까지 전면적인 수정이 불가피했다. 여성 사업장은 업종까지도 바꿔야 했다. 재고를 결심한 직후 거제도로 달려갔다. 남수 누님에게 양해를 구해야 했기 때문이었다. 당연한 귀결이겠지만 누님이 정성스럽게 썼던 것의 상당부분을 새것으로 교체하지 않으면 안되었던 것이다.

　참고로 밝혀두자면 이 소설에 등장하는 명진, 경애, 재희, 진숙 등 동남전자의 여성노동자들은 누님이 과거 원풍모방에서의 생활과 투쟁과정을 거울삼아 창조해낸 인물군이었다. 그들의 현장 안팎에서의 삽화들 또한 누님의 애정어린 작업이었다. 재고과정을 통해 업종을 모방에서 전자로, 의식수준을 민주노조 조합원들의 다양한 수준으로, 그리고 삽화의 일부를 바꾸었지만 그 작업이 가능했던 것 역시 누님이 애초에 생명을 불어넣었던 인물들이 ─ 성격이 살아 있었기 때문이었다.

　여성인물군의 삽화만큼은 누님이 처음 썼던 내용을 그대로 살리고 싶었다. 수정에 대한 양해를 구하기는 했어도 누님에게 죄스러운 마음을 금할 길 없다.[56]

　이 소설의 서사는 남성 노동자들 중심의 백상중기에서 일어나는 민주노조 쟁취의 플롯과 동남전자의 여성 노동자들의 상대적으로 선진적인 노조 활동에 관한 플롯, 그리고 부수적으로 자본가와 어용 노조위원장에 관한 플롯이 교차하는 구성을 취하고 있다. 정화진의 후기를 염두에 두건대 만일 1980년대 후반에서 1990년대 초 사이에 노동운동을 둘러싼 급격한 변화—가령 노동자들의 의식 변화, 노동조합에 대한 인식 변화, 1987년 노동자대투쟁에서부터 1988년 직선제와 보수대연합, 전노협 결성으로까지 이어지는 정치·사회적인 상황 변화 등—가 일어나지 않았다면 아마『철강지대』에는 장남수가 관여한 부분이 훨씬 더 많이 포함되었을 것이다. 그러나 그럼에도 불구하고 소설의 주요 인물인 명진, 경애, 재희, 순남, 진숙 등 여성 노동자들은 장남수가 원풍모방에서 겪었던 체험을 바탕으로 창조한 인물들이었으며, 그들이 등장하는 장면과 대사, 플롯의 구체적인 삽화들이 장남수의 손길을 거쳤다는 사실을 지적해 두는 일은 중요해 보인다. 왜냐하면 이 소설에서 자본가 계급 인물들의 설정과 묘사는 작위적이고 멜로드라마적인 선악 구도에서 벗어나지 못하는 반면에 동남전자의 여성 노동자들을 그린 장면은 체험적인 리얼리티를 확보하고 있는 까닭이다. 특히 여성 노동자들의 장편 수기에 빠짐없이 등장하는 레퍼토리를 전유하고 있는 다음과 같은 장면들에서 그렇다.

긴 세월 묻어두었던 유년시절의 실타래를 한 올씩 풀어나가는 순남의 표정에선 서러움의 기색조차 담담했다. 사위는 그새 짙은 어둠이 되었다.
"아버지가 생각날 때마다 부르던 노래가 있어."
순남의 가녀린 노랫소리가 차가운 밤공기 속에 따스한 입김처럼 퍼져나갔다.

눈을 감고 걸어도
눈을 뜨고 걸어도
보이는 것은 초라한 모습
보고 싶은 얼굴

순남의 노래는 어느새 작은 합창이 되었다.

거리마다 물결이

거리마다 발길이

……

명진이 순남의 야윈 어깨를 감싸안았다. 명진보다는 멀쭝히 큰 순남이었지만 손에 잡힌 어깨는 세게 쥐면 부서질 것처럼 가냘펐다.

"바람이 차, 어서 들어가자."

"미안해 언니, 공연히 나 때문에…… 하지만 기분은 좋은걸."

순남이 명진의 손을 살며시 풀고는 앞서 걸었다. 재희, 영임과 다정하게 팔을 끼고 걸어가는 순남의 얼굴에 비친 웃음이 해맑다.

"우리는 사는 게 모두 왜 이 모양인지 모르겠어."

두어 걸음 뒤에서 명진과 나란히 걷는 경애가 한숨을 토해냈다.

"난 왠지 오늘밤 우리가 할 역할이 별로 필요없을 것 같은 기분이 들어."

"동감이야. 순남이의 변화가 애들 모두에게 자연스런 감동과 결의를 불어넣어 주리라고 확신해."[57]

3장에서 살펴본 것처럼 노동자들의 불우했던 삶의 내력과 서러움을 달래주는 노래 가사는 노동자들의 삶과 투쟁을 재구성하고 전달하는 노동자 수기의 특징적인 수법이다. 이러한 점이 『철강지대』의 위와 같은 대목에서는, 순남이 자신의 유년시절에 대해 고백하고 이를 듣던 동료 조합원들이 최백호의 '보고 싶은 얼굴'을 함께 부르며 자연스럽게 마음을 열고 서로의 처지를 동정하는 변화를 겪는 과정의 에피소드로 재구성된다. 소설은 의식화 과정을 형상화하는 별도의 장면이나 극적인 사건 전개 없이, 여성 노동자들이 자연스럽게 연대감을 형성하게 되는 계기를 개개인의 생활 감정과 노동자로 살아가는 삶에 대한 고민을 공유하는 지점에서 찾는다. 이와 같이 노동소설은 노동자 수기와의 양식상의 절합을 이루는 동시에 미학적인 특성을 전유함으로써 1980년대 전반기 노동문학이 획득했던 현장성, 그리고 김도연에 의해 일상성으로 운위되었던 특유의 체험적 감수성을 소설에서 구현한다.

노동자 계급의 이념과 리얼리즘적 세계관의 강화

앞서 언급한 대로 이러한 노동자들의 체험적 리얼리티의 미학 반대편에는 목적의식성, 역사적 유물론(적 인식), 계급 이념을 앞세우는 혁명적 세계관이 자리하고 있었다. 이는 1987년 노동자대투쟁과 1988년 노동법개정투쟁을 거치면서 노동자 계급의 정치적 의식과 투쟁을 강조하게 된 문학운동론 및 비평 담론에 의해 제기된 것이었다. 주지하다시피 문학이 "노동자 계급 해방의 강령과 노동자 계급의 과학적 세계관"으로 "무장"해 "치열한 계급 간 투쟁의 현장에 나"설 것을 주장한 노동해방문학론은 그러한 담론 형성의 중심에 서 있었다.[58] 바야흐로 이제 노동소설은 1980년대 후반 노동자들이 피워 올린 혁명적 열기를 이어받아 혁명을 완수하는 노동자 계급의 형상화라는 또 다른 과제를 부여받게 되었다. 노동해방문학에서 사용한 표현을 그대로 따른다면, "노동자 계급의 '싸움의 미학'"이 노동소설의 중대한 미학적 요건이 된 것이었다.

안재성의 『파업』은 이 미학적 전환 내지는 새로운 미학의 등장을 고스란히 반영한 소설이다. 당시 이 소설은 "소모임, 정치학습, 일상투쟁, 해고, 복직투쟁, 노조결성, 구사대와 경찰의 폭력, 분신, 파업농성, 투옥, 노조사수투쟁 등 일련의 노조결성과정을 실재했던 한 대규모 사업장을 무대로 하여 훌륭하게 정형화시키고 있"을 "뿐만 아니라 대중조직과 전위조직의 건설을 둘러싼 여러 정파 간의 이론투쟁과 그들의 사업장에서의 헌신적인 활동 등을 생생하게 그려냄으로써 80년대 후반기 노동운동의 모든 모습을 담아"낸 작품이라는 평가를 받았다.[59] 이러한 임헌영의 평가가 말해 주듯 소설의 서사는 대영제강의 평범한 노동자들이 계급의식을 갖춰 나가는 가운데 노동조합 결성을 위해 투쟁하는 과정을 중심으로 전개된다. 그런데 중요한 것은 소설이 이를 노동자 계급 대 자본가 계급 간의 계급투쟁의 재현으로 제시하고 있다는 사실이다.

> 전투는 시작되었다. 금세기 최대의 전쟁인 계급투쟁의 한 전투가 여기에서 시작되고 있었다. 대영의 전투는 그 거대한 전쟁의 극히 일부분이었고 노동계급의 전력은 대기업과 자본주의정권이라는 거대한 적을 상대하기에는 너무나 미미하였다. 따라서 대영의 전투는 전면전이라기보다는 하나의 유격전이라 부를 만한 것이었다. 그러나 유격전에 참가한 이들 노동자들 역시 전면전에 참가한 병사들과 마찬가지로 필사의 전장이 기다리고 있었다. 인간 개개인의 의지를 떠나 사회를 지배하고 있는, 피도 눈물도 없는 자본주의의 가혹함이 기다리고 있었다.[60]

이 대목에는 대영제강의 민주노조 투쟁을 "금세기 최대의 전쟁인 계급투쟁의 한 전투"로 형상화하려는 목적이 직접적으로 드러나 있다. 『파업』은 프롤레타리아 혁명의 완수라는 역사 발전의 법칙성을 소설화하는 길로 나아갔다. 그리고 이러한 방향 전환은 1980년대 노동소설의 리얼리즘에서 노동자 계급 당파성과 전형성, 역사 발전 법칙에 따른 과학적 세계관이 중요한 기율로 작용하게 되는 변화와 맞물린 것이었다. 반대로 말하면, 이는 노동소설에서 노동자들의 삶에 결부된 감성과 노동 현장의 체험을 포괄하는 영역은 현격하게 축소됨을 의미하는 것이었다. 『파업』에서 노동자들의 일상적인 삶은 대체로 노동조합 결성을 위한 비밀 모임인 동지회 회원들이 단합과 조직화 작업을 위한 곁가지로 제시된다. 가령 동지회가 관악산 야유회를 떠나는 에피소드는 소설 속에서 전적으로 동지회 소속 노동자들의 아내들이 노동조합 결성을 위한 동지회 조직 활동에 힘을 실어 주는 계기로 제시된다. 대신 실제로 일어났던 노동 열사의 분신 사건이 삽입되는 장면들에서 제한적으로, 그러나 가장 극적인 효과를 의도하는 방식으로 노동소설의 감성 문제와 직접 체험의 즉물성을 다룬다. 『파업』은 1986년 3월 16일 일어난 박영진 열사의 분신을 그와 같은 측면에서 소설화하고 있다.[61]

논의를 종합해 본다면 1980년대 후반 노동소설에서는 '노동자들의 체험·감성의 리얼리티를 구현하는 미학'과 '노동자 계급의 이념·혁명의 리얼리즘적 세계관'이 교차·충돌·착종되어 나타난다고 말할 수 있다. 현장성과 이념성이라는 양가적인 속성이 노동소설 안에 공존하며 서로 길항하는 것은 이러한 까닭에서다. 1970년대 노동소설의 관념성을 극복해 가는 과정에 1980년대 전반기 노동자 수기의 광범위한 창작과 수용이 일종의 문학사적 전회의 역할을 수행했다면, 그리하여 학출 노동자 출신 작가들의 소설이 그러한 르포나 노동자 수기의 양식적 특성을 전유하게 되었다면, 다른 한편으로 1980년대 후반 노동운동의 양적·질적 성장은 노동소설의 혁명적 이념성을 강화시켰다.

　노동소설의 이와 같은 양가적인 속성 가운데 이념적인 측면이 전환기를 거치면서 강화되었다는 점은 주지의 사실이다. 앞서 언급했듯이 1980년대 노동소설 양식이 노동자대투쟁과 맞물려 본격화되었다는 점은, 어떤 측면에서 볼 때 그것의 변화 양상이 노동운동(론)의 전개 과정에 달려 있음을 암시하는 것이기도 했다. 단적으로 방현석의 소설에서 드러나는 일종의 통시적인 변화, 즉 「내딛는 첫발은」과 「새벽출정」에서 「지옥선의 사람들」『실천문학』 1990.겨울로 나아간 궤적이 이를 말해 준다. 「내딛는 첫발은」과 「새벽출정」이 투쟁하는 노동자들의 비통함이나 비장함의 정서에 초점을 맞추고 있다면, 「지옥선의 사람들」은 해포조선소의 선진노동자들의 모임인 동지회의 조직화 수준과 노동자들의 정치 의식이 발전하고 정치 투쟁의 주도 계층으로 성장하는 과정을 서사화하는 데 중점을 두고 있다. 즉 노동소설의 현장성과 이념성은 기본적으로 하나의 작품 안에 공존하며 길항하는 방식으로 나타났지만, 시간적인 흐름 속에서 본다면 현장성에서 이념성으로 점차 경사되는 양상을 나타냈다.

　여기에는 노동소설에 이념적 전망을 제시하는 역할이 강력하게 부과되었던 당시의 비평적 상황이 맞물려 있다. 그 시작부터 노동운동에 밀접하게 연관되어 있었던 1980년대 후반의 노동소설이 "변혁운동의 원대한 목표를 향해서 매진하는 고난찬 행군을 형상화하는" 일을 담당하게 된 것은 필연적인 결과였을지도 모른다.[62] 노동소설이 투쟁의 이념과 혁명의 전망을 마르크스주의의 '과학적 이론'에 입각해 재현하는 방식으로 노동운동의 미래를 견인하리라는 판단은 어떤 의미에서 이 시기 노동소설의 리얼리즘이 소박한 계몽주의의 산물임을 말해 준다. 그 근저에는 노동자 계급에 의해 성취되는 혁명에 대한 재현이 노동자들을 각성시키고 투쟁 의식을 고취시키며, 노동자계급에 속하지 않는 대중에게는 노동자 주체에 의한 역사 발전의 필연성을 인식시킨다는 발상과 논리가 자리하고 있다. 그러나 삶의 추진력과 현실을 변화시키는 역동성은 "재현된 삶이 아니라 삶을 구성하는 역능"에 있음을 상기할 때, 문학과 예술에 요청되는 것은 '계몽'이 아닌 삶을 새롭게 구성하고 해방시키는 '역능'이다.[63]

그런 의미에서 볼 때 전반기 노동자 수기의 양식적 특성을 전유함으로써 획득했던 노동자들의 체험과 감성의 리얼리티야말로 노동소설의 리얼리즘이 계속해서 추구해 나가야 했을 중요한 미학적 입각점이었다. 노동이 어떤 물질과 가치, 에너지를 생산/생성하는 행위 양식인 것처럼, 노동소설 역시 어떤 사회과학 이론에 의해 주어진 행로를 재생산/재현하는 대신, 노동자들이 스스로의 행로를 찾아가는 과정 가운데 겪는 쾌락과 떨림, 고통, 슬픔 등으로 점철된 삶과 투쟁의 경험에 대한 미학적 성찰과 사유를 수행함으로써 변혁과 해방의 역능을 생산/생성하는 문학 양식의 가능성을 지닌 까닭이다.

결과적으로 1980년대 노동소설의 리얼리즘은 전환기 급박한 정치·사회적 상황 속에서 그러한 가능성을 탐색하고 실현하는 차원으로까지는 미처 발돋움하지 못했다. 6월항쟁과 노동자대투쟁 이후 소설의 현황을 점검하는 자리에서 김남일은 "집단창작론, 조직창작론 등의 실험을 거친 성과들"이나 "다양한 문학매체들이 등장"한 변화를 중요하게 언급했는데, 이와 같은 양식적·미학적 갱신의 시도들이 지속되지 못한 것은 비평에 의해 거듭 강조되었던 이념적 전망이 오히려 노동소설의 리얼리즘이 운신할 수 있는 폭을 협소하게 만들었기 때문일 것이다.[64] 그러나 "세기를 건넌 노동소설"의 행로를 그리며 1980년대와 2000년대 노동소설을 잇는 문학사적인 작업을 시도하고 있는 천정환의 시각을 참조하자면, 다소간 지체되었던 노동소설 양식과 미학의 갱신은 도래하고 있는 중이다.[65] 노동이 지금–여기의 가장 긴박한 문제로 대두되고 있는 한, 1980년대 노동소설의 리얼리즘이 성취하지 못했던 과제들은 다른 형태와 다른 방식으로, 그 외양과 몸짓을 바꾸어 가며 문학사의 흐름 속에서 앞으로도 계속 호출될 것이다.

3. '재현의 정치'의 아포리아와 '문학의 정치'

'재현의 정치'의 시대, 주체의 전형이라는 모순

가야트리 차크라보르티 스피박이 지적했듯 재현은 정치의 차원, 그리고 예술·철학의 차원에서 미묘하게 다른 의미를 갖지만 그러나 상호 밀접하게 연관되어 작동한다. 흔히 재현의 정치라고 말할 때의 재현은 '대표하다 stand for', 또는 '대변하다speak for'라는 함의를 갖는다면, 예술과 철학에서의 재현은 현전을 다시 나타내는 재현전re-presentation의 개념으로 취급된다.[66] 앞서 논의했던 1980년대 소설이 5·18을 재현할 수 없었던 문제가 후자인 재현전으로서의 재현에 결부되는 문제였다면, 지금부터 살펴보게 될 민족·민중문학(운동론)에서의 운동권 지식인·학생과 노동자 재현은 전자인 재현대표/대변의 정치가 후자의 문학적 재현재현전과 결합해 작동하다 곤경에 처한 양상을 보인다.

1980년대는 실로 '재현의 정치'가 지배한 시대였다. 당대 정치·사회 변혁 운동의 최전선에 서 있었던 운동권 지식인·학생과 노동자의 어떤 지배적인 표상은 민주화운동과 노동운동의 이념을 형성시키는 질료였다. 이를테면 운동권 지식인·학생은 사회적·도덕적 책무를 느끼며 자신을 희생해 운동에 헌신하는 영웅적인 모습으로, 노동자의 경우 열악한 노동 환경, 사회적인 차별과 빈곤으로 고통 받지만 투쟁에 앞장서는 건강하고 순결한 존재로 재현되었다.[67] 그리고 그것은 많은 이들을 민주화운동과 노동운동에 투신하도록 촉구하는 이념적 표상이 되었다.

문학은 그러한 재현의 정치가 작동하는 방식을 가장 잘 보여 주는 사례였다. 1980년대 후반 노동문학의 상징적인 성과로 거론되었던 정화진의 「쇳물처럼」에서는 노동자들이 서로에 대한 깊은 애정과 노동자 계급으로서의 자각을 바탕으로 투쟁에 성공해 착취와 억압에 시달렸던 운명을 스스로 바꾸는 모습으로 그려진다. 비평은 이 소설이 창조한 노동자의 전형, 즉 불굴의 투쟁 정신, 일치단결, 도전적 성격, 자주성과 활력, 노동자 특유의 건강함을 보여 주는 낙천성과 해학성으로 이루어진 인간형을 상찬했다.[68] 반대로 이상적인 노동자의 전형을 성취하지 못한 소설—예컨대 김영현의 소설과 같은 경우—에 대해서는 다음과 같이 비판했다.

김영현의 빛나는 문체에도 좋아 보이지만은 않는 경우가 더러 눈에 띈다. "성냥을 긋자 날카로운 십이월의 바람이 재빨리 불꽃을 물고 달아나버렸다"는 표현과 "잎새가 다 진 나무들이 앙상한 손가락으로 하늘의 가슴팍을 쥐어뜯는 뜰을 지나…"와 같은 묘사는 그 자체로 독자들을 사로잡기에 충분할 만큼 돋보이지만, 5년간의 감옥생활을 마치고 출옥하는 노동자의 의식에 포착되기에는 너무 감각적으로 세련되어 있다는 느낌을 준다. 그래서 독자들은 [머나먼 해후]의 화자가 대학물을 먹은 노동자일 것이라는 유추를 하면서도 노동운동가의 의식에 내장되어 있을 법한 분노와 투쟁의식을 읽어내지는 못하고 만다.[69]

요약하자면 김영현의 소설에서 노동자이자 동시에 운동가로 설정된 인물이 일반적인 노동운동가의 표상과 일치하지 않기 때문에 김영현의 저 "빛나는 문체에도" 불구하고 그것이 "좋아 보이지만은 않는"다는 평이다. 명백하게도 비평은 세련된 감각과는 양립할 수 없는 어떤 특정한 노동자의 표상을 전제하고 있었다. 그리고 그것은 대체로 "노동운동가의 의식에 내장되어 있을 법한 분노와 투쟁의식"을 거느리고 있었다. 기실 민족·민중문학에는 민중이나 노동자, 그리고 운동권 지식인·학생과 같이 정치·사회 변혁 운동에서 중요한 위치를 차지하는 특정 주체에게 주체환원적인 특수성을 부여하고 이를 문학적으로 재현하는 방식이 보편적인 기율로 자리 잡고 있었다. 이는 그와 같은 특수한 성질을 해당 주체의 본질로 간주하고, 문학작품이 그것을 유실하거나 초과함 없이 '그대로' 재현(전)하는 것을 리얼리즘의 기본 원칙으로 규정했기 때문이다. 그리고 그러한 방식으로 수립된 주체의 특정한 표상은 전형이라고 명명되는 리얼리즘 미학의 요건과 평가 기준으로 군림했다.

(1) 리얼리즘에 있어서 전형은 보편적·객관적 사회현실이 인간의 구체적 삶의 형태들 속에 어떻게 관철되어 운동하는가를 보여주는, 작품 속에서 창조된 인간의 형상이다. 그 형상은 분명히 살아 있는 인간의 구체적이고 개별적인 형상이지만 그 안에는 같은 주객관적 조건에 놓여 있는 인간일반의 보편성이 관철되어 있는 보편적 형상이기도 하다. 전형은 곧 리얼리즘의 산 몸뚱아리이다. (…중

략…) 그러나 비판적 리얼리즘을 극복하는 리얼리즘에 있어서의 대표적 전형(주인공)은 새롭게 열리는 길로 당당하게 걸어나가는 집단적 개인이다. 그는 노동자계급 혹은 민중의 대표이며, 그가 걸어나가는 길은 민중이 주인되는 세계로 가는 길이다.[70]

(2) 그렇다면 어디서 구할 것인가? 현단계 우리 리얼리즘에서의 대표적 전형은 '전위'에게서가 아니라 노동자대중에게서 구해져야 한다. 그는 지금 파업투쟁, 임금투쟁이 일어나고 있는 전국 어느 공단, 어느 사업장에서나 볼 수 있는 인물이다. 그는 붉은 머리띠를 질끈 두르고 손을 내뻗으며 구호를 외치고 노래를 부르고, 구사대와 맞서 피흘리고 규찰을 서기도 하는 그런 인물이지만 지도부에 속해 있다거나 정치조직에 속해 있다거나 하는 인물은 아니다. 파업에 가담하면서도 나날의 경제적 압박과 포기에의 유혹 때문에 괴로워하고 자신의 투쟁이 인류사적 의미를 갖는다는 사실은커녕 어떠한 정치적 의미를 갖는지, 성공할지 실패할지조차도 확실하게 정리해내지 못한다. 심지어는 농성대열을 이탈하여 조업참여파에 낄 생각을 하거나, 사표를 내고 퇴직금이나 챙겨 다른 직장을 알아봐야겠다고 결심하기도 한다. 그에게는 우리 현단계 노동자계급의 가능성과 한계가 갈등, 충돌하고 있고 그것이 때로는 긍정적인, 때로는 부정적인 결과로 귀착된다. 그러나 그 갈등에서 승리도, 패배도 완결된 것은 아니다. 오늘의 승리가 내일의 패배가 되고 오늘의 패배가 내일의 승리가 될 수도 있다. 그의 앞길은 노동자계급 해방의 대로를 향해 열려 있기도 하고, 때로는 어둠의 장막으로 꽉 막혀 있기도 하다. 앞에는 혁명적 전망이, 뒤에는 막막하고 도무지 혁명적일 것 같지 않은 삶이 버티고 있다. 그에게 '아직은' 모든 것이 불확실하다. 하지만 그는 끝내 타락하지는 않는다. 끝없는 동요와 혼돈 속에서도 그는 나날의 노동과 투쟁을 향해, 동료들과의 계급적 일체감 속에서, 아직은 제대로 뚫려

있지 않은, 그러나 노동계급 승리의 길로 이어지는 덤불길을 조심스럽게 전진해 나가는 것이다.[71]

(1)에서 정의하고 있는 바에 따르면, 리얼리즘에서의 전형은 "구체적이고 개별적인 형상이지만" 동시에 "보편적 형상"이다. 동시에, 또는 그렇기 때문에 그는 "집단적 개인"이다. 이 양립 불가능해 보이는 개별성과 보편성, 집단적 주체와 개인적 주체라는 조건의 대립쌍을 동시에 갖추어야 하는 까닭에 리얼리즘에서 전형의 지위를 획득하는 것은 실로 까다로웠다. 자못 장황한 묘사와 서술을 동원한 (2)의 정의를 통해 확인할 수 있듯이 그것은, 가령 "전국 어느 공단, 어느 사업장에서나 볼 수 있는 인물"이지만 "지도부에 속해 있다거나 정치조직에 속해 있다거나 하는 인물"이어서는 안 된다. 구사대와 맞서 싸우고 파업에 적극적으로 참여하지만, 그들이 참여하는 노조투쟁과 노동운동이 어떤 "정치적 의미를 갖는지는" 확실히 정리할 수 없는 '순수한' 노동자여야 한다. 1980년대 후반 노동소설에서의 전형 문제를 두고 여러 논자들이 논쟁을 거듭한 이유를 짐작하게 하는 대목이다.

그런데 여기서 중요한 것은 그들이 왜 이렇게 상호 모순적이고 까다로운 조건의 전형을 창출하고자 했는가 하는 문제다. 그것은 (1)에서 밝히고 있듯이 그 전형이 바로 "노동자 계급 혹은 민중의 대표"가 되고, 그 전형적인 인물의 소설 속 행로가 "민중이 주인되는 세계로 가는 길"이 되어야 하기 때문이었다. 즉 그들은 소설에서 '재현'되는 노동자 혹은 민중의 전형이 현실의 노동자 계급 혹은 민중 전체를 '대표' 혹은 '대변'하는 것을 궁극적인 목표로 설정하는 동시에, 그렇게 함으로써 실제로 노동자와 민중의 목소리를 '대변'할 수 있다고 믿었다. 그들은 재현의 정치가 문학적 재현(前)과 매끄럽게 결합돼 성공적으로 작동하리라는 데 대해 의심을 품지 않았다. 그리고 재현에 대한 이 무한한 신뢰가 그들의 가장 큰 오류이자 실패가 되어 되돌아왔다. 스피박은 그 두 재현, 재현의 정치와 문학(예술·철학)적 재현을 결합하는 기획을 두고 다음과 같이 경고한 바 있다. "다시금, 두 진영은 서로 관련되어 있다. 하지만 두 진영을 결합시키는 것, 특히 두 진영 너머에서는 피억압 주체들이 스스로 말하고 행동하고 안다고 말하기 위해 그렇게 하는 것은 본질주의적 유토피아 정치를 초래한다."[72] 이러한 지적은 1980년대 후반 민족·민중문학(론)과 노동해방문학(론)이 노동자에 대해 취하고 있었던 본질주의적 입장과 그것을 통해 성취하려했던 정치적 기획이 동유럽 사회주의 체제의 몰락 앞에서 얼마나 쉽게 허물어져 버렸는지를 다시 한번 적절히 상기시켜 준다.

주지하다시피 당대 비평은 전형을 성취하지 못한 작품들에 대해서 흔히 '주변적'이라고 비판했다. 그리고 작품의 '주변성'은 이른바 소시민적 지식인 작가들이 노동자의 의식을 철저히 내면화하지 못한 까닭에 노동자의 본질적인 모습과 목소리를 제대로 대변/재현하지 못하고 있다는 사실에 대한 증거로 제시되었다.

> 이 소설집에 실린 13편의 작품을 읽고나서 가장 먼저 떠오르는 인상은 '주변성'에 관한 것이었다. (…중략…) 이는 80년대의 노동현장에서 흔히 있을 수 있는 사건들을 다룬 「마지막 축배」(윤정규), 「부르는 소리」(송기숙), 「겨울 울타리」(양현석) 등에서 가장 잘 나타난다. 「마지막 축배」는 같은 노동자이면서도 노동자계급의 권리쟁취를 위한 투쟁과는 스스로 무관하다고 여기는 한 주변적

노동자의 시점으로 서술되고 있고, 「부르는 소리」는 '성실하고 인간적인, 소기업의 사장과 '당돌하고 과격한' 위장취업 여성근로자와의 사이에서 '세상이 모두 무섭다'고 생각하기에 이르는 어중간한 중간관리자의 시점으로, 또 「겨울 울타리」는 택시회사 운수노동자들의 분규에 좀 비현실적이다 싶을 정도로 열심히 개입하는 신문기자의 시점으로 서술되고 있다. 이 세 작품 어디에도 정작 투쟁하는 노동자를 소설전개의 중심에 주체로서 세우지 못하고 있다.[73]

위의 인용문에서 비판하고 있는 세 소설 작품의 "주변적 노동자"와 "어중간한 중간관리자", 운수노동자들의 분규에 열심히 개입하는 "신문기자"는 모두 "투쟁하는 노동자" 주체가 아니기 때문에 '주변적'이다. 이른바 '투쟁하는 노동자 주체'를 재현하지 못하는 소설 속 '주변적인' 인물들의 형상은 노동자를 대표/대변할 수 없다. 그러나 이러한 논리에는 필연적으로 다음과 같은 물음이 뒤따를 수밖에 없다. '주변적'이라고 일컬어지는 인물들의 배제를 통해 만들어진 전형이 과연 노동자 대중과 민중을 대표/대변한다고 말할 수 있는가? 그렇게 재현된 노동자와 민중의 표상이 그들이 말하는 노동자 · 민중 주체의 본질^{현전}인가? 바꿔 말하면, '투쟁하는 노동자 주체'의 표상은 지식인 비평가들이 원하는 노동자 주체의 표상에 부합하지 않는 노동자'들'과 민중'들'의 형상을 배제함으로써 어떤 측면에서 볼 때 역으로 그들을 타자화했다. 그리하여 그와 같은 방식으로 노동자를 재현하는 문학은 오히려 노동자들에 대해 말하지 않으며, 오히려 그 의도와는 반대로 노동자들을 침묵시키는 결과를 낳는 해결 불가능한 모순에 처하게 되는 것이다. 이 지점에서부터 바로 1980년대 민족 · 민중문학이 맞닥뜨렸던, 그러나 당시에는 분명하게 인식되지 않았던 재현의 정치의 아포리아가 시작된다.

김영현 소설의 주변성과 재현의 잉여

김영현과 김향숙의 소설에서는 이 아포리아에 대한 인식을 바탕으로 문학이 재현의 정치를 넘어서는 지점을 확인할 수 있다. 재현은 그것의 대상을 완벽하게 장악하지 못하고 언제나 그것 외부에 잉여를 남긴다. 김영현과 김향숙의 소설은 특별히 1980년대에 지배적이었던 운동권 지식인·학생과 노동자·노동운동가 표상의 테두리 바깥에 흩어져 있는 잉여로서 실패·타락·좌절을 경험하는 이들의 형상을 포착한다. 이때의 잉여란 주체로 구성되지 않은 타자, 그리고 보다 근본적으로는 타자에 내재하는 환원 불가능한 차이를 의미한다. 이 차이를 소설화함으로써 이질적인 타자들이 갖는 역능을 확인할 때 소설은 재현의 정치를 넘어서는 '문학의 정치'를 구현하게 된다. 앞으로 상세하게 분석할 '문학의 정치'란 투쟁과 혁명의 주체를 단일하고 통일적인 표상으로 수립하고자 했던 민족·민중문학의 정치적 기획과 정확히 반대편에 자리한다.

1990년에 출간된 김영현의 첫 소설집 『깊은 강은 멀리 흐른다』실천문학사, 1990에 실린 소설 작품들은 대체로 운동가에 관한 이야기를 다루고 있다. 이와 같은 작품 경향은 작가 본인이 1970년대 말 운동권 학생으로 출발해 1984년 '민주화운동 청년연합'에서 활동하다 『노동해방문학』 창간 및 편집 일을 맡는 등 1980년대 내내 이른바 운동권의 삶을 살아온 이력과도 무관하지 않을 것이다.[74] 비평가 권성우는 김영현의 문학이 "운동권과 관련된 문학적 소재를 인간과 역사에 대한 풍부한 해석과 접맥시키"는 것을 지향하고 있었다는 평가를 내렸다.[75] 실로 김영현은 운동권 세계와 거기에 속한 사람들의 삶의 부면에 천착한 소설가였다.

그러나 김영현의 소설 속 운동권 지식인·학생 그리고 노동운동에 투신하는 노동자의 형상은 당대 비평이 요구했던 전형, 그리고 소설이 발표된 무렵인 1980년대 후반기 운동권과 진보적인 문학 진영을 지배했던 재현의 정치와는 확실히 다른 궤적을 그려가고 있었다. 여기에는 그가 1980년대 후반을 기준으로 삼을 때 운동권에서도, 문단에서도 일종의 '낀 세대'의 위치에 서 있었다는 점이 하나의 요인으로 작용했을 가능성이 높다.

> 그러나 새로운 세대가 대거 진출한 80년대 집단의 논의에 들어가자마자 곧 내가 깨달은 사실은 그들은 너무나 많은 것을 알고 있었고 나는 너무도 모르고 있다는 사실이었다. 후배들은 웃으면서 바로 나 같은 경우가 재교육 대상자라는 것이었다. 낭만의 시대는 지나가고 바야흐로 과학의 시대가 열려가는 무렵이었다.
>
> 나는 그들의 뒤를 따라가기 위해 허덕이지 않을 수 없었는데 그럼에도 불구하고 이러한 활동은 나에게 많은 도움을 주었다.[76]

김영현은 1970년대 후반부터 본격적으로 운동권 활동을 시작한 경우에 속했다. 그는 1979년 군대에 끌려갔다 1982년 전역 후 학교에 복학했고, 졸업 후 1984년에 '민주화운동 청년연합'에 가입해 운동권 활동을 재개했다. 그러니까 엄밀하게 말하면 그가 운동권 학생으로 활동했던 절정의 시절은 1970년대 후반이었다. 그가 회고한 것처럼 "새로운 세대가 대거 진출한 80년대 집단의 논의"에서 그는 이념적으로 철저하지 못한 1970년대 운동권 출신의 "재교육 대상자"였다. 그가 운동권 세계로 돌아온 1980년대 중반은 "바야흐로 과학의 시대가 열려가는 무렵이었"던 까닭이다.

1980년대 운동권의 정체성과 미묘하게 어긋나는 지점은 그의 문단 활동에서도 여실히 드러난다. 김영현은 1990년에 발표한 그의 소설집『깊은 강은 멀리 흐른다』를 두고 불붙은 '김영현 논쟁'의 전개 과정 가운데 민족·민중문학 진영의 비평가들과 불화를 겪었는데, 이때 그는 직접「민족문학 평단에 대한 전면비판」『말』 1990.12이라는 글을 발표하기도 했다.[77]『노동해방문학』측의 정남영은 여기에 대해 김영현이 "민중문학에서 그 사상적·이데올로기적 측면, 그 내용의 측면을 배제하고 대신에 형식적·기법적 측면을 평가의 주요한 기준으로 내세우고 있는 것"이라는 비판으로 맞섰다.[78] 요컨대 김영현의 문학관이 "사상적·이데올로기적"으로 불철저하다는 주장인데, 정남영이 지적한 그 불철저함은 김영현의 소설에서 민족·민중문학 진영과 운동권 사회 전반을 지배하고 있었던 재현의 정치를 거스르는 양상으로 나타났다. 좀 더 정확히 말하면, 그의 소설에는 민족·민중문학과 운동권의 담론이 재현(전)해 온 운동권과 노동자 주체의 현전(더 정확하게 말하자면 운동권과 노동자의 현전이라고 믿어온 어떤 본질)에서 이탈하는, 그것과 충돌하는 잉여가 출현한다. 그리하여 재현의 정치가 붙들고 있는 주체의 재현에 대한(주체를 완벽하게 재현전할 수 있다는) 믿음 또는 환상, 즉 운동권과 노동자 주체의 현전을 '재현(전)'함으로써 '재현대표/대변'할 수 있다는 사고의 맹점을 드러낸다.

그의 소설 중에서 대표적으로「멀고 먼 해후」『문학과비평』 1989.여름는 1970년 전태일 열사의 분신으로 시작된 이래 1980년대 내내 그 막강한 영향력을 행사해 온 노동열사를 둘러싸고 재현의 정치가 작동하는 방식과 그것이 작동 불가능한 지점을 드러내고 있어 주목을 요한다.[79]「멀고 먼 해후」는 노동조합의 투쟁 과정에서 벌어진 어떤 노동운동가의 죽음에 관한 이야기다. 노조 위원장이었던 준호, 조합원이었던 '나'와 순범은 사측이 노조를 불법화하려는 사태에 맞서 싸우고 있었지만, 투쟁의 동력은 점점 떨어지고 있는 상황이었다. 준호는 타개책으로 누군가의 희생을 통해 투쟁의 불씨를 되살리는 방안을 내놓는다. 그리고 그 희생양으로 암에 걸려 죽음을 얼마 앞두지 않은 순범을 지목한다. "아무도 그의 죽음을 요구할 권리가 없"다고 말하는 '나'의 만류에도 불구하고 준호는 순범이 스스로 원하게 될 것이며, "그의 죽음이 얼어붙은 사람들의 가슴에 불길을 붙여줄 거"라고 믿는다.[80] 그리하여 그는 순범을 설득하기에 나선다.

"순범이, 잘 생각해봐. 선택은, 죽느냐 사느냐 하는 것이 아니라 어떻게 죽느냐 하는 것이야. 우리는 너의 그 허물어져가는 몸뚱어리가 필요해. 그 몸뚱어리에 불을 붙여 횃불처럼 들고 나가면, 모두의 가슴에 암처럼 버티고 있는 두려움을 벗어던지면…… 우리는 승리할 수 있어."

준호가 중얼거리듯이 말을 맺었다. 잠시 동안 면도칼 같은 침묵이 흘렀다.

"나는 싫어. 나는 모든 것을 다 떠났어. 내 고통조차 견딜 수 없단 말이야."

준호의 눈빛에 광기가 번들거렸다. 그의 어깨너머로 늦가을의 하늘이 푸르게 젖어있었다.

순범이가 말했다.

"이 고통을 견뎌나가는 것만으로도 내가 태어난 몫은 하고 있는 거야. 나를 괴롭히지 마. 그건 너희들 일이야."

"우리 모두의 일이야. 죽는다고 모든 것을 떠날 수는 없어."

준호의 눈이 번쩍거렸다. 물기가 차있었기 때문이었다.

"적을 죽일 수 없을 때, 적과 동지의 양심을 동시에 난타하는 길은 자기 자신을 죽이는 길밖에 없어."

　둘은 잠시 동안 약속이라도 한 것처럼 입을 다물었다. 바람이 창문을 덜컹거리며 불어왔다. 그 소리가 둘의 가슴에 돌멩이를 던져넣는 것처럼 여운을 남겼다.

　"죽음이 눈앞에 있다고 하여 내가 더 강하다고 생각하지마."

　마침내 순범이가 입을 뗐다.

　"살아있는 동안에 나는 살려고 발버둥치고 싶어. 그건 나의 권리야."(146~147면)

　준호가 순범에게 요구한 희생은 정화처 전태일이 1970년 11월 13일 평화시장에서 행한 그것과 동일한 것이었다. 전태일과 마찬가지로 순범이 "그 몸뚱아리에 불을 붙여 횃불처럼 들고 나가면, 모두의 가슴에 암처럼 버티고 있는 두려움을 벗어던"지게 만들고, 나아가 교착상태에 빠졌던 노조 투쟁에서 "승리"하게 되리라고 준호는 전망했다. 전태일이 몸을 불살랐을 때 지식인이 응답했고, 1970년대 노조 결성 운동이 불타올랐으며, 이후 그 불꽃이 1980년대에도 꺼지지 않고 타올랐음은 주지의 사실이다.[81] 만일 이 지점에서 소설이 재현의 정치를 충실히 수행하려 했다면, 순범은 자신에게 주어진 전태일을 재현하는 운명을 받아들여야 했을 것이다. 전태일은 노동자의 자기희생과 저항의 진정한 상징이었으므로, 그런 전태일에 대한 재현이란 곧 그러한 본질이자 이상에 가장 가까이 다가서는 동시에, 위에서 언급한 대로 전태일의 분신이 연쇄적으로 불러일으켰던 놀라운 변화들을 지금 이곳에 '다시 현전'하게 하는 것을 의미했다. 그러나 순범은 전태일이 외쳤던 노동자의 권리 대신 인간으로서 살아가기 위해 발버둥 칠 권리를 외친다. "살아있는 동안에 나는 살려고 발버둥치고 싶어. 그건 나의 권리야." 이 문장과 함께 소설은 본격적으로 이른바 노동열사의 재현을 통한 정치가 작동 불가능한 영역을 가시화한다.

'전태일 되기'를 둘러싼 '재현의 정치'의 아포리아

이에 앞서 먼저 전태일을 둘러싼 재현의 정치는 어떻게 이루어졌던 것
인지를 살펴볼 필요가 있다.[82] 이를 위해 여기서는 1980년대의 학출들에
게 지대한 영향을 미쳤던 조영래의 전태일 평전을 살펴본다. 본격적인 논
의에 앞서 미리 말해 두자면, 어떤 대상에 대한 특정한 표상 ─ 많은 경우
이상적인 표상 ─ 은 그 대상과 동일시하는 주체들을 호명하는 이데올로
기적인 기능을 수행한다.

> 그것은 무슨 결단인가? "돌아가야 한다"는 결단이다. 거짓이 존재하지 않는
> 그 완전한 순간을 위하여, 다시 현실 속으로, 다시 평화시장의 짓밟힌 동심들
> 곁으로, 아무리 외면하려고 애써도 끝내 외면할 수 없었던 저 버림받은 목숨들
> 의 신음과 탄식과 통곡의 현장現場 속으로, 다시 돌아가겠다는 결단이었다. 그
> 자신에게 있어서는, 그것은 또한 다만 존재하기 위한 댓가로 물질적 가치로 전
> 락하는 것을 거부하고, 노예의 삶의 모든 굴욕과 허위와 유혹을 떨어버리고, 아
> 무리 수난과 고통과 의로움으로 가득찬 가시밭길일지라도 인간성을 위하여 싸
> 우는 존엄한 인간의 길로 기어이 돌아가겠다는 결단이었다.
> 소시민적인 안일安逸한 삶에 연연하는 일부의 지식인이나 종교인들이 상투적
> 으로 "억눌린 사람들의 고통에 동참同參하겠다"고 선언할 때에, 우리는 그것이
> 그야말로 단순한 '동참同參' ─ 억눌린 사람들의 주위에서 얼쩡거리며 배회하는
> 데서 끝나는 것을 흔히 본다. 전태일의 경우 '돌아가겠다'고 하는 것은 결코 이
> 런 식의 어정쩡한 얘기가 아니었다. 그것은 '목숨을 들어 돌아감歸命'을 뜻하는

것이었다. 그것은 한 치도 물러설 수 없는 투쟁, 타협 없는 투쟁, 한 인간의 모든 것을 아낌없이 거는 단호한 투쟁을 의미하는 것이었다. (…중략…)

그는 말하였다. "무고한 생명체들이 시들고 있는 이 때에 한 방울의 이슬이 되기 위하여 발버둥"치겠다고. 이것이 그가 원한 모든 것이었다. 이것이 그의 겸손함이었고, 이것이 그의 슬픔이었고, 이것이 그의 법열法悅이었다. 오직 한 방울의 이슬이 되기 위하여 그는 그의 삶의 모든 것을 던져야 했던 것이다.

목숨을 걸지 않는 한, 결단決斷은 없다.

한 인간이 아무리 고양高揚된 감정으로, 아무리 절절한 언어로 투쟁을 결의한다 해도, 그가 "나를 버리고, 나를 죽이고 가마"라고 말하지 아니하는 한, 그것은 이미 완전한 결단이 아니다. 그것은 언젠가는 가혹한 현실의 벽, 생사生死의 벽 앞에 부딪쳐 힘없이 허물어 지고야 말 헛맹세이다.

목숨을 걸지 않는 '투쟁'은 거짓이다. 그것은 소리치는 양심의 아픔을 일시적으로 달래는 자기 위안의 방편에 지나지 않는다. (…중략…)

남은 것은 오직 행동行動 뿐. 불꽃 같은 행동 뿐. 한 병약病弱한 인간이 어떠한 굴종의 성채城砦도 파괴해 버리는 저 처절한 분노와 사랑의 불길을 여러분은 곧 보게 될 것이다.[83]

조영래는 전태일의 결단을 "거짓이 존재하지 않는 그 완전한 순간을 위하여, 다시 현실 속으로", 노동자들의 "신음과 탄식과 통곡의 현장 속으로 다시 돌아가겠다는 결단"이라고 적고 있다. 그것은 "소시민적인 안일한 삶에 연연하는 일부의 지식인이나 종교인들이 상투적으로 "억눌린 사람들의 고통에 동참하겠다"고 선언하는 거짓된 결단과 대조를 이룬다. 그와 같이 지식인들의 거짓된 결단과 대비되는 전태일의 분신은 "한 방울의 이슬"처럼 순수한 노동자의 진정한 투쟁으로 표상^{재현}된다. "목숨을 걸지 않는 '투쟁'은 거짓"이라면, 전태일과 같이 결연히 자신의 목숨을 버린 투쟁은 그 반대인 가장 진실된 것이다. 이와 같이 소시민적 지식인과 노동자, 거짓과 진실 사이의 대비가 계속 반복되는 가운데, 전태일은 진정한 노동 투사/열사로 표상된다. 그리하여 전태일을 둘러싸고 있는 것은 모든 것을 버릴 수 있는 결연하고 숭고한 희생의 이미지다.

여기서 이러한 분석으로 『전태일 평전』이 1980년대 민주화운동과 노동운동의 확산과 활성화에 기여한 측면을 부정하거나 폄훼하려는 것이 아님을 밝혀둔다. 반복하건대, 이 논의의 핵심은 특정한 주체와 이념을 문학적으로 '올바르게' 재현하는 것이 문학의 정치성을 담보·실현한다고 여겼던 재현적 사유·담론 체계의 모순과 맹점을 밝히는 것이다. 전태일에 대한 이러한 재현의 방식은 투쟁을 위해 자기희생을 불사하는 거짓 없고 순수한 노동자/노동열사의 표상이 1980년대 민족·민중문학운동을 포함한 사회변혁 운동 진영 전체를 지배하게 만들었고, 또 거듭 재생산되었다. 이 지배적인 표상과 자신을 동일시하거나 그에 준하는 내면화 과정을 거친 이들은 '전태일'로 호명되었다. 가령 1980년 위장 취업으로 동양기계에 들어가 현상에서 노동운동을 이끌며 이후 노동운동 진영의 유력한 지도자로 부상했던 문성현은 자신의 "일생에 결정적인 전기를 가져다준 사건"으로 전태일의 육필일기 복사본을 통해 전태일의 죽음에 대해 접하게 된 일을 꼽았다.[84] 장남수 역시 전태일의 분신에 관한 이야기가 새로운 인식과 깨우침을 주었으며, "내가 바로 석정남이며 유동우이며 전태일이란 것을 느꼈다"는 고백을 남겼다.[85] 이처럼 많은 의로운 대학생들이 학출의 삶을 선택하고 민주화운동에 투신했던, 그리고 노동자들이 투쟁의 현장에 나섰던 시대로

1980년대를 기억할 수 있는 것은 실로 전태일을 둘러싼 재현의 정치 때문이다.

이처럼 재현의 정치에서는 대상에 대한 하나의 표상재현이 이상적인 것으로 특권화·절대화될 때 그 대상(정확히는 그 대상에 대한 표상)과 자신을 동일시하는 주체들이 호명된다(그리고 뒤집어 말하면 동일시에 실패하거나 그 표상과 일치/유사하지 않은 경우 타자로 남겨진다). 문제는 그 특권화·절대화된 표상재현은 문자 그대로 '재현(前)'일 뿐인데도 불구하고 유일한 '현전'의 자리를 자처하려 한다는 데 있다. 앞서 언급했던 전형이 문제가 여기에 걸려 있다. 예컨대 민족·민중문학(론)에서 말하는 노동자의 전형은 실상 노동자를 '현전'하는 것이 아니라 노동자에 대한 하나의 재현일 뿐임에도 불구하고, 그 전형에 맞지 않는 문학적 재현들을 노동자에 대한 왜곡된 상(像)이며, 그러므로 노동자를 대표/대변할 수 없는 것으로 간주했다. 따라서 1980년대 후반 민족·민중문학에서 전형으로부터 벗어나는 노동자'들'은 타자화 ― 보이지 않고, 들리지 않는 존재가 ― 되었다. 동시에 비평이 이와 같은 전형에 관한 담론을 (재)생산하는 과정 가운데 문학적 재현의 우열이 나뉘고 위계가 만들어지면서 민족·민중문학(론)은 헤게모니적인 성격을 띠게 되었다.

「멀고 먼 해후」에서 순범이 '살아있는 동안에 살려고 발버둥치고 싶다'고 항변하는 예의 장면은 재현의 정치의 아포리아를 드러낸다. 순범의 이 예외적인 목소리는 준호가 요구한 희생을 거부함으로써 또 한 명의 전태일로 호명되기 역시 거부한다. 바로 이 장면에서 전태일의 표상으로써 작동해 온 재현의 정치는 무력화된다. 대신 살아 있는 동안 발버둥 칠 권리를 말하는 이 순범의 목소리는 노동자의 현전으로 자처해 온 전태일의 표

상 뒤에 가려졌던 잉여적인 목소리들의 존재를 내비친다. 민족·민중문학
론의 전형과 같이 재현의 정치가 작동한 결과 노동자 주체의 현전으로 굳
건하게 자리해 온 표상의 특권적인 지위는 재현되지 않는 잉여적인 것들
의 출현으로 인해 해체·전복된다. 다시 말해 투쟁을 위해 의연하게 죽음
을 맞이하는 모습으로 재현되는 노동자 주체^{전태일}의 표상은 순범의 목소리
를 결여한 미달이거나, 반대로 그 목소리를 초과하는 과잉, 혹은 역으로
순범과 같이 살 권리를 외치는 노동자들의 목소리에 대한 배반임이 드러
나게 되는 것이다. 그리하여 이 징후적인 장면은 노동자에 대한 문학적 재
현이 그들을 주체로 호명하는 동시에 그들의 목소리를 은폐하는 양가적인
속성을 지니고 있다는 사실을, 즉 주체를 '재현^(전)'함으로써 오히려 '재현
^{대표/대변}'할 수 없는 재현의 정치의 아포리아를 가시화한다.

　재현의 정치의 근본적인 모순에 관한 폭로는 비단 이 징후적인 한 장면
으로 끝나지 않는다. 소설의 클라이막스에서 준호는 죽지 않겠다고 번복
하는 순범 앞에서 스스로 '전태일 되기'를 시도한다.

　　"준호가! 준호가 약을 먹었어…"
　　순범이가 떨리는 목소리로 말했다.
　　순간 가슴이 덜컥 내려앉는 것 같았다. 나는 급히 준호에게로 가려했지만 준
　　호는 손을 내저었다.
　　"가까이 오지마."
　　그의 발음이 꼬부라졌다. 그는 최대한의 자제력을 유지하고 있는 듯이 보였
　　다. 나는 그 자리에 서서 가슴에 손을 얹었다.
　　"내 죽는 모습을 바라봐. 내가 어떻게 죽는지 모두들 기억해두라구. 적을 죽일

수 없을 땐 자신을 죽이는 거야."

그의 눈은 충혈되고 다리가 후들후들 떨렸다.

"우린 벌레가 아니야! 우린 기계도 아니야! 우린 인간이야. 매일 매일 강간을 당하고 가랑잎처럼 희망도 없이 쫓겨다닐 수는 없어. 내가 어떻게 죽는지 잘 보라구. 적을 죽일 수 없을 때…"

그는 그 자리에 허물어지듯이 주저앉았다. 나는 정신없이 달려가서 그를 안았다. 그는 자주 까집혀지는 눈을 애써 바로 뜨면서 말했다.

"야을 먹은 건 실수였어. 좀 더, 좀 더, 기다려야 했었는데…"

나는 그를 그 자리에 뉘어놓고 문을 박차고 나가서 미친 듯이 간호원을 불렀다.(154~155면)

준호는 순범이 분신에 실패할 경우 주기로 했던 약을 스스로 먹고 마치 전태일이 그랬던 것처럼 "인간[이] 자기가 사랑하는 것을 위해 죽을 수도 있"다는 것을 보여주고자 한다.[156면] 처음 순범에게 희생을 제안했던 때 준호가 말했던 대로 이 자기희생의 전략은 "적을 죽일 수 없을 때, 적과 동지의 양심을 동시에 난타하는" 것이다. 그러나 준호의 때 이른 죽음은 그의 적들에게 목격되지 않았고, 그리하여 그들의 양심을 난타하지 못한다. 또한 동지들이 양심의 가책을 느끼도록 만들어 그들을 투쟁으로 이끌고자 했던 목적 역시, 그 자신의 죽음 때문에 벌어진 소란에 의해 동지들이 체포됨으로써 달성되지 못한다. 이처럼 소설의 결말은 준호의 '전태일 되기'가 실패함을 보여 줌으로써 재현의 정치가 작동하지 않는 지점이 있다는 사실을 다시 한번 강조한다.

전형이라는 이름 아래 모일 수 없는 것들의 역능

김향숙의 소설에서도 학출 활동가·노동자 내지는 운동권 학생의 전형
에 미달하거나 초과하는, 그래서 배제된 주변적이고 타자적인 인물들이
대거 등장한다.[86] 특별히 이러한 특징이 두드러지게 나타나는 것은 영세
한 봉제 공장을 배경으로 삼고 있는 소설 「얼음벽의 풀」『종이로 만든 집』, 문학과
비평사, 1989에서다. 이 소설의 서사는 학출 인애가 위장 취업한 작업장에서
마주치는 노동자들로부터 모종의 거리감과 적대감을 느끼며 그들에게 다
가가지 못하고 있는 상황에 초점을 맞추고 있다. 소설은 주인공 인애가 공
장에서 퇴근할 무렵부터 집에 도달하기까지의 짧은 시간 동안 그녀의 시
선에 비치는 노동자들의 모습과 그녀의 귓가를 스치는 그들의 목소리를
집요하게 묘사한다. 가령 소설은 월급을 털어 산 손목시계를 불량배들에
게 뺏긴 시다 이군의 "마음이 손톱 같은 것이었다면 벌써 멍이 들어 뽑혀
나갔을 거라구요"와 같이 서정적인 표현을 고스란히 옮겨 놓는다.[87] 동시
에 인애의 시선을 빌려 302호 시다 이군과 재단사의 대화와 행동을 조밀
하게 묘사한다. 그리고 다시 자신의 작업장 312호로 돌아간 인애의 귓가
에는 벽 너머 313호와 311호의 라디오 소리, 바깥 복도에서 308호 여사
장과 임금 체불에 항의하는 권철수가 실랑이를 벌이며 주고받는 대화가
들려온다. 이윽고 퇴근하기 위해 인애가 작업장을 나서는 순간 마주친
313호의 노동자들이 부리는 수작까지, 소설은 어느 것 하나 놓치지 않으
려는 듯, 바로 그 어느 것 하나로 수렴되지 않는 다양하고 이질적인 노동
자들의 목소리를 포획한다.

이 가운데 주인공인 인애는 노동자들과 동화되거나 유대 관계를 맺지
못한 채 그저 홀로 그들 주변에서 부유하는 모습을 보인다. 인애는 신군부

정권의 부역자 노릇을 하는 아버지가 틀렸고 자신의 신념이 옳다는 것을 보여 주기 위해 학교까지 그만두고 현장으로 들어왔지만, 정작 그곳에서 그녀는 "자신이 알고 있는 스스로의 한자락이 무너져내리는 듯한 막막함을 떨쳐버리"지 못하고 "혼자 내버려진 듯한 아주 고약한 느낌"에 사로잡혀 있다.77면 처음 "인애는 별다른 저항감없이 스스로를 노동자계급의 일원으로 여기는 데 주저하지 않을 수 있었던 것 같았다".115면 그러나 그녀는 실상 자신에게 차 마시자고 권하는 남성 노동자 신태환을 단 한 순간도 "대등한 맞수로 여기지 않았다"는 사실을 깨닫고, 스스로에게 깊은 실망감을 느낀다. 기실 처음 노동 현장에 들어올 때 가졌던 "참존재로서의 삶을 살아야 한다는 내부의 열망"이나 "착취당해 온 계급과 그 반대편 진영의 경계선을 무너뜨"려야 한다는 굳은 신념은 점차 사그라들고 있었다.115면 소설은 이처럼 인애를 줄곧 낯설고 냉담한 인물로 그리고 있는데, 이는 학출에 대한 일반적인 이미지를 염두에 둘 때 사뭇 이질적이고 예외적인 것이었다. 그렇다면 여기에는 자연스럽게 당대 운동권 학생의 지배적인 표상은 어떠했는지에 대한 물음이 뒤따르게 된다.

1980년대 운동권 학생에 대한 당대의 사회적인 인식, 그리고 그 지배적인 표상이 형성되는 데 작용한 여러 요인 중에서도 유시민의 「항소이유서」는 핵심적인 역할을 했으며, 그 자체로도 상징적인 텍스트였다. 당시 그의 「항소이유서」는 운동권 학생들과 재야 그룹들 사이에서 탐독되어 신군부 정권이 이를 주시하게 만들었다.88 이후 언론에 소개되면서 사회적으로 큰 화제를 불러일으켰고, 일부 대학에서는 이 글을 각본으로 삼아 연극으로 공연하기도 했다.89 이러한 점들을 염두에 둘 때, 「항소이유서」의 운동권 학생에 대한 (자기)재현 방식은 비단 유시민의 자기인식뿐만 아니라, 1980년대 사회에서 공유된 운동권 학생의 표상을 형성하는 데 중대한 역할을 했으리라고 짐작할 수 있다.

「항소이유서」 가운데 사람들이 가장 깊은 감동을 받았다고 알려진 대목은 평범한 학생이 판사가 되는 꿈을 포기하고 학생운동에 투신하게 된 과정을 묘사하는 후반부다. 이 대목에서 "빛나는 미래를 생각할 때마다 가슴 설레던 열아홉살의 소년"이 "가장 열렬한 투사"로 변모하게 된 것은 도덕적·윤리적 양심 때문이라고 서술된다.[90] 유시민은 교정에서 전투경찰들에게 끌려가는 여학생의 모습을 보고, '우리'의 하숙비가 어린 여성 노동자들이 매주 60시간 이상 일해서 번 월급보다 더 큰 금액이라는 사실을 깨닫고, 그리고 선배들이 법정에서 죄수가 되어 나오는 장면을 목격하고는 법관이 되는 꿈을 포기했다고 고백한다. 아울러 그가 일련의 학생운동 조직을 결성한 것은 "민주화를 위한 투쟁은 언제 어디서나 어떤 형태로든 계속되어야 한다"는 소신에 따라 이루어진 것임을 밝힘과 동시에, "이 시대의 모든 양심인과 함께하는 '민주주의에 대한 믿음'에 비추어, 정통성도 효율성도 갖지 못한 군사독재정권에 저항하여 민주제도의 회복을 요구하는 학생운동이야말로 가위눌린 민중의 혼을 흔들어깨우는 새벽종소리임을 확신"한다는 신념을 피력한다.[91] 이러한 서술들을 종합해 볼 때, 운동권 학생의 (자기)재현에 내포된 관념과 이미지, 비전은 도덕성, 윤리, 정의, 순결한 양심, 민주주의에 대한 굳은 신념, 불의한 군사독재 정권에 대한 의로운 저항, 민주화라는 대의를 위한 꿈과 미래의 희생, 결연한 의지, 민중과의 일체감, 민중을 각성시키고 이끄는 선구자적 존재 등으로 요약될 수 있다. 이러한 것들로 이루어진 운동권 표상은 비윤리적이고 부도덕한 독재정권에 대항하는 준거·토대가 되었을 뿐만 아니라, 나아가 많은 대학생들을 자기반성과 결단으로 이끌어 운동에 뛰어들도록 만들기도 했다.

운동권에 대한 이와 같은 지배적인 표상에 견줄 때, 「얼음벽의 풀」에서 인애는 그것에 미달하거나 그것을 초과하거나, 혹은 오히려 그것을 배반하는 인물이다. 그녀 역시 처음 학출의 삶을 결심했을 때는 "도덕적 삶을 향한 희구"를 강하게 붙들고 있었다.114면 그러나 때때로 그녀 스스로도 자신이 선택한 학출 노동자의 삶에 대해 드는 회의감을 억누를 수 없을 듯한 기분에 사로잡힌다. 게다가 노동 현장의 악취는 참을 수 없을 정도이고, 자신을 구박하는 미싱사 명자에게는 깊은 적대감마저 느낀다. 그리하여 소설은 은연중에 인애의 신념과 희생정신, 인내, 의지가 노동자들과의 완전한 연대를 이루기에는 충분해 보이지 않는다는 점을 내비친다. 다른 한편으로 운동권 내부의 투쟁지양론이나 직접투쟁론 어느 쪽이든 다소간의 비민주적 요소가 깃들어 있음을 발견하는 그녀의 예리한 시선은 그녀로 하여금 동료들의 위선과 허위를 간파·폭로하게 만든다. 이러한 인애의 존재는 실로 운동권 표상에 대한 미달이거나 초과일 수밖에 없다. 이와 함께 소설의 말미에 등장하는 인애의 거울상, 혹은 어쩌면 인애의 가까운 미래일지도 모를 또 다른 학출 유정화는 현장에서 실패한 운동권 대학생의 처절한 운명을 보여줌으로써 "가장 열렬한 투사"로서의 운동권 학생의 표상에 균열을 일으킨다.

인애의 이러한 면모를 드러내는 소설은, 가령 「항소이유서」에서 제시되는 지배적인 운동권 표상이 실상은 역으로 거기에 도달하지 못한, 혹은 그것을 초과하거나 배반하는 여타의 운동권 학생들이 재현되지 않음으로써 형성·유지되는 것임을 시사한다. 사실 이는 어떤 측면에서 표상재현에 불가피하게 내재할 수밖에 없는 문제이기도 하다. 표상은 일종의 상징인 까닭에 대상의 핵심적인 관념만을 남긴 채 현실의 다기하고 복잡한 형편과 사정들을 잘라내고 추방함으로써 수립된다. 김향숙의 소설은 일관되게 바로 그 재현되지 않는 잉여에 주목하고 있다. 그러한 경향은 소설집『수레바퀴 속에서』창작과비평사. 1988와『종이로 만든 집』문학과비평사. 1989에 실린 작품들에서 두드러지게 나타난다. 운동권 학생을 그린 경우, 실패한 혹은 낙오된 이들이나, 부모와의 불화, 현실적인 조건으로 인해 적극적으로 운동에 나서지 못하며 주변을 맴도는 인물들에 초점을 맞추고 있다. 한편 운동권 학생의 부모와 형제가 겪는 갈등과 운동권 학생을 고문한 남편/아버지를 둔 인물들의 감정적 · 심리적 고통까지 다루며 당대 운동권 학생을 둘러싼 다양한 인물들의 시선과 목소리, 그들 사이의 관계를 소설화한다.

「얼음벽의 풀」 후반부에서는 문학을 통해 복원되는 그러한 타자적인 존재들의 삶과 목소리가 재현의 정치를 넘어서는 정치적인 역능을 발휘하는 순간들이 그려진다. 인애는 어머니의 편지를 읽고 느낀 그리움과 외로움, 모종의 좌절감, 공허감과 같은 감정의 소용돌이, 그리고 의식적으로 떠올린 임금인상투쟁과 계급투쟁에 관한 지극히 이론적인 논쟁 내용에 휩싸여 자신의 내면 안에 고립된다. 이때 그녀의 '얼음벽'을 침투해 들어오는 것은 자신의 실패담을 이야기하는 노동자 금영과 학출 유정화의 목소리다. 그들의 고백을 듣는 동안 인애는 노동 현장에 들어와 자신이 겪었던 일들을 반추하며 위로와 공감, 또는 도발과 반감이 교차하는 정서의 변화를 겪는다.

인애의 왼쪽 방 주인인 금영은 학출 운동가와의 결혼 생활에 실패한 후 아이를 떼어 놓고 온 자기 처지에 대해 한탄하다가도 그녀를 위로하는 동료 형자, 영순과 금세 너스레를 떤다. 인애는 금영이 아이에 대한 이야기를 꺼내며 흐느끼는 소리를 듣자, 어머니를 떠올리며 집을 떠난 이후 처음으로 눈시울을 적신다. 이윽고 금영이 그곳으로 이사 온 날 자신이 가난뱅이라는 사실을 새삼스럽게 깨닫고는 비참한 기분에 휩싸였다는 이야기를 꺼냈을 때 인애는 자신은 어떠했던가를 문득 떠올린다. 이제 비로소 새로운 삶을 살게 되었다는 기대감으로 부풀어 가난으로 인한 비참함 같은 것은 생각지도 못했던 자신의 모습이 그녀의 의식 가운데 아스라이 펼쳐진다.

한편 다른 편 벽 너머에서 들려오는 신음소리를 확인하기 위해 찾아간 306호에서 인애는 자신과 같은 하층 신분의 유정화를 만난다. 유정화는 실패한 학출에게 병든 몸과 무너진 신념의 잔해 앞에서 자기변명을 늘어놓는 비참한 운명만이 기다리고 있음을 보여 준다. 인애는 그런 유정화를 못마땅하게 여기며 짜증을 느끼다가 문득 자신도 유정화와 같이 다른 이들을 이해하지 못하는 "또 하나의 바위일지도 모른다는 생각"에 이른다.138면 그러나 그렇게 단단한 신념으로 똘똘 뭉쳐 있던 인애 역시, 제단사의 청혼을 받고 진흙 구덩이에 빠져드는 것 같았다는 유정화의 말에 불현듯 자신에게 이성적인 호감을 보이던 노동자 신태환을 떠올리며 혼란스러워 한다.

금영과 유정화의 울음 섞인 한탄, 푸념, 변명이 뒤엉킨 "소음의 소용돌이 속"에서 흡사 거대한 장벽과도 같은 밤하늘을 바라보는 인애의 모습을 비추며 끝나는 소설의 마지막 장면은 그간 이념에 의해 가까스로 지탱해 온 운동에 대한 신념과 헌신이 마침내 그녀 자신의 육화된 삶으로 재탄생하는 과정에 돌입하게 될 것임을 암시한다. 인애는 자신이 노동자에게 일체감을 느끼고 있다고 믿으며, 자기변명을 일삼는 유정화와 같은 부류와 선을 그었지만, 이제 그 자신조차 이해할 수 없는 혼란스러운 느낌을 감지하면서 반성과 성찰의 순간을 맞이하는 것이다. 기실 인애는 아버지에게 종속된 채 살아가는 어머니나 자기 자신의 자아 안에 갇힌 서클 멤버들과 달리, 그녀 자신은 주체적인 삶을 선택했다고 믿어왔다. 그러나 학교 게시판과 서클에서 넘쳐흐르던 격렬한 투쟁의 언사들이 "심장을 두드리려 드는 망치" 같다는 비판적인 생각이 들자마자 그런 생각 자체를 부정하려는 인애의 모습은, 실상 그녀의 신념과 의지 또한 온전히 그녀 자신의 주체적인 경험과 성찰에서 말미암은 것이 아님을 시사한다.101면 그러나 금영과 유정화의 목소리가 만들어 낸 소음의 소용돌이와 뒤늦게, 혹은 어쩌면 때맞춰 찾아온 것일지 모를 인애의 내적 혼란은 그녀가 맞닥뜨린 거대한 장벽을 넘어 다시 한번 도약하는 발판이 된다. 그간 서클에서 학습한 이론과 이념에 의지해 시다로 살아가는 삶을 가까스로 지탱해 왔다면, 그 모든 혼란을 통과하는 과정 가운데 인애는 이데올로기에 의해 호명된 차원에서 벗어나, 이제 현실과 운동 사이의 딜레마 앞에서 스스로 끊임없이 고민하고 성찰하며 분투하는 운동가로 한 단계 성장하게 될 것이다. 소설의 제목인 얼음벽의 '풀'은 바로 그 성장과 재탄생의 가능성을 암시한다.

소설 속에서 이와 같이 그려지는 인애의 변화 과정, 그리고 그 변화의 촉매제가 된 타자적인 존재들의 목소리는 존재 방식, 삶의 방식, 따라서 그것들 각각이 모여 구성하는 세계를 변화시키는 힘이 이념이 아닌, 각각의 개별적이고 구체적인 삶과 현실의 조건 속에서 삶을 구성하는 역능에 있음을 예증한다. 반대로 「얼음벽의 풀」의 유정화, 그리고 「멀고 먼 해후」의 순범과 같은 인물은 노동열사 혹은 운동권 대학생의 삶의 이념화된 형태를 고스란히 재현하는 삶이 불가능함은 물론이거니와, 운동의 성공으로 이어질 수도 없다는 점을 말해 주고 있다. 운동이 변화와 생성을 의미하는 한, 운동의 주체와 대상, 목표와 그 양태는 끊임없이 변전하고 확산해 갈 것이기 때문이다.

같은 맥락에서 문학(운동)이 지향하고 실현하는 변혁과 해방이란 단순히 문학이 어떤 특정한 이념이나 이상적인 주체의 상을 재현함으로써 그 이념과 주체에 상징 권력을 부여하는 재현의 정치를 실천하는 것으로 등치될 수 없다. 1980년대 문학(운동)의 핵심이자 그 궁극적인 목표가 권리를 박탈당한 자들에게 그들 몫의 자유와 평등의 권리를 찾아 주기 위한 것이었음을 고려하건대, 그것에 의해 사유·실천·추구되었던 '문학의 정치'는 오히려 전형이라는 이름 아래 모일 수 없는, 얼굴도, 이름도 없고, 목소리도 갖지 못한 무수히 많은 이들의 얼굴과 이름, 목소리를 복원하는 지점에서 발견된다. 노동자 수기나 도시하층민의 삶에 관해 쓴 르포가 1980년대 문학장에서 지배적인 서사 양식으로 부상했던 것이 그와 같은 이유에서였음을 상기할 필요가 있다.

그러므로 1980년대 후반기의 소설이 그러한 수기, 르포 양식과 절합함으로써 새롭게 성취한 미학은 전형이라는 이름으로 특정한 주체를 지배적인 위치에 두는 문학적 재현이 아니라, 재현으로부터 배제된 존재들이 갖는 말과 언어의 몫을 찾아 주고, 그 몫을 확보해 나가는 그들의 정치적 역능과 분투를 포착하는 데서 발견될 수 있는 것이다. 그리고 그것은 진리(참)와 거짓, 중심과 주변, 주체와 타자 사이의 권력 관계를 끊임없이 탈구축하는 방식의 '문학의 정치'를 사유하고 실천하는 토대가 되었다. 1980년대 후반 소설에서 발견되는 이와 같은 미학의 변화는 1980년대 후반에서 1990년대 초의 전환기를 거치면서 굴절되어 흔히 '1990년대적인 것'이라고 불리는 문학적·문화적 경향의 한 축으로 흡수된다. 어떤 집단적인 주체나 표상으로 환원되지 않는 개인과 일상, 내면, 미시사 등과 같은 1990년대 문학·문화의 키워드들로 대변되는 '1990년대적인 것'은 단순히 1990년대의 탈정치와 포스트모더니즘 담론 일방에 의한 산물이 아니라, 이미 1980년대 문학·문화 가운데 잠재해 있던 중요한 속성이기도 했던 것이다.

1980년대 문학,
단절과 연속의
이분법을 넘어서

1980년대에서 1990년대로 넘어가는 사이 이른바 전환기의 한국 사회는 이제 막 이룩한 민주화라는 성취를 보다 근본적인 사회 변혁의 계기로 삼아 심화·확대해 나가려는 움직임을 보이기 시작했다. 그러나 그와 동시에 1990년대와 1990년대 사이의 시대적인 단절을 과잉결정한 사회주의 체제의 붕괴라는 전 세계적인 체제의 급격한 지각 변동을 맞닥뜨렸다. 그 결과 1987년 6월항쟁과 노동자대투쟁 이후 한국 사회의 민주화운동 및 각 부문 운동은 위축, 침체, 분열, 개량 등으로 요약되는 크고 작은 위기론에 봉착했다. 그리고 1991년 5월투쟁의 실패를 기점으로 그 위기론이 현실화된 듯 학생운동이 점차 쇠퇴했고, 여러 부문 운동들 간의 연대가 약화되며 불길한 예감이 몰려들었다.[1]

그러한 예감은 1991년 5월 5일 『조선일보』에 "죽음의 굿판 당장 걷어치워라 환상을 갖고 누굴 선동하려 하나"라는 리드로 유명한 김지하의 이른바 '변절' 선언문과 같은 분열증적 반응으로 나타나기도 했다. 잘 알려진 대로 김지하의 글은 1991년 5월투쟁의 도화선이 된 강경대 사망 사건을 규탄하는 학생들의 잇단 분신을 죽음으로써 대중을 선동하는 행태로 폄훼하여 엄청난 파장을 일으켰다. 해방의 전망이 없는 전환기의 운동은 무모한 모험이자 절망의 표출일 뿐이라는 그의 단언이 가능했던 배경에는 1980년대 말부터 이어진 사회주의 체제의 붕괴가 자리하고 있었다. 이 비가역적이고 불가항력적인 변화의 흐름은 1987년 6월항쟁을 기점으로 한껏 고조되었던 사회 변혁 운동의 기세를 꺾기에 충분했다. 특히 1980년대 중반 이후 마르크스주의를 운동의 이론·이념적 자양분으로 삼아 성장하며 NL과 PD의 계열을 형성한 학생운동권은 더욱 큰 충격에 휩싸일 수밖에 없었다. 사회주의 체제의 붕괴는 그들이 추구해 온 운동의 대전제인 이

넘이 타당하지 않다는 판정과도 같은 것이었기 때문에 운동을 지속하는 논리가 성립 불가능한 한편으로, 그것 외의 다른 전망을 상상해 본 적이 없었던 까닭에 1980년대적인 변혁과 해방의 패러다임을 통해 그러한 상황을 타개할 수도 없었다. 때는 바야흐로 1980년대와의 단절 또는 청산의 감각과 논리가 지배하는 1990년대에 접어들고 있었다.

이와 반대로 급격한 변화의 흐름 속에서도 지나간 시대의 '위대한 이념'을 끈질기게 붙잡아 두려는 절박한 분투 역시 계속되었다. 1990년대에도 민족·민중문학 진영에서는 리얼리즘 중심의 문학 창작론과 운동론을 계속해서 생산하고 있었다. 현실에서 사회주의 체제가 스스로 파산을 선언하며 역사의 뒤편으로 퇴장하려 할 때, 역설적이게도 리얼리즘 논쟁은 사회주의 리얼리즘이 역사적으로 형성된 문학 양식의 차원을 초월한 과학적 세계관이라는 결론으로 나아가고 있었다. 마치 현실의 사회주의가 처한 운명과 무관함을 강변하려는 듯했던 리얼리즘 논쟁의 결론은 마찬가지로 1980년대를 지탱하고 지배해 왔던 바로 그 이념 이외에 다른 전망을 떠올릴 수 없었을 만큼 마르크스주의와 사회주의가 문학에 미친 강력한 영향력을 반증하는 것이었다. 그러나 적어도 표면적으로는—그 근저에는 여전히 어떤 연속성이 존재하고 있음이 오늘날의 시간적 거리두기를 통한 문학사적 연구에서 밝혀지고 있는 것과는 별개로— 그 이전 연대의 영향력을 강조할수록 그것에 대한 대타성을 더욱 강력하게 주장하는 1990년대적인 것들의 반동적인 힘이 지배하는 시대에 들어서고 있었다.

다른 어떤 인접한 두 연대보다도 단절과 역전, 그리고 대타적인 긴장 관계가 더욱 부각되는 1980년대와 1990년대에 대한 통념적 시각과 인식은 문학사에도 고스란히 이식되어 1980년대와 1990년대의 문학을 각각 이념과 예술, 정치와 일상, 계급과 개인의 문학으로 구분·대비하는 구도 안에 고착시켰다. 그리고 무엇보다도 문화적으로 풍성해진 1990년대는 마치 정치적 이념과 운동의 1980년대로부터 벗어나 비소로 개방과 자유, 다양성과 역동성을 획득한 시대인 것처럼 묘사되었다. 그러나 이러한 극명한 대비, 또는 인과관계의─1980년대의 경직된 이념적 억압으로부터 벗어나 1990년대 문학의 예술성과 미학적 다양성이 가능해졌다는─ 규정은 도식적일 뿐만 아니라 단순한 통념에 기댄 것이다. 지극히 상식적인 이야기지만 문학사뿐만 아니라 사회·문화적인 전통과 경향이 10년 단위의 연대 구분에 따라 단절되는 기계적 패턴을 보이지는 않는다. 그와 동시에 역사가 선형적 시간의 흐름에 따라 단절 없는 연속성을 보장하는 것 또한 아니다. 1980년대 문학사에 대한 인식과 평가의 틀은 이러한 단절과 연속의 단순한 이분법적 시각을 탈피하고 극복할 필요가 있다.

이러한 이분법은 비단 1980년대 문학과 1990년대 문학 양자 모두에 대한 이해에 적지 않은 해악을 끼쳤는데, 주지하다시피 1990년대 문학을 퇴폐와 타락, 변질로 보는 시각, 그리고 반대로 1980년대 문학을 시대착오적인 고립으로 보는 시각을 서로 다른 편에서 형성시키며, 오늘날의 한국 현대문학과 가장 직접적이고 밀접한 영향 관계를 맺고 있는 두 연대의 문학이 지닌 가치를 평가 절하하게 만들었다. 1990년대 문학에 대한 전자의 시각은 1980년대 문학을 기준으로 삼아 '위대한 혁명의 문학'의 지속을 당위적으로 주장하는 과정에서 형성되었고, 후자는 한때 잃었던 '문학성'을 회복했다는 논리로 1990년대 문학의 정당성을 확보하려는 강박적인 노력에서 비롯되었다. 그러나 명백하게도 이러한 시각은 문학사, 그리고 그것을 포괄하는 사회·문화사의 입체성과 복합성을 간과한 것이다. 문학사의 흐름 가운데 이전 시대와의 과감한 단절에서 비롯된 혁신과 어떤 유의미하고 가치 있는 연속적인 문학·문화적 실천은 복잡한 상호작용을 전개해 나간다. 집합적 의미에서 오늘의 한국 현대문학은 그와 같이 변화 속에서도 끈질기게 남아 있었던 어떤 상수적인 요소, 그리고 그 변화에 대한 반발과 저항, 또는 변형과 타협의 결과가 서로 일정한 조건하에서 맞물린 문학사적 산물이다.

1980년대 문학 양식과 미학의 수행적 특성을 규명한 이 책의 논의를 문학사 연구라는 보다 확장된 맥락에서 볼 때, 연속과 단절의 이분법적 틀로부터 벗어나 문학사를 보다 입체적이고 역동적인 것으로 파악하고 기술하는 시각을 발견하는 작업이라고 정의할 수 있을 것이다. 다시 말해, 특정 시대의 문학사에 대한 이해와 인식을 그에 선행 또는 후행하는 시대를 전제와 기준으로 삼는 비교 분석이나 인과관계의 수립을 통해 도출하지 않고, 그 대신 해당 연대의 문학을 구성하는 하위 범주로서의 양식과 미학이 그 시대의 문학장 안팎의 컨텍스트 그리고 그 안의 문학 텍스트들이 상호작용하는 움직임 속에서 형성되고, 변화와 재편의 과정을 거치는 입체적 양상을 분석하려 한 작업의 결과물이다. 그리고 그러한 분석 작업과 논의를 바탕으로 1980년대 문학의 핵심적인 가치와 문학사적인 의의에 대해 다음과 같은 결론을 내릴 수 있었다.

1980년대 문학은 자신의 몫과 권리를 주장할 수 없는 이들이 문학적 글쓰기를 수행함으로써 각자의 몫의 자유와 평등을 확보할 수 있게 하는, 그리하여 그 자체로 해방을 사유하고 실현해 나간 장이었다. 이 책에서 살펴본 1980년대의 르포와 노동자 수기, 그리고 소설 작품들은 공히 정치·사회·문화적으로 소외·배제·억압당하고, 지배 담론에 의해 침묵당하는 존재들의 목소리를 찾아 주려는 문학적 시도였다. 시야를 좀 더 넓혀 본다면, 이는 민주화 또는 민주주의라는 1980년대의 시대정신과 상통하는 것이었으며, 민주주의를 향한 시대적인 열망을 실현해 나가는 과정 가운데 이루어진 문학적 실천이었다. 1980년대 문학은 분명 제도로서의 민주주의를 성취하는 데 중요한 역할을 담당했다고 말할 수 있다.

그러나 이는 동시에 1980년대 문학이 제도로서의 민주주의, 또는 1980년대가 성취한 대의제 민주주의로서의 87년체제가 갖는 한계 ─ 즉 모든 주체가 참여하여 직접 목소리를 낼 수 있는 이상으로서의 민주주의의 좌절 ─ 를 내파하고 비월飛越했음을 보여 주는 지점이기도 하다. 실로 1980년대의 성취이자 한계이기도 한 87년체제는 대의제 민주주주의라는 점에서 필연적으로 특정한 주체를 대변/대표하는 동시에, 다른 주체들의 직접적인 참여를 배제하는 방식으로밖에 작동될 수 없는 시스템이다. 그와 같은 체제하에서 대변되지 못하는 존재들 각자의 목소리와 삶, 욕망과 권리는 문학에서 주장될 수 있었다. 우리가 잘 알거니와 문학의 가치와 의미는 어떤 특정한 정치 체제의 수립으로 환원되지 않는다. 왜냐하면 그것은 체제의 공백 속에서도 자율적으로 존재할 수 있으며, 때로는 체제의 한계 지점을 초과하는 잉여로 작동하거나 심지어 그것을 해체하는 체제전복적인 힘을 지니고 있는 까닭이다. 무엇보다도 1980년대 문학이 이러한 진술에 대한 가장 합당한 사례임을 문학사가 분명하게 증명하고 있다.

서론 1980년대 문학, 어떻게 볼 것인가?

1 백낙청, 「民族文學 槪念의 定立을 위해」, 『民族文學과 世界文學』, 창작과비평사, 1978.

2 김명인, 「지식인 문학의 위기와 새로운 민족문학의 구상」, 『문학예술운동 1 – 전환기의 민족문학』, 풀빛, 1987, 98면.

3 조정환, 「민주주의 민족문학의 현단계와 문학적 현실주의의 전망」, 『창작과비평』 1988. 가을, 186면; 조정환, 「민주주의 민족문학론에 대한 자기비판과 노동해방문학론의 제 창」, 『노동해방문학』 1989.창간호.

4 최원식, 「80년대 문학운동의 비판적 점검 – 민족문학론의 새로운 구도(構圖)를 위하여」, 『민족문학사연구』 제8권, 민족문학사학회·민족문학연구소, 1995, 76~77면.

5 박현채·최원식·박인배·백낙청, 「좌담 – 80년대의 민족운동과 한국문학」, 백낙청·염 무웅 편, 『韓國文學의 現段階』 IV, 창작과비평사, 1985, 12~13면.

6 주디스 버틀러, 조현준 역, 『젠더 트러블』, 문학동네, 2008, 85~149면.

7 김양선, 「동일성과 차이의 젠더 정치학 – 1970·80년대 진보적 민족문학론과 여성해방 문학론을 중심으로」, 『한국근대문학연구』 제6권 제1호, 2005. 한편 이를 여실히 보여 주는 장면이 다음의 좌담회 중 '남자들이 생각해본 여성문제'라는 소제목 이하 절에 등장 한다. 박현채·최원식·박인배·백낙청, 앞의 글, 72~77면.

8 홍정선, 「노동문학과 생산주체」, 『노동문학』 창간호, 1988; 조정환, 「80년대 문학운동 의 새로운 전망」, 『서강』 제17호, 1987.6; 성민엽, 「전환기의 문학과 사회」, 『문학과사 회』 1988.봄; 정과리, 「민중문학론의 인식 구조」, 『문학과사회』 1988.봄; 김명인, 「민족 문학 논의의 올바른 인식을 위한 시론」, 『월간중앙』 1988.6; 백낙청, 「민족문학론과 분 단문제」, 『민족문학의 새 단계 – 민족문학과 세계문학 3』, 창작과비평사, 1990.

9 김명인, 「민족문학 논의의 올바른 인식을 위한 시론」, 63면.

10 정과리, 앞의 글, 73면.

11 이와 관련해서 가장 대표적인 사례는 1996년 11월 민족문학작가회의와 민족문학사연 구소가 공동으로 주최한 '민족문학론의 갱신을 위하여'의 심포지엄을 들 수 있다. 이 자 리에서 진정석이 발표한 글 「민족문학과 모더니즘」(『민족문학사연구』 제11권, 민족문 학사학회·민족문학연구소, 1997)은 민족문학의 갱신을 위해 모더니즘의 참조와 비판 적 수용이 필요하다는 내용을 골자로 삼고 있는데, 이에 대해 윤지관, 김명환 등의 논자 들의 즉각적인 비판과 반박이 이어지면서 또 한 번의 리얼리즘 – 모더니즘 논쟁이 벌어진 다. 이 논쟁은 이후 최원식 등에 의해 제기된 리얼리즘 – 모더니즘 회통론으로 연결되기 도 한다. 민족문학 갱신에 관한 진영 내부의 논의는 이러한 일련의 논쟁이 거듭되는 가운 데 2000년대 초반까지 계속된다.

12 최강민·고명철·엄경희·고인환·이경수, 「좌담 – 90년대 문학을 결산한다」, 작가와비 평 편, 『비평, 90년대 문학을 묻다』, 여름언덕, 2005.

13 천정환, 「1980년대 문학·문화사 연구를 위한 시론(1) – 시대와 문학론의 '토픽'과 인식 론을 중심으로」, 『민족문학사연구』 제56권, 민족문학사학회·민족문학연구소, 2014.

14 윤지관, 「다시 문제는 리얼리즘이다」, 『실천문학』 1990.가을, 200~201면.

15 임규찬, 「최근 리얼리즘논의의 성격과 재인식」, 『실천문학』 1990.겨울, 288면.

16 김종철, 「제3세계의 文學과 리얼리즘」, 김윤수·백낙청·염무웅 편, 『韓國文學의 現段階』Ⅰ, 창작과비평사, 1982; 백낙청, 「리얼리즘이란 무엇인가」, 김윤수·백낙청·염무웅 편, 『韓國文學의 現段階』Ⅰ, 창작과비평사, 1982.

17 백낙청, 「민족문학과 민중문학」, 15면; 현준만, 「노동문학의 현재적 의미」, 백낙청·염무웅 편, 『韓國文學의 現段階』Ⅳ, 121면; 김명인, 「먼저 '전형'에 대해 고민하자」, 『창작과비평』 1989.겨울, 179면.

18 현준만, 위의 글, 297~298면.

19 이해찬, 「민중 속의 지식인」, 백낙청·염무웅 편, 『韓國文學의 現段階』Ⅲ, 창작과비평사, 1984, 498~499면.

20 채광석, 「해설 – 진정한 새로움을 위하여」, 『르뽀時代』 제1권, 실천문학사, 1983, 333면.

21 백낙청·김지하, 「권두대담 – 민족, 민중 그리고 문학」, 『실천문학』 1985.봄, 53~54면. 이 대담에서 백낙청이 보여 주는 당대의 장르 확산 운동에 대한 회의적인 시선과 소설 장르를 고수하고 발전시켜야 할 당위에 대해 강조하는 모습이 이를 단적으로 증명해 준다.

22 김도연, 「장르 확산을 위하여」, 백낙청·염무웅 편, 『韓國文學의 現段階』Ⅲ, 285면.

23 위의 글, 267~268면.

24 백낙청, 「민족문학론의 새로운 과제」, 『실천문학』 제1권, 전예원, 1984(초판 1980), 228~229면.

25 조태일, 「당신들은 감옥에서 우리들은 밖에서」, 자유실천문인협의회 편, 『자유의 문학 실천의 문학』, 1985, 이삭, 24~25면.

26 김명인, 「민족문학 논의의 올바른 인식을 위한 시론」, 405면. 강조는 인용자.

27 김정환, 「문학의 활성화를 위하여」, 『실천문학』 제3권, 실천문학사, 1982, 342~343면.

28 J. L. 오스틴, 김영진 역, 『말과 행위』, 서광사, 1992, 27면.

29 피에르 부르디외, 김현경 역, 『언어와 상징권력』, 나남, 2014, 27~34면.

30 위의 책, 60면.

31 위의 책, 60~61면.

32 위의 책, 89면.

33 김도연, 앞의 글, 269면.

34 주디스 버틀러, 유민석 역, 『혐오 발언』, 알렙, 2016, 274면.

35 위의 책, 274~275면.

36 자크 데리다, 진태원 역, 『법의 힘』, 문학과지성사, 2004, 18~19면.

37 위의 책, 19면.

38 현준만, 「르뽀의 문학적 정착을 위하여」, 『르뽀시대』 제2권, 실천문학사, 1985, 304~305면.

39 일반적으로 'articulation'은 '절합'과 '접합'으로 번역된다. 이 책에서는 절합이라는 번역어를 택한다. 절합은 본래 알튀세르의 구조주의 이론에서 "사회적 구조를 이루는 요소들이 관계를 이루는 양상, 즉 요소들이 관계 속에서 구체적으로 표출되는 양상을 지칭한다"(신광현, 「문화연구의 흐름과 스튜어트 홀 – '헤게모니' 이론과 '절합국면 분석'을 중심으로」, 『주체·언어·총체성』, 서울대학교출판문화원, 2015, 399면). 이후 절합 이론을 문화연구 이론으로 발전시킨 스튜어트 홀은 '절합한다'의 다양한 함의를 설명하며, 명백히 분리되어 있는 두 개 이상의 부분들이 하나의 통합체를 이루는 연결 형식으로 정의했다(제임스 프록터, 손유경 역, 『지금 스튜어트 홀』, 엘피, 2006, 100면; "On post-modern and articulation : An Interview with Stuart Hall", ed. David Morley and

Kuan-Hsing Chen, *Stuart Hall : Critical Dialogues in Cultural Studies*, New York : Routledge, 1996, pp.141~142). 이는 절합 이론에서 연결된 통합체 안의 각 개별 요소의 차이와 다양성, 자율성이 강조된다는 사실로 이해될 수 있다. 이 책에서 견지하는 주요한 관점 중 하나가 특정한 주체나 이념으로 환원되지 않는 1980년대 문학을 구성하는 개별 양식과 미학의 다양성과 차이들을 중시하는 것이라는 점에서, 연결된 통합체를 강조하는 '접합(接合)'보다는, 그 안의 마디로서 각 요소들의 이질적인 차이들과 자율성을 강조하는 '절합(節合)'이라는 용어 사용이 더 적절하다고 판단했다.

40 스튜어트 홀, 임영호 편역, 「포스트모더니즘과 접합-스튜어트 홀과의 대담」, 『문화, 이데올로기, 정체성-스튜어트 홀 선집』, 컬처룩, 2015, 179면; Jennifer Daryl Slack, "The theory and method of articulation in cultural studies", ed. David Morley and Kuan-Hsing Chen, *Stuart Hall : Critical Dialogues in Cultural Studies*, New York : Routledge, 1996, pp.112·125.

41 위의 글, 같은 면.

42 Jennifer Daryl Slack, op. cit., p.124.

43 최원식, 「문학의 귀환」, 『창작과비평』 1999.여름; 최원식, 「'리얼리즘'과 '모더니즘'의 회통」, 『현대 한국문학 100년』, 민음사, 1999.

44 크리스토프 멘케, 김동규 역, 『미학적 힘』, 그린비, 2013, 41~52면.

45 오스틴은 수행한 행위와 그 행위에 수반되는 결과를 구분함으로써 발화수반적(illocutionary) 언어 행위와 발화효과적(perlocutionary) 언어 행위로 화행을 분류하고 있다(J. L. Austin, *How to Do Things with Words*, Cambridge, Mass. : Harvard University Press, 1962, p.52). 그러나 버틀러와 데리다는 이 둘 사이의 구분에 그다지 얽매이지 않으며 언어의 수행적 힘에 대해 논의할 때 이 둘을 포괄하는 방향으로 이론을 전개해 나간다(주디스 버틀러, 『혐오 발언』, 11~46면; 자크 데리다, 진태원 역, 『법의 힘』, 문학과지성사, 2004, 19~20면).

46 퀜틴 스키너, 황정아·김용수 역, 『역사를 읽는 방법』, 돌베개, 2012, 176면.

47 자크 데리다, 「'문학이라 불리는 이상한 제도'-자크 데리다와의 인터뷰」, 데릭 애트리지 편, 정승훈·진주영 역, 『문학의 행위』, 문학과지성사, 2013, 98면.

48 황광수, 「80년대 민중문학론의 지향」, 『창작과비평』 부정기간행물 제2호(통권 58호), 1987, 185면.

49 김정환, 「문학의 활성화를 위하여」, 333면.

50 이영미, 「총론」, 『한국현대예술사대계 V』, 시공사, 1999, 15~16면.

51 김정한, 「대중운동과 민주화-91년 5월 투쟁과 68년 5월 혁명」, 전재호·김원·김정한, 『91년 5월 투쟁과 한국의 민주주의』, 민주화운동기념사업회, 2004, 161~162면.

52 해방기의 르포 문학에 대해서는 다음의 논문을 참조. 박정선, 「해방기 문화운동과 르포르타주 문학」, 『어문학』 제106집, 한국어문학회, 2006.

53 김성환, 「1970년대 논픽션과 소설의 관계 양상 연구-『신동아』 논픽션 공모를 중심으로」, 『상허학보』 제32집, 상허학회, 2011; 김성환, 「1970년대 노동수기와 노동의 의미」, 『한국현대문학연구』 제37집, 한국현대문학회, 2012; 김성환, 「새로운 글쓰기 양식이 이끈 인식 지평의 확대-1970년대 논픽션, 르포, 노동 수기」, 『실천문학』 2012.겨울.

54 김원, 「서발턴(Subaltern)의 재림-2000년대 르포에 나타난 99%의 현실」, 『실천문학』 2012.봄.

1장 1980년대 초 문학장의 재편 양상

1 박태순, 「특별 르포타지 – 광주단지 4박 5일」, 『월간중앙』 1971.10, 중앙일보사; 신상웅, 「르뽀 – 광주대단지」, 『창조』 1971.10, 가톨릭청년사. 이와 관련하여 다음의 논문을 참조. 정주아, 「개발독재 시대의 윤리와 부(富) – 광주대단지사건의 텍스트들과 '이웃사랑'의 문제」, 『민족문학사연구』 제61권, 민족문학사학회·민족문학사연구소, 2016.

2 황석영, 「作者의 말」, 『어둠의 자식들』(개정판), 현암사, 1980, 5면.

3 김종철, 「산업화와 문학 – 70년대 문학을 보는 한 관점」, 『創作과批評』 1980.봄, 82면.

4 박태순, 「책 머리에」, 『國土와 民衆』, 한길사, 1983, 4면.

5 이병천, 「반공 개발독재와 돌진적 산업화 – '한강의 기적'과 그 딜레마」, 『시민과세계』 제8호, 참여연대 참여사회연구소, 2006, 119~123면.

6 자세한 내용은 다음을 참조. 金栢山, 「70年代 勞動者階層의 狀況과 成長」, 『민중』 제1권, 靑史, 1983, 59면.

7 김종철, 「산업화와 문학 – 70년대 문학을 보는 한 관점」, 80면.

8 위의 글, 74면.

9 김병익, 「두 열림을 향하여 – 社會的 緊張과 文學的 緊張」, 『실천문학』 제1권, 전예원, 1984(초판 1980), 236~237면.

10 위의 글, 같은 면.

11 문일평, 「80년대 초 노동운동의 전개」, 『현실과 전망 1 – 80년대의 민중상황』, 풀빛, 1984, 79면.

12 임철우, 「특집/80년대의 정신과 문학 : 80년대와 나의 문학 – '80년 5월'의 체험 한가운데에서」, 『문예중앙』 1989.가을, 341면.

13 조상호, 『한국언론과 출판저널리즘』, 나남출판, 1999, 282면.

14 위의 책, 같은 면.

15 위의 책, 276~277면.

16 「머리말」, 전남사회운동협의회 편·황석영 기록, 『죽음을 넘어 시대의 어둠을 넘어』, 풀빛, 1985, 6면.

17 황석영, 「항쟁 이후의 문학」, 『창작과비평』 1988.겨울, 55면.

18 김도연, 앞의 글, 287면.

19 신자유주의적인 경제 정책이 이미 1970년대 말 유신정권하에서 수립된 바 있다는 사실은 이를 입증해 준다. 자세한 내용은 다음을 참조. 권보드래·김성환·김원·천정환·황병주, 『1970 박정희 모더니즘 – 유신에서 선데이서울까지』, 천년의상상, 2015, 40면.

20 「第11代 大統領 就任辭 – 平和的 政權交替의 전통을 반드시 確立」, 大統領祕書實 편, 『全斗煥大統領 演說文集』 제1호, 1981, 47면.

21 김명인, 「민중·민족문학의 양상」, 민족문학사연구소 편, 『새 민족문학사 강좌 02』, 창비, 2009, 352면.

22 조세희, 『침묵의 뿌리』, 열화당, 1985, 16~17면.

23 John C. Hartsock, "Literary Reportage : The "Other" Literary Journalism", ed. John S. Bak and Bill Reynolds, *Literary Journalism across the Globe : Journalistic Traditions and Transnational Influences*, Boston : University of Massachusetts Press, 2011, p.36.

24 宋承哲, 「산업화와 70년대 소설」, 『문학의 시대』 제1권, 풀빛, 1983, 70면.

25 김도연, 앞의 글, 284면.

26 「어둠을 겨갈 한 마리의 속죄양」, 『르畊時代』 제1권, 실천문학사, 1983, 9면.

27 채광석, 「해설−진정한 새로움을 위하여」, 『르삐시대』 제1권, 실천문학사, 1983, 331면.

28 피에르 부르디외, 김현경 역, 『언어와 상징권력』, 29~30면.

29 H. 포터 애벗, 우찬제·이소연·박상익·공성수 역, 『서사학 강의』, 문학과지성사, 2010, 276면.

30 「今週의 베스트 셀러」, 『매일경제』, 1980.9.4.

31 「길고긴 出版 불황」, 『동아일보』 1982.6.3.

32 김성환, 「『어둠의 자식들』과 1970년대 하층민의 글쓰기 양상」, 『한국현대문학연구』 제34집, 한국현대문학회, 2011, 361~364면.

33 이를 18세기부터 20세기 초 영미문학의 전통, 그리고 비교적 근래에 등장한 '뉴저널리즘(new journalism)' 혹은 '문학적 저널리즘(literary journalism)'이라는 흐름과 문학과의 연관성 속에서 규명하고 있는 연구서로 다음을 참조. Dung Underwood, *Journalism and the Novel : Truth and Fiction*, New York : Cambridge University Press, 2008. 뉴저널리즘 혹은 문학적 저널리즘이 보편화된 양상에 관해서는 다음의 저서를 참조. ed. John S. Bak and Bill Reynolds, *Literary Journalism across the Globe : Journalistic Traditions and Transnational Influences*, Boston : University of Massachusetts Press, 2011.

34 H. 포터 애벗, 앞의 책, 278면. 도릿 콘은 이를 다음과 같이 도식화했다.

픽션 : 스토리 ↔ 담화

논픽션 : 지시대상 ↔ 스토리 ↔ 담화

(Dorrit Cohn, *The Distinction of Fiction*, Baltimore : Johns Hopkins University Press, 1999, p.109~131. H. 포터 애벗의 앞의 책, 같은 면에서 재인용.)

35 이와 관련해서 픽션과 논픽션 양식의 특성을 각각의 내적 형식에 따라 분석하고 구분하는 형식주의적인 접근 대신, 해당 텍스트가 쓰이고 수용되는 조건에 관한 작가와 독자 사이의 규약에 바탕을 둔 구성적인 관점을 참조. Barbara Foley, *Telling the Truth : The Theory and Practice of Documentary Fiction*, Ithaca : Cornell University Press, 1986, pp.25~41.

36 아리스토텔레스, 천병희 역, 『시학』, 문예출판사, 2002, 62면.

37 Lionel Trilling, *Sincerity and Authenticity*, Massachusetts : Harvard University Press, 1971, pp.26~52.

38 H. 포터 애벗, 앞의 책, 279~281면.

39 조세희, 앞의 책, 23면.

40 김도연, 앞의 글, 284면.

41 백낙청, 「1983년의 무크운동」, 백낙청·염무웅 편, 『韓國文學의 現段階』 III, 11면; 김준오, 「무크 운동의 장르관−80년대 무크」, 『문학사와 장르』, 문학과지성사, 2000, 379~380면; 김문주, 「무크지 출현의 배경과 맥락−『마산문화』를 중심으로」, 『한국근대문학연구』 제30호, 한국근대문학회, 2014, 323면.

42 기능에 따른 무크의 유형과 관련해서는 다음을 참조. 이두영, 「제4의 출판, 무크」, 『출판 상황론』, 청한문화사, 1991, 91~92면.

43 조상호, 앞의 책, 317면.

44 이재현, 「민중문학운동의 과제」, 정이담 외, 『문화운동론』, 공동체, 1985, 186면.

45 백낙청, 「1983년의 무크운동」, 23면.

46 이재현, 앞의 글, 185면.

47 박태순·이명원, 「[대담] 소설가 박태순에게 들어보는 1980년대와 『실천문학』, 그리고 문학 운동」, 『실천문학』 2012.봄, 108~109면.

48 이 표는 다음의 글과 자료를 대차·대조·종합해 작성했다. 백낙청, 「1983년의 무크 운동」; 「자료편」, 정이담 외, 『문화운동론』, 공동체, 1985; 원재길, 「80년대 문학 종합 무크지의 실태」, 『문학예술』 124호, 1989.

49 다음의 선행 연구는 1980년대 무크 운동 및 무크지가 갖는 문학사적 의미를 엘리트주의 문학의 해체라는 측면에서 상세히 고찰했다. 김대성, 「제도의 해체와 확산, 그리고 문학의 정치-1980년대 무크지 운동 재고」, 『인문학연구』 제45권, 계명대 인문과학연구소, 2011; 김문주, 「1980년대 무크지 운동과 문학장의 변화」, 『한국시학연구』 제37호, 한국시학회, 2013; 김문주, 「무크지 출현의 배경과 맥락-『마산문화』를 중심으로」, 『한국근대문학연구』 제30호, 2014; 장석주, 「1980년대 소집단 운동에 대하여-1980년대 '무크'와 동인지를 중심으로」, 『서정시학』, 2016.겨울.

50 이 문단의 내용은 2012년 박태순이 실천문학과 가졌던 대담을 참조했다. 박태순·이명원, 「[대담] 소설가 박태순에게 들어보는 1980년대와 『실천문학』, 그리고 문학 운동」, 108~115면.

51 위의 글, 116면.

52 김정환·이인성, 「80년대 文學運動의 脈絡-문학의 시대적 대응양상을 중심으로」, 『문예중앙』 1984.가을, 163~164면.

53 안서현, 「계간지 시대 비평 담론 연구-1966~1980년 『창작과비평』과 『문학과지성』을 중심으로」, 서울대 박사논문, 2016, 67면.

54 송은영, 「1960~70년대 한국의 대중사회화와 대중문화의 정치적 의미」, 『상허학보』 제32집, 상허학회, 2011.

55 김성재, 『상상력의 커뮤니케이션』, 보고사, 2010, 67면.

56 최원식·채광석·문무병·박인배·김봉준·김창남, 「소집단 문화 운동의 향방: 좌담-민족 형식의 창출을 위하여」, 『마당』 1984.1, 281~282면.

57 김윤식·김현·임헌영·오규원·조정래·김인환, 「토론-산업화 시대의 문학적 대응」, 『문예중앙』 1988.봄, 83~84면.

58 1970~80년대 문화운동의 전개 양상에 대해서는 다음의 논저를 참조. 정이담 외, 『문화운동론』, 공동체, 1985; 김정환 외, 『문화운동론』 2, 공동체, 1986; 대학문화연구회, 『대학문화운동론』, 공동체, 1990; 이영미, 「민족극의 발전과 민중극으로서의 전망」, 『민족예술운동의 역사와 이론』, 한길사, 1991.

59 정이담, 「문화운동 시론」, 정이담 외, 『문화운동론』, 24면.

60 문호연, 「연행예술운동의 전개」, 정이담 외, 『문화운동론』, 74면.

61 김정환, 「예술성·운동성·대중성·민중성·일상성·전문성」, 김정환 외, 『문화운동론』 2, 134면.

62 정남영, 「김영현의 문학관을 전면비판한다」, 『월간 말』 54호, 1990.12, 193면.

63 임헌영·채광석·류해정, 「좌담-문학과 예술의 대중화를 위하여」, 『문학예술운동 1-전환기의 민족문학』, 1987.8, 41면.

64 발터 벤야민, 조형준 역, 『일방통행로』, 새물결, 2007, 13~14면.

65 김정환, 「문학의 활성화를 위하여」, 340면.

66 윤후명, 「小說」, 『1980年度版 文藝年鑑』, 한국문화예술신흥원, 1981, 214면.

67 위의 글, 같은 면.

68 「책 머리에」, 염무웅·최원식 편, 『14人 創作小說集 - 지 알고 내 알고 하늘이 알건만』, 창작과비평사, 1984, 3면.

69 이동하, 「80년대 문학의 기본적 성격」, 『문학의 길, 삶의 길』, 문학과지성사, 1987, 218면.

70 위의 글, 같은 면.

71 황석영, 「항쟁 이후의 문학」, 『창작과비평』 1988.겨울, 55면.

72 물론 『죽음을 넘어 시대의 어둠을 넘어』는 황석영 개인의 고유한 창작물은 아니다. 이 기록물은 전남사회운동협의회가 시민들의 구술 자료 등을 모아 황석영에게 대표 집필을 위촉했고, 이 자료들을 황석영과 여러 청년들이 정리해서 발간한 것으로 알려져 있다. 자세한 내용은 다음을 참조. 황석영, 「"나의 문학 인생을 뿌리째 흔들려 하는가"-[기고] 〈신동아〉 의혹 제기에 답한다」, 『프레시안』 2010.11.22.

73 김정환, 「문학의 활성화를 위하여」, 339면.

74 김성수·서은주·오형엽, 「문학」, 『한국문학예술사대계 Ⅴ』, 시공사, 1999, 40면.

75 최원식, 「광주항쟁의 소설화」, 『창작과비평』 1988.여름, 287면.

76 김헌, 「아리스토텔레스 『시학』의 세 개념에 기초한 인간 행동 세계의 시적 통찰과 창작의 원리」, 미학대계간행회 편, 『미학대계 제1권-미학의 역사』, 서울대 출판부, 2007, 99면.

77 아리스토텔레스, 천병희 역, 『시학』, 문예출판사, 2002, 56~61면.

78 이원숙, 「미메시스로서의 문학과 미술-루카치미학의 리얼리즘을 중심으로」, 『철학논총』 제59집, 새한철학회, 2010, 230면.

79 위의 글, 231면.

80 이 책에서는 자크 랑시에르가 정식화한 '재현적 예술 체제'를 참조해 '리얼리즘 문학 체제'라는 용어를 사용한다. 랑시에르는 예술 작품의 '제작' 방식과 그것의 '존재' 방식이자 '감성적 인식' 방식인 미학과의 관계를 미메시스 법칙에 따라 하나의 질서, 규범으로 고정시키는 예술의 식별 체제를 가리켜 재현적 예술 체제라고 부른다.(자크 랑시에르, 주형일 역, 『미학 안의 불편함』, 인간사랑, 2008, 32~33면.) 이를 바탕으로 이 글에서는 문학작품의 인식, 창작, 평가 방식을 특정한 관념(특히 리얼리즘론에서 줄곧 강조되었던 '객관적·총체적 현실 인식')에 대한 리얼리즘적 재현으로 고정시키는 질서와 규범, 이를 제도화한 문학장의 체계를 가리켜 '리얼리즘 문학 체제'로 정의한다. 이는 특별히 1970~80년대 문학장에서 리얼리즘 문학(론)이 특권화되는 현상으로 나타났다. 이 글에서 문제 삼는 문학적 재현은 바로 이 리얼리즘 문학의 재현 방식, 즉 리얼리즘적 재현임을 밝혀둔다.

81 최정운, 「폭력과 언어의 정치-5·18 담론의 정치사회학」, 『5·18민중항쟁과 정치·역사·사회』, 5·18기념재단, 2007.

82 이 책에서는 일반적으로 사용되는 '재현불가능성' 대신 '재현불능' 또는 '증언-재현불능'이라는 용어를 사용한다. '재현불가능성'이라는 용어는 대상 자체에 재현될 수 없는 어떤 본질적인 속성이 내재돼 있는 것 같은 뉘앙스를 풍긴다. 그러나 이 글은 5·18이라는 사건의 증언-재현불능을 정치·사회·문화적인 상황 속에서 빚어지는 하나의 사태로

본다. 한편으로 이와 같은 용어 선택은 5·18이나 홀로코스트 같은 대규모 학살에 인간의 언어를 넘어서는 특수한 속성 — 리오타르 식으로 말하면 '숭고' — 을 전제하며 재현 불가능성의 문제를 거론하는 방식 가운데 초래될 수 있는 무의식적인 타자화 또는 그와 정반대의 절대화를 경계하고자 하는 것이기도 하다.

83 장 프랑수아 리오타르, 진태원 역,『쟁론』, 경성대 출판부, 2015, 29면.
84 최정운, 앞의 글, 402면.
85 김준태,「詩人 金準泰의「光州항쟁」현장日記 − 12일간(1980.5.16~1980.5.27)을 중심으로」,『월간중앙』, 1988.6, 529면.
86 「이 책을 펴내면서」, 한승원 외,『5월광주항쟁소설집 − 일어서는 땅』, 인동, 1987, 8면.
87 백낙청,「민중·민족문학의 새 단계」,『창작과비평』부정기간행물 1호(통권 57호), 1985.10, 35~36면.
88 위의 글, 36~37면.
89 Richard Carter-White, "Auschwitz, ethics, and testimony : exposure to the disaster", *Environment and Planning D : Society and Space*, vol.27, 2009, pp.693 694.
90 Ibid., p.694.
91 曹南鉉·金治洙·정현기,「소설은 침체되지 않았다」,『문예중앙』 1984.겨울, 228면.
92 이상 1980년대 전반기 소설침체론에 관한 분석은 다음 논문의 1절 내용을 수정·보완해 서술한 것임을 밝혀둔다. 졸고,「재현 너머의 증언 − 1980년대 임철우, 최윤 소설의 5·18 증언-재현 문제에 관하여」,『상허학보』 제50집, 상허학회, 2017.

2장 르포의 탈경계적 양식 실험 − 문학적 진실성의 재구성

1 *Random House Webster's unabridged dictionary 2nd edition*, New York : Random House Reference, 2001, p.1634.
2 John C. Hartsock, op. cit., p.25.
3 Ibid., p.24.
4 그러한 분류법은 대표적으로 다음의 글에서 확인할 수 있다. 김정환,「문학의 활성화를 위하여」, 343면.
5 김오성,「보고통신문학 제문제」,『문학예술운동 2 − 문예운동의 현단계』, 풀빛, 1989, 53면. 원출처는『문학비평』 제1호, 1947.6.
6 연재 당시의 반응은『어둠의 자식들』겉표지 날개 참조. 이 책에서는 다음의 1980년 개정판을 인용하며, 본문에 인용문이 실린 지면의 면수로 출처 표기를 대신한다. 황석영,『어둠의 자식들』(개정판), 현암사, 1980.
7 1970년대에 발표한 네 편의 르포는 다음과 같다.「구로공단의 노동실태」(『월간중앙』, 1973.12),「벽지의 하늘」(『한국문학』 제4호, 1974.2),「잃어버린 순이」(『한국문학』 제7호, 1974.5),「장돌림」(『뿌리깊은 나무』 제6호, 1976.8) 이 작품들은 이후에『객지에서 고향으로』(형성사, 1985)에 실렸다.
8 김성환,「『어둠의 자식들』과 1970년대 하층민 글쓰기의 양상」,『한국현대문학연구』 제34집, 한국현대문학회, 2011.
9 황석영,「제3세계의 현장에서」,『객지에서 고향으로』, 형성사, 1985, 183~184면.
10 김정환,「문학의 활성화를 위하여」, 339~343면.

11 또한『어둠의 자식들』의 실제 주인공인 이동철이『어둠의 자식들』의 대중적인 성공을 목격한 뒤 곧이어 발표한『꼬방동네 사람들』(현암사, 1981)까지 포함해 이들 세 작품이 함께 거론되는 일이 많았다.

12 「울讀書界 새氣流「惡漢소설」類 빛봤다」,『동아일보』, 1981.12.18.

13 김정환, 「문학의 활성화를 위하여」, 343면.

14 황석영, 「제3세계의 현장에서」, 179~180면.

15 『어둠의 자식들』에서 하층민의 은어와 비속어와 같은 사회방언을 문자화하는 방식과 그 의미에 대한 분석은 유승환의 논문 4장 1절에 상세히 제시되어 있다. 유승환, 앞의 글, 156~173면.

16 김정환, 「문학의 활성화를 위하여」, 345면.

17 황의봉, 『80년대의 학생운동』, 예조각, 1986, 206면.

18 이장호, 「한국 영화의 과거와 현재-영화 제작 환경 변천사」,『열린정신 인문학연구』제 4집, 원광대 인문학연구소, 2003.2, 99면.

19 강준만, 『한국 현대사 산책 1980년대 편-광주학살과 서울올림픽』 3권, 인물과사상사, 2003, 310면.

20 『국토와 민중』은 박태순이『마당』에 1981년 10월(창간호)부터 1982년 12월까지 「국 토기행」이라는 제목으로 연재한 글을 묶어 단행본으로 발간한 것이다. 이 책에서는 1983년 한길사에서 발간한 다음의 단행본을 인용하며, 본문에 인용문이 실린 지면의 쪽 수로 출처 표기를 대신한다. 박태순, 『國土와 民衆』, 한길사, 1983.

21 유승환은 1960년대 후반부터 문학을 비롯해 역사학, 언어학, 구비문학을 아우르는 민속 학 등 국학의 제분야에서 모국어와 모국어를 담고 있는 풍속이 체계적으로 조사·수집· 분류되었던 현상을 '언어의 아카이빙(archiving)'이라는 개념으로 설명한다. 이 시기 언 어의 아카이빙은 "민족·민중 등의 집단이 지닌 단일한 정체성을 대표하는 단일언어주의 적 개념으로 수렴"되며, 넓게 볼 때 이는 이후 등장하는 민족문학(론)과 민중문학(론)의 언어적인 토대가 된 측면이 있다(유승환, 앞의 글, 69면). 이후에 언급하겠지만 박태순의 『국토와 민중』은 민족·민중문학(론)의 맥락 안에 위치하고 있으며 '민중'을 준거점으로 삼아 체제에 대한 비판과 저항을 수행하려는 문제의식을 공유하고 있다는 점에서 유승환 이 개념화한 아카이빙의 현상 연장선상에 놓여 있다고 볼 수 있다. 이 책에서 사용하고 있는 아카이빙이라는 개념은 전적으로 유승환의 연구에 빚지고 있다. 다만 여기서는 아카 이빙의 대상 영역을 확장시켜 민중들의 풍속과 이야기의 수집이라는 측면에서『국토와 민중』을 분석한다. 또한 기행르포를 통해 이루어지는 아카이빙의 수행성에 보다 초점을 맞춘다. 물론 유승환 역시 "아카이비스트와 아카이빙 대상 사이의 관계가 사실은 매우 역 동적"이라는 점을 전제하고 있으며, 아카이빙이라는 행위가 갖는 수행적인 측면을 고려 하고 있다. 아카이빙 개념의 이론적인 설명과 1960년대 후반 이후 민족문학 담론의 맥락 속에서 그것이 갖는 의미에 관해서는 다음을 참조. 유승환, 앞의 글, 41~81면.

22 미셸 푸코, 이정우 역, 『지식의 고고학』, 민음사, 2000, 187면.

23 발터 벤야민, 「이야기꾼-니콜라이 레스코프의 작품에 대한 고찰(1936)」, 최성만 역, 『발터 벤야민 선집 9-서사(敍事)·기억·비평의 자리』, 길, 2012, 446면.

24 위의 책, 같은 면.

25 위의 책, 485~486면.

26 서중석, 「1970년대 중반 이후 진보적 한국사학자들의 한국 근현대사 연구동향」,『대동

문화연구』제32권, 성균관대 대동문화연구원, 1997, 361~367면.

27 박명림, 「박정희 시대 재야의 저항에 관한 연구, 1961-1979」, 한국정치외교사학회, 『한국정치외교사논총』제30집 1호, 2008, 39~40면.

28 손유경, 「현장과 육체-『창작과비평』의 민중지향성 분석」, 『현대문학의 연구』제56권, 한국문학연구학회, 2015, 55면.

29 Jacques Derrida, *Archive Fever*, Chicago : The University of Chicago Press, 1996, pp.10~12.

30 한편 이 기행르포의 아카이빙 작업은 이후 이 책을 펴낸 한길사에서 기획·주최한 '한길역사기행'을 태동시켰다. 한길사 사장이었던 김언호는『국토와 민중』이 출간된 직후부터 박태순과 함께 한길역사강좌와 연계해서 진행할 국토기행·역사기행 프로그램을 계획했다. 제1회 한길역사기행은 1985년 8월 24·25일 양일간 "갑오농민군의 전적지를 따라"라는 주제하에 익산 미륵사지부터 동학농민전쟁의 무대가 된 황토현, 만석보, 백산, 전봉준 생가, 고창 여시뫼와 선운사를 둘러보는 일정으로 진행되었다(김언호, 『책의 탄생(1)-격동기 한 출판인의 출판일기 : 1985~1987』, 한길사, 1997, 127·192~196면). 김언호가 밝혀둔 다음의 기획 의도는『국토와 민중』에 의해 수행되는 아카이빙 작업이 '한길역사기행'의 형태로 현실화되었음을 짐작하게 한다. "박태순씨와 점심하면서 '한길역사강좌'의 일환으로 '한길역사기행 : 국토의 혼과 민중의 삶을 찾아서'를 이야기하면서 둘은 신이 났다. 우리는 오래 전부터 '국토기행·국토발견·역사현장 답사운동'에 대해 논의한 바 있다. 첫번째로 '동학혁명과 농민문화'를 생각하자 했다. 동학혁명의 발자취뿐만 아니라 그 역사의 현장에 삶의 뿌리를 박고 오늘을 살아가는 민중을 찾아나서는 것이다. 지난 역사뿐만 아니라 오늘의 모든 것을, 모든 형식을 동원해 책으로도 형상화할 수 있을 것이다. 그 역사의 전개과정은 물론이고 노래·문학·정치·경제·사회·사상을 더불어 논의할 수 있을 것이다. 강좌에 참여하는 사람들과 더불어 기행을 하고, 다시 그 과정에서 논의된 것을 보완해서 책으로 펴내는 입체작업이 되는 것이다. 이 책은 물론 사진을 중시해야 한다." 같은 책, 137~138면.

31 조세희, 『침묵의 뿌리』, 열화당, 1985, 80면. 이하 본문에서 이 책을 인용할 때는 인용문이 실린 지면의 쪽수로 출처 표기를 대신한다.

32 「풀밭에서」는 이후 그의 자선대표작품집『풀밭에서』(청아출판사, 1994)에 다시 실려 출간되었다.

33 「10년만에 쏘아올린 「寫眞소설」」, 『동아일보』1985.8.22.

34 성민엽, 「自己反省 담은 「삶의 목소리」-趙世熙의 「침묵의 뿌리」」, 『경향신문』, 1985.9.27.

35 여기서 조세희가 옮겨 놓은 「1979년의 저녁밥」은『침묵의 뿌리』에 실리기에 앞서『외국문학』1984년 여름호에 「1979년 저녁밥」이라는 제목으로 발표되었다. 그는 이 작품이 '난장이 연작' 중 「내 그물로 오는 가시고기」 뒤에 이어져야 할 것이라고 말했다.

36 김옥영, 「압구정동」, 『르뽀시대』제2권, 실천문학사, 1985. 김옥영의 이 르포는 당시 압구정동이라는 기호가 그 안과 밖의 세계를 나누는 분할선으로 작동하고 있는 사례들을 상세히 보여 준다는 점에서 함께 참고할 만한 글이다.

37 「10년만에 쏘아올린 「寫眞소설」」, 『동아일보』, 1985.8.22.

38 강준만, 『한국 현대사 산책 1980년대 편-광주학살과 서울올림픽 2』, 인물과사상사, 2003, 137~142면.

39 John C. Hartsock, op. cit., p.32.

40 서은주는 『침묵의 뿌리』에서 재현되는 탄광 노동자들의 이미지를 조세희의 『난장이가 쏘아 올린 작은 공』에서 재현된 노동자와 빈민의 '마이너스적 신체표상'으로 접속시켜 분석한다. 그에 따르면 "[『난장이가 쏘아올린 작은 공』의─인용자] 마이너스적 신체표상은 『침묵의 뿌리』에 오면 열악한 환경과 노동의 고통으로 병들어가고 훼손되는 '막장' 노동자와 그 가족들의 신체로 대체된다"(서은주, 「노동(자)의 재현과 고통의 재소유─조세희의 『침묵의 뿌리』에 담긴 '사북사건'을 중심으로」, 『한국문학연구』 제46집, 동국대 한국문학연구소, 2014, 305면). 재현의 역설에 대한 서은주의 지적에 대해서는 이견이 없지만, 실상 『침묵의 뿌리』 2부에 실린 사진 가운데 병들고 훼손된 노동자의 신체는 찾아볼 수 없다. 사북의 열악한 주거 환경을 비추고 드러내려는 시선은 분명히 확인되지만, 탄광 노동자들을 향해 초점을 맞춘 사진에서 훼손된 신체를 비추거나 하는 방식으로 그들의 고통과 불행을 스펙터클화하고 있지는 않다. 많은 경우 사진 속 사북 탄광 노동자들과 주민들의 얼굴은 정면을 똑바로 응시하고 있으며, 마치 텍스트 너머의 독자와 시선을 맞추고 있는 듯한 느낌을 준다. 수전 손택(Susan Sontag)이 말한 타인의 고통을 전시하는 양상은 적어도 조세희의 사진에 나타나 있지 않다.

41 존 A. 워커, 정진국 역, 『대중 매체시대의 예술』, 열화당, 1987, 17~18면.

42 Walter Benjamin, "The Author as Producer", trans. Rodney Livingstone and others, ed. Michael W. Jennings, Howard Eiland, and Gary Smith, *Walter Benjamin, Selected Writings : Volume 2, 1927-1934*, Massachusetts : The Belknap Press of Harvard University Press, 1999, p.770.

43 이하 본문에서는 인용문이 실린 지면의 제호와 쪽수로 출처 표기를 대신한다.

44 이재현, 앞의 글, 181~182면.

45 이와 관련해 대표적인 사례로 다음과 같은 비평 작업을 거론할 수 있다. 신승엽, 「보고문학의 활발한 창작을 위하여」, 『문학예술운동 2─문예운동의 현단계』.

46 이재현, 앞의 글, 182면.

47 정대비, 「소집단 운동의 양상과 의미」, 『우리 세대의 문학 2 우리가 있어야 할 자리를 찾아』, 문학과지성사, 1983, 28~29면.

48 '장르의 매체화'와 관련해서는 다음의 좌담과 글을 참조. 김정환·이인성, 앞의 글; 김윤식, 「문학사 10년의 내면풍경」, 『문예중앙』 1988.여름, 58~61면.

49 김정환·이인성, 위의 글, 166면.

50 1985년 3월 2일부터 5일까지 나흘간 석탄공사 장성광업소 소속 노동자들과 가족들 500여 명은 어용 노조 퇴진을 요구하며 작업을 중단하고 파업 농성에 들어갔다. 이들은 노조지부장 직선제 선출, 불법적으로 진행된 노조지부장 선거 무효, 광업소의 노조 활동 불개입 원칙을 주장·요구했다. 농성은 한때 경찰과 대치하던 주민들이 연행되고 부상을 입는 상황으로까지 번졌으나 농성 나흘째인 5일 광업소 측에서 노동자들의 요구를 받아들이기로 결정하면서 파업이 해소되었다. 관련해서 다음의 기사를 참조. 「13명연행 長省 광업소 鑛夫·家族 500명 나흘째 농성 太白市 4곳서 경찰과 대치」, 『동아일보』, 1985.3.5; 「농성4일만에 해산 長省 탄광 正常 회복」, 『경향신문』, 1985.3.6.

51 김정환·이인성, 앞의 글, 166면.

52 『르뽀시대』 제2권 지면에는 '김사해'라는 이름으로 실려 있는데 오식인 것으로 보인다.

53 가령 자유실천문인협의회는 1975년 3월 11일자 『동아일보』에 '문인의 자유수호'라는

제목으로 자유언론수호투쟁을 지지하는 광고를 실었으며, 3월 25일에는 해직된 기자들이 복직될 때까지 『동아일보』와 『조선일보』에 대한 집필 거부를 결의했다. 「서른 여덟번째 광고 文人의 自由守護」, 『동아일보』, 1975.3.11; 「東亞·朝鮮執筆거부 자유실천文協 결의」, 『경향신문』, 1975.3.26.

54 박현채·최원식·박인배·백낙청, 앞의 글, 48~49면.

55 정다비, 앞의 글, 11면.

56 채광석, 「민족문학과 민중문학」, 『문학의 시대』 제2권, 풀빛, 1984, 125면.

57 이재현, 앞의 글, 192~193면.

58 이윤택, 「市民文學論」, 『언어의 세계』 제4집, 청하, 1985, 54면.

3장 노동자 수기의 수행적 정치성 – 해방과 연대의 문학적 실천

1 홍성식, 「서발턴의 생활글과 민족문학론의 재구성」, 한국현대문예비평학회, 『한국문예비평연구』 제38집, 2012; 천정환, 「글 쓰는 노동자들의 시대 – 1980년대 노동자 "생활글" 다시 읽기」, 『대동문화연구』 제86집, 성균관대 대동문화연구원, 2014.

2 신승엽, 「보고문학의 활발한 창작을 위하여」, 23~24면.

3 채호석, 「노동문학 – 민족문학의 현단계와 과제(2)」, 민족문학사연구소 편, 『민족문학사 강좌 하』, 창작과비평사, 1995, 300면.

4 김도연, 앞의 글, 286~287면.

5 김원, 『여공 1970, 그녀들의 反역사』(개정판), 이매진, 2006, 671~686면.

6 현준만, 「노동문학의 현재적 의미」, 109면.

7 여성 노동자들의 장편 수기를 대상으로 한 선행 연구 가운데 그 성과와 의의의 측면에서 주목되는 것들을 간추려 정리하면 다음과 같다. 정현백의 「여성노동자의 의식과 노동세계 – 1970년대의 노동자수기 분석을 중심으로」는 여성 노동자들의 장편 수기를 체계적으로 분석한 거의 최초의 연구 성과로 거론할 수 있다. 김원의 연구는 노동운동사에서 여성 노동자들이 배제·망각되었다는 문제 제기를 통해 1970년대 여성 노동자들의 민주노조 운동에서부터 일상과 욕망에 이르는 다양한 층위의 '여공 담론'을 여성 노동자들의 장편 수기와 관련된 자료를 바탕으로 살펴본 방대한 규모를 자랑한다. 루스 배러클러프(Ruth Barraclough)는 '여공 문학'이라는 관점에서 여성 노동자들의 장편 수기에 나타난 노동자들에 대한 (자기)재현의 양상과 섹슈얼리티에 주목했다. 정현백의 연구는 노동자 수기에 나타난 1970년대 여성 노동자들의 의식을 분석하는 데 주력하고 있고, 김원의 경우 담론 연구의 성격이 강하다. 배러클러프의 연구 역시 '여공 문학'을 내세우고 있지만, 여성 노동자들의 글쓰기가 갖는 정치성이나 문학사적 의미에 대한 탐구는 이루어지지 않았다. 이 책에서는 앞선 이들 선행 연구를 토대로 삼되, 1980년대 문학과 문학장 안에서 '문학'으로 호명되기 시작한 여성 노동자들의 장편 수기가 갖는 수행적 정치성과 문학사적 의미, 문학적 실천의 측면을 중점적으로 분석한다. 정현백과 김원, 배러클러프의 선행 연구는 다음을 참조. 정현백, 「여성노동자의 의식과 노동세계 – 1970년대의 노동자수기 분석을 중심으로」, 『노동운동과 노동자문화』, 한길사, 1991; 김원, 앞의 책; 루스 배러클러프, 김원·노지승 역, 『여공 문학 – 섹슈얼리티, 폭력 그리고 재현의 문제』, 후마니타스, 2017.

8 김도연, 앞의 글, 266~267면.

9 유동우의 『어느 돌멩이의 외침』은 1978년에 초판이 발행되었다. 이후 크리스챤아카데미 사건 등으로 인해 발행이 중지되었다가 1983년에 청년사에서 다시 출간되었다.

10 성민엽, 「문학과 계층의 목소리」, 『시인』 3, 1985. 김병설·채광석 편, 『민중, 노동 그리고 문학』, 지양사, 1985, 254면에서 재인용.

11 박헌채·최원식·박인배·백낙청, 앞의 글, 49면.

12 백낙청, 「민족문학과 민중문학」, 15면.

13 전문성 논쟁과 관련해서는 다음을 참조. 김사인, 「전문성에 대한 비판과 옹호」, 『실천문학』 1985.봄.

14 김도연, 앞의 글, 269~270면.

15 신승엽, 「해설-건강한 노동문화의 튼튼한 토대」, 김경숙 외 125명, 『그러나 이제는 어제의 우리가 아니다』, 돌베개, 1986, 253면.

16 현준만, 「노동문학의 현재적 의미」, 119면.

17 장남수, 『빼앗긴 일터』, 창작과비평사, 1984, 24~25면.

18 신병현, 「70년대 지배적인 담론구성체들과 노동자들의 글쓰기」, 『산업노동연구』 제12권 제1호, 한국산업노동학회, 2006; 김성환, 「1970년대 노동수기와 노동의 의미」.

19 대표적으로 다음과 같은 지면들을 거론할 수 있다. 먼저는 야학과 소모임, 노동교실에서 발간한 문집으로 『다운문집』, 『황토』, 『등불』, 『한벗』, 『성신』, 『들불』, 『서해야학 문집』, 『동화』, 『사랑의교실』, 『한마음회고문집』, 『푸른교실』, 『징검다리』, 『방울지』, 『더불어 사는 삶』, 『일꾼의 소리』 등이 있었다. 원풍모방, 반도상사, 동일방직, 경동산업 노동조합, 대우자동차, 가리봉전자 등의 노동조합에서 만든 각종 회보와 소식지(『원풍소식』, 『원풍회보』, 『원풍동지』, 『동지회보』, 『근로자의 함성』, 『인천교 소식』, 『진도소식』, 『대우어패럴소식』, 『가리봉소식』, 『촛불』 등), 그리고 노동운동 단체에서 만든 『민주노동』(한국노동자복지협의회)이나, 『근로자문집』(한국기독교민중교육연구소) 등이 있었으며, 영등포 도시산업선교회의 후신인 성문밖교회, 그리고 일꾼교회, 형제교회(「일하는 아이들」), 광주 무등교회(「무등의 소리」) 등 교회 및 선교 단체의 주보 및 소식지(『고랑 공동체 글모음』, 『모퉁이돌』 등)를 통해서도 노동자들이 쓴 단편적인 수기를 접할 수 있었다. 이 목록은 노동자들의 글을 선별·간행한 『그러나 이제는 어제의 우리가 아니다』(돌베개, 1986)에 실린 글, 신승엽의 「노동문학의 현단계」(앞의 책, 181~182면)에 언급된 글의 출처, 그리고 김민섭·김응선·김정식·박종욱·배종근·장영숙의 좌담 「노동현실과 노동언론」(『실천문학』 통권 6호, 1985)에 언급된 문집들을 바탕으로 정리한 것이다.

20 신승엽, 「노동문학의 현단계」, 166면.

21 「자료 ② 노동자문학의 현황-편집자의 말」, 『실천문학』 4호, 1983, 345면.

22 유동우·김원, 「[대담] 돌멩이는 아직도 외친다」, 『실천문학』 2013.여름, 87면.

23 위의 글, 88면.

24 김종철, 「산업화와 문학-70년대 문학을 보는 한 관점」, 92~95면.

25 위의 글, 93면.

26 임헌영, 앞의 글, 33면.

27 글쓰기에 대한 정의는 데리다가 글쓰기(에크리튀르)를 언어 개념을 넘어서고 포괄하는 개념으로 논증하는 과정에서 '에크리튀르'라는 말의 인플레이션 현상을 서술하고 있는 대목을 참조. 자크 데리다, 김성도 역, 『그라마톨로지』, 민음사, 2010, 46면.

28 이재현, 앞의 글, 181면.

29 김도연, 앞의 글, 286면.

30 자크 랑시에르, 유재홍 역, 『문학의 정치』, 인간사랑, 2011, 25면.

31 위의 책, 24면.

32 위의 책, 10~11면.

33 현준만, 「노동문학의 현재적 의미」, 122면.

34 백진기, 「노동문학, 그 실천적 가능성을 향하여」, 『민중, 노동 그리고 문학』, 지양사, 1985, 233면.

35 김명인, 「현단계 문학운동의 방향감각 조정을 위하여」, 『문학예술운동』 제3집, 1989.4, 김명인, 『희망의 문학』, 풀빛, 1990, 78~79면에서 재인용.

36 정과리, 앞의 글, 74면.

37 김도연, 앞의 글, 285면.

38 조정환, 「민주주의 민족문학론에 대한 자기비판과 노동해방문학론의 제창」, 『노동해방 문학의 논리』, 노동문학사, 1990, 22면.

39 조정환, 「민주주의 민족문학론에 대한 자기비판과 노동해방문학론의 제창」, 『민족민중문 학론의 쟁점과 전망』, 푸른숲, 1989, 354면. 『노동해방문학의 논리』에 실린 「민주주의 민족문학론에 대한 자기비판과 노동해방문학론의 제창」과 동일한 글이다. 『노동해방문 학의 논리』에 실린 글에서는 "이러한 관점"이라고 쓰고 있는 데 반해 여기에 인용한 지면 에서는 "주체주의적 관점"이라는 명시적인 표현을 사용하고 있어 이 판본을 인용한다.

40 조정환, 「민주주의 민족문학론에 대한 자기비판과 노동해방문학론의 제창」, 『노동해방 문학의 논리』, 21면.

41 위의 글, 20면.

42 문학주의라는 용어는 이광호의 표현을 빌리자면 ""문학은 이러한 것이어야 한다"와 "문 학만이 그것을 할 수 있다"라는 신화"다(이광호, 「맥락과 징후 – 문학적 실천의 역사적 범주화를 위하여」, 『비평의 시대 1 – 문학을 향하여 문학을 넘어서』, 문학과지성사, 1991, 45면). 따라서 흔히 오해하는 것처럼 문학의 자율성에 대한 옹호와 믿음만이 문 학주의에 해당하는 것은 아니다. 정확히 그 반대편 진영에서 말하는 '문학이 정치적 해방 과 같은 위대한 사명을 담당해야 한다'는 믿음 또한 문학주의의 일면이다. 요컨대 문학주 의는 문학을 절대화 · 특권화하려는 사유와 담론 체계를 의미한다. 관련해서 다음을 참 조. 졸고, 「만들어진 내면성 – 김영현과 장정일의 소설을 통해 본 1990년대 초 문학의 내면성 구성과 전복 양상」, 『한국현대문학연구』 제50집, 한국현대문학회, 2016, 556면.

43 채호석, 「노동문학 – 민족문학의 현단계와 과제(2)」, 민족문학사연구소 편, 『민족문학 사 강좌 하』, 창작과비평사, 1995, 300면.

44 천정환, 「그 많던 '외치는 돌멩이'들은 어디로 갔을까 – 1980~90년대 노동자문학회와 노동자 문학」, 『역사비평』 제106호, 역사비평사, 2014.봄. 이 글에 따르면 노동자문학 회의 활동은 계속해서 이어져 왔지만 1990년대 이후 기성 문단에 의해 재편된 문학장의 질서 속에서 주변화되었다.

45 강준만, 『한국현대사산책 1980년대편 – 광주학살과 서울올림픽 3권』, 인물과사상사, 2003, 176면.

46 "노동자대투쟁은 6 · 29선언으로 집약되는 절차적 · 정치적 민주주의를 넘어서서, 노동 자들이 일하는 노동현장에 민주주의를 정착시키고 실질적 · 사회적 민주주의를 쟁취하기

위한 투쟁의 첫걸음"이라는 노동항쟁 이상의 체제 변혁에 목적을 둔 정치운동, 정치투쟁의 의미와 평가를 부여받았다. 김금수, 『한국노동운동사 6 – 민주화이행기의 노동운동 1987~1997』, 지식마당, 2004, 137면. 한편 당시 실제로 노동자대투쟁에 이어 계속된 연대투쟁과 노동법개정투쟁 과정에서 노동자들은 '군부독재 퇴진', '노동자 주도의 민주주의 쟁취' 등의 구호를 내세웠고, '군부독재 종식을 위한 노동자 선거대책위원회'를 결성해 노태우 퇴진을 위한 운동을 전개하기도 했다. 김동춘, 『한국사회 노동자 연구 – 1987년 이후를 중심으로』, 역사비평사, 2003, 134면.

47 조정환, 「민주주의민족문학론에 대한 자기비판과 〈노동해방문학론〉의 제창」, 『노동해방문학의 논리』, 19면.

48 김명인, 「먼저 '전형'에 대해 고민하자」, 174~175면.

49 조정환, 「민주주의민족문학론에 대한 자기비판과 〈노동해방문학론〉의 제창」, 『노동해방문학의 논리』, 23~24면.

50 김명인, 「먼저 '전형'에 대해 고민하자」, 179면. 강조는 인용자.

51 가야트리 차크라보르티 스피박, 「서발턴은 말할 수 있는가?」, 로절린드 C. 모리스 편, 태혜숙 역, 『서발턴은 말할 수 있는가?』, 그린비, 2013, 86면.

52 1984년 이전에 출간된 노동자 수기(수기 모음집과 장편 수기)로는 겨레터야학을 중심으로 야학 출신 10대 노동자들의 글을 모은 『비바람 속에 피어난 꽃』(청년사, 1979), 송효순의 『서울로 가는 길』(형성사, 1982), 노동자들의 글모음집인 나보순 외, 『우리들 가진 것 비록 적어도』(돌베개, 1983) 등이 있다.

53 김현경, 『사람, 장소, 환대』, 문학과지성사, 2015, 282면. 아울러 김현경은 이 책에서 인간이 사회성원권을 얻는 것은 상징적인 공간에 자리를 차지하는 문제와 긴밀히 연관되어 있음을 규명한다. 그에 따르면 "사회는 하나의 장소이기 때문에, 사람의 개념은 또한 장소의존적이다"(같은 책, 57면). 그러므로 노동자들의 투쟁 역시 곧 장소를 점거하거나 전유하는 형식을 띠는 장소 투쟁이 된다(같은 책, 285면). 자유와 평등에 대한 권리를 주장하고 획득하는 해방의 문제가 장소와 긴밀하게 연관된다고 말할 때 이는 사회적인 공간 안에 장소와 위치를 구획하는 것이 신분과 계급을 나누고 결정하는 정치·사회적인 문제임을 의미하는 것이다.

54 순점순, 『8시간 노동을 위하여』, 풀빛, 1984, 17면. 이후 인용 시에는 본문에 저자명과 인용 면수로 표기한다.

55 장남수, 『빼앗긴 일터』, 창작과비평사, 1984, 212면. 이후 인용 시에는 본문에 저자명과 인용 면수로 표기한다.

56 한나 아렌트, 이진우·태정호 역, 『인간의 조건』, 한길사, 1996, 237면.

57 주디스 버틀러, 유민석 역, 『혐오 발언』, 19면. 버틀러는 이 문제를 그와 정반대의 상황, 즉 언어가 몸의 실존을 위협하는 상황에 대한 고찰을 통해 그의 저서 제목대로 '혐오발언이 단지 언어일 뿐인데 왜 그것에 의해 상처를 받는가' 하는 문제로 사유하고 있다. 그녀는 어떤 육체적인 주체를 위협하는 말이 그 주체에게 죽음에 대한 공포의 반응과 가능성을 만들어 내는 것은 그 위협적인 말을 통해 존재를 호명할 때 그것이 존재를 부여한 셈이고, 그 언어적인 전달이 존재를 부여하는 형성적인 것들을 부분적으로 상기시키거나 재연하기 때문이라고 말한다. 그리하여 언어는 존재를 존속시키고 몸을 구성한다고 말할 수 있다는 것이다.

58 위의 책, 285면.

59 가브리엘레루치우스-회네·아르눌프 데퍼만, 박용익 역, 『이야기 분석』, 역락, 2006, 80면.

60 대표적으로 다음의 기사를 참조. 「그組織과 手法을 벗긴다 都市産業 선교회의 正體」, 『경향신문』, 1979.8.18.

61 송효순, 『서울로 가는 길』, 형성사, 1982, 209면. 이후 인용 시에는 본문에 저자명과 인용 면수로 표기한다.

62 주디스 버틀러, 유민석 역, 『혐오 발언』, 19면.

63 주디스 버틀러, 유민석 역, 『혐오 발언』, 271면.

64 단적인 예로 노동자 글쓰기를 해방의 기획 차원에서 호명한 민중문학론의 논리를 거론할 수 있겠다. 이와 관련해서는 다음의 글 2절과 3절 참조. 한명인, 앞의 글, 17~31면. 한편 신병현의 연구는 노동자 수기가 지식인에 의해 윤색·수정·첨가되었을 가능성들을 분석함으로써 노동자 수기가 지배 담론에 의해 산출된 측면을 강조한다. 신병현, 앞의 글.

65 여기서 말하는 '사건'의 의미는 다음을 참조. 미셸 푸코, 앞의 책, 55면.

66 신승엽, 「노동문학의 현단계」, 155면.

67 백낙청, 「민중·민족문학의 새 단계」, 22면.

68 朴玄埰·崔元植·박인배·白樂晴, 「좌담-80년대의 민족운동과 한국문학」, 45면.

69 신승엽, 「노동문학의 현단계」, 166면.

70 구해근, 신광영 역, 『한국 노동계급의 형성』, 창작과비평사, 2002, 160·184면.

71 자크 랑시에르, 양창렬 역, 『정치적인 것의 가장자리에서』, 길, 2000, 91면.

72 이 책에 앞선 한영인의 연구는 해방은 노동자라는 계급적 주체의 권력 쟁취에 의한 유토피아적인 정치가 아니라, 노동자의 글쓰기가 수행하는, 랑시에르적인 의미에서 "감각의 (재)분할"에 의해 끊임없이 이루어 가는 과정 혹은 도정임을 적실하게 지적했다. 한영인, 앞의 글, 32~40면.

73 자크 데리다, 진태원 역, 『법의 힘』, 문학과지성사, 2004, 45면; 「용어 해설」, 같은 책, 183~184면.

74 구해근, 앞의 책, 153면.

75 장남수의 수기 마지막 장에는 수배 중이던 원풍모방 민주노조 간부들이 구속되고 재판에 회부돼 징역을 선고받는 과정이 자세히 기록되어 있다. 장남수, 앞의 책, 203~254면. 한편 순점순은 각 기업에서 노동운동을 주도했던 노동자들이 연행돼 조사와 순화 교육을 받은 일들을 기록하고 있다. 순점순, 앞의 책, 231~260면.

76 이상의 1980년대 초 노동계 정화 조치 및 민주노조 탄압에 관해서는 구해근의 저서 5장을 참고해 정리했다. 구해근, 앞의 책, 156~157면.

77 석정남, 『공장의 불빛』, 일월서각, 1984, 253면. 이후 인용 시에는 본문에 저자명과 인용 면수로 표기한다.

78 한편 마당극 대본은 채희완에 의해 편집되어 다음의 책에 실려 있다. 김민기, 「공장의 불빛」, 채희완·임진택 편, 『한국의 민중극』, 창작과비평사, 1985. 노래극 〈공장의 불빛〉 창작, 보급, 공연과 관련해서는 다음의 글을 참조. 이영미, 「「공장의 불빛」과 「연이의 일기」-노래의 한계를 넘기 위한 시도」, 김창남 편, 『김민기』, 한울, 1986, 91면.

79 신승엽, 「노동문학의 현단계」, 188면.

80 백진기, 「노동문학, 그 실천적 가능성을 향하여」, 233면.

81 김재은, 「민주화 운동과정에서 구성된 주체위치의 '성별화'에 관한 연구(1985~1991)

−상징정치 담론분석을 중심으로」, 서울대 석사논문, 2003, 59면.
82 김창희, 「민중통일전선 결성투쟁의 역사와 민연추, 국민연합의 진로」, 『노동해방문학』 복간호, 1990.6, 373면. 문학장에서 이루어졌던 '통일전선론'과 관련해서는 추가적으로 다음을 참조. 박승옥·김진경·유중하·김광식, 「통일전선을 향한 90년대 문학운동」, 『실천문학』 1990. 봄; 강만길·임형택·조희연·이병천 외, 「특집1 창간 25주년기념 토론회 : 우리 민족·변혁운동론의 어제와 오늘−1930년대와 80년대의 통일전선론을 중심으로」, 『창작과비평』 1991. 봄.
83 가령 다음과 같은 언급을 참조할 수 있다. "그때만해도 나는 우리나라에서 가장 모범이라고 평이난 노동조합이 있었던 원풍모방에 근무하고 있었던 덕에 노동자들의 뭉친 힘의 성과로 쟁취해 낸 좋은 조건에서 일했죠. 8시간 노동, 정확한 휴일실시, 휴가, 상여금, 복지시설…" 장남수, 「이럴 때면 어머니를 생각합니다」, 자유실천문인협의회 편, 『노동의 문학 문학의 새벽』, 이삭, 1985, 68면.
84 김민섭·김웅선·김정식·박종욱·배종근·장영숙, 「노동현실과 노동언론」, 『실천문학』 6호, 실천문학사, 1985, 370~371면.
85 키스 오틀레이, 「쓰기읽기−인지시학의 미래」, 제라드 스틴·조안나 개빈스 편, 양병호·김혜원·신현미·정유미 역, 『인지시학의 실제비평』, 한국문화사, 2014, 291~292면.
86 위의 글, 292면.
87 Brian Massumi, "The Archive of Experience", ed. Joke Brouwer and Arjen Mulder, *Information is Alive : Art and Theory on Archiving and Retrieving Data*, Rotterdam : V2 Organisatie/EU European Culture 2000 Program, 2003, pp.142~151. 여기서는 다음의 인터넷 웹사이트에 게시된 버전을 참조했다.
http://www.brianmassumi.com/textes/Archive%20of%20Experience.pdf
88 loc. cit.

4장 서사 양식의 절합과 소설 미학의 변화

1 김성수·서은주·오형엽, 앞의 책, 40면.
2 황석영, 「항쟁 이후의 문학」, 55면.
3 「머리말」, 전남사회운동협의회 편·황석영 기록, 앞의 책, 6~7면.
4 『죽음을 넘어 시대의 어둠을 넘어』에는 항쟁 지도부에서 활동했던 여성 노동자들에 대해 다음과 같이 기록하고 있다. "YWCA에는 50여 명 이상의 여성들도 있었는데, 여고생들과 학생운동측의 여대생, 여공들 그리고 항쟁 지도부를 여러모로 도우면서 여성들이 해야 할 잡다한 일들을 찾아내어 지도한 여성지도부 송백회(현대문화연구소 산하의 여성단체. 운동권 청년들과 재야인사들의 부인, 그리고 중·고등학교의 교사들로 이루어졌으며, 교육지표사건 이후 결성되었다) 회원들이 있었다. 이들 중 여공들은 호남전기나 기타 최근에 노동조합 활동이 활발했던 곳에 근무하면서 사회교육을 받은 JOC(가톨릭노동청년회) 회원들이 대부분이었다. 여자들은 주로 도청 시민군들의 밥을 짓는 일, 도청 내의 상황실, 방송실 등 지도부의 비서 역할과, 중요한 연락, 대자보 제작 같은 일을 맡았고 때로는 궐기대회장에서 선전조로 뛰기도 했다. 또한 일부는 25일 항쟁지도부가 탄생하면서 간호대로 편성되기도 했다. (…중략…) 도청의 취사부가 수습위의 해체와 함께 나가 버리자, YWCA에 대기중이던 송백회 회원들은 여공들을 중심으로 3개조의 취사

부를 편성하여 밤 11시에 식당 인수 인계를 끝마쳤다." 전남사회운동협의회 편·황석영 기록, 앞의 책, 192~195면.

5 임철우의 소설에 나타나는, 그리고 임철우 작가 자신이 지니고 있던 살아남은 자의 죄의 식을 '아직 죽지 못한 자들'의 죄의식으로 파악한 논문으로 다음을 참조. 서영채, 「죄의 식과 1980년대적 주체의 탄생—임철우의 『백년여관』을 중심으로」, 『인문과학연구』 제 42집, 강원대 인문과학연구소, 2014; 김정한, 「5·18학살 이후의 미사(未死)」, 『상허학 보』 제47집, 상허학회, 2016.

6 임철우, 「나의 문학적 고뇌와 광주」, 『역사비평』 제51호, 역사비평사, 2000.5, 294면.

7 임철우, 「봄날」, 『그리운 남쪽』, 문학과지성사, 1985, 157~158면.

8 임철우, 「不姙期」, 위의 책, 189면.

9 임철우·황종연, 「대담—역사적 악몽과 인간의 신화」, 『문학과사회』 1998.여름, 662 ~663면.

10 임철우, 「펜 끝에 맨 나의 혼 〈나의 습작시대〉—눈치껏 비밀노트를 채우던 군대시절」, 『文學思想』, 1990.4, 108~109면.

11 임철우, 「봄날」, 159~160면.

12 최정운, 앞의 글, 416면. 참고로 당시 텔레비전 방송에서는 광주에서 일어나는 일들에 대해서는 보도되지 않았고 "연속극이나 오락 프로만 아무 일 없었다는 듯이 방영되고 있 었다"고 한다. 이는 5·18 당시 시민들의 분노가 MBC와 KBS 등을 향하게 되는 주요한 계기가 되었다. 전남사회운동협의회 편·황석영 기록, 앞의 책, 77면.

13 위의 책, 53·78면.

14 장 프랑수아 리오타르, 앞의 책, 32면.

15 임철우, 「봄날」, 157~158면.

16 임철우, 「직선과 독가스」, 『그리운 남쪽』, 문학과지성사, 1985, 141~142면. 최초 발표 지면인 『세계의 문학』 1984년 겨울호에는 "그해 오월"이라는 표현이 없다.

17 임철우, 「직선과 독가스」, 『세계의 문학』 1984.겨울, 309~310면.

18 위의 글, 316면.

19 위의 글, 310면.

20 일반적으로 알레고리 기법은 검열을 피하기 위한 수단으로 간주된다. 임철우의 경우에 도 그러한 의도를 배제할 수는 없지만, 한편으로 그것이 5·18을 다루는 소설 형식에 대 한 작가의 고민과 실험의 일환이었음을 다음과 같은 글에서 밝히고 있다. "특히 1980년 대 초반에는 5·18 자체에 대한 지독한 검열과 규제가 존재했어요. 알레고리는 그 덫을 피하기 위한 불가피한 수단이기도 했지만, 그렇다고 꼭 그런 의도로만 선택한 건 아닙니 다. 알레고리는 현실의 세부적인 대상을 세밀하게 드러내기보다는, 외곽의 좀 더 넓고 총체적인 꼴, 전체적인 테두리를 어렴풋이나마 드러내는 데 효과적인 기법이기도 합니 다." 김정한·임철우, 「대담—역사의 비극에 맞서는 문학의 소명」, 『실천문학』 2013.겨 울, 98면.

21 장 프랑수아 리오타르, 앞의 책, 36면.

22 위의 책, 같은 면.

23 김병익, 「해설—고통의 아름다움 혹은 아름다움의 고통」, 『저기 소리없이 한 점 꽃잎이 지고』, 문학과지성사, 1992, 304면.

24 위의 글, 304·310면.

25 권민정, 「최윤 소설의 정신분석학적 연구」, 연세대 석사논문, 2003; 김혜경, 「최윤 소설의 정신분석학적 고찰」, 『비교한국학』 제16집 제1호, 국제비교한국학회, 2008; 김정미, 「최윤 초기 단편 소설의 인물 연구」, 가천대 석사논문, 2015; 유홍주, 「오월 소설의 트라우마 유형과 문학적 치유 방안 연구」, 『현대문학이론연구』 제60집, 현대문학이론학회, 2015.

26 이혜령, 「쓰여진 혹은 유예된 광기」, 『작가세계』 2003.봄.

27 위의 글, 121면.

28 김형중, 「세 겹의 저주 ─ 최윤, 「저기 소리없이 한 점 꽃잎이 지고」 다시 읽기」, 『문학동네』 2000.여름, 90~91면.

29 1980년대는 5·18을 시작으로 민주화운동과 노동운동 과정에서 무수히 많은 이들의 죽음을 경험해야 했던 시대다. 열사를 기리는 추모제의 전통은 그러한 시대의 산물이었다. 그러나 이 글에서 정의하는 추모는 문학에 의한 문학적인 것이라는 점에서 운동권 사회에서 이루어진, 그리고 문민정부 출범 이후 국가에 의해 주도된 의례로서의 추모와 다른 맥락에 놓이는, 다른 결을 지닌 개념이다. 5·18의 사회적·국가적 추모 의례와 관련해서는 다음의 연구를 참조. 정근식, 「5월 운동과 혁명적 축제」, 김진균 편, 『저항 연대 기억의 정치 ─ 한국 사회운동의 흐름과 지형』 2, 문화과학사, 2003; 김정한, 「1980년대 운동사회의 감성 ─ 애도의 정치와 멜랑콜리 주체」, 『한국학연구』 제33집, 인하대 한국학연구소, 2004.

30 최윤, 「저기 소리없이 한 점 꽃잎이 지고」, 『문학과사회』 1988.여름, 743면. 이후 인용시에는 본문에 인용 면수로 표기한다.

31 Lawrence L. Langer, *Holocaust Testimonies ─ The Ruins of Memory*, New Haven : Yale University Press, 1991, p.2.

32 Lawrence L. Langer, op. cit., p.39.

33 Maurice Blanchot, trans. Charlotte Mandell, *The Work of Fire*, California : Stanford University Press, 1995, p.30.

34 "이런 겹침의 유희 안에서 바로 문학들 사이의, 문학적인 것과 비문학적인 것 사이의, 상이한 종류의 텍스트들 혹은 비문학적 텍스트의 순간들 사이의 차이점이 새겨지는 것입니다." 자크 데리다, 「"문학이라 불리는 이상한 제도" ─ 자크 데리다와의 인터뷰」, 데릭 애트리지 편, 정승훈·진주영 역, 앞의 책, 64면.

35 위의 책, 68면.

36 이강은, 「광주민중항쟁에 대한 소시민적 문학관을 비판한다」, 『노동해방문학』 1989.5. 다음에서 재인용. 5월문학총서간행위원회, 『5월문학총서 4 평론』, 5·18기념재단, 2013, 223면. 기실 최윤의 이 소설은 민족·민중문학 진영으로부터 강도 높은 비판을 받았다. 그 주요한 공격 대상이 되었던 것은 이 소설의 파편적, 정신병리학적인 형상화 방식과 이른바 '소시민성'이었다.

37 '복수적(plural) 수행성'의 개념과 예술작품을 통해 그것이 가능해질 수 있는 계기에 대해서는 다음을 참조. 주디스 버틀러·아테나 아타나시오우, 김응산 역, 『박탈 ─ 정치적인 것에 있어서의 수행성에 관한 대화』, 자음과모음, 2016, 277~292면.

38 최윤·최성실, 「대담 ─ 굳은살 빼기로서의 소설」, 『문학과사회』 1997.겨울, 1708면.

39 김병익, 「해설 : 고통의 아름다움 혹은 아름다움의 고통 ─ 최윤의 소설들」; 김형중, 앞의 글; 장혜련, 「'삭제된 말'의 복원을 위한 여정 ─ 최윤의 『저기 소리없이 한점 꽃잎이 지고』를 중심으로」, 『현대문학이론연구』 제34집, 현대문학이론학회, 2008. 김병익은 '당

신'을 호명하는 이 목소리를 소설 내부의 서술자 '우리'의 목소리로 파악한다. 장혜련은 1장의 목소리를 남자 '장'의 것으로 파악한다. 반면에 김형중은 이 시점을 작가 최윤이기도 하고 예언자이기도 한 화자 일반으로 본다. 이 글에서는 김형중의 해석과 마찬가지로 이 목소리가 소설 내부 인물의 것이 아니며, 그 목소리의 발화 지점은 소설 바깥에 있다고 본다. 그러나 본문에서 설명하고 있는 대로 이 목소리의 역할과 의미에 대한 해석은 전혀 다르다는 점을 밝혀둔다.

40 김형중, 위의 글, 87~88면.
41 최윤·최성실, 앞의 글, 1708면.
42 이상 임철우와 최윤 소설의 5·18 증언-재현 문제에 관한 분석은 다음 논문의 2, 3, 4절 내용을 수정·보완해 서술한 것임을 밝혀둔다. 졸고, 「재현 너머의 증언-1980년대 임철우, 최윤 소설의 5·18 증언-재현 문제에 관하여」.
43 신승엽의 「노동문학의 현단계」는 1987년에 발간된 『문학예술운동 1-전환기의 민족문학』에 실렸지만 실제로 글이 쓰인 시점은 1985년 9월이었다. 신승엽, 「노동문학의 현단계」, 194면.
44 김명인, 「먼저 '전형'에 대해 고민하자」, 179면.
45 위의 글, 같은 면.
46 강진호는 1980년대에 일어난 굵직한 사건들 중심의 변화 과정을 통해서 한국 사회가 1970년대와는 다른 차원으로 진입해 들어갔고, 특별히 문학에서는 노동소설이라는 역동적 흐름을 산출하게 되었다고 설명한다. 강진호, 「주체의 낙관적 의지와 배타적 신념-1980년대 노동소설의 경우」, 『작가연구』 제15호, 2003, 39면.
47 다음의 책에 실린 '저자 약력'을 참조. 안재성, 전태일기념사업회 편, 『파업-제2회 전태일문학상 수상작품집 1』, 세계, 1989.
48 다음의 책에 실린 '작가 약력' 및 '작가 연보' 참조. 정화진, 『우리의 사랑은 들꽃처럼』, 풀빛, 1992; 『한국소설문학대계 98-쇳물처럼, 성장, 살아 있는 무덤 外』, 동아출판사, 1995, 572면.
49 박철화·방현석, 「작가 인터뷰 : 노동 현장에서 베트남까지-소설가 방현석을 만나다」, 『작가세계』 2013.가을, 46~48면.
50 위의 글, 47~48면.
51 김명인, 「현단계 문학운동의 방향감각 조정을 위하여」, 85면.
52 장성규, 「1980년대 논픽션 양식과 소설 개념의 재편 과정 연구」, 『민족문학사연구』 제54권, 민족문학사학회·민족문학사연구소, 2014, 74~78면.
53 정고은, 「1980년대 노동소설에 나타난 죽음의 양상 연구」, 성균관대 석사논문, 2016, 101~106면.
54 김남일, 「파도」, 『울어라 조국아』, 풀빛, 1988, 243면.
55 김명인, 「군건한 민중적 전업작가를 기다리며-김남일 작품집 『일과 밥과 자유』」, 『희망의 문학』, 169면.
56 정화진, 「작가후기」, 『철강지대』, 풀빛, 1991, 352~354면.
57 위의 책, 278~279면.
58 조정환, 「민주주의민족문학론에 대한 자기비판과 〈노동해방문학론〉의 제창」, 45면.
59 임헌영, 「심사평」, 전태일기념사업회 편, 『파업-제2회 전태일문학상 수상작품집 1』, 세계, 1989, 294면.

60 안재성, 앞의 책, 193면.

61 노동소설에서 두드러지게 나타나는 정념은 체험과 감성의 영역을 구성하는 중요한 한 축이다. 다만 특정한 장면에서 응축적·폭발적인 형태로 구현된다는 점에서 일상성의 감수성과는 구별된다. 노동소설의 정념과 관련해서는 다음의 연구를 참조. 조현일, 「노동소설과 정념, 그리고 민주주의─김한수, 방현석, 정화진의 소설을 중심으로」, 『민족문학사연구』 제54권, 민족문학사학회·민족문학사연구소, 2014.

62 강진호, 앞의 글, 36면.

63 채운, 『재현이란 무엇인가』, 그린비, 2009, 43면.

64 현기영·유순하·김남일·김명환, 「유월항쟁 이후의 소설문학」, 『민족문학』 통권 제8호, 춘추원, 1989, 15면.

65 천정환, 「세기를 건넌 한국 노동소설─주체와 노동과정의 메타 서사」, 『반교어문학회·상허학회 공동학술대회 자료집』, 반교어문학회·상허학회, 2017.3.

66 가야트리 차크라보르티 스피박, 「서발턴은 말할 수 있는가?(초판본)」, 로절린드 C. 모리스 편, 태혜숙 역, 『서발턴은 말할 수 있는가?』, 그린비, 2013, 409면.

67 이남희, 유리·이경희 역, 『민중 만들기』, 후마니타스, 2015, 383~423면. 이 책의 제3부인 '재현의 정치학'에는 1980년대 지식인들이 도덕적 특권 담론을 바탕으로 자기를 재현하고, 노동자를 낭만적으로 재현함으로써 대상화했던 양상이 구체적으로 제시되어 있다.

68 김명인, 「먼저 '전형'에 대해 고민하자」, 185~188면.

69 황광수, 「90년대의 징후와 두 소설집」, 『창작과비평』 1990.가을, 416~417면.

70 김명인, 『희망의 문학』, 98면. 원 게재 지면은 다음과 같다. 김명인, 「현단계 문학운동의 방향감각 조정을 위하여」, 『문학예술운동』 3집, 풀빛, 1989. 강조는 인용자.

71 위의 책, 99면.

72 가야트리 차크라보르티 스피박, 「서발턴은 말할 수 있는가?(초판본)」, 413면.

73 김명인, 「지식인 문학의 위기와 새로운 민족문학의 구상」, 『문학예술운동 1─전환기의 민족문학』, 76~77면.

74 김영현, 「내 추억의 푸른 길」, 『해남 가는 길』, 솔, 1992, 20~21면.

75 권성우, 「낭만과 과학은 어떻게 만나는가」, 『문예중앙』 1990.여름, 328면.

76 김영현, 「후기─소설가, 싸움꾼과 구도자」, 『깊은 강은 멀리 흐른다』, 실천문학사, 1990, 299면.

77 '김영현 논쟁'은 권성우가 『문학과사회』 1990년 여름호에 발표한 글 「베를린·전노협 그리고 김영현」에 대해 정남영이 반론을 제기하면서 점화되었다. 이후 작가 본인인 김영현이 가세하면서 논쟁의 양상은 김영현과 정남영 사이의 문학관에 대한 격론으로 번졌다. 해를 넘겨 1991년 정남영이 「'김영현 논쟁'의 결론」이라는 글을 발표하면서 이 일 년여에 걸친 긴 논쟁이 마무리되었다. '김영현 논쟁'에 관련된 당대의 주요 논의로는 다음의 비평문들이 있다. 권성우, 「어느 신진소설가의 최근작에 대한 단상」, 『문학정신』 1990.1; 권성우, 「베를린·전노협, 그리고 김영현」, 『문학과사회』 1990.봄; 정남영, 「김영현 소설은 남한 문예운동의 미래인가, 과거인가」, 『노동해방문학』 복간호, 1990.6; 김영현, 「변화의 싹 품은 현실주의를 위하여」, 『한겨레』, 1990.8.25; 권성우, 「김영현의 소설과 정남영의 비평문에 대한 열네가지의 단상」, 『문학정신』 1990.9; 신승엽, 「자기 자신의 이야기의 소설화와 현실주의─김영현론」, 『문예중앙』 1990.가을; 김영현, 「문학

은 무기일 수도 유희일 수도 없다」, 『신동아』 1990.10; 김영현, 「민족문학 평단에 대한 전면비판」, 『말』 1990.11; 정남영, 「김영현의 문학관을 전면비판한다」, 『말』 1990.12; 정남영, 「'김영현 논쟁'의 결론」, 『노동해방문학』 1991.1(졸고, 「만들어진 내면성 — 김영현과 장정일의 소설을 통해 본 1990년대 초 문학의 내면성 구성과 전복 양상」, 557~558면).

78 정남영, 「김영현의 문학관을 전면비판한다」, 195면.

79 민주화운동과 노동 현장에 투신했던 이들의 죽음이 집단적인 운동을 일으키는 원동력으로 작용했던 '열사의 정치학'과 관련해서는 다음의 논문을 참조. 천정환, 「열사의 정치학과 그 전환 — 2000년대 노동자의 죽음을 중심으로」, 『문화과학』 통권 74호, 문화과학사, 2013.여름; 김정한, 「1980년대 운동사회의 감성 — 애도의 정치와 멜랑콜리 주체」; 이진경, 「대중운동과 정치적 감수성의 몇 가지 체제」, 『마르크스주의 연구』 제11권 제3호, 경상대 사회과학연구원, 2014, 112~117면. 이진경의 경우 전태일을 숭고의 정치의 사례로 보고 있지만, 동시에 숭고의 정치와 재현의 정치는 혼합되는 지대, 혹은 하나가 다른 하나로 이행하는 지대를 갖는다고 말한다. 둘은 개념적으로는 분리되지만 인접성을 갖고 있으며 실제 현실에서 나타날 때는 뒤섞여 나타나는 경향이 있다. 전태일의 분신 이래 이어진 열사의 계보를 생각해 보면 이는 더욱 명확해진다.

80 김영현, 「멀고 먼 해후」, 『문학과비평』 1989.여름, 144면. 이후 인용 시에는 본문에 인용 면수로 표기한다.

81 전태일의 분신이 1970년대 노동운동과 학생운동에 미친 영향에 대한 상세한 분석은 다음을 참조. 임송자, 「전태일 분신과 1970년대 노동·학생운동」, 『한국민족운동사연구』 제65권, 한국민족운동사학회, 2010.

82 김원에 따르면 전태일 이후 노동운동 과정 중에 분신한 최초의 노동열사는 1984년 11월 30일에 분신한 박종만이었다. 이때 비로소 14년 만에 서울 종로구 연동교회에서 최초로 전태일 추모제가 열렸다고 한다. 박종만의 분신은 분명 전태일의 그것과 겹쳐지는 것이었음을 짐작할 수 있게 하는 대목이다. 이후 1980년대 노동열사의 분신은 잇달아 일어났다. 그러므로 1980년대 노동열사에 대한 재현의 정치를 전태일의 분신으로 소급해 보는 것은 충분히 타당하다. 김원, 「전태일 분신과 80년대 '노동열사' 탄생의 서사들」, 『민족문학연구』 제59권, 민족문학사학회·민족문학사연구소, 2015.

83 전태일기념관건립위원회 편, 『어느 청년노동자의 삶과 죽음 — 전태일(全泰壹) 평전』, 돌베개, 1983, 186~187면.

84 황의봉, 앞의 책, 191~192면.

85 장남수, 앞의 책, 25면.

86 김향숙의 소설이 역사의 주인공, 혁명의 주체와 같은 중심적인 위치에서 벗어나 있는 "살아남은 관객들", 즉 주변적이고 소외된 인물들의 삶과 목소리를 복원하는 양상을 규명한 연구로 다음의 논문을 참조. 손유경, 「사후(事後/死後)의 리얼리즘 — 김향숙 소설의 '살아남은 딸'들을 중심으로」, 『민족문학사연구』 제54권, 민족문학사학회·민족문학사연구소, 2014. 특별히 이 논문은 김향숙 소설이 개인/사회, 주관/객관, 일상(탈역사)/역사, 탈정치/정치의 이분법으로 이루어진 1980년대 현실을 뒤집어보는 독특한 관점을 제시한다고 평가하고 있다. 이 점은 이 절의 후반부에서 논의하게 될 '문학의 정치'와 관련해서 매우 중요한 참조점이다.

87 김향숙, 「얼음벽의 풀」, 『종이로 만든 집』, 문학과비평, 1989, 68면. 이후 인용 시에는

본문에 인용 면수로 표기한다.

88 「"왜 「꿈」을 버려야 했나"」, 『동아일보』, 1985.7.6.
89 「民草의 고뇌·갈등·분노… 그리고 마르지 않은 人情-窓에 비친 '85 世態」, 『동아일보』, 1985.12.25.
90 유시민, 「柳時敏의 「항소이유서」」, 황의봉, 앞의 책, 271면.
91 위의 글, 270~271면.

결론 1980년대 문학, 단절과 연속의 이분법을 넘어서

1 전재호, 「1991년 5월 투쟁과 한국 민주주의 실패의 구조적 원인과 그 의미」, 『한국정치회보』 제38집 제5호, 한국정치학회, 2004, 171~173면.

참고문헌

1. 기본 자료

김남일, 「파도」, 『울어라 조국아』, 풀빛, 1988.

김영현, 「멀고 먼 해후」, 『문학과비평』 1989.여름.

_____, 『깊은 강은 멀리 흐른다』, 실천문학사, 1990.

_____, 『해남 가는 길』, 솔, 1992.

김향숙, 『종이로 만든 집』, 문학과비평, 1989.

방현석, 「내딛는 첫발은」, 『실천문학』 1988.봄.

_____, 「새벽 출정」, 『창작과비평』 1989.봄.

석정남, 『공장의 불빛』, 일월서각, 1984,

_____, 「장벽」, 자유실천문인협의회 편, 『노동의 문학 문학의 새벽』, 이삭, 1985.

_____, 「불신시대」, 『노동문학 1988』, 실천문학사, 1988.

송효순, 『서울로 가는 길』, 형성사, 1982.

순점순, 『8시간 노동을 위하여』, 풀빛, 1984.

안재성, 전태일기념사업회 편, 『파업－제2회 전태일문학상 수상작품집 1』, 세계, 1989.

윤정모, 「밤길」, 『12人 新作小說集 슬픈 해후』, 창작과비평사, 1985.

임철우, 「同行」, 『14人 新作小說集』, 창작과비평사, 1984.

_____, 「봄날」, 『실천문학』 통권 5호, 1984.

_____, 「직선과 독가스」, 『세계의 문학』 1984.겨울.

_____, 『그리운 남쪽』, 문학과지성사, 1985.

장남수, 『빼앗긴 일터』, 창작과비평사, 1984.

정이담 외, 『문화운동론』, 공동체, 1985.

정화진, 『철강지대』, 풀빛, 1991.

_____, 『우리의 사랑은 들꽃처럼』, 풀빛, 1992.

조세희, 『침묵의 뿌리』, 열화당, 1985.

최　윤, 「저기 소리없이 한 점 꽃잎이 지고」, 『문학과사회』 1988.여름.

홍희담, 「깃발」, 『창작과비평』 1988.봄.

황석영, 『어둠의 자식들』(개정판), 현암사, 1980.

『르뽀문학』 1권, 전예원, 1984.

『르뽀時代』 1권, 실천문학사, 1983.

『르뽀시대』 2권, 실천문학사, 1985.

『경향신문』, 『동아일보』, 『매일경제』, 『조선일보』.

2. 국내 논저

가브리엘레루치우스-회네·아르눌프 데퍼만, 박용익 역, 『이야기 분석』, 역락, 2006.

가야트리 차크라보르티 스피박, 「서발턴은 말할 수 있는가?」, 로절린드 C. 모리스 편, 태혜숙 역, 『서발턴은 말할 수 있는가?』, 그린비, 2013.

강만길·임형택·조희연·이병천 외, 「특집1 창간 25주년기념 토론회 : 우리 민족·변혁운동론의 어제와 오늘-1930년대와 80년대의 통일전선론을 중심으로」, 『창작과비평』 1991.봄.

강준만, 『한국 현대사 산책 1980년대 편-광주학살과 서울올림픽』 2·3권, 인물과사상사, 2003.

강진호, 「주체의 낙관적 의지와 배타적 신념-1980년대 노동소설의 경우」, 『작가연구』 제15호, 2003.

_____, 「5.18과 현대소설」, 『현대소설연구』 제64호, 한국현대소설학회, 2016.

고봉준, 「80년대 문학의 전사(前史), 포스트-유신체제 문학의 의미」, 『한민족문화연구』 제50집, 한민족문화학회, 2015.

고　은, 「실천론 서설」, 『문학과 예술의 실천논리』, 실천문학사, 1983.

구해근, 신광영 역, 『한국 노동계급의 형성』, 창작과비평사, 2002.

권경미, 「노동운동 담론과 만들어진/상상된 노동자-1970년대 노동자수기를 중심으로」, 『현대소설연구』 제54호, 한국현대소설학회, 2013.

권귀숙, 『기억의 정치-대량학살의 사회적 기억과 역사적 진실』, 문학과지성사, 2006.

권민정, 「최윤 소설의 정신분석학적 연구」, 연세대 석사논문, 2003.

권보드래·김성환·김원·천정환·황병주, 『1970 박정희 모더니즘-유신에서 선데이서울까지』, 천년의상상, 2015.

권성우, 「어느 신진소설가의 최근작에 대한 단상」, 『문학정신』 1990.1.

_____, 「베를린·전노협, 그리고 김영현」, 『문학과사회』 1990.봄.

_____, 「낭만과 과학은 어떻게 만나는가」, 『문예중앙』 1990.여름.

_____, 「김영현의 소설과 정남영의 비평문에 대한 열네가지의 단상」, 『문학정신』 1990.9.

권정우, 「1960~1980년대 민족문학론의 주체화 양상 연구」, 서울대 박사논문, 2003.

김경민, 「1970-80년대 서발턴의 자전적 글쓰기 연구-노동자·농민 수기의 서사구조와 욕망의 메커니즘」, 『인문사회과학연구』 제17권 3호, 부경대 인문사회과학연구소, 2016.

김경숙 외 125명, 『그러나 이제는 어제의 우리가 아니다-80년대 노동자 생활글 모음』, 돌베개, 1986.

김금수, 『한국노동운동사 6-민주화이행기의 노동운동 1987~1997』, 지식마당, 2004.

김대성, 「제도의 해체와 확산, 그리고 문학의 정치-1980년대 무크지 운동 재고」, 『인문학연구』 제45권, 계명대 인문과학연구소, 2011.

김동식, 「잡지의 시대, 매체의 시대, 문학의 시대-1980년대 문학과 관련된 기존 연구 검토를 대신하여」, 『한국현대문학회 2014년 제2차 학술발표회자료집』, 한국현대문학회, 2014.8.

김동춘, 『한국사회 노동자 연구』-1987년 이후를 중심으로」, 역사비평사, 2003.

김명인, 「지식인 문학의 위기와 새로운 민족문학의 구상」, 『문학예술운동 1-전환기의 민족문학』, 풀빛, 1987.

_____, 「민족문학 논의의 올바른 인식을 위한 시론」, 『월간중앙』 1988.6.

_____, 「먼저 '전형'에 대해 고민하자」, 『창작과비평』 1989.겨울.

_____, 『희망의 문학』, 풀빛, 1990.

_____, 「80년대 민중·민족문학론이 걸어온 길」, 『불을 찾아서』, 소명출판, 2000.

김명환, 「민족문학론 갱신의 노력」, 『작가』 1997.1·2.

김문주, 「1980년대 무크지 운동과 문학장의 변화」, 『한국시학연구』 제37호, 한국시학회, 2013.

_____, 「무크지 출현의 배경과 맥락－『마산문화』를 중심으로」, 『한국근대문학연구』 제30호, 한국근대문학회, 2014.

김민기, 「공장의 불빛」, 채희완·임진택 편, 『한국의 민중극』, 창작과비평사, 1985.

김민섭·김웅선·김정식·박종욱·배종근·장영숙, 「노동현실과 노동언론」, 『실천문학』 통권 6호, 1985.

김민환, 「누가, 무엇을, 어떻게 기억할 것인가」, 김진균 편저, 『저항, 연대, 기억의 정치』, 문화과학사, 2003.

金栢山, 「70年代 勞動者階層의 狀況과 成長」, 『민중』 제1권, 1983.9, 靑史.

김병익, 「두 열림을 향하여－社會的 緊張과 文學的 緊張」, 『실천문학』 제1권, 1984(초판 1980).

_____, 「민중문학론의 실천적 과제」, 자유실천문인협의회 편, 『민족문학』 제5호, 1985.8.

_____, 「문학과 정치」, 『외국문학』 1986.봄.

_____, 「해설－고통의 아름다움 혹은 아름다움의 고통」, 『저기 소리없이 한 점 꽃잎이 지고』, 문학과지성사, 1992.

김사인, 「전문성에 대한 비판과 옹호」, 『실천문학』 1985.봄.

김성재, 『상상력의 커뮤니케이션』, 보고사, 2010.

김성환, 「『어둠의 자식들』과 1970년대 하층민 글쓰기의 양상」, 『한국현대문학연구』 제34집, 한국현대문학회, 2011.

_____, 「1970년대 논픽션과 소설의 관계 양상 연구－『신동아』 논픽션 공모를 중심으로」, 『상허학보』 제32집, 상허학회, 2011.

_____, 「1970년대 노동수기와 노동의 의미」, 『한국현대문학연구』 제37집, 한국현대문학회, 2012.

_____, 「새로운 글쓰기 양식이 이끈 인식 지평의 확대－1970년대 논픽션, 르포, 노동 수기」, 『실천문학』 2012.겨울.

김양선, 「동일성과 차이의 젠더 정치학－1970·80년대 진보적 민족문학론과 여성해방문학론을 중심으로」, 『한국근대문학연구』 제6권 제1호, 2005.

_____, 「486세대 여성의 고정희 문학 체험－80년대 문학담론과의 길항관계를 중심으로」, *Comparative Korean Studies* vol.19 no.3, 국제비교한국학회, 2011.

_____, 「70년대 노동현실을 여성의 목소리로 기억/기록하기－여성문학(사)의 외연 확장과 70년대 여성노동자 수기」, 『여성문학연구』 제37호, 한국여성문학학회, 2016.

김언호, 『책의 탄생 (1)－격동기 한 출판인의 출판일기 : 1985~1987』, 한길사, 1997.

김영민, 『한국 현대문학비평사』, 소명출판, 2002.

김영범, 「집합기억의 사회사적 지평과 동학」, 한국정신문화연구원 사회학연구실편, 『사회사 연구의 이론과 실제』, 한국정신문화연구원, 1998.

김영현, 「변화의 싹 품은 현실주의를 위하여」, 『한겨레』, 1990.8.25.

_____, 「문학은 무기일 수도 유희일 수도 없다」, 『신동아』, 1990.10.

_____, 「민족문학 평단에 대한 전면비판」, 『말』, 1990.11.

김영희, 「한국 현대 노동소설 연구」, 경남대 박사논문, 2008.

김예리, 「80년대 '무크 문학'의 언어 풍경과 문학의 윤리」, 『국어국문학』 제169호, 국어국문학회, 2014.

김예림, 「어떤 영혼들-산업노동자의 '심리' 혹은 그 너머」, 『상허학보』 제40집, 2014.

김 원, 『여공 1970, 그녀들의 反역사』(개정판), 이매진, 2006.

_____, 「서발턴(Subaltern)의 재림-2000년대 르포에 나타난 99%의 현실」, 『실천문학』 2012.봄.

_____, 「전태일 분신과 80년대 '노동열사' 탄생의 서사들」, 『민족문학연구』 제59권, 민족문학사학회·민족문학사연구소, 2015.

김용락, 『민족문학 논쟁사 연구』, 실천문학사, 1997.

김윤식, 「문학사 10년의 내면풍경」, 『문예중앙』 1988.여름.

_____, 「민중문학론 비판」, 『한국문학의 근대성과 이데올로기 비판』, 서울대 출판부, 1987.

김윤식·김현·임헌영·오규원·조정래·김인환, 「토론-산업화 시대의 문학적 대응」, 『문예중앙』 1988.봄.

김재은, 「민주화 운동과정에서 구성된 주체위치의 '성별화'에 관한 연구(1985~1991)-상징정치 담론분석을 중심으로」, 서울대 석사논문, 2003.

김정미, 「최윤 초기 단편 소설의 인물 연구」, 가천대 석사논문, 2015.

김정한, 「1980년대 운동사회의 감성-애도의 정치와 멜랑콜리 주체」, 『한국학연구』 제33집, 인하대 한국학연구소, 2004.

_____, 「5·18살 이후의 미사(未死)」, 『상허학보』 제47집, 상허학회, 2016.

김정한·임철우, 「대담-역사의 비극에 맞서는 문학의 소명」, 『실천문학』 2013.겨울.

김정환, 「문학의 활성화를 위하여」, 『실천문학』 제3권, 실천문학사, 1982.

_____ 외, 『문화운동론』 2, 공동체, 1985.

김정환·이인성, 「80년대 文學運動의 脈絡-문학의 시대적 대응양상을 중심으로」, 『문예중앙』 1984.가을.

김종철, 「산업화와 문학-70년대 문학을 보는 한 관점」, 『創作과批評』 1980.봄.

_____, 「제3세계의 文學과 리얼리즘」, 김윤수·백낙청·염무웅 편, 『韓國文學의 現段階』 Ⅰ, 창작과 비평사, 1982.

_____, 「저항과 인간해방의 리얼리즘」, 『韓國文學의 現段階』 Ⅲ, 창작과비평사, 1984.

김준오, 「무크 운동의 장르관-80년대 무크」, 『문학사와 장르』, 문학과지성사, 2000.

김진경, 「70年代 리얼리즘論 批判」, 『민중』 제1권, 1983.9, 靑史.

_____, 「민중적 민족문학의 정립을 위하여」, 『문학예술운동 1-전환기의 민족문학』, 풀빛, 1987.

김창희, 「민중통일전선 결성투쟁의 역사와 민연추, 국민연합의 진로」, 『노동해방문학』 복간호, 1990.6.

김 헌, 「아리스토텔레스 『시학』의 세 개념에 기초한 인간 행동 세계의 시적 통찰과 창작의 원리」,

미학대계간행회 편, 『미학대계 제1권―미학의 역사』, 서울대 출판부, 2007.

김현경, 『사람, 장소, 환대』, 문학과지성사, 2015.

김형중, 「세 겹의 저주―최윤, 「저기 소리없이 한 점 꽃잎이 지고」 다시 읽기」, 『문학동네』 2000.여름.

김혜경, 「최윤 소설의 정신분석학적 고찰」, 『비교한국학』 제16집 제1호, 국제비교한국학회, 2008.

김화영, 「1970년대 이후의 민족문학 논의―주체논쟁을 중심으로」, 경성대 석사논문, 1998.

나간채·정근식·강창일 외, 『기억 투쟁과 문화운동의 전개』, 역사비평사, 2004.

나보순 외, 『우리들 가진 것 비록 적어도』, 돌베개, 1983.

노지승, 「영화 〈영자의 전성시대〉에 나타난 하층민 여성의 쾌락―계층과 젠더의 문화사를 위한 시론
    (試論)」, 『한국현대문학연구』 제24집, 한국현대문학회, 2008.

大統領祕書實 편, 『全斗煥大統領 演說文集』 제1호, 1981.

대학문화연구회, 『대학문화운동론』, 공동체, 1990.

루스 배러클러프, 김원·노지승 역, 『여공 문학―섹슈얼리티, 폭력 그리고 재현의 문제』, 후마니타스,
    2017.

문일평, 「80년대 초 노동운동의 전개」, 『현실과 전망 1―80년대의 민중상황』, 풀빛, 1984.

민족문학사연구소 편, 『민족문학사 강좌』 하, 창작과비평사, 1995.

_____, 『새 민족문학사 강좌 02』, 창비, 2009.

미셸 푸코, 이정우 역, 『지식의 고고학』, 민음사, 2000.

박명림, 「박정희 시대 재야의 저항에 관한 연구, 1961-1979」, 한국정치외교사학회, 『한국정치외교
    사논총』 제30집 제1호, 2008.

박승옥·김진경·유중하·김광식, 「통일전선을 향한 90년대 문학운동」, 『실천문학』 1990.봄.

박용안, 「문학과 사회적 실천―1970년대-1980년대 민중문학에 대한 사회학적 연구」, 연세대 석사논
    문, 1987.

박정선, 「해방기 문화운동과 르포르타주 문학」, 『어문학』 제106집, 한국어문학회, 2006.

박철화·방현석, 「작가 인터뷰 : 노동 현장에서 베트남까지―소설가 방현석을 만나다」, 『작가세계』
    2013.가을.

박태순, 「자유실천문인협의회와 70년대 문학운동사 (1)」, 『실천문학』 통권 5호, 1984.10.

박태순·이명원, 「[대담] 소설가 박태순에게 들어보는 1980년대와 『실천문학』, 그리고 문학 운동」,
    『실천문학』 2012.봄.

박현채, 「문학과 경제―민중문학에 대한 사회과학적 인식」, 『실천문학』 4호, 실천문학사, 1983.12.

박현채·최원식·박인배·백낙청, 「좌담―80년대의 민족운동과 한국문학」, 백낙청·염무웅 편, 『韓
    國文學의 現段階』 IV, 창작과비평사, 1985.

발터 벤야민, 조형준 역, 『일방통행로』, 새물결, 2007.

_____, 「이야기꾼―니콜라이 레스코프의 작품에 대한 고찰(1936)」, 최성만 역, 『발터 벤야민
    선집 9―서사(敍事)·기억·비평의 자리』, 길, 2012.

배하은, 「만들어진 내면성―김영현과 장정일의 소설을 통해 본 1990년대 초 문학의 내면성 구성과
    전복 양상」, 『한국현대문학연구』 제50집, 한국현대문학회, 2016.

_____, 「재현 너머의 증언−1980년대 임철우, 최윤 소설의 5·18 증언-재현 문제에 관하여」, 『상허학보』 제50집, 2017.

백낙청, 「民族文學 槪念의 定立을 위해」, 『民族文學과 世界文學』, 창작과비평사, 1978.

_____, 「리얼리즘이란 무엇인가」, 김윤수·백낙청·염무웅 편, 『韓國文學의 現段階』 Ⅰ, 창작과비평사, 1982.

_____, 「민족문학의 새로운 고비를 맞아」, 백낙청·염무웅 편, 『韓國文學의 現段階』 Ⅱ, 창작과비평사, 1983.

_____, 「1983년의 무크운동」, 백낙청·염무웅 편, 『韓國文學의 現段階』 Ⅲ, 창작과비평사, 1984.

_____, 「민족문학과 민중문학」, 『민족문학과 세계문학Ⅱ』, 창작과비평사, 1985.

_____, 「민중·민족문학의 새 단계」, 『창작과비평』 부정기간행물 1호(통권 57호), 1985.

백낙청·김지하, 「권두대담−민족, 민중 그리고 문학」, 『실천문학』 1985.봄.

백진기, 「노동문학, 그 실천적 가능성을 향하여」, 『민중, 노동 그리고 문학』, 지양사, 1985.

서영채, 「죄의식과 1980년대적 주체의 탄생−임철우의 『백년여관』을 중심으로」, 『인문과학연구』 제42집, 강원대 인문과학연구소, 2014.

서은주, 「노동(자)의 재현과 고통의 재소유−조세희의 『침묵의 뿌리』에 담긴 '사북사건'을 중심으로」, 『한국문학연구』 제46집, 동국대 한국문학연구소, 2014.

서중석, 「1970년대 중반 이후 진보적 한국사학자들의 한국 근현대사 연구동향」, 『대동문화연구』 제32권, 성균관대 대동문화연구원, 1997.

성민엽, 「문학과 계층의 목소리」, 김병걸·채광석 편, 『민중, 노동 그리고 문학』, 지양사, 1985.

_____, 「自己反省 담은 "삶의 목소리"−趙世熙의 『침묵의 뿌리』」, 『경향신문』, 1985.9.27.

_____, 「두 개의 시각과 부정·비판·변혁−80년대 소설의 한 관찰」, 『우리 시대의 문학 6』, 문학과지성사, 1986.

_____, 「전환기의 문학과 사회」, 『문학과사회』 1988.봄.

손유경, 「사후(事後/死後)의 리얼리즘−김향숙 소설의 '살아남은 딸'들을 중심으로」, 『민족문학사연구』 제54권, 민족문학사학회·민족문학사연구소, 2014.

_____, 「1980년대 학술운동과 문학운동의 교착(交錯/膠着)−박현채와 조한혜정을 중심으로」, 『상허학보』 제45집, 상허학회, 2015.

_____, 「현장과 육체−『창작과비평』의 민중지향성 분석」, 『현대문학의 연구』 제56권, 한국문학연구학회, 2015.

송건호·안병직·한완상, 「民衆의 槪念과 그 失體」, 『月刊 對話』 1976.11.

宋承哲, 「산업화와 70년대 소설」, 『문학의 시대』 제1권, 풀빛, 1983.

송은영, 「1960~70년대 한국의 대중사회화와 대중문화의 정치적 의미」, 『상허학보』 제32집, 상허학회, 2011.

신광현, 「문화연구의 흐름과 스튜어트 홀−'헤게모니' 이론과 '절합국면 분석'을 중심으로」, 『주체·언어·총체성』, 서울대학교출판문화원, 2015.

신범순, 「민족문학의 주체와 방법론」, 『문학사상』 1988.12.

신병현, 「70년대 지배적인 담론구성체들과 노동자들의 글쓰기」, 『산업노동연구』 제12권 제1호, 한국

산업노동학회, 2006.

신승엽, 「노동문학의 현단계」, 『문학예술운동 1 – 전환기의 민족문학』, 풀빛, 1987.

_____, 「보고문학의 활발한 창작을 위하여」, 『문학예술운동2 – 문예운동의 현단계』, 풀빛, 1989.

_____, 「자기 자신의 이야기의 소설화와 현실주의 – 김영현론」, 『문예중앙』 1990.가을.

_____, 「민족문학론의 방향조정을 위하여」, 『민족문학사연구』 제11권, 민족문학사학회 · 민족문학연구소, 1997.

_____, 『민족문학을 넘어서』, 소명출판, 2000.

스튜어트 홀, 임영호 편역, 『스튜어트 홀의 문화 이론』, 한나래, 1996.

_____, 「포스트모더니즘과 접합 – 스튜어트 홀과의 대담」, 『문화, 이데올로기, 정체성 – 스튜어트 홀 선집』, 컬처룩, 2015.

안서현, 「계간지 시대 비평 담론 연구 – 1966~1980년 『창작과비평』과 『문학과지성』을 중심으로」, 서울대 박사논문, 2016.

염무웅 · 최원식 편, 『14人 創作小說集 – 지 알고 내 알고 하늘이 알건만』, 창작과비평사, 1984.

오자은, 「중산층 가정의 데모하는 딸들 – 1980년대 김향숙 소설에 나타난 모녀관계를 중심으로」, 『한국현대문학연구』 제45집, 한국현대문학회, 2015.

오창은, 「1980년대 노동소설에 대한 일고찰 – 정화진 · 유순하 · 방현석 소설을 중심으로」, 『어문연구』 제51권, 어문연구학회, 2006.

우찬제, 「비장미와 고통의 내시경」, 『창작과비평』 1992.봄.

원재길, 「80년대 문학 종합 무크지의 실태」, 『문학예술』 제124호, 1989.

유동우 · 김원, 「[대담] 돌멩이는 아직도 외친다」, 『실천문학』 2013.여름.

유 승, 「1970~80년대 민족문학론의 탈식민성 연구」, 전북대 박사논문, 2013.

유승환, 「황석영 문학의 언어와 양식」, 서울대 박사논문, 2016.

유홍주, 「오월 소설의 트라우마 유형과 문학적 치유 방안 연구」, 『현대문학이론연구』 제60집, 현대문학이론학회, 2015.

윤지관, 「다시 문제는 리얼리즘이다」, 『실천문학』 1990.가을.

_____, 『리얼리즘의 옹호』, 실천문학사, 1996.

윤후명, 「小說」, 『1980年度版 文藝年鑑』, 한국문화예술진흥원, 1981.

아리스토텔레스, 천병희 역, 『시학』, 문예출판사, 2002.

H. 포터 애벗, 우찬제 · 이소연 · 박상익 · 공성수 역, 『서사학 강의』, 문학과지성사, 2010.

이강은, 「광주민중항쟁에 대한 소시민적 문학관을 비판한다」, 『노동해방문학』 1989.5.

이광호, 「맥락과 징후 – 문학적 실천의 역사적 범주화를 위하여」, 『비평의 시대 1 – 문학을 향하여 문학을 넘어서』, 문학과지성사, 1991.

이남희, 유리 · 이경희 역, 『민중 만들기』, 후마니타스, 2015.

이동하, 「80년대 문학의 기본적 성격」, 『문학의 길, 삶의 길』, 문학과지성사, 1987.

이두영, 「제4의 출판, 무크」, 『출판상황론』, 청한문화사, 1991.

이병천, 「반공 개발독재와 돌진적 산업화 – '한강의 기적'과 그 딜레마」, 『시민과세계』 제8호, 참여연대 참여사회연구소, 2006.

이상갑, 『근대민족문학비평사론』, 소명출판, 2003.

_____, 『민족문학론과 근대성』, 역락, 2006.

이성혁, 「1970~1980년대 한국 문학운동 담론에서 '지식인-문학인' 위상의 변천-'시민문학론'에서 '노동해방문학론' 까지」, 『진보평론』 제69호, 2016.

이영미, 「공장의 불빛」과 「연이의 일기」-노래의 한계를 넘기 위한 시도」, 김창남 편, 『김민기』, 한울, 1986.

_____, 「민족극의 발전과 민중극으로서의 전망」, 『민족예술운동의 역사와 이론』, 한길사, 1991.

이원숙, 「미메시스로서의 문학과 미술-루카치미학의 리얼리즘을 중심으로」, 『철학논총』 제59집, 새한철학회, 2010.

이윤택, 「市民文學論」, 『언어의 세계』 제4집, 청하, 1985.

이장호, 「한국 영화의 과거와 현재-영화 제작 환경 변천사」, 『열린정신 인문학연구』 제4집, 원광대 인문학연구소, 2003.2.

이정희, 「훈육되는 몸, 저항하는 몸-1980년대 초반의 여성 노동 수기를 중심으로」, 『페미니즘 연구』 제3호, 2003.

_____, 「여성노동자의 경험 읽기-1980년대 초반의 여성노동수기에 나타난 성(사랑)·가족·노동」, 『여성과 사회』 제15집, 2004.

이진경, 「대중운동과 정치적 감수성의 몇 가지 체제」, 『마르크스주의 연구』 제11권 제3호, 경상대 사회과학연구원, 2014.

이해찬, 「민중 속의 지식인」, 『韓國文學의 現段階』 III, 창작과비평사, 1984.

이혜령, 「쓰여진 혹은 유예된 광기」, 『작가세계』 2003.봄.

_____, 「빛나는 성좌들-1980년대, 여성해방문학의 탄생」, 『상허학보』 제47집, 상허학회, 2016.

_____, 「노동하지 않는 노동자의 초상-1980년대 노동문학론 소고」, 『동방학지』 제175권, 연세대 국학연구원, 2016.

임규찬, 「최근 리얼리즘논의의 성격과 재인식」, 『실천문학』 1990.12.

_____, 「80년대 민족문학 논쟁」, 『문학사상』 1995.7.

임송자, 「전태일 분신과 1970년대 노동·학생운동」, 『한국민족운동사연구』 제65권, 한국민족운동사학회, 2010.

임철우, 「특집/80년대의 정신과 문학 : 80년대와 나의 문학-'80년 5월'의 체험 한가운데에서」, 『문예중앙』 1989.가을.

_____, 「펜 끝에 맨 나의 혼〈나의 습작시대〉-눈치껏 비밀노트를 채우던 군대시절」, 『文學思想』 1990년 4월호.

_____, 「나의 문학적 고뇌와 광주」, 『역사비평』 제51호, 역사비평사, 2000.5.

임철우·황종연, 「대담-역사적 악몽과 인간의 신화」, 『문학과사회』 1998.여름.

임헌영, 「노동문학의 새 방향」, 자유실천문인협의회 편, 『노동의 문학 문학의 새벽』, 이삭, 1985.

임헌영·채광석·유해정, 「문학과 예술의 대중화를 위하여」, 『문학예술운동 1 - 전환기의 민족문학』,

풀빛, 1987.

자크 데리다, 진태원 역, 『법의 힘』, 문학과지성사, 2004.

_____, 김성도 역, 『그라마톨로지』, 민음사, 2010.

_____, 「"문학이라 불리는 이상한 제도"-자크 데리다와의 인터뷰」, 데릭 애트리지 편, 정승훈·진주영 역, 『문학의 행위』, 문학과지성사, 2013.

자크 랑시에르, 주형일 역, 『미학 안의 불편함』, 인간사랑, 2008.

_____, 유재홍 역, 『문학의 정치』, 인간사랑, 2011.

_____, 양창렬 역, 『정치적인 것의 가장자리에서』, 길, 2013.

장남수, 「이럴 때면 어머니를 생각합니다」, 자유실천문인협의회 편, 『노동의 문학 문학의 새벽』, 이삭, 1985.

장석주, 「1980년대 소집단 운동에 대하여-1980년대 '무크'와 동인지를 중심으로」, 『서정시학』, 2016.겨울.

장성규, 「1980년대 노동자 문집과 서발턴의 자기 재현 전략」, 『민족문학사연구』 제50권, 민족문학사학회·민족문학사연구소, 2012.

_____, 「1980년대 논픽션 양식과 소설 개념의 재편 과정 연구」, 『민족문학사연구』 제54권, 민족문학사학회·민족문학사연구소, 2014.

_____, 「한국현대르포문학사 서술을 위한 시론」, 『국제어문』 제65집, 국제어문학회, 2015.

장을병, 「민주화와 중간계층」, 『민중』 제2권, 1985.2, 靑史.

장 폴 사르트르, 정명환 역, 『문학이란 무엇인가』, 민음사, 1998.

장 프랑수아 리오타르, 진태원 역, 『쟁론』, 경성대 출판부, 2015.

장혜련, 「'삭제된 말'의 복원을 위한 여정-최윤의 『저기 소리없이 한 점 꽃잎이 지고』를 중심으로」, 『현대문학이론연구』 제34집, 현대문학이론학회, 2008.

전남사회운동협의회 편·황석영 기록, 『죽음을 넘어 시대의 어둠을 넘어』, 풀빛, 1985.

전성욱, 「'5월 소설'의 증언의식과 서술전략」, 동아대 박사논문, 2013.

전재호, 「1991년 5월 투쟁과 한국 민주주의 실패의 구조적 원인과 그 의미」, 『한국정치학회보』 제38집 제5호, 한국정치학회, 2004.

전재호·김원·김정한, 『91년 5월 투쟁과 한국의 민주주의』, 민주화운동기념사업회, 2004.

전태일기념관건립위원회 편, 『어느 청년노동자의 삶과 죽음-전태일(全泰壹) 평전』, 돌베개, 1983.

정고은, 「1980년대 노동소설에 나타난 죽음의 양상 연구」, 성균관대 석사논문, 2016.

정경춘, 「1970-80년대 민족문학론에 대한 사회학적 연구」, 강원대 석사논문, 1991.

정과리, 「민중문학론의 인식 구조」, 『문학과사회』 1988.봄.

정근식, 「5월 운동과 혁명적 축제」, 김진균 편, 『저항 연대 기억의 정치-한국사회운동의 흐름과 지형 2』, 문화과학사, 2003.

정남영, 「김영현 소설은 남한 문예운동의 미래인가, 과거인가」, 『노동해방문학』 복간호, 1990.6.

_____, 「김영현의 문학관을 전면비판한다」, 『월간 말』 제54호, 1990.12.

_____, 「'김영현 논쟁'의 결론」, 『노동해방문학』 1991.1.

정다비, 「소집단 운동의 양상과 의미」, 『우리 세대의 문학2 우리가 있어야 할 자리를 찾아』, 문학과지성사, 1983.

정이담 외, 『문화운동론』, 공동체, 1985.

정주아, 「개발독재 시대의 윤리와 부(富)-광주대단지사건의 텍스트들과 '이웃사랑'의 문제」, 『민족문학사연구』 제61권, 민족문학사학회·민족문학사연구소, 2016.

정한용 편, 『민족문학 주체논쟁』, 청하, 1989.

정현백, 「여성노동자의 의식과 노동세계-1970년대의 노동자수기 분석을 중심으로」, 『노동운동과 노동자문화』, 한길사, 1991.

정종현, 「노동자의 책읽기-1970-80년대 노동(자)문화의 대항적 헤게모니 구축의 독서사」, 『大東文化硏究』 제86호, 성균관대 대동문화연구원, 2014.

정호웅, 「우리 소설에의 기대」, 『한국문학』 1987.2.

정홍섭, 「전후 민족문학의 전개과정」, 『문학예술운동 1-전환기의 민족문학』, 풀빛, 1987.

J. L. 오스틴, 김영진 역, 『말과 행위』, 서광사, 1992.

제임스 프록터, 손유경 역, 『지금 스튜어트 홀』, 엘피, 2006.

曺南鉉·金治洙·정현기, 「소설은 침체되지 않았다」, 『문예중앙』 1984.겨울.

조상호, 『한국언론과 출판저널리즘』, 나남출판, 1999.

조정환, 「80년대 문학운동의 새로운 전망」, 『서강』 제17호, 1987.6.

_____, 「민주주의 민족문학의 현단계와 문학적 현실주의의 전망」, 『창작과비평』 1988.가을.

_____, 「민주주의 민족문학론에 대한 자기비판과 노동해방문학론의 제창」, 『노동해방문학』 1989.창간호.

조주영, 「"주체" 없이 행위성을 설명하기-주디스 버틀러의 수행성 개념을 중심으로」, 『시대와철학』 제25집 제4호, 한국철학사상연구회, 2014.

조태일, 「당신들은 감옥에서 우리들은 밖에서」, 자유실천문인협의회 편, 『자유의 문학 실천의 문학』, 1985, 이삭.

조현일, 「노동소설과 정념, 그리고 민주주의-김한수, 방현석, 정화진의 소설을 중심으로」, 『민족문학사연구』 제54권, 2014.

존 A. 워커, 정진국 역, 『대중 매체시대의 예술』, 열화당, 1987.

주디스 버틀러, 김윤상 역, 『의미를 체현하는 육체』, 인간사랑, 2003.

_____, 조현준 역, 『젠더 트러블』, 문학동네, 2008.

_____, 유민석 역, 『혐오 발언』, 알렙, 2016.

주디스 버틀러·아테나 아타나시오우, 김응산 역, 『박탈-정치적인 것에 있어서의 수행성에 관한 대화』, 자음과모음, 2016.

지용신, 「1970-80년대 한국 소설의 글쓰기 의식 연구」, 한남대 박사논문, 2014.

진정석, 「민족문학과 모더니즘」, 『민족문학사연구』 제11권, 민족문학사학회·민족문학연구소, 1997.

채광석, 「민족문학과 민중문학」, 『문학의 시대』 제2권, 풀빛, 1984.

_____, 「분단상황의 극복과 민족문화운동」, 『문화운동론』, 공동체, 1985.

채 운, 『재현이란 무엇인가』, 그린비, 2009.

천정환, 「서발턴은 쓸 수 있는가-1970~80년대 민중의 자기재현과 "민중문학"의 재평가를 위한 일고」, 『민족문학사연구』 제47권, 민족문학사학회 · 민족문학연구소, 2011.

_____, 「역사의 정치학과 그 전환－2000년대 노동자의 죽음을 중심으로」, 『문화과학』 통권 74호, 문화과학사, 2013.

_____, 「1980년대 문학 · 문화사 연구를 위한 시론(1)－시대와 문학론의 '토픽'과 인식론을 중심으로」, 『민족문학사연구』 제56권, 민족문학사학회 · 민족문학연구소, 2014.

_____, 「그 많던 '외치는 돌멩이'들은 어디로 갔을까－1980~90년대 노동자문학회와 노동자 문학」, 『역사비평』 제106호, 역사비평사, 2014.봄.

_____, 「세기를 건넌 한국 노동소설－주체와 노동과정의 메타 서사」, 『반교어문학회 · 상허학회 공동 학술대회 자료집』, 반교어문학회 · 상허학회, 2017.3.

최승운, 「문화예술운동의 현단계」, 『문화운동론 · 2』, 공동체, 1986.

최원식, 「광주항쟁의 소설화」, 『창작과비평』 1988.여름.

_____, 「80년대 문학운동의 비판적 점검－민족문학론의 새로운 구도(構圖)를 위하여」, 『민족문학사연구』 제8권, 민족문학사학회 · 민족문학연구소, 1995.

_____, 「문학의 귀환」, 『창작과비평』 1999.여름.

_____, 「'리얼리즘'과 '모더니즘'의 회통」, 『현대 한국문학 100년』, 민음사, 1999.

최원식 · 채광석 · 문무병 · 박인배 · 김봉준 · 김창남, 「소집단 문화 운동의 향방－좌담 : 민족 형식의 창출을 위하여」, 『마당』 1984.1.

최 윤 · 최성실, 「대담－군은살 빼기로서의 소설」, 『문학과사회』 1997.겨울.

최정운, 「폭력과 언어의 정치－5 · 18 담론의 정치사회학」, 『5 · 18민중항쟁과 정치 · 역사 · 사회』, 5 · 18기념재단, 2007.

퀜틴 스키너, 황정아 · 김용수 역, 『역사를 읽는 방법』, 돌베개, 2012.

크리스토프 멘케, 김동규 역, 『미학적 힘』, 그린비, 2013.

키스 오틀레이, 「쓰기읽기－인지시학의 미래」, 제라드 스틴 · 조안나 개빈스 편, 양병호 · 김혜원 · 신현미 · 정유미 역, 『인지시학의 실제비평』, 한국문화사, 2014.

피에르 부르디외, 김현경 역, 『언어와 상징권력』, 나남, 2014.

한국예술종합학교한국예술연구소, 『한국현대예술사대계 Ⅴ』, 시공사, 1999.

한나 아렌트, 이진우 · 태정호 역, 『인간의 조건』, 한길사, 1996.

한승원 외, 『5월광주항쟁소설집－일어서는 땅』, 인동, 1987.

한영인, 「글 쓰는 노동자들의 시대－1980년대 노동자 "생활글" 다시 읽기」, 『대동문화연구』 제86호, 성균관대 대동문화연구원, 2014.

현준만, 「노동문학의 현재적 의미」, 백낙청 · 염무웅 편, 『韓國文學의 現段階』 Ⅳ, 창작과비평사, 1985.

홍성식, 「서발턴에 대한 진실한 기록, 1970년대 르포」, 『한국문예비평연구』 제42집, 한국현대문예비평학회, 2013.

홍정선, 「노동문학의 정립을 위하여」, 『외국문학』 1985.가을.

_____, 「노동문학과 생산주체」, 『노동문학』 창간호, 1988.

황광수, 「80년대 민중문학론의 지향」, 『창작과비평』 1987.2호.

_____, 「90년대의 징후와 두 소설집」, 『창작과비평』 1990.가을.

황석영, 「제3세계의 현장에서」, 『객지에서 고향으로』, 형성사, 1985.

_____, 「항쟁 이후의 문학」, 『창작과비평』 1988.겨울.

_____, 「"나의 문학 인생을 뿌리째 흔들려 하는가"－[기고] 〈신동아〉 의혹 제기에 답한다」, 『프레시안』, 2010.11.22.

황의봉, 『80년대의 학생운동』, 예조각, 1986.

3. 국외 논저 및 기타 자료

Austin, J. L., *How to Do Things with Words*, Massachusettes : Harvard University Press, 1962.

Bak, John S. and Reynolds, Bill(eds.), *Literary Journalism across the Globe : Journalistic Traditions and Transnational Influence*s, Boston : University of Massachusetts Press, 2011.

Benjamin, Walter, "The Author as Producer", trans. Rodney Livingstone and others, ed. Michael W. Jennings, Howard Eiland, and Gary Smith, *Walter Benjamin, Selected Writings : Volume 2, 1927-1934*, Massachusetts : The Belknap Press of Harvard University Press, 1999.

Blanchot, Maurice, trans. Charlotte Mandell, *The Work of Fire*, California : Stanford University Press, 1995.

Carter-White, Richard, "Auschwitz, ethics, and testimony : exposure to thedisaster", *Environment and Planning D : Society and Space*, volume 27, 2009.

Derrida, Jacques, *Archive Fever*, Chicago : The University of Chicago Press, 1996.

Foley, Barbara, *Telling the Truth : The Theory and Practice of Documentary Fiction*, Ithaca : Cornell University Press, 1986.

Fowler, Alastair, *Kinds of Literature*, Massachusetts : Harvard University Press, 1982.

Langer, Lawrence. L., *Holocaust Testimonies－The Ruins of Memory*, New Haven : Yale University Press, 1991.

Morley, David and Chen, Kuan-Hsing(ed.), *Stuart Hall : Critical Dialogues in Cultural Studies*, New York : Routledge, 1996.

Random House Webster's unabridged dictionary 2nd edition, New York : Random House Reference, 2001.

Slack, Jennifer Daryl, "The theory and method of articulation in cultural studies", ed. David Morley and Kuan-Hsing Chen, *Stuart Hall : Critical Dialogues in Cultural Studies*, London : Routledge, 1996.

Trilling, Lionel, *Sincerity and Authenticity*, Massachusetts : Harvard University Press, 1971.

Underwood, Dung, *Journalism and the Novel : Truth and Fiction*, New York : Cambridge University Press, 2008.